KB132233

나이트 워치

THE NIGHT WATCH
by Sarah Waters

이 도서의 국립중앙도서관 출판예정도서목록(CIP)은
서지정보유통지원시스템 홈페이지(http://seoji.nl.go.kr)와
국가자료공동목록시스템(http://www.nl.go.kr/kolisnet)에서 이용하실 수 있습니다.
(CIP제어번호: CIP2019016379)

나이트 워치

THE NIGHT WATCH

Sarah Waters

세라 워터스
장편소설

엄일녀
옮김

문학동네

일러두기

1. 주석은 모두 옮긴이주다.
2. 본문 중 고딕체는 원서에서 이탤릭체로 강조한 부분이다.

루시 본에게

차례

1947
–
9

1944
–
231

1941
–
597

감사의 말
–
661

옮긴이의 말
–
665

1947

1

결국, 케이는 속으로 중얼거렸다. 이런 인간이 됐단 말이지. 벽시계도 손목시계도 죄다 멎어서, 주인집 현관으로 들어서는 불구자가 누군지를 보고 시간을 가늠하는 꼴이.

케이는 칼라 없는 셔츠에 회색빛 팬티 바람으로, 열린 창가에 서서 담배를 태우며 레너드 선생의 환자들이 드나드는 모습을 지켜보았다. 환자들은 정확히 제시간에 왔다. 어찌나 정확한지, 정말로 그들이 오는 때를 보고 시간을 알아맞힐 수 있었다. 곱사등이 여자는 월요일 10시, 부상당한 군인은 목요일 11시. 화요일 1시에는 나이 지긋한 남자가 약간 여리여리하게 생긴 청년의 시중을 받으며 왔다. 케이는 그 둘을 지켜보는 게 즐거웠다. 그들이 길을 따라 천천히 올라오는 모습을 보는 게 좋았다. 장의사처럼 검은색 정장을 말끔히 차려입은 남자와 참을성 있고 진지하며 잘생긴 청년. 그 모습이 스탠리 스펜서* 같은 까다로운 현대 화가의 그림에 나올 법한 젊음과 노년에 대한 풍자 같다고 생각했다. 그들 다음으로는 안경 쓴 절름발이 소년이 어머니와 함께 왔고, 그다음엔 류머티즘을 앓는 인도인 노파가 왔다. 어머니가 집안 현관에서 레너드 선생과 얘기하는 동안, 절름발이 소년은 발에 맞지 않는 커다란 부츠로 집 앞 골목의 이끼와 흙먼지를 짓이기며 기다리곤 했다. 최근에 한번은 소년이 우연히 고개를 들었다가 자신들을 내려다보는 케이와 눈이 마주쳤다. 잠시 후 계단에서 소년이 소란을 피우는 소리가 들렸다. 혼자 화장실에 가기 싫다는 것이었다.

"화장실 문에 있는 천사들 때문에 그래?" 소년의 어머니가 다그쳤다. "나 원, 그냥 그림일 뿐이잖니! 너같이 다 큰 애가!"

레너드 선생의 그 으스스한 에드워드풍 천사 그림 때문에 겁먹은 건 아닐 거라고 케이는 짐작했다. 소년은 케이와 마주칠까 무서워하는 것이다. 분명 그녀를 다락방에서 어슬렁거리는 귀신이나 정신병자쯤으로 생각했을 테다.

소년의 생각에도 일리가 있었다. 가끔 케이는 꼭 정신병자처럼 방안을 쉴새없이 걸어다녔다. 어떤 때는 몇 시간이고 꼼짝 않고 앉아 있기도 했다. 그림자보다 더 고요히. 그리고 러그 위로 서서히 길어지는 그림자를 바라보았다. 그러고 있으면 진짜로 귀신이 될지도 모르겠다는 생각이 들었다. 기묘한 각을 이루며 모여든 어둠 속으로 먼지처럼 녹아들어 이 집의 빛바랜 러그 일부가 될지도 모

* 영국 화가(1891~1959). 1차대전 참전 경험을 바탕으로 종교화를 다수 그렸다.

르겠다.

두 블록 떨어진 곳에서 클래펌정션역으로 향하는 기차가 지나갔다. 팔을 기댄 창문턱이 부르르 떨리며 진동이 느껴졌다. 등뒤에서 램프 전구가 뭐라도 들어간 눈처럼 잠시 깜박이더니 이내 나가버렸다. 벽난로에서 다 탄 석탄재가 조용히 바스러졌다. 미적 감각이라곤 눈곱만치도 없는 조그만 벽난로. 이 방은 원래 하인용이었다. 케이는 마지막 한 모금을 빨고는 엄지와 검지로 담뱃불을 비벼 껐다.

케이는 한 시간 남짓 창가에 서 있었다. 화요일이었다. 한쪽 팔이 덜 자란 들창코 남자는 봤고, 스탠리 스펜서 커플이 오려나 막연히 기다리는 중이었으나 그러다 그만두기로 했다. 외출하기로 한 것이다. 어쨌거나 화창한 날이었으니. 훈훈한 9월 중순, 전쟁이 끝나고 세번째로 맞는 9월이었다. 케이는 거실 바로 옆에 붙은 침실로 가서 옷을 갈아입기 시작했다.

방안은 어둑했다. 유리창이 몇 군데 깨진 걸 선생이 리놀륨으로 때워놓았다. 높은 침대에는 여기저기 해진 캔들위크* 침대보가 깔려 있었다. 몇 십 년에 걸쳐 여기서 자고 사랑하고 태어나고 죽고 고열에 시달리며 뒤척였을 수많은 사람들이 자연스레 떠오르는, 그다지 유쾌하지 않은 침대였다. 닳아 해진 스타킹을 신은 발에서 날 법한 시큼한 냄새도 살짝 풍겼다. 하지만 케이는 익숙했고 아무렇지도 않았다. 그녀에게 이 방은 그저 잠자는 곳, 혹은 잠 안 자고 누워 있는 곳에 불과했다. 벽은 이사 들어왔을 때와 마찬가지로 휑

* 도톰하게 무늬를 새긴 부드러운 면직물.

하고 무미건조했다. 케이는 그림을 걸지도, 책을 내놓지도 않았다. 사실 그런 걸 갖고 있지도 않았고 소지품도 거의 없었다. 한쪽 구석에 끈을 길게 매어놓고 거기에 나무 옷걸이를 걸고 옷가지를 널어두었을 뿐이었다.

적어도 옷가지는 제법 말끔했다. 케이는 옷을 주르륵 훑어보다 솜씨 좋게 기운 양말 한 켤레와 몸에 딱 맞는 슬랙스를 골랐다. 셔츠도 더 깨끗한 것으로 갈아입었다. 여자들이 그러듯 목 언저리를 열어둘 수 있도록 부드러운 흰색 칼라가 달린 셔츠였다.

그러나 구두는 남성화였다. 케이는 잠깐 시간을 들여 구두에 광을 냈다. 그러고서 소매에 은제 커프스단추를 달고, 짧은 갈색 머리를 빗은 다음 기름을 발라 깔끔하게 넘겼다. 길거리에서 무심코 케이를 본 사람들은 종종 그녀를 잘생긴 청년으로 착각했다. 할머니들은 늘 '젊은이' 혹은 '총각'이라고까지 불렀다. 그러나 그 얼굴을 눈여겨보면 금방 세월의 흔적이 눈에 띄었고, 머리칼 사이로는 잿빛 가닥이 드러났다. 실제로 다음번 생일에 서른일곱이 된다.

케이는 레너드 선생한테 방해되지 않도록 조심스레 계단을 내려갔다. 하지만 삐걱거리고 끼긱거리는 계단을 디디며 발소리를 내지 않기란 여간 어려운 게 아니었다. 그녀는 화장실에 들렀다 욕실로 가서 재빨리 세수하고 이를 닦았다. 얼굴에 살짝 녹색기가 도는 건 창문에 잔뜩 엉겨붙은 담쟁이덩굴 때문이었다. 수도관에서 물이 쿨렁거리다 후드득 쏟아졌다. 온수기 옆에 스패너가 하나 매달려 있는데, 가끔 관이 막혀 물이 나오지 않을 때 그걸로 수도관을 두들기면 잘 나왔다.

욕실 바로 옆은 선생의 치료실이었다. 칫솔질 소리와 세면대에서 첨벙거리는 물소리 너머로, 한쪽 팔이 덜 자란 들창코 남자를 치료하는 선생의 의욕적이면서도 단조로운 목소리가 들렸다. 욕실을 나와 살며시 선생의 문 앞을 지나자니 단조로운 음성이 더욱 크게 들렸다. 꼭 기계가 웅웅거리며 진동하는 것 같았다.

"에릭." 케이의 귀에 이런 말이 들려왔다. "당신은 웅웅-웅웅 해야 합니다. 모조리 다시 웅웅-윙윙 한다면 어떻게 윙윙-윙윙 할 수 있겠습니까?"

케이는 숨죽여 계단을 내려와 잠기지 않은 현관문을 열었다. 그러고는 바깥계단에 잠시 서서 어떻게 할까 망설였다. 대낮의 환한 하늘 때문에 두 눈을 깜박였다. 갑자기 날이 축 처진 느낌이 들었다. 화창하다기보다 바싹 말라 지쳐 늘어졌달까. 벌써부터 입술과 속눈썹과 눈가에 먼지가 내려앉은 기분이었다. 그래도 돌아서지는 않았다. 말하자면, 곱게 빗어 갈라붙인 머리와 반짝반짝 광을 낸 구두와 은제 커프스단추에 부응해야 했다. 케이는 계단을 내려가 걷기 시작했다. 목적지도 분명하고, 그곳에 가는 이유도 정확히 아는 사람처럼. 실은 할일도, 갈 곳도, 볼 사람도 없었다. 그녀의 하루는 다른 모든 날과 마찬가지로 백지였다. 어쩌면 매 걸음 고심하여 발디딜 곳을 만들어내는 중인지도 몰랐다.

케이는 서쪽으로 방향을 꺾어 초토화된 거리를 지나 원즈워스로 향했다.

"오늘은 바커 대령이 안 보이네요, 호러스 삼촌." 덩컨은 다락방 창문을 올려다보며 말했다. 먼디 씨와 함께 레너드 선생의 집에 거의 다다랐을 때였다.

덩컨은 적잖이 실망했다. 그는 이 집의 하숙인을 보는 게 좋았다. 대담하게 자른 머리 모양과 남자 같은 옷차림, 윤곽이 또렷하고 위엄 있는 옆얼굴이 마음에 들었다. 덩컨은 그녀가 여성 파일럿이나 WAAF*의 하사관 같은 직종에 복무했을 거라고 추측했다. 이를테면, 전쟁 때 만족스럽게 군복무를 하다 사회에 도로 내쳐진 여자들처럼. '바커 대령'은 먼디 씨가 붙인 별명이었다. 먼디 씨도 창가에 서 있는 그녀를 보는 걸 좋아했다. 그는 덩컨의 말에 위쪽을 쳐다보고 고개를 끄덕였으나 이내 고개를 숙이고 걷는 데 집중했다. 숨이 너무 가빠 말을 할 수 없었다.

먼디 씨와 덩컨은 화이트시티에서 라벤더힐까지 먼길을 왔다. 버스를 갈아타고, 중간중간 멈춰 쉬기도 하면서. 이곳에 왔다 집에 돌아가면 하루가 거의 가버렸다. 덩컨은 매주 화요일 휴가를 내느라 토요일에 야근으로 부족분을 메웠다. 그가 일하는 공장 사람들은 이를 매우 관대히 봐주었다. "참 장해, 삼촌한테 저렇게 잘하고!" 이런 칭찬을 수도 없이 들었지만, 사람들은 먼디 씨가 그의 친삼촌이 아니라는 사실을 몰랐다. 먼디 씨가 레너드 선생한테 어떤 치료를 받는지도 알지 못했다. 그저 병원에 간다고 생각하겠지. 덩컨은 다들 맘대로 생각하도록 내버려두었다.

덩컨은 기우뚱한 집이 드리운 그림자 안으로 먼디 씨를 부축해

* Women's Auxiliary Air Force. 2차대전 당시 영국의 여성 공군 지원부대.

들어갔다. 이 건물은 이렇게 구부정하니 사람들을 내려다보는 듯 보일 때 가장 섬뜩하게 느껴졌다. 전쟁 전 기다란 테라스하우스*였다가 다 무너지고 이 건물만 살아남았으니 그럴 법도 했다. 지금도 건물 양쪽에는 이전에 붙어 있던 이웃집의 흔적이 남아 있었다. 지그재그 모양으로 뜯겨나간 계단, 벽난로가 있던 움푹 팬 자리. 당최 무엇이 이 집을 떠받치고 있는 건지 덩컨은 짐작도 가지 않았다. 먼디 씨와 함께 집안 현관에 들어설 때마다, 문을 좀 세게 닫았다가는 집 전체가 와르르 무너져내릴 거라는 생각을 떨쳐낼 수 없었다.

그래서 덩컨은 현관문을 살살 닫았고, 그러면 집은 좀더 평범해 보였다. 어두침침하고 고요한 현관에는 딱딱한 등받이의자가 가장자리를 따라 죽 놓였고, 아무것도 걸려 있지 않은 외투걸이와 시들시들한 화분이 두세 개 있었다. 바닥에 깔린 흑백 타일은 몇 군데 이가 빠져 그 아래로 회색 시멘트가 드러났다. 전등갓은 조개껍데기 모양의 아름다운 장밋빛 자기였다. 원래는 가스등이었겠지만 지금은 베이클라이트 소켓에 알전구를 끼우고 피복 벗겨진 갈색 전선을 연결해놓았다.

이렇게 사물의 흠결과 특징 하나하나에 관심을 기울이는 게 그가 사는 낙이었다. 레너드 선생의 집에 일찍 도착할수록 좋았다. 덩컨은 먼디 씨를 부축해 의자에 앉힌 뒤 남은 시간 동안 조용히 현관 안을 서성이며 주위 사물을 살펴보았다. 유려한 곡선을 이룬 계단 난간과 가장자리가 녹슨 황동 스테어로드**를 황홀하게 바라보

* 18~19세기 영국의 전형적인 연립주택형 도시 가옥.

았다. 장식장의 변색된 상아 문고리, 나무처럼 보이게 빗금을 친 굽도리널의 페인트칠도 마음에 들었다. 지하실로 이어지는 복도 안쪽에는 겉만 번지르르한 싸구려 장식품을 모아놓은 대나무 테이블이 있었다. 테이블 위에는 석고 강아지와 고양이, 문진, 마욜리카 꽃병 따위가 있었지만 그가 가장 좋아하는 것은 그릇이었다. 뱀과 과일 문양이 그려진 무척 아름답고 오래된 러스터웨어. 선생은 그 그릇에 먼지 쌓인 호두와 철제 호두까기를 넣어두었다. 덩컨은 그릇을 가까이서 볼 때마다, 어느 덜렁대는 친구가 호두까기를 집으려다 놓쳐 그릇을 깨기라도 한다면 뼛속의 모든 신경섬유가 치명적인 충격을 받을 거라는 기분에 휩싸였다.

그러나 오늘도 호두는 평소와 다름없이 먼지를 뒤집어쓴 채 얌전히 그릇에 담겨 있었다. 시간이 넉넉히 남아 비스듬히 벽에 걸린 그림 두어 점—이 집에는 뭐 하나 똑바로 걸린 게 없었다—도 찬찬히 들여다보았다. 흔한 옥스퍼드 프레임[***]을 씌운 평범한 그림이었지만 덩컨은 색다른 종류의 즐거움을 느꼈다. 그럭저럭 예쁘장한 물건을 보면서, 어차피 내 것도 아니지만 별로 갖고 싶지도 않네! 하고 생각할 때의 즐거움.

위층 방에서 인기척이 나자 덩컨은 재빨리 먼디 씨 곁으로 돌아왔다. 계단참에서 문이 열리며 말소리가 들렸다. 선생이 매번 그들보다 먼저 오는 청년을 배웅하는 중이었다. 덩컨은 바커 대령이나

** 계단 카펫을 눌러 고정시키는 막대.

*** 네 귀가 십자형으로 튀어나온 액자.

러스터웨어를 보는 것만큼 이 청년을 보는 것 또한 좋았다. 쾌활한 남자였으니까. 어쩌면 뱃사람이었을지도 모른다. "별일 없죠, 형씨들?" 오늘 청년은 덩컨에게 윙크하며 인사했다. 그는 바깥날씨가 어떤지, 먼디 씨의 관절염은 좀 나아졌는지 물었다. 그 와중에 주머니에서 담배를 꺼내 물고 성냥으로 불을 붙였다. 한 손으로 그 동작을 무척 자연스럽고 편안하게 해내는 동안, 덜 자란 다른 팔은 옆구리에 늘어져 있었다.

덩컨은 늘 의아했다. 방금처럼 한 손으로도 멋지게 잘해낼 수 있는데, 왜 굳이 여기 오는 걸까? 애인을 사귀고 싶어서? 하긴, 그 팔은 여자들이 좀 꺼려할 만도 하니까.

청년은 성냥갑을 도로 주머니에 쑤셔넣고 가던 길을 재촉했다. 선생이 덩컨과 먼디 씨를 위층으로 안내했다. 느릿느릿하게 먼디 씨의 페이스에 맞춰서.

"저같이 다 썩은 골칫덩이를 뭐하러," 먼디 씨가 말문을 뗐다. "치료씩이나 한다고 이러십니까? 쓰레기장에 버리시잖고."

"자자, 고정하시고." 선생이 먼디 씨를 달랬다.

선생과 덩컨은 먼디 씨를 부축해 치료실로 들어갔다. 둘은 그를 딱딱한 등받이의자에 앉히고 재킷을 벗긴 뒤 편안한 자세를 취하도록 했다. 선생은 검은 공책을 꺼내 간단히 내용을 살폈다. 그리고 먼디 씨 맞은편에 있는 자신의 딱딱한 의자에 앉았다. 덩컨은 창가로 가서 쿠션을 덧댄 낮은 상자에 걸터앉아 먼디 씨의 재킷을 무릎에 올려놓았다. 창문에는 퀴퀴한 냄새가 나는 레이스 커튼이 살짝 늘어진 줄에 걸려 있었다. 벽면의 린크러스터 벽지*에는 초콜릿색

유광 페인트가 덧칠되어 있었다.

선생은 양손을 마주 비비며 물었다. "어떻게, 지난번에 뵌 뒤로 잘 지내셨습니까?"

먼디 씨는 고개를 푹 숙였다. "그다지요."

"통증에 대한 생각은 변함없으시고요?"

"완전히 낫지는 못할 것 같습니다."

"그래도 허위 약물에 의존하지는 않으셨지요?"

먼디 씨는 난처한 듯 다시 고개를 숙였다. "그게," 그리고 잠시 머뭇거리다 털어놓았다. "아스피린을 조금."

선생은 턱을 끌어당기고 먼디 씨를 쳐다보았다. 나 원 참, 하고 말하는 듯했다. "그럼 이제 잘 아시겠네요, 그렇죠? 허위 약물과 영성 치료를 동시에 받는 사람이 어떻게 되는지. 이건 두 사람이 당나귀를 모는 꼴입니다. 결국 아무데도 못 가죠. 알고 계셨잖아요, 그죠?"

"그게 저기," 먼디 씨가 말했다. "무지하게 아파가지고……"

"아프다고요!" 선생은 무척 경멸적인 어조로 비꼬듯 말하면서 자신의 의자를 삐거덕대며 흔들었다. "이 의자가 제 몸무게를 지탱한다고 아플까요? 이 의자를 이루는 목재는, 먼디 씨가 자신의 체중이 실리니 아프다고 말씀하시는 그 다리 근육과 뼈 못잖게 힘을 받습니다. 그런데 왜 의자는 아파하지 않을까요? 의자가 아플 수도 있다고 생각하는 사람이 아무도 없기 때문입니다. 아프다고 생각

* 오돌토돌한 문양이 새겨진 두꺼운 벽지.

하지만 않으면, 이 목재와 마찬가지로 그 다리는 신경쓰이지 않게 될 거예요. 아시죠?"

"네." 먼디 씨는 순순히 대답했다.

"네, 그런 겁니다." 선생은 거듭 강조했다. "자, 그럼 시작해볼까요."

덩컨은 미동도 없이 앉아 있었다. 치료가 진행되는 내내 조용히 앉아 있어야 하는데, 특히 이 순간은 절대 움직이거나 소리를 내서는 안 되었다. 레너드 선생이 생각과 힘을 모으고 정신을 집중해 관절염에 대한 허상과 대결할 준비를 하는 동안은. 선생은 고개를 약간 젖힌 뒤 고도의 집중력을 발휘해 먼디 씨가 아니라 벽난로 선반에 올려놓은 그림을 쳐다보았다. 눈빛이 부드럽고 옷깃이 목까지 올라오는 빅토리아풍 드레스를 입은 여인의 초상화였다. 덩컨은 그 여인이 크리스천사이언스*의 창시자인 메리 베이커 에디 여사임을 알았다. 검은 액자틀에 에나멜페인트로 적힌 경구가 보였다. 별로 잘 쓴 글씨는 아니었는데, 아마도 선생 본인이 쓴 듯싶었다. 생각의 문 앞을 하염없이 지키는 경비원.

그 문구를 볼 때마다 덩컨은 웃음을 참아야 했다. 딱히 그 말이 웃겨서가 아니라, 지금 이 순간에 웃어버리면 치료 과정이 다 어그러질 테니 말이다. 그래서 항상 이 순간만 되면 한참을 꼼짝 않고 앉아 있어야 한다는 생각에 미칠 것 같았다. 틀림없이 무슨 소리나 움직임이 삐져나올 것 같았다. 펄쩍 뛰어오르거나, 비명을 지르

* 깨달음으로써 만병을 고칠 수 있다는 정신 요법을 주장하는 종파.

거나, 발작을 일으키거나…… 그러나 이미 늦었다. 선생이 자세를 바꿨다. 그는 상체를 내밀어 먼디 씨에게 시선을 고정했다. 그리고 다시 입을 열었을 때는 엄청난 신념과 절박함을 담아 열심히 속삭였다.

"친애하는 호러스, 제 말 잘 들으세요. 관절염에 대한 당신의 염려는 전부 거짓입니다. 당신은 관절염을 앓고 있지 않아요. 아프지도 않고요. 당신은 그 어떤 생각과 의견에도 좌우되지 않아요. 질병과 통증을 물질의 당연한 상태나 원리로 취급하는 그런 생각들에 영향받지 않아요. 친애하는 호러스, 잘 들어요. 당신은 두렵지 않습니다. 그 어떤 기억에도 겁먹지 않죠. 그 어떤 기억에도 불행이 또다시 닥칠 거라고 생각하지 않을 겁니다. 두려워할 것이 전혀 없습니다, 친애하는 호러스. 사랑이 당신과 함께합니다. 사랑이 당신을 채우고 에워쌉니다……"

선생의 말은 계속됐다. 엄격한 연인이 부드러운 채찍질을 퍼붓듯. 덩컨은 웃고 싶다는 충동을 까맣게 잊어버렸다. 그 말에 담긴 열정에 항복하지 않기란 불가능하다고 생각했다. 감명받고, 감동하고, 설득당하지 않기가 불가능했다. 한쪽 팔이 덜 자란 그 청년이 떠올랐다. 덩컨은 지금 먼디 씨의 자리에 앉은 청년을 상상했다. "사랑이 당신을 가득 채웁니다"라거나 "당신은 두려운 게 아닙니다"라는 소리를 들으며 팔이 늘어나도록, 스스로 돋아나도록 애쓰고 또 애쓰는 청년을. 그런 일이 가능할까? 먼디 씨와 그 청년을 위해서라도 가능하다고 믿고 싶었다. 세상 그 무엇보다 간절히.

덩컨은 먼디 씨를 바라보았다. 치료가 시작되자 먼디 씨는 눈을 감았다. 그리고 속삭임이 계속되는 동안 조용히 눈물을 흘리기 시작했다. 한줄기 가느다란 눈물이 뺨을 타고 흘러내려 목울대에 고이고 옷깃을 적셨다. 그는 눈물을 닦으려 하지도 않고 양손을 가볍게 무릎 위에 올려놓았다. 이따금씩 그 단정하고 뭉툭한 손가락이 떨렸다. 그러면서 숨을 들이쉬고 내쉴 때마다 몸서리 같은 한숨이 흘러나왔다.

"친애하는 호러스." 선생이 계속 주장을 펼쳤다. "어떠한 생각도 당신에게 영향을 끼칠 수 없습니다. 몸에 이상이 있다는 생각이 당신을 잠식하도록 놔두지 않을 겁니다. 장애는 존재하지 않아요. 조화의 힘이 당신과 당신의 모든 장기에 퍼져 있다고 단언합니다. 당신의 두 팔, 두 다리, 두 눈과 두 귀, 간과 신장, 당신의 심장과 두뇌와 위와 국부. 이 장기들은 완벽합니다. 호러스, 제 말 들으세요……"

선생은 사십오 분간 끊임없이 말했다. 그러고서 허리를 폈는데도 별로 지친 기색이 없었다. 먼디 씨는 결국 손수건을 꺼내 코를 풀고 얼굴을 닦았다. 눈물은 이미 다 마른 상태였다. 그런 뒤 부축도 받지 않고 일어나 걸음을 옮겼다. 걸음걸이는 좀더 편해 보였고 마음도 한결 가벼워진 듯했다. 덩컨이 먼디 씨에게 재킷을 입혀주었다. 선생은 일어나서 기지개를 켜고 물을 한 모금 마셨다. 그러고선 먼디 씨가 치료비를 내자 대단히 미안하다는 듯 돈을 받았다.

"아시다시피 오늘 저녁에," 선생이 말했다. "저녁 축복기도를 함께할 겁니다. 준비되셨지요? 그럼 시간은 9시 반으로 할까요?" 덩컨이 알기로 선생에게는 얼굴 한 번 보지 못한 환자도 많았다. 환자들이 그에게 돈을 부치면 편지나 전화로 그들을 치료했다.

선생은 덩컨과 악수를 나눴다. 손바닥이 뽀송뽀송하고 손가락은 부드럽고 매끄러워 꼭 젊은 여자 손 같았다. 선생은 미소 짓고 있었지만 내면을 향한 눈길은 꼭 두더지 같았다. 지금 이 순간, 어쩌면 앞을 보지 못할지도 몰랐다.

그러면 진짜 곤란하겠는걸, 덩컨은 문득 생각했다. 레너드 선생 눈이 안 보인다면!

그 생각에 다시 웃음이 터질 것 같았다. 먼디 씨와 함께 건물 앞 골목길로 나왔을 때 덩컨은 정말로 웃어버렸다. 먼디 씨도 덩컨의 즐거움을 알아채고 따라 웃기 시작했다. 신경의 반작용 같은 것이었다. 그 방과 고요함, 그 나긋나긋한 말들의 일제사격에 대한 반작용. 둘은 기울어진 집의 그림자에서 빠져나와 라벤더힐을 향해 걸어가다 시선이 마주치자 어린애처럼 웃어댔다.

"변덕이 죽 끓듯 하는 여자는 사양하겠습니다." 남자가 말했다. "지난번 애인한테 충분히 당했거든요. 말씀드리긴 뭣하지만."

헬렌이 말했다. "저희는 항상 고객분들께 가급적 열린 마음을 가져주십사 당부드리고 있습니다. 현 단계에서는요."

남자가 대꾸했다. "흠. 열린 지갑도 포함해서 말이죠."

남자는 팔꿈치와 소맷부리가 이미 반질반질해진 감청색 제대군인 정장*을 입었고, 얼굴은 열대지방의 태양에 그을려 누리끼리했

* 2차대전 후 제대한 군인의 사회생활을 위해 정부에서 지급한 정장.

다. 머리는 어찌나 깔끔하게 빗었는지 일직선 가르마가 새하얀 흉터 같았다. 하지만 비듬 부스러기가 머릿기름에 찰싹 달라붙어 있어서 헬렌의 눈길은 자꾸만 그쪽으로 향했다.

"WAAF 출신 여자와 데이트한 적이 있는데," 남자는 이제 격렬히 불만을 토로했다. "보석점 앞을 지날 때마다 어찌 그리 공교롭게도 발목을 접질리던지……"

헬렌은 다른 파일을 꺼냈다. "여기 이 아가씨는 어떠세요? 어디 보자. 재봉과 영화 관람을 좋아하신다네요."

남자는 상체를 기울여 사진을 보더니 곧장 허리를 펴고 고개를 저었다. "안경 쓴 여자는 제 취향이 아닙니다."

"이런, 열린 마음가짐에 대한 제 조언 기억하시죠?"

"심하게 말하고 싶지는 않은데," 남자는 헬렌이 쓴 실용적인 갈색 장비를 힐끔 쳐다보고 말을 이었다. "안경 쓴 여자는…… 음, 이미 여자로서 격을 떨어뜨렸다고 봐야죠. 그다음 단계가 무엇일지는 스스로한테 물어보시고."

이런 식으로 이십 분을 더 보낸 끝에 마침내 헬렌은 처음 꺼내놓았던 여성들의 파일 열다섯 건을 다섯으로 추렸다.

남자는 실망했지만 호전적으로 쏘아붙이며 낙담을 숨겼다. "그래서, 이제 어떻게 되는 거죠?" 그러고는 반들반들한 소맷부리를 잡아당기며 물었다. "이 여자들은 제 사진만 보고 마음에 드네 안 드네 떠들겠지요. 결과가 어떨지 빤하군요. 귓등에 5파운드짜리 지폐라도 꽂고 사진을 찍을 걸 그랬네."

헬렌은 오늘 아침 이 남자가 집에서 넥타이를 고르고 재킷을 다리고 가르마를 이리 갈랐다 저리 갈랐다 하는 장면을 상상했다.

계단을 내려가 길가로 남자를 배웅했다. 대기실로 돌아오니 같이 일하는 비브가 볼을 잔뜩 부풀렸다 푸 하고 숨을 내뱉었다.

비브가 말했다. "그럼 그렇지. 이상하다 했어요. 저 남자는 포리스트힐 출신인 우리 여성 고객한테는 안 맞을 것 같은데요?"

"좀더 어린 여자를 찾더군."

"안 그런 남자가 어딨겠어요?" 비브는 하품을 참으며 말했다. 책상에는 일정표가 놓여 있었다. 그녀는 손으로 입을 두드리며 일정표를 훑어보았다. "이제 삼십 분 정도 비어요. 차나 한잔할까요?"

"아, 그래." 헬렌이 대답했다.

둘은 고객을 대할 때와는 딴판으로 빠릿빠릿하게 움직였다. 비브는 파일 캐비닛 맨 아래 서랍을 열어 조그맣고 심플한 전기포트와 찻주전자를 꺼냈고, 헬렌은 전기포트를 계단참의 화장실로 가져가 세면대에서 물을 채웠다. 그런 다음 바닥에 포트를 내려놓고 굽도리널에 붙은 콘센트에 플러그를 꽂고서 기다렸다. 물이 끓는데 삼 분 정도 걸렸다. 콘센트 바로 위 뜨거운 김이 닿는 부분의 벽지가 들떴다. 헬렌은 늘 그러듯 벽지를 잘 눌러 다시 붙였다. 벽지는 잠시 평평하게 붙어 있다가 조금씩 도로 말려올라갔다.

방 두 개짜리 사무실은 본드스트리트역 뒤쪽 거리의 가발가게 이층에 있었다. 헬렌은 안쪽 방에서 개별적으로 면담을 했고, 비브는 대기실 책상에 앉아 들어오는 고객을 맞았다. 대기실에는 짝이 맞지 않는 소파와 의자가 있었는데, 제시간보다 일찍 도착한 이들이 그곳에 앉아 기다렸다. 화분에 심긴 가재발선인장은 난데없이 화려한 꽃망울을 터뜨렸다. 낮은 테이블에는 〈릴리풋〉과 〈리더스 다이제스트〉 최신호가 몇 권 놓여 있었다.

헬렌은 전쟁이 끝난 직후부터 이곳에서 일했다. 그때는 별로 오래 할 일은 아니라고 생각했다. 이전 직장인 메릴본 시청의 피해복구지원 부서하고는 전혀 다르겠다 싶어 가벼운 마음으로 시작한 일이었다. 일은 제법 간단했다. 그녀는 고객을 위해 최선을 다했고, 그들이 잘되기를 진심으로 바랐으나 계속 격려해주기 힘들 때도 있었다. 사람들은 새로운 사랑을 찾아 이곳에 오지만, 오로지 옛사랑 이야기만 늘어놓으려는 경우가 더 많았다. 적어도 헬렌이 보기에는 그랬다. 물론 최근 들어 이 사업은 아주 잘나가고 있었다. 해외 복무를 마치고 돌아온 군인들은 아내나 애인이 자신의 기억과 전혀 다르게 변해버렸음을 깨닫고 넋이 나간 얼굴로 사무실을 찾아왔다. 여자들은 전남편에 대한 불평을 늘어놓았다. "남편은 내가 하루종일 집안에 붙어 있기를 바랐다니까요." "내 친구들이 마음에 들지 않는다나." "신혼여행 때 묵었던 호텔에 다시 가봤는데, 그때랑은 다르더라고요."

물이 끓었다. 헬렌은 비브의 책상에서 차를 우린 뒤 컵을 들고 화장실로 갔다. 비브가 먼저 가서 창문을 열어놓았다. 건물 뒤편에 화재대피용 비상계단이 있었고, 창문턱을 넘어 나가면 낮은 난간이 달린 녹슨 철제발판이 나왔다. 발판 위를 걸으면 바닥이 흔들거리고 층계 나사가 삐거덕거렸다. 그래도 햇볕이 잘 드는 자리라 틈만 나면 이곳으로 빠져나왔다. 여기서도 현관 초인종 소리와 전화벨 소리가 잘 들렸고, 둘은 허들 선수처럼 날렵하게 창문턱을 넘어 제자리로 돌아가는 법을 완벽히 터득했다.

하루 중 이 시간이면 해는 상당히 기울었어도 오전 내내 햇빛에 달궈진 벽돌과 철근은 여전히 열기를 품고 있었다. 대기는 매연으로 뿌옇게 흐렸다. 옥스퍼드스트리트 쪽에서 차들이 부릉거리고, 인부들이 지붕을 고치며 탕탕거리는 소리가 꾸준히 들려왔다.

비브와 헬렌은 발판에 앉아 조심스럽게 신발을 벗고 다리를 뻗었다. 가발가게에서 사람이 나와 위를 올려다볼 경우에 대비해 치마로 다리를 잘 감싼 뒤 스타킹 신은 발을 좌우로 돌리며 풀었다. 둘 다 스타킹의 앞코와 뒤꿈치를 기웠다. 신발은 밑창이 다 닳아 있었다. 누구 것이나 다 그랬다. 헬렌이 담뱃갑을 꺼내자 비브가 말했다. "제 차렌데."

"뭐 어때."

"그럼 제가 빚진 걸로 할게요."

그들은 성냥 하나로 함께 불을 붙였다. 비브는 고개를 젖히고 한숨과 함께 담배 연기를 토해냈다. 그리고 손목시계를 확인했다.

"맙소사! 벌써 십 분이나 지났네. 고객하고 있을 때는 굼벵이처럼 느리게만 가더니."

"시계에 무슨 짓을 하는 게 틀림없어." 헬렌이 대꾸했다. "자석을 붙인다든가."

"저도 그렇게 생각해요. 그 사람들이 우리 기운을 빨아먹는 것 같다니까요. 엄청 큰 벼룩마냥 쭉쭉쭉…… 만약 열여섯 살 때 '넌 결국 이런 곳에서 일하게 될 거야'라는 말을 들었다면, 솔직히 무슨 생각을 했을지 모르겠어요. 그 무렵에 꿈꾸던 건 이런 게 아니었거든요. 전 사무변호사의 비서가 되고 싶었……"

비브의 말은 하품 속으로 녹아들었다. 맥이 다 풀려 억울해할 기운도 없는 듯했다. 비브는 반지 하나 끼지 않은 가늘고 예쁘장한 흰 손으로 입가를 톡톡 두드렸다.

비브는 서른두 살인 헬렌보다 대여섯 살 정도 어렸다. 얼굴에 그늘이 지긴 했지만 아직 생기발랄한 청춘이었고, 다갈색이 도는 검은 머리는 숱이 풍성했다. 그녀가 따뜻한 벽돌담에 머리를 기대자 머리칼이 벨벳 쿠션처럼 풍만하게 퍼졌다.

헬렌은 비브의 머리칼이 부러웠다. 헬렌의 머리칼은 연한색, 아니 그녀 자신의 생각에 따르면 잿빛이었고, 용서할 수 없을 정도로 곧게만 자랐다. 그래서 끊임없이 파마를 하다 보니 머릿결이 푸석해져 자꾸 바스러졌다. 바로 얼마 전에도 파마를 해서 고개를 기울일 때마다 희미하게 파마약 냄새가 났다.

헬렌은 사무변호사의 비서가 되고 싶었다는 비브의 말을 곱씹어 보았다. "나는 어렸을 때 마구간에서 일하고 싶었어."

"마구간에서요?"

"그 왜, 말이랑 망아지 돌보는 일 말이야. 생애 한 번도 말을 타 본 적은 없지만. 연간 소녀잡지 같은 데서 무슨 얘기를 읽고 나서였지. 입으로 따가닥따가닥 말발굽 소리를 내면서 빠른 걸음으로 길가를 왔다갔다했어." 헬렌은 그때의 짜릿한 전율이 생생하게 떠올라, 벌떡 일어나 말을 달리듯 비상계단을 오르내리고 싶은 충동이 일었다. "내 말의 이름은 플리트였어. 엄청난 근육질에 재빠르기까지 했지." 헬렌은 담배를 한 모금 빨고 나직이 덧붙였다. "프로이트가 뭐라고 할지 궁금하군."

그녀와 비브는 깔깔 웃어댔다. 둘 다 얼굴이 살짝 상기됐다.

비브가 말했다. "아주 어렸을 때는 간호사가 되고 싶었어요. 입원한 어머니를 보고 나서 생각을 접었지만…… 남동생은 마술사가 되고 싶어했죠." 비브의 눈길이 아련해지며 입가에 미소가 맴돌았다. "곧잘 생각나요. 한번은 언니랑 낡은 커튼으로 망토를 만들어줬거든요. 커튼을 검게 물들여서. 물론 그땐 뭘 하는지도 몰랐죠, 그냥 어린애였으니까. 결국엔 흉측한 물건이 나왔지만 동생한테는 특별한 요술망토라고 둘러댔어요. 그러고서 아버지가 마술세트를 사오셨죠, 동생의 생일선물로. 분명 엄청 비싼 세트였을 거예요! 동생이 사달라는 건 뭐든 사주셨거든요. 버릇을 아주 잘못 들인 거죠. 어딜 데려가기만 하면 뭔가를 사달라고 떼쓰는 애가 됐으니까. 이모가 이렇게 말하곤 했다니까요. '덩컨은 양모가게에 데려가면 털실 한 뭉치라도 사달라고 떼쓸 애다.'"

비브는 차를 한 모금 홀짝이고는 다시 웃었다. "진짜 귀여운 꼬마였는데. 동생은 아버지한테 받은 마술세트를 미심쩍어했어요. 한참 설명서를 읽고 몇 가지 트릭을 시험해보더니 결국 다 치워버리더라고요. 그래서 우리가 물어봤죠. '왜 그래? 맘에 안 들어?' 그랬더니 걔 말이, 음, 마술세트 자체는 괜찮았대요. 다만 그게 있으면 진짜 마술을 부릴 수 있을 줄 알았는데, 그냥 트릭일 뿐이었다나." 비브는 입술을 깨물고 고개를 저었다. "그냥 트릭일 뿐이라니! 가엾은 녀석. 고작 여덟 살이었는데."

헬렌은 빙긋 웃었다. "어린 남동생이 있는 것도 근사하겠네. 나랑 동생은 나이 차가 얼마 안 나서 싸우기만 했어. 한번은 걔가 내 땋은 머리를 문고리에 잡아매고 문을 쾅 닫았는데," 그러면서 자기 두피를 어루만졌다. "진짜 끔찍하게 아팠어. 녀석을 죽여버리고 싶었다니까! 그때 방법만 알았다면 정말로 죽였을 거야. 애들이란 세상에서 가장 악질적인 꼬마 살인마가 될 수도 있다니까. 안 그래?"

비브는 고개를 끄덕였다. 이번에는 좀 모호하게. 그리고 담배를 피웠다. 둘은 그렇게 일이 분쯤 묵묵히 앉아 있었다.

또 커튼이 드리워졌군, 헬렌은 생각했다. 비브의 이런 태도에는 익숙했다. 비브는 소소한 비밀이나 추억을 나누다가도 갑자기 뒤로 물러난다. 마치 너무 많은 말을 했다는 것처럼. 함께 일한 지 일 년 가까이 됐지만, 헬렌이 비브의 사생활에 관해 아는 거라곤 가끔 흘리는 이런저런 얘기를 듣고 짜맞춘 단편적인 정보뿐이었다. 가령, 비브의 집안은 아주 평범했다. 어머니는 일찍 돌아가셨고, 아버지와 함께 런던 남부에 살며, 저녁에 퇴근하면 아버지의 식사를 차리고 빨래를 한다. 약혼도 결혼도 안 했다. 이렇게 예쁜 아가씨가 여태 혼자라니, 헬렌은 이해되지 않았다. 전쟁 때 죽은 연인이 있다는 말은 들어보지 못했다. 그래도 뭔가 사정이 있을 거라고, 상처 같은 게 있을 거라고 짐작했다. 어떤 그늘. 얇게 덮인 한 겹의 재 같은 우울함이 표면 바로 밑에 드리워져 있었다.

가장 큰 수수께끼는 덩컨이라는 남동생이었다. 덩컨은 괴상하달까 남부끄럽달까 그런 분위기를 풍겼는데, 정확히 무엇 때문인지는 알 수 없었다. 그는 아버지와 누나의 집에서 살지 않고 삼촌인가 숙부인가 하는 남자와 같이 살았다. 건강에 아무런 문제가 없는데도 장애인들과 구호 대상자들이 일하는 공장에 다녔다. 헬렌이 종합한 바에 따르면 그랬다. 비브는 동생에 관해 말할 때면 어감이 묘해졌다. 몇 분 전에 그랬듯이 '가엾은 덩컨'이라는 말을 자주 했다. 하지만 기분에 따라 살짝 짜증이 묻어날 때도 있었다. "아, 걔는 괜찮을 거예요." "도무지 세상 물정을 몰라요." "자기만의 세계에 빠져 있죠, 늘 그러듯." 그러고서 그 커튼이 드리워지곤 했다.

하지만 헬렌은 그런 커튼을 존중했다. 자신에게도 어둠 속에 묻어두고 싶은 사생활이 한두 가지쯤 있었으니까……

헬렌은 차를 마저 마시고 핸드백에서 뜨개질거리를 꺼냈다. 군인들에게 보낼 양말과 목도리를 짜는 건 전쟁 때부터 생긴 습관이었다. 전쟁이 끝난 후에는 매월 한 아름씩 우중충한 색깔의 다양한 뜨갯것을 적십자에 보냈다. 지금은 어린이용 발라클라바*를 뜨는 중이었다. 재활용 털실이라 여기저기 이상하게 꼬인 매듭이 있었다. 여름에 하기엔 더운 일이었지만, 무늬를 넣으며 바늘을 놀리다 보면 어느새 푹 빠져들었다. 헬렌은 바늘 쥔 손가락을 빠르게 움직이며 속으로 콧수를 세었다.

비브는 핸드백에서 잡지를 꺼내 휘리릭 책장을 넘기기 시작했다.

"별점 보실래요?" 잠시 후 비브가 묻자 헬렌은 고개를 끄덕였다. "어디 보자. 물고기자리. 오늘은 신중함이 미덕이다. 뜻한 대로 잘 풀리지 않는다. 아까 전 해로에서 온 신사분 얘기네요. 내 건 어디 있지? 처녀자리. 뜻밖의 손님을 조심하라. 어떤 멍청이가 대시라도 한다는

* 머리와 얼굴을 덮고 눈만 보이게 만든 방한용 모자.

얘기인가! 주홍색이 행운을 가져다줄 것이다.” 비브는 얼굴을 찌푸렸다. “이것도 어디 사무실에서 일하는 여자가 지어낸 얘기겠죠? 그 직업 참 부럽네.” 그러면서 페이지를 몇 장 넘기더니 잡지를 펼쳐서 들어 보였다. “이 머리 모양 어때요?”

헬렌은 또 콧수를 세는 중이었다. “열여섯, 열일곱.” 그러고서 사진을 힐끗 보았다. “괜찮네. 하지만 매번 그렇게 풀었다 말았다 해야 한다면 난 못 할 것 같은데.”

비브는 또 하품했다. “저야 가진 거라곤 시간밖에 없는데요, 뭐.”

둘은 한동안 패션잡지를 훑어보다 시계를 확인하고 한숨을 내쉬었다. 헬렌은 패턴지에 표시하고 뜨개질거리를 돌돌 말았다. 둘은 신발을 꿰어 신고 치마를 턴 뒤 창문턱을 넘어 들어왔다. 비브는 컵을 헹군 뒤 파우더와 립스틱을 꺼내들고 거울 앞으로 갔다.

“전투에 임하려면 화장을 새로 정비해야겠죠.”

헬렌은 간단히 얼굴을 매만지고 느릿느릿 대기실로 돌아가 〈릴리풋〉 더미를 가지런히 정리하고 차 도구와 주전자를 치웠다. 그런 뒤 비브의 책상에 있는 일정표를 넘겨보았다. 페이지를 들추며 거기 쓰인 이름들을 훑었다. 미스터 사임스, 미스터 블레이크, 미스 테일러, 미스 힙…… 이 사무실에 전화를 걸게 된 그들의 각종 사연이 벌써부터 눈앞에 펼쳐지는 듯했다. 차이고, 배신당하고, 의심하며 괴로워하고, 심장은 새까맣게 타버리고.

그런 생각을 하니 기분이 뒤숭숭해졌다. 정말 끔찍한 짓이다! 비브가 있어 견딜 만은 하지만, 진짜 현실과 소중하고 의미 있는 것들은 몽땅 손 닿지 않는 저편에 있는데 여기서 이러고 있어야 하다니, 아주 넌더리가 났다……

헬렌은 자신의 사무실로 들어가 책상 위의 전화기를 보았다. 이런 낮시간에 전화를 걸어서는 안 된다. 줄리아는 일할 때 방해받는 걸 싫어하니까. 하지만 일단 생각이 미치자 도저히 배길 수 없었다. 초조한 전율이 등골을 타고 흘렀다. 경련이 일 것만 같았다. 수화기를 들고 싶어 미칠 지경이었다.

아, 젠장! 헬렌은 수화기를 낚아채고 자기 집 번호를 돌렸다. 신호음이 한 번, 두 번 울리고 곧 줄리아의 목소리가 들렸다.

"여보세요?"

"줄리아." 헬렌이 속삭였다. "나야."

"헬렌! 난 또 엄만 줄 알았어. 오늘 벌써 두 번이나 전화하셨거든. 엄마하고 통화하기 전에 회선에 문제가 생겨서 교환원하고도 통화했어. 그전에는 고기 파는 남자가 문간에 와서 귀찮게 했고!"

"무슨 고기?"

"묻지도 않았어. 고양이 고기나 뭐 그런 거겠지."

"진짜 귀찮았겠네. 글 진도는 좀 나갔어?"

"뭐, 조금."

"누구 죽인 사람 있어?"

"그러고 보니 한 사람 있네."

"그래?" 헬렌은 수화기를 좀더 편하게 귀에 댔다. "누구? 래티건 부인?"

"아니, 래티건 부인은 유예기간을 주기로 했고. 멀론 간호사야. 창이 심장을 관통했지."

"창이라고? 햄프셔에서?"

"대령의 아프리카 전리품 중 하나야."

"과연! 그만하면 대령도 깨달은 게 있겠네. 소름 끼치도록 잔인하게 죽인 거지?"

"소름 끼치지."

"피도 많이 나고?"

"철철 흘러넘쳐. 그건 그렇고, 너는? 청첩장 많이 챙길 것 같아?"

헬렌은 하품했다. "그다지."

사실 별로 할말도 없었다. 그저 줄리아의 목소리가 듣고 싶었을 뿐. 전화기 사이로 잡음 섞인 침묵이 흐르는 와중에 미세한 혼선 때문에 다른 사람들의 통화가 뒤죽박죽으로 들렸다. 이내 줄리아가 한층 쾌활하게 말을 이었다.

"저기 헬렌, 이만 끊어야 할 것 같아. 어슐러가 전화한다고 했거든."

"아," 갑자기 경계심이 들었다. "어슐러 웨어링? 전화한댔어?"

"그냥 방송 때문에 몇 가지 자질구레한 일이 있어서 그럴 거야."

"알았어, 뭐, 그래."

"이따 보자."

"응. 이따 봐, 줄리아."

"끊을게."

후, 하는 숨소리. 줄리아가 수화기를 내려놓자 전화가 끊겼다. 헬렌은 수화기를 귀에 댄 채, 연결이 끊긴 뒤에 남은 희미하고도 거친 메아리에 귀기울이며 잠시 그대로 있었다.

비브가 화장실에서 나오는 소리가 들렸다. 헬렌은 얼른 수화기를 가만히 내려놓았다.

“줄리아 씨는 잘 지내요?” 비브는 문득 생각난 김에 물었다. 하루를 마무리하며 헬렌과 함께 재떨이를 비우고 소지품을 챙기며 사무실 안을 돌아다니던 중이었다. “책은 다 끝냈대요?”

“아직.” 헬렌은 고개도 들지 않고 말했다.

“얼마 전에 줄리아 씨의 새 책을 봤어요. 제목이 뭐였더라? 무슨 어두운 눈?”

“밝은 눈.” 헬렌이 정정했다. “위험의.”

“아, 맞다. 위험의 밝은 눈. 토요일에 서점에서 보고 매대 맨 앞으로 옮겨놨죠. 어떤 여자가 와서 유심히 보더라고요.”

헬렌은 싱긋 웃었다. “수수료라도 좀 줘야겠는데. 줄리아한테 확실히 얘기해둘게.”

“그러지 마세요!” 비브는 쑥스러워하며 헬렌을 말렸다. “어쨌든 줄리아 씨 참 대단해요. 그렇죠?”

“그러게.” 헬렌은 어깨를 몇 번 들썩이며 코트를 걸쳤다. 그리고 잠시 머뭇거리는가 싶더니 말을 꺼냈다. “저기, 이번주 〈라디오 타임스〉에 줄리아에 관한 기사가 났어. 라디오 〈암체어 디텍티브〉에 책이 소개될 거거든.”

“정말요? 그런 건 진즉 얘기해주셨어야죠. 〈라디오 타임스〉라니! 퇴근길에 한 부 사야겠네.”

“그냥 짧게 실렸을 뿐이야. 하긴…… 사진도 조그맣게 같이 나왔으니까.”

마땅히 놀라고 흥분해야 할 사실에 헬렌은 어쩐지 별 감흥이 없어 보였다. 어느새 익숙해져 그런 모양이었다. 하지만 비브는 아는 사람이 소설을 쓰고 〈라디오 타임스〉처럼 사람들이 많이 보는 주간지에 사진이 실린다는 게 좀처럼 믿기지 않았다.

둘은 불을 끄고 계단을 내려갔다. 헬렌이 현관문을 잠갔다. 그리고 늘 하던 대로 가발가게 창문 앞에 서서 잠시 가발을 구경했다. 만약 가발을 써야 한다면 어떤 걸로 할까 골라보고, 그 외 나머지는 실컷 비웃어줬다. 그러고서 옥스퍼드스트리트 모퉁이까지 함께 걸어갔다. 거기서 하품 섞인 작별인사를 했고, 내일 또 이 자리로 돌아와 하루를 보내며 똑같은 일을 해야 한다는 생각에 우스꽝스럽게 인상을 썼다.

헬렌과 헤어진 다음 비브는 천천히 걸었다. 그러면서 이런저런 상점의 진열창을 들여다보며 꾸물거렸다. 퇴근길의 극심한 혼잡이 지나간 후 지하철을 탈 생각이었다. 보통은 스트레텀에 있는 집까지 먼길을 버스로 다녔다. 하지만 오늘은 화요일이었다. 화요일 저녁에는 지하철을 타고 화이트시티에 가서 동생과 함께 저녁을 먹는다. 비브는 지하철이 싫었다. 부대끼는 사람들, 그 냄새, 더러운 먼지, 느닷없이 훅 불어오는 더운 바람이 영 불쾌했다. 그녀는 마블아치에서 지하철역으로 내려가는 대신 공원으로 들어가 보도 안쪽 길을 따라 걸었다. 저물녘의 낮게 뜬 해가 긴 그림자를 드리운, 시원스러운 푸른빛이 가득한 공원은 아름다워 보였다. 비브는 분수 옆에서 걸음을 멈추고 물줄기가 오르락내리락 춤추는 모양을 바라보았다. 그리고 잠시 벤치에 앉았다.

아기를 안은 여자가 다가와 비브 옆에 앉았다. 앉으니까 좀 살 만하다는 듯 한숨을 쉬었다. 여자는 전쟁 때 많이 보이던 빛바랜 스핏파이어*와 탱크 문양이 들어간 스카프를 머리에 두르고 있었다. 아기는 잠들었지만 꿈이라도 꾸는지 표정이 계속 바뀌었다. 찡그린 얼굴, 깜짝 놀란 얼굴. 마치 어른이 됐을 때 필요한 표정을 죄다 연습해보기라도 하는 듯했다.

비브는 결국 랭커스터게이트에서 지하철역으로 내려갔다. 우드레인까지는 겨우 다섯 정거장이었다. 먼디 씨의 집은 역에서 도보로 십 분 거리였고, 경견장 뒤쪽으로 돌아가야 했다. 경주가 열리는 날이면 함성소리가 들렸는데, 희한한 소음이었다. 시끌시끌하고 위협적이기까지 한 게, 보이지 않는 해일이 길을 따라 뒤에서 덮쳐오는 느낌이었다. 화요일의 경기장은 조용했다. 길가에서는 아이들이 낡은 자전거 한 대에 셋이 올라타 겨우 균형을 잡고서 먼지를 피워올리며 비틀비틀 지나갔다.

먼디 씨네 대문은 유난스럽게 생긴 작은 걸쇠로 잠겨 있었는데, 비브는 그걸 볼 때마다 어쩐지 집주인인 그가 연상됐다. 현관문에는 창유리가 대어져 있었다. 유리 앞에 서서 가볍게 문을 두드리자 잠시 후 안쪽 복도에서 인기척이 났다. 그림자가 절뚝거리며 천천히 다가왔다. 비브는 얼굴에 미소를 띠었다. 그리고 맞은편에서 똑같은 표정을 짓고 있을 먼디 씨를 떠올렸다.

"안녕, 비비언. 잘 지냈니?"

---

* 2차대전 당시 사용된 영국 전투기.

"안녕하세요, 먼디 씨. 저야 별일 없죠. 잘 지내시죠?"

비브는 안으로 들어가 바닥에 깔린 코코넛매트에 신발 밑창을 닦았다.

"불평할 처지는 못 되지." 먼디 씨가 대답했다.

현관은 좁았다. 비브가 안으로 들어갈 수 있도록 먼디 씨가 비켜설 때면 언제나 어색한 기운이 감돌았다. 비브는 층계 앞으로 가서 우산대 옆에 선 채 코트 단추를 풀었다. 눈이 어둠에 익숙해지기까지는 늘 일이 분가량 걸렸다. 비브는 눈을 깜박이며 주위를 둘러보았다. "동생도 집에 있죠?"

먼디 씨는 현관문을 닫았다. "거실에 있어. 들어가봐."

이미 둘의 대화를 듣고 있던 덩컨이 소리쳤다. "비비언 누나? 누나, 이리 와서 나 좀 봐봐! 지금 일어날 수가 없어."

"바닥에 딱 달라붙어 있거든." 먼디 씨가 웃으며 덧붙였다.

"이리 와서 보라니까!" 덩컨이 다시 소리쳤다.

비브는 거실 문을 밀고 안으로 들어갔다. 덩컨은 머리맡에 책을 펼쳐놓고 난롯가의 러그 위에 엎드려 있었다. 잘록한 등 위에 먼디 씨의 귀여운 얼룩고양이가 앉아 있었다. 고양이는 반죽을 치대는 것마냥 앞발 발가락과 발톱을 쫙 폈다 오므렸다 하면서 매우 만족스러운 듯 가르랑거렸다. 비브를 보고는 눈을 게슴츠레하게 뜨더니 앞발을 더욱 재게 놀렸다.

덩컨이 웃음을 터뜨렸다. "어때? 얘가 나한테 마사지를 해주고 있어."

비브의 어깨에 먼디 씨가 와 닿는 느낌이 들었다. 먼디 씨가 덩컨과 같이 웃었다. 그의 웃음은 가볍고 건조했다. 늙은이의 밭은 웃음. 비브도 도리 없이 따라 웃으며 말했다. "한심한 녀석."

덩컨은 팔굽혀펴기를 하듯 윗몸을 일으켰다. "훈련시키는 거야."

"뭐하러?"

"서커스에 내보내게."

"셔츠 다 찢어지겠다."

"상관없어. 이거 봐."

상체를 일으키는 와중에도 고양이는 미친듯이 등을 주물러댔다. 덩컨이 똑바로 일어서기 시작했다. 고양이가 계속 등에 붙어 있을 수 있도록 천천히 일어나더니 걸어다니기까지 했다. 그러면서 내내 깔깔거렸다. 먼디 씨가 옆에서 힘내라며 응원했지만 고양이는 어느새 질렸는지 바닥으로 폴짝 뛰어내렸다. 덩컨은 바지를 툭툭 털었다.

"가끔은," 덩컨이 비브에게 말했다. "어깨에 그대로 매달려 있기도 해. 그럼 난 고양이를 목에 두르고 돌아다니지. 그렇죠, 호러스 삼촌? 꼭 지금 누나가 입은 옷에 달린 칼라처럼 말이야."

비브의 코트 옷깃에는 작은 인조 모피가 달려 있었다. 덩컨이 다가와 옷깃의 털을 살짝 어루만졌다. 비브가 말했다. "고양이 때문에 셔츠 올이 나갔잖아."

덩컨이 고개를 돌려 쳐다보았다. "그냥 셔츠일 뿐인데 뭐. 난 누나처럼 잘 차려입을 필요가 없는걸. 우리 누나 근사해 보이지 않아요, 삼촌? 세련미 넘치는 전문직 여성."

덩컨은 언제나처럼 매력적인 미소를 지어 보였다. 비브는 동생과 가볍게 포옹하고 뺨에 키스했다. 덩컨의 옷에서 희미한 향기가 났다. 비브는 양초 공장에서 묻어서 온 냄새라는 걸 알았다. 그래도 그 안에서 소년 같은 체취가 느껴졌다. 손을 뻗어 만져보니 덩컨의 어깨가 터무니없이 좁고 앙상한 것 같았다. 비브는 그날 오후 헬렌에게 해준 마술세트 이야기가 생각났다. 덩컨의 어릴 적 모습이 다시금 선명하게 떠올랐다. 패멀라 언니와 함께 쓰는 침대에 기어들어와 둘 사이를 비집고 눕던 동생. 그 가느다란 팔다리, 실크같이 부드럽고 검은 머리칼이 뜨거운 이마에 달라붙은 모습이 아직도 생생했다…… 순간 어린 시절로 되돌아가고 싶었다. 우리가 이렇게 되다니, 이 모든 상황이 여전히 낯설기만 했다.

비브는 코트와 모자를 벗고 덩컨과 함께 자리에 앉았다. 먼디 씨는 부엌으로 들어갔다. 잠시 후 저녁을 준비하는 소리가 들려왔다.

"가서 도와드려야겠다." 올 때마다 비브가 하는 소리였다. 그러면 덩컨은 항상 이렇게 대답했다. "혼자 하는 게 더 편하시대. 금방 콧노래가 들릴걸. 오늘 오후에 치료받고 오셨거든. 기분이 좋은 상태셔. 어쨌든 설거지는 내가 할 테니까, 요즘 어떻게 지내는지나 얘기해줘."

둘은 서로 이런저런 소식을 전했다.

"아버지가 안부 전해달라셨어."

"그래?" 덩컨은 별다른 관심을 보이지 않았다. 그러다 잠시 앉아 있는가 싶더니 금방 들떠서는 자리에서 일어나 선반에서 뭔가를 꺼내 왔다. "이것 봐." 안쪽이 움푹 찌그러진 작은 구리 주전자였다. "일요일에 건졌어, 3실링 6펜스에. 주인이 7실링을 불렀는데 내가 깎았어. 내 생각엔 분명 18세기 물건이야. 우아한 숙녀들이 이걸 들고 차에 크림을 붓는다고 상상해봐, 누나! 물론 그때는 은도금이 되어 있었겠지. 여기 도금이 벗겨진 자국 보여?" 덩컨은 주전자 손잡이가 붙은 자리에 은이 남아 있는 흔적을 가리켰다. "정말 예쁘지 않아? 3실링 6펜스라고! 조금 찌그러진 정도야 아무것도 아니지. 그걸로 가격을 더 후려칠 수도 있었지만, 뭐."

덩컨은 손안에서 주전자를 돌려보며 즐거워했다. 비브가 보기엔 그냥 허접쓰레기였다. 하지만 올 때마다 덩컨은 새로운 물건을 자랑했다. 이 빠진 컵, 우그러든 에나멜 상자, 해진 벨벳 쿠션. 비브는 그 사기컵에 닿았을 입술, 쿠션을 해지도록 문대고 비볐을 꼬질꼬질한 손, 땀이 밴 머리 같은 것만 신경쓰였다. 먼디 씨의 집 자체가 좀 섬뜩하게 느껴졌다. 말 그대로 늙은이의 집이었다. 좁은 방마다 어둡고 거대한 가구들이 들어찼고, 벽에는 온통 액자가 걸려 있었다. 벽난로 선반 위에는 얼룩진 유리 돔케이스에 덮인 산호 몇 개와 밀랍으로 만든 조화가 놓여 있었다. 가스식 구형 램프는 불꽃이 물고기 꼬리 모양이었다. 누렇게 바랜 사진도 몇 장 있었다. 청년 시절의 호리호리한 먼디 씨, 어머니와 누나와 함께 있는 소년 시절의 먼디 씨. 그의 어머니는 빅토리아 여왕처럼 뻣뻣한 검은 드레스 차림이었다. 죄다 죽어버리고 명운이 다한 것들뿐이었다. 그런데 여기에 덩컨이 있었다. 명민한 검은 눈과 해맑은 소년의 웃음을 간직한 채, 제집처럼 편안히 이 모든 것 사이에 있었다.

비브는 가방을 집어들었다. "너한테 줄 게 있어."

햄 통조림이었다. 덩컨이 통조림을 보고 말했다. "이거 참!" 아까 세련미 넘치는 전문직 여성이라고 했을 때처럼 그 어조에는 애정과 함께 살짝 비꼬는 투가 실렸다. 그때 먼디 씨가 쟁반을 들고 절룩거리며 들어오자 덩컨은 통조림을 과장된 몸짓으로 들어 보였다.

"이것 보세요, 호러스 삼촌! 누나가 우릴 위해 가져왔어요."

쟁반에는 이미 통조림 소고기가 올려져 있었다. 비브가 지난번에 가져온 것이다. 먼디 씨가 말했다. "이런, 식사 준비는 다 된 거지?"

셋은 테이블 날개를 펼치고 접시와 찻잔, 토마토 샌드위치, 양상추와 크림크래커를 내려놓았다. 그리고 의자를 당겨 앉아 냅킨을 흔들어 편 후 식사를 시작했다.

"아버지는 잘 계시고?" 먼디 씨가 깍듯이 안부를 물었다. "언니분은? 그 조그맣고 통통한 녀석도 잘 있겠지?" 패멀라의 아들 그레이엄을 말하는 것이었다. "정말 통통하게 생겼잖아? 새끼 돼지마냥! 내가 어릴 적에 보던 아기들하고 똑같아. 이젠 한물간 유행 같지만."

먼디 씨는 얘기를 하면서 햄 통조림 뚜껑을 땄다. 굵고 뭉툭한 손가락으로 뚜껑 따개를 계속 돌리자 기다란 뚜껑 틈새로 연분홍빛 상처 같은 고깃덩어리가 보였다. 비브는 그것을 바라보는 덩컨을 주시했다. 덩컨은 눈을 깜박이더니 고개를 돌리고는 짐짓 명랑하게 말했다. "그땐 아기들한테도 유행이 있었어요? 유행하는 스커트처럼?"

"내 어릴 적엔 말이다." 먼디 씨는 통에서 햄을 꺼내고 젤리 같은 것을 스푼으로 퍼내며 말했다. "바퀴 달린 유모차라는 게 없었어.

너희들이 요즘 보는 유모차는 정말 굉장한 물건이었지. 그런 건 귀족이나 쓰는, 말하자면 최고급품이었거든. 우린 사촌동생들을 석탄용 수레에 태우고 다녔어. 하지만 그땐 애들이 걸음마를 일찍 뗐지. 당시엔 애들도 자기 밥벌이를 해야 했으니까."

"호러스 삼촌, 굴뚝에 처박힌 적은 없어요?" 덩컨이 물었다.

"굴뚝이라니?" 먼디 씨가 눈을 끔벅거렸다.

"엄청 덩치 크고 난폭한 남자가 삼촌 발가락에 불침을 놓지 않던가요? 더 빨리 일하라고!"

"에라이!"

둘은 깔깔댔다. 빈 깡통은 옆으로 치웠다. 먼디 씨는 손수건을 꺼내 코를 풀었다. 트럼펫을 불듯 짧고 강하게. 그런 뒤 손수건을 원래대로 접어 단정히 주머니에 넣었다. 그리고 먹기 전에 샌드위치와 양상추를 자잘한 크기로 세심하게 썰었다. 비브가 머스터드 뚜껑을 열어놓고 깜박 잊자 그것도 도로 잘 닫았다. 식사가 끝나고 고기 찌꺼기와 젤리가 남은 접시는 고양이에게 주었다. 고양이는 먼디 씨의 손마디와 손톱을 샅샅이 핥았다.

다 먹고 난 고양이가 더 달라고 높고 가느다란 소리로 야옹거렸다.

"얘는 바늘처럼 울어요." 덩컨이 말했다.

"바늘?"

"얘가 울면 콕콕 찔리는 느낌이 들거든요."

먼디 씨는 알아듣지 못했다. 그저 고양이의 머리를 쓰다듬으려 손을 내밀었다. "조심해야지, 화가 나면 할퀴니까. 그렇지, 나비야?"

그다음은 케이크를 먹을 차례였다. 먼디 씨와 덩컨은 케이크를 다 먹자마자 일어나서 찻잔과 접시를 치웠다. 비브는 그들이 부산스레 식탁을 치우는 모습을 보며 편치 않은 기분으로 앉아 있었다. 이내 그들은 비브를 홀로 남겨둔 채 부엌으로 가버렸다. 이 집의 문들은 다 무겁고 방음이 잘 됐다. 방안은 적막하고 환기가 되지 않아 몹시 답답한 느낌이었다. 가스등이 쉭쉭대고 구석에 걸린 괘종시계가 꾸준히 똑딱거렸다. 너도 참 고되구나, 비브는 생각했다. 시계도 주인을 닮아 뻣뻣하게 움직이는 것 같았다. 혹은 비브 자신처럼 이 집의 케케묵은 분위기에 짓눌려 있는지도 몰랐다. 비브는 괘종시계의 숫자판을 자신의 손목시계와 대조해보았다. 8시 이십 분 전…… 여기서는 시간이 참 느리게 흘러간다. 꼭 일할 때처럼. 이 얼마나 불공평한지! 다른 때, 느리게 갔으면 싶을 때는 쏜살같이 흘러가면서.

적어도 오늘 저녁에는 기분 전환할 거리가 있었다. 저녁식사 후 으레 그러듯 먼디 씨가 난롯가의 안락의자에 앉자, 덩컨이 비브에게 머리를 잘라달라고 했다. 둘은 부엌으로 갔다. 덩컨은 바닥에 신문지를 펼치고 그 한가운데에 의자를 놓았다. 그리고 따뜻한 물을 가득 채운 통을 가져다놓고 목깃에 수건을 둘렀다.

비브는 적신 빗으로 덩컨의 머리칼에 물을 묻힌 뒤 자르기 시작했다. 낡은 재봉가위를 사용했다. 이 가위를 먼디 씨가 무슨 용도로 쓰는지 누가 알겠는가. 어쩌면 직접 바느질을 할지도. 충분히 그럴 만한 사람이었다. 비브가 발을 옮길 때마다 바닥에 깐 신문지가 버석거렸다.

"너무 짧게는 말고." 덩컨이 가위질 소리를 들으며 말했다.

비브는 동생의 고개를 돌렸다. "가만있어."

"지난번엔 너무 짧게 잘랐단 말이야."

"내 방식대로 자를 거야. 이발사마다 나름의 방식이 있잖아."

"나는 이발사가 마음에 안 들어. 꼭 나를 다져서 파이 속에 넣을 것 같아."

"바보 같은 소리 마. 이발사가 왜 그런 짓을 해?"

"나 꽤 맛있는 파이가 될 것 같지 않아, 누나?"

"뼈밖에 없는 주제에."

"그럼 샌드위치로 만들지도. 아니면 조그만 깡통에 넣을지도 몰라. 그러고서……" 덩컨은 고개를 돌려 장난기어린 표정으로 비브와 눈을 맞췄다.

비브는 동생의 머리를 똑바로 돌렸다. "이러면 머리칼 끝이 들쑥날쑥해져."

"상관없어, 볼 사람도 없는데. 공장에서 같이 일하는 렌이나 볼까. 난 애인도 팬도 없는걸. 누나하고는 달라서……"

"그만 입 좀 다물지?"

덩컨은 웃음을 터뜨렸다. "호러스 삼촌한텐 안 들려. 설사 들린다 해도 신경 안 쓰실걸. 그런 일에는 전혀 관심이 없으니까."

비브는 손을 멈추고 가위 끝을 덩컨의 어깨에 댄 채 말했다. "덩컨, 너 말한 거 아니지?"

"당연히 안 했지."

"하지 마, 절대로!"

"맹세코 안 해." 덩컨은 손가락 끝을 빨고 자기 가슴에 대며 비브를 올려다보았다. 여전히 싱글벙글 웃는 얼굴로.

비브는 마주 웃지 않았다. "농담거리가 아니란 말이야."

"농담도 못한다면 뭐하러 연애해?"

"아버지가 아시면……"

"누나는 항상 아버지 걱정만 해."

"뭐, 누군가는 해야 하니까."

"누나 인생이잖아, 안 그래?"

"그런가? 난 의심스럽던데, 가끔."

비브는 아무 말 없이 다시 머리를 자르기 시작했다. 기분이 뒤숭숭했지만 얘기를 계속하고 싶었다. 동생이 좀더 자신을 놀려대도 좋다는 생각까지 들었다. 그녀에겐 달리 얘기를 나눌 사람이 없었다. 동생이 유일한 대화 상대였다…… 하지만 시간을 너무 오래 끌었는지 덩컨은 금세 딴 데 정신이 팔려 고개를 숙이고 의자 밑 신문지에 떨어진 축축한 검정 머리칼을 내려다보고 있었다. 잘려나갈 때는 한 덩어리로 굽슬굽슬했는데 차츰 물기가 마르면서 한 올 한 올 솜털처럼 흩어졌다. 비브는 동생이 얼굴을 찌푸리는 모습을 보았다.

"이상하지 않아?" 덩컨이 입을 열었다. "머리통에 붙어 있을 때는 참 근사한 머리칼인데, 이렇게 잘려나간 순간 소름 끼치는 물건이 되잖아. 누나, 조금 주워서 로켓*에 넣어둬. 진정한 누나라면 마땅히 그래야지."

* 사진이나 머리카락 따위를 담아 목걸이에 다는 작은 갑.

비브는 다시 동생의 고개를 똑바로 돌렸다. 이번에는 좀 거칠었다. "얌전히 있지 않으면 진정한 누나가 어떤 건지 바로 체험하게 될 거야."

덩컨은 런던 토박이 말투를 흉내내며 외쳤다. "저, 진정한 누나가 생겼어요!"

그 바람에 둘 다 웃음보가 터졌다. 머리를 다 자르자 덩컨은 의자를 옆으로 치우고 뒷문을 열었다. 비브가 담배를 가지고 왔다. 둘은 계단에 앉아 바깥을 내다보며 담배를 피우고 수다를 떨었다. 덩컨은 레너드 선생 집에 갔던 일, 먼디 씨와 함께 여러 번 갈아타야 했던 버스, 그와 관련된 소소한 모험담을 들려주었다. 물에 파란 잉크를 풀어놓은 듯한 하늘에 어둠이 내리며 별이 하나둘 모습을 드러냈다. 방금 뜬 날씬한 달은 완벽한 초승달이었다. 고양이가 나타나 둘의 다리에 몸을 감더니 뒤로 벌렁 누워 만족스러운 듯 사지를 뒤틀었다.

그때 먼디 씨가 거실에서 나왔다. 우리가 뭘 하는지 보러 나온 거겠지, 비브는 생각했다. 창문을 통해 웃음소리를 들었을지도. 먼디 씨는 덩컨의 머리를 보고 한마디했다. "이야! 스위트 씨가 잘라주던 것보다 나은데!"

덩컨은 일어나 부엌을 정리하기 시작했다. 신문지와 머리칼을 한데 모아 뭉치며 말했다. "스위트 씨는 이발가위로 쿡쿡 찌르곤 해요. 그냥 재미삼아서요." 그러면서 자기 목을 스윽 문질렀다. "사람들이 그러는데, 어떤 남자 귀를 싹둑 자른 적도 있대요!"

"그냥 하는 소리지." 먼디 씨는 대수롭지 않게 말했다. "교도소의 뜬소문이란 게 원래 그렇잖아."

"진짜로 거기 있던 사람한테 들었다니까요."

둘은 한동안 옥신각신했다. 비브는 그들이 일부러 그런다는 느낌을 받았다. 자신 때문에 우스꽝스럽게 허풍을 떠는 것 같았다. 먼디 씨만 나오지 않았어도! 대체 단 일 분도 덩컨을 내버려두는 법이 없는 사람이었다. 비브는 계단에 앉아 어두워지는 하늘을 바라보는 걸 좋아하는데, 그들이 교도소에서 있었던 일에 대해 대수롭지 않게 얘기를 늘어놓자 견딜 수가 없었다. 불쾌했다. 방금 전 덩컨에게 느꼈던 친밀감과 애정이 눈 녹듯 사라졌다. 아버지가 떠올랐다. 비브는 자신도 모르게 아버지의 시각으로 덩컨을 바라보고 있었다. 우아하게 부엌을 가로지르는 동생의 단정한 검은 머리와 가냘픈 목, 여자아이처럼 아름다운 이목구비. 비브는 속으로 씁쓸하게 중얼거렸다. 우릴 그 지경으로 만들어놓고, 저것 봐, 자기는 흔적 하나 없이 말끔하잖아!

비브는 홀로 거실로 돌아가 담배를 마저 피우는 수밖에 없었다.

속상해해봤자 달라지는 건 아무것도 없었다. 기운만 축날 뿐이다. 아버지가 그랬던 것처럼. 게다가 비브는 이것 말고도 걱정거리가 많았다. 덩컨이 차를 더 끓여 왔고, 셋은 라디오를 들었다. 9시 15분이 되자 비브는 코트를 챙겨 입었다. 매주 똑같은 시각에 일어났다. 덩컨과 먼디 씨가 늙은 부부처럼 현관문 앞으로 나와 배웅했다.

"동생이 역까지 바래다주면 좋겠지?" 먼디 씨가 물으면 비브가 뭐라 말하기도 전에 덩컨이 심드렁하게 대답했다. "에이, 누난 혼자서도 잘 가요. 그렇지, 누나?"

그러나 오늘밤에는 비브에게 작별 키스를 해주었다. 자신이 누나의 기분을 상하게 했음을 눈치채기라도 한 듯. "머리 잘라줘서 고마워." 덩컨이 조용히 말했다. "햄도 고맙고. 아깐 그냥 농담이었어."

비브는 가는 동안 두 번 뒤를 돌아보았다. 둘은 여전히 그녀를 바라보며 서 있었다. 한 번 더 돌아보았을 땐 문이 닫혀 있었다. 비브는 덩컨의 어깨에 손을 얹은 먼디 씨를 상상했다. 그들이 천천히 거실로 돌아가는 장면을, 덩컨과 먼디 씨가 안락의자에 앉는 장면을 머릿속에 그렸다. 그 집의 숨막히고 텁텁한 공기가 다시 피부에 달라붙는 느낌이 들어 걸음을 좀더 빨리 옮겼다. 그러자 갑자기 기분이 들뜨기 시작했다. 저녁나절의 삽상한 공기와 또각또각 보도에 부딪는 청아한 구둣굽 소리가 마음에 들었다.

하지만 빠른 걸음은 지하철역에 너무 일찍 도착한다는 것을 의미했다. 비브는 지하철이 오가는 동안 매표소 앞에서 서성일 수밖에 없었다. 무표정하고 가차없는 불빛에 무방비로 노출된 느낌이었다. 청년 하나가 비브의 시선을 끌려고 자꾸 말을 걸었다. "이봐요, 예쁜 아가씨!" 그러면서 주위를 얼쩡거리며 노래를 불렀다. 비브는 청년을 떼어내려고 서점 가판대로 갔다. 잡지 진열대를 훑어보다 문득 오후에 헬렌이 했던 말이 생각났다. 〈라디오 타임스〉. 한 부를 집어들어 펼치는데 곧바로 이런 제목의 기사를 발견했다.

위험한 시선들

금요일 밤 10시 10분 〈암체어 디텍티브〉 특집에서 어슐러 웨어링이 줄리아 스탠딩의 새 추리소설 『위험의 밝은 눈』을 소개한다 (오른쪽 프로그램).

몇 줄에 걸쳐 제법 길게 실린 기사는 소설을 극찬하는 내용이었다. 기사 위쪽에는 줄리아의 사진이 실렸다. 고개를 약간 기울이고 시선을 내린 채 양손으로 턱을 괸 모습이었다.

비브는 좀 꺼림칙한 기분으로 사진을 보았다. 줄리아와 사무실 밖 거리에서 한 번 마주친 적이 있는데 별로 마음에 들지 않았다. 너무 영악해 보였달까. 헬렌이 서로 소개시켜주었을 때, 줄리아는 악수를 하면서도 "안녕하세요?"라든가 "만나서 반가워요"라든가 하는 인사를 하지 않았다. 대신 몇 년 알고 지낸 친구마냥 가볍게 말을 건넸다. "잘돼가요? 한 트럭쯤은 결혼시켰나요?" 비브가 "그랬다면 우리가 그 사람들한테 사기친 거죠"라고 받아치자 줄리아는 자기가 무슨 재미있는 농담이라도 한 것처럼 웃어댔다. 그러더니 "그러게, 진짜……"라고 했다. 줄리아는 고급 상류층의 억양으로 저속하게 말을 했다. "일정 잡쳤네." "미치고 환장하겠군." 사람 좋은 헬렌이 그 여자의 뭘 보고 푹 빠졌는지 이해할 수 없었다. 하기야 뭐, 그건 그들 사정이지. 비브는 그 생각을 머릿속에서 밀어냈다.

비브는 진열대에 잡지를 내려놓고 발걸음을 옮겼다. 아까 그녀를 보고 노래 부르던 청년은 어디론가 사라지고 없었다. 시계를 보니 10시 28분이었다. 비브는 매표소 앞을 지나 플랫폼이 아닌 지하철역 입구 쪽으로 돌아갔다. 그리고 기둥에 바짝 붙어서서 거리를 주시했다. 한참을 서 있다보니 오한이 들어 코트 깃을 꽉 여몄다.

잠시 후 차 한 대가 천천히 갓돌 쪽으로 다가왔다. 그렇게 몇 미터 더 나아가다 역에서 가장 불빛이 닿지 않는 곳에 섰다. 차가 지나갈 때 운전자가 살짝 고개를 숙여 그녀를 찾는 모습이 보였다. 잘생긴 얼굴에 불안과 절망의 기색이 있었다. 아까 덩컨에게 느꼈던 것과 같은 감정이 그를 향해 솟아났다. 애증. 그러나 짜릿한 설렘도 없는 건 아니었다. 흥분과 설렘이 다시금 밀려들었고, 점차 강렬해졌다. 비브는 길가 이쪽저쪽을 힐끗 훑고 나서 뛰다시피 조수석 문가로 다가갔다. 레지가 허리를 길게 숙여 조수석 문을 열었다. 그리고 비브가 차에 타자 그녀의 얼굴을 어루만지며 키스했다.

케이는 다시 라벤더힐을 걸어가는 중이었다. 오후부터 저녁까지 내내 돌아다녔다. 대충 커다란 원을 그리며 걸은 셈이었다. 원즈워스브리지에서 켄싱턴까지 올라갔다가 치즈윅을 지나 강을 건너 모틀레이크와 퍼트니를 거쳐 이제 다시 레너드 선생의 집으로 돌아가는 길이었다. 집까지 두세 블록 정도 남았다. 막판에 몇 분인가는 금발의 젊은 여자와 보조를 맞춰 걸으며 말을 걸었다. 하지만 별로 잘되진 않았다.

“그 굽 높은 구두를 신고 어떻게 그리 빨리 걸을 수 있는지 신기해요.” 케이가 말했다. “익숙해지면 다 돼요.” 여자는 건성으로 대답했다. “별것도 아닌 걸 신기해하시네.” 그러면서 케이를 쳐다보지도 않은 채 앞만 보며 길을 갔다. 친구를 만나러 간다고 했다.

“승마가 좋은 운동이 된다고 들었는데.” 케이는 계속 말을 붙였다. "각선미에 좋대요."

"글쎄요, 처음 듣는 얘긴데."

"당신 남자친구는 잘 알지도 몰라요."

"한번 물어보죠."

"남자친구가 아직 그 얘기를 안 했다니 신기한데요."

여자는 웃음을 터뜨렸다. "신기한 것도 많으셔라."

"당신을 보고 있자니 그런 생각이 든 것뿐이에요."

"그래요?"

여자는 고개를 돌려 케이를 잠시 빤히 쳐다보았다. 그러고는 얼굴을 찌푸렸다. 이해하지 못한 것이다, 케이가 왜 이러는지 전혀…… 여자는 "아, 친구가 왔네!"라며 길 건너편에 있는 여자를 향해 손을 흔들고는 발을 더욱 재게 놀려 보도 가장자리로 가서 좌우를 살펴보고 도로를 건넜다. 하이힐을 신은 여자의 발등이 파리했다. 케이는 토끼를 떠올렸다. 뒤에서 보면 털이 하얗게 빛나는 것처럼 보이는, 뜀박질하는 토끼.

여자는 "그럼 이만"이나 "잘 가요"라는 인사도 하지 않았다. 뒤돌아보지도 않았다. 케이 따윈 이미 잊어버린 것이다. 여자는 친구의 팔짱을 끼고 길모퉁이를 돌아 사라졌다.

2

"형의 그녀는 어디 있어?" 셰퍼즈부시의 양초 공장에서 렌이 작업대 맞은편에 있는 덩컨에게 물었다. 공장 사장인 알렉산더 여사를 말하는 것이었다. "오늘 좀 늦으시네. 둘이 싸우기라도 했어?"

덩컨은 피식 웃으며 실없는 소리 집어치워, 라고 말하듯 고개를 저었다.

그러나 렌은 그만둘 기색이 아니었다. 옆자리에 앉은 여자를 팔꿈치로 쿡쿡 찔렀다. "덩컨 형하고 알렉산더 여사가 싸웠대. 형이 딴 여자한테 추파 던지는 걸 현장에서 잡았거든!"

"덩컨, 넌 정말 사람 애간장을 태우는구나." 여자는 넉살 좋게 받아주었다.

덩컨은 또다시 고개를 젓고 일을 계속했다.

토요일 아침이었다. 작업대의 열두 사람은 모두 야간용 일반 양초를 만드는 작업을 하고 있었다. 조그만 밀랍 토막에 심지를 심고 금속 받침대를 붙인 다음 방염 처리된 케이스에 담아 포장 담당자에게 넘겼다. 작업대 한가운데에 설치된 컨베이어벨트가 다 만들어진 초를 대기중인 수레로 옮겼다. 벨트는 천천히 구르며 나직한 소음을 내면서 일정한 간격으로 삐거덕거렸다. 소음 자체는 그리 크지 않았지만 공장의 반을 차지하는 양초제작기의 쇳소리와 덜커덩거리는 소리가 합쳐지면, 옆사람한테 말할 때 평소보다 약간 더 목소리를 높여야 했다. 덩컨은 차라리 웃고 손짓하는 게 편했다. 때로는 아무 말 없이 몇 시간을 보내기도 했다.

반면 렌은 도무지 입을 다물 줄 몰랐다. 덩컨을 놀려도 별 재미를 못 보자 남은 밀랍 쪼가리를 모으기 시작했다. 밀랍을 한데 뭉쳐 꾹꾹 누른 뒤 이리저리 만져서 여자 형상을 뚝딱 빚어냈다. 꽤 솜씨가 좋았다. 렌은 집중하느라 미간에 주름이 잡히고 눈썹이 처지고 아랫입술이 튀어나왔다. 밀랍 덩어리는 그의 손에서 동그랗고 부드럽게 모양이 잡혀갔다. 그러더니 과장된 가슴과 엉덩이, 물결치는 머리 모양이 만들어졌다. 렌은 제일 먼저 덩컨에게 보여주며 외쳤다. “알렉산더 여사야!” 그러고는 마음을 바꿔 작업대에서 일하는 여자애 중 한 명을 불렀다. “위니! 이거 봐, 너야!” 렌은 인형을 들고 걷는 시늉, 엉덩이를 씰룩대는 시늉을 했다.

위니가 소리를 질렀다. 얼굴이 약간 기형인 그녀는 판판하게 눌린 코와 찢어진 입술에 어울리게 찢어지는 비음을 냈다. “재 하는 짓 좀 봐!” 위니가 동료들에게 말했다. 다른 여자애들은 그걸 보고 웃음을 터뜨렸다.

렌은 인형의 가슴과 엉덩이에 밀랍을 덧붙였다. 그리고 내숭을 떨 듯 고상하게 인형을 움직였다. "오, 베이비! 오, 베이비!" 렌은 여자 목소리를 우스꽝스럽게 흉내냈다. 그러더니 위니를 놀려댔다. "네가 그랬잖아, 주임하고 있을 때 말이야!" 작업반 주임 챔피언 씨는 온화한 남자였지만 여자애들은 어쩐지 그를 무서워했다. "진짜 그랬잖아. 내가 다 들었어! 그때 주임이 이랬지." 렌은 인형을 팔 안쪽에 끼고 키스를 퍼부었다. 그러다 손톱으로 인형의 다리 사이를 간질이는 시늉을 했다.

위니가 다시 꽥 소리를 질렀다. 렌은 연신 조그만 인형을 간질이며 웃어대다 나이든 여자에게 엄하게 제지당하고 나서야 그만두었다. 렌의 웃음소리는 키득거림으로 바뀌었다. 그리고 덩컨을 향해 윙크했다. "저 아줌마는 자기도 그래봤으면 해서 좀이 쑤신 거지." 렌은 나이든 여자가 듣지 못하게 숨죽여 말했다. 그런 뒤 밀랍인형을 꾹 눌러 형체를 없애고 자투리 수거용 수레에 던져버렸다.

렌은 항상 우리끼리 하는 말이라며 덩컨에게 여자애들에 관해 떠벌렸다. 입만 열면 여자 얘기였다. "내가 맘만 먹으면 위니 메이슨 정도야 껌이지" 하고 으스댄 것도 여러 번이었다. "걔 입술에 키스하면 어떤 기분일 것 같아? 강아지 똥구멍에 키스하는 느낌일 거야." 종종 밤에 여자애들을 홀랜드파크로 데려가 같이 잤다고 주장하기도 했다. 그걸 일일이 묘사하면서 어찌나 인상을 쓰고 윙크를 해대던지. 렌은 늘 덩컨보다 경험이 많은 것처럼 굴었지만 이제 겨우 열여섯 살이었다. 주근깨 가득한 다갈색 집시풍 얼굴에 통통한 입술은 핑크빛 윤기가 돌았다. 웃을 때는 입술 안쪽 치아가 햇볕에 그을린 주근깨투성이 뺨과 대비되어 유달리 하얗게 보였다.

렌은 깍지 낀 양손으로 뒤통수를 받친 채, 간이의자를 뒷다리 두 개로만 지탱해 앞뒤로 살랑살랑 흔들며 앉아 있었다. 뭐 재미있는 거 없나, 양초 공장 안을 이리저리 둘러보면서. 그러다 잠시 후 신이 난 듯 의자를 앞으로 당겨 앉았다. 그리고 작업대 위로 고개를 숙이고 외쳤다. "알렉산더 여사 등장. 지금 온다. 남자 둘을 달고 왔어!"

여자들이 손으로는 부지런히 야간용 초를 만들며 그쪽으로 고개를 돌렸다. 지루한 반복 작업중 기분 전환거리라면 뭐든 환영이었다. 지난주에는 비둘기 한 마리가 건물 안에 들어와 여자들이 거의 한 시간이나 떼 지어 비명을 지르며 피해 다녔다. 신나게 즐겼던 셈이다. 여자 한두 명은 여사와 같이 왔다는 남자들을 보려고 아예 일어섰다.

덩컨은 밖을 내다보는 사람들을 지켜보다 호기심을 뿌리치지 못하고 의자에서 몸을 돌려 바깥을 바라보았다. 여사가 키 큰 금발 남자와 그보다 좀 작은 갈색 머리 남자를 데리고 공장에서 제일 큰 양초제작기 쪽으로 향했다. 금발 남자는 덩컨을 등지고 서서 고개를 끄덕이면서 이따금 조그만 수첩에 뭔가를 적었다. 다른 남자는 사진기를 들고 있었는데, 기계가 어떻게 작동하는지에는 관심이 없었다. 이리저리 자리를 옮겨가며 기계와 기계공이 화각에 가장 잘 잡히는 지점을 찾아 연방 사진을 찍어댔다. 카메라 플래시가 폭탄이 터질 때처럼 번쩍였다.

"시간 동작 연구*야." 렌이 전문가인 양 말했다. "장담하는데 저

건 시간…… 앗, 이쪽으로 온다!"

렌은 똑바로 앉아 밀랍 한 토막과 심지 한 줄을 집어들고 엄청난 근면성과 집중력을 과시하며 작업에 들어갔다. 여자애들도 조용히 작업대로 돌아와 아까처럼 손을 재게 놀렸다. 그러나 사진사가 알렉산더 여사와 다른 남자를 두고 먼저 들어오자 하나둘씩 대담하게 고개를 들기 시작했다. 사진사는 담뱃불을 붙이고 있었다. 그의 카메라가 어깨끈에 매달린 채 앞뒤로 흔들렸다.

위니가 말을 걸었다. "우리 사진은 안 찍어요?"

사진사는 위니를 위아래로 훑어보았다. 위니 양쪽에 앉은 여자애들에게도 시선을 보냈다. 한 명은 얼굴과 손에 화상을 입어 반들반들한 흉터 자국이 있었고, 다른 한 명은 맹인이나 마찬가지였다. "좋아." 사진사는 이렇게 말하고서 세 소녀가 한데 모여 자세를 잡고 미소 지을 때까지 기다렸다 카메라를 들어 눈가에 갖다댔다. 그런데 셔터를 누르는 척만 했다. 셔터를 반쯤만 누르고 입으로 찰칵 소리를 낸 것이다.

여자애들이 불만을 터뜨렸다. "플래시가 안 터졌잖아요!"

사진사는 대꾸했다. "터진 거 맞아. 이건 특별한 거라서 눈에 안 보여. 엑스레이 같은 거지. 옷 속도 보인다고."

못생긴 여자애들이 사진을 찍어달라고 성가시게 굴 때 왕왕 써먹는 수법임이 분명했다. 덩컨은 민망해서 어쩔 줄 몰랐다. 하지만 정작 위니와 다른 여자애들은 죄다 깍깍거리며 웃어댔다. 나이든

* 업무 효율을 높이기 위해 작업 시간과 작업 동작의 상관관계를 연구하는 분야.

여자들도 웃음을 터뜨렸다. 알렉산더 여사와 금발 남자가 들어올 때도 그들은 여전히 웃고 있었다.

"이런, 여러분." 여사는 에드워드시대 사람다운 교양 있는 말씨로 너그럽게 물었다. "무슨 재미있는 일이라도 있나요?"

여자애들이 키득거리며 대답했다. "아무것도 아니에요, 사장님." 그때 사진사가 윙크나 무슨 제스처를 했는지 그녀들이 다시 까르르 웃음을 터뜨렸다.

여사는 잠시 기다렸지만 사람들이 그 장난질에 자신을 끼워주지 않을 것 같자 결국 주의를 돌려 덩컨에게 물었다. "별일 없죠, 덩컨?"

덩컨은 앞치마에 손을 닦고 천천히 일어났다. 여사가 덩컨을 총애한다는 건 공장 내에 잘 알려진 사실이었다. 사람들은 그가 듣는 데서 이런 얘기를 주고받았다. "알렉산더 여사가 덩컨한테 전 재산을 물려준대! 덩컨 피어스한테 잘 보이는 게 좋을걸. 나중에 사장님이 되실 몸이니까!" 가끔은 덩컨도 그 얘기를 허풍스레 과장해서 사람들을 웃기곤 했지만, 실은 이렇게 여사의 지목을 받을 때마다 늘 부담스러웠다. 오늘은 그 부담이 더했다. 여사가 손님에게 자신을 공장의 '최고 일꾼'으로 소개하려는 게 분명했기 때문이다.

여사는 고개를 돌려 금발 남자를 찾았다. 남자는 여전히 수첩에 양초제작기에 관한 뭔가를 적는 중이었다. 여사가 손을 뻗어 남자의 팔을 살짝 건드렸다. "여기 잠깐 소개를……" 작업대에 나란히 앉은 여자애들은 일찌감치 키득거림을 멈추고 기대에 찬 눈빛으로 쳐다보고 있었다. 남자가 가까이 오면서 고개를 들었다. "이쪽은 저희 야간용 일반 양초 작업반입니다." 여사가 말했다. "덩컨이 제조 과정을 설명해드릴 거예요. 덩컨, 이쪽은……"

남자는 걸음을 멈추고 자기 눈을 믿을 수 없다는 듯 덩컨을 물끄러미 바라보았다. 그러다 씩 웃었다. "피어스!" 여사가 뭐라고 얘기하기도 전에 남자가 소리쳤다. 그리고 덩컨이 멍하니 그를 쳐다보자 덧붙였다. "나 모르겠어?"

덩컨은 그의 얼굴을 똑바로 쳐다보다가 마침내 알아보았다. 프레이저였다. 로버트 프레이저. 교도소 동기로 같은 방에서 지냈던.

덩컨은 너무 놀라 잠시 할말을 잃었다. 순간 예전의 그 세계로 다시 내던져진 기분이었다. 그곳 특유의 냄새, 웅성이며 메아리치는 소리, 끝이 안 보이는 고통과 공포와 권태…… 덩컨의 얼굴은 점점 차가워지다 이내 뜨거워졌다. 다들 자신을 쳐다보고 있었다. 덫에 걸린 느낌이었다. 한쪽은 프레이저가, 다른 한쪽은 알렉산더 여사와 렌과 여자애들이 잡고 있는 덫에.

프레이저가 웃음을 터뜨렸다. 그도 덩컨처럼 이 상황의 미묘함을 간파한 것 같았다. 그래도 그는 이게 굉장한 농담이라도 되는 듯 웃어넘기는 법을 알았다. "우리 전에 만난 적이 있거든요!" 그러면서 여사에게 말했다. "원래 알던 사이입니다. 그러니까……" 프레이저의 시선이 덩컨과 마주쳤다. "오래전부터요."

여사는 혼란스럽다 못해 화가 난 표정이었지만 프레이저는 눈치채지 못했다. 그는 여전히 덩컨을 쳐다보며 웃고 있었다. 그러고는 꽤나 정중하게 손을 내밀어 악수했다. 하지만 다른 손으로는 덩컨의 어깨를 잡고 쾌활하게 흔들어댔다. "하나도 안 변했네!"

"자넨 변했는데." 덩컨은 간신히 대꾸했다.

프레이저는 완전히 어른이 되어 있었다. 마지막으로 봤을 때 그는 스물두 살이었다. 호리호리하고 깡마른 체구에 피부는 하얗고 턱에는 여드름이 잔뜩 나 있었다. 덩컨보다 한두 살 위니까 지금은 스물다섯쯤 됐을 텐데, 어느 모로 보나 덩컨과 정반대꼴이었다. 덩컨은 가녀린 편이었으나, 프레이저는 어깨가 떡 벌어졌고 피부는 햇볕에 그을렸으며 더할 나위 없이 탄탄한 근육질 몸매였다. 넥타이를 매지 않은 셔츠에 코듀로이 바지를 입고 소매에 가죽을 덧댄 갈색 트위드 재킷을 걸친 차림이었다. 하이킹 가방처럼 생긴 크로스백은 사선으로 멨다. 길게 자란 금발에는—당연히 덩컨은 짧게 깎았던 머리밖에 보지 못했다—기름도 거의 바르지 않았다. 활기찬 몸짓에 머리칼이 자꾸 앞으로 흘러내리면 연신 한 손으로 부드럽게 쓸어넘겼다. 얼굴과 마찬가지로 햇볕에 잘 그을린 손이었다. 짧게 깎은 손톱은 광을 낸 것처럼 윤기가 흘렀다.

프레이저가 워낙에 어른스럽고 자신만만해 보여서, 처음 보는 일상복 차림에 매우 여유롭게 굴어서, 덩컨은 그 어떤 감정보다 먼저 스스러움을 느꼈다. 덩컨은 어쩔 줄 몰라하다 웃어버렸다. 알렉산더 여사도 덩달아 미소 지었다.

"프레이저 씨는," 여사가 말했다. "당신에 관한 기사를 쓰러 왔어요, 덩컨."

그 말에 프레이저는 정신이 번쩍 든 눈치였다. 그는 재빨리 덧붙였다. "주간 화보면에 이 공장에 관한 기사를 좀 쓰려고. 지금 내가 하는 일이 그런 거거든. 알렉산더 여사께서 친절하게도 공장을 둘러보게 해주셨고. 난 꿈에도 몰랐어……"

처음으로 프레이저의 미소가 흔들렸다. 그제야 자신이 덩컨의 작업대 앞에서 무슨 짓을 했는지 자각한 모양이었다. 덩컨이 어떤 처지인지도. "꿈에도 몰랐어," 프레이저는 이렇게 말을 맺었다. "여기서 자네를 만날 줄은. 이곳에서 일한 지 얼마나 됐지?"

"덩컨은 우리와 일한 지 삼 년 가까이 됐어요." 덩컨이 머뭇거리자 여사가 대신 대답했다.

프레이저는 그 말을 곱씹으며 고개를 주억거렸다.

"우리 공장에서 제일 유능한 일꾼이죠. 덩컨, 저분과 오랜 친구 사이라니 우리 공장이 어떻게 돌아가는지 직접 설명해주는 게 어때요? 프레이저 씨, 같이 오신 사진사분께선 사진을 찍으셔야겠죠?"

프레이저가 다소 황망히 주위를 둘러보자 사진사가 앞으로 나왔다. 사진사는 카메라를 다시 눈가에 대고 이리저리 위치를 잡았다. 덩컨이 떨떠름하게 조그만 밀랍 토막을 들고 프레이저에게 심지와 금속 받침대와 방염 케이스에 관해 설명하기 시작했고, 사진사는 그 모습을 카메라에 담았다. 설명은 엉망이었다. 카메라 플래시가 터질 때마다 덩컨은 눈을 깜빡였고, 그러다 순간 무슨 얘기를 하던 중이었는지 까먹었다. 반면 프레이저는 미소를 짓고 고개를 끄덕이며 경청하면서 새롭게 알게 된 모든 정보에 대단한 집중력과 관심을 보였다. 이마로 흘러내리는 머리칼을 한두 번 쓸어넘기며 "어떻게 되는 건지 알겠어"라거나 "아, 그래. 그렇겠군"이라고 장단을 맞췄다.

설명은 몇 분이면 족했다. 완성된 야간용 초를 작업대 가운데에서 돌고 있는 컨베이어벨트에 올려놓자 초는 벨트 끝에 놓인 수레로 들어갔다. "이게 끝입니다." 덩컨이 말했다.

여사가 앞으로 나왔다. 줄곧 근처에서 서성이며 그 모습을 지켜보던 여사는 학예회를 망친 아들을 보는 어머니마냥 약간 실망한 기색이었다. 그래도 "자," 하고 만족스러운 듯 말했다. "제조 과정이 무척 간단하죠. 보시다시피 이 조그만 야간용 초는 일일이 사람 손으로 만든답니다. 덩컨, 여기서 일하면서 얼마나 많은 초를 만들었는지 헤아릴 수도 없죠?"

"네, 아무래도." 덩컨이 대답했다.

"그래요…… 어쨌든 제법 잘하고 있어요. 그리고," 여사는 이 상황을 타개할 묘안을 궁리했다. "음…… 컬렉션은 어떻게 잘되어가나요?" 그러면서 프레이저 쪽으로 돌아섰다. "알고 계시겠지만, 프레이저 씨, 덩컨은 훌륭한 골동품 수집가예요."

프레이저는 어색한 한편 흥미가 일었다. 그는 전혀 몰랐다고 고백했다. "저런!" 여사는 신이 나서 열정적으로 말을 쏟아냈다. "저런, 컬렉션은 덩컨의 아주 멋진 취미예요! 덩컨이 찾아낸 아름다운 물건들을 보면 정말 숨이 막힐 지경이지요! 저는 덩컨을 딜러들의 재앙이라고 부른답니다. 가장 최근에 찾아낸 건 뭐죠, 덩컨?"

도저히 빠져나갈 구멍이 없었다. 덩컨은 다소 격식을 차린 어투로, 이번주 초에 먼디 씨 집에서 비브에게 보여주었던 크림 주전자에 관해 말했다.

여사의 눈이 휘둥그레졌다. 덜커덩거리는 공장 바닥의 소음에 맞서 목소리를 높였다는 사실만 제외하면 마치 티파티에라도 와 있는 듯했다.

"3실링 6펜스라고 했나요? 마틴 양에게 꼭 말해줘야겠네. 은제 골동품에 푹 빠진 친구거든요. 이 얘기를 들으면 부러워 미치려고 할 거예요. 덩컨, 언제 꼭 한번 그 깜찍한 주전자를 가져와서 보여줘요. 네?"

"네, 원하신다면." 덩컨은 대답했다.

"원하고 말고요. 참, 삼촌은 잘 계신가요? 프레이저 씨, 덩컨은 삼촌을 극진히 모시는데……"

덩컨은 그 말을 듣는 순간 거의 패닉 상태가 되어 움찔 한 발을 앞으로 내디뎠다. 여사는 그의 얼굴에 떠오른 표정을 잘못 해석하고는 "어머," 하며 덩컨의 어깨를 가볍게 두드리고 웃었다. "내가 너무 주책이었나요. 그럼 야간용 초는 당신에게 맡기고 이만 갈게요." 여사는 작업대 쪽으로 눈길을 돌렸다. "안녕, 렌? 별일 없지, 위니? 메이블, 그리닝 씨한테 그 의자 얘기는 했니? 잘했어." 그러고는 또 한번 프레이저의 팔을 살짝 잡았다. "자, 이제 저하고 포장실로 가시겠어요, 프레이저 씨?"

프레이저는 바로 따라가겠다고 대답했다. "우선 여기서 좀 적어 둘 게 있어서요." 그는 여사가 움직일 때까지 기다렸다 수첩에 뭔가를 급히 휘갈겨썼다. 그리고 다시 덩컨에게 다가가 사과하듯 말했다. "피어스, 지금은 가봐야겠어. 이거 내 주소야." 그는 수첩 한 페이지를 찢어 덩컨에게 건넸다. "한번 들르지? 이번주 아무때나, 응?"

"원한다면." 덩컨은 좀전과 같은 대답을 했다.

프레이저는 씩 웃어 보였다. "그래. 다음에 제대로 다시 이야기 나누자. 그동안 네가 뭘 하고 지냈는지 전부 알고 싶어." 프레이저는 마지못해 발걸음을 뗐다. "전부 다!"

덩컨은 고개를 숙이고 의자를 끌어당겼다. 다시 고개를 들었을 때는 프레이저와 사진사와 알렉산더 여사가 막 문을 나서서 옆 건물로 가는 중이었다.

문이 닫히자마자 여자애들이 다시 킥킥거렸다. 위니가 그 째진 목소리로 외쳤다. "덩컨, 그 사람이 뭘 준 거야? 자기 집 주소? 5실링 줄 테니 나 주라!"

"나는 6실링 줄게!" 위니 옆자리의 여자애가 소리쳤다.

다른 여자애도 일어나 덩컨이 받은 쪽지를 낚아채려 했다. 덩컨은 그녀들을 피하고 막으며 웃음을 터뜨렸다. 사람들이 이 상황을 그저 재미있는 해프닝으로 받아들였다는 사실에 안도하면서. 렌이 프레이저에 대해 말했다. "저 자식이 하는 거 봤지? 형이 줄을 잡았다는 얘길 들은 거야. 저놈하곤 어디서 알게 된 거야?"

여전히 여자애들과 씨름하면서 덩컨은 아무 대답도 하지 않았다. 사람들이 덩컨을 놀려대기를 그만두고 다른 화제로 옮겨갈 즈음 프레이저의 주소가 적힌 쪽지는 공처럼 구겨져 있었다. 덩컨은 앞치마 주머니에 쪽지를 넣었다. 어디 흘리지 않도록 주머니 맨 밑에 잘 넣어놓고도 그후 몇 시간 내내 남들 몰래 자꾸 손을 넣어 쪽지가 잘 있는지 확인했다. 실은 쪽지를 꺼내 제대로 보고 싶은 마음이 굴뚝같았다. 하지만 보는 눈이 그렇게 많은 데서 그러고 싶지는 않았다. 궁금해서 더는 참을 수 없을 지경에 이르자 덩컨은 챔피언 주임이 공장을 둘러보러 왔을 때 허락을 받고 화장실에 갔다. 그러고서 칸 안으로 들어가 문을 걸어잠그고 주머니에서 쪽지를 꺼내 조심스레 펼쳤다.

프레이저와 얼굴을 맞대고 얘기할 때보다 지금이 훨씬 더 긴장됐다. 아까는 딴사람들한테 신경이 쓰여 정신이 하나도 없었지만, 지금 다시 생각해보니 프레이저를 만났다는 사실과 그가 허물없이 친하게 굴었다는 사실이 굉장한 일로 느껴졌다. 굳이 주소까지 적어주면서 "한번 들르지, 응?" 하고 당부하지 않았는가. 주소는 풀럼 근처로 그리 멀지 않은 곳이었다. 덩컨은 쪽지를 들여다보며 그곳에 가면 어떨지 상상했다. 가령 어느 날 저녁이라고 해보자. 덩컨은 거기까지 가는 자신의 모습을 그려보았다. 어떤 옷차림을 하고 갈 것인가. 스테아르산과 향내가 밴 작업복이 아니라, 괜찮은 바지에 목깃을 푼 셔츠를 입고 산뜻한 재킷을 걸칠 것이다. 그리고 프레이저가 현관문을 열었을 때 어떤 상황이 펼쳐질지 상상했다. "안녕, 프레이저." 자신이 무심하게 인사하면 프레이저는 기쁨과 경탄에 소리치리라. "피어스! 이제야 신사답게 보이는군. 그 망할 공장은 때려치운 거야?" "아, 그 공장." 자신은 손을 내저으며 대답한다. "알렉산더 여사를 외면할 수 없어서 심심풀이로 나간 것뿐이야……"

덩컨은 이렇게 십여 분쯤 몽상에 젖어 있었다. 프레이저의 집 앞에 자신이 당도하는 장면만 되풀이해 그렸다. 사실 프레이저가 안으로 들어오라고 하면 그다음은 어떻게 될지 감도 오지 않았다. 상상을 거듭하면서도 정작 프레이저의 집을 방문할 생각은 전혀 없었다. 오히려 한편으로는 이렇게 중얼거렸다. 프레이저가 정말로 날 보고 싶어할 리 없어. 예의상 주소를 알려준 것뿐이야. 원래 하찮은 일에도 그 순간만은 미친듯이 기뻐하는 사람이잖아. 그러고선 금세 깡그리 잊어버리지……

그때 화장실 문이 여닫히는 소리와 함께 주임의 목소리가 들렸다. "어디 안 좋은가, 덩컨?"

"아뇨, 주임님!" 덩컨은 소리쳤다. 그리고 물 내리는 사슬을 잡아당겼다.

그러고는 들고 있던 쪽지를 다시 한번 보았다. 이제 이걸 어떻게 처리한다? 결국 덩컨은 종이를 잘게 찢어 물이 휘돌아내려가는 변기에 흘려보냈다.

"꼭 그렇게 꿈지럭거려야겠어, 자기야?" 줄리아가 투덜거렸다.

헬렌은 어깨를 움직이며 억울하다는 듯 말했다. "수도꼭지 때문에 그래. 이쪽 건 얼음같이 차고, 저쪽 건 뜨거워서 귀를 데겠어."

둘은 욕조 안에 함께 누워 있었다. 토요일 아침에는 늘 같이 목욕을 했다. 번갈아가며 욕조의 평평한 쪽을 차지했는데, 이번주는 줄리아 차례였다. 줄리아는 양팔을 쭉 뻗고 고개를 뒤로 젖힌 채 눈을 감고 누워 있었다. 머리를 올려 수건으로 동여맸음에도 흘러내린 몇 가닥이 물이 찰랑거릴 때마다 턱과 목에 달라붙었다. 줄리아는 인상을 찌푸리며 머리칼을 귀 뒤에 꽂았다.

헬렌은 다시 몸을 뒤척이다 제법 편안한 자세를 찾아내고 겨드랑이와 사타구니, 육신의 패고 주름진 모든 부위로 밀려드는 따뜻하고 기분좋은 물살을 잠잠히 음미했다. 그리고 손바닥을 펴서 수면에 대고 표면장력을 느껴보았다. "우리 다리 엉킨 것 좀 봐." 헬렌이 소곤거렸다.

같이 목욕할 때면 둘은 항상 조용조용 말했다. 이 욕실은 건물 지하에 사는 가구와 공동으로 사용했다. 다들 정해진 시간에 욕실을 사용하므로 들킬 염려는 별로 없었지만 벽면 타일 때문에 소리가 울릴 것 같았다. 줄리아는 말소리나 물 튀는 소리, 욕조 안에서 사지가 부딪는 소리까지 아래층에 들릴지도 모른다고 생각했다.

"난 이렇게 허여멀건데 네 피부 좀 봐." 헬렌이 말을 이었다. "진짜 그리스인처럼 가무스름해."

"물속에 있어서 더 까매 보이겠지." 줄리아가 대답했다.

"똑같이 물속에 있는데 난 까매 보이지 않는걸." 헬렌이 대꾸했다. 그러고서 붉고 노르스름한 자기 뱃살을 쿡쿡 찔렀다. "이러니 눌린 정육점 고기처럼 보이네."

줄리아는 눈을 뜨고 헬렌의 허벅지를 힐끔 쳐다보았다. "앵그르*의 그림에 나오는 아가씨 같은데." 그녀는 속 편하게 말했다.

줄리아는 곧잘 이런 식으로 알쏭달쏭하게 칭찬을 했다. "소비에트 벽화에 등장하는 여인 같아." 얼마 전 그물 가방 두 개에 잔뜩 장을 봐온 헬렌을 보고 줄리아가 말했다. 그때 헬렌은 사각턱에 입술이 얇은 근육질 여자를 떠올렸다. 이번에는 엉덩이가 펑퍼짐한 오달리스크**가 떠올랐다. 헬렌은 줄리아의 다리에 한 손을 얹었다.

---

* 프랑스 신고전주의 화가 장 오귀스트 도미니크(1780~1867).

솜털이 가슬가슬하게 손바닥을 간질였다. 정강이는 날씬하고 손에 쥐는 맛이 있었다. 열기 탓에 복사뼈 위의 정맥이 툭 불거졌다. 헬렌은 그것을 유심히 보다가 꾹 눌러 혈관이 퍼지는 모양을 관찰했다. 그 속에서 피가 솟구치고 있다고 생각하니 슬그머니 몸서리가 쳐졌다. 그러다 줄리아의 발목을 쓸면서 내려가 발을 잡고 슬슬 문질러주었다. 줄리아가 미소를 띠었다. "그거 좋은데."

줄리아의 발은 넓적하고 투박했다. 전형적인 영국 여자의 발이라고 헬렌은 생각했다. 정말이지 줄리아의 몸에서 유일하게 안 예쁜 부분이었다. 그래서 더 애틋하게 줄리아의 발을 만졌다. 찬찬히 발가락을 잡아당기고 그 사이를 손가락으로 누볐다. 그리고 손바닥으로 발가락 전체를 감싸쥐고 가볍게 꺾었다. 줄리아는 기분좋은 신음소리를 냈다. 머리카락이 자꾸 흘러내려 그녀의 목에 달라붙었다. 윤기 있게 흐느적거리는 검은 머리칼은 마치 해초 같았다. 아니, 인어의 머릿결 같았다. 어째서 그림책이나 영화에 나오는 인어의 머리는 다 금색인 걸까? 헬렌은 의아했다. 진짜 인어가 있다면 머리색이 분명 줄리아처럼 검을 거라고 확신했다. 진짜 인어는 배우처럼 매력적인 여성이 아니라 괴이하고 으스스하게 생겼을 것이다.

"줄리아, 너한테 꼬리 말고 발이 있어서 다행이야." 헬렌은 엄지손가락으로 줄리아의 발바닥 오목한 부분을 지그시 누르며 말했다.

"그래? 동감이야."

** 터키 궁정의 궁녀.

"그래도 조개껍데기 브래지어를 하면 네 가슴이 멋져 보일 것 같긴 해." 헬렌은 우스운 얘기가 생각나 빙그레 웃었다. "브래지어가 모자한테 뭐라고 했게?" 줄리아에게 물었다.

줄리아는 잠깐 생각해보더니 말했다. "몰라. 뭐랬는데?"

"먼저 올라가 있어. 난 이거 두 개 들고 올라갈게."

둘은 깔깔거렸다. 얘기가 웃겨서라기보단 헬렌이 그런 실없는 농담을 했다는 사실이 재미있어서였다. 줄리아는 여전히 고개를 뒤로 젖힌 채였다. 그녀의 웃음소리는 목구멍에 걸려 어린애같이 퐁퐁거리는 게 듣기 좋았다. 평소의 '사회적'인 웃음과는 전혀 달랐다. 헬렌은 줄리아의 사교용 웃음이 마음에 들지 않았다. 줄리아는 웃음소리를 죽이려 입을 막았다. 그러자 몸이 떨리면서 복부가 흔들렸고 배꼽이 죄어들었다.

"배꼽이 나한테 윙크했어." 헬렌이 계속 웃으며 말했다. "되게 건방져 보이네. 건방진 배꼽. 꼭 바닷가 선술집 이름 같지 않아?" 헬렌은 다리를 움직이며 하품했다. 줄리아의 발을 마사지하다보니 좀 지쳤다. 그래서 줄리아의 발을 내려놓았다. "줄리아, 날 사랑해?" 헬렌은 자세를 바꾸며 속삭였다.

줄리아는 다시 눈을 감았다. "당연하지."

둘은 한동안 아무 말 없이 누워 있었다. 물이 식으면서 수도관이 삐걱거리는 소리를 냈다. 배관 어딘가에서 물방울이 끊임없이 똑똑 떨어졌다. 지하에 사는 남자가 이 방 저 방을 쿵쿵거리며 돌아다니다 이내 딸인지 아내인지한테 소리를 빽 질렀다. "그게 아니라니까, 이 지지리 멍청한 년!"

줄리아가 혀를 쯧쯧 찼다. “저 역겨운 자식.” 그러고선 눈을 뜨더니 헬렌을 부드럽게 꾸짖었다. “헬렌, 넌 어떻게 된 애가.” 헬렌이 욕조 너머로 고개를 빼고 귀를 기울이고 있었기 때문이다. 헬렌은 줄리아에게 조용히 하라고 손을 내저었다. “너나 잘해, 이년아!” 아래층 남자의 단골 멘트였다. 이어서 그의 아내가 넋두리를 늘어놓았다. 그 소리는 항상 모기가 앵앵대는 정도로만 들려왔다.

“어휴, 헬렌.” 줄리아는 못마땅하다는 듯 말했다. 헬렌은 다시 얌전히 목욕물 속으로 잠겨들었다. 가끔 혼자 목욕할 때 아래층에서 큰소리가 나면 헬렌은 머리칼을 옆으로 넘기고 카펫에 무릎을 꿇고 엎드린 채 바닥에 귀를 대어보기도 했다. 언젠가 한번은 그러고 있다가 남자가 “너 위층의 저 재수없는 호모들처럼 될 줄 알아!”라고 소리치는 걸 들은 적도 있다. 줄리아에게는 말하지 않았다.

오늘 아래층 남자는 일이 분 정도 투덜거리다 말았다. 문이 쾅 닫혔다. 헬렌과 줄리아가 욕실로 갖고 내려온 물건들—가위, 족집게, 케이스에 든 안전면도기—이 제자리에서 펄쩍 뛰었다.

그때가 11시 반이었다. 둘은 책이나 몇 권 들고 리전트파크에 가서 느긋하게 피크닉을 즐길 생각이었다. 이곳은 에지웨어로드 바로 동쪽 거리라 공원이 아주 가까웠다. 헬렌은 물이 차갑게 식을 때까지 좀더 누워 있다 몸을 일으켜 씻었다. 엉거주춤하게 뒤로 돌자 줄리아가 그녀의 등에 비누칠을 한 다음 씻어주었다. 줄리아가 등을 돌리자 그녀도 똑같이 닦아주었다. 헬렌은 일어나 밖으로 나왔지만, 줄리아는 다시 욕조 깊숙이 몸을 담그고 빈 공간으로 발을 쭉 뻗으며 고양이처럼 웃었다.

헬렌은 잠시 줄리아를 바라보다 허리를 숙여 키스했다. 줄리아의 모습, 그 매끄럽고 따스하고 비누향 나는 입술 감촉이 좋았다.

헬렌은 가운을 걸치고 문을 열었다. 일단 귀를 쫑긋 세우고 복도에 아무도 없는지 확인했다. 그러고선 발뒤꿈치를 들고 계단 쪽으로 뛰어갔다. 욕실은 거실과 같은 층에 있었다. 부엌과 침실은 한 층 더 올라가야 했다.

헬렌이 옷을 다 입고 침실 거울을 보며 머리를 빗고 있을 때 줄리아가 들어왔다. 헬렌은 거울을 통해 그녀를 바라보았다. 줄리아는 무심히 탤컴파우더를 두드리고, 머릿수건을 휙 잡아당겨 풀고, 속바지와 스타킹과 멜빵과 브래지어를 주워들며 방안을 나체로 쏘다녔다. 창문 아래 아담한 벤치의 쿠션 위에 옷가지가 쌓여 있었고, 그 위로 줄리아가 던진 수건이 바닥으로 떨어지면서 양말 한 짝과 페티코트까지 쓸려내려왔다.

그 창가 자리는 맨 처음 이 집을 보러 왔을 때 첫눈에 반했던 것 중 하나였다. "여기 같이 앉아서 기나긴 여름저녁을 보낼 수도 있겠다." 둘은 그런 얘기를 했었다. 헬렌은 창턱을 가리다시피 한 옷무더기를 쳐다보았다. 흐트러진 침대와 여기저기 놓인 찻잔과 머그컵, 읽거나 읽지 않은 책더미. "이런 방은 상상도 못했어. 여기서 중년 여자 둘이 난잡한 계집애들처럼 살고 있다니. 세상에. 어렸을 때 어른이 되면 어떤 집에서 살지 생각해보곤 했는데, 난 언제나 굉장히 깔끔하고 잘 정리된 집을 떠올렸어. 우리 엄마 집처럼. 그런 깨끗한 집이 누구한테나 저절로 주어지는 줄 알았다니까. 마치…… 음, 뭐라고 해야 하나."

"마치 사랑니처럼?"

"그래, 맞아." 헬렌은 소매로 거울 표면을 스윽 훔쳤다. 먼지가 새까맣게 묻어났다.

그들 나이쯤 된 비슷한 계층의 사람들은 청소부를 따로 두었다. 하지만 둘은 그럴 수 없었다. 침대를 같이 썼기 때문이다. 바로 위층에 작은 방이 또하나 있는데, 이웃이나 방문객한테는 '헬렌의 침실'이라고 해두었다. 그 방에는 오버코트와 스웨터와 웰링턴부츠를 보관하는 수수한 빅토리아 양식 옷장과 구식 간이침대가 있었다. 하지만 가정부한테까지 헬렌이 매일 밤 거기서 자는 걸로 해두기엔 무리가 있어 보였다. 분명 그 사실을 까먹고 말 테니까. 게다가 가정부란 그 방면의 냄새를 맡는 데 귀신이 아니던가? 요즘같이 줄리아의 책이 잘나가는 시점에서는 거듭 신중을 기할 필요가 있었다.

줄리아가 거울 앞에 섰다. 구겨진 갈색 리넨 원피스를 입고 손가락으로 대충 머리를 빗었다. 그녀는 어떤 혼란 속에서도 가뿐히 빠져나와 참 어처구니없게도 단정하고 아름답게 보이는 재주가 있었다. 바로 지금처럼. 줄리아는 거울 앞에 얼굴을 바싹 들이밀고 립스틱을 발랐다. 도톰한 입술은 다소 과하게 컸다. 하지만 얼굴 대칭과 균형이 워낙 잘 잡혀 있어서 거울에 비친 모습도 실제와 완전히 똑같았다. 반면 헬렌의 얼굴은 거울로 보면 한쪽으로 치우친 듯 약간 위화감이 들었다. 예쁘장한 양파 같아, 언젠가 줄리아가 그렇게 말했다.

둘은 화장을 마치고 먹을 것을 챙기러 부엌으로 갔다. 빵과 양상추, 사과, 치즈 한 덩이, 맥주 두 병이 있었다. 헬렌이 예전에 집을 꾸밀 때 먼지막이로 썼던 낡은 체크무늬 천을 끄집어냈다. 그것들을 전부 캔버스 가방에 욱여넣고 책과 지갑과 열쇠를 챙겼다. 줄리아는 담배와 성냥을 가지러 위층 자기 서재로 뛰어올라갔다. 헬렌은 부엌 창가에 서서 뒤뜰을 내다보았다. 성질 더러운 아래층 남자가 왔다갔다하며 가끔 허리를 굽히는 모습이 보였다. 남자는 뒤뜰에 직접 만든 조그만 토끼장을 놓고 식용 토끼를 몇 마리 키웠다. 지금은 토끼한테 먹이나 물을 주는 모양이었다. 얼마나 살이 올랐나 확인하는 중일지도. 토끼들이 저렇게 좁은 곳에 한데 뭉쳐 있다고 생각하면 늘 마음이 좋지 않았다. 헬렌은 창가에서 떨어져 가방을 어깨에 멨다. 맥주병이 열쇠에 부딪혀 짤랑거렸다. "줄리아," 헬렌이 소리쳤다. "갈 준비 다 됐어?"

둘은 계단을 내려가 거리로 나왔다.

그들이 사는 집은 19세기 초에 지어진, 정원을 가운데 두고 마주 보고 있는 테라스하우스였다. 테라스는 흰색이었다. 좀더 정확히 말하면 줄무늬 진 노리끼리한 잿빛. '런던 화이트'랄까. 치장벽토를 바른 전면부의 홈과 구멍들은 매연과 그을음과 최근 날리는 벽돌가루 때문에 시커멨다. 집집마다 웅장한 현관문과 포치가 딸린 걸 보아 한때는 제법 근사한 주거지였을 것이다. 섭정시대*에는 패니라든가 소피아, 스키틀스 같은 이름으로 불리던 어린 매춘부들의 아지트였을지도 모른다. 줄리아와 헬렌은 엠파이어라인 드레스

* 병약해진 조지 3세를 대신해 아들 조지 4세가 통치한 1811~1820년.

를 입고 밑창이 푹신한 신발을 신었을 그녀들이 폴짝폴짝 계단을 뛰어내려가 개인용 안장을 들고 로튼 거리로 말을 타러 나가는 모습을 즐겁게 상상하곤 했다.

날이 궂을 때는 빛바랜 치장벽토가 음산한 느낌을 주기도 했다. 그러나 오늘은 거리에 햇살이 눈부시게 쏟아졌고, 파란 하늘과 대비되어 건물 전면이 뼈다귀처럼 새하얗게 보였다. 오늘 같은 날은 런던도 나쁘지 않네, 헬렌은 생각했다. 보도는 더러웠지만 그건 이를테면 햇볕 아래서 몇 시간쯤 뒹군 고양이털 같은 더러움이었다. 현관이고 덧창이고 모두 활짝 열려 있었다. 거리에는 차가 거의 없었다. 헬렌과 줄리아는 길을 걸어가며 아이들이 제각기 떠드는 소리며 웅웅거리는 라디오 소리, 사람 없는 방에서 울리는 전화벨 소리까지 다 구분할 수 있었다. 베이커스트리트에 가까워지자 리전트파크 밴드의 연주가 들리기 시작했다. 챙 빰빠빠 하는 소리가 어렴풋이 들렸다. 음악소리가 미묘한 공기의 흐름을 타고 빨랫줄에 널린 옷처럼 커졌다 작아지곤 했다.

줄리아가 어린애처럼 헬렌의 손목을 잡아끄는 시늉을 했다. "빨리 가보자! 얼른! 이러다 퍼레이드 놓치겠어!" 그녀의 손가락이 헬렌의 손바닥을 잡았다가 스르륵 빠져나갔다. "꼭 이래야 될 것 같지 않아? 이 멜로디, 뭐였더라? 기억나?"

둘은 발걸음을 늦추고 좀더 주의깊게 귀를 기울였다. 헬렌은 고개를 저었다. "전혀 모르겠어. 현대곡 아니면 그냥 불협화음?"

"그건 아닐걸."

음악소리가 높아졌다. "얼른!" 줄리아가 또 재촉했다. 둘은 미소 지으며 다시 어른으로 돌아왔다. 하지만 아까보다는 걸음이 빨라졌다. 클래런스게이트를 통해 공원으로 들어가 사람들이 뱃놀이하는 호수 옆길을 쭉 따라갔다. 연주 무대에 가까워지자 음악은 점점 크고 선명해졌다. 좀더 가까이 갔을 때 마침내 멜로디를 알아들을 수 있었다.

"아하!" 헬렌이 소리쳤고 이내 둘은 폭소했다. 〈네! 바나나는 없어요〉[*]를 못 알아듣다니.

둘은 길을 벗어나 마음에 드는 장소를 찾아냈다. 양지와 그늘이 반씩 섞인 곳이었다. 땅은 단단하고 풀은 샛노랬다. 헬렌이 가방을 내려놓고 가져온 천을 꺼냈다. 둘이서 천을 펼치고 신발을 벗어던진 다음 음식을 늘어놓았다. 냉장고에서 꺼내 온 맥주는 아직도 차가웠다. 맥주병이 헬렌의 뜨거운 손에서 기분좋게 미끄러졌다. 헬렌은 가방 쪽으로 다시 가서 잠시 그 안을 뒤적이다 고개를 들었다.

"병따개를 안 가져왔어, 줄리아."

줄리아가 질끈 눈을 감았다. "망할. 마시고 싶어 죽겠는데. 어쩌지?" 그러면서 맥주병을 들고 뚜껑을 잡아당기기 시작했다. "병따개 없이 멋지게 뚜껑 따는 법 같은 거 몰라?"

"이로 따란 소리야?"

"걸스카우트였다며?"

"그게, 걸스카우트 애들은 내 배낭 속의 페일 에일을 마셔도 되는 건지 망설이는 쪽이었거든."

---

* 브로드웨이 풍자극 〈메이크 잇 스내피!〉(1922)의 최대 히트곡.

둘은 병을 갖고 낑낑댔다.

"이래선 안 되겠다." 마침내 헬렌이 입을 열며 주위를 둘러보았다. "저기 남자애들이 있네. 가서 칼이나 그 비슷한 거라도 갖고 있는지 물어봐."

"못 해!"

"가봐. 남자애들은 늘 주머니칼을 갖고 다니니까."

"네가 물어봐."

"나는 가방을 짊어지고 왔잖아. 네가 가, 줄리아."

"젠장." 줄리아는 그다지 우아하지 않은 포즈로 일어나 양손에 맥주병을 하나씩 들고 잔디밭을 가로질러 한가히 노닥거리는 청년 무리에게 다가갔다. 남의 눈을 의식하느라 구부정하고 뻣뻣한 걸음걸이였지만 헬렌은 잠시 낯선 이의 눈으로 줄리아를 관찰했다. 그녀가 얼마나 아름다운지. 또 얼마나 나이들었는지. 이젠 거의 아줌마나 마찬가지였다. 뼈만 앙상하게 남아 엉덩이는 퍼지고 가슴은 쪼그라든 몸태가 언뜻 보였다. 십 년 후면 본격적으로 그리될 터였다. 반면 청년들은 고등학생과 다를 바 없었다. 그들은 줄리아가 다가오는 걸 보고 햇빛을 가리려 이마께에 손을 얹었다. 그리고 앉은 자리에서 나른하게 일어나 저마다 주머니에 손을 넣었다. 한 명이 맥주병을 자기 배 위에 올려놓고 뚜껑을 어떻게 하는 것 같았다. 줄리아는 팔짱을 끼고 어색한 미소를 짓는 모습이 무척 쑥스러워하는 듯 보였다. 뚜껑 딴 병을 들고 돌아오는 줄리아의 얼굴이 목까지 빨갰다.

"그냥 열쇠로 따더라고." 줄리아가 말했다. "그거라면 우리도 할 수 있었는데."

"알아뒀다 다음에 써먹자."

"재네들이 '편히 계세요, 아주머니'라더라."

"신경쓰지 마." 헬렌이 말했다.

둘은 가져온 사기컵에 맥주를 따랐다. 맥주 거품이 둥근 컵의 테두리까지 솟구쳐올라왔다. 거품 아래 액체는 이가 시리게 시원하고 씁쓸했으며 기가 막히게 훌륭했다. 헬렌은 눈을 감고 얼굴로 쏟아지는 햇살을 음미했다. 공개된 장소에서 맥주를 홀짝이는, 이 무모한 휴일의 느낌이 좋았다. 그래도 병은 캔버스 가방으로 덮어서 가려두었다.

"회사 고객이라도 마주치면 어떡하지?"

"뭐, 고객 따위 엿 먹으라 그래." 줄리아가 말했다.

둘은 가져온 음식을 풀고서 빵을 쪼개고 치즈를 잘게 잘랐다. 줄리아는 캔버스 가방을 두툼하게 만들어 베개처럼 베고 벌러덩 누웠다. 헬렌은 반듯이 누운 채 눈을 감았다. 밴드가 다른 곡을 연주하기 시작했다. 가사를 아는 노래라 조용히 따라 불렀다.

"군인은 뭔가 달라! 군인은 어딘지 특별해! 군인은 왠지 멋있어! 멋있어! 멋있어!"*

어디선가 유모차 안에서 아기가 울었다. 아기는 울다가 끅끅거렸다. 개 한 마리가 짖었다. 주인이 막대기로 개를 쿡쿡 찌르며 못

---

* 애니메이션 〈군인은 뭔가 달라〉(1934)의 동명 삽입곡. 베티 붑 캐릭터가 이 노래를 부르며 신병을 모집한다.

살게 굴었다. 뱃놀이를 하는 호수에서 노가 삐걱이고 첨벙이는 소리, 청춘 남녀가 떠드는 소리가 들려왔다. 공원 둘레의 도로에서는 차들이 쉬지 않고 부릉대며 지나갔다. 집중하고 있으면 이 장면이 저마다 별개의 부분으로 이루어진 것처럼 들렸다. 각각의 소리를 따로 녹음한 다음 한데 모아 약간 인위적인 전체 상을 만들어낸 것처럼. '리전트파크의 9월 오후.'

그때 중고생쯤 되는 여자애 둘이 지나갔다. 신문을 들고서 거기 실린 기사에 관해 얘기하는 중이었다. "목이 졸려 죽다니 끔찍하지 않아?" 헬렌에게 한 여자애의 말이 들려왔다. "목 졸려 죽는 게 나을까, 원자폭탄에 맞는 게 나을까? 원자폭탄은 적어도 눈 깜짝할 새에 죽는다잖아……"

여자애들의 말소리가 멀어지면서 한바탕 커진 음악소리에 묻혔다.

"군인은 자세가 뭔가 달라! 복장도 어딘지 멋있어! 단추도 왠지 특별해, 모두 반짝! 반짝! 반짝!"

헬렌은 감았던 눈을 뜨고 눈부시게 파란 하늘을 응시했다. 이런 시절에, 원자폭탄과 강제 수용소와 가스실이 존재하는 이런 세계에서 지금처럼 쾌적한 기분을 느낀다면 정상이 아닌 걸까. 헬렌은 고민했다. 사람들은 여전히 서로를 물어뜯지 못해 안달이었다. 폴란드와 팔레스타인과 인도에서는 사회불안이 지속되고 살인과 기아가 횡행했다. 그 나라들뿐이랴. 영국도 재정 파탄과 쇠락의 길로 접어들고 있었다. 사소한 것들, 가령 리전트파크 밴드의 팡파르, 얼굴을 어루만지는 햇살, 발밑의 까슬까슬한 풀, 혈관을 타고 흐르는 진한 맥주, 사랑하는 이와의 은밀한 친밀감 따위를 즐기고 싶다면 멍청한 걸까, 이기적인 걸까? 아니면 내가 누릴 수 있는 건 이런 소소한 것들이 다일까? 이걸 지금 이대로 간직하면 안 될까? 이것들로 조그만 수정구슬을 만들어 부적처럼 목에 걸고 다니면 다음에 위험이 닥쳤을 때 도움이 되려나?

그런 생각을 하며 헬렌은 손을 옮겼다. 손마디로 몰래 줄리아의 허벅지를 살짝 어루만졌다.

"참 좋다. 그치, 줄리아?" 헬렌이 나직이 말했다. "우리 여기 자주 오자. 뭐 한 것도 없이 여름이 다 지나갔네. 이렇게 매일 저녁 공원에 나올 수도 있었는데."

"내년엔 그러지 뭐." 줄리아가 말했다.

"그래." 헬렌이 말했다. "기억해뒀다 내년엔 그러자. 꼭? 줄리아?"

줄리아는 듣고 있지 않았다. 대답하려 고개를 들었다가 다른 곳에 시선을 빼앗겼다. 공원 건너편을 바라보고 있었다. 줄리아는 손을 들어 해를 가리더니 눈길이 한곳에 고정되었고 입가에 미소가 감돌았다. 헬렌은 그 모습을 쭉 지켜보았다. "저 사람은…… 그렇지, 맞네. 이거 별일이네!" 줄리아는 손을 높이 들고 흔들며 소리쳤다. "어슐러!" 소리가 하도 커서 헬렌은 귀가 다 먹먹했다. "여기예요!"

헬렌은 몸을 일으켜 줄리아가 손을 흔들어대는 방향을 유심히 쳐다보았다. 날씬하고 세련돼 보이는 여자가 잔디밭을 가로질러 그들 쪽으로 다가오며 웃었다.

"이야," 여자는 가까이 와서 말했다. "줄리아, 이렇게도 다 보네요!"

줄리아는 벌써 일어나 리넨 원피스를 쓸어내리고 있었다. 마찬가지로 싱글벙글 웃으면서. "어디 가는 길이에요?"

"세인트존스우드에서 친구랑 점심을 먹었어요." 여자가 말했다. "이제 방송국으로 들어가는 길이에요. BBC에선 점심에 피크닉 분위기 같은 걸 낼 시간이 없거든요. 여기서 이렇게 차려놓은 걸 보니 진짜 멋진데요! 완벽한 목가풍이잖아!"

여자는 헬렌을 쳐다보았다. 검은 눈동자가 슬쩍 짓궂은 빛을 띠었다.

줄리아가 몸을 돌려 두 사람을 소개했다. "헬렌, 이쪽은 어슐러 웨어링 씨야. 어슐러, 헬렌 지니버예요……"

"당신이 바로 헬렌이군요!" 어슐러가 말했다. "그냥 헬렌이라고 불러도 되죠? 얘기 정말 많이 들었어요. 걱정할 필요 없어요! 다 칭찬뿐이었으니까."

어슐러는 허리를 숙여 악수를 청했고, 헬렌은 엉거주춤 일어나 그 손을 맞잡았다. 줄리아와 어슐러는 서 있는데 자기만 앉아 있자니 약간 난처하긴 했다. 하지만 휴일 오전의 옷차림이 몹시 신경 쓰여 슬쩍 뒤로 물러나 앉았다. 어떻게 재활용 좀 해보려고 뜯어고친 블라우스와 낡은 트위드 스커트가 민망했다. 대조적으로 단정한 맞춤정장을 차려입은 어슐러는 귀티가 흘렀다. 머리에는 맵시 있고 다소 남성적으로 보이는 작은 모자를 썼다. 부드러운 가죽장갑에는 흠집 하나 없었고, 굽 낮은 구두의 혀에는 술이 고르게 달려 있었다. 골프장이나 스코틀랜드 산악지대처럼 돈이 많이 들고 활력 넘치는 곳에서나 볼 법한 신발이었다. 지난 몇 주 동안 줄리아가 하는 얘기를 듣고 헬렌이 상상했던 모습과는 딴판이었다. 줄리아는 어슐러를 상당히 촌스럽고 더 나이든 여자처럼 묘사했다. 왜 그랬을까?

"어젯밤 방송 들었어요?" 어슐러가 말했다.

"물론이죠." 줄리아가 대답했다.

"꽤 괜찮지 않았나요? 그렇죠, 헬렌? 난 굉장히 잘했다고 생각하는데. 〈라디오 타임스〉 한가운데 줄리아 얼굴이 딱 실린 것도 엄청 났죠!"

"아, 그건 끔찍했어요." 헬렌이 뭐라 말하기도 전에 줄리아가 끼어들었다. "완전히 가톨릭 순교자처럼 나왔다고요! 막 수레바퀴에 묶이거나 눈이라도 파내질 사람처럼 보이잖아요!"

"에이, 그럴 리가!"

두 사람은 함께 웃음을 터뜨렸다. 이어서 줄리아가 말했다. "아, 어슐러. 같이 앉아요."

어슐러는 고개를 저었다. "한번 앉았다간 좀처럼 일어나기 싫을 거예요. 하루종일 두 분 부러워하느라 배가 아플 것 같아요. 정말 샘날 정도로 재미있게 사시는군요. 아, 그러고 보니 댁이 요 앞이죠? 세상에 그렇게 예쁜 집이라니!" 어슐러는 다시 헬렌을 보며 말했다. "제가 줄리아한테 그랬어요, 에지웨어로드 근처에 그런 집이 있으리라는 걸 누가 알았겠냐고요."

"집에 와보셨어요?" 헬렌이 놀라서 물었다.

"아, 아주 잠깐……"

줄리아가 낚아챘다. "지난주에 잠깐 들렀어. 내가 얘기했잖아,

헬렌?"

"깜박했나봐."

"살짝 훔쳐보고 싶었거든요." 어슐러가 말했다. "줄리아의 서재 말이에요. 작가들의 글 쓰는 곳을 엿보는 건 늘 가슴 떨리는 일이니까. 하지만 헬렌, 내가 당신을 정말로 부러워하는지는 잘 모르겠어요. 친구가 내 머리맡에서 글을 끼적이며 '다음 희생자를 어떻게 처치할까, 독약? 밧줄?' 하고 궁리하고 있다면 어떤 기분이 들지 짐작도 안 가요!"

어슐러는 '친구'라는 단어에 묘한 뉘앙스를 실어 말했다. 피차 잘 아는 처지에라고 말하듯, 아니 사실은 우리 모두 '친구'잖아요라고 말하듯. 어슐러는 장갑을 벗고 주머니에서 은제 담뱃갑을 꺼냈다. 그녀가 상자를 열 때, 짧게 다듬어 매니큐어를 바른 손톱과 왼손 새끼손가락에 낀 작고 튀지 않는 시그닛 링*이 눈에 들어왔다.

어슐러가 담배를 권했다. 헬렌은 고개를 저었지만 줄리아는 앞으로 나가 받았다. 두 사람은 잠깐 담뱃불을 붙인다고 수선을 떨었다. 산들바람이 자꾸 불을 꺼트렸기 때문이다.

그러고선 잠시 〈암체어 디텍티브〉와 〈라디오 타임스〉, BBC와 어슐러의 일에 관해 이야기했다. 어슐러가 담배를 다 피운 후 운을 뗐다. "자, 나의 소중한 친구들. 이만 가봐야겠군요. 너무 반가웠어요. 두 분 언제 한번 클래펌으로 오세요. 저녁 드시러…… 아, 이게 더 좋겠다, 다 함께 모여 단출한 파티를 열죠." 그녀의 눈빛에 다시

* 도장을 새긴 반지.

장난기가 어렸다. "여자들만의 파티, 어때요?"

"저희야 두말할 나위 없이 좋죠." 줄리아가 대답했다. 헬렌은 아무 말도 하지 않았다.

어슐러는 활짝 웃었다. "그럼 그러기로 한 거예요. 시간은 나중에 알려드릴게요." 그러면서 줄리아의 손을 장난스럽게 흔들어댔다. "줄리아, 당신을 만나면 기절할지도 모르는 친구들이 몇 명 있어요. 당신의 열렬한 팬이죠!" 어슐러는 장갑을 끼면서 다시 헬렌을 돌아보았다. "안녕, 헬렌. 정식으로 보게 돼서 무척 기뻤어요."

"어때?" 줄리아는 도로 자리에 앉았다. 그리고 공원을 가로질러 포틀랜드플레이스 방향으로 빠르고 활기차게 걸어가는 어슐러를 지켜보았다.

"응." 헬렌이 시들하게 말했다.

"재미있는 사람이지?"

"그런 것 같네. 하긴, 나보다 네 계층에 더 어울리는 사람이니까."

줄리아는 실소를 머금으며 돌아보았다. "무슨 소릴 하는 거야?"

"아니, 쾌활하고 씩씩하다고…… 집에는 언제 데려왔었어?"

"지난주에. 말했잖아, 헬렌."

"그랬나?"

"내가 몰래 그러기라도 했다는 거야?"

"그게 아니라." 헬렌은 얼른 말했다. "아냐."

"아주 잠깐 들른 거였어."

"저 사람, 내가 생각했던 거하곤 전혀 다르네. 결혼했다고 들은 것 같은데."

"결혼했어. 남편은 법정변호사야. 별거중이지."

"저 사람도…… 어……" 헬렌은 목소리를 낮췄다. "우리같이 그래?"

줄리아는 어깨를 으쓱했다. "몰라, 진짜로. 그냥 사람이 좀 특이한 것 같아. 그래도 파티는 재미있겠다."

헬렌은 줄리아를 쳐다보았다. "정말 가고 싶은 건 아니겠지?"

"정말인데. 왜, 안 돼?"

"난 네가 예의상 그러는 줄 알았어. '여자들만의 파티'라니. 그게 무슨 뜻인지 알면서." 고개를 숙이는 헬렌의 얼굴이 살짝 상기됐다. "누가 참석하는지도 모르잖아."

줄리아는 잠시 아무 대답도 없었다. 다시 입을 열었을 때는 초조하고 짜증스러운 말투였다. "아무렴 어때? 죽이기라도 하겠냐고. 재미있을 거야, 생각해봐!"

"어슐러 웨어링 씨한테는 분명 재미있겠지, 이렇든 저렇든." 헬렌은 저도 모르게 불쑥 내뱉고 말았다. "널 품종대회에서 상 받은 돼지처럼 거기 데려다놓고……"

줄리아는 헬렌을 노려보며 차갑게 물었다. "대체 문제가 뭐야?" 헬렌이 대답하지 않자 말을 이었다. "설마…… 에이, 아니지?" 그러면서 웃음을 터뜨렸다. "설마, 헬렌. 어슐러 때문은 아니지?"

헬렌은 외면했다. "아냐." 그러고는 칠칠치 못하게 벌렁 누워버렸다. 헬렌은 햇살과 줄리아의 시선을 피하려 눈두덩에 팔을 올렸다. 잠시 후 줄리아도 눕는 것이 느껴졌다. 가방에서 책을 꺼낸 모양이었다. 읽다 만 곳을 찾으려 책장을 넘기는 소리가 들렸다.

헬렌의 눈에 보이는 것, 그러니까 닫힌 눈꺼풀 아래에서 쉴새없이 채도가 변하는 핏빛 바탕에 맺힌 상은 어슐러 웨어링의 음흉하고 짓궂은 시선이었다. 어슐러와 줄리아가 나란히 서서 담배에 불을 붙이는 모습이 보였다. 어슐러가 줄리아의 손을 잡고 장난스레 악수하던 모습도. 그러다 앞서 줄리아가 어땠는지 떠올랐다. 줄리아는 공원이 도망이라도 갈세라 안달했고—빨리 가보자! 얼른!—얼마나 조급했던지 헬렌의 손을 스륵 놔버렸다. 줄리아가 보고 싶었던 건 어슐러였을까? 그랬던 걸까? 둘이서 미리 짠 건 아닐까?

헬렌의 심장이 빠르게 뛰었다. 십 분 전만 해도 지금처럼 누워 있었다. 익숙하고 친밀한 줄리아의 사지에 은밀히 몸을 붙이고 즐거워하고 있었다. 그 순간을 수정구슬로 만들어 붙잡고 싶었다. 지금은 구슬이 산산조각난 기분이었다. 결국 줄리아는 내게 뭐란 말인가? 자신은 허리를 숙여 줄리아에게 키스할 수도 없었다. 줄리아는 나의 것이라고 세상에 말하려면 어떻게 해야 할까? 줄리아를 계속 붙들어놓을 만한 게 뭐가 있을까? 가진 거라곤 몸뚱이밖에 없었다. 눌린 고기 같은 허벅지와 양파 같은 얼굴밖에는……

그런 생각들이 혈관을 타고 번지는 어둠처럼 걷잡을 수 없이 헬렌의 속으로 파고들었다. 줄리아가 책을 읽고, 밴드가 마지막 팡파르를 연주한 뒤 악기를 치우고, 태양이 슬금슬금 하늘에서 내려가고, 노란 풀밭 위로 그림자가 길어지는 내내. 마침내 비참한 광분이 잦아들었다. 어둠은 쪼그라들어 제풀에 눅었다. 헬렌은 속으로 중얼거렸다. 바보같이 왜 이래! 줄리아는 날 사랑해. 줄리아가 싫어하는 건 바로 내 안의 짐승이야. 이 말도 안 되는 괴물……

헬렌은 다시 손목을 움직여 줄리아의 허벅지에 살짝 댔다. 줄리아는 잠시 그대로 있다가 손목을 들어 헬렌의 손에 마주댔다. 그러다 책을 내려놓고 몸을 일으킨 뒤 사과와 칼을 꺼냈다. 줄리아는 사과 껍질을 한 줄로 길게 깎아내고 알맹이를 네 등분해 두 조각을 헬렌에게 건넸다. 둘은 아까 그랬듯 주변을 뛰어다니는 개와 아이들을 구경하며 나란히 사과를 베어먹었다.

그러다 둘의 시선이 마주쳤다. 줄리아가 여전히 냉랭함이 가시지 않은 말투로 물었다. "이제 다 끝났어?"

헬렌의 얼굴이 붉어졌다. "응, 줄리아."

줄리아가 웃었다. 사과를 다 먹고 도로 누워 책을 펼쳐 들었다. 헬렌은 책을 읽는 그녀를 가만히 내려다보았다. 줄리아의 눈동자가 글줄을 따라 좌우로 움직였다. 그것만 제외하면 그 얼굴은 밀랍처럼 틈 하나 없이 무표정하게 굳어 있었다.

"무슨 영화배우 같은데." 차에 올라타는 비브를 보고 레지가 한마디했다. 그러면서 과장되게 위아래로 훑어보았다. "사인 한 장 해주실래요?"

"일단 출발하시죠?" 비브가 대꾸했다. 레지를 기다리느라 삼십 분을 땡볕에 서 있었다. 둘은 서로 몸을 기울여 가볍게 키스했다. 레지는 핸드브레이크를 풀고 차를 출발시켰다.

비브는 하늘하늘한 코튼 원피스에 진자주색 카디건을 걸치고 밝은색 플라스틱 테의 선글라스를 썼다. 모자 대신 두른 하얀 실크스카프는 턱밑에서 묶었다. 스카프와 선글라스가 검은 머리와 새빨간 립스틱에 대비되어 도드라져 보였다. 비브는 치마를 잘 펴고 편히 앉았다. 그리고 창문을 내린 다음 창턱에 팔꿈치를 얹고 스치는 바람에 얼굴을 맡겼다. 레지가 방금 말한 미국 영화에 나오는 여자들같이. 신호에 걸리자 레지는 속도를 늦추며 한 손을 그녀의 허벅지에 얹더니 경탄하며 중얼거렸다. "와우, 헨던에 있는 녀석들한테 지금 이 모습을 보여주면 난리가 날 텐데!"

물론 그는 지금 런던 북부에서 한참 떨어진 곳에 있었다. 워털루에서 비브를 태운 다음 강을 건너 스트랜드를 지나 동쪽으로 향했다. 시내에서 한 시간가량 나가면 그들이 좋아하는 장소가 나왔다. 미들섹스와 켄트의 몇몇 마을인데, 해안을 따라 아담한 해수욕장을 끼고 식당과 찻집이 몇 군데 있었다. 오늘은 첼름스퍼드 쪽으로 차를 모는 중이었다. 괜찮은 장소가 눈에 들어올 때까지 쭉 달렸다. 시간은 많았다. 오후 내내 같이 있을 수 있었다. 비브는 아버지에게 친구랑 피크닉을 간다고 말해두었다. 전날 밤 아버지가 식탁 한쪽에서 신발 고무밑창을 수선하는 동안, 그녀는 반대쪽 끝에 서서 샌드위치를 만들었다.

둘은 도심지와 화이트채플을 이리저리 누비며 빠져나왔다. 널찍하게 잘 닦인 도로에 들어서자 레지가 기어를 올리고 손을 다시 비브의 허벅지로 가져갔다. 그러다 가터벨트 라인을 따라 더듬기 시작했다. 얇은 원피스를 입은 터라 비브는 꼭 벌거벗은 것처럼 적나라하게 그 감촉—그의 손바닥과 꼼지락거리는 손가락—을 느꼈다.

하지만 어쩐지 내키지 않았다. 비브는 "그만"이라고 말하고 그의 손을 잡았다.

레지는 고뇌하는 사람처럼 신음하며 잡힌 손을 빼내려고 가볍게 실랑이를 벌였다. "요 심술쟁이! 차 세워도 돼? 알잖아, 이러다 어디 갓길에 차를 처박을지도 몰라."

그는 차를 세우지 않았다. 오히려 속도를 올렸다. 도로 양편이 점점 한산해졌다. 길가에 광고판이 나타났다. '플레이어스Players 주세요!' '리글리스Wrigley's' '지피 다이스Jiffy Dyes' '빔Vim.'* 비브는 한결 느긋하게 앉아 한 겹씩 벗겨지는 도시의 모습을 바라보았다. 시내 중심가의 폭격당한 빅토리아풍 건물들을 지나면 붉은 에드워드풍 저택들이 나오고, 그다음에는 은퇴한 법원 서기 같은 아담하고 소박한 주택이 등장했다. 아담한 주택은 다시 단층집과 조립식 건물에 자리를 내주었다. 마치 시간을 거슬러올라가는 느낌이었다. 단층집과 조립식 건물이 광활한 푸른 들판으로 바뀐다는 것만 빼면. 그다음부터는 눈을 가늘게 떠서 전신주나 하늘의 비행기 같은 것만 보지 않는다면 어느 시대 어느 장소라고 해도 믿을 것 같았다.

가는 길에 식당을 한 곳 지나쳤다. 레지가 목이 마른지 입맛을 다셨다. 그러고는 뒷자리에 둔 재킷에 손을 뻗었다가 비브에게 재킷 주머니에서 조그만 스카치병을 꺼내달라고 했다. 비브는 스카치병을 입가로 가져가는 그를 바라보았다. 그의 입술은 부드럽고 매끄러웠다. 새로 면도를 했는데도 뺨과 목에는 그새 거뭇거뭇하게 수염이 올라와 있었다. 레지는 운전에 집중하느라 어설프게 위스키

* '플레이어스'는 영국 담배 브랜드, '리글리스'는 껌 브랜드, '지피 다이스'는 직물 염색제, '빔'은 욕실 세제 브랜드.

를 마셨다. 그러다 술이 턱으로 흐르자 가무잡잡한 손등으로 술을 닦았다.

"꼴이 그게 뭐야." 비브는 반쯤 농담으로 뾰로통하게 말했다. "지저분하게 막 흘리고."

레지가 받아쳤다. "나는 지금 침을 흘리는 거라고. 당신이 옆에 앉아 있으니까."

비브는 그 말에 얼굴을 찡그렸다. 이후 둘은 별말 없이 계속 길을 달렸다. 한 시간 가까이 간선도로를 달리던 레지는 이정표 없는 사거리에서 제일 한적해 보이는 길로 들어섰고, 그다음부터는 내키는 대로 길을 골랐다. 무자비하고 삭막하고 더러운 런던이 돌연 상상할 수도 없는 머나먼 곳처럼 느껴졌다. 길 양편으로 높이 올린 산울타리는 습기를 머금은 채 가을임에도 여전히 풍성한 빛깔을 자랑했다. 때때로 레지가 맞은편 차량을 피해 도로 한쪽에 차를 붙이면, 꽃잎이 창문으로 살랑이며 들어와 비브의 무릎에 앉았다. 한번은 하얀 나비가 차 안에 들어와 종잇장처럼 얇고 분 날리는 날개를 편 채 그녀의 어깨 쪽 등받이에 앉기도 했다.

비브는 기분이 좋아졌다. 둘은 시야에 들어오는 아기자기한 건물들을 서로에게 가리키기 시작했다. 고풍스러운 옛날식 교회와 예스러운 시골집. 그러다 오래전 어느 날을 기억해냈다. 시골에 놀러갔을 때였다. 둘이서 어느 집 앞에 멈춰 주인에게 말을 걸었는데, 주인이 그들을 부부로 착각하고는 거실로 불러들여 우유를 대접했었다. 레지는 프랑스산 치즈 같은 아담한 크림색 집 앞에서 속도를 늦추며 말했다. "봐, 저 집은 뒤뜰에 돼지랑 닭을 키워. 당신이 돼지한테 꿀꿀이죽을 쏟아주는 장면이 그려지는데. 과수원에서 사과를 따는 모습도. 나한테 애플파이랑 맛이 죽여주는 슈에트 푸딩*을 만들어줄 수 있겠는걸."

"돼지처럼 뚱뚱해지겠다." 비브가 빙긋 웃으며 그의 배를 쿡쿡 찔렀다.

레지는 날쌔게 그 손을 피했다. "뭐 어때서. 시골에서 살면 다들 살이 찐다고." 그는 전방을 주시하면서도 이층 창문을 보려고 고개를 살짝 돌렸다. 그러고는 목소리를 낮췄다. "저기 이층 방에는 분명 깃털이 잔뜩 든 푹신한 매트리스가 깔려 있을 거야."

"당신 머릿속에는 그런 것밖에 안 들었지?"

"그야 뭐, 당신이 옆에 있을 땐 늘…… 아이쿠!"

레지가 산울타리를 피해 핸들을 홱 꺾었다. 그리고 다시 가속페달을 밟았다.

둘은 잠시 차를 세우고 점심 먹을 장소를 찾아 두리번거리다 숲으로 이어지는 들판의 사잇길로 접어들었다. 처음에는 잘 닦인 길처럼 보였지만 나아갈수록 험해지고 좁아졌다. 차가 마구 덜컹거리며 검은딸기나무를 스쳤다. 기다란 풀이 보트 밑창을 때리는 거센 물결처럼 자동차 밑바닥을 쓸고 때렸다. 비브가 자리에서 통통 튀면서 웃음을 터뜨렸다. 레지는 인상을 쓰며 상체를 내밀고 핸들을 꽉 쥐었다. "만약 반대편에서 차가 오면 우린 망하는 거야." 레지는 사고가 나서 차가 찌그러지고 둘이서 그 안에 갇히면 어쩌나

* 소, 돼지, 양 등 육류의 지방을 섞어서 만드는 영국식 전통 푸딩.

걱정하고 있었다.

그러나 길은 내리막으로 바뀌었다. 모퉁이를 돌자마자 수풀이 우거지고 곁에 개울이 흐르는 공터가 나왔다. 숨막히게 아름다운 곳이었다. 레지는 브레이크를 밟고 엔진을 껐다. 둘은 그곳의 고요함에 놀라고 압도되어 한동안 그대로 앉아 있었다. 침입자가 된 듯한 기분에, 차문을 열고 밖으로 나오려다 머뭇거리기까지 했다. 들리는 것이라곤 졸졸 흐르는 개울물 소리와 새들의 지저귐, 팔랑거리는 나뭇잎 소리뿐이었다.

"피커딜리하곤 딴 세상인데." 레지가 마침내 차에서 내리며 말했다.

"멋지다." 비브가 말했다.

둘은 귓속말하듯 소곤거렸다. 팔다리를 쭉 뻗어 스트레칭을 하고 풀을 헤치며 개울가로 걸어갔다. 개울둑을 따라가며 찬찬히 살펴보니 나무 사이로 반쯤 가려진 오래된 석조 건물이 보였다. 유리창이 다 깨지고 지붕도 부서진 폐가였다.

"방앗간이네." 레지는 비브의 손을 잡고 건물 쪽으로 발걸음을 옮겼다. "저기 물레방아 축 보여? 이 개울도 한때는 제법 그럴싸한 강이었을 거야."

비브가 그를 도로 잡아끌었다. "누가 있을지도 몰라."

하지만 아무도 없었다. 오래전에 버려진 건물이었다. 바닥의 판석 틈으로 잡초가 자랐다. 기둥 사이로 비둘기가 날아다녔고 바닥에는 새똥과 부서진 슬레이트판과 깨진 유리가 널려 있었다. 전에 누군가 내부를 치우고 불을 피운 듯했다. 깡통과 병이 굴러다녔으며 벽에는 음란한 낙서가 쓰여 있었다. 깡통에는 녹이 슬었고, 병도 세월이 흘러 희부옇게 변했다.

"부랑자였겠지." 레지가 말했다. "부랑자나 노숙자. 아님 연애하던 커플." 둘은 다시 개울가로 나왔다. "여긴 분명 연인들의 산책로일 거야."

비브는 그의 손을 살짝 꼬집었다. "이런 델 찾아내는 데는 아주 선수야, 그냥."

레지는 비브의 손을 꼭 붙들었다. 수줍은 척 겸손을 떨며 그녀의 손가락을 입술에 가져다댔다. "제가 무슨 할말이 있겠습니까? 남자 중에는 이런 재주를 타고나는 사람도 있답니다."

둘의 목소리는 이제 평소대로 돌아왔다. 처음에 품었던 경외감과 조심성은 어디론가 사라졌다. 이곳이 그들만의 세상인 것처럼 느껴졌다. 그들이 와서 차지해주기를 그림같이 기다리고 있었던 것만 같았다. 둘은 개울을 거슬러올라가다 다리를 발견했다. 그 다리 한가운데 서서 담배를 피웠다. 레지가 비브의 허리에 팔을 두르고 엉덩이에 손을 얹고서 엄지손가락을 슬슬 움직이자 원피스와 페티코트가 실크 속바지에 쓸려 미끄러졌다.

둘은 담배꽁초를 개울에 내던진 뒤 물에 휩쓸려 흘러가는 모양을 지켜보았다. 레지가 물속을 유심히 들여다보았다.

"물고기가 있어. 꽤 큰 녀석인데, 저것 봐!" 레지는 개울가로 내려가 손목시계를 풀고 냇물에 손을 담갔다. "녀석들이 오물거리는 게 느껴져!" 소년처럼 신이 난 모습이었다. "여자애들이 떼로 키스하는 것 같아! 내 손을 수컷으로 착각했나. 웬 횡재냐 하나봐!"

"점심거리인 줄 아나보지." 비브가 받아쳤다. "조심하지 않으면 손가락이 잘릴걸."

레지가 음흉한 미소를 지었다. "그것도 여자애들하고 비슷하네."

"당신이 아는 여자들이라면 그럴지도."

레지는 허리를 펴고 비브를 향해 물을 뿌렸다. 비브는 깔깔대며 달아났다. 선글라스 렌즈에 물이 튀어 닦아냈는데도 뿌옇게 얼룩이 졌다.

"이거 봐, 어쩔 거야!"

둘은 피크닉을 하러 차로 돌아갔다. 차문은 열어두었다. 레지가 트렁크에서 체크무늬 러그를 꺼내 풀밭에 깔았다. 오렌지주스를 섞은 진 한 병과 플라스틱 컵도 두 개 가져왔다. 컵은 어린이용으로 하나는 분홍색, 다른 하나는 초록색이었다. 애들이 물어뜯고 던져서 입술에 닿는 가장자리가 까슬까슬했다. 비브는 그러려니 했다. 그런 일에는 이미 익숙해졌다. 언짢아해봤자 소용없었다. 차 안에 두었던 진은 미지근했다. 비브는 진을 한 모금 마시자마자 속이 알싸해지면서 나른하게 맥이 풀렸다. 그리고 샌드위치 포장을 벗겼다. 레지는 자기 몫의 샌드위치를 서둘러 크게 한입 베어물고선 다 씹지도 않고 꿀꺽 삼켰다. 그러고는 또 한입 베어물고 입안에 음식을 문 채 얘기했다.

"이거 그 캐나다산 햄 맞지? 딱히 나쁘진 않네."

레지는 넥타이를 느슨히 풀고 셔츠 단추를 끌렀다. 내리쬐는 햇살에 미간을 찡그리자 이마와 코 옆에 주름이 잡혔다. 최근 들어 부쩍 서른여섯인 제 나이보다 더 들어보였다. 이탈리아인의 피가 흘러 까무잡잡한 얼굴과 개암나무색 눈은 여전히 매력적이었지만 머리가 벗어지고 있었다. 단정하고 동그랗게 빠지는 것도 아니었다. 전체적으로 머리숱이 적어져 여기저기 반짝거리는 두피가 드러났다. 한때는 눈부시게 새하얬던 고르고 반듯한 치아는 이제 누리끼리했다. 목덜미 살은 축 처진데다 귀 옆의 피부는 자글자글했다. 자기 아버지랑 똑 닮았네, 비브는 샌드위치를 우물거리는 그를 바라보며 생각했다. 전에 그가 자기 아버지 사진을 보여준 적이 있었다. 적게 잡아도 마흔은 되어 보여.

그때 레지와 눈이 마주쳤다. 그가 윙크하자 비브의 가슴속에서 예전처럼 순수하고 애틋한 감정이 불길처럼 일어났다. 샌드위치를 다 먹고 나니 레지가 비브를 바싹 끌어당겨 안았다. 둘은 러그 위에 누웠다. 레지는 등을 대고 누워 한 손으로 그녀를 감싸안았고, 비브는 그의 어깨와 가슴 사이 탄탄하고 따스하고 우묵한 곳에 뺨을 묻었다. 이따금 비브는 고개만 조금 든 어정쩡한 자세로 술을 홀짝였다. 그러다 결국 한입에 털어넣고 빈 컵을 아무렇게나 내려놓았다. 레지가 그녀의 머리에 얼굴을 비비자 머리칼이 까칠한 턱에 걸렸다.

비브는 하늘을 올려다보았다. 쉴새없이 흔들리는 우듬지와 나뭇가지가 하늘을 재단해 프레임에 담아 보여주었다. 가지는 아직 잎이 무성했지만 잎사귀들은 붉은색, 금색, 군복 같은 황록색으로 물들어 있었다. 하늘은 구름 한 점 없이 맑았다. 여름날의 청명하기 그지없는 하늘처럼 새파랬다.

"저건 무슨 새야?" 비브가 손가락으로 가리키며 물었다.

"저거? 독수리."

비브는 팔꿈치로 그를 쿡 찔렀다. "정말로 뭐냐고."

레지는 손차양을 했다. "황조롱이네. 한자리에서 맴도는 거 보여? 급강하 준비를 하는 거야. 들쥐를 사냥하려고."

"불쌍한 쥐."

"내려간다!" 그가 머리를 쳐들었다. 비브의 뺨에 닿는 가슴과 목 근육이 팽팽해졌다. 급강하한 새는 빈 발톱으로 다시 날아올랐다. 레지는 도로 털썩 누웠다. "놓쳤네."

"잘됐다."

"저것도 일종의 점심식사라고. 녀석도 밥 먹을 권리는 있잖아?"

"잔인해."

레지가 웃었다. "당신이 그렇게 마음 여린 사람인 줄 몰랐네. 봐, 다시 노리고 온다."

둘은 황조롱이가 우아하게 수직낙하했다 다시 솟구치는 모습을 감탄하며 구경했다. 비브가 더 잘 보려고 선글라스를 벗자 레지는 새가 아니라 그녀를 쳐다보았다.

"이제 좀 낫네." 그가 말했다. "좀전엔 맹인 아가씨하고 얘기하는 기분이었거든."

비브는 다시 러그 위에 누워 눈을 감았다. "어차피 맹인 아가씨한테도 익숙하잖아."

"하하하."

레지는 잠시 그대로 있다가 그녀의 몸 너머로 손을 뻗어 뭔가 집어들었다. 잠시 후 비브는 얼굴이 간지럽고 뭐가 뺨을 스치는 느낌이 들었다. 파리라도 앉았나. 아니, 레지였다. 긴 풀을 뜯어 줄기 끝으로 그녀를 톡톡 치고 있었다. 비브는 다시 눈을 감고 그냥 내버려 두었다. 그녀의 이마와 코, 입의 곡선을 따라 손길이 내려갔다. 레지는 풀잎으로 그녀의 관자놀이를 살살 쓸었다.

"머리 모양 바꿨네?"

"머리 자른 게 언젠데…… 간지러워."

레지는 좀더 절도 있게 풀잎을 놀렸다. "이건 어때?"

"괜찮아."

"마음에 들어."

"뭐가?"

"당신 머리."

"그래? 잘됐네."

"당신한테 잘 어울려…… 비브, 눈 좀 떠봐."

비브는 살며시 눈을 떴다가 다시 질끈 감아버렸다. "햇빛이 너무 눈부셔."

레지가 손을 들어 비브의 얼굴에서 한 뼘쯤 띄워 그늘을 만들어 주었다. "이제 다시 떠봐."

"왜?"

"눈을 들여다보고 싶어서."

비브는 웃었다. "왜?"

"그냥."

"지난번에 봤을 때랑 똑같아."

"그건 당신 생각이고. 여자 눈은 항상 달라져. 다들 고양이 같지."

레지는 그녀가 다시 눈을 뜰 때까지 계속 얼굴을 간지럽혔다. 결국 비브는 바보처럼 눈을 동그랗게 떴다.

"그렇게 말고." 그 말에 비브는 그를 똑바로 쳐다보았다. "그래, 좋아." 레지의 표정이 부드러워졌다. "당신 눈은 참 근사해. 아름다워. 내가 첫눈에 반한 게 당신 눈이었어."

"당신이 첫눈에 반한 건 내 다리인 줄 알았는데."

"물론 다리에도 반했지."

레지는 그녀를 빤히 바라보다 풀잎을 던져버리고 고개를 숙여 입을 맞췄다. 자신의 입술로 천천히 그녀의 입술을 가르고 부드럽게 입속으로 들어갔다. 아직 햄맛이 났다. 햄과 진과 오렌지맛. 나한테서도 그런 맛이 나겠지, 비브는 생각했다. 한참 키스하고 있는데 고기인지 빵인지 모를 작은 알갱이가 둘의 혀 사이에서 맴돌았다. 레지는 잠깐 얼굴을 떼고 입속에서 그것을 집어내버렸다. 그리고 다시 더 격렬하게 입술을 탐하면서 그녀의 몸을 내리눌렀다. 손으로 그녀의 뺨에서 엉덩이까지 더듬어내렸다. 이어서 다시 더듬어올라와 가슴을 움켜쥐었다. 그의 손은 뜨거웠다. 어찌나 세게 움켜쥐는지 아플 지경이었다. 손을 치우는가 싶더니 원피스 앞섶 단추를 풀기 시작했다. 비브는 그의 손을 막고 고개를 들었다.

"레지, 누가 오면 어쩌려고."

"누가 있다고 그래." 그는 대꾸했다. "반경 몇 킬로 안에는 아무도 없어!"

비브는 끈질기게 단추를 잡아당기는 손을 쳐다보았다. "하지 마. 그러다 구겨지겠다."

"그럼 직접 풀어줘."

"알았어. 잠깐만."

비브는 주위를 두리번거렸다. 누군가 나무 그늘에 숨어서 볼지도 모른다는 생각이 들었다. 태양은 스포트라이트처럼 밝게 내리쬐었고, 그들이 누워 있는 장소는 무척이나 환했다. 하지만 들리는 거라곤 개울과 새, 쉴새없이 흔들리는 나뭇잎 소리뿐이었다. 비브는 원피스 단추를 두 개 풀었다. 그리고 뜸을 들였다가 두 개를 더 풀었다. 레지가 원피스 앞가슴을 젖히자 브래지어가 드러났다. 레지는 실크 브래지어에 입을 대고 그녀의 유두를 찾으며 가슴을 더듬었다. 그의 애무에 비브는 움찔거렸다. 하지만 이상하게도 차를 타고 스테프니 중간쯤 왔을 때만큼 몸이 달아오르지 않았다. 조금 전 다리 중간에 서 있을 때 더 뜨겁게 그를 원했다. 그는 비브의 가슴에 입을 댄 채 한 손으로 몸을 더듬어 허벅지까지 내려왔다. 치마를 들추려 하자 비브는 또 그의 손을 잡았다. 그리고 같은 말을 반복했다. "누가 볼지도 몰라."

레지가 입술을 닦으며 물러나더니 러그를 잡아당겼다. "이걸로 덮을게."

"그래도 보이잖아."

"맙소사, 비브, 난 지금 유랑극단 소녀 단원들이 떼로 지나간데도 참을 수 없을 지경이라고! 정말 터질 것 같아. 하루종일 당신 때문에 달아 있었다니까."

비브는 그의 말을 믿지 않았다. 그가 뭐라고 하든, 아까 차 안에서 그리고 여기서 무슨 헛소리를 하든 그가 달아올라 있었다고 생각지 않았다. 더군다나 이제는 그 어느 때보다 하기가 싫어졌다. 레지가 러그를 끌어당겨 그녀의 몸을 덮었다. 그러고는 그 밑으로 손을 넣어 다시 가랑이 사이를 만지려 했다. 하지만 비브는 허벅다리를 굳게 붙였다. 그가 쳐다보자 고개를 가로저었다. 마음대로 생각하라지. 비브는 "내가……"라고 운을 떼며 그의 바지 단추를 하나씩 직접 풀고 그 속으로 손을 집어넣었다.

레지는 그녀의 맨손을 느끼고 신음했다. 그러면서 그녀의 손바닥에 대고 몸을 뒤틀었다. "아, 비브. 맙소사, 비브."

팬티의 솔기가 손목에 팽팽하게 닿는 바람에 손놀림이 굼떴다. 잠시 후 레지는 자기 것을 똑바로 내놓고 그녀의 양손을 살며시 감쌌다. 비브가 그걸 하는 내내 그 손을 감아쥔 채 눈을 꼭 감고 있었다. 결국 자기 혼자 하면 될 걸 뭐하러 이러나, 비브는 생각했다. 둘의 감아쥔 손을 덮은 체크무늬 러그가 들썩거렸다. 비브는 두세 번 고개를 들어 불안하게 주위를 둘러보았다.

그러면서 몇 년 전의 기억, 레지가 군대에 있던 때를 떠올렸다. 그들은 호텔방에서 만나야 했다. 지저분한 방이었지만 전혀 개의치 않았다. 중요한 건 둘이 함께 있다는 사실이었다. 서로의 몸을, 피부와 근육과 숨결을 찾아 탐닉했다. 달아올랐다는 말은 그럴 때 쓰는 거다. 이런 게 아니다. 깃털 침대나 연인들의 산책로에 관한 농담 따위가 아니다.

마지막 순간, 레지는 사정에 대비해 그녀의 손을 감싸 오므렸다. 그러고서 벌러덩 뒤로 누웠다. 땀범벅인 얼굴은 발갛게 상기됐다. 그리고 웃음을 터뜨렸다. 비브는 조금 더 붙잡고 있다 손을 뗐다. 레지가 고개를 들자 턱밑의 살이 여러 겹으로 접혔다. 그는 바지 걱정을 했다.

“새진 않았지?”

“안 샜을 거야.”

“조심해.”

“말 안 해도 조심하고 있어.”

“착한 아가씨네.”

레지는 바지를 추스르고 단추를 잠갔다. 비브는 손수건 같은 게 없나 주위를 두리번거리다 결국 풀잎에 손을 닦았다.

그런 비브를 만족스럽게 바라보며 레지가 말했다. “땅에 도움이 될 거야.” 그는 이제 완전히 기운을 차렸다. “거기서 나무가 한 그루 자라겠지. 나무가 다 커서 어느 날 팬티를 안 입은 여자애가 기어오르면 내 아이를 임신하는 거지.” 레지는 양팔을 활짝 벌렸다. “이리 와서 나한테 키스해줘요, 아름다운 생명체여!”

비브는 그의 단순함에 기가 찼다. 하지만 그런 결점과 나약함이야말로 그녀가 가장 사랑하는 면이었다. 지금껏 자신의 삶을 그의 약점에 헛되이 써버렸다. 미안하다는 사과, 다신 안 그러겠다는 약속…… 비브는 다시 그의 품에 안겼다. 그는 담배를 피워 물었다. 둘은 함께 누워 나뭇잎 사이로 하늘을 바라보며 담배를 피웠다. 황조롱이는 어디론가 날아가버렸다. 쥐를 잡는 데 성공했는지, 다른 쥐를 찾아 떠났는지 알 길이 없었다. 파란 하늘이 조금 열어진 듯했다.

9월도 끝물이라 여름은 아니었다. 비브는 한기가 느껴져 몸서리를 쳤다. 레지가 그녀의 팔을 비벼주었다. 얼마 안 가 둘은 자리에서 일어났다. 남은 진을 마저 비우고 일어나 옷을 쓸어내리며 차림새를 매만졌다. 레지는 바짓단을 젖혀 안에 들어간 풀을 털어내고, 비브의 손수건을 빌려 입에 묻은 립스틱과 파우더 자국을 지웠다. 그리고 약간 떨어진 곳으로 걸어가 등을 돌리고 오줌을 누었다.

레지가 돌아오자 비브는 "여기에 있어"라고 말하고 자기도 우거진 잡초 사이로 들어갔다. 그리고 치마를 올리고 속바지를 내린 후 쭈그려앉았다. "쐐기풀 조심해!" 레지가 외쳤다. 대충 아무데나 대고 소리를 지른 것이었다. 그녀가 어느 쪽으로 가는지 보지도 않았고, 일단 앉아버리자 어디 있는지 보이지도 않았다. 비브는 그가 허리를 굽히고 자동차 사이드미러를 보며 머리 빗는 모습을 바라보았다. 플라스틱 컵을 개울에 헹구는 모습도. 문득 비브는 자기 손을 내려다보았다. 정액이 섬세한 레이스처럼 손가락에 얇게 말라붙어 있었다. 손을 마구 비볐다. 정액은 하얀 가루가 되어 땅바닥에 떨어져 사라졌다.

레지는 7시까지 집에 가야 했고, 벌써 4시 반이었다. 둘은 아까 본 작은 다리로 어슬렁어슬렁 걸어가 개울물을 내려다보았다. 버려진 방앗간도 슬슬 거닐었다.

레지는 음란한 낙서가 적힌 회반죽 벽에 깨진 유릿조각으로 자신들의 이니셜을 새겼다. RN, VP, 그리고 화살 꽂힌 하트.

그러고는 유릿조각을 내던지고 바로 시계를 확인했다.

"슬슬 가야겠는걸."

둘은 차가 있는 곳으로 돌아왔다. 비브가 러그를 탈탈 털었다. 레지는 그것을 잘 접어 플라스틱 컵과 함께 트렁크에 넣었다. 러그가 펼쳐져 있던 자리의 풀이 납작 누워서 네모반듯하게 자국이 남았다. 이렇게 아름다운 곳에 차마 못할 짓을 한 것 같았다. 비브는 도로 가서 발길질로 풀을 일으켜세웠다.

차는 내내 땡볕에 세워져 있었다. 비브는 차에 타려다 뜨거운 가죽좌석에 다리를 델 뻔했다. 레지가 운전석으로 들어와 손수건을 주었다. 그녀는 데지 않도록 손수건을 펼쳐 오금 밑에 깔았다.

레지가 허리를 숙여 그녀의 허벅지에 키스했다. 비브는 그의 머리를 어루만졌다. 기름을 바른 까만 곱슬머리. 언뜻 보이는 허연 두피. 비브는 수풀이 무성한 공터를 바라보며 나직이 속삭였다. "여기서 살았으면 좋겠다."

레지는 고개를 떨구고 그녀의 무릎에 머리를 묻었다. "나도 그래." 얼굴을 묻고 있는 탓에 말소리가 잘 들리지 않았다. 레지는 고개를 돌려 그녀의 눈을 올려다보았다. "있잖아…… 당신도 알지, 나도 이런 상황이 너무 싫다는 거. 알잖아, 내 과거를 다 뜯어고칠 수만 있다면…… 그러니까 처음부터 모조리."

비브는 고개를 끄덕였다. 전에도 꺼내지 않았던 말을 이제 와서 새삼 들출 이유는 없었다. 레지는 그녀의 무릎에 잠시 더 머리를 묻고 있다가 한번 더 허벅지에 키스하고 몸을 일으켰다. 그러고는 열쇠를 돌려 시동을 걸었다. 고요한 그곳에서 엔진 소리가 소스라치게 우르릉거렸다. 처음에 당도했을 때는 오히려 그 고요함이 어색하고 수상하게 느껴졌는데.

차를 돌려 울퉁불퉁한 비포장길을 천천히 지나 아까 빠져나왔던 도로에 다시 합류했다. 둘은 크림색 시골집에는 눈길도 주지 않고 런던으로 가는 간선도로를 탔다. 교통량이 훨씬 늘어나 있었다. 다들 그들처럼 오후 나들이에서 돌아오는 길이었다. 차들이 속도를 높이며 굉음을 냈다. 정면에 있는 해 때문에 눈이 부셨다. 해는 방향을 바꾸거나 숲길을 지날 때마다 잠시 모습을 감췄다 이내 더 커져서 나타났다. 둥그렇게 부푼 분홍빛 해는 낮게 걸려 있었다.

해 때문인지 더위 때문인지, 아니면 아까 마신 진 때문인지 비브는 졸음이 쏟아졌다. 레지의 어깨에 머리를 기대고 눈을 감았다. 그는 그녀의 머리에 뺨을 비비고 이따금 고개를 돌려 키스했다. 둘은 나른해져 같이 노래를 불렀다. 〈나는 사랑밖에 줄 수 없어요〉* 〈검은 새야, 안녕〉** 같은 옛날 노래를.

이불을 펴고 불을 켜놔요,
나는 밤늦게 올 거예요,
검은 새야, 안녕, 안녕.

차는 런던 교외에 들어섰고, 비브는 하품을 하며 마지못해 똑바로 앉았다. 콤팩트를 꺼내 얼굴에 파우더를 바르고 립스틱을 덧칠했다. 도로가 갑자기 아까보다 더 꽉 막혔다. 레지는 포플러와 섀드웰을 지나는 우회로로 차를 돌려봤지만 그쪽도 막히기는 마찬가지

* 뮤지컬 〈블랙버드〉(1928)에서 초연된 재즈곡.
** 1926년 발표된 뒤 2차대전 중 미국군과 영국군 사이에 널리 불린 재즈곡.

였다. 결국 타워힐에서 완전히 정체되어버렸다. 비브는 시간을 확인하는 레지에게 말했다. "여기서 내려줘." 그러나 레지는 "잠깐만 있어봐"라고만 했다. 그는 자꾸 끼어드는 운전자들에게 험한 말을 퍼부었다. "앞의 멍청한 놈이 조금만 더…… 빌어먹을! 하여간 저런 놈들은 도대체가……"

차는 앞으로 가는가 싶더니 스트랜드에 들어서자 플리트스트리트에서 또 막혔다. 레지는 거기서 벗어나려 샛길을 찾았지만 똑같은 생각을 한 운전자들로 골목도 정체였다. 그는 핸들을 타닥타닥 두들기며 "젠장, 젠장" 하고 내뱉더니 또 시계를 들여다보았다.

비브는 긴장해서 그의 눈치를 살피며 혹시라도 누가 자기를 알아볼까봐 약간 웅크려앉았다. 하지만 아직 숲속 공터에서의 여운이 가시지 않았고, 그 기분을 놓치고 싶지 않았다. 방앗간, 개울과 다리, 그 고요함. 피커딜리하곤 딴 세상인데…… 레지는 출발하기 전에 차체를 훑으며 산울타리에서 떨어진 꽃잎이며 풀잎을 죄다 쓸어냈다. 그리고 내려앉은 나비가 부르르 떨며 날아가버릴 때까지 손가락으로 쿡쿡 찔렀다.

비브는 고개를 돌려 불을 밝힌 상점들을 바라보았다. 모형 초콜릿 선물상자와 포장된 과일, 향수병과 술병이 보였다. 병에는 '나이트 오브 파르마'나 '아이리시 몰트' 대신 색소를 탄 물이 들어 있을 것이다. 차는 엉금엉금 기어 간신히 티볼리 영화관 근처까지 왔다. 극장 바깥에 표를 사려는 사람들이 줄지어 서 있었다. 비브는 거기 서 있는 연인들과 부부들을 부러운 눈으로 바라보았다. 극장 위에는 네온사인 간판이 반짝이고 있었다. 완전히 어두워졌을 때보다 지금처럼 땅거미가 질 무렵에 더 환하고 야단스럽게 빛나는 것 같았다. 그렇게 의미 없는 소소한 것들에 두서없이 눈길을 주었다. 귀걸이 한 짝, 어슴푸레 빛나는 남자의 머리칼, 포석에서 반짝이는 석영.

그때 레지가 브레이크를 밟고 빵빵거렸다. 바로 앞에서 어떤 사람이 느긋한 걸음으로 도로를 건넌 것이다. 레지는 두 손을 들어버렸다. "나 같은 건 안중에도 없다 이거지, 아저씨? 제기랄!" 그는 재수없다는 듯 그 사람의 뒤통수를 노려보았다. 그러다 표정이 달라졌다. 맞은편 보도로 올라서는 그 사람을 보고 뭔가 깨달은 게 분명했다. 레지가 웃기 시작했다. "내가 잘못 봤네." 그러면서 비브를 팔꿈치로 쿡 찔렀다. "저거 봐. 아저씨가 아니라 아줌마야."

비브는 그쪽으로 고개를 돌렸다. 그리고 재킷과 바지 차림의 케이를 보았다. 케이는 세련되고 나른한 몸짓으로 은제 담뱃갑에서 담배를 꺼내 갑에 대고 가볍게 톡톡 치고는 입가로 가져갔다.

"갑자기 왜 그래?" 레지가 깜짝 놀라 물었다.

비브가 비명을 질렀기 때문이다. 명치를 세게 얻어맞은 듯 위가 졸아드는 느낌이었다. 그녀는 한 손으로 얼굴을 가리고 자리에 푹 꺼져 앉으며 몹시 다급하게 레지에게 말했다. "빨리 가. 얼른 차를 움직여!"

레지는 그녀를 빤히 쳐다보았다. "무슨 일인데?"

"그냥 어서 가자고, 응? 제발!"

"가라니? 앞에 안 보여?"

도로는 여전히 꽉 막혀 있었다. 비브는 불에 덴 듯 안달복달했다.

고개를 돌려 플리트스트리트 쪽을 쳐다보고는 애원하듯 말했다. "저쪽으로 가자, 갈 수 있지?"

"어느 쪽 말이야?"

"지금 왔던 길로."

"지금 왔던 길? 당신 정말……?" 비브는 핸들을 직접 잡고 돌릴 기세였다. "젠장!" 레지가 그 손을 떼어내며 말했다. "알았어. 알았다고!" 그는 어깨 너머로 후방을 보며 힘겹게 차를 돌리기 시작했다. 뒤에 있던 차가 경적을 울려댔다. 러드게이트서커스 방향으로 가던 운전자들이 '저거 미친 거 아냐' 하는 표정으로 쳐다보았다. 레지는 땀을 뻘뻘 흘리고 욕설을 퍼부으며 기어를 바꿔 넣었다. 그러고선 천천히 차를 돌렸다.

비브는 줄곧 머리를 숙이고 있다가 한 번 뒤돌아보았다. 케이는 영화관 바깥에 줄지어 선 사람들 틈에 끼어 있었다. 담배에 불을 붙이는 중이었다. 황혼 속에서 점화된 불꽃이 그녀의 손가락과 얼굴을 환히 비추었다. 쉿, 비비언. 비브는 케이의 목소리를 기억했다. 그렇게 오랜 시간이 지났는데도 그때의 기억이 뚜렷했다. 뚜렷하고 섬뜩한 기억이었다. 꽉 움켜쥐었던 그녀의 손, 가까이 다가와 있던 그녀의 입. 비비언, 쉿.

"십년감수했네!" 반대 차선으로 찔끔찔끔 나아가며 레지가 말했다. "남들 시선 끌지 말라던 게 누구였더라? 대체 왜 그런 거야? 괜찮아?"

비브는 대답하지 않았다. 끼긱거리는 변속기와 앞뒤로 요동치던 자동차가 꼭 자신의 뼈와 근육인 것만 같았다. 비브는 스스로를 다

잡듯 팔짱을 끼었다.

"왜 그러는 거냐고?" 레지가 물었다.

"아는 사람을 봤어." 마침내 그녀가 입을 열었다. "그뿐이야."

"아는 사람? 누구?"

"그냥 아는 사람."

"그냥 아는 사람이라. 나 원, 그게 누군진 몰라도 사람들이 우릴 아주 실컷 봤을걸. 빌어먹을."

레지는 한참을 투덜거렸다. 비브는 듣지 않았다. 레지는 블랙프라이어스브리지 근처 길가에 차를 세웠다. 비브는 거기서 버스를 타겠다고 했고 그도 말리지 않았다. 그는 인적이 드문 곳에 차를 세우고 비브를 끌어당겨 키스했다. 그러고선 또 비브의 손수건을 빌려 입술을 닦았다. 이마에 흘러내린 땀도. "나들이 한번 끝내주네!" 재수없는 날이었다는 듯한 말투였다. 벌써 다 잊어버린 것 같았다. 개울도, 버려진 방앗간도, 벽에 새긴 이니셜도. 비브는 아무래도 상관없었다. 팔을 감싸던 그의 손, 입을 누르던 그의 입술, 그 느낌이 불현듯 몸서리쳐지게 끔찍했다. 집에 가고 싶었다. 그에게서 떨어져 혼자 있고 싶었다.

비브가 문을 열고 내리려는데 레지가 또 그녀를 잡았다. 조수석 앞 글러브박스에 손을 넣더니 뭔가를 꺼냈다. 고기 통조림 두 개였다. 쇠고기 하나, 돼지고기 하나.

비브는 완전히 얼이 나가서 무의식적으로 그것을 챙겼다. 그러나 캔을 집어넣으려고 가방을 연 순간, 무언가 그녀 안에서 뚝 하고 끊어졌다. 비브는 다짜고짜 불같이 화를 내며 캔을 그에게 밀쳐버렀다. “이딴 거 필요 없어! 가져가! 가져가서 당신 아내한테나 줘!”

캔이 조수석에서 떨어져 퉁퉁 튀었다. “비브!” 깜짝 놀란 레지가 억울하다는 듯 외쳤다. “이러지 마! 내가 뭘 어쨌다고 그래? 대체 뭐가 문젠데? 비브!”

비브는 차에서 내려 문을 쾅 닫고 걸어갔다. 레지는 조수석 쪽으로 몸을 기울이고 창문을 내려 거듭 비브를 불렀다. 여전히 어이가 없다는 듯 비브를 향해 외쳤다. “왜 그러냐고? 내가 뭘 어쨌기에? 뭐가……?” 그의 말투가 딱딱해졌다. 화가 나서라기보다는 그저 지친 것 같았다. “지금 내가 뭘 어쨌다고 그러냐고?”

비브는 돌아보지 않았다. 모퉁이를 돌자 레지의 외침이 희미해졌다. 잠시 그러다 차를 끌고 가버렸을 것이다. 비브는 버스정류장에 줄을 서서 십 분 정도 버스를 기다렸다. 레지는 쫓아오지 않았다.

집에 돌아오니 집안이 바글바글했다. 패멀라 언니가 아버지한테 홍차를 갖다드리러 형부 하워드와 남자애 셋을 데리고 친정에 온 것이었다. 패멀라가 스토브에서 차를 끓여서 비좁은 부엌이 숨막힐 듯 무더웠다. 빨래가 건조대에 널려 있었는데, 봉을 올리다 말아서 옷들이 바닥에 닿을 듯 말 듯했다. 이것도 패멀라 솜씨였다. 라디오 볼륨은 최대치였다. 하워드는 부엌 식탁 위에 엉덩이를 걸치고 있었다. 아이들 중 큰 두 놈은 신나게 뛰어다니고, 막둥이 아기는 비브의 아버지 무릎 위에 안겨 있었다.

“재미있게 놀았어?” 패멀라가 물었다. 그녀는 수건으로 손을 닦으며 손가락 사이사이를 문질렀다. 그리고 비브를 유심히 쳐다보았다. “제법 탔네. 어느 정도는 타는 게 좋지.”

비브는 싱크대로 가서 아버지의 면도거울을 들여다보았다. 얼굴이 허옇고 벌겋고 얼룩덜룩했다. 머리를 앞으로 내려 얼굴을 가렸다. "더웠거든." 비브가 말했다. "다녀왔어요, 아버지."

"오냐. 나들이는 어땠냐?"

"괜찮았어요. 잘 지내죠, 하워드?"

"별일 없어, 비브. 그냥 최선을 다하는 거야, 안 그래? 요즘 날씨 어때? 나는 말이지……"

하워드는 입을 다무는 법이 없었다. 조카 두 녀석도 마찬가지였다. 이모에게 보여줄 것이 있다면서, 작고 시끄러운 장난감 총에 코르크를 끼워 쏘아댔다. 아버지는 사람들 입에서 나오는 말을 일일이 다 좇으며 고개를 끄덕이고 미소를 짓고 입술을 달싹거렸다. 아버지는 귀가 거의 안 들렸다. 아기가 아버지의 무릎에서 장난감 총을 향해 팔을 뻗으며 내려달라고 발버둥쳤다. 비브가 옆으로 다가가자 아버지는 손자를 내밀며 홀가분하다는 듯 말했다. "애가 너한테 가고 싶다는구나."

그러나 비브는 고개를 저었다. "걔는 너무 무거워요. 1톤은 나갈걸요."

"이리 주세요." 패멀라가 말했다. "모리스…… 여보, 거기 앉지 말라고 했지, 몇 번을 말해야 알아들어!"

아주 난장판이었다. 비브는 가서 신발과 스타킹을 벗어야겠다고 말하고 자기 방으로 들어가 문을 닫았다.

잠시 무얼 해야 할지 몰라 우두커니 서 있었다. 울음이 터질 것 같고 병이 날 것만 같았다…… 그러나 아버지와 언니가 저쪽 부엌에 있으니 울 수는 없는 노릇이었다. 비브는 침대에 앉았다가 아예 드러누워 양손을 배 위에 얹었다. 그렇게 누워 있으니 더 울적해졌다. 다시 몸을 일으켜 앉았다가 아예 일어났다. 그때의 충격과 혼란을 떨쳐낼 수 없었다.

쉿, 비비언.

비브는 한 발짝 내딛고 고개를 기울였다. 문밖에서 시끄러운 라디오 소리 말고 뭔가 다른 소리가 났다. 패멀라나 조카애 하나가 복도에 있나 싶었지만 잘못 들은 모양이었다. 비브는 일 분 가까이 손톱을 물어뜯으며 결정을 내리지 못한 채 서 있었다.

그러다 홱 옷장으로 가서 문을 열어젖혔다.

옷장 안은 잡동사니로 가득했다. 원피스들 옆에 덩컨이 학교 다닐 때 입던 옷들이 걸려 있었다. 심지어 어머니가 입던 예스러운 드레스도 두세 벌 있었다. 아버지는 그것들을 절대 못 버리게 했다. 옷걸이 위쪽 선반은 스웨터를 두는 곳이었다. 스웨터 뒤에는 앨범과 옛날 사인북, 오래된 일기장 같은 것이 있었다.

비브는 복도에서 발소리가 나지 않는지 또 한번 귀를 기울였다. 그리고 앨범 뒤쪽 어두운 곳에 손을 집어넣어 조그만 잎담배 깡통을 끄집어냈다. 매일 그러는 것처럼 자연스럽게 꺼냈지만 사실 삼 년 전 그 속에 처박아둔 뒤 찾아본 적도 없었다. 뚜껑을 얼마나 꽉 닫아놨는지 힘을 주어 열려고 하니 손목과 손가락이 부러질 것 같았다. 비브는 동전을 써서 뚜껑을 비틀었다. 그런데 막상 뚜껑이 느슨해지자 또 머뭇거렸다. 누가 들어오진 않을지 여전히 불안스레 바깥에 귀를 기울이면서.

마침내 뚜껑을 열었다.

깡통 안에는 조그만 천 뭉치가 들어 있었다. 천 뭉치에는 반지가 싸여 있었다. 아무 장식도 없는 낡은 금반지는 여기저기 찌그러진 데다 자잘하게 긁힌 자국이 있었다. 비브는 반지를 꺼내 잠시 손에 쥐고 있다가 손가락에 끼고 손으로 눈을 가렸다.

6시 십 분 전, 양초제작기를 돌리는 기계공이 펌프의 전원을 껐다. 공장이 갑자기 정적에 휩싸이면서 귀에서 웅웅거리는 소리가 났다. 물속에 있다 수면 위로 떠오른 느낌이었다. 덩컨과 같은 작업반에서 일하는 여자애들은 이 정적을 퇴근 준비 신호로 받아들였다. 그녀들은 립스틱이며 콤팩트 같은 것들을 꺼냈다. 더 나이든 여자들은 담배를 말았다. 렌은 바지 주머니에서 빗을 꺼내 머리를 빗었다. 머리칼을 귀 뒤로 쓸어넘겨 꽤 세련된 스타일을 만들었다. 빗을 내려놓으며 덩컨과 눈이 마주친 렌이 그쪽으로 상체를 기울였다.

"오늘 저녁에 내가 뭐할 건지 알아?" 작업대 쪽을 힐끔 쳐다보고는 소리 죽여 말했다. "여자애랑 윔블던 공원에 갈 거야. 가슴이 이만한 애라고." 렌은 손으로 가슴을 그려 보이더니 눈동자를 굴리고 휘파람을 불었다. "아, 진짜 죽여! 열일곱 살인데, 언니도 한 명 있어. 언니도 예뻐. 머리는 좀 딸리지만. 어때? 오늘 저녁에 시간 있어?"

"오늘 저녁?" 덩컨이 말했다.

"같이 갈래? 걔 언니도 심장 떨리게 예뻐, 진짜라니까. 형은 어떤 스타일이 좋아? 내가 아는 여자애들이 한 트럭은 돼. 가슴 큰 애도 있고, 작은 애도 있어. 내가 알아서 맞춰줄 수 있다고!" 렌은 딱 하고 손가락을 튕겼다.

덩컨은 뭐라 말해야 할지 몰랐다. 여자애들을 상상해보려 애썼지만 하나같이 아까 렌이 만든 밀랍인형 같았다. 울룩불룩한 몸뚱이, 곱슬곱슬한 머리, 눈코입도 없는 조악한 얼굴. 덩컨은 고개를 젓고는 싱긋 웃어버렸다.

렌은 기분이 상한 것 같았다. "내 장담하는데, 형은 엄청난 기회를 날린 거야. 그 여자앨 보면 뻑 갈걸. 원래 애인이 있었는데 지금은 군대 갔대. 만날 애인하고 그걸 하다 못 하니까 몸이 단 거지. 거짓말 안 보태고, 동생이 나한테 그렇게 살살거리지만 않았어도 언니 쪽을 공략했을 거야."

렌은 공장의 퇴근 휘슬이 울릴 때까지 줄곧 떠들어댔다. 그리고 마침내 "뭐, 내가 아쉬운가, 형이 아쉽지" 하며 일어섰다. "내 생각날 거야, 뻔하지. 오늘밤 10시다!" 그는 집시를 연상시키는 갈색 눈으로 덩컨에게 윙크하고 서둘러 나갔다. 뚱뚱한 노파처럼 약간 좌우로 휘청거렸다. 왼쪽 다리가 좀 짧고 무릎이 굽혀지지 않기 때문이었다.

여자애들과 나이든 여자들도 바삐 빠져나갔다. 나가면서 다들 작별인사를 한마디씩 던졌다. "안녕, 덩컨!" "잘 가, 내 사랑!" "월요일에 봐, 덩컨!"

덩컨은 고개를 끄덕였다. 하루 중 이때의 공장 분위기가 가장 곤혹스러웠다. 과장되고 강요된 발랄함, 출구를 향한 돌진. 토요일 저녁이 가장 심했다. 어떤 사람들은 제일 먼저 공장 문을 나서려고 그야말로 미친듯이 뛰었다. 자전거를 타고 퇴근하는 남자들은 경주를 벌였다. 공장 앞마당은 십여 분간 배수구 마개를 뺀 싱크대 같았다. 덩컨은 늘 얼쩡대거나 꾸물거릴 핑계를 찾았다. 오늘은 빗자루를 들고 의자 밑에 떨어진 밀랍 부스러기와 심지 꽁다리를 쓸었다. 그러고서 느릿느릿 탈의실로 걸어가 재킷을 걸쳤다. 화장실에 들러 머리도 빗었다. 한참 후에야 밖으로 나오니 마당은 텅 비어 있었다. 덩컨은 잠시 바깥계단에 서서 공간의 감각과 기온의 변화에 익숙해질 때까지 기다렸다. 공장 안은 밀랍 때문에 늘 온도를 서늘하게 유지했지만 저녁나절의 바깥공기는 따뜻했다. 해가 뉘엿뉘엿 기울었다. 시간—공장에서의 시간이 아니라 진짜 제대로 된 시간—이 다 지나가버린 듯한, 다 놓쳐버린 듯한 왠지 모를 착잡한 기분이 들었다.

고개를 숙이고 마당으로 나가려고 막 한 발짝 떼었을 때 그의 이름을 부르는 소리가 들렸다. "피어스! 이봐, 피어스!" 덩컨은 고개를 들었다. 가슴속에서 심장이 쿵쾅거렸다. 목소리의 주인이 누구인지 바로 알아챘지만 믿을 수 없었다. 로버트 프레이저가 공장 정문 앞에 서 있었다. 막 달려온 듯한 모습이었다. 덩컨과 마찬가지로 모자를 쓰지 않은 프레이저는 붉게 상기된 얼굴로 머리카락을 쓸어올렸다.

덩컨은 걸음을 재촉해 그에게 다가갔다. 아직도 심장이 요동치고 있었다. 덩컨은 입을 열었다. "여기서 뭐하는 거야? 오후 내내 여기 있었어?"

"갔다가 다시 온 거야." 프레이저가 숨을 몰아쉬며 말했다. "난 네가 벌써 퇴근한 줄 알았어! 세 블록쯤 남았는데 휘슬이 울리더라고. 폐를 끼친 건 아니지? 오전에 돌아가서 곰곰 생각해보니 도대체 말도 안 되는 일이더라고, 네가 여기 있다는 것하며…… 하여간. 시간 좀 있어? 같이 한잔하러 가면 어떨까 해서. 강가에 아는 술집이 있어."

"술집?" 덩컨이 말했다.

프레이저는 그의 표정을 보고 웃음을 터뜨렸다. "그래. 뭐 어때?"

덩컨은 술집에 가본 게 언제인지 기억도 나지 않았다. 프레이저와 함께 술집에 가서 만날 보는 친구인 척 나란히 테이블에 앉아 맥주를 마신다고 생각하니 무척 흥분됐다. 하지만 동시에 불안했다. 집에서 자신을 기다릴 먼디 씨도 떠올랐다. 먼디 씨가 준비하는 저녁상이 그려졌다. 정갈히 놓인 나이프와 포크, 소금과 후추, 미리 섞어 단지에 담아놓은 머스터드……

프레이저는 덩컨의 얼굴에 떠오른 망설임을 알아챘다. 그는 실망한 듯 말했다. "선약이 있나보군. 신경쓰지 마. 혹시나 하고 물어본 거니까. 어느 쪽으로 가? 같이 좀 걷지……"

"아냐," 덩컨이 얼른 대답했다. "괜찮아. 한 시간쯤이라면……"

프레이저는 덩컨의 팔을 툭 쳤다. "잘됐다!"

그는 덩컨을 데리고 남쪽 셰퍼즈부시그린 쪽으로 향했다. 덩컨이 평소 가는 길과 반대 방향이었다. 프레이저는 어깨를 펴고 두 손을 주머니에 찔러넣은 채 편안하고 느긋하게 걸었다. 이따금 고개를 홱 젖혀 눈을 가리는 앞머리를 넘겼다. 그의 금발이 저녁햇살을 받아 밝게 빛났다. 여전히 상기된 얼굴에 땀이 약간 흘렀다. 가장

붐비는 거리를 지나며 그는 손수건을 꺼내 이마와 뒷목을 닦았다.

"한잔이 절실하군! 아니, 몇 잔은 마셔야겠어. 2시부터 계속 일링에 있었거든. 돼지 농장에 관한 유머러스한 기사를 한 꼭지 만드느라. 사진사가 기발한 표정을 찍으려고 암퇘지를 달래는 데 한 시간 넘게 걸렸어. 농담이 아니라, 피어스, 다음번에 돼지를 봐야 한다면 세이지와 양파를 양쪽 귀에 꽂고 접시에 담긴 놈으로 하겠어."

걷는 내내 프레이저의 이야기는 끊이지 않았다. 최근에 쓴 몇 가지 기사, 가령 예쁜 아기 콘테스트라든가 귀신 들린 집에 관해 얘기했다. 덩컨은 적당한 때에 고개를 끄덕이고 웃어줄 수 있을 정도로만 귀를 기울였다. 평상복 차림으로 거리를 걷는 프레이저의 놀라운 모습이 익숙지 않아 자꾸 그를 위아래로 훑어보았다. 프레이저도 똑같이 그러고 있었는지, 잠시 후 하던 말을 멈추고 애잔한 표정으로 덩컨과 시선을 마주쳤다.

"이것 참 기분 묘하지 않아? 자꾸 체이스나 가니시가 나타나서 우리한테 소리를 지를 것만 같아. '방에서 나오지 마!' '뒤로 물러서!' '문 앞에 정렬!' 작년에 에릭 웨인라이트를 봤어. 그 녀석 기억나? 그놈도 나를 봤지, 분명 봤을 거야. 그런데 시치미를 떼더라고. 피커딜리에서 매춘부 같은 여자하고 함께 있더군. 좀도둑 데니스 와틀링도 두어 달 전에 정치 집회에서 봤어. 감옥에 대해 목이 터져라 외치는데, 꼭 십이 년은 감옥에서 살다 나온 사람 같더라. 열두 달 있었으면서. 그 녀석, 내가 나타나서 굉장히 아쉬웠을 거야. 나한테 스포트라이트를 뺏겼다고 생각할 테니까."

그들은 해머스미스를 지나 인적 드문 주택가를 가로질렀다. 그리고 얼마 안 가 프레이저가 가리키는 대로 모퉁이를 돌았다. 거리 분위기가 바뀌기 시작했다. 가정집 대신 좀더 큰 건물과 창고와 공장이 여기저기 들어서 있었다. 공기도 시큼하고 탁한 것이 불쾌했다. 길 위의 흙먼지가 사라지고 드러난 자갈 바닥은 기름칠을 한 듯 미끄러웠다. 생전 처음 와보는 동네였다. 프레이저는 자신만만하게 성큼성큼 걸어갔다. 덩컨은 허둥지둥 따라가기에 급급했다. 갑자기 겁이 났다. 내가 여기서 뭐하는 거지? 프레이저가 생판 남으로 보였다. 그가 미쳤을지도 모른다는 터무니없는 생각이 고개를 쳐들었다. 나를 여기로 꼬여내 죽이려는 걸지도 몰라. 프레이저가 왜 그런 짓을 하려는지 이유는 몰랐지만 그런 얼토당토않은 생각이 머리에서 맴돌았다. 시체가 된 자신의 모습이 눈앞에 어른거렸다. 목 매달린 시체 혹은 칼에 찔린 시체. 누가 나를 발견할까. 덩컨은 경찰이 아버지와 누나를 방문하는 장면을 상상했다. 경찰은 식구들에게 이 수상한 동네에서 내가 죽은 채로 발견되었다고 말한다. 그들은 무슨 영문인지 절대 알지 못하겠지.

그때 갑작스레 또 한번 모퉁이를 돌았다. 그늘을 벗어나니 바로 강이 나타났다. 여기에 프레이저가 가자고 한 술집이 있었다. 고풍스러워 보이는 멋진 목조 건물을 보자마자 덩컨은 디킨스와 『올리버 트위스트』가 떠올랐고 대번에 넋을 잃었다. 목이 졸리거나 칼에 찔릴까봐 걱정했던 일은 까맣게 잊어버렸다. 그러고는 걸음을 멈추고 프레이저의 팔에 손을 얹으며 말했다. "와, 멋지다!"

"그래?" 프레이저가 마주보고 싱긋 웃으며 말했다. "네가 좋아할 줄 알았어. 맥주맛도 괜찮아. 가자고." 그는 좁고 구불구불한 입구를 지나 덩컨을 술집 안으로 데려갔다.

내부는 외관을 보고 기대했던 것만큼 썩 매력적이지는 않았다. 그냥 평범한 술집처럼 꾸며놓았는데, 놋쇠 마구馬具 장식이나 워밍팬*, 풀무 같은 엉뚱한 물건들이 벽에 걸려 있었다. 6시 반인데도 벌써 사람들이 바글바글했다. 프레이저는 사람들을 헤치고 바로 가더니 4파인트짜리 맥주 피처를 시켰다. 그런 뒤 부두 쪽으로 난 뒷문을 가리켰다. 부두에서는 강이 내려다보였지만 바보다 더 붐볐다. 둘은 이리 밀치고 저리 밀리며 한 바퀴 둘러보고는 다시 거리 쪽으로 나왔다. 강변으로 내려가는 계단이 보였다. 프레이저가 계단 꼭대기에서 주변을 내려다보았다. "아래쪽 강변엔 자리가 많아." 그가 말했다. "마침 썰물이네. 딱 좋다. 가자."

둘은 맥주 피처와 잔을 들고 조심조심 계단을 내려갔다. 강변의 진흙은 오후 햇살에 거의 말라 있었다. 담벼락 밑에 괜찮은 자리를 발견한 프레이저가 재킷을 벗어 바닥에 깔았고, 둘이서 나란히 그 위에 앉았다. 어깨가 서로 닿을 듯 말듯 했다. 담벼락은 따뜻했고 강물에 닿아 변색되어 있었다. 바닥에서 2미터쯤 위쪽으로 강물에 잠겨 녹색으로 변색된 부분과 물이 닿지 않은 잿빛 석조 부분의 경계선이 뚜렷하게 보였다. 지금은 강의 수위가 낮아 강폭이 좁아 보였다. 터무니없이 좁아 보여서 건너편까지 까치발로 한달음에 건널 수 있을 것 같았다. 덩컨은 눈을 찡그려 풍경을 흐릿하게 보았다. 그리고 강물이 밀려들어와 자신을 덮치는 장면을 상상했다. 등

* 겨울에 침대의 냉기를 없애는 데 쓰던 기구.

을 기댄 벽이 따뜻했다. 옆에서 프레이저가 팔꿈치로 자꾸 팔을 건드리는 느낌이 들었다. 프레이저는 단추를 풀고 소매를 걷어올리는 중이었다.

프레이저가 잔에 맥주를 따랐다. "받아." 덩컨에게 잔을 건네고 그도 잔을 들었다. 그러고선 서너 모금 만에 다 들이켜고는 입가를 훔쳤다. "이런! 이제야 좀 살 것 같네, 안 그래?" 프레이저는 맥주를 더 따라서 마셨다.

그런 뒤 호주머니에서 파이프와 담배주머니를 꺼냈다. 그는 덩컨이 지켜보는 가운데 파이프에 담배를 채우기 시작했다. 기다란 갈색 손가락으로 살담배를 몇 가닥 가지런히 꺼내더니 엄지로 담배통에 꾹꾹 눌러담았다. 프레이저는 덩컨의 시선을 알아차리고 씩 웃었다. "옛날하고는 좀 다르지, 응? 밖에 나와서 제일 먼저 산 게 바로 이거야." 그는 물부리를 입에 물고 성냥을 켜서 담배통에 불을 댕겼다. 담배를 빨자 그의 목 근육이 팽팽해지며 뺨이 홀쭉해졌다 볼록해지길 반복했다. 덩컨은 뜨거운 물병을 옆에서 보는 것 같았다. 좀더 낭만적으로 본다면 스페인의 가죽 포도주 부대 같기도 했다. 덩컨은 프레이저가 내뿜은 푸르스름한 연기를 바람이 낚아채서 흩어놓는 광경을 바라보았다.

한동안 둘은 묵묵히 앉아 맥주만 들이켰다. 손차양을 하고 태양을 쳐다보면서. 늦여름 하늘에 뜬 커다랗고 붉은 태양은 그야말로 장관이었다. 열기 때문에 강과 강변에서 악취가 올라왔지만 이런 데선 별로 신경쓰이지 않았다. 이 찬란한 광경에 빠져들지 않을 수 없었다. 덩컨은 뱃사람, 밀수꾼, 나룻배 사공, 쾌활한 선원을 떠올렸다…… 그때 프레이저가 웃음을 터뜨리며 말했다. "저 녀석들 좀 봐."

강변 저쪽에서 소년들이 우르르 나타났다. 그들은 셔츠와 신발, 양말을 벗어던지고 바지를 걷어올린 다음 움찔거리며 조심스럽게 강으로 달려갔다. 다 큰 남자들이라도 뾰족한 자갈을 밟고 가려면 조신하게 달릴 수밖에 없었다. 그들은 강물에 들어가자마자 물장구를 치며 떠들썩하게 놀았다. 다들 어렸다. 덩컨과 프레이저보다 한참 어린, 열넷 혹은 열다섯 정도 될 법한 소년들이었다. 가냘프고 여린 몸에 비해 손발은 무척이나 컸다. 몸속에서 생명력이 주체할 수 없을 만큼 철철 넘쳐흘러서 묘하게 각이 맞지 않는 듯한 모습들이었다.

술집 뒤쪽의 부두에 나와 술을 마시던 사람들도 소년들을 보았다. 사람들은 응원의 함성을 지르기 시작했다. 소년들은 물 대신 진흙을 튀기기 시작했다. 한 명이 꽈당 넘어지더니 진흙인형처럼 온몸에 흙을 뒤발한 채 일어났다. 거리 퍼레이드용으로 만든 기괴한 마네킹 같았다. 소년은 어기적어기적 앞으로 가더니 머리부터 풍덩 물속에 빠졌다. 그리고 다시 깨끗해진 모습으로 나와 머리를 흔들어 물을 털어냈다.

프레이저는 껄껄 웃으며 상체를 내밀었다. 그러고는 부두에 있는 사람들처럼 손나팔을 만들어 입에 대고 아이들을 응원했다. 소년들 못잖게 활기차 보였다. 드러난 아래쪽 팔뚝은 햇볕에 잘 그을렸고 긴 머리칼은 눈썹 근처에서 찰랑거렸다.

잠시 후 프레이저는 미소를 머금고 뒤로 기대앉았다. 파이프를 다시 빨고서 성냥을 긋고 손으로 불꽃을 감싼 채 담배통에 불을 붙였다. 그러면서 눈을 살짝 내리깔고 덩컨을 훔쳐보았다. 담배에 제대로 불이 붙자마자 성냥을 흔들어 끈 프레이저는 파이프를 입술에서 빼내며 말했다. "이상하지 않았어? 내가 그런 식으로 너를 만나러 공장까지 달려갔다는 게."

덩컨은 가슴이 철렁했다. 아무 대꾸도 하지 않았다. 프레이저가 말을 이었다. "하루종일 그 생각을 했어. 그게, 네가 그런 데서 일하리라곤 꿈에도 생각지 못했거든."

"그래?" 덩컨은 맥주잔을 들며 말했다.

"당연하지! 네가 그런 사람들 틈에서 그런 일을 한다고? 자선사업장이나 다를 바 없는 데잖아? 어떻게 그런 일을 견디는 거야?"

"딴사람들도 다 견디는걸. 나라고 못할 거 없지."

"정말 괜찮은 거야?"

덩컨은 곰곰 생각해보았다. "냄새는 별로 안 좋지." 그러다 마침내 입을 열었다. "옷에 배거든. 가끔은 소음 때문에 머리가 아파. 컨베이어 벨트 때문에 눈이 좀 이상해지기도 하고."

프레이저는 미간을 찡그렸다. "내 말은 그런 뜻이 아닌데."

덩컨도 그런 뜻이 아니라는 건 알고 있었다. 하지만 어깨를 으쓱하고 좀전과 같은 가벼운 어투로 계속 말했다. "일은 쉬워. 사실 캔버스 천을 꿰매는 거랑 별반 다르지 않아. 일하면서 딴생각도 할 수 있고. 그게 마음에 들어."

프레이저는 여전히 이해가 안 간다는 표정이었다. "좀더, 그 뭐냐, 좀더 일할 맛 나는 직업을 가지고 싶은 생각은 없어?"

그 말에 덩컨은 코웃음을 쳤다. "내 취향은 중요하지 않아. 내가 이게 좋다 혹은 저게 좋다 그러면, 재활직업훈련 담당자의 얼굴에 어떤 표정이 떠오를지 딱 그려지지 않아? 취직이라도 한 게 어디야. 일하는 흉내만 내는 거라도. 너하고는 사정이 달라. 만약 네가 나 같았다면, 그러니까 나 같은 과거가 있다면……" 덩컨은 구구절절 해명하는 게 귀찮아졌다. 그는 강변에 널린 돌멩이와 도자기 파편, 굴껍데기와 뼈다귀 따위를 헤집기 시작했다. "그 얘기는 하고 싶지 않다." 여전히 대답을 기다리는 프레이저에게 덩컨이 말했다. "따분한 얘기야. 그보다 네 얘기나 해봐."

"난 먼저 너에 대해 알고 싶어."

"별거 없다니까. 네가 아는 게 다야!" 덩컨은 빙긋 웃었다. "정말이야. 너는 어디 있었는지 말해봐. 전에 한 번 기차에서 나한테 편지를 썼잖아."

"그랬나?"

"응. 나간 다음에 바로. 기억 안 나? 물론 편지 보관은 허용되지 않았지만 그래도 쉰 번쯤은 읽었다고. 손글씨로 지면을 꽉꽉 채워 썼잖아. 종이에 뭔가 묻어 있었는데, 양파즙을 흘린 거라고 했어."

"양파즙이라!" 프레이저는 머리를 쥐어짜며 말했다. "아, 생각났다. 기차에서 어떤 여자가 양파를 갖고 있었어. 우리 모두 삼 년 만에 처음 보는 양파였지. 누가 칼을 꺼내 잘라서 생으로 나눠 먹었어. 끝내주는 맛이었다고!" 그는 껄껄 웃고는 맥주를 마셨다. 목안의 울대뼈가 물고기처럼 파닥거렸다.

스코틀랜드행 기차였을 거라고 프레이저는 말했다. 그렇게 도착한 곳에서 전쟁이 끝날 때까지 다른 양심적 병역거부자들과 함께 일종의 벌채 캠프에서 지냈다. "그후 런던으로 돌아와 난민구호단체에서 일을 얻었어. 갓 탈출해 런던에 온 사람들한테 집을 찾아주고 아이들을 학교에 보내주는 일이었지." 프레이저는 당시를 회상하며 고개를 설레설레 저었다. "그때 내가 들은 얘기를 해주면 아마 머리털이 쭈뼛 설 거야, 피어스. 모든 걸 잃은 사람들의 이야기지. 러시아인, 폴란드인, 유대인이 수용소에서 겪었던 일들…… 도저히 믿을 수가 없더군. 신문에 나온 얘기는 아무것도 아냐, 아무것도…… 일 년 동안 그 일을 했어. 그게 한계더라고. 조금 더 있었다가는 내 머리를 쏴버리고 말았을 거야!"

프레이저는 미소 지었다. 그러다 자기가 무슨 말을 했는지 깨닫고 덩컨과 시선이 마주치자 얼굴을 붉혔다. 그리고 자신의 실수를 만회하기 위해 곧장 다음 얘기로 옮겨갔다. 작년 가을까지 구호단체에 있었다고 했다. 그후 시사지에 글을 쓸 요량으로 언론계에 발을 들였고, 친구 하나가 지금 하고 있는 '가십기사 일'을 소개해줬다. 좀더 진지한 일이 들어오지 않을까 하는 기대로 이 일에 매달려 있다. 한두 달 정도 여자를 사귀기도 했는데 잘 안 됐다는 말을 하면서 또 얼굴을 붉혔다. 여자는 난민구호단체에서 같이 일하던 사람이었다고 했다.

프레이저는 라디오 해설자처럼 유창하고 진지한 목소리로 말했다. 매우 또렷한 그 상류층 말씨에 덩컨은 한두 번인가 저도 모르게 움찔했다. 그 말투는 강변 저쪽 다른 술꾼들 귀에도 잘 들릴 터였다. 덩컨은 다시 프레이저를 쳐다보았다. 아까처럼 또 생판 모르는 사람처럼 보였다. 스코틀랜드의 벌채 캠프에 있는 프레이저나 런던에서 여자친구와 같이 있는 프레이저는 상상이 되지 않았다. 매일 그를 보던 시절, 웜우드스크럽스*의 좁고 싸늘한 감방에서 싸구려 교도소 담요를 어깨까지 덮어쓰고 있거나, 코코아를 한 방울도 남기지 않고 아침 빵에 적셔 먹거나, 야위고 하얀 얼굴을 달빛에 혹은 불타는 노을에 물들이며 창가에 서 있는 모습 외에는 정말 그려지지가 않았다.

덩컨은 맥주잔만 뚫어져라 내려다보다 프레이저가 입을 다물고 자신을 쳐다보고 있음을 깨달았다.

"네가 무슨 생각 하는지 알아." 덩컨이 고개를 들자 프레이저가 말했다. 목소리를 낮추고 겸연쩍어하는 듯했다. "궁금한 거지, 난민과 함께 일하며 그런 이야기를 들어야 한다는 게 어땠는지…… 내가 아무것도 하지 않는 동안 다른 남자들은 나가서 싸웠다는 걸 알면서." 프레이저는 돌멩이를 던져 물수제비를 떴다. "알고 싶다면 말해주지. 한마디로 역겨웠어. 나 자신이 역겨웠다고. 병역거부를 해서가 아니라 병역거부만으로는 충분치 않아서. 내가 더 노력하지 않았기 때문에, 전쟁 초반에 다른 사람들을 설득해 함께 대안을 찾으려고 더 열심히 노력하지 않았던 내가 역겨웠어. 내 건강한 몸이 역겨웠어. 살아 있다는 사실 그 자체만으로 역겨웠고." 그는 다시 얼굴을 붉히며 눈길을 돌렸다. 그러더니 약간 진정된 어조로 말했다. "네 생각이 났어, 그냥 왠지."

---

* 런던 서부에 위치한 남성 교도소.

"내가?"

"뭐랄까…… 네가 했던 얘기가 생각났거든."

덩컨은 다시 맥주잔을 빤히 내려다보았다. "나 같은 건 다 잊어버린 줄 알았는데."

프레이저가 상체를 일으켰다. "바보 같은 소리 마! 그동안 겨를이 없었을 뿐이야. 너도 그렇지 않았어?"

덩컨은 대답하지 않았다. 프레이저는 대답을 기다리다 짜증이 난 듯 고개를 돌렸다. 맥주를 더 마시고, 파이프를 만지작거리다 물부리를 빨면서 다시 양볼을 포도주 부대처럼 부풀렸다.

나한테 여기 오자고 한 걸 후회하는 거야, 덩컨은 돌멩이를 비틀며 생각했다. 왜 그랬을까 생각하는 거겠지. 이제 나를 어떻게 떼어버릴까 궁리하는 게 분명해. 집에서 식탁을 차려놓고 자신을 기다릴 먼디 씨가 다시 생각났다. 자꾸 시계를 쳐다보며 현관문을 열고 불안하게 거리를 내다보고 있을지도 몰랐다……

덩컨은 프레이저가 또 자신을 쳐다보고 있음을 알아챘다. 주위를 둘러보다 둘의 시선이 마주쳤다. 프레이저가 씩 웃으며 말했다. "네가 이따금 속을 알 수 없는 사람이 된다는 걸 잊고 있었어, 피어스. 입을 다물 줄 모르는 친구들한테 익숙해져서 그런가봐."

"미안." 덩컨이 말했다. "별로라면 그만 일어나자."

"나 원, 내 말은 그게 아니라! 난 그냥…… 음, 너에 대해서도 좀 얘기해보라고. 너는 입도 벙긋 안 하는데 나 혼자 미친놈처럼 떠들고 있잖아. 내가…… 내가 못 미더워서 그래?"

"아냐, 믿어!" 덩컨이 말했다. "그런 게 아니야. 절대 그런 건 아니라고. 별로 할말이 없어서 그래. 그뿐이야."

"아까도 그런 식으로 넘어가려고 했지. 이젠 안 통해, 피어스! 자, 말해봐."

"진짜로 할말이 없다니까!"

"뭐라도 있을 거 아냐. 심지어 난 네가 어디 사는지도 몰라! 지금 어디 살아? 다니는 공장 근처?"

덩컨이 거북한 듯 자세를 바꾸었다. "응."

"주택? 아니면 방 한 칸?"

"그게," 덩컨은 다시 꼼지락거렸다. 하지만 빠져나갈 구멍이 없었다. "주택이야." 그러다 잠시 후 털어놓았다. "저기 화이트시티에 있는."

프레이저가 빤히 쳐다보았다. 덩컨은 그가 그럴 줄 알았다. "화이트시티라고? 말도 안 돼! 스크럽스 코앞에 산단 말이야? 어떻게 그런 데서 살아, 용하다! 풀럼만 해도 나한텐 소름 끼치게 가까운데. 화이트시티라니……" 그는 믿을 수 없다는 듯 고개를 저었다. "왜 하필 거기야? 너희 가족은……" 그러면서 기억을 더듬었다. "어디더라…… 거기 살지 않았나? 스트레텀?"

"아." 덩컨은 기계적으로 대답했다. "집에선 나왔어."

"그래? 왜? 너희 가족은 너한테 잘했던 걸로 아는데. 누나들이 있었지, 그렇지? 그중 한 명은 특히…… 이름이 뭐였더라? 밸러리? 아, 비브!" 프레이저가 머리칼을 잡아당겼다. "와, 이제 다 생각나네. 그 누님이 종종 면회 왔었잖아. 너한테 굉장히 잘해줬는데. 망할 우리 누나보다 훨씬 나았지! 근데 그 누님이 이제 쌀쌀맞

게 굴어?"

"비브 누나가 아니라," 덩컨이 말했다. "큰누나가 좀 그래. 뭐, 너도 알다시피…… 원래 사이가 별로 안 좋았거든. 근데 갔다 오고 나서 더 나빠졌어. 매형도 나를 끔찍하게 싫어해. 한번은 자기 친구들한테 하는 말을 들었는데, 날 보고…… 날 보고 소공자라고 하더라고. 메리 픽퍼드*라고도 하고. 웃지 마!" 하지만 덩컨 자신도 웃음이 나왔다.

"미안." 프레이저는 웃음기 가득한 얼굴로 말했다. "그냥 흔한 익살꾼 같은데."

"그냥 그런 사람일 뿐이지, 자기와 다른 걸 못 견디는. 대부분 다 그래. 하지만 비브 누나는 달라. 누나는…… 뭐랄까, 세상이 완벽하지 않다는 걸 알거든. 사람이 완벽할 수 없다는 것도. 누나는……" 덩컨은 말끝을 흐렸다.

"누나는 뭐?" 프레이저가 물었다.

둘은 예전의 친밀감을 되찾고 있었다. 덩컨이 목소리를 죽였다. "그러니까, 누나가 만나는 사람이 있는데," 그러면서 주위를 슬쩍 둘러보았다. "유부남이야. 사귄 지 한참 됐어. 안에 있을 때는 까맣게 몰랐지."

프레이저는 생각에 잠긴 표정이었다. "그렇군."

"그런 눈으로 보지 마! 누나는…… 음, 헤프다거나, 네가 생각하

---

* 미국 배우(1892~1979). 영화 〈말괄량이 길들이기〉 〈소공녀〉 〈키다리 아저씨〉 등에서 연기했다.

는 그런 여자가 아냐."

"알아. 단지 그 얘길 들으니 좀 안타까워서. 누님 모습이 기억나. 너희 누님 얼굴을 좋아했는데. 그리고 그런 연애는, 너도 알다시피 좋게 끝나기가 어렵잖아, 특히 여자 쪽에서는."

덩컨은 어깨를 으쓱했다. "그거야 자기들 사정이지 뭐. '좋게 끝난다'는 건 뭐야? 결혼에 골인하는 거? 그 둘이 결혼한다면 서로 못 잡아먹어 안달일걸."

"그럴지도. 어떤 남자야? 뭐하는 사람인데? 만나본 적 있어?"

덩컨은 이런 식으로 대화를 이끌어가는 프레이저의 화법을 잊고 있었다. 그저 끝까지 우려내는 재미에 한 가지 주제를 잡아 말꼬리를 붙잡고 늘어지는. 덩컨은 아까보다 더 주저하며 입을 열었다. "무슨 영업사원이라고만 알고 있어. 고기 통조림을 갖다주거든. 매번 누나한테 한 아름씩 안겨. 누나가 그걸 다 집으로 갖고 가면 아버지가 이상하게 여기실 테니까, 나하고 호러스 삼촌한테 떠넘……"

덩컨은 방금 자기가 한 말에 식겁하고 당황한 나머지 말을 끊었다. 프레이저는 알아차리지 못했다. 그는 덩컨의 말끝을 붙잡아 대신 이어갔다.

"삼촌이 있다고 했지, 맞아. 아까 공장에서 알렉산더 여사가 그 얘기를 했지. 참 장한 조카라고 칭찬이 자자하던데." 프레이저는 미소 지었다. "어쨌든 너희 가족은 네가 묘사한 것처럼 그렇게 나쁜 축은 아니네…… 그래, 너희 삼촌도 한번 만나뵙고 싶다, 피어스. 비브 누님도 보고 싶고. 네가 사는 곳도 꼭 보고 싶어. 언제 한

번 집으로 초대해줄래? 우리가…… 음, 우리가 다시 친구가 되지 못할 이유는 없잖아? 이렇게 같이 시간을 보내기도 했는데."

덩컨은 고개를 끄덕였다. 말이 제대로 나올지 자신이 없었다. 그러고는 들고 있던 맥주를 마저 들이켠 후 시선을 돌렸다. 프레이저를 집으로 데려가 먼디 씨와 만나게 한다면 그가 어떤 표정을 지을지 불 보듯 뻔했다.

덩컨은 강변에 널려 있는 너저분한 것들을 다시 헤집기 시작했다. 곧 뭔가 괜찮아 보이는 게 눈에 들어와 파냈다. 생각했던 대로 담배통 일부와 설대만 남은 오래된 점토 파이프였다. 덩컨은 프레이저에게 파이프를 보여준 뒤 철사 조각으로 그 안에 든 진흙을 빼내기 시작했다. 그러면서 화제도 전환할 겸 말을 꺼냈다. "삼백 년 전쯤의 어떤 남자도 여기 앉아서 너처럼 담배를 피웠을 거야. 그런 생각 하면 재밌지 않아?"

프레이저는 미소를 지었다. "그런가?"

덩컨은 파이프를 들어올려 유심히 관찰했다. "그 남자는 이름이 뭐였을까? 절대 알 수 없겠지. 답답해서 미칠 것 같지 않아? 그 남자는 어디 살았을까, 어떤 사람이었을까, 나는 그런 게 참 궁금해. 그 남자도 몰랐겠지? 1947년에 우리 같은 사람들이 자기 파이프를 발견할 줄은."

"1947년을 상상할 수 없다니, 운좋은 남자라고 봐야겠네."

"네 파이프도 누군가 찾아낼지 몰라, 삼백 년 후에 말이야."

"절대 그럴 리 없어!" 프레이저가 말했다. "그때쯤 되면 이 조그만 파이프든 뭐든 죄다 시커먼 재가 될 거라는 데 억만금을 건다."

그는 맥주를 다 마시고 자리에서 일어섰다.
"어디 가?" 덩컨이 물었다.
"맥주 좀 더 가져오려고."
"내가 살 차례인데."
"차례는 무슨. 어차피 내가 거의 다 마셨잖아. 화장실도 가야 해."
"같이 갈까?"
"화장실에?"
"술집에!"
프레이저는 웃었다. "아냐, 여기 있어. 자리 뺏길지도 모르니까. 금방 올게."
그는 빈 피처를 느린 박자로 허벅지에 통통 두드리며 강변을 따라 걸어갔다. 강변 계단을 올라가 그 너머로 사라지는 프레이저를 덩컨은 멀거니 쳐다보았다.
술집은 아까보다 더 붐벼서 미어터질 지경이었다. 사람들은 덩컨과 프레이저처럼 술을 가지고 거리와 강변으로 나왔다. 덩컨의 머리 위 방죽에도 남녀가 몇 명 걸터앉아 있었다. 아까만 해도 있는 줄 몰랐는데. 그들이 자신을 내려다보거나 자신이 한 말을 들었을지도 모른다고 생각하니 기분이 좋지 않았다……
덩컨은 점토 파이프를 호주머니에 넣고 템스강을 물끄러미 바라보았다. 조수가 바뀌는 중이라 수면은 저들끼리 몸싸움을 벌이는 듯했다. 마치 뱀처럼. 진흙을 튀기며 놀던 소년들도 모두 물가에 앉아 있다가 밀물에 떠밀려 강변으로 올라왔다. 소년들은 아까보다 훨씬 더 어려 보였다. 히죽거리며 웃고 있었지만 몸은 개처럼 떨었다. 소년들은 한층 위축된 몸짓으로 쭈뼛쭈뼛 걸었다. 강물에 젖어 연해진 발바닥이 돌과 조개껍데기에 긁히는 장면이 그려졌다. 소년들이 강변 계단을 올라갈 때 덩컨은 쳐다보지 않으려 눈을 돌렸다. 소년의 하얀 발에 피가 묻은 것을 볼까봐 더럭 겁이 났다.

덩컨은 고개를 숙이고 다시 바닥을 헤집기 시작했다. 빗살 몇 개가 부러진 빗이 나왔다. 앙증맞은 손잡이가 용케도 아직 붙어 있는 자기잔의 파편도 발굴했다.

그때 문득, 왠지 모르겠지만 누군가 자신의 이름을 언급하는 소리가 들렸다. 희한하게도 사람들이 떠드는 소리와 웃음소리, 강물 소리가 조용해진 틈을 타서 그 말이 귀에까지 와닿았다. 덩컨은 다시 부두 쪽을 돌아보았다. 그리고 여자와 함께 그곳 테이블에 앉아 있던 대머리 남자와 눈이 마주쳤다. 덩컨은 한눈에 그를 알아보았다. 스트레텀 사람이었다. 덩컨이 자랐던 동네 근처에 살던 사람. 대머리 남자는 덩컨을 향해 고개를 끄덕이지도, 미소를 짓지도, 손을 흔들지도 않았다. 다만 옆자리 여자한테 뭐라고 말을 건넬 뿐이었다. "응, 저놈 맞아"라든가 그 비슷한 말이었다. 두 사람은 악의와 탐욕과 무관심이 뒤섞인 기묘한 시선으로 덩컨을 빤히 쳐다보았다.

덩컨은 얼른 시선을 돌렸다. 잠시 후 힐끔 돌아보니 사내와 여자는 여전히 자기를 쳐다보고 있었다. 덩컨은 자세를 고쳐 앉았다. 고개를 돌리고 다리를 바꿔 반대편 어깨로 기댔다. 그들은 여전히 자기를 관찰하고 자기 얘기를 하며 판단을 내리고 적대감을 드러내고 있었다. 그 모든 게 똑똑히 느껴졌다. 저 녀석 좀 봐. 덩컨은 남자가 여자에게 무슨 말을 할지 상상했다. 저놈은 자기가 멀쩡한 줄 안다니까. 당신이나 나랑 똑같은 줄 알아. 덩컨은 자신이 그들에게 어떻게 보일지 그려보았다. 프레이저가 옆에 없으니 괴짜나 사기꾼 같았다. 덩컨은 다시 한번 좀더 교묘히 고개를 돌렸다. 역시나, 그들은 아직도 자기를 쳐다보고 있었다. 술잔을 들고 담배를 태우며, 하룻저녁 영화 관람하듯 무심하지만 심술궂은 표정으로…… 덩컨은 눈을 감았다. 머리 위에서 누군가가 요란하게 웃어댔다. 그 웃음도 자신을 겨냥한 게 분명하다는 생각이 들었다. 술집 바깥에서 술을 마시는 사람들이 하나둘씩 서로 옆구리를 찌르며 눈짓을 주고받고 씩 웃는 것 같았다. 자신이 여기에 있다는 얘기를 퍼뜨리는 것 같았다. 덩컨 피어스가 여기 있어, 강변에서 맥주씩이나 마시면서 말이야. 다른 사람들처럼 저한테도 그럴 권리가 있는 줄 아나봐!

프레이저만 돌아와주면! 피처를 들고 간 지 얼마나 됐지? 덩컨은 알 수 없었다. 십만 년은 된 느낌이었다. 다른 사람, 다른 멀쩡한 사람을 만나 얘기하고 있을지도 모른다. 술집 아가씨와 농담을 주고받고 있을지도. 혹시 무슨 일이 생겨 돌아오지 않으면 어떡하지? 집에는 어떻게 가지? 길을 잘 찾아갈 수 있을지 자신이 없었다. 덩컨은 머릿속이 하얘졌다. 정신을 집중하려 애썼다. 눈가리개를 하고 한 발 내디뎠는데 푸석한 지면이 꺼져버리는 것 같았다…… 이제는 정말로 공황 상태가 됐다. 덩컨은 눈을 뜨고 자기 손을 내려다보았다. 겁이 날 때 양손을 쳐다보면 진정할 수 있다고 하는 말을 언젠가 의사한테 들은 적이 있었다. 하지만 지금은 자기 자신을 너무 의식하고 있었다. 자신의 손조차 이상하게 보였다. 마치 딴사람

손 같았다. 몸 전체가 괴상하고 부자연스럽게 느껴졌고, 문득 심장과 폐의 움직임이 확연히 의식됐다. 한순간이라도 이 장기의 움직임에서 눈을 뗐다간 덜컥 멈춰버릴 것만 같았다. 덩컨은 눈을 꽉 감은 채 땀을 흘리며 강변에 가만히 앉아 있었다. 숨을 쉬어야 한다는 막중한 부담감에 헐떡이면서. 혈관이 혈액을 쥐어짜내도록, 팔다리 근육이 경련을 일으키지 않도록 꽉 다잡으면서.

오 분 남짓 지났을까—아니, 십 분 혹은 이십 분일지도 모른다—프레이저가 돌아왔다. 가득찬 피처를 바닥에 내려놓는 소리가 들렸다. 이어서 자리에 앉는 프레이저의 허벅지가 덩컨의 다리에 닿는 것이 느껴졌다.

"저쪽은 장난 아니야." 프레이저가 말했다. "완전히 아수라장이더라고. 내가…… 왜 그래?"

덩컨은 대답할 수 없었다. 눈을 뜨고 웃으려 했지만 얼굴 근육이 말을 듣지 않았다. 입매가 일그러지는 것 같았다. 분명 섬뜩하게 보였을 테다. 프레이저가 한층 절박해진 어조로 재차 물었다. "뭔데 그래, 피어스?"

"아무것도 아냐." 마침내 덩컨이 입을 열었다.

"아무것도 아니라고? 얼굴이 시퍼렇게 질렸는데. 이거 받아." 그는 덩컨에게 손수건을 내밀었다. "얼굴 좀 닦아, 땀이 흥건해. 이제 좀 나아졌어?"

"응, 조금."

"사시나무 떨듯 하면서! 대체 무슨 일이야?"

덩컨은 고개를 저었다. 그리고 떨리는 목소리로 말했다. "바보같이 들릴 거야." 혀가 잘 돌아가지 않았다.

"괜찮으니까 말해봐."

"그냥, 저기 앉아 있는 남자가……"

프레이저는 돌아보았다. "어떤 남자? 어디?"

"너무 티나게 쳐다보지 마! 저기, 부두에 있어. 같은 동네 살던 사람이야. 대머리 남자. 그 사람이 여자친구랑 빤히 나를 보고 있었어. 그 사람…… 나에 대해 다 알거든."

"뭘 다 알아? 감옥…… 갔다온 거?"

덩컨은 다시 고개를 저었다. "그뿐만이 아냐. 내가 왜 옥살이를 했는지 알아. 그리고 나랑…… 알렉에 대해……"

덩컨은 말을 잇지 못했다. 프레이저는 덩컨을 잠시 바라보다 다시 고개를 돌려 부두에 나와 있는 사람들을 살펴보았다. 덩컨은 프레이저의 시선을 알아챈 남자가 과연 어떻게 나올지 궁금했다. 기분 나쁜 반응을 보일지도 모른다. 아니, 그냥 고개를 끄덕이고 씩 웃을지도.

이윽고 프레이저가 고개를 바로하고 조용히 말했다. "아무도 안 보는데, 피어스."

"분명히 보고 있었어." 덩컨이 물었다. "확실해?"

"확실하다니까. 쳐다보는 사람은 눈 씻고 찾아봐도 없어. 직접 확인해봐."

덩컨은 머뭇거리다 손으로 눈을 가렸다. 그리고 손가락 틈으로 힐끗 보았다. 정말이었다. 남자와 여자는 사라지고 다른 커플이 그 자리를 차지하고 있었다. 지금 보이는 옅은 금발의 남자는 과자 봉지에 남은 부스러기를 입안에 털어넣는 중이었다. 여자는 포동포동한 뽀얀 손으로 입술을 두드리며 하품을 했다. 다른 술꾼들은 저들끼리 수다를 떨거나 뒤쪽의 술집을 쳐다보거나 강을 바라보고 있었다. 다들 이곳저곳을 쳐다보고 있었지만 이쪽을 보는 사람은 없었다.

덩컨은 길게 한숨을 몰아쉬고 어깨를 축 늘어뜨렸다. 뭐가 어떻게 된 건지 알 수 없었다. 어쩌면 모든 게 혼자만의 착각이었을지도. 상관없었다. 공포가 그를 빨아먹고 빈 껍데기만 남겼다. 덩컨은 얼굴을 쓸어내리고는 떨리는 목소리로 힘없이 말했다. "집에 가야겠어."

"조금만 있다 일어나자. 그 전에 맥주 좀 마셔."

"그래. 근데…… 네가 좀 따라줘야겠다."

프레이저는 피처를 들어 잔 두 개를 그득 채웠다. 덩컨은 한 모금을 벌컥 들이켜고 또 한 모금을 마셨다. 엎지를까봐 두 손으로 잔을 꼭 쥐었다. 차츰 진정이 됐다. 덩컨은 입가를 훔치고 프레이저를 쳐다보았다.

"나 바보 같아 보이지?"

"이런! 너 기억 안 나? 전에……"

덩컨은 프레이저의 말허리를 잘랐다. "봐서 알겠지만, 난 이렇게 혼자 돌아다니는 거 잘 못해. 너랑은 다르다고."

프레이저는 짜증이 나는 건지 화가 치미는 건지 머리를 뒤흔들었다. 그러다 덩컨을 한번 쳐다보고는 고개를 돌렸고 자세를 바꾸더니 맥주를 들이켰다. 마침내 그가 무척 어색한 말투로 운을 뗐다.

"피어스, 너하고 쭉 연락을 주고받을 걸 그랬어. 내가 편지를 더 자주 썼더라면 좋았을 텐데. 너…… 나한테 실망했지. 지금 보니 알겠어, 사과할게. 나한테 정말 많이 실망했을 거야. 하지만 그해 스크럽스에서는…… 일단 사회로 나오고 나니까, 그건 마치…… 모르겠다. 그냥 꿈인 것 같았어." 덩컨을 마주보는 그의 눈꺼풀이 파르르 떨렸다. "이해가 돼? 그건 내가 아니라 다른 누군가의 인생 같았어. 누가 나한테서 시간을 확 빼앗았다 느닷없이 돌려주는 바람에 멈춰 있던 자리에서 다시 시작해야 하는 기분이었다고."

덩컨은 고개를 끄덕이고 천천히 말했다. "내 경우에는 그렇지 않았어. 나오니까 모든 게 바뀌었더라고. 싹 달라졌어. 진작부터 그럴 줄 알았고 실제로도 그랬지. 사람들은 하나같이 '괜찮아, 잘할 수 있을 거야'라고 했지만 난 알고 있었어. 절대 그럴 리 없다는 걸."

둘은 허탈한 듯 아무 말 없이 앉아 있었다. 프레이저가 성냥과 파이프를 꺼냈다. 날이 어둑해져 성냥불이 더 환하게 보였다. 그는 걷어올렸던 소매를 내리고 커프스단추를 잠갔다. 그러고는 추운지 부르르 떨었다.

그들은 강 물결을 우두커니 바라보았다. 정신없고 부산스럽던 수면의 느낌이 아주 잠깐 사이에 달라졌다. 강변은 이미 눈에 띄게 좁아졌다. 고양이가 까슬한 혀를 날름거리듯 강물이 한입씩 육지를 먹어치우며 올라오는 것 같았다. 그러다 한 번씩 빠르게 물러났다 파도가 되어 밀려왔다. 밀려온 파도는 뒤로 쭉 물러났다 또다시 밀어닥쳤다. 그러다 제풀에 지쳤는지 얌전해졌다.

프레이저가 강물에 돌을 던졌다. "이걸 보고 아널드가 뭐라고 표현했더라? 영원한 비애의 음조*……였던가? 세상의 벌거벗은 조약돌 어쩌고 했는데……" 그러다 손으로 얼굴을 가리고 실소했다. "젠장, 피어스, 내가 시를 인용하기 시작하면 맛이 간 거야! 가자." 프레이저는 자리에서 일어났다. "맥주 따윈 개나 줘버리고 가자고. 너희 집까지 걸어가자. 현관 앞까지 말이야. 그리고 나를 네 삼촌한테 소개시켜주는 거야. 호러스 삼촌이라고 했지?"

덩컨은 초인종 소리를 들은 먼디 씨가 거실을 가로질러 절뚝거리며 나오는 장면을 상상했다. 하지만 이제 진이 다 빠져 두려울 것도 당황스러울 것도 없었다. 덩컨은 엉덩이를 털고 일어나 프레이저를 따라 강변 계단을 올라갔다. 그리고 차츰 어두워지는 거리로 나왔다. 그들은 함께 북쪽으로, 화이트시티 쪽으로 걷기 시작했다.

---

* 19세기 영국 시인 매슈 아널드의 시 「도버 해변」 중 한 구절.

3

"아직도 전쟁중인 줄 아시나?" 계산대 안쪽에 서 있던 빵집 주인이 케이에게 말했다.

그녀의 바지와 머리 스타일을 보고 농담이랍시고 건넨 말이었다. 하지만 케이는 이런 식의 농담을 수천 번도 더 들었고, 이제는 웃어주기도 지쳤다. 어쨌거나 주인은 케이의 상류층 억양을 알아채고는 태도가 싹 바뀌었다. 그는 봉투를 건네며 정중히 말했다. "여기 있습니다, 사모님." 하지만 나가는 그녀의 등뒤에 대고 이상한 표정이라도 지어 보인 게 분명했다. 다른 손님들이 깔깔댔으니까.

케이는 이제 이런 일에도 익숙했다. 그녀는 봉투를 겨드랑이에 끼고 양손을 바지 주머니에 찔렀다. 이런 상황에서 제일 좋은 대응은 뻔뻔하게 행동하는 것이었다. 고개를 쳐들고 건들건들 걸으며 스스로를 하나의 '캐릭터'로 만든다. 다만 이따금 그럴 기운이 없을 때는 이것도 좀 피곤하기는 했다.

그러나 오늘은 마침 기분이 좀 들떠 있었다. 아침에 문득 친구를 만나러 가야겠다는 생각이 들었다. 케이는 라벤더힐에서 베이스워터까지 걸었고, 이제 해로로드로 향하는 중이었다. 친구 미키가 거기 있는 자동차 정비소에서 주유공으로 일했다.

정비소가 가까워지자 앞마당에 있는 미키가 보였다. 캔버스 의자를 펼쳐놓고 퍼질러앉아 책을 읽는 중이었다. 다리를 쫙 벌리고 앉아 있는 그녀는 케이처럼 완전히 남자같이 입은 건 아니지만 남자 정비공처럼 위아래가 통으로 된 작업복에 부츠 차림이었다. 색도 머릿결도 지저분한 밧줄 같아 보이는 금발은 방금 침대에서 기어나온 사람처럼 부스스하게 뻗쳐 있었다. 미키는 손끝에 침을 묻혀 페이지를 넘겼다. 케이가 다가오는 걸 전혀 모르는 눈치였다. 케이는 그녀 쪽으로 걸어가며 묘하게 가슴이 울렁거렸다. 몇 주 동안 줄곧 낯선 사람만 보다 친구를 만나니 반가워서였다. 그게 다였다. 하지만 순간 그 반가움이 목구멍을 타고 북받쳐올라 울음이 터질 것 같았다. 눈물이 그렁그렁한 꼴로 이렇게 느닷없이 나타나면 미키가 얼마나 어이없어 할까. 케이는 그냥 다 집어치울까, 미키가 알아차리기 전에 슬쩍 돌아설까 진지하게 고민했다.

그러나 그 고민은 금세 사그라졌다.

“안녕, 미키.” 케이는 밋밋하게 인사를 건넸다.

미키가 고개를 들어 케이를 보고 반가움에 웃음을 터뜨렸다. 그녀는 언제나 꾸밈없이 자연스럽게 웃었고, 덕분에 사람들은 굉장한 호감을 느꼈다. 그녀의 목소리는 늘 감기 기운이 있는 것처럼 그르렁거렸다. 담배를 너무 많이 피운 탓이다. "이야!" 미키가 맞인사를 했다.

"무슨 책이야?"

미키는 책 표지를 들어 보였다. 그녀는 사람들이 차를 수리하러 정비소에 맡기면 차 안에 있는 책을 집어다 읽었다. 이번엔 웰스의 『투명인간』 문고본이었다. 케이는 책을 받아들고 빙그레 웃었다. "어렸을 때 읽었는데. 주인공이 고양이를 눈만 빼고 투명하게 만든 데까지 읽었네?"

"응, 그거 되게 웃기지 않아?" 미키는 기름투성이 손바닥을 바지에 슥 문질러 닦고 케이의 손을 잡았다. 미키는 워낙 아담하고 날씬했고 손도 어린애처럼 작았다. 고개를 갸웃하고 한쪽 눈을 살짝 감은 모습이 꼭 미꾸라지 도저* 같았다. 미키가 말했다. "너한테 막 정 때려던 참이었다, 어쩜 그렇게 연락이 없냐! 잘 지냈어?"

"지금쯤 네 점심시간일 거라고 생각했어. 점심시간엔 쉬지? 번을 좀 사왔는데."

"번이다!" 미키는 봉투를 받아들고 열어보았다. 그녀의 파란 눈이 휘둥그레졌다. "잼도 들었네!"

"진짜 사카린으로 만든 거야."

차 한 대가 들어왔다. "잠깐만." 미키는 번을 내려놓고 차주한테 가서 뭐라고 얘기하더니 바로 자동차 탱크에 기름을 채우기 시작했다. 케이는 미키가 앉아 있던 캔버스 의자를 차지하고 앉아 책을

---

* 찰스 디킨스의 『올리버 트위스트』에 나오는 소매치기 소년 잭 도킨스의 별명.

들고 아무데나 펼쳤다.

"이제야 감이 오나보군." 투명인간이 말했다. "내 상태는 약점 투성이야. 보호막도 없고 뭐 하나 덮을 것도 없어. 옷을 입는다는 건 내 모든 이점을 포기한다는 거고, 눈으로 보기에도 괴상망측하지. 음식도 못 먹은 지 오래야. 뭔가를 먹고 완전히 소화되지 않은 게 뱃속에 있으면 그게 또 무시무시하게 보일 테니까."

"그건 생각도 못했군." 켐프가 말했다.

급유 펌프가 켜지면서 부르릉대다 끼익하더니 철컥거리기 시작했고, 희미하던 휘발유 냄새가 점점 코를 자극했다. 케이는 책을 내려놓고 미키를 보았다. 미키는 무심하게 서서 한 손은 자동차 지붕에 얹고 다른 손으로는 주유건의 방아쇠를 바짝 쥔 채 급유 계기판의 눈금을 응시했다. 잘생겼다고는 할 수 없는 외모였지만 확실히 그녀만의 스타일이 있었다. 이런 포즈에 반해 마음이 동하는 여자들—심지어 이성애자 여자까지—이 그렇게 많다는 게 참 대단했다.

하지만 이 차의 운전자는 남자였다. 미키는 마지막 기름 몇 방울을 툭툭 털어내고 탱크의 마개를 돌려 잠근 다음 운전자에게서 배급표를 받고 어슬렁어슬렁 케이가 있는 자리로 돌아왔다. 그녀는 인상을 쓰고 있었다.

"왜, 팁을 안 줘?" 케이가 물었다.

"3펜스 주면서 립스틱이나 사란다. 똥차나 모는 주제에. 여기서 잠깐 기다릴래? 사장님한테 말하고 올게."

미키는 정비소 안으로 사라졌다. 그리고 몇 분 후 작업복을 벗고 파란 슬랙스와 여기저기 기름이 묻고 잔뜩 구겨진 작고 우스꽝스러운 에어텍스 셔츠 차림으로 돌아왔다. 세수를 하고 머리도 빗었다. "사십오 분 주더라. 보트로 갈까?"

"그럴 시간이 되려나?" 케이가 말했다.

"아마 될 거야."

두 사람은 최대한 서둘러 리전트 운하까지 두 골목 정도 내려갔다. 예선로를 따라 100미터쯤 주거용 보트와 바지선이 쭉 늘어서 있었다. 미키는 전쟁 전부터 줄곧 이곳에서 살았다. 제법 규모 있는 마을이었다. 주위엔 창고와 조선소밖에 없었지만 바지선 선원뿐 아니라 화가와 작가도 많이 살았다. 다들 자의식이 강해 '기발하고' '그림 같은' 삶을 사는 거라고 케이는 종종 생각했다. 그들은 일반적인 아파트나 주택에 사는 사람들하고는 관계를 끊고 이곳 명사들과의 친분에 매우 만족하며 살았다. 하긴 그걸로 충분히 좋을지도. 미키의 보트 아이린 호는 작달막하고 뭉툭한 바지선이었다. 그러나 뱃머리는 뾰족해서 이 배를 볼 때마다 나막신이 생각났다. 선체에는 타르를 칠했고 수선도 엄청 많이 했다. 매일 아침 미키는 소형 펌프와 지긋지긋하게 씨름하며 물을 퍼내느라 이십 분도 넘게 생고생을 했다. 화장실은 캔버스 가림막 뒤에 놓인 양동이가 전부였다. 겨울이면 양동이 안에 든 내용물이 얼어붙었다.

그래도 보트 내부는 아주 근사했다. 벽에는 니스칠을 한 나무판자를 둘렀고, 직접 만든 선반에 장식품과 책을 올려놓았다. 조명은 색등갓을 씌운 촛불과 휴대용 등유램프로 밝혔다. 여기저기 비밀 서랍과 미닫이 판자가 달린 좁다란 부엌은 마치 거대한 어린이용 필통 같았다. 접시와 컵은 가로장과 끈으로 제자리에 고정해두었다. 모든 물건이 높은 파도에 대비하기라도 한듯 단단히 고정되어 있었다. 사실 운하의 물결은 무척 잔잔한 편이었다. 거기에 익숙지 않거나 물 위에 있다는 걸 잠시 잊은 사람만 좀 당황할 정도였다.

케이는 미키의 보트에 들어설 때면 늘 약간 구부정하게 허리를 숙였다. 허리를 쭉 펴면 천장에 머리가 살짝 닿았다. 미키는 전혀 신경쓰지 않고 유유히 돌아다녔다. 그녀는 좁은 부엌의 미닫이 판자를 열고 차와 찻주전자와 에나멜 머그잔 두 개를 꺼냈다. "물은 못 끓여." 미키가 말했다. 난롯불이 꺼졌는데 다시 피울 시간이 없다는 것이었다. "옆집 아가씨한테 뜨거운 물 좀 얻어올게."

미키는 찻주전자를 들고 나갔고, 케이는 자리에 앉았다. 바지선 몇 척이 지나가면서 보트가 흔들려 둑에 텅 하고 부딪혔다. 남자들 목소리가 거슬릴 정도로 선명하게 들렸다. "……달스턴 쪽으로 갔어. 하늘에 맹세한다니까! 요리조리 아주 커다란 원숭이 새끼처럼 잽싸게 내빼는데……"

미키가 물을 얻어 돌아와 양철 접시에 먹을 것들을 차렸다. 케이는 번을 들었다 도로 내려놓았다. 그리고 담배를 꺼내 불을 붙이려다 라이터를 손에 든 채로 멈칫했다. 그녀는 미키의 셔츠에 묻은 기름때를 가리켰다.

"네 옆에서 담배 피워도 괜찮은 거겠지? 주유건을 들고 활보하다 왔잖아. 갑자기 쉭 하고 화염에 휩싸이거나 하진 않겠지?"

"조심하면 괜찮아." 미키가 웃으며 말했다.

"뭐, 그렇담 다행이고. 너도 알겠지만, 네가 불에 타기라도 하면 난 정말 돌아버릴 거야." 케이는 담배를 내밀었다. "골칫덩이 한 대 피울래?"

미키가 담배를 받아들었다. 케이는 미키에게 먼저 불을 붙여주고 자기 담배에도 불을 댕겼다. 그리고 머리 뒤쪽으로 난 미닫이창을 열어 연기를 내보냈다.

"정비소 일은 어때?" 케이는 돌아앉으며 물었다.

미키는 어깨를 으쓱했다. 정비소는 여자가 바지를 입고 일할 수 있는 몇 안 되는 일터 중 하나였기에 거기서 일하는 것뿐이었다. 미키는 일을 해야만 했다. 케이처럼 부유한 집안의 뒷받침도 없고, 들어오는 수입도 없었으니까. 그녀는 운전기사 자리를 알아보려는 참이었다고 케이에게 말했다. 다시 운전대를 잡는다는 생각만으로도 좋았고, 런던을 벗어날 수 있다는 점도 마음에 들었다.

그들은 담배를 피우며 이 일에 관해 얘기를 나눴다. 미키는 빵을 다 먹고 봉투에서 하나 더 꺼내 입에 물었다. 하지만 케이는 한입도 대지 않고 그대로 놔뒀다. 미키가 기어이 한마디했다. "그거 안 먹을 거야?"

"왜? 네가 먹을래?"

"그 말이 아니잖아, 지금."

"아까 먹고 왔어."

"그야 먹었겠지. 나도 네 식단은 잘 알거든. 차랑 담배."

"운좋으면 진도 마시거든!"

미키가 또 소리 내어 웃었다. 웃음이 기침으로 바뀌었다. "얼른 먹어." 미키는 입가를 닦으며 말했다. "어서. 넌 너무 말랐어."

"그래서 뭐?" 케이가 받았다. "다들 빼빼 말랐잖아? 나는 유행을 따르는 것뿐이야."

사실 사카린으로 범벅된 기름기 번들거리는 빵은 보기만 해도 토할 것 같았다. 하지만 미키를 위해 하나 집어들고 야금야금 뜯어 먹기 시작했다. 혀와 목구멍에 닿는 밀가루 반죽의 느낌이 끔찍했다. 하지만 미키는 다 먹을 때까지 눈길을 거두지 않았다.

"이제 됐나요, 사감 선생님?"

"그럭저럭." 미키는 또 미꾸라지 도저처럼 눈을 게슴츠레 뜨고 쳐다보며 말했다. "다음번엔 내가 저녁 살게."

"나를 살찌우려고 작정을 했구나."

"그럼 뭐 어때? 밤새 흥청망청 마셔도 되고, 딴사람들하고 어울릴 수도 있잖아."

케이는 몸서리치는 시늉을 했다. "파티에 해골이 온 줄 알겠다. 게다가……" 케이는 사교계에 갓 데뷔한 새침데기 아가씨마냥 고개를 발딱 젖혔다. "내가 요즘 몹시 바쁘거든. 매일 외출 스케줄이 빡빡해."

"이상한 데나 쏘다니겠지."

"영화 보러 다녀." 케이가 대답했다. "극장에 가는 게 뭐가 이상해. 한자리에 앉아 두 번 내리 볼 때도 있어. 영화 중간쯤에 들어가 후반부를 먼저 볼 때도 있고. 뒤를 먼저 보는 편이 더 좋더라. 보통 사람들의 미래보다는 과거가 훨씬 더 흥미진진하잖아. 뭐, 나만 그럴지도 모르지만…… 어쨌든 영화관에서는 온갖 일이 다 벌어져. 진짜 말 그대로. 잘하면……"

"잘하면 뭐?"

케이는 머뭇거렸다. 여자도 꼬실 수 있어라고 막말을 하려던 차였다. 얼마 전 저녁때 영화관에 갔다가 약간 술에 취한 젊은 여자와 얘기를 나누게 됐는데, 결국 화장실 빈칸으로 데려가 키스를 하고 몸을 더듬었다. 좀 난폭한 행동이었던 터라 이제 와 생각하니 낯부끄러웠다. "아무것도 아냐." 케이는 심드렁하게 말을 맺었다. "아무것도 아냐…… 하여간 아무때나 우리집에 놀러와."

"레너드 선생 집으로?" 미키는 얼굴을 찌푸렸다. "나는 그 사람 소름 끼치던데."

"괜찮은 사람이야. 기적의 치유술사라고. 선생의 환자가 그렇게 말했어. 대상포진을 고쳐줬다면서. 선생은 네 허파도 고칠 수 있을걸."

미키는 콜록거리며 흠칫 뒤로 물러났다. "죽어도 싫다!"

"요 귀여운 부치, 선생은 네 폐를 진짜로 들여다볼 필요도 없어. 너는 의자에 가만히 앉아만 있으면 돼. 그럼 선생이 네 옆에서 속삭일 거야."

"그쯤 해도 충분히 사악하게 들린다. 너 그 집에서 너무 오래 살았어. 그게 얼마나 섬뜩한 얘긴지 몰라? 그 집은 또 어떻고? 그거 언제 무너진다니?"

"무너지는 중이야." 케이가 말했다. "진짜로. 바람이 세게 분다 싶으면 집이 흔들리는 게 느껴져. 집이 신음하는 소리도 들리고. 꼭 바다 한가운데 있는 것 같아. 그게 용케도 버티고 서 있는 건 전적으로 선생 덕분이야. 순전히 정신력으로 그 집을 떠받치고 있는 거지."

미키는 슬며시 웃었다. 하지만 케이의 얼굴을 주시하는 그녀의 눈빛이 차츰 진지해졌다. 미키는 웃음기를 거두고 사뭇 달라진 어투로 말했다. "케이, 거기서 얼마나 더 살 거야?"

"그 집이 무너질 때까지 살고 싶은데!"

"농담 아니야." 미키는 뭔가 숙고하듯 뜸을 들이다 말문을 열었다. "있잖아." 그러면서 상체를 내밀었다. "여기서 나랑 같이 살자."

"여기서?" 케이는 화들짝 놀라며 말했다. "이 골동품 아이린 호에서?" 그녀는 주위를 둘러보았다. "이건 성냥갑이나 다름없는걸. 너 같이 아담한 소년병한테나 딱 맞다고."

"임시로 말이야." 미키가 말했다. "내가 운전 일을 얻으면 밖에서 며칠씩 밤새우고 그럴 거야."

"네가 있을 때는 어떡하고? 가령 여자애라도 데려오면?"

"어떻게든 해나갈 수 있겠지."

"담요라도 걸어서 가리게? 차라리 학교 기숙사로 들어가겠다! 더군다나 나는 라벤더힐을 못 떠나. 그게 나한테 어떤 의미인지 넌 몰라. 레너드 선생이 보고 싶어질 거야. 맞지도 않는 커다란 부츠를 신은 그 아이도 보고 싶을 거고. 스탠리 스펜서 커플도 그리워질걸! 나는 그 집에 정이 들었어."

"나도 알아." 미키가 말했다. 하지만 속마음은 이랬다. 그래서 더 걱정된다고.

케이는 시선을 피했다. 지금까지 그녀는 줄곧 발랄하게 말하며 연극을 하고 있었다. 아까도 그랬듯 진실을 숨기려고, 북받쳐오르는 진짜 감정을 숨기려고 황망하게 노력하는 중이었다. 미키는 이런 애지, 그녀는 생각했다. 일주일에 겨우 1파운드를 벌면서도 그저 선량한 마음에 이렇게 서슴없이 나눠주려 하는. 그런데 정작 케이 자신은 쓰지도 않을 돈을 쟁여두고서, 사지 멀쩡하니 아무 문제 없으면서, 불구자처럼 쥐새끼처럼 살고 있었다.

케이는 허리를 숙여 찻잔을 들었다가 손이 부들부들 떨리는 걸 보고 기겁했다. 하지만 잔을 도로 내려놓을 수는 없었다. 손이 떨리는 걸 미키한테 들키기 싫었다. 그래서 잔을 더욱 높이 들어 입에 갖다대려 했지만 떨림은 한층 심해졌고 결국 차를 엎지르고 말았다. 미키의 쿠션이 주황색으로 물들었다. 케이는 찻잔을 내동댕이치듯 내려놓고 손수건으로 엎질러진 차를 닦으려 했다.

그러다 미키와 눈이 마주쳤다. 케이의 어깨가 축 처졌다. 그녀는 허리를 구부려 무릎에 팔꿈치를 괴고 얼굴을 손에 묻었다.

“내 꼴을 봐, 미키!” 케이가 말했다. “내가 얼마나 글러먹었는지 좀 보라고! 우리가 진짜 그런 일을 했어? 너하고 내가, 전쟁 때 그 일을 했던 게 맞아? 어떨 땐 아침에 침대에서 한 발짝도 못 떼겠어. 우리가 들것을 날랐다고? 맙소사! 그 꼬마애를……” 케이는 두 손을 펼쳤다. “그 꼬마애의 몸통을 들어올리던 게 기억나…… 미키, 대체 내가 어쩌다 이렇게 됐을까?”

“그 이유는 네가 더 잘 알잖아.” 미키는 나지막이 내뱉었다.

케이는 뒤로 푹 물러나 앉아 스스로에 대한 역겨움에 고개를 돌렸다. “우리뿐 아니라 수천수만이나 되는 사람들이 죄다 똑같은 일을 겪었어. 누군가를 혹은 뭔가를 잃지 않은 사람이 어디 있겠어? 런던 거리 아무데서나 손을 뻗어 아무나 붙잡고 물어봐. 다들 연인을 잃거나 아이를 잃거나 친구를 잃었다고. 근데 난…… 헤어날 수가 없어, 미키. 거기서 헤어날 수가 없다고." 케이는 비참하게 웃었다. "헤어나다니. 이 표현 진짜 웃기다! 사람의 애통함이 무슨 무너진 집인가, 지천에 수북이 깔린 잔해를 헤치고 일어나 다른 멀쩡한 곳으로 나와야 한다니…… 미키, 나는 건물 잔해 속에서 길을 잃었어. 나가는 길을 찾을 수 있을 것 같지가 않아. 문제는 애초에 나갈 생각도 없다는 거지. 아직도 내 인생 전부가 그 잔해 밑에 깔려 있는데……"

잠시 동안 케이는 말을 이을 수 없었다. 그러다 선실 안을 휘 둘러보고 나서 조용히 입을 열었다.

"우리가 다 함께 여기 모였을 때 기억나? 그…… 바로 전날? 난 가끔 그때를 생각해. 그런 때를 자꾸자꾸 떠올려서 망할 나 자신을 고문한다고! 너도 그때 기억해?"

미키는 고개를 끄덕였다. "기억해."

"나는 베스널그린의 사고 현장에 나갔다 왔고, 넌 진 슬링을 만들었지."

"진 김렛이었어."

케이가 고개를 들고 쳐다보았다. "진 김렛? 정말?"

미키는 고개를 끄덕였다.

"레몬이 없었단 말이야?"

"레몬? 우리가 대체 무슨 수로 레몬을 구했겠냐? 빈키 서장이 병에 든 라임주스를 가져왔잖아, 생각 안 나?"

케이는 그제야 기억이 났다. 그리고 자신이 잘못 기억하고 있었다는 사실에 못내 불안해졌다. 미키가 레몬을 썰어 즙을 짜내는 장면까지 눈에 선할 정도였는데.

"병에 든 라임주스라." 케이는 얼굴을 찡그렸다. "왜 그걸 까맣게 잊었지?"

"케이, 이제 그만 생각해."

"나도 그만하고 싶어! 하지만 잊기도 싫다고. 때론 그런 것밖에 머릿속에 떠오르질 않아. 머릿속에 그것들을 붙잡아두는 고리가 있어. 조그만 고리못이."

지금 케이는 거의 미친 사람처럼 보였다. 그녀는 고개를 돌려 창밖을 내다보았다. 햇빛이 수면 위에 아롱졌고, 물위에 뜬 기름막이 검푸르게 빛났다…… 선실 쪽을 되돌아보니 미키가 손목시계를 보고 있었다.

"케이, 미안하지만 이만 정비소에 들어가봐야겠어."

"물론 그래야지."

"나 퇴근할 때까지 여기서 기다릴래?"

"헛소리 마. 진짜 아무렇지도 않으니까. 좀 심심할 뿐이지."

케이는 차를 마저 마셨다. 손 떨림은 이제 많이 가셨다. 그녀는 무릎에 떨어진 빵 부스러기를 털고 일어나 접시 치우는 것을 도왔다.

"이제 뭐할 건데?" 해로로드를 걸어내려가며 미키가 물었다.

케이는 또 새침데기 아가씨가 되어 가볍게 손을 내저으며 말했다. "아, 할일이야 태산처럼 쌓였지."

"진짜야?"

"당연하지."

"못 믿겠는데. 아까 내가 말한 거 잘 생각해봐. 여기로 와서 나랑 사는 거 말이야. 알았지? 어쨌든 언제 한번 와! 같이 한잔하러 나가도 좋고, 첼시에 가도 좋고. 요즘 거긴 아는 얼굴이 없더라, 다 물갈이됐어."

"그래." 케이는 대답했다.

그녀는 담배를 꺼내 하나는 자기가 피우고, 하나는 미키에게 주고, 또하나는 미키의 소년 같은 조그만 귀 뒤에 꽂았다. 미키는 그녀의 손을 붙잡아 힘있게 꾹 쥐었다. 둘은 잠시 그대로 서서 서로의 눈을 들여다보며 싱긋 웃었다.

케이의 머릿속에 예전에 한번 미키와 키스했던 때가 떠올랐다. 몇 년 전이더라. 하여간 별 감흥은 없었다. 둘 다 잔뜩 취해 있었고, 결국 깔깔 웃음을 터뜨리고 말았다. 사실 둘 다 같은 쪽일 때는 당연히 그렇게 될 수밖에 없다.

미키가 인사를 하고 정비소로 들어갔다. "그럼 나중에, 케이." 케이는 정비소로 뛰어들어가는 미키를 지켜보았다. 미키는 한 번 뒤돌아서 손을 흔들었다. 케이도 손을 들어 보이고는 돌아서서 다시 베이스워터 쪽으로 걷기 시작했다.

케이는 미키가 보고 있으리라 짐작되는 곳까지는 활기차게 걸었다. 그러나 모퉁이를 돌자마자 발걸음을 늦췄다. 웨스트번그로브에 다다르자 거리가 북적북적해졌다. 케이는 무너진 담벼락 그늘 아래 현관 앞 계단을 발견하고 그곳에 앉았다. 자신이 미키한테 했던 말, 인파 한가운데 서서 손을 뻗어 아무나 붙잡아보라고 한 말에 대해 생각해보았다. 그리고 지나는 사람들의 얼굴을 하나하나 관찰했다. 당신은 무엇을 잃었습니까? 잘 지내십니까? 그걸 어떻게 견디는 겁니까? 뭘 하고 삽니까?

"그 엔필드 출신 아가씨가 들어오는 순간 딱 보고 골칫덩이일 줄 알았어요." 비브는 걸레에 세제가루를 뿌리며 투덜거렸다. "그런 야한 스타일의 여자들이 항상 말썽이라니까."

비브와 헬렌은 좀전에 점심을 먹으러 비상계단으로 나가려다 화장실 벽에 연필로 쓴 낙서를 발견했다.

가늘고 긴 게 잘 들어가긴 하겠지만
진짜로 죽여주는 건 굵고 짧은 거지!

누가 롤러타월 바로 위쪽 벽에 한 낙서였다. 헬렌은 순간 눈을 어디다 둬야 할지 난감했다. 비브도 못잖게 당황한 눈치였다. "지역 잡지에 광고를 낸 결과가," 그녀는 낙서를 박박 문질러 지우며 말했다. "이 모양이네요."

비브는 붉게 상기된 얼굴로 한 발 물러나서 눈을 깜박였다. 방금 닦은 벽면은 하얘졌지만, 굵고와 죽여주는 이라고 썼던 부분의 페인트가 살짝 벗겨져 계속 눈에 띄었다. 그녀는 다시 글자를 문지르고서 혹시 빛에 따라 다른 각도에서는 보이지 않을지 헬렌과 함께 이리저리 머리를 움직이며 눈을 가늘게 뜨고 열심히 들여다보았다.

그러다 퍼뜩 이게 뭐하는 짓인가 싶어 서로 마주보며 웃음을 터뜨렸다.

"나 원." 헬렌은 입술을 깨물었다.

비브는 어깨를 들썩이며 걸레를 헹구고 세제통을 제자리에 두었다. 손을 말리고 마스카라가 번질까봐 손마디로 눈가를 눌렀다. "그만하죠!"

두 사람은 여전히 낄낄대며 창문을 열고 계단으로 넘어갔다. 자리에 앉아 점심으로 싸 온 샌드위치를 꺼내놓고 차를 한 모금 넘긴 후에야 겨우 웃음이 진정됐다. 그러다 또 눈이 마주치면 풋 하고 웃음이 터져나왔다.

비브는 흘러넘친 찻잔을 내려놓았다. "세상에, 고객들이 도대체 어떻게 생각했을까?"

결국 마스카라가 번지고 말았다. 비브는 손수건을 꺼내 한쪽 가장자리를 비비 꼬아서 침을 묻힌 뒤, 거울을 보며 눈을 크게 뜨고 거칠게 눈 밑을 닦았다. 화장실 벽의 낙서를 지울 때처럼 무자비하게 문질렀다. 얼굴에 피가 몰려 더 어려 보였다. 마구 웃는 바람에 머리카락이 풀렸고, 헝클어진 머리가 생기발랄해 보였다.

비브는 손수건을 소매 속에 찔러넣고 샌드위치를 집어들었다. 짧은 한숨에 웃음기는 사라졌다. 그녀는 빵 한쪽 끝으로 삐져나온 속재료를 도로 잘 밀어넣었다. 빵 사이의 붉은 고기를 보다 한입 베어 맛을 보니 어쩐지 기분이 가라앉았다. 얼굴의 홍조도 가시고 눈시울도 말랐다. 그녀는 아주 천천히 씹다 결국 샌드위치를 내려놓았다. 그리고 원피스 위에 걸친 카디건의 단추를 여미기 시작했다.

지난번 따뜻했던 토요일, 헬렌이 줄리아와 리전트파크에 누워 있던 그날도 벌써 이 주 전이었다. 당시엔 몰랐지만 그때가 올해의 마지막 여름날이었다. 이제 계절이 바뀌었다. 태양이 구름 뒤에 숨었다 나왔다 했다. 비브는 고개를 젖히고 하늘을 바라보았다.

"오늘은 쌀쌀한 편이네요." 비브가 말문을 열었다.

"응, 그러게." 헬렌이 말했다.

"좀 있으면 다들 춥다고 야단이겠죠."

헬렌은 다가오는 겨울이 길고 캄캄한 기찻길의 터널처럼 느껴졌다. "작년처럼 춥지는 않겠지?"

"그렇길 바라야죠."

"틀림없이 작년보다는 덜할 거야!"

비브는 팔을 문질렀다. "〈이브닝 스탠더드〉에서 어떤 남자가 그러더라고요. 겨울이 점점 더 춥고 길어져서 십 년 안에 우리 모두 에스키모처럼 살게 될 거라고."

"에스키모!" 헬렌은 털가죽모자와 넙데데하고 사람 좋아 보이는 얼굴이 떠올랐다. 제법 괜찮을 것도 같았다.

"그 사람 말은 그랬어요. 지축하고 무슨 관련이 있다고. 인류가 하도 폭탄을 많이 터뜨려서 각도가 기울어졌다나. 가만 생각해보면 일리가 있어요. 인과응보라고, 우린 당해도 싸대요."

"칫." 헬렌이 말했다. "신문사 사람들은 노상 그런 얘기만 써댄다니까. 처음에 전쟁 났을 때 그 모든 게 에드워드 8세가 왕위를 포기했기 때문이라고 했던 사람 기억나?"

"맞아요!" 비브가 대답했다. "그렇다면 프랑스나 노르웨이나 뭐 그런 나라 국민한테 너무 가혹한 게 아닐까 항상 생각했어요. 어쨌거나 그네들 왕도 아닌데."

비브는 고개를 돌렸다. 아래층 가발가게의 문이 열리더니 한 남자가 옆구리에 휴지통을 끼고 마당으로 나왔다. 휴지통엔 검은색 섬유가 넘칠 만큼 꽉 차 있었다. 아마도 망사와 머리카락이리라. 둘은 마당을 가로질러 걸어가 양철 쓰레기통의 뚜껑을 열고 섬유더미를 쏟아 버리는 남자를 지켜보았다. 그는 고개도 들지 않은 채 손을 씻고 안으로 들어가버렸다. 문이 닫히자 비브는 얼굴을 찌푸렸다.

그러나 헬렌은 여전히 전쟁 생각에 잠겨 있었다. 그러다 샌드위치를 조금 베어 물고 말했다. "참 이상하지 않아, 다들 전쟁이 몇십 년 전에 일어난 일인 양 말하다니. 고릿적 얘기로 느껴질 정도야. 뒤에 숨어 쑥덕거리면서 서로 이렇게 약속이라도 한 것 같아. '제발 그 얘기는 그만합시다!' 그게 뭐 얼마나 지났다고?"

비브는 어깨를 으쓱했다. "지긋지긋한가보죠. 다들 잊고 싶어하잖아요."

"그래, 그렇겠지. 하지만 그렇게 금방 잊을 거라고는 생각지도 못했어. 전쟁이 한창 계속될 때는…… 뭐, 온통 그 얘기뿐이었잖아? 유일한 화젯거리였지. 그 외에는 아무것도 중요하지 않았어. 다른 뭔가에 집중하려고 해도 결국에는 항상 그 얘기로 돌아왔지."

"다시 전쟁이 일어난다고 상상해봐요." 비브가 말했다.

"맙소사! 생각만 해도 끔찍해! 어쨌든 그럼 여기도 문을 닫겠지. 자기는 전 직장으로 돌아갈 거야?"

비브는 잠시 고민했다. 그녀는 포트먼스퀘어에 위치한 농수산식품부에서 일했었다. 여기서 모퉁이만 돌면 바로 보이는 곳이었다.
"아마도요. 나름…… 중요한 일 같았어요. 제법 즐거웠고. 사실 하는 일이라곤 타자 치는 것밖에 없었지만…… 거기서 친구도 사귀었어요, 베티라는 애였죠. 굉장히 재미있는 애였는데. 전쟁 끝무렵에 호주 남자랑 결혼해서 호주로 건너갔어요. 지금 생각해보면 그 애가 참 부러워요. 진짜로 다시 전쟁이 터진다면 군에 입대할래요. 여행을 하고 싶어요, 여기서 벗어날 수 있게." 비브는 동경어린 눈빛으로 말했다. 그러고는 헬렌에게 물었다. "전 직장으로 돌아갈 거예요?"

"그러겠지, 아마. 속시원하게 그만두고 나오기는 했지만. 좀 웃기는 일이었어. 어떻게 보면 지금 하는 일하고도 비슷했지. 불행한 사람들이 온갖 불가능한 기대를 품고 왔으니까. 그 사람들을 위해 최선을 다해보려 애썼지만 결국 지치더라고. 내 어깨에 짊어진 짐도 무거웠으니. 하지만 런던에 머무르고 싶지는 않을 것 같아. 또 전쟁이 나면 런던은 완전히 박살나지 않을까? 뭐, 어디든 마찬가지겠지만. 지난번 전쟁하고는 다를 거야. 상황이 아주 끔찍하게 돌아갈 때도, 대공습이 한창일 때도 런던을 떠나고 싶다는 생각은 안 해봤는데. 비브는 안 그랬어? 난 런던에 산 지 얼마 되지도 않았는데 뭐랄까…… 이 도시에 대한 애착 같은 게 있었나봐. 이 도시를 포기하고 싶지 않았거든. 지금 보면 내가 미쳤지 싶어! 벽돌과 모르타르에 애착을 느끼다니! 물론 그때는 아는 사람들이 있었지. 그 친구들한테도 애착이 많았고. 다들 런던에 살았으니까 나도 친구들 곁에 있고 싶었어."

"줄리아 씨 같은 사람 말이죠?" 비브가 물었다. "줄리아 씨와 그때부터 친구였나요? 그분도 런던에 살았어요?"

"줄리아도 런던에 있었지." 헬렌은 고개를 끄덕이며 대답했다. "하지만 내가 줄리아를 알게 된 건 전쟁이 끝날 무렵이었어. 그때도 우린 아파트를 빌려서 같이 살았어. 메클런버그스퀘어에 있는 정말 손바닥만한 아파트였는데. 그 집은 지금도 눈에 선해! 가구들이 전부 제각각이었지." 헬렌은 눈을 감고 그 집의 외관과 향기를 되새겼다. "창문에는 널빤지를 댔어. 정말 무너질 것 같은 집이었거든. 위층 남자가 걸어다니면 우리집 천장이 삐거덕거렸지." 그녀는 고개를 절레절레 저으며 눈을 떴다. "내가 지금까지 살았던 집 중에 가장 뚜렷하게 기억에 남아. 왠지 모르겠지만. 고작 일 년 남짓 살았는데. 전쟁중에 거의 나는……" 그녀는 다시 시선을 멀리 던지며 샌드위치를 집어들었다. "음, 다른 집에서 살았거든."

비브는 기다렸다. 하지만 헬렌이 더는 입을 열지 않자 자기 얘기를 했다. "전 정부에서 일하는 여자애들이 모여 사는 기숙사에 있었어요, 스트랜드에 있는."

헬렌이 고개를 들었다. "진짜? 전혀 몰랐네. 집에서 아버지하고 같이 살았을 거라고 생각했는데."

"주말에는 집에 갔죠. 하지만 주중에는 기숙사에 있으라고 하더라고요, 선로가 폭격을 맞아도 출근할 수 있게. 진저리나는 곳이었어요. 순 여자만 바글바글! 정신 사납게 계단을 뛰어다니질 않나, 립스틱이나 스타킹이 자꾸 사라지질 않나. 블라우스 같은 걸 빌려주면 완전히 딴 옷이 돼서 돌아왔다니까요. 다른 색으로 물들이거나, 소매를 잘라 반팔로 만들거나!"

비브는 웃음을 터뜨렸다. 그녀는 철제 계단 한 칸 위로 발을 올리고, 세운 무릎을 치마로 덮고는 주먹으로 턱을 괴었다. 좀전과 마찬가지로 그녀의 웃음이 희미해졌다. 눈빛이 진지하고 아련해졌다. 또 커튼이 내려오는군, 헬렌은 생각했다…… 그런데 비브가 다시 입을 열었다. "돌이켜보니 참 이상하네요. 아까 말대로 일이 년밖에 안 된 일인데 먼 과거처럼 아득해요. 어떤 건 그때가 더 쉬웠는데. 방법이 딱 정해져 있었잖아요? 누군가 이게 제일 좋은 방법이라고 결정해서 말해주면 그대로 따라 하기만 하면 됐죠. 그땐 그게 참 답답했는데. 정말 평화를 간절히 바랐고, 뭐든 내 뜻대로 할 수 있게 되길 원했어요. 그땐 무슨 생각을 했는지 모르겠어요. 어떻게 달라질 거라고 생각했는지도. 그저 상황이 바뀔 거라고, 사람들이 변할 거라고 기대한 거예요. 미련한 생각이죠, 안 그래요? 왜냐면 상황도 사람도 변하지 않잖아요. 절대 안 변해요. 그러니 그냥 그대로 익숙해지는 수밖에."

그 표정이 너무 신산스러워 보여 헬렌은 손을 뻗어 비브의 팔을 가볍게 어루만졌다. "비브, 너무 우울해 보여."

비브는 얼른 마음을 추슬렀다. 그리고 얼굴을 붉히며 웃었다. "아, 괜찮아요. 요즘 제 처지가 좀 한심해서요. 별거 아녜요."

"무슨 문제라도 있어? 사는 게 힘들어?"

"힘드냐고요?" 비브는 눈을 깜박였다. "글쎄요. 요즘 안 힘든 사람도 있나요? 그러니까, 진짜 행복한 사람이 있느냐고요. 힘들어도 다들 내색을 안 할 뿐이지."

"나도 모르겠다." 헬렌은 잠시 뜸을 들였다 말했다. "요즘 같은 때 행복이란 건 유리처럼 깨지기 쉬운 거지. 딱 모두에게 고루 돌아갈 만큼의 행복만 존재하는 것 같아."

"배급받는 것처럼요."

헬렌은 빙긋 웃었다. "그래, 내 말이! 조금 누리다보면 곧 동이 날 거라는 걸 알거든. 그래서 지금 이 순간의 행복을 오롯이 즐길 수가 없어. 이게 다 없어지면 어찌 사나 걱정돼서, 아님 내가 이렇게 행복해하는 동안 다른 불행한 사람들은 어떡하나 신경쓰여서."

이런 생각에 기분이 착잡해졌다. 헬렌은 철제 발판의 페인트칠에 생긴 기포를 잡아뜯었다. 그러자 녹슨 부분이 길게 드러났다. 그녀는 조용히 말을 이었다. "어쩌면 결국 그 신문에 난 예언자의 말이 옳을지도 몰라. 마땅한 대가를 치르는 거지. 행복해질 권리를 박탈당한 거야. 나쁜 짓을 해서, 혹은 나쁜 일이 벌어지는 걸 방관해서."

헬렌은 비브를 바라보았다. 이렇게 흉금을 터놓고 서로 얘기를 나누긴 처음이었다. 그리고 자신이 비브를 얼마나 좋아하는지, 녹슨 철제 계단에 앉아 얘기하는 바로 이 시간을 얼마나 즐기는지 새삼 깨달았다. 그러면서 또다른 생각이 머리를 스쳤다. 줄리아 씨와 그때부터 친구였나요? 아까 비브는 지나가는 투로 물었다. 헬렌과 줄리아가 같이 지내는 게 세상에서 가장 자연스러운 일인 것처럼, 전쟁중에 헬렌이 여자 때문에 런던에 머무른 게 지극히 평범한 일이라는 듯……

헬렌의 심장고동이 빨라졌다. 갑자기 비브에게 비밀을 털어놓고 싶었다. 말하고 싶어 미칠 것 같았다! 이렇게 말하고 싶었다. 있잖아, 비브. 나는 줄리아를 사랑해! 황홀한 일이지만 지독한 일이기도 해. 가끔은 어린애처럼 유치해지기도 하고 죽을 것 같을 때도 있어! 벅차서 감당할 수가 없어. 너무 두려워! 내 감정을 다스릴 수가 없어! 이래도 괜찮은 걸까? 다른 사람들도 그래? 당신도 이런 적 있어?

숨이 차올라 가슴이 터질 것만 같았다. 심장이 미친듯이 쿵쾅거려 뺨과 손끝에서 맥박이 느껴졌다. "비브……" 헬렌이 말문을 열었다.

하지만 비브는 한눈을 팔고 있었다. 카디건 주머니에 손을 넣었다가 중얼거렸다. "아, 이런. 담배를 놓고 왔네. 한 대 안 피우면 오후를 버티기 힘든데." 그녀는 일어나려고 발판의 난간을 붙잡았다. 그 때문에 계단 전체가 휘청하고 흔들렸다. "저 좀 일으켜주실래요?"

헬렌이 먼저 발딱 일어섰다. "내가 더 가까우니까 다녀오지 뭐."

"그래도 괜찮아요?"

"그럼, 물론이지. 금방 갖고 올게."

여전히 숨이 턱까지 차오른 느낌이었다. 헬렌은 엉거주춤 창턱을 넘어 쿵 하고 화장실 바닥에 착지했다. 아직 얘기할 시간은 충분해, 그녀는 생각했다. 그 어느 때보다 얘기하고 싶은 마음이 간절했다. 그리고 담배가 바짝 곤두선 신경을 가라앉혀줄 터였다. 그녀는 치마를 쓸어내렸다. 비브가 창문 너머로 외쳤다. "제 핸드백에 있어요!"

헬렌은 고개를 끄덕였다. 그리고 재빨리 계단참을 가로질러 반 층 올라가 대기실로 들어갔다. 줄곧 시선을 내리깔고 걷던 그녀가 막 고개를 들었을 때였다.

웬 남자가 비브의 책상 앞에 서서 심드렁하게 파일을 내려다보고 있었다.

헬렌은 남자를 보고 화들짝 놀라 비명을 지를 뻔했다. 남자도 놀라 한 걸음 물러섰다. 그리고 웃음을 터뜨렸다. "맙소사! 제가 그렇게 무섭게 보였나요?"

"죄송합니다." 헬렌은 한 손으로 가슴께를 누르며 말했다. "전혀 뜻밖이라…… 지금은 점심시간이라 문을 닫았습니다만."

"그래요? 아래층 문이 열려 있던데."

"어어, 열려 있으면 안 되는데."

"전 그저 열려 있길래 들어와 계단으로 올라왔어요. 다들 어디 계신가 했는데. 놀라게 해드려 죄송합니다, 성함이……"

그렇게 말하며 남자는 순진한 얼굴로 그녀를 쳐다보았다. 금발의 남자는 젊고 언변도 좋고 잘생긴데다 제법 느긋했다. 평소에 보던 고객들과는 사뭇 달라서 왠지 밀리는 기분이었다. 자신은 지금 숨도 차고 얼굴도 상기되고 머리도 엉망인데. 그러다 비브가 비상계단에서 기다리고 있다는 데 생각이 미쳤다. 망할…… 하지만 아직은 시간이 있었다.

헬렌은 마음을 가라앉히고 비브의 책상에 놓인 일정표로 시선을 돌렸다. "그럼, 예약은 안 하신 거죠?" 그러면서 손가락으로 페이지를 훑어내렸다. "팁레이디* 씨는 아니시겠고."

"팁레이디라뇨!" 남자는 싱긋 웃었다. "아뇨, 그 사람이 아니라

* 바람둥이 혹은 여자와 시시덕거리는 남자라는 뜻.

고 말씀드릴 수 있어 다행이네요."

"사실대로 말씀드리면, 저희는 철저히 사전예약제로 운영합니다."

"그렇군요." 남자는 이미 그녀의 어깨 너머로 일정표를 들여다보는 중이었다. "확실히 사업이 번창해서 무척 바쁘신 것 같네요. 이게 다 전쟁 덕분이겠죠." 남자는 팔짱까지 끼고 한층 여유만만하게 서 있었다. "그냥 흥미가 생겨 그러는데, 요금은 얼마인가요?"

헬렌은 벽시계를 힐끔 쳐다보았다. 나가. 나가라고! 하지만 생각한 대로 말하기엔 그녀는 너무 예의발랐다. "처음 오신 경우 1기니를 받습니다만……"

"그렇게 비쌉니까?" 남자는 놀란 표정이었다. "그럼 1기니를 지불해서 제가 얻는 게 뭔가요? 아가씨들 사진을 저한테 보여주시겠지요? 정말로 실물을 데려와 보여주시는 건 아니죠?"

남자의 태도가 바뀌었다. 여전히 농담하듯 미소를 띠고 있었지만 정말로 구미가 당기는 눈치였다. 헬렌은 정신을 바짝 차렸다. 매력적이긴 하지만 미친놈일지도 모른다. 히스*처럼 시대의 분위기에 휩쓸려 정신이 나가버린 놈일 수도. 문이 열려 있었다는 그의 말을 믿어도 될지 의심스러웠다. 만약 이 남자가 문을 억지로 열고 들어온 거라면? 사무실이 옥스퍼드스트리트에서 가깝긴 하지만 이층인데다 행인들이 북적이는 보도에서 떨어져 있어, 자신과 비브가 쉽게 위험에 노출될 수도 있다고 전에도 종종 생각하기는 했다.

---

* 네빌 히스(1917~1946). 1946년 런던에서 두 여성을 잔인하게 살해한 후 체포되어 사형당했다.

"죄송하지만 지금은 말씀드리기가 어려울 것 같군요." 불안하고 초조한 탓에 태도가 경직됐다. "근무시간에 다시 오시면 저희 직원이……" 헬렌은 저도 모르게 화장실 계단 쪽을 힐끔거렸다. "기꺼이 전체 과정을 설명해드릴 겁니다."

그렇게 말한 게 오히려 화근이었다. "직원이라고요." 남자는 그 단어에 꽂힌 듯 헬렌의 시선을 따라 더듬었다. 심지어 고개를 들고 이리저리 둘러보면서 생각에 잠긴 듯 혀로 아랫입술을 튕겼다. "혹시 직원분이 지금 시간이 되실까요?"

"죄송하지만 지금은 점심시간이라 일하지 않습니다." 헬렌은 딱 잘라 말했다.

"물론 그렇겠죠. 아까도 말씀하셨으니까. 이것 참 아쉬운데." 남자는 애매하게 말했다. 시선은 여전히 계단 쪽을 향한 채였다.

헬렌은 일정표를 한 페이지 넘기며 말했다. "내일 다시 오시면, 그러니까 한 4시쯤……"

주위를 다 둘러본 남자는 헬렌이 예약을 잡으려 한다는 것을 알았다. 그러자 태도가 다시 바뀌었다. 웃음을 참는 것 같았다. "저기, 죄송합니다. 아무래도 제가 오해하시게 만든 것 같네요."

그때 비브가 계단을 올라 사무실로 들어왔다. 분명 이 남자의 목소리를 듣고 무슨 일인가 해서 왔을 것이다. 놀란 눈으로 남자를 쳐다본 비브는 영문 모르게 얼굴이 붉어졌다. 헬렌은 그녀와 시선이 마주치자 조심하라는 경고의 제스처를 슬쩍 보냈다. "이 신사분이 예약도 없이 오셨어. 아래층 문이 열려 있었는지……"

남자가 앞으로 한 발 나오더니 웃음을 터뜨렸다. "안녕하세요."

그는 비브에게 꾸벅 인사했다. 그리고 고개를 돌려 헬렌에게 말했다. "죄송합니다." 진심으로 사과하는 투였다. "제가 정말로 오해를 불러일으켰군요. 제가 찾는 사람은 반려자가 아니라 보시다시피 피어스 씨입니다."

비브의 얼굴이 더욱 붉어졌다. 그녀는 초조하게 헬렌을 힐끔거렸다. "이쪽은 로버트 프레이저라고, 제 남동생 친구예요. 프레이저 씨, 이쪽은 헬렌 지니버 씨고요…… 덩컨한테 무슨 일이라도 생겼어요?"

"아, 그런 건 아니에요." 남자는 가볍게 받았다. "전혀 아니고요, 그냥 지나다 생각나서 들렀습니다."

"덩컨이 가보라고 하던가요?"

"솔직히 말씀드리면, 누님이 시간이 되실까 해서 그냥…… 음, 그냥 한번 와본 거예요."

그는 웃음으로 얼버무렸다. 잠시 어색한 침묵이 내려앉았다.

헬렌은 방금 전 비브에게 살짝 손짓으로 경고했던 게 생각나 바보가 된 기분이었다. 이제는 모든 게 돌변했다. 누가 분필로 바닥에 잽싸고도 또렷하게 선을 그은 것 같았다. 비브와 로버트 프레이저라는 남자는 선의 저쪽에 있고, 자기 혼자만 이쪽에 있었다. 헬렌은 어색하게 발걸음을 옮겼다. "그럼 내가 자리를 비켜줘야겠네."

"아뇨, 괜찮아요." 비브가 얼른 말했다. 그녀의 눈꺼풀이 파르르 떨렸다. "제가…… 제가 프레이저 씨랑 나갈게요. 프레이저 씨?"

"네, 물론이죠." 프레이저는 비브와 함께 계단으로 향했다. 그리고 나가면서 헬렌에게 가볍게 목례했다. "안녕히 계십시오! 폐를 끼쳐서 죄송합니다. 생각이 바뀌어 반려자를 찾아야겠다 싶으면 꼭 연락드리겠습니다!"

프레이저는 애들처럼 두세 단씩 날렵하게 건너뛰며 계단을 내려갔다. 일층 문이 열렸고, 프레이저가 비브에게 건네는 말이 헬렌의 귀에 들어왔다. 나직하지만 또렷하게 잘 들리는 목소리였다. "제가 괜히 사무실로 찾아와 곤란하신 건 아닌지 염려……"

탁, 소리가 나며 문이 닫혔다.

헬렌은 잠시 가만있다 자기 사무실로 들어왔다. 담뱃갑을 꺼내 들었지만 뜯지도 않고 도로 던졌다. 스스로가 더욱더 멍청하게 느껴졌다. 아까 자신의 행동을 머릿속으로 되새겨보았다. 처음에 화장실에서 나와 계단을 올라와서는 비명을 지를 뻔했다. 무슨 연극에 나오는 우스꽝스러운 노처녀처럼!

생각이 거기에 미쳤을 때 아래쪽 거리에서 웃음소리가 들렸다. 헬렌은 창가로 가서 밖을 내다보았다.

전쟁중에 니스를 발라 붙인 무명천의 성긴 쪼가리와 니스 부스러기가 아직도 유리창에 남아 시야를 가렸다. 그래도 프레이저의 정수리와 넓은 어깨 정도는 똑똑히 볼 수 있었다. 그가 손짓을 하고 으쓱할 때마다 어깨가 들썩였다. 비브의 분홍빛 뺨의 곡선과 귀 끝부분, 팔짱을 끼고 소매 위로 쫙 펼친 손가락도 보였다.

헬렌은 니스칠된 유리에 이마가 닿을 정도로 고개를 숙이고 우울한 생각에 잠겼다. 남자와 여자라면 얼마나 편할까. 남녀는 길거리에서 싸울 수도 있고, 시시덕거릴 수도 있고, 키스를 하든 애정행각을 벌이든, 뭐든 실컷 할 수 있다. 세상은 그들에게 전혀 개의치 않는다. 반면에 나와 줄리아는……

아까 비상계단에서 하려던 말이 생각났다. 나는 줄리아를 사랑해, 그녀는 이렇게 말하려 했다. 그 사랑 때문에 죽을 것 같아!

이젠 그런 말을 할 엄두가 나지 않았다. 얼토당토않은 얘기를 할 뻔했다! 헬렌은 프레이저가 한 걸음 앞으로 나와 비브와 악수하며 작별인사를 할 때까지 창가에 서서 아래를 내려다보았다. 그러고는 후다닥 책상 앞으로 돌아와 파일을 펼쳤다.

일층 현관문이 닫히며 찰칵 걸쇠가 걸리는 소리가 났다. 이어서 발소리가 들렸다. 비브가 천천히 계단을 올라와 대기실로 들어왔다. 그녀는 헬렌의 사무실 문간에 멈춰 섰다. 헬렌은 고개를 들지 않았다. 비브는 잠시 묵묵히 서 있다 이윽고 어색하게 말문을 열었다. "죄송해요."

"죄송할 게 뭐 있어." 헬렌은 비로소 고개를 들고 억지 미소를 띠며 말했다. "그 남자 때문에 간 떨어질 뻔하긴 했지만! 문이 정말로 안 잠겨 있었어?"

"네, 그렇더라고요."

"그렇담 그 사람 잘못이라고 할 수만도 없네."

"들어와도 괜찮을 거라고 생각했나봐요." 비브가 말했다. "사실 잘 아는 사람도 아니에요. 지난주에 남동생 집에 갔는데, 거기 왔더라고요. 아주 잠깐 얘기를 했을 뿐인데. 남동생이랑은 오래전에 알던 사이지만. 저 사람이 왜 여기 왔는지 모르겠네요."

비브는 손톱을 물어뜯기 시작했다. 고개를 숙이고 있어 숱 많은 검은 머리가 흘러내려 살짝 얼굴을 가렸다. 헬렌은 잠시 비브를 쳐다보다 다시 파일을 넘기기 시작했다.

마침내 비브가 다소 주눅든 목소리로 물었다. "다시 밖에 나가실래요?"

헬렌은 고개를 들었다. "밖에? 시간이 되나?" 그녀는 벽시계를 쳐다보았다. "십 분밖에 안 남았는데…… 글쎄. 어떻게 할까?"

"뭐, 안 내키면 관두셔도……" 둘은 무슨 말인가 하려는 듯 서로를 응시했다. 하지만 신뢰의 순간은 이미 지나가버렸다. 헬렌은 파일을 한데 그러모으며 말했다. "난 이것들을 검토해야 할 것 같아."

"네." 즉각 비브의 대답이 튀어나왔다. "네, 알겠습니다."

비브는 뭔가 할말이 있는 듯 문간에서 좀더 서성이다 끝내 아무 말 없이 대기실로 나갔다. 곧이어 테이블 위의 잡지를 정돈하고 소파 쿠션을 터는 소리가 들렸다.

어쨌든 누구에게나 비밀은 있는 법이지, 헬렌은 생각했다. 그러자 지독히 우울해졌다. 줄리아가 생각났다. 그녀는 파일을 내려놓고 양손으로 머리를 감싸며 눈을 감았다. 지금 여기에 줄리아가 있다면 얼마나 좋을까! 줄리아의 목소리가, 그 따뜻한 손길이 주는 위로가 간절했다. 줄리아는 이 시간쯤 뭘 하고 있을까? 헬렌은 줄리아를 마음속에 그려보았다. 양손으로 두 눈을 지그시 누르고 메릴본 저 건너편으로 정신을 집중했다. 줄리아의 존재가 기막힐 정도로 생생하고 실감나게 느껴질 때까지. 줄리아는 집안 서재에 앉아 있었다. 조용하게, 고독하게, 어쩌면 따분하게 혹은 산만하게, 어쩌면 내 생각을 하고 있을지도. 줄리아가 너무너무 보고 싶은 나머지, 이 감정이 통증 혹은 질병처럼 느껴졌다. 헬렌은 눈을 뜨고 전화기를 보았다. 이런 기분으로 전화를 걸면 안 돼. 어쨌든 비브가 바로 옆에 있는데, 내가 하는 말이 다 들릴 텐데 전화할 수는 없지. 그렇다고 살금살금 걸어가 조용히 방문을 닫을 수도 없는 노릇이었다.

비브가 화장실에 가면 전화하자. 헬렌은 속으로 다짐했다. 기회는 그 때뿐이야.

그녀는 긴장한 채 비브가 카펫을 쓸고 의자를 제자리에 놓는 소리에 귀를 기울였다. 이윽고 또각또각 구둣굽 소리가 계단을 지나 사라졌다. 세면대에서 찻잎을 헹구어 버리려고 찻주전자를 가지고 내려갔을 것이다.

헬렌은 곧장 수화기를 들고 다이얼을 돌렸다.

미미한 전기 잡음이 들렸다. 줄리아의 책상 위에 놓인 전화기가 울리는 장면을 상상했다. 줄리아가 깜짝 놀라 펜을 내려놓고 수화기에 손을 올린 채 일이 초가량 기다리는 장면도. 원래 다들 곧바로 수화기를 들어 대답하기보다 전화벨이 좀더 울리게 놔두는 편을 선호하니까. 그런데 신호가 계속 갔다. 줄리아가 아래층 부엌에 있는 모양이다. 아니면 한 층 더 아래 있는 화장실에. 헬렌은 이제 펄떡거리는 에스파드리유를 신고 좁은 계단을 뛰어올라 서재로 향하는 줄리아를 본다. 줄리아는 삐져나온 머리칼을 귀 뒤로 넘기며 헐레벌떡 수화기로 손을 뻗는다……

여전히 신호음이 들렸다. 결국 줄리아는 전화를 받지 않기로 했나보다. 한창 장면 묘사에 열중하고 있을 때면 벨소리를 무시하니까. 하지만 내가 건 전화 같으면 분명 받을 텐데? 벨소리가 한참 울리면 줄리아도 알아차리고 수화기를 들 거다.

뚜르르르, 뚜르르르. 뚜르르르, 뚜르르르. 지겨운 소음이 끝없이 계속되었다. 일 분 가까이 기다리다 헬렌은 결국 수화기를 내려놓았다. 빈집에서 전화기 혼자 쓸쓸히 울어대는 장면을 상상하니 견딜 수 없었다.

"오래는 못 있어요." 비브는 옥스퍼드스트리트를 좌우로 살펴보며 말했다.

"이렇게 시간을 내주신 것만으로도 감사하죠." 프레이저가 대답했다.

6시가 갓 넘은 시간이었다. 점심때 비브는 프레이저에게 퇴근 후에 다시 오라고 일렀다. 그리고 여기, 폐허가 된 존루이스 빌딩 앞에서 만났다. 비브는 헬렌이 아직 근처에 있을까, 둘이 있는 모습을 볼까봐 걱정됐다. 하지만 프레이저는 그녀가 불안하게 두리번거리는 이유를 잘못 알았다. 거리는 서둘러 퇴근하는 사람들과 버스를 기다리는 인파로 북적였고, 프레이저는 그녀가 사람 많은 데를 싫어하는 줄로 착각한 것이다. "여기 이렇게 서서 얘기할 수는 없잖아요. 카페나 어디 조용한 데로 가시죠." 프레이저가 그녀의 팔을 살짝 잡았다.

비브는 그럴 시간 없다고, 사십오 분 후에는 누구를 만나러 가야 한다고 잘라 말했다. 그래서 둘은 모퉁이를 돌아 캐번디시스퀘어에 있는 벤치로 걸어갔다. 벤치는 낙엽에 덮여 있었고, 황금색으로 반짝이는 나뭇잎이 노란 방수포 조각처럼 보였다. 프레이저는 비브가 앉을 수 있도록 낙엽을 쓸어냈다.

비브는 코트 단추를 목까지 채우고 주머니에 손을 넣은 채 다소 경직된 자세로 앉았다. 프레이저가 담배를 권하자 고개를 저었다. 그는 담배를 도로 집어넣고 파이프를 꺼냈다.

비브는 살담배를 엄지손가락으로 꾹꾹 눌러담는 프레이저를 지켜보았다. 괜히 딴청 피우며 빈둥대는 어린애 같았다. 그녀는 웃음기 없는 얼굴로 말했다. "프레이저 씨, 오늘 저희 사무실에 오지 말았어야 했어요. 회사 분이 어떻게 생각하실지 모르겠네요."

"솔직히 말하면, 그분 표정이 꼭 제가 자기를 바닥에 넘어뜨리고 겁탈이라도 할 줄 아셨나봐요!" 그러더니 비브의 굳은 표정을 보고 얼른 말을 바꿨다. "죄송합니다. 직접 찾아가는 게 누님을 뵙는 가장 빠른 길인 것 같았어요."

"당신이 왜 날 보려고 했는지 아직도 전혀 모르겠어요. 덩컨이 무슨 짓이라도 저질렀나요?"

"그런 건 절대 아닙니다."

"덩컨이 당신을 보낸 게 아니라고요?"

"아까도 말씀드렸다시피 덩컨이랑은 아무 관계 없어요. 제가 여기 왔다는 사실도 모를걸요. 그 친구는 그냥 누님이 어디서 일하는지 지나가는 말로 언급했을 뿐입니다. 누님에 대해 참 애틋하게 말하던데요. 분명……" 프레이저는 파이프에 불을 붙이고 물부리를 빨았다. "분명 누님은 덩컨에게 아주 소중한 사람입니다. 우리가 감옥에 있을 때랑 하나도 달라진 게 없어요."

그는 목소리를 낮출 생각도 안 하고 그 단어를 내뱉었고 비브는 움찔했다. 그 모습을 보고 프레이저는 소리 죽여 말했다. "제가 덩컨을 처음 만났을 때와 똑같았다는 말을 하고 싶었습니다. 덩컨은 세상 그 무엇보다 누님의 면회를 간절히 기다렸으니까요."

비브는 외면했다. '면회'라는 말에 아버지와 덩컨과 셋이 웜우드 스크럽스의 면회실 테이블에 둘러앉아 있었던 불쾌한 기억이 생생하게 떠올랐다. 북새통을 이룬 방문객, 남자들의 표정, 시장 바닥 같은 소음, 퀴퀴하고 답답했던 그 방의 공기. 그때 당시 프레이저의 모습도 기억했다. 두세 번쯤 그를 본 적이 있었다. 명문 사립학교 학생다운 자신만만한 웃음소리가 떠올랐다. 면회 온 다른 사람들의 수군거림도 생각났다. "부끄럽지도 않나?" 한 남자가 실제로 그에게 고함을 지르기도 했다. "병역을 거부한 주제에 자숙할 줄 알아야지!" 당시에 비브는 그가 좀 가여웠다. 용감하다고 생각하긴 했지만, 무의미한 용기였다. 어쨌든 이 남자는 하나도 변한 게 없었다. 그때 그녀는 그의 부모님이 더 측은하게 느껴졌다. 흠집투성이 교도소 테이블 앞에 앉아 있던 그의 어머니 모습이 아직도 뇌리에 남아 있었다. 조곤조곤 말하던 세련되고 온화한 여인은 속이 시커멓게 탄 듯 창백한 얼굴이었다.

그때도 물론 덩컨은 프레이저를 경이롭게 여겼다. 덩컨은 교양 있는 상류층 말씨로 조리 있게 말할 줄 아는 사람이라면 덮어놓고 굉장하다고 생각했다. 지난주 화요일 저녁 먼디 씨 댁에 갔을 때, 덩컨은 비브에게 문을 열어주며 신이 나서 그 까만 눈을 반짝였다. "내가 누굴 만났게? 누난 짐작도 못할걸! 이따가 그 사람도 여기 올 거야." 덩컨은 저녁 내내 귀를 쫑긋 세우고 프레이저를 기다렸다. 나중에 그가 진짜로 왔을 때 덩컨은 튕기듯 일어나 현관으로 달려갔다……

그때 비브는 경악했다. 그녀와 먼디 씨는 그 자리에서 불편하고 거북해서 눈을 어디 둬야 할지 몰랐다.

그녀는 파이프를 만지작거리는 프레이저를 바라보다 말했다. "나보고 어쩌라는 건지 아직도 잘 모르겠군요."

그가 웃음을 터뜨렸다. "솔직히 저도 잘 모르겠어요."

"신문 같은 데 글을 쓴다면서요. 덩컨을 기삿거리로 쓰려는 건 아니죠?"

그는 미처 그 생각은 못했다는 표정이었다. "아뇨, 그럴 리가요."

"그것 때문에 이런 식으로 나오는 거라면……"

"절대 '그런 거' 아닙니다. 의심도 많으시네요!" 그는 또 웃음을 터뜨렸다. 그러나 비브가 여전히 음울하게 쏘아보자 머리칼을 쓸어넘기고 사뭇 진지한 어조로 운을 뗐다.

"저기, 이렇게 느닷없이 찾아온 게 이상하다는 거 저도 압니다. 이렇게 세월이 지난 후에 누님의 동생한테 관심을 갖는 것이 희한하게 보일 수도 있고요. 저도 제가 왜 이렇게 집착하는지 잘 모르겠어요. 그저, 전혀 생각지도 않았는데, 지난번 그 양초 공장에서 덩컨하고 마주친 거예요. 덩컨 같은 애가 그런 데서 일하다니! 더군다나…… 맙소사! 먼디 씨하고 같이 산다니! 도저히 믿기지 않았습니다. 덩컨이 어디 사는지 말했을 땐 농담인 줄 알았어요! 덩컨이 처음 저를 그 집에 데려갔을 때 제가 얼마나 크게 놀랐는지 상상도 못하실 겁니다. 그후로 두세 번 더 가봤지만, 여전히 신경이 쓰여요. 정말 덩컨이 석방된 후로 줄곧 거기 살았습니까? 밖으로 나온 그날부터? 도저히 믿기 힘든 일입니다."

"그애가 원했던 일이에요." 비브가 말했다. 그리고 잠시 뜸을 들이다 덧붙였다. "먼디 씨도 굉장히 잘해줬고."

말하는 자신의 귀에도 그리 설득력 있게 들리지 않았다. 프레이저는 눈썹을 치켜올렸다. "확실히 아늑하게 잘 꾸며놓긴 했더군요. 전 다만 우리가 교도소에 있었을 때가 생각났을 뿐입니다. 물론 그때는 평범한 먼디 교도관이었죠. '호러스 삼촌' 같은 얘기는 없었습니다. 처음 그 이름을 들었을 땐 잘못 들은 건가 했어요!"

"그런 건 상관없잖아요?"

"가족분들은 껄끄럽지 않습니까?"

"왜요?"

"글쎄요. 그냥 덩컨 같은 애한테는 좀 묘한 삶 같아서요. 그러고 보니 이젠 더이상 애도 아니잖습니까? 하지만 다른 이미지로는 상상이 잘 안 되네요. 덩컨은 자기 안에 갇혀 있는 걸지도 모릅니다. 제 생각으로는요. 스스로를 가둬버린 거예요, 이를테면…… 자신에 대한 벌로써. 오래전에 일어났던 그 일에 대해, 자신이 저지르거나 저지르지 못한 모든 일에 대해 스스로를 벌주고 있는 거죠. 먼디 씨는 그 상황에서 아주 그럴듯한 역할을 하고 있는 거고. 그리고 제 얘기가 불편할지도 모르겠지만, 화요일 저녁에 덩컨과 함께 있는 누님을 보면서 든 생각인데, 거기서 덩컨을 빼내려는 사람이 아무도 없더군요. 다들 손을 놔버렸어요. 가령, 덩컨이 옛날 물건에 그렇게 집착하는 걸 보더라도."

"그건 취미일 뿐이에요." 비브가 대꾸했다.

"상당히 병적인 취미죠, 안 그렇습니까? 덩컨 같은 애한테는."

순간적으로 비브는 인내심을 잃었다. "'덩컨 같은 애'한테 말이죠." 그녀는 되풀이했다. "'덩컨 같은 애.' 걔가 어릴 때부터 사람들은 늘 그런 식으로 말했죠. '덩컨 같은 애는 이런 학교에 다니면 안 돼, 워낙에 감수성이 예민하니까.' '덩컨 같은 애는 꼭 대학에 가야지.'"

프레이저는 얼굴을 찌푸렸다. "그게 엄연한 사실이니 사람들이 그런 식으로 말한다는 생각은 안 드세요?"

"당연히 사실이죠! 하지만 그게 무슨 의미가 있죠? 그래서 걔가 지금 어떻게 됐는지 보라고요! 우리가 그 뒤치다꺼리를 다 했어요, 프레이저 씨, 우리 가족과 내가요, 당신이 아니라. 사 년 동안 그 끔찍한 곳을 들락날락했다고요. 사 년 동안, 아니 그후로도 계속 마음 졸이며 살았어요. 아버지는 그 때문에 거의 돌아가실 뻔했고요! 덩컨이 어렸을 때부터 당신처럼 부유한 환경에서 상류층 사람들에게 둘러싸여 자랐다면, 당신과 똑같은 출발선상에 있었다면 아마도 사정이 달랐겠지요. 하지만 동생은 사회에 나왔을 때 달리 머물 곳이 없었기 때문에 먼디 씨네 집으로 들어간 거예요. 그때 당신은 어디 있었죠? 그렇게 절친한 친구라면서 어디 있었던 건데요?"

프레이저는 시선을 피하며 파이프를 내려 손가락으로 빙빙 돌렸다. 그러고는 아무 말이 없었다. 비브는 좀더 차분해진 어조로 말을 이었다. "뭐, 지금 와서 그런 건 상관없어요. 하지만 이렇게 나타난 당신을 보니 자꾸 안 좋은 기억이…… 자, 그래서 어쩌자는 거죠?

덩컨이 당신을 만났다고 했을 때, 솔직히 나는 만나지 않았더라면 좋았을 거라고 생각했어요. 그게 뭐 좋은 일이라고. 덩컨한테 아무 도움도 안 돼요. 또 쓸데없이 바람만 집어넣겠죠. 괜히 일을 복잡하게 만들고 애 마음만 심란해질 거예요."

프레이저는 성냥을 찾아 여기저기 뒤지다 무뚝뚝하게 대답했다.

"그거야 덩컨 스스로 판단할 문제죠."

"그애가 어떤지 알잖아요. 조금 전에 말했으면서. 동생은 어떤 면에서는 제법…… 지혜로워요. 하지만 대부분의 경우에는 아직도 철없는 어린애예요. 애들이 흔히 그러듯 쉽게 이리저리 휩쓸리죠. 또 누가……"

비브는 뒷말을 삼켰다. 프레이저가 성냥갑을 손에 든 채 고개를 돌려 그녀를 쳐다보았다. "그러니까," 그는 느릿하게 물었다. "제가 덩컨한테 바람을 넣으려 한다고요?"

비브는 침을 삼키고 시선을 떨구었다. "글쎄요."

프레이저가 다시 말했다. "그 남자애가 생각나신 거죠? 그 죽은 애, 이름이 알렉이었나?" 그 말에 비브는 다시 눈을 들어 그를 쳐다보았다. 그는 고개를 끄덕였다. "네, 맞아요, 저도 다 알고 있어요…… 설마 저를 그 남자애와 같은 부류로 생각하는 건 아니죠?" 비브는 대답하지 않았다. 프레이저는 화가 난 듯 얼굴이 상기됐다. "진짜 그렇게 생각한 겁니까? 누님이 정 그러시다면…… 이런, 그 의혹을 말끔히 해소해줄 여자들 명단을 적어드릴 수도 있어요!"

프레이저는 심각하게 말하고는 이내 자기가 너무 정색했다는 걸 깨달았는지 얼굴이 더욱 붉어졌다. 그러다 다시 한 손을 머리에 얹고 고개를 숙였다. 비브는 이 자연스럽고 살짝 서툴기도 한 몸짓이 지금껏 그가 보여준 행동 중 가장 마음에 와닿았다. 처음으로 경계를 풀고 그가 얼마나 잘생겼는지, 흠 하나 없이 매끈한지 눈여겨보았다. 어쨌든 그는 어렸다. 그녀보다 어렸다.

프레이저는 여전히 파이프와 성냥을 들고 있었지만 양손을 무릎 위에 축 늘어뜨린 채 꼼짝도 하지 않았다. 그러다 입을 열었다. "죄송합니다. 전 그냥 덩컨을 도와주고 싶어서 누님을 만나려고 한 거예요."

"글쎄, 그애를 돕는 제일 좋은 방법은 그냥 내버려두는 것 같은데."

"그게 정말 누님이 원하는 건가요? 먼디 씨 집에서 비정상적인 삶을 살도록 내버려두는 게?"

"전혀 비정상적이지 않아요!"

"정말 그렇게 생각하세요?" 프레이저는 그녀의 눈을 똑바로 마주보았다. 비브가 시선을 피하자 천천히 말을 이었다. "아니잖아요, 그렇죠? 지난주에 뵈었을 때 누님 얼굴에 그렇게 쓰여 있었어요. 또 그 공장 일은 어떻고요? 덩컨이 평생 그 공장에서 썩기를 바라세요? 탁아소에 납품할 야간용 초나 만들면서?"

"다들 공장에서 일해요, 뭘 만드는지가 무슨 상관이죠. 우리 아버지는 삼십 년 동안 공장에서 일했어요!"

"누님 동생도 그래야 한다는 법이 있습니까?"

"걔가 행복하기만 하다면야." 비브가 말했다. "당신이 간과한 게 바로 그거예요. 나는 덩컨이 행복하길 바랄 뿐이에요. 우리 모두가 바라는 거죠."

그 말은 아까와 마찬가지로 그다지 설득력 있게 들리지 않았다. 비브도 속으로는 프레이저의 말이 옳다는 걸 잘 알고 있었다. 지난주 먼디 씨네 집에서 프레이저를 만났을 때 경악했던 이유 중 하나는, 그와 함께 있으니 그의 눈을 통해 모든 상황이 다시 보였기 때문이다…… 그러나 비브는 지쳤다. 덩컨 생각이 날 때마다 이렇게 중얼거리며 그 생각을 지웠다. 내 잘못이 아냐. 나는 최선을 다했어. 내 문제만으로도 머리가 터질 것 같다고.

저절로 이런 말들이 머릿속에서 나열되는 와중에, 근처 시계가 십오분을 알리는 종을 쳤다. 서둘러야 했다.

"프레이저 씨……"

"아, 그냥 로버트라고 하세요." 그는 미소를 띠며 말했다. "덩컨도 그러길 바랄 겁니다. 틀림없이."

비브는 말했다. "로버트……"

"그리고 괜찮으면 비비언이라고 불러도 될까요? 아니면 덩컨처럼 비브 누나라고 하거나."

"좋을대로." 비브는 얼굴에 홍조가 피는 것을 느꼈다. "나는 상관없으니까. 이렇게 덩컨한테 마음 써줘서 고마워. 하지만 지금은 길게 얘기할 시간이 없네."

"덩컨을 위한 일인데도요?"

"덩컨을 위한 시간은 있지. 하지만 이럴 시간은 없네."

프레이저는 실눈을 떴다. "제가 이러는 이유를 별로 좋지 않게 보시는 거죠?"

"당신이 이러는 이유를 아직도 잘 모르겠어." 그녀가 덧붙였다.

"당신 스스로도 잘 모르는 것 같고."

그 말에 프레이저의 얼굴이 다시 살짝 붉어졌다. 잠시 둘 다 얼굴이 붉어진 채 묵묵히 앉아 있었다. 비브는 양손을 코트 주머니에 찌르며 일어날 채비를 했다. 주머니 속에 다 쓴 버스표와 동전 몇 개와 종이 포장지가 굴러다녔다. 그 사이에서 손가락에 뭔가 다른 게 만져졌다. 묵직한 금반지를 싼 천 뭉치였다.

비브는 심장이 철렁 내려앉았다. 그러고는 벌떡 일어서며 말했다. "이제 가야겠네. 실례할게요, 프레이저 씨."

"로버트라니까요." 비브의 말을 정정하며 그도 자리에서 일어났다.

"미안, 로버트."

"괜찮아요. 저도 어차피 가야 하니까. 하지만 저기, 오해하지는 말았으면 좋겠어요. 같이 걸으면서 얘기해도 될까요."

"아니, 나는 그냥……"

"어느 쪽으로 가세요?"

비브는 알려주고 싶지 않았다. 하지만 프레이저는 그 망설임을 긍정적인 대답으로 해석한 모양이었다. 비브가 발걸음을 내딛자 그도 따라서 나란히 걷기 시작했다. 한번은 그의 팔이 그녀의 팔에 스치듯 닿자 그는 사과의 몸짓을 보이고 약간 떨어져서 걸었다. 그런데 둘 사이에 뜻밖의 일이 벌어졌다. 어찌된 일인지, 프레이저가 그녀와 나란히 걸으면서 둘의 관계가 미묘하게 달라진 것이다. 그들은 옥스퍼드스트리트로 되돌아가다 유리창 앞 연석에 서서 잠시 신호를 기다렸다. 비브는 창에 비친 자신과 프레이저의 모습을 보다가 유리를 통해 그와 눈이 마주쳤다. 프레이저는 그녀가 무엇을 보는지 알아차리고 빙긋 웃었다. 둘은 연인처럼 보였다. 한창 연애 중인 젊고 잘생긴 연인.

프레이저의 태도가 달라졌다. 옥스퍼드서커스에서 차량들 틈바구니를 요리조리 헤치며 걸어가는데, 비브와 보조를 맞추려 애쓰던 프레이저가 말했다. 아까와는 전혀 다른, 처음 들어보는 말투였다. "어쨌든 길은 잘 아시네요. 나는 길 잘 찾는 여자가 좋던데. 친구 만나러 가세요?"

비브는 고개를 저었다.

"그럼 애인?"

"사람 만나러 가는 거 아니야." 비브는 그의 입을 다물게 할 요량으로 말했다.

"사람 만나는 거 아네요? 그럼 오래 걸리지 않겠네요, 이렇게 번잡한 동네에선…… 저기, 아무래도 저를 오해하고 계신 것 같아서요. 우리 처음부터 다시 시작해보면 어떨까요? 이번에는 술이라도 한잔하면서."

마침 소호 끝자락에 있는 술집 근처를 지나던 차였다. 비브는 고개를 저으며 계속 걸었다. "안 되겠는데."

프레이저가 그녀의 팔을 살짝 잡았다. "딱 이십 분만요, 네?"

비브는 그의 손끝에서 느껴지는 압력에 걸음을 늦췄고, 그와 눈이 마주쳤다. 역시나 어리고 진지한 얼굴이었다. 비브는 재차 거절했다. "안 된다니까. 미안해. 해야 할 일이 있어."

"제가 있으면 못하는 일인가요?"

"없는 편이 낫지."

"그럼 기다리죠, 뭐."

비브가 어이없다는 표정을 지었던 모양이다. 프레이저는 어쩔 줄 몰라하며 시선을 딴 데 돌렸다. "대체 어딜 가는데요? 저녁 아르바이트로 다리를 드러내고 춤이라도 추는 거예요? 그런 거라면 부끄러워하실 필요 없어요. 이래 봬도 제가 꽤 마음이 넓은 사람이거든요. 맨 앞줄에 앉아서 주정뱅이들을 막아줄게요." 그는 긴 머리를 쓸어올리며 싱긋 웃었다. "일단 좀만 더 같이 가게 해주세요. 이런 거리에 비브 누나를 홀로 남겨두고 가버렸다간 신사답지 못했다고 두고두고 자책할 거예요."

비브는 잠시 주저하다 결국 허락했다. "알았어. 스트랜드에 가는 길인데, 정 따라오고 싶다면 트라팔가스퀘어까지만 같이 가."

프레이저는 허리를 숙였다. "트라팔가스퀘어로 모시지요."

그는 비브에게 팔을 내밀었다. 비브는 그 팔을 잡을 생각이 없었지만 시간이 자꾸 지체되는 게 맘에 걸렸다. 결국 프레이저의 오목한 팔꿈치 안쪽에 손을 가볍게 얹었고, 둘은 함께 걷기 시작했다. 그의 팔은 보기보다 훨씬 단단한 근육질이었다. 발을 옮길 때마다 리드미컬하게 움직이는 근육이 손가락에 느껴졌다.

프레이저가 슬쩍 언급했듯 그들이 들어선 거리는 상당히 추루했다. 울타리로 구획해놓은 빈 땅과 하숙집, 음울해 보이는 나이트클럽과 술집과 이탈리안 카페가 뒤죽박죽 섞여 있었다. 야채 썩는 냄새와 벽돌 먼지, 마늘과 파마산 치즈 냄새가 떠돌았고, 여기저기 열린 문과 창문에서 음악이 요란하게 울려나왔다. 어제 비브가 혼자 이 길을 지나갔을 때는 웬 남자가 그녀의 팔을 잡아당기며 꾸며낸 뉴욕 말투로 수작을 걸었다. "헤이, 섹시한 아가씨, 한판 하는 데 얼마야?" 제 딴엔 찬사라고 하는 말이었다. 오늘밤엔 몇몇 남자들이 돌아보긴 했지만 말을 걸지는 않았다. 다들 그녀를 프레이저의 애인으로 보았다. 비브는 그게 재미있으면서도 한편으론 짜증스러웠다. 아마도 이런 상황에 익숙지 않아 더 의식이 됐기 때문일 것이다. 레지와는 이렇게 어딜 돌아다닌 적이 한 번도 없었다. 나이트클럽이나 레스토랑에 가본 적도 없고 그저 외진 곳만 줄기차게 찾아다녔다. 아니면 그의 차 안에서 라디오를 들으며 앉아 있거나. 비브는 혹시 아는 사람이라도 마주칠까 신경을 곤두세웠다. 하지만 곧 그럴 필요가 없다는 사실을 깨달았다.

걸으면서 프레이저는 덩컨에 대해 얘기했다. 마치 그녀와 자신이 그 전체 사안에 동의한 것처럼, 둘이 머리를 맞대고 시간만 좀 들이면 덩컨의 일을 거침없이 해결할 수 있을 것처럼. 일단 덩컨의 직장을 어떻게든 해야 한다고 그는 말했다. 아는 친구가 쇼어디치에 있는 인쇄소에서 일하는데, 그 친구가 덩컨에게 일을 배울 만한 자리를 주선해줄 수 있다. 아니면 서점을 하는 친구도 있는데, 급료야 적겠지만 이런 일이 덩컨에게는 더 잘 맞을 수도 있다. 누나도 그렇게 생각하지요?

비브는 미간을 찌푸렸다. 사실 거의 한 귀로 듣고 한 귀로 흘렸다. 주머니 속의 반지 꾸러미가 계속 신경쓰였고 시간도 걱정됐다. "나한테 말하지 말고 덩컨한테 직접 묻지그래?" 이윽고 그녀가 대답했다.

"그저 누나 의견이 궁금해서요. 제 생각엔 우리가…… 음, 우리가 좀더 친해졌으면 좋겠어요. 최소한 우린 먼디 씨네 집에서 다시 마주치게 되어 있잖아요. 게다가……"

트라팔가스퀘어 북서쪽 모퉁이에 다다르자 둘은 서서히 걸음을 늦추었다. 비브는 시계를 찾아 두리번거렸다. 그러다 프레이저의 얼굴에 눈길이 미쳤다. 그는 묘한 표정으로 그녀를 뚫어져라 쳐다보고 있었다.

"왜?" 비브가 물었다.

그는 미소를 지었다. "어떨 때 보면 남매가 참 비슷해요. 방금 덩컨하고 똑같더라고요. 정말 놀랄 만큼 똑 빼닮았어요."

"그 얘기는 먼디 씨 집에서도 했잖아."

"닮았다고 생각지 않으세요?"

"그런 건 당사자가 쉽게 알 수 없지." 세인트마틴 교회에 걸린 시계가 보였다. 6시 40분이었다. "이제 정말 가봐야 해."

"네. 아, 잠깐만요."

프레이저는 재킷 주머니를 더듬어 메모지와 연필을 꺼내더니 뭔가 휘갈겨썼다. 그가 사는 집의 전화번호였다. "전화 주세요." 그는 쪽지를 내밀며 말했다. "개인적으로 하고 싶은 얘기가 있으면요. 그러니까, 꼭 덩컨에 관한 얘기가 아니더라도." 그러고는 싱긋 웃었다. "아무 얘기라도 좋으니까."

"그래." 비브는 주머니에 쪽지를 대충 쑤셔넣으며 말했다. "그래, 알았어. 그럼……" 그러면서 그에게 악수를 청했다. "미안, 프레이저 씨. 그만 가봐야 해서. 잘 가요!"

비브는 곧장 몸을 돌려 뒤도 돌아보지 않고 광장 맞은편으로 급히 내달렸다. 아마도 프레이저는 바삐 뛰어가는 자신의 뒷모습을 바라보며 대체 누굴 왜 만나러 가는지 의아해할 것이다. 그러거나 말거나. 비브는 밀리는 차들 틈새로 달려 스트랜드에 들어섰다.

비로소 저녁 어스름이 내려앉았다. 전에 레지와 함께 차를 타고 지날 때보다 거리가 더 어둑했다. 땅거미가 짙게 깔린 탓에 사람들 얼굴이 전부 밋밋하고 엇비슷해 보였다. 비브는 종종걸음치면서도 저도 모르게 사람들 얼굴을 살폈고, 좌절과 기대와 두려움이 뒤섞인 기분이었다. 프레이저에게 한 얘기는 진실이 아니었다. 지켜야 할 약속 따위는 없었다. 비브는 케이를 찾고 있을 뿐이었다. 지난 이 주 동안 네다섯 번 정도 이곳에 왔다. 케이가 보고 싶었다. 인파 속에서 그녀를 콕 집어낼 수 있기를 바랐다.

비브는 티볼리 극장 근처에서 북쪽으로 걸었다. 그쪽 시야가 가장 넓었다. 걸음을 늦추고 길에서 벗어나 어느 건물 입구 앞에 섰다.

누가 보면 미친 여자인 줄 알았을 것이다. 그녀는 오가는 사람들의 얼굴을 하나하나 주의깊게 살폈다. 사람들 얼굴이 자꾸 케이로 보였다. 매번 떨리는 심장을 안고 앞으로 나섰지만 막상 가까이 가 보면 케이가 아니었다. 전혀 비슷하게 생기지도 않은 젊은 청년이거나 중년 남자였다.

극장 밖에 늘어선 줄이 점점 줄어들었다. 영화가 벌써 시작됐나 보네, 비브는 생각했다. 하지만 처음에는 뉴스가 나오고, 그다음엔 뭐냐, 미키마우스 같은 것도 나온다. 여기 서서 기다리는 건 바보 같은 짓일지도 모른다. 어쩌면 이미 케이를 놓쳤을지도 모른다. 이게 다 프레이저가 옆에서 얼쩡거린 탓이다! 그녀는 땅바닥을 툭툭 찼다. 길을 건너 표를 사서 영화관으로 들어가야 할까. 통로에서 왔다갔다하거나 늦게 들어오는 사람들을 잘 볼 수 있는 장소를 찾아야 할까.

그러다 불현듯 이게 뭐하는 짓인가 하는 생각이 들었다. 케이가 이곳에 또 올 거라는 보장이 있나? 그때 그 영화를 보러 딱 한 번 왔던 것일 수도 있다. 그녀가 런던 어디에 있을지 누가 알겠는가! 비브가 그녀를 다시 볼 확률이 정말 얼마나 될까?

이제는 줄이라고 할 것도 없었다. 청춘 남녀 몇 명이 헐레벌떡 달려 들어갔고 그걸로 끝이었다. 비브는 주머니에 손을 넣고 천에 싸인 반지를 더듬었다. 손가락으로 반지를 굴리고 또 굴렸다. 계속 기다려봤자 소용없다는 걸 알았지만 발길을 돌리고 싶지 않았다. 그냥 이렇게 포기하고 집으로 돌아갈 수는 없었다.

그때 바로 옆에서 남자 목소리가 들렸다.

"사람 만나는 건 아니고, 찾기만 하는 거예요?"

비브는 소스라쳤다. 프레이저였다.

"간 떨어질 뻔했네! 지금 뭐하자는 거야?"

그는 양손을 들어 보였다. "뭐하자는 건 아닌데요. 누나가 떠나버린 곳에서, 그러니까 트라팔가스퀘어에서 비둘기를 구경하며 앉아 있었어요. 비둘기란 놈들은 상처받은 남자한테 꽤 위로가 되거든요. 그러다 꼭 벌링턴 버티*가 된 기분이 들어서 스트랜드까지 걸

* 게으른 귀족 청년이 런던 웨스트엔드에서 한가로운 삶을 즐긴다는 내용의 노래 제목이자 청년의 이름.

어온 거예요. 솔직히 여태 여기 계시리라곤 생각도 못했어요. 제가 그렇게 반가웠나요, 표정이 참 근사하네요. 걱정 마세요, 이런 문제에 관해서라면 제가 또 신사답기로 유명하니까. 괜히 어정거리는 저 때문에 다른 분과의 기회를 망치면 안 되죠."

비브는 여전히 프레이저의 어깨 너머로 지나는 사람들의 얼굴을 살폈다. 그러다 문득 그의 말뜻을 알아챘다. 그의 짐작과 자신이 여기 있는 진짜 이유 사이의 괴리 때문에 순간 힘이 쭉 빠졌다. 비브는 고개를 떨구며 말했다. "뭐, 아무래도 상관없어. 그 사람은 안 오니까."

"안 와요? 그걸 어떻게 알아요?"

"그냥 알아." 비브는 씁쓸하게 말했다. "여기서 기다린 것 자체가 미련한 짓이었지."

그녀는 돌아섰다. 프레이저가 손을 내밀어 그녀의 팔을 가만히 건드렸다. "저기," 그는 진지하게 나직이 말을 건넸다. "유감이네요."

비브는 숨을 들이켰다. "괜찮아."

"괜찮지 않아 보여요. 어디 좀 들어가서 뭔가 마실 거라도……"

"번거롭게 뭘."

"하나도 번거롭지 않아요."

"다른 데 가야 하는 거 아니었어?"

프레이저는 난감한 표정을 지었다. "음, 사실 덩컨한테 오늘 먼디 씨 집으로 만나러 가겠다고 말해놓긴 했어요. 하지만 한두 시간 정도 늦어도 신경 안 쓸 거예요. 가죠."

프레이저는 비브의 팔을 끌었다. 비브는 또 거리를 두리번거렸다. 자꾸만 저절로 눈길이 갔다. 하지만 그가 이끄는 대로 보도를 따라 걸었다. "바로 저 위에 술집이 있어요." 프레이저가 말했다.

그녀는 고개를 저었다. "술집은 별로."

"술집은 별로라, 알겠습니다. 그럼 카페는 어때요? 여기, 보세요, 길가 쪽으로 창이 난 카페예요. 여기로 가죠. 그러면 만에 하나 친구분이 나타나도……"

둘은 카페에 들어가 일단 문가 테이블에 자리를 잡았다. 프레이저가 커피 두 잔과 케이크를 주문했다. 잠시 후 창문 바로 옆 테이블이 비자 그쪽으로 자리를 옮겼다.

장사가 잘되는 가게였다. 사람들이 끊임없이 들락거려 출입문이 쉴새없이 여닫혔다. 카운터 뒤쪽에서 그릇이 달그락거리는 소리와 쉭쉭거리는 스팀 소리가 계속 들렸다. 비브는 거리에 시선을 고정했다. 프레이저도 가끔 그녀를 따라 밖을 내다보았다. 하지만 그녀의 얼굴을 들여다볼 때가 더 많았다. 한번은 그녀를 웃겨본답시고 이런 소리를 했다. "다시 생각해봤는데, 누나의 아르바이트는 술집 댄서가 아니라 사립탐정이에요. 이번엔 대충 맞혔죠?"

비브의 커피잔은 손도 대지 않은 채 식어갔다. 점원이 내온 케이크는 척 보기에도 형편없었다. 한낮에 보는 야광 페인트 같은 색에다 소라 모양으로 얹은 가짜 생크림은 벌써 녹아내렸다. 비브는 배고프지 않았다. 여전히 곁눈으로 케이인가 싶은 사람을 좇을 뿐이었다. 프레이저가 옆에 있다는 것도 거의 잊었다. 그냥 말이 없다는 걸 어렴풋이 인지했을 뿐이다…… 잠시 후 프레이저가 다시 말을 꺼냈다. 이번엔 김빠진 목소리였다.

"흠, 그 남자가 이런 관심을 받을 만한 사람이면 좋겠네요."

비브는 프레이저가 무슨 말을 하는지 몰라 멀뚱히 쳐다보았다. "무슨 남자?"

"지금 누나가 기다리는 남자요. 제 보기에는, 말이야 바른 말로 별로 그만한 가치는 없어 보이는데요. 누나를 이렇게 곤경에 몰아넣고……"

"당연히 남자일 거라 생각하는군." 비브는 도로 창문 쪽으로 고개를 돌리며 말했다. "생각해보니 남자 같기도 하네."

"그럼 남자가 아니에요?"

"아냐. 굳이 알아야겠다면, 여자야."

프레이저는 처음엔 믿지 못하는 눈치였다. 그러나 다시 생각해보더니 허리를 의자 등받이에 기대며 고개를 끄덕였다. 그의 표정이 달라졌다. "아, 알았다. 아내 쪽이군."

그 방면엔 훤하다는 듯 그가 이죽거렸다. 그의 지적이 진실과 너무 거리가 멀어서—하지만 어찌 보면 진실에 가깝기도 했다—비브는 뜨끔했다. 덩컨이 자신과 레지에 관해 어디까지 말한 건지 궁금했다. 얼굴이 화끈거렸다. "아니…… 네가 생각하는 그런 게 아니야."

그는 양손을 펼쳐 보였다. "아까도 말했다시피 저는 마음이 넓은 사람이에요."

"그런 게 아니래도. 그냥……"

프레이저의 두 눈이 그녀를 응시하고 있었다. 푸른 눈동자는 여전히 알 건 다 안다는 눈빛이었지만 그와는 별개로 아주 정직했다.

그의 눈을 들여다보다 비브는 문득, 어떤 종류의 거짓말도 하지 않고 일 분 이상 얘기한 상대는 수 년 만에 그가 처음이라는 사실을 깨달았다. 카페 문이 열리고 두 청년이 들어오더니 카운터에 있는 남자와 농담을 주고받기 시작했다. 비브는 그들이 웃는 사이에 나직이 말했다. "여기서 누굴 봤거든, 지지난주에. 그 사람을 다시 보고 싶었어. 그게 다야."

비브가 진지하다는 것을 프레이저도 알아차렸다. 그는 테이블에 바짝 다가앉으며 물었다. "친구예요?"

비브는 눈을 내리깔았다. "그냥 아는 사람. 예전에, 전쟁 때 알게 된 사람이야."

"오늘 저녁에 여기서 만나기로 약속했어요?"

"아니. 영화관 바깥에서 힐끗 봤을 뿐인걸. 그후로 종종 저녁 때 여기 와서 기다렸어. 만약에 내가……" 비브는 좀 머쓱해졌다. "정신 나간 소리 같지? 나도 알아. 정신 나간 짓이지. 하지만 지난번에 그 사람을 봤을 때 나는…… 도망쳐버렸어. 나중에 후회가 되더라고. 예전에 내게 잘해줬는데. 정말 무척 친절했어. 나한테 은혜를 베풀었지."

"연락이 끊긴 거예요?" 잠시 침묵을 지키던 프레이저가 물었다. "전쟁 때 그런 일은 다반사였잖아요."

"아니, 그런 건 아냐. 마음만 있었다면 그 사람이 어디 사는지 알아낼 수도 있었을 거야. 어렵지 않았을걸. 하지만 그 사람이 내게 해준 일 때문에 생각하기도 싫은 끔찍한 기억이 덩달아 되살아나 버려서." 비브는 고개를 저었다. "참 바보 같지, 이러나저러나 생각나는 건 마찬가지인데."

그는 그게 뭐냐고 더이상 묻지 않았다. 둘은 맛없어 보이는 케이크를 사이에 두고 묵묵히 앉아 있었다. 프레이저는 비브의 말을 곰곰 되새기듯 식어버린 커피를 휘휘 젓다가 이윽고 사색에 잠긴 어조로 입을 열었다. "전쟁 기간은 친절의 시대였죠. 사람들은 다들 쉽게 잊는 것 같아요. 지난 몇 달 동안 독일과 폴란드에서 온 사람들하고 같이 일했는데, 그들이 해준 얘기는…… 맙소사! 끔찍하고 잔혹하기 그지없었어요. 지금 내 앞에 있는 평범한 옷을 입은 평범한 사람이 그런 잔혹한 얘기를 들려주는 현실이…… 도저히 믿기지 않더라고요. 하지만 멋진 얘기도 많이 들었어요. 사람들의 용기와 믿지 못할 선행에 대해. 그런 이야기를 들었기 때문에 덩컨을 다시 만났을 때…… 모르겠어요. 어쨌든 확실한 건, 감옥에서 덩컨은 제게 친절했어요. 친구분이 누나에게 친절했던 것처럼."

"그 사람은 사실 친구도 아니었어. 우린 모르는 사이였거든."

"뭐, 때론 가까운 사람보다 모르는 사람한테 친절을 베푸는 게 더 쉽죠. 하여간 그분은 누나를 잊었을 수도 있잖아요. 그 점은 생각 안 해보셨어요? 혹은 별로 그때를 기억하고 싶지 않다든가. 근데 여기서 봤다는 사람이 그분 확실해요?"

"그 사람이었어." 비브가 말했다. "확실해. 그냥 직감이야. 그리고 맞아, 그녀는 나를 잊었을지도 모르고, 귀찮게 굴면 안 되는지도 몰라. 다만…… 어떻게 말해야 할지 모르겠다. 난 다만 이게 올바른 행동인 것 같아." 비브는 그를 쳐다보았다. 갑자기 말을 너무 많이 한 게 아닌지 겁이 났다. 이렇게 덧붙이고 싶었다. "덩컨한테 말하지 않을 거지?" 하지만 그건 비밀을 하나 더 만드는 꼴밖에 안 된다. 자신과 프레이저 사이의 비밀. 결국 사람은 누군가를 믿을 수밖에 없다. 그리고 프레이저의 말이 맞을지도 모른다, 모르는 사람을 믿는 편이 더 쉽다…… 그래서 그냥 입을 다물고 케이크를 조각내기 시작했다. 그리고 고개를 돌려 창밖의 거리를 내다보았다. 케이를 찾는 게 아니라 그냥 멍하니. 마음 깊은 곳에서는 여전히, 기회가 딱 한 번 왔는데 놓쳐버렸구나 싶었다.

비브가 어딘가 시선을 고정하기도 전에 워털루브리지 쪽에서 보도를 따라 어슬렁어슬렁 걸어오는 사람이 하나 있었다. 호리호리하고 키가 커서 제법 눈에 띄었다. 분명 젊은 청년도 중년 남자도 아니었다. 양손을 바지 주머니에 찔러넣고 무심한 듯 담배를 물고 있었다…… 비브는 유리창에 바싹 다가앉았다. 프레이저도 상체를 내밀고 같이 쳐다보았다.

"뭔데요? 그 사람을 봤어요? 어디, 누구예요? 설마 맞춤복 차려입고 거들먹거리며 걷는 저 사람은 아니죠?"

"보지 마!" 비브는 물러나 앉으며 테이블 너머로 손을 뻗어 프레이저를 뒤로 잡아당겼다. "들키잖아."

"그게 바로 문제라고요! 왜 이러고 있어요? 나가봐야 하는 거 아니에요?"

비브는 자신이 없었다. "모르겠어. 어떡하지?"

"그게 여기까지 와서 나한테 할 소리예요?"

"너무 오래된 일이야. 날 미쳤다고 생각할 거야."

"어쨌든 만나고 싶은 거잖아요, 안 그래요?"

"그래."

"그럼 얼른 나가요! 뭘 꾸물거려요?"

이번에도 그의 푸른 눈에서 번득이는 젊음과 흥분이 그녀를 추동했다. 비브는 자리를 박차고 일어나 카페를 나섰다. 한달음에 길을 건너 막 영화관 앞에 도착한 케이를 따라잡았다. 비브는 주머니에 든 꾸러미에서 반지를 꺼냈다. 그리고 케이의 팔을 살짝 건드렸다……

걸린 시간은 기껏 일이 분 정도였다. 세상에서 가장 쉬운 일이었다. 카페로 돌아오는데 마냥 신이 났다. 자리에 앉아서도 계속 웃음이 새어나왔다. 프레이저도 그런 그녀를 보며 미소 지었다.

"그 사람이 누나를 알아봤어요?"

비브는 고개를 끄덕였다.

"반가워하던가요?"

"그건 잘 모르겠어. 뭔가 좀…… 달라진 것 같았어. 다들 그 시절하고는 다를 테니까."

"다음에 또 볼 거예요? 오늘 성공해서 기쁘죠?"

"응." 그녀는 말했다. 그리고 또 한번 강조했다. "응, 성공해서 기뻐."

비브는 영화관 쪽을 돌아보았다. 케이는 보이지 않았다. 그래도 흥분은 가시지 않았다. 뭐든 해낼 수 있을 것 같은 기분이었다! 비브는 커피잔을 비우며 바삐 머리를 굴렸다. 할 수 있는 온갖 일을 떠올렸다. 일을 그만둬도 돼! 스트레텀을 떠나서 혼자 자그마한 아파트를 얻어도 돼! 레지한테 전화를 걸 수도 있어! 심장이 벌렁거렸다. 지금 당장 공중전화를 찾으면 된다. 그에게 전화를 걸어 말하면 된다. 뭐라고? 끝내자고, 영원히! 당신을 용서한다고, 하지만 용서하는 것만으로는 충분치 않다고⋯⋯ 그런 가능성들만으로도 아찔했다. 그것 중 어느 하나도 평생 실행에 옮기지 않을지도 모른다. 하지만 와, 맘만 먹으면 할 수 있다는 것 자체로도 얼마나 굉장한지!

비브는 커피잔을 내려놓고 웃음을 터뜨렸다. 프레이저도 따라 웃었다. 난감함이 어린 미소를 짓고서 그녀를 쳐다보며 고개를 설레설레 저었다.

"누나나 덩컨이나 진짜 특이하다니까!"

그날 저녁 헬렌이 퇴근하고 왔을 때 집에는 아무도 없었다. 현관에 서서 줄리아를 불렀다. 그러나 이미 눈치챘듯 집안은 쥐죽은듯 고요했다. 불은 꺼져 있고 부엌의 스토브와 주전자도 차갑게 식었다. 맨 처음에 든 생각은 바보같이 엉뚱하게도 줄리아가 떠났구나였다. 헬렌은 두려움에 떨면서 침실로 들어가 천천히 옷장 문을 열었다. 줄리아의 옷이 몽땅 사라졌으리라 확신하며⋯⋯ 집에 와서 외투도 벗지 않고 옷장부터 열어젖힌 것이다. 줄리아의 옷은 얌전히 옷장 안에 걸려 있었고 여행가방도 모두 제자리에 있었다. 빗과 액세서리와 화장품도 여전히 화장대 위에 아무렇게나 흩어져 있었다. 헬렌은 침대 위에 털썩 주저앉아 안도감에 몸을 떨었다.

이런 멍청이, 터져나오려는 웃음을 삼키며 속으로 중얼거렸다.

그렇다면, 줄리아는 어디 간 거지? 헬렌은 다시 옷장을 열었다.

잠깐 추정해본 결과, 줄리아가 맵시 있는 원피스와 제일 좋은 코트를 입고 나갔다는 사실을 알아냈다. 또 평소 들고 다니던 흠집투성이 가방이 아니라 품위 있는 가방을 들고 나갔다. 부모님을 뵈러 간 건가. 아니면 출판 에이전트나 편집자를 만나러 갔을지도. 줄리아는 어슐러 웨어링하고 같이 있을 거야, 마음 한쪽의 후미지고 지저분한 구석에서 야비한 목소리가 속삭였다. 헬렌은 그 소리에 귀를 막았다. 줄리아는 편집자나 에이전트와 같이 있을 것이다. 에이전트가 막판에 전화를 걸어 당장 사무실로 와서 서류 몇 장에 사인해달라거나 하는 일이 종종 있었으니까.

만약 그런 경우라면 당연히 줄리아는 쪽지를 남겼을 터였다. 헬렌은 일어나서 코트를 벗고—이제 좀 마음이 진정된 상태였다—집안을 둘러보기 시작했다. 우선 부엌으로 갔다. 식료품 저장실 옆에 집필 목록이나 쪽지를 꽂아두는 놋쇠집게가 줄에 매달려 있는데, 거기에 종이 몇 장이 물려 있었다. 하지만 다 예전 것이었다. 혹시 쪽지가 떨어졌나 싶어 바닥도 살폈다. 조리대와 선반도 찾아봤지만 보이지 않았다. 헬렌은 있을 법하지 않은 데까지 모조리 뒤지기 시작했다. 욕실, 소파 쿠션 밑, 줄리아의 카디건 주머니까지. 그러다 자신의 수색이 거의 패닉이나 강박에 가까운 수준임을 깨달았다. 마음속에서 그 야비한 목소리가 다시 콕콕 찔렀다. 네가 여기서 등신처럼 먼지나 쑤시고 다니는 동안 줄리아는 내내 어슐러 웨어링하고 혹은 다른 여자하고 데이트를 하고 있어. 바로 이러고 있는 널 비웃으면서……

헬렌은 그 목소리를 도로 꾹꾹 눌러담아야 했다. 상자 속에서 튀어나와 히죽거리는 피에로 인형을 도로 쑤셔넣는 기분이었다. 시간은 7시였고, 평소와 다를 것 없는 저녁이었다. 그리고 배가 좀 고팠다. 문제될 건 아무것도 없었다. 줄리아는 이렇게까지 늦을 줄 모르고 외출한 것이다. 그저 좀 늦어지는 것뿐이다. 사람들은 늘상 늦곤 하지 않는가! 헬렌은 두 사람분의 저녁식사를 만들기로 했다. 셰퍼드파이를 하려고 재료를 챙겼다. 파이를 오븐에 넣을 때쯤이면 들어오겠지, 그렇게 혼자 중얼거렸다.

요리를 하면서 라디오를 켜두었지만 볼륨은 최대한 낮췄다. 물을 끓이면서도, 다진 고기를 구우면서도, 감자를 으깨면서도, 아래층 현관문에 열쇠 꽂는 소리가 들리나 싶어 초조하게 귀를 기울였다.

다 차려놓고도 줄리아를 계속 기다려야 할지 갈피를 잡지 못했다. 음식을 두 접시에 나누어 담고 혹시 식을까봐 접시째 오븐에 넣어둔 다음, 느릿느릿 설거지를 하고 행주로 닦았다. 이걸 다 끝낼 쯤이면 분명 줄리아가 돌아와 둘이 같이 앉아 먹을 수 있겠지? 이제는 배가 고파 죽을 것 같았다. 설거지가 끝나자 헬렌은 자기 몫의 접시를 꺼내 스토브 위에 올려놓고 포크로 감자를 찍어 먹기 시작했다. 주린 배를 달랠 요량으로 한두 입 정도만 먹을 생각이었는데 결국 깡그리 먹어치우고 말았다. 물기가 맺혀 흐르는 부엌 창문 옆에서 앞치마를 두른 채 혼자 서서 먹고 있는데, 아래층 남자와 여자가 마당에서 새로운 싸움을 혹은 이전 싸움의 새 버전을 시작했다.

"너나 잘해, 이년아!"

환한 부엌에 오래 있다 다른 방으로 건너가니 집이 어둡고 음산했다. 헬렌은 재바르게 방마다 돌아다니며 불을 켰다. 거실로 내려가 진에 물을 섞어 한 잔 따랐다. 그리고 소파에 앉아 뜨개질감을 들었다. 오 분인가 십 분인가 뜨개질을 했다. 메마른 손가락에 자꾸 털실이 걸렸다. 진을 마셨더니 기분이 나빠지고 손가락도 영 굼뜨고 마음도 심란해졌다. 결국 뜨개질감을 내던지고 일어났다. 부엌으로 어슬렁어슬렁 돌아가 정말 쪽지가 없나 막연히 둘러보았다. 그러다 줄리아의 서재로 올라가는 좁은 계단 밑까지 갔다. 올라가 보고 싶다는 충동이 와락 들었다.

계단을 오르면서 헬렌은 눈치볼 거 하나도 없다고 스스로를 다독였다. 줄리아가 자기 방에 들어오지 않았으면 좋겠다고 말한 적은 없지 않은가. 그런 얘기가 둘 사이에 화제가 된 적은 한 번도 없었다. 오히려 줄리아가 미팅 같은 데 나갔다가 전화로 "헬렌, 미안하지만 내가 바보같이 서류를 놓고 왔거든. 내 방에 올라가서 그것 좀 찾아줄래?"라고 부탁한 적은 몇 번 있었다. 그건 헬렌이 줄리아의 서랍을 뒤진다 해도 개의치 않는다는 뜻이다. 게다가 서랍에는 자물쇠가 달려 있지만 한 번도 잠근 적이 없었다.

그래도 주인 없는 방에 들어가자니 좀 찔리면서 꺼림칙한 기분이 들기는 했다. 어렸을 때 부모님이 안 계신 틈을 타 안방에 몰래 들어가는 것과 비슷한 기분이었다. 분명 뭔가 생각지도 못한 일이 이 안에서 벌어지고 있을 것만 같은 기분, 나와 관련된 일인데 나만 완전히 따돌린 채…… 하여간 지금 헬렌의 심정이 그랬다. 단순히 방안에 서 있을 뿐인데도, 서류를 들춰보거나 뜯어진 편지봉투 속을 살짝 들여다본 것도 아니고 그냥 방안에 서서 주위를 둘러본 것뿐인데도 그런 기분이 들었다.

줄리아의 서재는 다락방을 거의 다 차지했다. 경사지붕 밑이라 어두침침하고 조용했다. 진정한 작가의 다락방이라며, 그녀와 줄리아는 우스갯소리를 했다. 벽은 빛바랜 올리브색이었고, 카펫은 살짝 닳긴 했지만 진짜 터키산 러그였다. 한쪽 창가에는 은행장실에나 있을 법한 책상과 회전의자가 있고, 다른 창가에는 해묵은 가죽소파가 놓여 있었다. 줄리아는 글을 몰아쳐 썼고, 그 와중에 짬짬이 졸거나 책을 읽곤 했다. 소파 한옆에 놓인 탁자에 더러운 컵과 유리잔, 비스킷 부스러기가 담긴 접시, 재떨이와 담뱃재가 널려 있었다. 컵과 담배꽁초에는 줄리아의 립스틱이 묻어 있고, 텀블러에는 엄지손가락 자국이 남아 있었다. 아닌 게 아니라 어디에나 줄리아의 흔적이 있었다. 소파 쿠션과 바닥의 검은 머리카락, 책상 밑에 아무렇게나 벗어 던진 슬리퍼, 휴지통 옆에 떨어진 손발톱 부스러기, 빠진 속눈썹, 뺨에 두드리다 흘린 파우더.

만약 오늘 줄리아가 죽었다는 소식을 들었다면 지금처럼 여기 올라왔을 테고, 이 모든 허접쓰레기가 비탄의 원천이 되었겠지. 헬렌은 생각했다. 정말로 그녀는 그 모든 걸 하나하나 살펴보면서 낯익으면서도 거북한 감정이, 애틋함과 짜증과 두려움이 일어 가슴이 쓰라렸다. 오늘 낮에 비상계단에 앉아 비브에게 얘기했던 그 시절 줄리아의 모습이 떠올랐다. 메클런버그스퀘어의 조그만 원룸 아파트에서 닥치는 대로 글을 쓰던 줄리아. 헬렌 자신은 침대에 누워 있고, 줄리아는 촛불 하나 켜놓고 다 부서져가는 책상에서 글을 썼다. 원고지 위에 올려놓은 줄리아의 손이 촛불을 감싼 듯 보였고, 그 손바닥이 거울이 되어 그녀의 아름다운 얼굴을 비추었다…… 그런 식으로 몇 시간이고 글을 쓰고 나서 침대에 들어온 줄리아는 녹초가 되어 뻗었다. 하지만 잠을 못 이루고 딴생각에 잠겨 마음이 멀리 떠돌았다. 그럴 때면 헬렌은 이따금 줄리아의 이마에 손을 살며시 얹었다. 이마 아래서 꿀벌처럼 부산스럽게 이리 밀치고 저리 부딪는 단어들이 느껴지는 것 같았다. 상관없었다. 오히려 즐기는 편이었다. 소설은 어차피 소설일 뿐이니까. 소설 속 인물들은 실제가 아니니까. 현실에 존재하며, 이렇게 줄리아 옆에 누워 그녀의 이마를 어루만지는 사람은 바로 나 헬렌이니까……

헬렌은 줄리아의 책상으로 다가갔다. 줄리아의 물건이 다 그렇듯 여기도 어수선했다. 잉크를 먹을 만큼 먹은 압지, 엎어진 서류끈통, 더러운 손수건과 편지봉투와 뒤섞인 종이 한 무더기, 말라비틀어진 사과 껍질과 테이프. 그 난장판 한가운데 파란색 싸구려 작가 노트가 놓여 있었다. 표지에 병들어 2라고 쓰여 있다. 노트에는 줄리아가 지금 쓰고 있는, 양로원을 배경으로 한 병들어 죽다라는 제목의 소설에 관한 개략적인 내용이 담겨 있었다. 이 제목은 헬렌이 생각해낸 것이었다. 그녀는 소설의 복잡한 플롯을 다 꿰고 있었다. 노트를 펴고 안을 들여다보았다. 누가 봐도 수수께끼 같은 메모—B 경사는 메이드스톤으로-RT 확인, 프링글 간호사-시럽, 주사바늘 아님!!—의 뜻을 그녀는 명확히 알았다. 책상 위 모든 것이 손바닥 보듯 훤했다. 좌우 비대칭인 자신의 얼굴을 보듯 익숙했고, 모든 게 평소와 똑같았다.

그렇다면 왜 이 물건들이 익숙하게 느껴질수록 줄리아는 더 멀어지는 느낌일까? 그리고 줄리아는 지금 대체 어디 있을까? 헬렌은 다시 노트를 펼쳐들고 실마리라도 찾듯 필사적으로 페이지를 한 장씩 넘기기 시작했다. 잉크 묻은 손수건을 흔들어보기도 했다. 압지철을 들어 그 밑을 보기도 했고, 서랍도 열어보았다. 원고지와 편지봉투와 책도 하나씩 들춰보았다……

책 밑에서 이 주 전에 간행된 〈라디오 타임스〉가 나왔다. 줄리아의 기사가 실린 면이 펼쳐진 채였다.

어슐러 웨어링이 소개하는 줄리아 스탠딩의 스릴 넘치는 신작

물론 그 조그맣게 실린 사진도 있었다. 이 사진을 찍기 위해 줄리아는 메이페어에 있는 사진관을 찾았고, 헬렌도 '재미있을 것 같아서' 그녀를 따라갔다. 하지만 그날 오후는 하나도 재미없었다. 미용실에 가는 예쁜 친구를 따라간 못생긴 여자애가 된 기분이었다. 사진사가 줄리아의 자세를 잡아주며 움직이는 동안 헬렌은 줄리아의 가방을 들고 있었다. 사진사가 줄리아의 머리를 멋지게 손보고 턱의 각도를 조정하고 양손의 위치를 잡아주는 동안 헬렌은 지켜보기만 해야 했다. 그리하여 나온 사진은 실물보다 나았지만 줄리아는 마음에 안 드는 척했다. 너무 관능적으로 나왔다나. 하지만 헬렌이 생각하기엔 아무 생각 없이 후줄근하게 있을 때가, 가령 구겨진 바지와 기운 셔츠 차림으로 집에서 빈둥거릴 때가 사실 더 관능적으로 보였다. 사진은 그냥 선보러 나온 여자 같았다. 더 나은 표현이 있을지도 모르겠지만. 〈라디오 타임스〉를 집어든 평범한 사람들은 줄리아의 얼굴을 보고 무심히 혹은 감탄하듯 "얼굴 반반하네!"

라고 중얼거리겠지. 생각만 해도 헬렌은 기운이 쭉 빠졌다. 사람들이 지저분한 손가락으로 줄리아의 사진을 만지고, 동전으로 문지르고, 딱따구리마냥 쿡쿡 찌르는 바람에 줄리아의 얼굴이 조금씩 부스러져 사라진다……

시간이 지나 다음 호가 발행되자 헬렌은 내심 기뻤다. 그런데 지금 이 잡지를 보고 있으니—어슐러 웨어링의 이름과 줄리아의 사진을—전부터 고여 있던 불안감이 새삼 고개를 쳐들었다. 그녀는 쪼그리고 앉아 눈을 감고 고개를 숙였다. 줄리아의 책상 모서리가 이마에 닿았다. 고개를 움직여 아프도록 모서리에 이마를 짓찧었다. 이보다 더 아파야 해, 줄리아를 확실히 내 것으로 만들려면! 그러면서 쉽게 내어줄 용의가 있는 것들을 떠올렸다. 손가락 끝, 발가락 끝, 자신의 하루 수명. 태형을 받거나 낙인을 새기거나 신체 일부를 잘라내면 간절히 원하는 것을 얻을 수 있는, 중세 때나 있을 법한 그런 제도가 있어야 한다. 헬렌은 줄리아가 실패했으면 좋겠다고 바랄 지경이었다. 이 말을 머릿속으로 되뇌어보았다. 줄리아가 실패했으면 좋겠어! 나 진짜 맛이 갔구나! 대체 여긴 왜 올라온 거야? 줄리아의 방에서 줄리아가 실패했으면 좋겠다니? 헬렌은 비참한 심정이 되어 혼잣말로 중얼거렸다. 이게 다 줄리아를 사랑하기 때문이야……

그때 줄리아가 현관문에 열쇠를 꽂는 소리가 들렸다. 헬렌은 재빨리 일어나 불을 끄고 황급히 아래층으로 내려갔다. 부엌에 들어가 싱크대에서 뭔가 하는 척 수도꼭지를 틀어놓고 유리잔에 물을 채웠다 비웠다 했다. 뒤돌아보지도 않았다. 수선 피우지 말자. 아무 일도 없는 거야. 아주 자연스럽게, 차분하게 행동하자.

이내 줄리아가 다가와 키스했다. 그 숨결에서 와인과 담배 냄새가 났고, 얼굴은 상기되어 생기와 기쁨이 넘쳤다. 그걸 본 헬렌은 덫에 걸린 듯 가슴이 꽉 메었다. 덫의 아가리를 붙잡고 끼이지 않으려고 그토록 필사적으로 발버둥쳤건만.

줄리아가 말했다. "자기야! 진짜 미안해."

헬렌은 차갑게 대꾸했다. "뭐가 미안한데?"

"너무 늦어서! 일찍 오려고 했는데. 시간이 이렇게 된 줄 몰랐어."

"어디 갔었는데?"

줄리아가 돌아서더니 대수롭지 않게 말했다. "어슐러하고 같이 있었어. 오후에 차나 한잔하자고 하더라고. 그랬는데, 알잖아, 차 한잔이 저녁식사로 이어지고……"

"오후에 차 한잔?"

"응." 줄리아는 현관으로 도로 나가 코트와 모자를 벗었다.

"너답지 않은걸, 일하다 말고 나가다니."

"뭐, 일찌감치 휘리릭 해치웠거든. 9시부터 4시까지 미친듯이 일했어! 어슐러한테 전화가 왔을 때 난……"

"내가 1시 50분에 전화했는데. 그때도 일하는 중이었어?"

줄리아는 잠시 말이 없다가 이윽고 복도에 선 채로 대답했다. "1시 50분? 정확히도 기억하네. 아마 일하는 중이었을 거야."

"전화벨 소리 못 들었어?"

"밑에 있었나보지."

헬렌은 복도로 나가 줄리아 옆에 섰다. "하지만 어슐러 웨어링의 전화벨 소리는 들었단 말이지."

줄리아는 복도에 걸린 거울을 보며 머리를 매만지는 중이었다. 그녀는 꾹 참는 듯한 말투로 대꾸했다. "헬렌, 이러지 말자." 그리고 고개를 돌려 헬렌의 얼굴을 들여다보며 미간을 찡그렸다. "이마가 왜 그래? 새빨개졌네. 어디 좀 봐."

줄리아는 손을 뻗으며 헬렌에게 다가갔다. 헬렌은 그 손을 찰싹 쳐냈다. "네가 어딜 갔는지 난 전혀 몰랐다고! 쪽지 한 장도 남길 수 없었어?"

"남길 생각을 못했어. 점심 먹으러 나가면서 누가……"

헬렌은 말꼬리를 잡아챘다. "점심? 그러니까 차나 한잔 마시러 간 게 아니었네?"

그러잖아도 상기된 줄리아의 뺨이 더욱 붉어졌다. 그녀는 고개를 숙이고 헬렌을 휙 지나쳐 침실로 들어갔다. "그냥 예를 들어 점심이라고 한 거잖아, 제발 좀!"

"거짓말." 헬렌은 줄리아를 따라 방으로 들어가며 꼬치꼬치 캐물었다. "어슐러 웨어링하고 하루종일 붙어 있었겠지." 대답이 없었다. "안 그래?"

줄리아는 화장대 앞으로 가서 담배를 입에 물었다. 그러나 헬렌의 따지는 말투에 불을 붙이다 말고 담배를 입에 문 채 눈살을 찌푸렸다. 이게 말이 되냐는 듯, 아주 역겹고 불쾌하다는 듯 고개를 절레절레 저었다. "이런 식으로 해서 기분이 풀린 적 있어? 단 한 번이라도?" 줄리아는 돌아서서 성냥을 긋고는 냉랭하게 불을 붙였다. 다시 몸을 돌린 그녀의 표정은 달라져 있었다. 단단히 굳은 채로 분홍색 대리석이나 흠 하나 없는 목재로 조각한 얼굴 같았다. 줄리아는 담배를 손에 들고 차분한 어조로 경고하듯 말했다. "하지 마, 헬렌."

"하지 말라니, 뭘?" 헬렌은 깜짝 놀란 척 물었다. 하지만 한편으론 움찔했고, 스스로도 이런 괴물이 되어가는 자신이 부끄러워 미칠 지경이었다. "뭘 하지 말라는 거야, 줄리아?"

"애당초 시작도 하지 말라고…… 빌어먹을! 내가 그딴 소리나 들으려고 여기서 얼쩡대는 게 아니잖아." 줄리아는 헬렌을 내버려두고 다시 부엌으로 갔다.

헬렌은 쫓아갔다. "그러니까 네 말은 거짓말하는 걸 들키려고 얼쩡대는 게 아니라는 거지. 거기 저녁 만들어놨는데 필요 없겠네. 어슐러 웨어링이 근사한 레스토랑에 데려갔을 테니까. BBC 취향으로 쫙 깔았겠지. 얼마나 신났을까. 나는 바로 여기서, 저 망할 오븐 옆에 앞치마도 안 벗고 서서 혼자 먹었는데."

그 역겹다는 표정이 줄리아의 얼굴에 떠올랐다. 하지만 그녀는 웃음을 터뜨렸다. "아니, 대체 왜 그랬는데?"

왜 그랬을까. 지금 생각해보니 자기가 봐도 어처구니가 없었다. 그냥 줄리아를 따라 웃어버릴 수만 있다면. 아아 줄리아, 이 무슨 바보 같은 짓인지! 하고 말할 수만 있다면. 헬렌은 바다에 빠져 허우적대는 기분이었다. 담배를 피우며 물을 끓이려 주전자를 불 위에 올리는 줄리아를 보고 있으니, 갑판 위에서 평소처럼 어슬렁거리며 음료수를 마시는 사람들을 물에 빠진 채로 올려다보는 것 같았다. 아직 시간은 있어, 손을 번쩍 들고 살려줘! 하고 외칠 시간은 있다고. 아직 시간이 있어, 그럼 배가 선수를 돌려 구해줄 거야……

하지만 외치지 않았고 기회는 다시 오지 않았다. 배는 속도를 올려 떠나버렸고, 그녀는 망망대해에 홀로 무기력하게 버려졌다. 헬렌은 몸부림치기 시작했다. 고함을 질러대기 시작했다. 미친 사람처럼 씩씩거리며 말했다. 너한테는 아무렇지도 않겠지, 넌 하고 싶은 대로 하고 사니까, 네가 내 등뒤에서, 내가 회사에 있을 때 무슨 짓을 하는지 모를 줄 아나본데, 그렇게 날 엿 먹일 수 있다고 생각했다면 큰 오산이야, 난 집에 오자마자 네가 어슐러 웨어링이랑 나갔다는 걸 알았다고! 줄리아 넌 어쩌고저쩌고. 아까 꾹꾹 눌러담아 치워버린 그 지저분하고 히죽거리던 피에로 인형이 다시 튀어나와 헬렌의 목소리로 말하고 있었다.

그러는 동안 줄리아는 냉담하게 부엌을 돌아다니며 차를 우려냈다. 그리고 이따금 지친 목소리로 대꾸했다. "아니야, 헬렌." "그런 게 아니래도." "바보같이 굴지 마, 헬렌."

"그나저나 언제 정한 거야?" 헬렌이 물었다.

"맙소사! 뭘?"

"어슐러 웨어링과 너의 이번 밀회 말이야."

"밀회라니! 어슐러가 오늘 오전에 전화했어. 그게 그렇게 중요해?"

"당연히 중요하지, 네가 몰래 빠져나가야 했으니까. 나한테 거짓말을 해야……"

"그래서 어쩌자는 건데?" 마침내 줄리아가 폭발했다. 그녀는 찻물이 튈 정도로 찻잔을 세게 내려놓으며 소리쳤다. "네가 이렇게 나올 줄 알았으니까 그랬지! 넌 뭐든 삐딱하게 보잖아. 내가 잘못한 거라면서. 정말로 내가 무슨 죄를 지었나 싶게…… 빌어먹을! 나까지도 내가 죄를 지은 것 같은 기분이잖아!" 줄리아는 화가 난 와중에도 아래층 부부가 신경쓰이는지 목소리를 낮췄다. "내가 다른 여자를 만날 때마다, 친구를 사귈 때마다, 젠장! 지난번에 대프니 리스한테 점심이나 먹자고 전화가 왔을 때도 난 바쁘다고 거절했어. 그냥 평범한 점심이었는데! 네가 어떻게 생각할지 잘 알았으니까. 필리스 랭데일에게서 한 달 전에 편지가 왔을 때도 거절했어. 너 그건 몰랐지? 캐럴라인의 저녁 파티에서 우리를 만나서 정말 즐거웠다고 썼더라. 필리스한테 답장을 보내 그때 집으로 돌아오는 택시 안에서 네가 얼마나 나를 닦달했는지 알려줄까도 생각했어. 거참 볼 만했을걸! '친애하는 필리스, 나도 한번 날 잡아서 당신과 한잔하고 싶지만, 내 애인이 소위 말하는 시샘 많은 여자라서요. 당신이 기혼이거나 지독히 못생겼다거나 어디가 조금 모자란 사람이라면 사정이 달랐을 수도 있겠지만, 미혼에다 심지어 약간이라도 매력이 있는 여성이니…… 오, 나는 위험을 무릅쓸 수가 없군요! 상대가 동성애자가 아닌 건 상관없어요. 저는 마성의 레즈비언이거든요. 누구라도 일단 저랑 앉아 진 앤드 프렌치를 마시다 보면 일어설 쯤엔 끝내주는 레즈비언이 되어 있을 테니까!'"

"집어치워." 헬렌이 말했다. "사람을 아주 등신으로 만드네! 내가 바본 줄 알아? 난 네가 어떤 사람인지, 어떻게 나올지 다 알아. 네가 다른 여자하고 있는 걸 여러 번 봤는데……"

"그래서, 내가 딴 여자들한테 관심이 있다고?" 줄리아는 웃음을 터뜨렸다. "젠장, 그랬으면 오죽이나!"

헬렌은 줄리아를 쳐다보았다. "그게 무슨 뜻이야?"

줄리아는 시선을 피했다. "아냐. 아무것도 아냐, 헬렌. 그냥 새삼 놀라워서. 네가 이렇게 징글징글한 집착을 보이다니. 내가 바람이라도 피우는 것 같아? 글쎄, 이런 걸 뭐라더라, 미쳐본 놈이 미친놈을 알아본다?"

줄리아는 헬렌과 눈을 마주쳤다가 다시 고개를 돌렸다. 둘은 잠시 침묵을 지키며 서 있었다. 이윽고 헬렌이 내뱉었다. "너나 잘해, 이년아." 그리고 뒤돌아서 아래층 거실로 내려갔다.

헬렌은 조용히 말했고 걸음걸이도 차분했다. 하지만 자신의 흉포한 감정에 기가 질렸다. 앉을 수도, 가만히 서 있을 수도 없었다. 아까 마시다 남은 진을 단숨에 들이켜고 다시 한 잔 가득 따랐다. 담배에 불을 붙였다 금방 꺼버렸다. 그러다 부들부들 떨면서 난롯가에 서 있었다. 어느 순간 자신이 비명을 지르며 온 집안을 미친듯이 돌아다닐까봐, 책장에서 책을 마구잡이로 꺼내 집어던질까봐, 쿠션을 갈기갈기 찢을까봐 겁이 났다. 머리칼을 한 움큼 쥐어뜯는 건 일도 아니었다. 누가 칼만 쥐여주면 자해라도 할 것 같았다.

잠시 후 줄리아가 서재로 올라가 문을 닫는 소리가 들렸다. 그리고 정적. 뭘 하는 거지? 뭘 하기에 저렇게 문을 닫아야 하지? 전화를 거는 걸지도 모른다…… 생각하면 할수록 줄리아가 전화 통화를 하는 게 분명하다는 확신이 들었다. 어슐러 웨어링과 통화를 하는 것이다. 그러면서 불만을 쏟아내고 웃고 또 만날 약속을 잡는 것이다…… 그 모든 걸 자기만 모른다는 게 미치도록 싫었다! 헬렌은 참을 수가 없었다. 귀신처럼 살그머니 계단 밑으로 다가가 숨을 죽이고 귀를 쫑긋 세웠다.

그때 현관 거울에 비친 자신의 모습이 눈에 들어왔다. 뒤틀리고 벌게진 얼굴이 역겹기 그지없었다. 정말 최악이었다. 헬렌은 손으로 눈을 가리고 거실로 돌아왔다. 줄리아한테 가볼 엄두가 나지 않았다. 이젠 줄리아가 그녀를 혐오한대도, 외면한대도 어쩔 수 없다. 스스로가 혐오스럽고, 자기 몸뚱이를 외면할 수 있다면 좋겠다고 생각했다. 헬렌은 꼼짝없이 덫에 갇혀 질식할 듯한 기분이었다. 어째야 할지 몰라 멍하니 섰다가 창가로 가서 커튼을 젖혔다. 전면부의 치장벽토가 벗겨진 집들과 거리와 정원을 내다보았다. 그녀를 조롱하고 속이는 기만과 허위의 세상이 보였다. 남녀가 손을 마주잡고 미소 띤 얼굴로 걸어갔다. 저 커플은 스스럼없이 서로를 신뢰하고 안심하며 비밀을 공유하겠지, 자신은 그런 관계를 오래전에 다 날려버렸지만.

헬렌은 소파에 앉아 램프를 껐다. 아래층에서는 남편과 아내와 딸이 각자 방에서 소란을 피웠다. 리코더로 자장가를 연습하기 시작한 딸은 늘 똑같은 부분에서 버벅거렸다. 위층에서는 계속 아무 소리도 없었다. 그러다 10시쯤 줄리아가 방문을 열고 조용히 부엌으로 내려왔다. 그 움직임이 소름 끼치도록 똑똑히 감지됐다. 줄리아는 부엌과 침실 사이를 왔다갔다하다, 아래층으로 내려와 화장실을 쓰고 욕실로 가서 세수를 한 뒤 다시 침실로 올라가며 아래층 불을 다 껐다. 그녀가 방안을 돌아다니며 옷을 갈아입고 침대에 들어갈 때까지 나무바닥이 삐걱삐걱 울렸다. 줄리아는 헬렌에게 말을 걸거나 거실에 얼굴을 비치려고도 하지 않았고, 헬렌도 그녀를 부르지 않았다. 침실 문을 완전히 닫지 않아 독서등 불빛이 새어나왔다. 빛은 십오 분쯤 계단 벽을 비추다 꺼졌다.

집안이 칠흑같이 어두워졌다. 그 어둠과 고요가 헬렌의 기분을 더욱 비참하게 만들었다. 그저 손을 뻗어 불을 켜고 라디오를 틀면 분위기를 바꿀 수 있으련만, 그게 되지 않았다. 일상적인 습관과 사물로부터 유리된 느낌이었다. 헬렌은 좀더 멍하니 앉아 있다 일어나 방안을 거닐기 시작했다. 그렇게 걷고 있자니 마치 연극에서 여자 배우가 절망감 혹은 미칠 것 같은 상태를 표현할 때 쓰는 연출 같아 실감이 나지 않았다. 그러다 바닥에 누워 무릎을 세우고 양팔로 얼굴을 가렸다. 이것도 마찬가지로 실감이 나지 않는 자세였지만 그냥 이십 분가량 그렇게 누워 있었다. 줄리아가 내려와 바닥에 뻗어 있는 나를 볼지도 몰라, 누운 채로 헬렌은 생각했다. 그러면 적어도 바닥까지 내려간 내 참담한 심정은 알아주겠지.

그러다 결국 어처구니없는 짓거리로 보일 뿐이라는 걸 알았다. 헬렌은 일어났다. 오한이 들고 쥐가 났다. 그녀는 거울 앞에 섰다. 어두운 방에서 거울에 비친 자기 얼굴을 들여다보니 불안했다. 그래도 거리에서 가로등 불빛이 희미하게 들어왔고, 뺨과 팔뚝에 마치 맞은 것처럼 불그죽죽한 자국이 난 게 보였다. 카펫 위에 누워 있어서 생긴 것이었다. 그 자국이 그나마 위안이 됐다. 그녀는 사실 질투심이 물리적인 형체를 띠었으면 좋겠다고 간절히 바라곤 했다. 어떨 때는 불로 지질까 혹은 자해를 할까 생각하기도 했다. 바로 지금처럼. 화상이나 상처는 겉으로 보이고, 치료도 할 수 있고, 흉터가 남든 말끔히 회복되든 어떤 참담함의 상징이 될 수 있다. 어쨌든 속에서 썩어들어가는 게 아니라 몸뚱이 표면에 드러나는 것이다. 이젠 어떻게든 직접 상처를 내야겠다는 생각이 들었다. 문제에 대한 일종의 처방으로서. 히스테리에 빠진 여자애처럼 하지는 않을 거야. 헬렌은 속으로 중얼거렸다. 줄리아 때문도 아니야, 줄리아가 와서 자해하는 나를 봐주길 바라는 게 아니야. 거실 바닥에 널브러져 있는 것하고는 달라. 나 혼자 비밀로 할 거야.

그런 걸 비밀로 삼다니 참 한심하다는 생각이 들까봐 얼른 실행에 옮겼다. 재빨리 위층 부엌으로 올라가 찬장에서 세면도구 가방을 꺼낸 다음 도로 욕실로 내려와 살그머니 문을 걸어잠근 후 불을 켰다. 금세 기분이 좀 나아졌다. 불빛은 마치 영화에서 보는 병원 수술실 조명처럼 밝았다. 욕조와 세면대의 하얗고 매끄러운 표면도 병원 같은 분위기와 더불어 능률감과 의무감까지 불러일으키는 데 한몫했다. 히스테리에 빠진 여자애와는 거리가 멀어도 한참 멀었다. 다시 한번 거울로 자기 얼굴을 보았다. 홍조는 거의 가셨다. 완벽하게 이성적이고 차분하게 보였다.

이제 절차를 시작했다. 전체 수술 과정을 사전에 미리 계획한 것처럼. 먼저 세면도구 가방을 열고 얇은 크롬케이스를 꺼냈다. 거기서 그녀와 줄리아가 다리털을 밀 때 쓰는 안전면도기를 꺼내 나사를 돌리고 조그만 금속핀을 들어올려 칼날을 빼냈다. 면도날은 얇기도 얇거니와 휘기도 잘 휘었다! 아무것도 들고 있지 않은 것 같았다. 웨이퍼 과자 같기도 하고 게임용 모조지폐나 우표 같기도 했다. 이제 어디를 벨지만 정하면 된다. 팔을 쳐다보았다. 안쪽 살이 부드러워 칼날이 잘 들어갈 것 같았다. 같은 이유로 복부도 고려해

보았다. 손목이나 발목, 정강이 등 단단한 부위는 애초에 생각지도 않았다. 마침내 허벅지 안쪽으로 결정을 내렸다. 차가운 욕조 가장자리에 한 발을 올렸다. 이 자세로는 쥐가 날 것 같아 발을 더 뻗어 뒤쪽 벽을 디뎠다. 치마를 걷어 속바지 속으로 넣을까 아예 벗어버릴까 고민했다. 피가 묻으면 어쩌지? 피가 얼마나 날지 전혀 감이 오지 않았다.

허벅지는 창백했다. 욕조의 하얀색과 대비되는 우윳빛 도는 창백함이었고, 양손을 얹고 보니 비대해 보였다. 전에는 이런 식으로 눈여겨본 적이 없었는데, 참으로 특색 없이 생겼다 싶었다. 따로 떼어놓고 봤다면, 이게 움직이는 사지의 일부인지 몰랐을 것이다. 제 몸뚱이라고 인지하지도 못했을 것 같다.

엄지와 검지로 허벅살을 눌러 팽팽하게 당겼다. 혹시 바깥 현관에서 누가 소리를 들을까봐 잠깐 귀를 기울였다. 그러고서 면도날을 살갗에 대고 휙 그었다. 상처는 얕았지만 대체 이럴 수가 있나 싶게 아팠다. 얼음물에 발을 담근 듯 어마어마한 고통이 심장까지 파고들었다. 헬렌은 잠시 움츠러들었다 다시 시도했다. 충격은 이전과 똑같았다. 말 그대로 숨이 턱 막혔다. 좀더 신속하게 다시 해! 헬렌은 속으로 외쳤다. 아까는 제법 매력적으로 보이기까지 했던 칼날의 얇고 잘 휘는 속성이 출렁대는 허벅지의 군살과 연관지어 보니 혐오스러웠다. 너무 깔끔하게 벤 모양이었다. 베인 상처에 피가 고였다. 하지만 피는 마지못하게 천천히 차올라 금세 시커멓게 엉겨 굳어버리는 듯했다. 상처 끝부분은 벌써 아물고 있었다. 헬렌은 칼날로 상처를 더 쨌다. 이제야 피가 제대로 나는 것 같다. 드디어 피가 흘러내리면서 점점 끈적해졌다. 잠시 바라보다 두세 차례 더 상처 부근의 살을 그어 피를 냈다. 그런 다음 물에 적신 손수건으로 깨끗이 허벅지를 닦았다.

두 줄의 짧은 선홍색 상처가 생겼다. 고양이가 앞발로 장난치다 세게 할퀸 것처럼 보였다.

헬렌은 욕조 가장자리에 앉았다. 자해의 충격 때문에 그녀 안에서 어떤 변화가, 뭔가 화학적이라고도 할 수 있는 변화가 일어난 것 같았다. 이상하게 머리가 맑고 생기가 돌면서 단련된 듯한 기분이 들었다. 허벅지를 그은 일이 온당하고 이성적인 행동이라는 확신은 사라져버렸다. 가령 자해하는 모습을 줄리아나 다른 친구들한테 들켰다면 진짜 식겁했을 것이다. 수치스러워 죽어버렸을 것이다! 그래도…… 헬렌은 당혹과 감탄이 뒤섞인 눈으로 두 줄기 선홍색 상처를 바라보았다. 넌 진짜 구제불능 바보야, 라고 생각은 했지만 나름 의기양양했다. 마침내 칼날을 물로 씻고 다시 금속핀 밑에 잘 돌려 끼운 다음 면도기를 케이스에 넣었다. 욕실 불을 끄고 눈이 어둠에 익숙해질 때까지 기다렸다 복도로 나와 침실로 올라갔다.

줄리아는 침대에서 등을 돌리고 누워 있었다. 얼굴은 어둠에 잠겼고 베개 위의 머리칼은 새까맸다. 자는지 깨어 있는지 알 방법이 없었다.

“줄리아.” 헬렌은 가만히 불렀다.

“왜?” 잠시 후 줄리아가 대답했다.

“미안. 미안해. 내가 밉지?”

“응.”

"그래도 나만 할까. 나도 내가 미워 죽겠는걸."

줄리아는 몸을 돌려 바로 누웠다. "그걸 지금 위로라고 하는 거야?"

"나도 모르겠어." 헬렌은 가까이 다가가 줄리아의 머리에 손을 얹었다.

줄리아가 움찔했다. "손이 얼음장 같아. 손 좀 떼봐!" 그녀는 헬렌의 손을 잡았다. "세상에, 왜 이렇게 차가워? 어디 있었는데?"

"그냥 욕실에 좀."

"이리 들어와, 어서."

헬렌은 침대에서 떨어져 옷을 벗고 머리핀을 빼고 잠옷을 입었다. 옷을 갈아입는 내내 엉거주춤하니 움직임이 부자연스러웠다. 줄리아의 곁에 들어가 눕자 줄리아가 또 한소리 했다. "앗, 차가워!"

"미안." 좀전까지만 해도 헬렌은 전혀 추운지 몰랐다. 그러나 이제 줄리아의 몸에서 온기를 느끼자 오들오들 떨리기 시작했다. "미안." 헬렌은 다시 사과했다. 이가 딱딱 부딪쳤다. 가만히 있으려고 애썼지만 그럴수록 떨림이 더욱 심해졌다.

"어휴!" 줄리아는 한숨을 내쉬면서도 헬렌의 어깨에 팔을 두르고 가까이 끌어당겼다. 줄리아가 입고 있는 남자용 줄무늬 잠옷에서 잠결에 흐트러진 이부자리 냄새와 감지 않은 머릿내가 났다. 하지만 감미롭고 포근했다. 헬렌은 그녀 옆에 꼭 붙어 눈을 감았다. 진이 다 빠져 텅 빈 느낌이었다. 그날 저녁의 일들이 머릿속을 스쳤고, 단 몇 시간 만에 그 수많은 격렬한 감정을 낱낱이 겪다니 참 믿기 어려웠다.

줄리아도 같은 생각을 한 모양이었다. 한 손을 들어 헬렌의 얼굴을 쓰다듬으며 말했다. "정말 웃기지도 않은 밤이다!"

"줄리아, 내가 정말 미워?"

"그래. 아니, 밉진 않아."

"나도 어쩔 수가 없어. 이럴 땐 나도 나를 모르겠어. 꼭……"

말로 설명할 수 없었다. 늘 이 모양이었다. 매번 유치하게 들렸다. 훽 끓어올랐다 쭈그러드는 요 조그만 심술꾸러기 같은 게 갑자기 솟구쳐 사람 진을 다 빼놓는데, 그게 얼마나 고약한지 줄리아에게 전할 방법이 없었다. 그것을 가슴속에 꾹꾹 눌러담아야 한다는 게 얼마나 지치는 일인지, 그것이 내 안에 있음을 느끼는 것이, 내 안에 살면서 다시 튀어나올 기회만 엿보고 있다는 것이 얼마나 끔찍한 일인지……

"사랑해, 줄리아." 헬렌은 이 말밖에 할 수 없었다.

그러자 줄리아가 대답했다. "바보. 잠이나 자."

이후 둘은 아무 말이 없었다. 줄리아는 한동안 뻣뻣하게 누워 있더니 이내 팔다리를 늘어뜨리며 깊고 고른 숨을 쉬었다. 한번은 꿈에서 뭐에 놀랐는지 크게 꿈틀해서 헬렌도 덩달아 놀랐다. 하지만 줄리아는 금방 도로 잠에 빠져들었다. 거리에서 사람들이 떠드는 소리가 들렸다. 누군가 깔깔거리며 보도를 뛰어갔다. 옆집에서 전기플러그를 뽑았고, 유리창이 창틀에 걸려 끽끽거리다 이내 쾅 닫혔다.

꿈자리가 뒤숭숭한지 줄리아가 또 몸을 뒤척였다. 누구 꿈을 꾸는 걸까? 헬렌은 궁금했다. 어쨌든 어슐러 웨어링은 아닐 것이다. 하지만 나도 아니겠지, 헬렌은 생각했다. 잠도 오지 않고 마음도 누그러져 그제야 그간의 일이 명징하게 보였다. 그렇게 늦을 거면 그냥 쪽지 한 장 남기면 되었을 텐데, 다른 식으로 할 수도 있었을 텐데. 몰래 나갔다 들어왔다…… 하지 마, 헬렌. 줄리아는 매번 짜증을 내며 말했다. 하지만 정말로 야단을 떠는 게 싫다면 왜 이렇게 소동을 피우라고 자리를 깔아주는 걸까? 줄리아가 어딘가 마음 한편으로는 이런 걸 원하는 게 분명하다는 생각이 들었다. 그녀는 이런 소동을 원했다. 왜냐면 그 이면에 아무것도 없다는 걸 알고 있으니까. 죽음, 허무, 메마른 심장의 버석버석한 외피.

언제부터 줄리아가 나를 사랑하지 않게 된 걸까? 이제야 헬렌은 궁금해졌다. 하지만 그 생각을 이어가는 건 너무 두려웠다. 그리고 너무 지친 상태였다. 여전히 줄리아에게 몸을 꼭 붙인 채 그녀의 팔다리에서 따스한 온기를 느끼며, 호흡과 함께 오르내리는 그녀의 가슴을 느끼며 눈을 뜨고 누워 있었다. 이윽고 헬렌은 자세를 바꾸어 줄리아에게서 떨어졌다.

한 손이 줄리아의 면잠옷을 스칠 때 문득 생각난 게 있었다. 별건 아니었다. 전쟁이 한창이던 시절 한동안 갖고 있다 잃어버린 잠옷 한 벌. 그 진줏빛 새틴 잠옷이 떠올랐다. 줄리아의 옆에서 손가락 하나 닿지 않은 채 어둠 속에 홀로 누워 돌이켜보니, 그게 지금까지 그녀가 본 중에 가장 아름다운 잠옷이었다.

그날 저녁 회사에서 돌아온 덩컨은 한 주전자 가득 물을 끓였다. 그리고 주전자를 자기 방으로 갖고 올라가 옷을 벗고 속옷 바람으로 세수를 하고 머리를 감았다. 프레이저와 같이 보내는 저녁이니

공장 냄새를 싹 지우고 가장 멋진 모습을 보여주고 싶었다.

러닝셔츠와 바지만 입은 채 아래층으로 내려가 구두를 닦고, 부엌 조리대에 수건을 깔고 셔츠를 다렸다. 프레이저가 입고 다니는 셔츠처럼 부드러운 칼라가 달린 셔츠였다. 덩컨은 다리미 열기가 채 식지 않은 셔츠를 걸쳐 입고 맨 위쪽 단추는 풀어두었다. 딱 프레이저가 하듯. 프레이저처럼 헤어왁스도 바르지 않을 생각이었다. 그는 방으로 올라가 거울 앞에 서서 머리를 이렇게 빗었다 저렇게 빗었다, 가르마도 이렇게 타보고 저렇게 타보고, 앞머리도 여러 가지 스타일로 내려봤다. 하지만 머리칼이 마르면서 점점 제멋대로 들떴다. 꼭 페어스 비누의 '버블스' 광고에 나오는 꼬마애처럼 보였다. 결국 헤어왁스를 바르면서 너무 늦은 건 아닌지 걱정하면서도 오 분에서 십 분 정도 더 빗을 들고 곱슬머리를 바로잡아보려 애썼다.

머리를 다 빗고 다시 아래층으로 내려가자 먼디 씨가 억지로 쥐어짜낸 밝은 목소리로 선득하게 말했다. "어이쿠! 오늘밤엔 아가씨들이 아주 수지맞았구나! 걔는 몇 시에 온다던?"

"7시 반에요." 덩컨은 수줍게 말했다. "지난번하고 같은 시간에. 하지만 강 건너편에 있는 다른 술집에 갈 거예요. 프레이저가 그러는데 거기 맥주가 더 맛있대요."

먼디 씨는 여전히 그 섬뜩한 미소를 띠고 고개를 끄덕였다. "그래. 아가씨들은 오늘밤에 무슨 일이 벌어질지 알지도 못할 테지!"

먼디 씨는 덩컨이 지난번에, 그러니까 이 주 전에 프레이저를 집으로 데려왔을 때 자기 눈을 믿을 수 없었다. 못 믿기는 프레이저도 마찬가지였다. 셋이 거실에 모여 앉아 무슨 말을 해야 할지 몰라 당혹스럽기만 했다. 결국 아무것도 모르는 고양이가 자박자박 걸어 들어와 그들을 살렸다. 그들은 이십 분 동안 자투리 끈으로 고양이를 놀려댔다. 덩컨은 심지어 바닥에 엎드려 고양이를 등에 태우는 그 묘기를 보여줬다. 먼디 씨는 그날 이후 부상당한 노병처럼 걸어 다녔다. 다리를 더욱 심하게 절었다. 허리까지 굽었다. 라벤더힐의 기울어진 집에서 레너드 선생은 그의 병세가 악화된 것에 실망을 감추지 못했다. 선생은 어느 때보다 격렬하게 잘못된 유혹과 거짓 믿음에 저항해야 한다고 역설했다.

오늘 저녁 프레이저가 오면 덩컨은 가능한 한 빨리 집에서 나가려고 계획을 세웠다. 먼디 씨와 저녁을 먹고, 같이 설거지를 하고, 접시를 닦아서 정리하자마자 재킷을 걸쳤다. 거실 의자 끄트머리에 엉덩이만 걸친 채 프레이저의 노크 소리가 들리면 바로 튀어나갈 셈이었다. 그러면서 태연한 척 시간도 때울 겸 책을 집어들었다. 도서관에서 빌린 은제 골동품에 관한 책에는 품질보증 마크를 정리한 도표가 실려 있었다. 그는 손가락으로 페이지를 훑으며 닻과 왕관과 사자와 엉겅퀴의 의미를 외우려 했다. 물론 그 와중에도 내내 현관문 두드리는 소리가 나지 않는지 귀를 쫑긋 세웠다……
7시 반이 되었다가 넘어갔다. 덩컨은 신경이 곤두섰다. 프레이저가 제시간에 오지 못하는 온갖 흔한 이유를 상상하기 시작했다. 저번에 공장 정문 앞에 헐레벌떡 나타났던 것처럼, 프레이저가 숨가쁘게 현관문까지 달려오는 장면을 머릿속에 그려보았다. 그는 상기된 얼굴로 앞머리를 찰랑거리며 말할 것이다. "피어스! 나한테 정

떨어진 건 아니겠지? 정말 미안해! 내가……" 일 분 일 분 째깍째깍 흘러갈 때마다 지각의 이유는 말도 안 되게 황당해졌다. 지하철이 미어터져 내릴 수 없어서 미치는 줄 알았다. 사람이 차에 치이는 바람에 앰뷸런스를 부르러 갔다!

8시 15분이 되자 덩컨은 프레이저가 와서 노크를 했는데 자기가 못 들어서 그냥 가버린 게 아닐까 걱정되기 시작했다. 먼디 씨가 틀어놓은 라디오가 좀 시끄러운 프로였다. 덩컨은 물을 마시러 가는 척하며 현관으로 나가 고개를 외로 꼬고 발소리에 귀를 기울였다. 살그머니 현관문을 열고 거리를 훑어보기까지 했다. 하지만 프레이저의 기척은 없었다. 덩컨은 거실로 돌아와 문을 괴어 열어두었다. 라디오가 다음 프로로 넘어갔고, 삼십 분 후에 또 다음 프로로 넘어갔다. 대형 괘종시계가 무겁고 공허한 종을 울렸다.

9시 반이 지나서야 덩컨은 프레이저가 오지 않을 거라는 사실을 납득했다. 실망이 이만저만이 아니었다. 하지만 뭐, 실망엔 익숙하니까. 최초의 쓰라림이 가시고 나자 허탈한 심정이 그 자리를 대신했다. 그는 품질보증 마크 도표를 뇌리에서 지우고 책을 내려놓았다. 먼디 씨의 시선이 느껴졌지만 마주볼 자신이 없었다. 먼디 씨가 일어나 어색하게 다가와 어깨를 툭툭 두드렸다. "거 봐라. 프레이저는 원래 바쁜 녀석이라니까. 지나가다 친구라도 한두 명 만난 게지. 분명 그런 거야, 아무렴!" 덩컨은 대꾸하지 않았다. 어깨를 두드리는 먼디 씨의 손이 메스꺼울 정도였다. 먼디 씨는 잠시 덩컨의 대답을 기다리다 부엌으로 가면서 거실 문을 닫았다. 덩컨은 불현듯 어두침침하고 비좁고 복작복작한 방이 답답하고 무지근하게 느껴졌다. 좁은 수갱 속에서 끝없이 추락하는 느낌이었다.

그러나 패닉도 실망과 마찬가지로 속에서만 반짝 타올랐다 사그라졌다. 때마침 먼디 씨가 코코아를 타가지고 돌아왔다. 덩컨은 코코아 컵을 받아들고 힘없이 홀짝였다. 그리고 다 마신 컵을 부엌으로 갖고 가서 씻었다. 차가운 물줄기에 대고 여러 번 뒤집어가면서. 그러고는 팬에 남아 있던 우유를 접시에 부어 고양이 먹으라고 바닥에 내려놓고 화장실에 들렀다 마당으로 나가 잠깐 동안 하늘을 올려다보며 하릴없이 서 있었다.

거실로 돌아오니 먼디 씨가 벌써 소파 쿠션을 정리하며 자러 갈 준비를 했다. 덩컨은 방안을 돌아다니며 램프를 하나둘 끄는 먼디 씨를 멀거니 쳐다보았다. 거실이 점점 어두워졌고, 벽에 걸린 그림 속의 얼굴들과 벽난로 선반 위 장식품들에 그림자가 드리워졌다. 정확히 10시였다.

둘은 나란히 한 걸음에 한 계단씩 천천히 위층으로 올라갔다. 먼디 씨는 덩컨의 팔꿈치를 계속 붙잡고 걸었다. 계단을 다 올라와서는 걸음을 멈추고 숨을 골라야 했다. 여전히 덩컨의 팔을 붙잡은 채였다.

먼디 씨의 입에서 쉰 목소리가 흘러나왔다. 그는 덩컨을 보지 않고 말했다. "얘야, 자기 전에 인사하러 잠깐 들러주겠니?"

덩컨은 바로 대답이 나오지 않았다. 적막이 흐르자 두려움을 느낀 듯 먼디 씨의 몸이 굳었다…… "네." 덩컨은 모기만한 소리로 대답했다. "알았어요."

먼디 씨는 고개를 끄덕였고 마음이 놓인 듯 어깨가 풀렸다. "고맙구나, 얘야." 그는 덩컨의 팔을 놓고 계단참을 돌아 자기 방으로 느릿느릿 발을 끌면서 걸어갔다. 덩컨도 방으로 들어가 옷을 벗기 시작했다.

그의 방은 아담했다. 어린이용 방이었다. 실제로 먼디 씨가 어린 시절 부모님과 누나와 함께 살 때 쓰던 방이었다. 침대는 빅토리아 풍으로 높았고 네 귀퉁이에 윤을 낸 놋쇠구가 달려 있었다. 전에 덩컨은 놋쇠구를 하나 돌려 열어봤다가 그 속에서 종이쪽지를 발견했다. 지저분하게 번진 어린애 글씨로 이렇게 쓰여 있었다. 메이블 앨리스 먼디 만약 이걸 읽었다면 스무 가지 무서운 저주에 걸릴 것이다! 책장에 꽂힌 소년용 모험소설들은 두툼한 책등이 갖가지 색깔로 화려했다. 벽난로 선반 위에는 조악하게 색칠된 낡은 장난감 병정이 전투태세로 정렬되어 있었다. 먼디 씨는 덩컨이 시장과 골동품 상점에서 사 모은 물건들을 전시할 수 있게 선반을 몇 개 더 달아주었다. 보통 덩컨은 잠자리에 들기 전에 찻주전자와 단지와 장식품과 찻숟가락과 눈물 담는 유리병을 하나씩 손에 들고 꼼꼼히 들여다보면서 이건 어디서 왔을까, 누가 쓰던 걸까 상상하며 즐겁게 음미하는 시간을 가졌다.

그러나 오늘밤에는 그다지 열의 없는 눈길로 자신의 수집품을 바라보았다. 강변 술집 근처 모래사장에서 파낸 점토 파이프를 잠깐 집어들었을 뿐이다. 덩컨은 힘없이 잠옷을 입었다. 윗도리 단추를 잠그고 옷자락을 바지 속에 단정하게 집어넣었다. 칫솔질을 하고 머리도 다시 빗었다. 이번에는 아이처럼 얌전히 가르마를 탔다. 그러면서도 옆방에서 끈질기게 자신을 기다릴 먼디 씨가 몹시 신경쓰였다. 깃털베개를 베고, 이불을 겨드랑이까지 끌어올려 덮고, 두 손을 꼭 맞잡은 채 가만히 정자세로 누워, 덩컨이 들어오면 이리 오라고 옆자리를 툭툭 두드릴 준비를 하고 있는 먼디 씨가 그려졌다…… 별거 아니다. 사실 아무것도 아니다. 덩컨은 딴생각을 했다. 먼디 씨의 침대 머리맡에 걸려 있는 그림. 천사가 좁고 험한 다리를 건너는 아이들을 안전하게 인도하는 장면. 덩컨은 일이 끝날 때까지 그 그림을 바라보곤 했다. 천사가 입은 드레스의 복잡한 주름과 순진무구하게 짓궂어 보이는 아이들의 넙데데한 얼굴을.

덩컨은 빗을 내려놓고 점토 파이프를 다시 집었다. 이번에는 입에 대보았다. 차갑고 무척 매끈했다. 눈을 감고 입술에 가볍게 문질러보았다. 감촉이 마음에 들었다. 하지만 비참한 기분도 들었다. 마음속에서 거북한 감정이 소용돌이가 되어 일렁였다. 프레이저가 와주기만 했어도! 어쩌면 단지 약속을 까맣게 잊은 걸지도 모른다. 흔히 있는 일이다. 다른 애들이라면 이렇게 친구가 올 때까지 우두커니 기다리지 않을 거야. 덩컨은 씁쓸하게 혼잣말로 중얼거렸다. 찾으러 나갔을 거야. 다른 멀쩡한 애들이라면 지금 당장 친구네 집으로 달려갔을 거라고……

덩컨은 눈을 떴다. 곧바로 거울 속의 자신과 눈이 마주쳤다. 머리칼은 얌전히 가르마를 타서 빗었고, 잠옷 윗도리는 턱밑까지 단추를 잠갔다. 하지만 그는 애가 아니었다. 열 살짜리가 아니었다. 심지어 열일곱 살도 아니었다. 그는 스물넷이고, 뭐든 하고 싶은 대로 할 수 있었다. 그는 스물넷이고, 먼디 씨는……

먼디 씨 따위 개나 물어가라지! 덩컨은 불현듯 생각했다. 내가 하고 싶다는데, 밖에 나가서 프레이저를 만나지 못할 이유가 뭐야? 프레이저가 사는 동네까지 가는 길은 알고 있었다. 프레이저가 사는 집도 안다. 전에 한번 자기 동네 골목길을 지나가면서 집이 어딘지 알려줬으니까!

이제 덩컨은 재빨리 움직였다. 머리를 헝클어뜨려 가르마를 없앴다. 잠옷 위에 그냥 바지와 재킷을 입었다. 잠옷을 벗는 데 쓰는 일분일초도 아까웠다. 그리고 양말과 반짝반짝 윤을 낸 구두를 신었다. 쭈그려앉아 신발끈을 매는데 손이 마구 떨렸다. 겁이 나서 그런 건 아니었다. 오히려 너무 좋아서 아찔할 지경이었다.

신발을 신고 방을 돌아다녔더니 소리가 너무 크게 울린 모양이었다. 먼디 씨의 침대가 불안하게 삐거덕거리는 소리가 들렸다. 덩컨은 더욱 서둘렀다. 방을 빠져나와 계단참 너머 먼디 씨의 방문을 힐끔 한번 쳐다본 다음 부리나케 계단을 내려갔다.

집안이 어두워서 맹인처럼 문고리를 더듬어 찾고, 층계와 미끄러운 깔개가 있는 곳을 짐작했다. 먼디 씨의 침실에서 거리가 내다보였기 때문에 현관으로는 가지 않았다. 덩컨은 몰래 나가고 싶었다. 흥분이 극에 달한 상태였지만—혼잣말로 개나 물어가라고, 내 알 바 아니라고 중얼거리긴 했지만—그래도 뒤돌아봤을 때 먼디 씨가 창가에서 자기를 내려다보고 있으면 몹시 찝찝할 것 같았다.

그래서 부엌을 통해 뒷문으로 빠져나가 화장실 앞을 지나 마당 끄트머리까지 갔다. 그제야 마당 문이 통자물쇠로 잠겨 있다는 게 생각났다. 열쇠가 어디 있는지는 알았다. 가지러 도로 들어가야 했지만 이제 와서 되돌아가기는 싫었다. 부엌방의 서랍장까지만 가면 됐지만 그조차도 견딜 수 없었다. 덩컨은 궤짝 두어 개를 끌고 와서 그걸 딛고 도둑처럼 담장을 기어올랐다. 반대편으로 뛰어내릴 때 착지를 잘못해서 발목을 삐끗하는 바람에 깡충깡충 몇 발짝 뛰어야 했다.

하지만 잠긴 문을 뒤로한 이 순간의 기분은 끝내줬다. 그는 알렉의 말투를 흉내내어 속으로 말했다. 이제 후퇴란 없다, 덩컨 피어스!

먼디 씨의 집 뒤편 골목을 따라 주택가로 나왔다. 자주 지나는 길이었지만 밤에 보니 뭔가 달라진 것 같았다. 동네의 낯선 면모에 푹 빠져 걸음이 느려졌다. 지나치는 집마다 그 안의 사람들이 무척 의식됐다. 사람들이 자러 가면서 아래층 불이 꺼졌고 침실과 계단에 불이 탁탁 들어왔다. 어떤 여자가 창문을 잠그려고 하얀 레이스 커튼을 들어올렸다. 커튼이 신부의 베일처럼 그녀의 머리 위에 드리워졌다. 현대적으로 지어진 어느 집의 반투명 욕실 창문에 불빛이 비치면서 속옷 차림의 남자가 똑똑히 보였다. 남자는 컵에 든 것을 한 모금 머금고 고개를 젖혀 입안을 헹군 다음 머리를 홱 숙이고 입에 든 것을 뱉어냈다. 남자가 세면대 위에 컵을 내려놓자 그 동그란 가장자리가 보였다. 수도꼭지를 틀 때 수도관에서 물이 쏟아지는 소리, 쿨렁거리며 아래쪽 배수관으로 흘러가는 소리까지 다 들렸다. 세상이 새롭고 놀라운 것으로 가득찬 느낌이었다. 시비 거는 사람은 아무도 없었다. 쳐다보는 사람도 없었다. 덩컨은 유령처럼 거리를 거닐었다.

덩컨은 셰퍼드부시와 해머스미스를 지나 한 시간 가까이 걷는 동안 넋을 잃은 채 비현실감에 사로잡혔다. 그러다 점점 지쳐 걸음이 느려졌고 마침내 프레이저가 사는 거리에 접어들었다. 이곳의 집들은 규모가 꽤 큰 편이라 낯설었다. 에드워드풍의 붉은 벽돌 저택들로, 이런 집들은 개인병원이나 맹인을 위한 요양원, 혹은 이 동네처럼 하숙집으로 개조되는 추세였다. 집집마다 고유한 이름이 있고 납으로 된 현판이 걸려 있었다. 가까이 가서 보니 프레이저가 사는 집엔 세인트데이스라고 적혀 있었다. 빈방 없음이라는 표지도 붙어 있었다.

덩컨은 옹색한 앞뜰로 이어지는 대문 앞에 서서 망설였다. 프레이저의 방은 일층 왼쪽 편에 있었다. 하숙집 주인아주머니가 이 방을 프런트 바텀*이라고 부른다면서 프레이저가 웃었기 때문에 잘 기억하고 있었다. 간호사나 쓰는 말 같다고 했다. 창문에는 커튼이 쳐져 있었다. 낡은 등화관제용 커튼이라 안쪽이 전혀 보이지 않았다. 하지만 프레이저가 양쪽 커튼을 꽉 여미지 않아 환한 빛이 한 줄기 빗금처럼 새어나왔다. 방 안쪽에서 단조롭게 이야기하는 목소리가 들리는 듯싶었다.

그 목소리 때문에 덩컨은 문득 자신이 없어졌다. 먼디 씨의 말이 맞을지도 모른다. 프레이저는 이 밤을 친구들과 함께 보내고 있는 것이다. 그 와중에 자기가 갑자기 나타나면 프레이저가 어떻게 생각할까? 친구들은 어떤 사람일까? 덩컨은 안경을 끼고 파이프를 물고 니트타이를 맨 대학생 타입의 머리 좋은 청년들을 상상했다. 망상은 한층 더 나쁜 쪽으로 치달았다. 프레이저는 여자하고 같이

---

* 여성의 생식기를 가리키는 속어.

있을지도 모른다. 덩컨은 그 여자까지 똑똑히 보였다. 뚱뚱한 몸집에 지저분하고 킥킥대며 웃는 여자, 축축한 붉은 입술로 체리브랜디향의 숨을 내뿜는 여자.

이런 고약한 상상에 빠지기 전까지는 정식 방문객처럼 대문으로 걸어가 초인종을 누를 생각이었다. 그러나 이제는 불안감이 점점 커지면서 까치발로 살금살금 창문에 다가가 힐끔 안을 엿보고 싶은 유혹을 떨칠 수 없었다. 결국 대문의 빗장을 풀고 안으로 밀었다. 문은 소리 없이 가볍게 열렸다. 덩컨은 포석을 따라 들어가 바스락거리는 관목 사이를 지나 창문 앞까지 갔다. 벌렁거리는 심장을 누르며 유리창에 얼굴을 갖다댔다.

프레이저가 바로 눈에 들어왔다. 침대 너머 안쪽 구석에 놓인 안락의자에 앉아 있었다. 와이셔츠 차림으로 고개를 뒤로 젖힌 채였다. 의자 옆 테이블에는 종이 뭉치가 어지럽게 쌓였고 재떨이와 파이프, 유리잔과 위스키로 보이는 병이 놓여 있었다. 졸고 있는지 꼼짝도 않는데, 덩컨이 아까 들었던 목소리는 여전히 단조롭게 계속되었다⋯⋯ 그런데 그 목소리가 곧 나지막이 퍼지는 음악소리로 바뀌었고, 그제야 덩컨은 그게 라디오 소리였음을 깨달았다. 그 음악소리가 프레이저를 깨운 것 같았다. 그는 의자에서 일어나 마른세수를 한 뒤 덩컨의 시야를 벗어나 방 반대편으로 갔다. 이어서 라디오 소리가 뚝 끊겼다. 다시 나타났을 때는 신발을 벗은 채였다. 양말에는 큼직한 구멍이 나 있어 발가락과 깎지 않은 발톱까지 보였다.

덩컨은 양말에 난 구멍과 발톱을 보고 용기를 얻었다. 프레이저가 다시 털썩 주저앉으려는 듯 안락의자 쪽으로 움직일 때 덩컨은 유리창을 똑똑 두드렸다.

순간 프레이저는 멈춰 서서 고개를 돌렸다. 얼굴을 찡그리고 어디서 소리가 나는지 찾았다. 그러다 커튼 틈새를 쳐다보았다. 덩컨은 프레이저가 자기 눈을 똑바로 쳐다보는 줄 알았다. 하지만 그는 자신을 보지 못했다. 느낌이 불안했다. 또다시 아까처럼 유령이 된 기분이었다. 하지만 이번에는 별로 유쾌하지 않았다. 덩컨은 손을 들어 좀더 세게 두드렸다. 그 소리에 프레이저가 창문 쪽으로 걸어와 커튼을 잡아 젖혔다.

그는 덩컨을 발견하고 깜짝 놀란 듯했다. "피어스!" 하지만 바로 움찔하더니 방문 쪽을 힐끗 돌아보았다. 그는 엄지로 창문 걸쇠를 젖히고 조용히 덧창을 올린 다음 검지를 입술 앞에 세워 보였다.

"큰 소리는 내지 마. 주인아주머니가 복도에 나와 있는 것 같아. 대체 여기서 뭐해? 무슨 일 있어?"

"아니, 그냥." 덩컨은 소리 죽여 말했다. "널 보러 왔을 뿐이야. 먼디 씨 집에서 기다렸는데. 왜 안 왔어? 저녁 내내 기다렸다고."

프레이저는 가책을 느끼는 듯 보였다. "미안해. 시간이 나도 모르게 지나버려서. 이미 늦었더라고, 그래서……" 그는 어쩔 수 없었다는 몸짓을 해 보였다. "어쩌다보니."

"기다렸는데." 덩컨은 거듭 말했다. "너한테 무슨 일이 생긴 줄 알았어."

"미안해. 진심으로. 네가 날 찾아올 줄은 생각도 못했어! 어떻게 온 거야?"

"그냥 걸어서."

"먼디 씨가 허락해줬어?"

덩컨은 코웃음을 쳤다. "먼디 씨가 날 무슨 수로 막아! 내 발로 걸어왔는데."

프레이저는 그를 살피다 재킷 안쪽을 보고 또 얼굴을 찌푸렸다. 그러나 이내 씩 웃었다. "너 안에…… 잠옷을 입었잖아!"

"그래서 뭐?" 덩컨은 신경쓰이는 듯 목깃을 잡았다. "이게 뭐 어때서? 시간 절약되고 좋지."

"뭐?"

"이따가 자러 갈 때 시간이 절약된다고."

"정신 나갔구나, 피어스!"

"정신 나간 건 너야. 술냄새가 나는데. 지독해! 뭘 하고 있었던 거야?"

프레이저는 당황한 듯 웃음을 터뜨렸다. "어떤 아가씨랑 데이트 했어."

"그럴 줄 알았어! 어떤 아가씨야? 뭐가 그렇게 재미있었어?"

"전혀." 그러나 프레이저는 여전히 웃고 있었다. "그냥…… 이 아가씨는 말이지."

"그래, 그 아가씨가 어쨌는데?"

"저기, 피어스." 프레이저는 입술을 훔치더니 진지하게 대답했다. "네 누나였어."

덩컨이 싸늘히 그를 노려보았다. "우리 누나라니! 무슨 소릴 하는 거야? 비브 누나 말이야?"

"그래, 비브 누님. 둘이 같이 술집에 갔어. 자네 누나 아주 근사하던걸. 내가 무슨 농담을 하든 다 웃어주고, 막판엔 키스도 허락해주시던데. 품위 있게 얼굴도 붉혀주시고. 근데 눈을 떠보니까 손목시계를 슬쩍 보고 있더라고…… 버스를 태워서 집에 보내드렸지."

"하지만, 어떻게?" 덩컨이 물었다.

"그냥 버스정류장까지 걸어가서……"

"무슨 말인지 알잖아! 누나를 어떻게 만났어? 왜 만났는데? 누나를 꾀어내서, 그래서……"

프레이저는 또 웃었다. 하지만 뭔가 달랐다. 후회하는 듯한, 거의 당혹스러움에 가까운 웃음이었다. 그는 손을 들어 입을 막았다.

잠시 후에 덩컨도 웃음보가 터졌다. 도저히 멈출 수가 없었다. 심지어 자기가 왜 웃는지조차 몰랐다. 프레이저 때문인지, 자기 자신 때문인지, 비브 누나 때문인지, 먼디 씨 때문인지, 아니면 그들 전부 때문인지. 거의 일 분 남짓 덩컨과 프레이저는 그렇게 창틀을 사이에 두고 서서 손으로 입을 틀어막고 눈물이 그렁그렁한 채 얼굴은 빨개져서 폭소와 조소를 억누르려 애썼지만 소용없었다.

이윽고 약간 진정된 프레이저가 어깨 너머를 힐끗 쳐다보고는 속삭였다. "좋아. 이제 아주머니가 올라간 것 같아. 들어와, 조심해서! 경찰이나 누구 딴사람한테 들키기 전에."

그러고는 뒤로 물러나 덩컨이 넘어올 수 있도록 암막 커튼을 옆으로 젖혔다.

"아, 랭그리시 양." 레너드 선생이 방문을 열면서 불렀다.

케이는 놀라 자빠질 뻔했다. 어두침침한 계단을 살금살금 올라가는 와중에 계단이 삐걱거리는 바람에 들킨 모양이었다. 선생은 치료실에 홀로 앉아 야간 경계를 서며 기도하는 중이었을 것이다. 와이셔츠의 소맷부리를 말아올린 차림이었다. 밤에 치료할 때 쓰는 남색 램프가 켜져 있었고, 그 파란 불빛이 계단을 비추니 분위기가 묘했다.

문간에 선 선생의 얼굴이 어둠에 가려졌다. 그는 조용히 말했다. "오늘밤에는 당신을 생각하고 있었습니다, 랭그리시 양. 어떻게 지내나요?"

케이는 잘 지낸다고 대답했다. "어디 나갔다 오는 모양이군요. 즐거운 저녁 보냈나요?" 선생은 고개를 갸웃하고는 덧붙였다. "옛 친구를 만났지요?"

"영화관에 갔었어요." 케이는 재빨리 대답했다.

선생은 현자처럼 고개를 끄덕였다. "영화관이라, 그렇군요. 참 묘한 곳이라고 저는 늘 생각합니다만. 대단히 유익한 곳이고…… 다음번에 영화관에 가면 이렇게 한번 해보세요, 랭그리시 양. 고개를 돌리고 어깨 너머를 쳐다보는 겁니다. 뭐가 보일까요? 무상하고 부질없는 것들의 쉴새없이 깜박이는 빛을 받아 번쩍이는 수많은 얼굴. 한 점에 못박힌 채 경이와 공포와 탐욕으로 휘둥그레진 눈. 바로 그것이 물리적인 감각의 노예가 되어 진화하지 못한 영혼의 모습입니다. 소설이나 꿈도……"

선생의 목소리는 나직하고 단조롭고 설득력이 있었다. 케이가 아무 말도 하지 않자 선생은 가까이 다가와 살며시 그녀의 손을 잡았다. "제가 보기에 랭그리시 양도 그런 영혼 중 하나입니다. 당신은 무언가를 찾는 중이지만, 아직 노예 상태에서 벗어나지 못했어요. 그건 당신이 눈을 내리깔고 찾기 때문입니다. 흙먼지밖에 안 보이잖아요. 눈을 들어야 합니다. 이내 사라질 것들로부터 눈을 들어 멀리 보는 법을 배워야 합니다."

선생의 손바닥과 손끝은 부드러웠고, 조심스럽게 손을 잡은 것 같았다. 그런데도 케이는 손을 빼내는 데 약간 애를 먹었다. "그럴게요. 저…… 감사합니다, 레너드 선생님." 텁텁하고 자신 없는 목소리가 전혀 자기 것 같지 않았다. 귀에도 영 어색하게 들렸다. 케이는 선생을 남겨두고 방으로 터벅터벅 올라갔다. 더듬더듬 열쇠를 끼워 방문을 열고 안으로 들어갔다.

케이는 아래층에서 선생의 방문이 닫히는 소리가 날 때까지 기다렸다가 불도 켜지 않고 안락의자로 가서 털썩 주저앉았다. 가다가 발에 뭐가 걸렸는데, 그게 바스락거리며 주름진 러그 위로 밀려 올라갔다. 신문지를 바닥에 펼쳐놓고 나갔던 것이다. 의자 팔걸이에 놓인 더러운 접시와 낡은 양철 파이접시는 담배꽁초와 재로 넘칠 지경이었다. 벽난로 안쪽 빨랫줄에는 얼마 전에 빨아 널은 셔츠 한 장과 칼라 몇 개가 걸려 있었고, 어둠 속에서 그것들은 얇고 파리하게 보였다.

케이는 잠시 꼼짝 않고 앉아 있다가 주머니에 손을 넣어 반지를 꺼냈다. 무척 큼지막하게 느껴졌다. 예전에 반지를 꼈던 손가락이 이젠 너무 가늘어져 맞지 않았다. 거리에서 반지를 받아들었을 때는 비브 손의 온기가 남아 있어 따스했다. 케이는 영화관에 앉아 스크린에서 요란하게 홱홱 돌아가는 무언극을 멍하니 바라보며 금반지를 하염없이 손안에서 굴렸다. 반지에 난 작은 흠집과 찌그러진 곳을 일일이 손끝으로 더듬으면서…… 그러다 도저히 참을 수 없어 반지를 대충 쑤셔넣고 자리에서 일어났다. 발이 걸려 비틀거리며 의자 줄을 벗어나 황급히 로비를 지나 거리로 나왔다.

그다음부턴 줄곧 걸었다. 옥스퍼드스트리트, 래스본플레이스, 블룸스버리…… 선생이 짐작했던 대로 쉬지 않고 무언가를 찾아다녔다. 미키의 보트에 들러볼까 하고 패딩턴까지도 갔지만 결국 그러지 않기로 했다. 그래봤자 무슨 수가 나겠는가? 대신 술집에 들어가 위스키를 두어 잔 마셨다. 금발의 젊은 여자한테 한 잔 사기도 했다. 덕분에 기분이 좀 나아졌다.

그러고서 지칠 대로 지쳐 라벤더힐의 집으로 돌아온 것이었다. 이젠 기운이 하나도 없었다. 영화관에서 그랬듯 반지를 손안에서 굴렸다. 그 얼마 안 되는 무게조차 버겁게 느껴졌다. 케이는 어디 둘 데 없나 힘없이 주위를 둘러보다 결국 담배꽁초로 뒤덮인 파이 접시에 반지를 떨어뜨렸다.

하지만 그 속에서도 반지는 어스레하게 반짝거렸다. 담뱃재 틈에서도 자꾸 시선을 끄는 통에, 얼마 안 있어 케이는 다시 반지를 잿더미에서 꺼내 깨끗이 닦았다. 그리고 앙상한 손가락에 끼운 뒤 빠지지 않게 주먹을 쥐었다.

집안은 고요했다. 온 런던이 고요한 것 같았다. 들리는 거라곤 아래층 방에서 규칙적으로 울리는 레너드 선생의 웅얼거림뿐이었다. 즉 그가 다시 치열하게 일하기 시작했다는 뜻이었다. 케이는 남색

전등 불빛에 물든 레너드 선생이 등을 구부리고 사방을 경계하는 장면을 머릿속에 그렸다. 거기서 선생은 여린 밤하늘을 향해 맹렬히 축복의 기도를 올리고 있었다.

1944

1

비브와 아버지는 교도소를 벗어나면 늘 잠시 멈춰 서서 한숨을 돌렸다. 아버지는 손수건을 꺼내 얼굴을 훔쳤다. 면회 때마다 수명이 깎여나가는 듯했다. 아버지는 꼭 한 대 얻어맞은 사람처럼, 중세풍의 예스러운 회색 교도소 출입문을 멍하니 쳐다보았다. "내 생전 이럴 줄은" 혹은 "꿈에도 이럴 줄은" 하고 넋두리가 나올 참이었다.

"비비언, 네 어머니가 살아생전 이런 꼴을 안 봐서 다행이다." 오늘은 이렇게 운을 뗐다.

비브는 아버지의 팔을 잡았다. "그래도 이제 얼마 안 남았어요." 그녀는 아버지가 들을 수 있도록 또박또박 말했다. "처음에 우리가 뭐라 그랬는지 기억나세요? '평생 가는 건 아니니까'라고 했잖아요."

아버지는 코를 풀었다. "그래. 그 말이 맞다."

부녀는 다시 걷기 시작했다. 아버지는 계속 가방을 들어주겠다고 했지만 비브는 그냥 자기가 드는 게 마음이 편했다. 아버지는 그녀에게 거의 매달리다시피 기댔고 자주 힘겹게 숨을 몰아쉬었다. 아버지가 아니라 할아버지라고 해도 될 정도였다. 여하튼 덩컨 때문에 아버지는 부쩍 늙으셨다.

2월이라 날은 아직 추웠지만 하늘은 맑았다. 4시 45분인데 벌써 해가 기울었다. 방공기구防空氣球 두어 개가 선명한 분홍빛으로 표표히 떠다녔다. 어두워지는 하늘에서 유일하게 빛을 발하는 물건이었다. 부녀는 우드레인을 향해 걸어갔다. 역 근처에 평소 쉬어가는 카페가 있었다. 하지만 오늘은 그곳에 아는 얼굴이 몇 명 보였다. 교도소 다른 동에 수감된 남자들의 아내와 애인들이었다. 그들은 콤팩트를 들여다보며 화장을 고치는 중이었다. 목젖이 보이도록 깔깔 웃기도 했다. 비브와 아버지는 다른 카페로 발걸음을 옮겼다. 안으로 들어가 차를 주문했다.

이 카페는 아까 그곳만큼 좋지는 않았다. 카운터에 끈으로 묶어놓은 스푼 하나를 모든 손님이 돌려 썼다. 테이블에는 기름때 낀 방수 테이블보가 덮여 있고, 뽀얗게 김 서린 유리창에는 여기저기 자국이 나 있었다. 손님들이 나른히 의자에 앉아 유리창에 머리를 기댄 자국일 터였다. 하지만 아버지는 이런 것을 하나도 보지 못한 듯했다. 아직도 숨쉬기가 힘든 것처럼 혹은 어쩔 줄 모르는 것처럼 움직였다. 아버지는 자리에 앉아 찻잔을 들어 입가로 가져갔다. 손이 마구 떨려 엎지를세라 고개를 숙이고 재빨리 후루룩 마셨다. 그리고 살담배를 털어 말지에 말았다. 비브는 잔을 내려놓고 테이블 위에 흩어진 담뱃잎을 줍는 아버지를 도왔다. 길게 기른 손톱으로 담뱃잎을 콕콕 찍어 집으면서 손톱을 두고 농담을 했다.

담배를 피운 아버지는 조금 차분해졌다. 차를 다 마시고 둘은 함께 지하철역으로 걸었다. 으슬으슬 추워서 종종걸음을 치며. 아버지는 스트레텀에 있는 집까지 한참을 가야 했지만, 비브는 포트먼 스퀘어의 직장으로 돌아갈 예정이었다. 덩컨의 면회를 가느라 조퇴했기 때문에 가서 보충근무를 해야 한다고 말했다. 둘은 지하철에 나란히 앉았다. 덜컹대는 소리가 시끄러워 얘기를 나눌 수 없었다. 비브가 마블아치에서 내리자 플랫폼에서 작별인사를 하기 위해 아버지도 같이 내렸다.

밤에는 플랫폼이 대피소로 쓰였다. 침상, 양동이, 신문지 뭉치가 널렸고, 퀴퀴한 오줌냄새가 났다. 어린애들과 노파들이 벌써 들어와 자리를 잡았다.

"그럼 다음에 보자." 다음 지하철을 기다리며 비브의 아버지가 말했다. 그는 매사를 긍정적으로 생각하려 노력하는 중이었다. "또 한 달이 지났구나."

"네, 그러게요."

"네가 보기엔 애가 좀 어떻더냐? 괜찮아 보이던?"

비브는 고개를 끄덕였다. "네, 좋아 보이던데요."

"그래…… 내가 노상 혼자 생각하는 게 말이다, 비비언, 최소한 우리는 걔가 어디에 있는지 알잖니. 누가 잘 돌봐주고 있다는 것도. 전시에 자기 아들이 어디서 어떻게 지내는지도 모르는 아버지가 수두룩한데 말이다, 그치?"

"그렇죠."

"날 부러워하는 아비들이 많을 거야."

아버지는 또 손수건을 꺼내 눈가를 닦았다. 슬프다기보다는 씁쓸해하는 듯했다. 그리고 잠시 후 다른 어조로 말을 꺼냈다. "죽은 사람 험담하는 건 좀 그렇지만, 저기 있어야 할 건 덩컨이 아니라 그놈이야!"

비브는 아무 말 없이 아버지의 팔을 꽉 잡았다. 아버지는 울화가 치미는지 순간 뻣뻣해졌다 이내 힘이 빠졌다. 그러다 긴 숨을 내쉬고 비브의 손을 가볍게 두드렸다.

"착해. 착하구나, 비비언."

다음 열차가 덜컹거리며 들어올 때까지 둘은 묵묵히 서 있었다. "왔네요." 이윽고 비브가 말했다. "얼른 가세요. 저는 괜찮아요."

"포트먼스퀘어까지 데려다주지 않아도 되겠냐?"

"괜찮아요! 조심히 가세요. 패멀라 언니한테 안부 전해주시고요!"

아버지는 비브의 말을 듣지 못했다. 비브는 아버지가 지하철에 오르는 것까지는 지켜봤지만, 창문엔 온통 검은 페인트칠이 되어 있어서 자리를 잡으러 안으로 들어간 아버지가 더는 보이지 않았다. 그래도 서둘러 떠나는 뒷모습을 아버지에게 보이고 싶지 않았다. 문이 닫힐 때까지 기다렸고, 미처 물러서기 전에 열차가 출발했다.

지하철이 떠나자 비브는 마치 딴 여자가 된 것 같았다. 아버지에게 말할 때 어쩔 수 없이 살짝 과장했던 입모양과 손짓 등의 태도는 흔적도 없이 사라졌다. 단정하고 세련되고 쉽게 다가서기 어려운 사람으로 돌변했다. 비브는 손목시계를 힐끗 들여다본 다음 걸음을 재촉했다. 콘크리트 바닥에 힐 소리가 또각또각 울렸다. 좀전에 그녀가 아버지와 나눈 대화를 들은 사람이라면 지금 그녀의 동선에 어리둥절할 것이다. 비브는 지상으로 올라가는 출구로 가지 않았다. 그쪽은 아예 쳐다보지도 않았다. 그녀는 서쪽 방향 플랫폼으로 건너가 다음 열차를 기다렸다. 열차가 들어오자 그걸 타고 방금 왔던 방향으로 되돌아갔다. 그후 노팅힐게이트에서 순환선으로 갈아타고 유스턴스퀘어까지 갔다.

비브는 회사로 다시 들어갈 필요가 없었다. 캠던타운의 한 호텔로 가는 중이었다. 거기서 레지를 만나기로 했다. 레지가 보내준 호텔 주소와 간단한 지도를 외워둔 터라 지하철에서 내려 헤매지 않고 곧장 찾아갈 수 있었다. 그녀는 수수한 사무복 위에 짙은 남색 방수 코트를 걸치고 스카프를 두르고 있었다. 날은 적당히 어두웠다. 비브는 그림자처럼 움직이며 등화관제로 캄캄한 유스턴 거리를 지나 북쪽으로 향했다.

이 동네는 소규모 호텔 천지였다. 더러 괜찮은 곳도 있었지만 어떤 곳은 빈말로도 괜찮다고 할 수 없었다. 꼭 매춘부들이 이용하는 곳 같았다. 아니면 몰타나 폴란드 같은 나라에서 피난 온 난민들을 수용하는 곳이거나. 그녀가 찾는 호텔은 모닝턴크레슨트의 한 거리에 면해 있었다. 안으로 들어가자 그레이비소스를 곁들인 저녁식사 냄새와 먼지 쌓인 카펫 냄새가 났다. 그래도 안내데스크에 앉은 여자는 친절했다. "피어스 양," 여자는 빙긋 웃으며 비브의 신분증을 보고 예약 명단을 확인했다. "하루만 계실 거죠? 네, 맞군요."

요즘 같은 시절에는 젊은 여자 혼자 런던의 호텔에서 하룻밤 묵어야 할 이유쯤이야 수백 가지는 댈 수 있다.

여자는 비브에게 나무 꼬리표가 달린 열쇠를 내주었다. 값싼 방이었다. 비브는 삐걱거리는 계단을 올라 삼층으로 갔다. 방안에는 싱글침대 하나와 골동품에 가까운 옷장, 여기저기 담뱃불 자국이 난 의자가 있고, 한쪽 구석에 벽에 딱 붙은 조그만 세면대가 있었다. 다른 색 페인트로 여러 번 덧칠한 라디에이터가 미지근한 열기를 내뿜었다. 침대 옆 테이블에 철사로 꽁꽁 묶어놓은 알람시계가 6시 10분을 가리켰다. 삼사십 분 정도 여유가 있었다.

비브는 코트를 벗고 가방을 열었다. 가방 안에는 기밀이라고 찍힌 두툼한 황갈색 농수산식품부 봉투가 두 개 있었다. 하나에는 이브닝슈즈가, 다른 하나에는 원피스와 진짜 실크스타킹이 들어 있었다. 원피스 때문에 하루종일 마음을 졸였다. 크레이프 재질이라 구김이 잘 갔다. 조심스럽게 봉투에서 원피스를 꺼내 탁탁 털고 한참을 이리저리 잡아당겨 주름을 폈다. 스타킹은 여러 번 신고 세탁한데다 몇 군데 기운 곳도 있었지만 바느질 자국이 아주 작고 깔끔해 감쪽같았다. 그녀는 올이 풀린 데는 없는지 스타킹을 쭉 훑으면서 그 매끄러운 감촉을 즐겼다.

목욕을 좀 했으면 싶었다. 교도소의 시큼한 냄새가 아직도 몸에 배어 있는 느낌이었다. 하지만 그럴 시간까진 없었다. 복도로 나가 화장실에 갔다가 다시 방으로 들어와 작은 세면대에서 대충 씻으려고 브래지어와 속바지만 남기고 다 벗었다.

그런데 더운 물이 나오지 않았다. 온수 꼭지가 헛돌았다. 결국 찬물을 틀어 얼굴에 몇 번 끼얹고, 벽에 기댄 채로 팔을 들어 겨드랑이를 닦았다. 차가운 물이 허리까지 흘러내려 몸이 부르르 떨렸다.

카펫이 젖었다. 수건은 얇고 누리끼리한 게 꼭 아기 턱받이 같았다. 비누는 미세한 회색 금이 자글자글했다. 탤컴파우더를 가져와서 다행이었다. 비브는 작은 병에서 향수를 덜어 손목과 목과 쇄골에 살짝 바르고 가슴골에도 발랐다. 얇은 크레이프 원피스를 입고 겨울용 라일사 스타킹 대신 살구색 실크스타킹을 신었다. 가볍게 몸을 드러낸 게 꼭 잠옷을 입은 것 같았다.

그래서 바에 내려갔을 때 약간 남의 시선이 의식됐다. 비브는 긴장을 풀기 위해 진 앤드 진저를 한 잔 주문했다.

"일인당 한 잔밖에 드릴 수 없습니다. 양해 바랍니다." 바텐더의 말이었다. 하지만 그가 내민 칵테일은 제법 양이 많아 보였다. 비브는 테이블에 앉아 계속 고개를 숙이고 있었다. 저녁시간이 다 된 탓에 사람들이 슬슬 들어차고 있었다. 괜히 두리번거리다 남자들과 눈이 마주쳐 합석이라도 하자고 하면 그야말로 낭패였다. 그녀는 가지고 온 펜과 종이를 테이블에 꺼내놓았다. 그리고 실제로 스완지에 사는 친구한테 편지를 쓰기 시작했다.

마저리에게

안녕, 다들 잘 지내지? 히틀러가 최선을 다하고 있음에도 나는 멀쩡히 살아 있다는 소식을 전하려고 짧게 쓴다, 하하. 너희 동네는 여기보단 좀더 조용하기를……

레지는 7시 갓 넘어 도착했다. 비브는 남자가 들어올 때마다 그쪽을 슬쩍슬쩍 쳐다보았다. 그러다 어느 발소리에 그일 거라는 생각도 없이 무심코 고개를 돌렸는데 입구에 들어서는 레지와 눈이 마주쳤다. 얼굴이 미친듯이 화끈거렸다. 잠시 후 비브는 그가 안내 데스크의 여자와 얘기하는 걸 들었다. 누군가를, 어떤 남자를 만나기로 했는데 여기서 기다려도 되느냐고 물었다. 여자는 얼마든지 기다리라고 했다.

레지는 바 안으로 들어와 바텐더와 농담을 주고받았다. "저기 있는 술 좀 몇 방울만 따라주면 안 될까?" 그러고는 카운터 뒤편 선반에 전시용으로 진열해둔 근사한 술병 중 하나를 턱으로 가리켰다. 결국 다른 손님들처럼 진을 받았지만. 그는 술잔을 들고 비브 옆 테이블로 와서 컵받침 위에 내려놓았다. 항상 그렇듯 후줄근한 군복 차림이었고, 재킷은 반치수 정도 커서 품이 남았다. 그는 바짓가랑이를 추어올리며 털썩 앉았다. 그리고 군용 담배를 꺼내다 그녀와 시선이 마주쳤다.

"안녕하세요?" 레지가 말했다.

비브는 자세를 바꾸며 치마를 얌전히 내렸다. "안녕하세요?"

그가 담배를 내밀었다. "피우실래요?"

"아뇨, 괜찮아요."

"저는 좀 피워도 될까요?"

비브는 고개를 끄덕이고 다시 편지에 집중했다. 하지만 그가 바로 옆에 있다는 사실에 설레고 들떠서 뭘 쓰고 있는지도 모를 지경이었다…… 그러다 문득 그가 머리를 그녀 쪽으로 기울이고 있다는 걸 알았다. 그녀의 어깨 너머로 편지를 읽으려는 것이었다. 비브가 돌아보자 그는 짐짓 허리를 펴고 앉았다.

"그런 걸 받다니," 레지가 고갯짓으로 편지지를 가리켰다. "억세게 운좋은 놈이네요."

"여자 친구예요." 비브는 새침하게 대꾸했다.

"저런, 제가 착각했군요. 어, 그러지 마세요!" 편지지를 접고 펜 뚜껑을 돌려 닫는 그녀를 보고 그가 말했다. "저 때문에 일어나지는 마세요."

"당신하고는 상관없는 일이에요. 약속이 있어서요."

레지는 눈을 홉뜨더니 바텐더를 향해 한쪽 눈을 찡긋했다. "왜 항상 아가씨들은 나만 보면 약속이 있다느니 일이 있다느니 하는지 모르겠네, 원."

레지는 이런 연극을 미치도록 좋아했다. 몇 시간이고 할 수 있었다. 하지만 비브는 머리 꼭대기까지 신경이 곤두섰다. 지지리도 연기 못하는 한 쌍의 배우 지망생처럼 보일 거라고 생각했다. 그녀는 매번 웃음을 터뜨릴까봐 긴장했다. 한번은 다른 호텔에서 진짜로 웃음보가 터진 적이 있었다. 레지도 따라서 웃어버렸다. 둘은 그러고 앉아 애들처럼 낄낄거렸다…… 비브는 술잔을 비웠다. 이제 가장 신경쓰이는 순서다. 그녀는 편지지와 펜과 가방을 챙겼다. 그리고……

"이걸 잊으시면 안 되죠, 아가씨." 레지가 팔을 툭 치며 그녀의 방 열쇠를 집어들었다. 그리고 열쇠에 달린 판판한 나무 꼬리표를 잡고 그녀에게 내밀었다.

비브는 또 얼굴이 붉어졌다. "고마워요."

"별말씀을." 레지는 넥타이를 똑바로 했다. "제 행운의 숫자랑 똑같네요. 이런 우연의 일치가."

아마 모르긴 해도 또 바텐더한테 윙크를 날렸을 것이다. 비브는 바를 나서서 호텔방으로 올라갔다. 너무 흥분한 탓에 정말로 숨이 가빴다. 불을 켰다. 거울을 보면서 머리를 다시 빗었다. 몸이 떨려왔다. 원피스 차림으로 바에 앉아 있느라 오한이 들었다. 코트를 어깨에 걸치고 몸이 따뜻해지기를 바라며 미지근한 라디에이터 앞에 섰다. 맨팔에 소름이 돋아 손으로 마구 문질렀다. 비브는 철사로 묶인 알람시계를 지켜보며 기다렸다.

십오 분 후, 누가 가볍게 문을 두드렸다. 비브는 달려가 문을 열었다. 그 바람에 코트가 흘러내렸다. 레지가 안으로 휙 들어왔다.

"젠장!" 그는 나직이 내뱉었다. "여긴 웬 사람이 이렇게 많아! 계단에서 신발끈 묶는 척하면서 한참을 서성였네. 객실 청소부가 두 번이나 지나가면서 이상한 눈으로 쳐다보더라고. 열쇠구멍으로 훔쳐보려는 놈이라고 생각했을 거야." 레지는 비브를 끌어안고 키스했다. "와! 우리 눈부신 자기."

그의 품에 안겨 있으니 너무 황홀해서 갑자기 정신이 아뜩해졌다. 순간 눈물이 날 것 같았다. 비브는 그에게 얼굴을 보이지 않으려고 그의 목깃에 뺨을 묻었다. 좀 있다 다시 입을 열었을 때 그녀는 이렇게 말했다. "면도해야겠다."

"응, 알아." 레지는 그녀의 이마에 턱을 문질렀다. "아파?"

"응."

"싫어?"

"아니."

“맘씨 고운 아가씨네. 지금 면도다 뭐다 해서 난리를 쳐야 한다면 난 죽어버릴 거야. 어휴! 여기까지 오느라 엄청 고생했다고.”

“여기 온 게 후회돼?”

레지는 다시 한번 그녀에게 입을 맞췄다. “후회? 오늘 종일 이 생각만 했는걸.”

“오늘 하루만?”

“일주일 내내. 한 달 내내. 영원히. 아, 비브.” 레지는 더욱 격렬하게 키스했다. “보고 싶어 죽을 뻔했어.”

“기다려.” 비브는 속삭이며 몸을 뒤로 뺐다.

“아니, 못 기다려! 좋아. 당신 모습을 좀 보여줘. 죽이는걸, 기막히게 아름다워. 아래층에서 당신을 봤을 때, 하늘에 맹세하는데, 당신한테 손이 가려는 걸 젖 먹던 힘까지 짜내 겨우 참았다고. 고문이 따로 없더라.”

둘은 손을 잡고 방 안쪽으로 갔다. 레지는 주위를 둘러보며 눈을 비볐다. 램프의 전구가 어두침침했다. 그래도 대충 다 훑어본 그는 인상을 썼다.

“이건 거의 쥐구멍 수준이잖아? 모리슨 녀석이 괜찮다고 했는데. 패딩턴의 호텔보다 심하네.”

“괜찮은데.” 비브가 말했다.

“괜찮지 않아. 억장이 무너진다. 전쟁이 끝날 때까지만 기다려, 내가 다시 월급을 제대로 받을 때까지만. 그땐 매일 리츠나 사보이로 데려가줄 테니까.”

“어디든 상관없어.”

"어쨌든 좀만 참아."

"당신만 있으면 어디든 상관없어."

비브는 수줍게 말했다. 둘은 서로를 마주보았다. 서로의 얼굴 생김새에 익숙해지려는 듯 물끄러미 바라보았다. 비브는 근 한 달이나 그를 보지 못했다. 레지의 주둔지는 우스터 근방이었고, 사 주나 오 주에 한 번은 런던에 왔다. 전시에 이 정도는 아무것도 아니었다. 그녀가 아는 여자들 중엔 애인이 북아프리카나 버마, 대서양의 함대, 심지어 포로수용소에 있는 경우도 있었다. 그래도 비브는 이 기적일 수밖에 없었다. 한 달이나 그와 떨어져 있어야 하는 시간이 싫었다. 가장 친밀감을 느껴야 할 때 서로 어색해지는 게, 겨우 익숙해졌다 싶으면 헤어져야 하는 일이 싫었다.

레지가 그녀의 얼굴에서 그 모든 감정을 읽어낸 모양이었다. 비브를 끌어당겨 또 키스를 퍼부었다. 그런데 그녀의 몸이 밀착된 순간, 그는 뭔가 생각난 듯 뒤로 물러섰다.

"잠깐만." 그러면서 재킷 주머니의 단추를 풀었다. "당신한테 줄 선물이 있어. 여기."

종이상자에 든 머리핀이었다. 지난번에 만났을 때 비브가 핀이 다 떨어졌다고 불평했었다. "부대에서 어떤 녀석이 팔더라고. 별거 아니지만, 그래도……"

"딱 내가 찾던 거네." 비브가 수줍게 말했다. 그가 기억하고 있었다는 사실에 감동받았다.

"그래? 그럴 줄 알았다니까. 그리고 이거 봐. 웃지 마." 레지는 살짝 얼굴을 붉혔다. "이것도 당신 주려고 가져왔어."

비브는 담배를 주려나 생각했다. 그가 구겨진 담뱃갑을 꺼냈기 때문이다. 그러나 레지는 아주 조심스럽게 뚜껑을 열더니 그녀의 손을 잡고 담뱃갑에 든 내용물을 손바닥에 살그머니 털어냈다.

시들어버린 스노드롭 세 송이였다. 가느다란 녹색 줄기가 서로 뒤엉킨 채로 툭 떨어졌다.

"뭉개지진 않았지, 그치?"

"예뻐라!" 비브는 봉오리처럼 단단한 하얀 꽃을 만지작거리며 감탄했다. 발레리나 치마를 작게 줄여놓은 것 같았다. "어디서 났어?"

"기차가 사십오 분간 멈춰 서는 바람에 부대원 절반이 담배 피우러 내렸거든. 발밑을 내려다보니 그게 있더라고. 근데 음…… 그걸 보니까 당신 생각이 나서."

비브는 레지가 멋쩍어하는 걸 알아챘다. 쪼그리고 앉아 꽃을 꺾어서 담뱃갑에 넣는 레지의 모습을 상상했다. 동료들한테 들키지 않도록 재빨리 해치웠을 것이다. 느닷없이 심장이 가슴 밖으로 터져나올 것만 같았다. 또 울음이 터질 것 같았다. 하지만 그래서는 안 된다. 우는 건 어리석고 쓸데없는 짓이다! 세상에 그런 시간 낭비는 없다. 비브는 스노드롭 한 송이를 들어올려 살짝 흔들고는 세면대를 쳐다보았다.

"물을 줘야 할 텐데."

"그러기엔 너무 늦었어. 원피스에 꽂아."

"핀이 없는데."

레지가 머리핀을 집어들었다. "이걸 쓰자. 아니면…… 아, 더 좋은 생각이 났어."

레지는 꽃을 그녀의 머리에 꽂았다. 손놀림이 좀 어설퍼 뾰족한 핀 끝이 두피를 살짝 찔렀다. 그는 까무잡잡한 손으로 그녀의 얼굴을 감싸쥐고 지긋이 쳐다보았다.

"봐." 그가 말했다. "하늘에 맹세하는데, 당신은 만날 때마다 더욱 예뻐져."

비브는 거울 앞으로 갔다. 하나도 예뻐 보이지 않았다. 얼굴은 붉게 상기됐고, 립스틱은 키스 때문에 번졌다. 머리핀에 눌려 꽃줄기가 뭉개지는 바람에 스노드롭은 축 처져 매달린 꼴이 되었다. 그래도 새하얀 꽃이 그녀의 흑갈색 머리와 대비되어 싱싱하고 사랑스럽게 보였다.

비브는 뒤돌아 방을 보았다. 그의 품에서 벗어나지 말았어야 했다. 갑자기 둘 사이에 거리감이 느껴지면서 다시 서로가 서먹서먹해졌다. 레지는 안락의자로 가서 앉아 재킷 단추 두 개를 끄르고 칼라와 타이를 느슨하게 풀었다. 짧은 침묵이 흐른 뒤, 그가 목청을 가다듬고 말문을 열었다. "자, 오늘 저녁엔 뭘 하고 싶으신가요, 섹시한 아가씨?"

비브는 어깨를 으쓱했다. "글쎄. 뭐든 상관없어. 당신 하고 싶은 대로 해." 실은 그와 함께 그저 방에 있고 싶었다.

"배고파?"

"그다지."

"밖에 나가도 돼."

"마음대로."

"한잔하고 싶다."

"방금 마셨잖아!"

"위스키를 마시고 싶어."

또 침묵. 비브는 다시 오한이 드는 듯했다. 라디에이터로 가서 아까처럼 팔을 문질렀다.

레지는 눈치채지 못했다. 다시 방을 둘러보면서 예의를 차리는 척 물었다. "여기 찾아오는 데 힘들지 않았어?"

"전혀." 비브가 대답했다. "금방 찾았어."

"오늘 일했나, 아님 뭐했어?"

비브는 주저하다 시선을 돌리며 말했다. "덩컨 보러 갔었어, 아버지랑."

그도 덩컨에 대해 알았다, 최소한 어디 있는지는. 돈을 훔치다 그렇게 된 걸로 알고 있었다. 그의 태도가 달라졌다. 레지는 다시 그녀를 똑바로 쳐다보았다.

"어쩐지! 좀 우울해 보인다 했어. 면회는 어땠어?"

"그냥 그랬어."

"당신이 그런 데까지 가야 하다니, 짜증나는군!"

"사람이 없는걸, 아버지밖에."

"너무 심하니까 그렇지. 만약 나라면 우리 누나한테……"

레지가 말을 끊었다. 놀랄 만큼 가까운 데서 문이 쾅 닫혔다. 바로 옆방에서 목소리가 들렸다. 남녀가 말다툼을 벌이는지 약간 목소리가 높아졌다. 남자 말소리가 좀더 잘 들리긴 했지만 둘 다 간헐적으로 들렸다 말았다 했고, 행주로 식탁을 닦을 때 나는 소리처럼 작게 찍찍거렸다.

"와우!" 레지가 속삭였다. "우리한테 필요한 게 바로 저거야."

"저 사람들한테 우리 소리가 들릴까?"

"조용히 하면 안 들릴 거야. 쭉 저렇게 싸우면 못 들을 테고. 계속 저러길 빌자고! 저들이 화해하기로 마음먹으면 재미있는 일이 시작되겠지." 그는 능글맞게 웃었다. "이거 꼭 경주하는 기분인데."

"누가 이길지 빤하네." 비브가 바로 대꾸했다.

레지는 기분이 상한 척 말했다. "저치한테도 기회를 줘야지!"

그는 달라진 눈빛으로 비브를 쳐다보았다. 그리고 손을 내밀며 구슬리듯 말했다. "이리 와요, 섹시한 아가씨."

비브는 미소 지으며 고개만 저을 뿐 움직이려 하지 않았다.

그가 다시 말했다. "이리 와." 그래도 꼼짝하지 않았다. 결국 그가 일어나 그녀의 손가락을 잡고 자기 쪽으로 끌어당겼다. 선원이 밧줄을 당기듯 그녀의 손과 팔을 한 뼘 한 뼘 잡아당겼다. "나를 봐." 그러면서 속삭였다. "나는 물에 빠진 남자야. 가망 없는 남자야. 필사적이라고, 비브."

레지는 다시 그녀에게 키스했다. 처음에는 그저 가벼운 키스였다. 그러나 갈수록 둘은 진지해졌고 엄숙함까지 생겨났다. 조금 전의 울컥했던 감정이 다시 비브의 가슴에 고였고 더 진해졌다. 그가 그녀의 생기를 한 방울도 남김없이 피부 표면으로 끌어내는 것 같았다. 그의 손이 그녀를 더듬기 시작했다. 허리와 엉덩이를 어루만지고 감싸쥐며 자기 쪽으로 꽉 끌어당겼다. 얇은 원피스 위로 군복 재킷의 뾰족하고 불룩한 부분과 단추와 구김까지 전부 느껴졌다.

레지의 움직임이 격렬해졌다. 그의 바지 속에서 그것이 그녀의 배에 맞닿아 커지는 게 느껴졌다. 참 신기한 물건이야, 비브는 생각했다. 심지어 지금도 그것에 도무지 익숙해지지 않았다. 가끔 레지는 그녀의 손을 거기에 대고 "얘가 당신한테 고마워하고 있어"라고 장난스럽게 말했다. "이건 온전히 당신 거야. 여기 당신 이름도 쓰여 있는걸." 하지만 오늘 그는 아무 말도 하지 않았다. 둘 다 무척 진지했다. 서로의 손길에 굶주린 듯 탐하고 더듬었다.

옆방에서는 여전히 끊어질 듯 말 듯 말소리가 들렸다. 누가 휘파람으로 댄스곡을 불며 방문 앞을 지나갔다. 아래층 계단통에서 손님들에게 저녁식사 시간을 알리는 종이 울렸다. 그 와중에도 비브와 레지는 아무 말 없이, 움직임도 거의 없이 줄곧 입을 맞췄다. 하지만 비브는 몸짓과 소리의 폭풍에 휘말린 느낌이었다. 숨이 가쁘고, 피가 몰리고, 축축해지고, 천과 살갗이 팽팽하게 당겨졌다.

비브는 허리를 그에게 꽉 붙인 채 움직이기 시작했다. 레지는 잠시 그대로 있는가 싶더니 몸을 뗐다.

"젠장!" 그러고는 입가를 훔치며 중얼거렸다. "날 죽이는군!"

비브가 다시 그를 끌어당겼다. "멈추지 마."

"멈추려는 게 아냐. 시작도 하기 전에 끝날까봐 그래. 잠깐만."

레지는 재킷을 벗어던지고 어깨를 늘어뜨려 멜빵을 내렸다. 그리고 다시 그녀를 끌어안고 침대로 가서 눕혔다. 두 사람이 오르자마자 침대는 삐거덕거렸다. 어디에 어떻게 자리를 잡든 시끄럽게 삐걱거렸다. 그래서 레지가 군복 재킷을 바닥에 깔았고, 둘은 함께 그 위에 누웠다.

그는 비브의 치마를 올리고 엉덩이 바로 밑 맨살이 드러난 허벅지를 더듬었다. 크레이프 원피스가 구겨지겠다고, 애지중지하는 실크스타킹이 찢어지겠다고 생각했지만, 비브는 이내 신경쓰지 않기로 했다. 고개를 돌리는 바람에 스노드롭이 떨어지며 뭉개졌지만 그것도 개의치 않았다. 먼지투성이 호텔 카펫에서 역겨운 냄새가 났다. 지금까지 이 카펫 위에서 서로를 부둥켜안았을 온갖 남녀가, 다른 방에서, 다른 집에서 지금 그들처럼 이렇게 누워 있을 남녀가 떠올랐다. 다들 그녀에게 타인이었다. 그녀와 레지가 그들에게 타인이듯…… 문득 이런 생각이 애틋하게 다가왔다. 레지가 그녀 위로 똑바로 몸을 낮추자 비브는 사지의 힘을 풀고 그의 무게를 온몸으로 받았다. 그러면서도 허리는 움직임을 멈추지 않았다. 그녀는 아버지도, 남동생도, 전쟁도 잊었다. 넋이 나갈 듯 묵직한 압박에서 해방감을 느꼈다.

대기 시간이 가장 힘들다고 케이는 생각했다. 좀처럼 익숙해지지 않았다. 10시를 막 넘겨 경보가 울리자 숨통이 트이는 것 같았다. 케이는 의자에서 사지를 쭉 뻗으며 입이 찢어져라 하품을 했다.

"오늘밤은 단순 골절 두어 건으로 끝났으면 좋겠다." 케이는 미키에게 말했다. "심한 출혈도 좀 없었으면 싶고. 한동안 내장하고 피는 지겹게 봤잖아. 무거운 사람도 사양이야. 지난주에 에클레스톤스퀘어에서 그 경찰관 때문에 허리 부러지는 줄 알았어. 그런 거 말고, 아담하고 날씬한 아가씨 두어 명이 발목을 접질리는 정도가 딱이야."

"나는 곱게 나이드신 부인이 좋아." 미키도 덩달아 하품을 하며 말했다. 미키는 바닥에 캠핑용 매트리스를 깔고 누워 카우보이 소설을 읽고 있었다. "주전부리 주머니를 들고 다니는 곱게 늙으신 할머니."

미키는 책을 옆으로 치우고 눈을 감았다. 때맞춰 빈키 서장이 손뼉을 치며 휴게실로 들어왔다. "일어나, 카마이클!" 서장이 미키에게 말했다. "근무중엔 잠깐이라도 눈 붙이지 마. 황색경보야, 못 들었어? 다음 행사까지 한두 시간 남았는데, 뭐 그건 아무도 모르는 거고. 연료 저장고나 한 바퀴 살펴보고 오는 게 어때? 하워드하고 콜, 너희도 가봐. 가는 길에 구급차에 있는 물주머니들에 물 좀 채워놓고. 알아들었지?"

여기저기서 욕설과 신음이 터져나왔다. 미키는 느릿느릿 일어나 두 눈을 비비며 동료들에게 고갯짓을 했다. 다들 코트를 걸치고 차고로 나갔다.

케이는 다시 기지개를 켰다. 시계를 힐끗 보고서 뭐 할 거 없나 주위를 둘러보았다. 졸음도 쫓고 대기중이라는 사실도 잊게 해줄 무언가가 필요했다. 기름때 묻은 트럼프 한 벌이 눈에 띄었다. 그녀는 카드를 집어들고 잘 섞었다. 군인을 위한 카드라 여자들이 야하게 그려져 있었다. 몇 년 지나는 동안 구급대원들은 여자들의 코와 턱에 수염을 달고 안경을 씌우고 앞니가 빠진 것처럼 색칠해놓았다.

케이는 구급차 운전사인 휴즈에게 말을 걸었다. "한판 할래?"

휴즈는 양말을 기우다 말고 실눈을 뜨고 쳐다보았다. "얼마 걸 건데?"

"장당 1페니?"

"좋아."

케이는 의자를 끌고 휴즈 쪽으로 갔다. 휴즈는 기름난로 옆에 바싹 붙어 있었는데, 누가 뭐래도 절대 난로에서 떨어지지 않았다. 템스강 근처 돌핀스퀘어 지하의 복합 차고 중 일부인 이곳은 콘크리트 바닥에 벽은 백색 도료를 칠한 벽돌로 되어 있어 늘 추웠다. 휴즈는 유니폼 위에 검은 양모 코트를 입고 목깃을 세웠다. 길고 품이 넉넉한 소매 밖으로 비죽 튀어나온 손과 손목이 창백하니 밀랍 같았다. 얼굴은 유령처럼 수척했고, 치아는 담배 때문에 얼룩덜룩했다. 그리고 짙은 색 뿔테안경을 썼다.

케이는 패를 돌리고 카드를 신중하게 배치하는 휴즈를 지켜보았다. 그러고는 고개를 절레절레 저었다. "이거야 원, 저승사자하고 치는 것 같네."

휴즈는 그녀의 시선을 받고는 한 손을 뻗었다. 그러더니 검지를 펴서 손을 돌리고 손가락을 까딱거렸다. "오늘밤이다." 그는 공포영화 톤으로 속삭였다.

케이는 1페니를 휴즈에게 던졌다. "집어치워." 동전이 바닥에 통통 튀었다.

"어이, 무슨 일이야?" 누군가 말했다. 파트리지라는 여자 대원이었다. 그녀는 콘크리트 바닥에 무릎을 꿇고 앉아 패턴지에서 원피스를 오려내는 참이었다.

케이가 말했다. "휴즈가 소름 끼치게 굴잖아."

"휴즈는 누구한테나 소름 끼치게 굴어."

"방금 전엔 진짜 오싹했어."

휴즈가 이번에는 파트리지를 향해 사신 흉내를 냈다. "하나도 안 웃겨, 휴즈." 휴즈는 다른 운전사 두 명이 휴게실을 지나갈 때도 장난을 쳤다. 그들 중 한 명이 비명을 질렀다. 휴즈는 거울 앞으로 가서 재연해보더니 자못 겁먹은 얼굴로 돌아와 앉았다.

"잠깐 내 무덤을 보고 온 것 같아." 그가 카드를 집으며 말했다.

이내 미키가 돌아왔다.

"밖은 좀 어때?" 사람들이 그녀에게 물었다.

미키는 차가워진 양손을 비비며 말했다. "메릴본 쪽으로 몇 군데 맞았다고 폭탄처리구조반에서 그러네. 39번 서署에서 이미 출동했어."

케이는 미키와 눈을 마주치고 나직이 물었다. "래스본플레이스는 괜찮아?"

미키는 코트를 벗었다. "응, 괜찮은 것 같아." 그녀는 손가락을 호호 불었다. "무슨 게임이야?"

한동안은 비교적 조용했다. 신참 오닐이 응급처치 매뉴얼을 가져와 제 몸에 대고 구급 요령을 복습하기 시작했다. 운전사들과 보조요원들이 계속 들락거렸다. 낮에는 무용학원 선생으로 일하는 대원이 모직 니커보커스로 갈아입고 다리를 구부렸다 폈다, 들었다 놨다 하며 몸을 풀었다.

10시 45분, 가까운 곳에서 첫 폭발음이 들렸다. 직후 하이드파크에서 대공포화가 시작됐다. 여기는 대공포가 있는 곳에서 3킬로미터쯤 떨어져 있었다. 그럼에도 콘크리트 바닥의 진동이 신발까지 타고 올라오는 것 같았고, 부엌에 있는 식기와 나이프, 포크 등이 짤그랑거리며 흔들렸다.

그러나 그 소리에 비명을 지른 사람은 신참 오닐뿐이었다. 다른 사람들은 모두 고개 한 번 들지 않고 하던 일을 계속했다. 파트리지는 패턴지에 좀더 신속하게 핀을 꽂았을지도 모르겠다. 무용 선생은 잠시 후 바지를 갈아입으러 나갔다. 부츠를 벗고 있던 미키는 느릿느릿 다시 꿰어 신고 끈을 묶었다. 케이는 이미 피웠던 꽁초 하나를 집어 불을 붙였다. 지금 상태에서는 당기는 것보다 더 많이 담배를 피워둘 필요가 있었다. 이제 다가올 정신없는 시간에 대비해서. 한번 나가면 몇 시간 동안 한 모금도 못 빠는 게 다반사니까.

또 한번 우르르 쾅 폭발이 일었다. 먼젓번보다 더 가깝게 들렸다. 식탁 위에서 으스스하게 돌아다니던 찻순가락이 마치 귀신이 밀친 것처럼 훌렁 날아가 떨어졌다.

누군가 웃음을 터뜨렸고, 또다른 누군가 말했다. "얘들아, 오늘 밤엔 임자 만났구나!"

"오늘 공습은 좀 성가시겠는데." 케이가 말했다.

휴즈가 코웃음을 쳤다. "쥐새끼만도 못한 놈들일 텐데, 뭐. 어젯밤에 떨어뜨린 건 촬영용 조명탄이야, 아님 내 손목을 건다. 놈들은 적어도 철도를 노리고 다시 올걸……"

그가 고개를 돌렸다. 빈키 서장의 사무실에서 전화가 울렸다. 다들 동작을 멈췄다. 케이는 가슴 깊은 곳에서 빠르고 날카롭게 찔러드는 불안을 느꼈다. 서장이 수화기를 집어들자 전화기는 조용해졌다. 그녀의 목소리가 똑똑히 들려왔다. "네, 알겠습니다. 네, 곧

가죠."

"자, 가볼까." 휴즈가 일어나 양모 코트를 벗으며 말했다.

빈키 서장이 성성한 백발을 뒤로 쓸어넘기며 황급히 휴게실로 들어왔다.

"지금까지 두 건 들어왔고, 앞으로 더 많을 거야. 베스버러플레이스하고 휴스트리트. 베스버러에는 구급차 두 대와 승용차 한 대, 휴스트리트에 구급차 한 대와 승용차 한 대가 간다. 어디……" 그녀는 생각을 굴리며 한 사람씩 손가락으로 가리켰다. "랭그리시와 카마이클, 콜과 오닐, 휴즈와 에드워즈, 파트리지, 하워드…… 좋아, 출동!"

케이를 비롯한 운전사들은 각자 철모를 뒤집어쓰며 곧장 차고로 뛰어갔다. 회색 구급차와 승용차 몇 대가 만반의 준비를 갖추고 주차되어 있었다. 케이는 자신이 모는 구급차의 운전석에 올라타 시동을 걸고 가속페달을 밟았다 놓았다 하며 차를 예열했다. 잠시 후 미키가 합류했다. 서장에게서 좀더 정확한 장소와 요구사항이 적힌 메모를 받아오는 길이었다. 미키는 케이가 차를 빼는 동안 발판으로 훌쩍 뛰어올라 조수석에 털썩 앉았다.

"우린 어느 쪽이야?"

"휴스트리트."

케이는 고개를 끄덕인 뒤 차고에서 빠져나와 큰길로 나가는 경사로를 올랐다. 처음에는 뒤에 오는 파트리지의 승용차가 따라잡을 수 있게 천천히 달리다 곧이어 가속페달을 밟아댔다. 이 차는 낡은 영업용 밴을 전쟁이 터지자마자 개조한 것이었다. 그래서 기어를 바꿀 때마다 클러치를 두 번씩 밟아야 했다. 제법 피곤한 일이었다. 하지만 케이는 이 차만의 독특한 성질을 구석구석 잘 알았기에 부드럽고 자신 있게 몰았다. 휴즈와 카드놀이를 하던 십 분 전만 해도 졸려 죽을 뻔했다. 전화벨 소리를 들었을 땐 예의 불안함이 가슴께를 찔러왔다. 그러나 지금은 졸리지도 않고 정신도 맑으며 온몸에 활력이 가득했다. 물론 두렵긴 했다. 이런 일을 하면서 두려워하지 않으면 바보일 테니까.

휴스트리트는 북서쪽으로 가야 했다. 길가의 광경이 처참했다. 핌리코 중심부의 허름한 집들이 폐허로, 돌무더기 잔해로, 움푹 꺼진 테라스로 바뀌었다. 그 간격이 참 음울하게 규칙적이었다. 대공포는 여전히 쾅쾅 쏘아대고 있었다. 케이는 포격 사이사이로 항공기의 을씨년스러운 엔진음과 간간이 휙휙 떨어지는 폭탄과 로켓의 소리를 식별할 수 있었다. 소리 자체는 전쟁 전 가이 포크스 나이트* 때 흔히 들리던 폭죽 터지는 소리와 다를 바 없었지만, 냄새는 확실히 달랐다. 지금에야 드는 생각이지만, 일반 화약의 단순한 냄새가 아니었다. 총포에서 고무가 타는 희미한 고린내, 그리고 폭발한 포탄에서 풍기는 역겨운 악취가 뒤섞여 있었다.

거리는 인적이 없었고 살짝 안개가 끼었다. 이렇게 공습중일 때 핌리코는 유령마을 같은 묘한 분위기를 풍겼다. 얼마 전까지만 해도 우글우글하던 생명체들이 돌연 전멸했거나 어디론가 다 쫓겨난

* 1605년 가이 포크스의 영국 국회의사당 폭파 음모를 기억하고자 매년 11월 5일 밤에 열리는 불꽃놀이.

느낌이었다. 그러다 포화소리가 멎으면 사위는 더욱 기기괴괴해졌다. 케이와 미키는 한두 번쯤 근무를 마친 후 강가를 따라 걸은 적이 있는데, 동네 분위기가 참 묘했다. 시골보다 더 적막한 듯했다. 저 아래 템스강과 웨스트민스터의 풍경은 들쑥날쑥하고 난잡한 덩어리들의 총체였다. 전쟁은 런던을 해체해 옹기종기 모인 동네의 집합으로 만들어놓았고, 그 각각이 미지의 세력에 맞서 홀로 승산 없는 싸움을 벌였다.

세인트조지스드라이브 끄트머리에 도착하자 한 남자—예비 경찰 인력이었다—가 그들을 정확한 지점으로 안내하려고 기다리고 있었다. 케이는 그에게 손을 들어 보이고 창문을 내렸다. 경찰은 둔중하게 구급차로 뛰어왔다. 제복과 모자의 무게도 그렇지만 가슴에 매달린 캔버스 가방이 그가 움직일 때마다 덜렁거렸기 때문이다. "왼쪽으로 도십시오." 그가 말했다. "바로 보일 겁니다. 유리 파편이 있으니 조심하세요."

그러고는 파트리지에게 정지 신호를 보내며 같은 내용을 전달하러 달려갔다.

케이는 한층 신중하게 차를 몰았다. 휴스트리트로 차를 돌리자마자 예상했던 대로 검댕과 먼지가 앞유리에 들이닥쳤다. 박살난 벽돌과 석재, 회반죽과 목재에서 떨어진 가루였다. 자욱한 운무 때문에 철모에 달린 헤드램프의 불빛이 유리잔 속에서 소용돌이치며 가라앉는 흑맥주 같았다. 램프 자체가 어두침침해 별 도움은 되지 않았다. 케이는 시야를 확보하기 위해 상체를 내밀었고, 바퀴 밑에서 뭔가 으스러지고 부서지는 소리가 나자 더욱 천천히 차를 몰았다. 타이어가 펑크날까 걱정됐다. 이윽고 50미터 전방에서 희미한 불빛이 보였다. 공습경비원의 손전등에서 흘러나온 빛줄기였다. 그는 구급차가 오는 소리를 듣고 전등을 약간 쳐들었다. 케이가 차를 세우자 파트리지도 뒤따라 멈췄다.

공습경비원이 다가와 모자를 벗고 손수건으로 이마를 닦은 다음 코를 풀었다. 그의 뒤로 새카만 하늘 아래 시커먼 집들이 죽 늘어서 있었다. 정신없이 흩날리는 먼지 사이로 눈여겨보니 집 한 채가 완전히 내려앉았다. 전면부가 폭삭 무너져 기둥과 돌무더기만 남았다. 마치 떠돌이 거인의 무심한 장홧발에 짓밟힌 것 같았다.

"어떤 폭탄이에요?" 케이와 미키가 차에서 내리며 경비원에게 물었다. "혹시 그놈?"

경비원은 모자를 도로 쓰며 고개를 끄덕였다. "최소한 100파운드짜리 폭탄이었어요." 그는 구급차 뒤에서 담요와 붕대와 들것을 같이 꺼낸 다음, 손전등으로 발밑을 비추며 돌무더기를 넘어 안내했다.

"정통으로 맞았어요." 그가 말했다. "세 가구가 사는 집인데, 꼭대기하고 가운데 집은 비어 있었던 것 같습니다. 그런데 일층 사람들이 다 집에 있었어요. 믿기 어렵겠지만, 방공호에 있다 다시 막 집으로 들어가던 참이었대요. 집안으로 들어가지 못했던 게 천만다행이죠! 남자는 깨진 창유리에 좀 베었어요. 다른 사람들은 다 나가떨어졌는데, 상태가 얼마나 나쁜지는 보면 알 겁니다. 할머니 한 분이 제일 심하게 다치셨어요. 들것이 필요할 거예요. 구급대가 올 때까지 정원에 있으라고 얘기해놓았습니다. 의사가 봐줘야 하는데, 진짜. 그런데 지휘본부에서는 의사가 탄 차량이 폭발에 휘말렸다고……"

그는 발을 헛디뎌 휘청했다가 간신히 중심을 잡았고, 그다음부터는 입을 다물고 걸었다. 파트리지는 먼지 때문에 콜록거렸다. 미키는 모래가 들어갔는지 눈을 비볐다. 아수라장이 따로 없었다. 발을 내디딜 때마다 발밑에서 뭔가 바스라지거나 발목까지 푹 빠졌다. 깨진 유리창과 부서진 거울, 사기그릇, 테이블과 의자, 커튼, 카펫, 쿠션과 매트리스에서 빠져나온 깃털, 날카로운 목재 파편이 마구 뒤엉켜 있었다. 목재는 지금 봐도 신기했다. 전쟁 전에는 집들이 단단한 석재로 만들어졌을 거라고, 동화 속 셋째 돼지의 집처럼 벽돌집일 거라고 생각했다. 또 놀라운 건, 그 커다란 건물이 겨우 요만큼의 흙과 돌무더기로 줄어들었다는 점이었다. 한 시간 전까지만 해도 이곳엔 멀쩡한 삼층짜리 집이 있었다. 그런데 지금 집 앞에 쌓인 잔해의 높이는 2미터를 넘지 않았다. 결국 집이란 그 안에 사는 생명체들과 마찬가지로 대부분이 빈 공간으로 이루어진 것이라는 생각이 들었다. 사실 중요한 건 벽돌이 아니라 공간이었다.

그럼에도 건물 후면은 비교적 무사했다. 삐걱거리는 복도를 따라 들어가니 기이하게도 거의 멀쩡한 부엌이 나왔다. 선반에는 여전히 컵과 접시가 놓였고, 벽에는 그림이 걸렸고, 전깃불이 켜져 있고, 암막 커튼이 젖혀진 채였다. 그러나 천장 일부가 무너지는 바람에 안쪽 석고에 균열이 생겨 가루와 먼지가 끊임없이 쏟아졌다. 경비원에 따르면, 기둥이 무너지고 있어 곧 건물 전체가 붕괴될 터였다.

경비원은 아담한 정원으로 그들을 안내한 다음, 다시 집안을 통과해 길가로 나가 이웃집들을 살폈다. 케이는 모자챙을 올렸다. 어두워서 사물을 분간하기 힘들었지만, 한 남자가 손으로 머리를 붙잡고 계단에 앉아 있는 모습은 알아볼 수 있었다. 담요인지 러그인지 위에 똑바로 누워 거의 움직이지 않는 여자가 한 명 있었고, 그 바로 옆에서 다른 한 여자가 손을 비비고 있었다. 그들 뒤로 멍하니 서성이는 여자애가 보였고, 또다른 여자애가 방공호의 열린 문간에 앉아 있었다. 아이는 뭔가 훌쩍대고 낑낑거리는 것을 품에 안고 있었다. 처음에 케이는 다친 아기를 안고 있는 줄 알았다. 하지만 몸부림치면서 컹컹 짖는 모습을 보고 개라는 걸 깨달았다.

여전히 먼지가 풀풀 날렸고, 다들 기침을 해댔다. 이런 상황에서는 늘 방향감각을 상실한 듯 묘한 기운이 감돌았다. 대기가 빠르게 맥박치는 고동으로 가득찬 느낌이었고, 여전히 고막이 울리고 실제로 몸이 진동하는 듯했다. 집과 정원과 사람들을 구성하는 원자가 원래 자리에서 튀쳐나왔다 제자리를 찾지 못해 우왕좌왕하는 것 같았다. 케이는 등지고 선 건물이 언제 붕괴될지 몰라 신경이 쓰였다. 재빨리 사람들 사이를 돌아다니며 어깨에 담요를 둘러주고 손전등을 밝혀 얼굴을 확인했다.

"자, 그럼" 하며 케이는 허리를 폈다. 여자애 하나가 다리나 발목에 부상을 입은 듯했다. 케이는 파트리지를 불러 소녀를 맡으라고 일렀다. 미키는 계단에 앉은 남자에게 갔고, 케이 자신은 러그 위에 누워 있는 여자한테 갔다. 나이가 아주 많은 할머니였는데, 가슴에 타박상을 입었다. 케이가 그 옆에 무릎을 꿇고 심장께를 더듬자 노인은 신음을 흘렸다.

“괜찮으신 거죠, 그렇죠?” 옆에 있던 여자가 큰 소리로 물었다. 여자는 부들부들 몸을 떨었고, 어깨까지 내려오는 긴 잿빛 머리가 마구 헝클어져 있었다. 아마도 머리를 땋았거나 둥글게 말아 묶었는데 폭발의 충격으로 다 풀어진 모양이었다. “누우신 후로 한 말씀도 없으세요. 일흔여섯이세요. 우리가 이 지경이 된 게 다 어머님 때문이에요. 저 안에 얌전히 들어앉아서……” 여자는 방공호를 가리켰다. “카드를 치며 라디오를 듣고 있는데, 어머님이 화장실에 가고 싶으시다는 거예요. 제가 어머님을 모시고 나오니까 개가 쫓아나왔어요. 그러니까 애들이 울기 시작했고, 저 사람이 나와서……” 남편을 말하는 모양이었다. “……미련하게 이 캄캄한 데서 마당을 빙빙 돌며 뛰는 거예요. 바보처럼. 그랬는데…… 세상에, 아가씨, 난 정말 세상의 종말이 온 줄 알았다니까.” 여자는 담요를 움켜쥐고 계속 오들오들 떨었다. 일단 얘기를 시작하자 멈추지 못했다. “여기 어머님하고,” 여자는 계속 큰 소리로 불평을 이어갔다. “나하고 애들하고, 우리 가족 모두 합해 못해도 수십 군데는 뼈가 부러졌을 거예요. 집은 또 어떻고? 지붕이 무너진 것 같은데, 그렇죠? 공습경비원은 말도 안 해주고, 부엌에도 못 들어가게 하네요. 가서 보기가 무서워요.” 그러더니 케이의 팔을 덥석 잡았다. “좀 말해줄래요? 천장이 내려앉았어요?”

이 사람들은 아직 집 앞쪽을 보지 못했다. 뒤에서 보면 어두컴컴해서 거의 말짱한 것 같았다. 케이는 노인의 몸을 급히 더듬으며 팔다리가 괜찮은지 살피다 고개도 들지 않고 말했다. “생각보다 상태가 많이 안 좋은……”

"뭐라고요?" 여자가 말했다. 폭발 때문에 귀가 멍해진 것이다.

"어두워서 뭐라 말하기 어렵습니다." 케이는 좀더 명료한 목소리로 말하고 노인을 살피는 일에 정신을 집중했다. 갈비뼈가 부러져 튀어나온 것이 만져졌다. 가방을 열고 붕대를 꺼내 최대한 신속히 노인의 몸을 싸매기 시작했다.

"이게 다 어머님 때문이에요, 어련히……" 또 시작이었다.

"괜찮으면 이것 좀 도와주세요!" 케이는 여자의 신경을 다른 곳으로 돌리려고 외쳤다.

한편 미키는 남자를 살펴보는 중이었다. 처음에 케이가 확인했을 때는 얼굴이 까맣게 보였다. 그래서 흙이나 검댕이 묻은 거라고 생각했다. 하지만 손전등을 켜고 보니 까만 게 아니라 새빨갰다. 팔과 가슴도 마찬가지였는데, 불빛으로 남자의 몸을 비추자 여기저기서 자잘한 빛이 반사되어 번득였다. 유리 파편이 잔뜩 붙어 있었던 것이다. 미키는 붕대를 감기 전에 우선 큰 조각들을 떼어냈다. 유릿조각을 떼어낼 때마다 남자는 움찔거리며 맹인처럼 고개를 움직였다. 피가 진득하게 굳어서 눈이 반쯤 감긴 채였다.

미키가 주저하는 걸 남자가 알아챈 모양이었다. "많이 나쁩니까?" 케이는 남자가 묻는 소리를 들었다.

"그렇게 심하진 않아요." 미키가 대답했다. "유릿조각 때문에 고슴도치처럼 보일 뿐이죠. 자, 이제 되도록 말하지 마세요. 이 구멍들을 다 막아야 해요. 안 그럼 앞으로 맥주 한 잔도 못 마시게 될걸요, 구멍으로 다 새어나올 테니까."

남자는 듣고 있지 않았다. 아니, 들을 수가 없었다. "어머니는 어때요?" 미키의 말이 끝나자마자 남자가 물었다. 그리고 쉰 목소리로 케이를 향해 소리쳤다. "그분이 우리 어머니세요."

"되도록 말하지 말라니까요." 미키가 다시 주의를 줬다. "어머님은 괜찮으세요."

"딸애들은요?"

"애들도 무사하고요."

남자의 목에 흙먼지가 걸렸다. 미키는 그가 기침을 할 수 있도록 머리를 붙잡아주었다. 케이는 남자가 몸을 마구 흔들며 기침하는 동안 상처가 다시 벌어지고 유리 파편이 더욱 깊숙이 박히는 장면을 떠올렸다…… 머리 위 상공에서 여전히 단조롭게 붕붕거리는 비행기도 신경쓰였다. 그때 근처 길가에서 어느 집 지붕이 천천히 갈라지며 무너지는 소리가 들렸다. 케이는 더욱 서둘렀다. "파트리지, 다 됐어?" 그녀는 붕대를 매듭지으며 외쳤다. "얼마나 더 걸려?"

"거의 다 됐어."

"미키, 너는?"

"너만 준비되면 같이 출발해."

"알았어." 케이가 구급차에서 가져온 들것을 펼치는 동안 공습경비원이 돌아왔다. 그는 노인을 들것에 싣는 걸 돕고 담요로 잘 덮어주었다.

"어느 길로 나가면 됩니까?" 케이가 들것을 들 준비를 하며 물었다. "정원을 통해 큰길로 나가는 길이 있나요?"

경비원은 고개를 저었다. "이쪽엔 없어요. 집안을 통과해야 할 겁니다."

"저기로 다시? 젠장. 지금 당장 가야겠군. 준비됐어요? 좋아요, 하나, 둘……"

몸이 붕 뜨자 노인이 눈을 뜨고 황망히 주위를 둘러보았다. 그러고는 중얼거렸다. "지금 뭐하는 건가?"

케이는 들것을 좀더 단단히 잡았다. "병원으로 모셔다드릴게요. 갈비뼈가 부러졌어요. 하지만 걱정 마세요."

"병원에 간다고?"

"저희를 봐서라도 좀 가만히 누워 계시면 안 될까요? 오래 걸리지 않을 겁니다, 약속드리죠. 구급차까지 지금 바로 가야 해요." 케이는 친구에게, 미키에게 얘기하듯 말했다. 경찰이나 간호사가 부상자를 바보 취급하며 함부로 대하는 모습을 봐온 탓이었다. "다 알았다니까 그러네" "자자 이제 그만, 아줌마" "그런 건 걱정할 필요 없다니까" 같은 말들.

"저기 아드님도 오시네요." 케이는 피 흘리는 남자를 부축해서 오는 미키를 보며 말했다. "파트리지, 애들도 다 준비됐어? 좋아, 이제 갑시다. 신속하게, 하지만 조심해서."

일가족은 기진맥진한 걸음으로 부엌으로 들어갔고, 환한 불빛에 움츠리며 눈을 가렸다. 아이들은 금세 자신들이 얼마나 다치고 지저분한지 알아챘다. 머리에 붕대를 감고 피투성이가 된 아버지의 끔찍한 모습도 보았다. 아이들은 울음을 터뜨렸다.

"괜찮아." 애들 엄마가 떨리는 목소리로 말했다. 그녀는 여전히 사시나무처럼 떨었다. "괜찮아. 우린 무사하잖니. 필리스, 뒷문 잠가라. 아일린, 홍차 좀 가져와. 콘비프 깡통 뚜껑도 덮으렴. 상하면 안 돼…… 아이고 하느님!" 여자가 부엌문까지 와서 그 너머의 아수라장을 목격했다. 자기 눈을 믿을 수 없었다. 그녀는 한 손을 가슴에 얹고 그대로 멈춰 섰다. "아이고 맙소사, 하느님!"

아이들이 엄마 뒤에서 비명을 질렀다.

케이와 경비원은 들것을 들고 돌무더기를 디디며 조심조심 나아갔다. 발이 자꾸 미끄러졌다. 한 발짝 내디딜 때마다 먼지구름과 깃털과 검댕이 피어올랐다. 그래도 마침내 노인을 데리고 앞마당이었던 곳 가장자리까지 나왔다. 중학생쯤 되어 보이는 소년 둘이 구급차 문 손잡이를 잡고 있다 휙 뛰어내렸다.

"뭐 도와드릴 거 없나요, 선생님?" 소년들이 경비원에게 물었다. 혹은 케이에게 물은 걸지도.

경비원이 대답했다. "아니, 없다. 대가리 날아가기 전에 얼른 방공호로 대피해! 엄마는 어디 계시냐? 저 비행기들이 호박벌쯤 되는 줄 알아?"

"패리 할머니 아니에요? 죽었어요?"

"꺼져, 이놈들!"

"아이고 하느님!" 여자는 폐허가 된 자기 집을 지나오며 한탄과 비명을 멈추지 않았다.

구급차에는 방공호에서 쓰는 것과 같은 종류의 철제 침상이 네 개 있었다. 어둑한 조명은 있지만 난방기기는 없었다. 그래서 케이는 노인에게 담요를 하나 더 단단히 두르고 캔버스 벨트로 침상에 고정시켰다. 그리고 따뜻한 물주머니를 꺼내 하나는 무릎 밑에, 또 하나는 발 옆에 넣어주었다. 미키가 남자를 데려왔다. 그의 두 눈은 피와 먼지가 엉겨붙어 이제 완전히 감겨버렸다. 미키는 팔다리 쓰는 법을 잊어버린 사람을 대하듯 그를 부축해야 했다. 다음으로 남자의 아내가 왔다. 그녀는 자잘한 물건을 하나둘 주워들기 시작했다. 체크무늬 슬리퍼 한 짝, 화분 하나. "이걸 다 어떻게 여기다 남겨둬?" 응급실로 후송하기 위해 경비원이 파트리지의 차에 태우려 하자 여자는 울며 소리쳤다. "달려가서 길 건너에 사는 그랜트 씨 좀 데려와줄래요? 그 사람이 우리집을 봐줄 거예요. 그렇죠, 앤드루스 씨?"

"그건 못 데려가." 그 와중에 파트리지가 개를 안은 여자애와 입씨름을 했다.

"그럼 난 안 갈래요!" 아이가 외치며 꽉 끌어안자 개가 깽깽거렸다. 아이는 자기 발밑을 내려다보았다. "어, 엄마, 여기 엄마가 패트릭 삼촌한테 받은 그림 액자가 완전히 산산조각났어!"

"개는 데려가게 놔둬, 파트리지." 케이가 말했다. "제까짓 게 문제를 일으켜봤자지 뭐."

하지만 그건 케이가 아니라 파트리지가 판단할 문제였다. 여하튼 그것 때문에 꾸물거리고 싸울 시간도 없었다. 케이는 저들끼리 싸우라고 놔둔 채, 구급차 뒤에 탄 미키에게 고갯짓을 하고 문을 닫은 다음 앞쪽으로 뛰어가 앞유리를 닦았다. 차를 길에 세워둔 지 이십 분 정도밖에 안 지났는데 앞유리에 먼지가 새카맣게 쌓였다. 케이는 운전석에 올라타 시동을 걸었다.

"앤드루스." 케이는 차를 돌리며 경비원에게 소리쳤다. "타이어 좀 봐줘요!" 지금 펑크라도 나면 큰일이었다. 경비원은 여자와 아이들을 놔두고 나와 손전등으로 차바퀴를 비춰 확인하고는 케이에게 손을 들어 보였다.

케이는 처음엔 조심스럽게 차를 몰다가 평탄한 길에 들어서자 속도를 올렸다. 부상자를 이송할 때는 시속 25킬로미터를 유지해야 했지만, 갈비뼈가 부러진 노인과 출혈이 심한 남자의 상태를 생각해 더 빨리 몰았다. 그녀는 가끔 허리를 굽혀 앞유리 밖의 하늘을 쳐다보았다. 비행기들이 웅웅거리는 소리가 여전히 시끄러웠고 쿵쿵거리는 대공포 소리가 귀청을 때렸지만, 자동차 엔진 소리도 그에 못지않게 컸기에 지금 전쟁터 한가운데로 들어가는 건지 거기서 멀어지는 건지 알 길이 없었다.

운전석 머리 뒤쪽은 유리 패널로 되어 있었다. 뒤쪽에서 미키가 움직이는 기척이 느껴졌다. 케이는 계속 전방을 주시하며 고개만 살짝 돌려 큰 소리로 물었다. "괜찮아?"

"그냥저냥." 미키가 대답했다. "근데 차가 덜컹거리니까 할머니가 불편해하시는 것 같아."

"어떻게든 해볼게."

케이는 도로 위를 노려보며 갈라진 틈이나 구덩이를 필사적으로 피하려 애썼다. 나중에는 눈이 아릴 지경이었다.

호스페리로드에 있는 병원 응급실 입구에 차를 세우자 접수처의 간호사가 비를 피하듯 고개를 푹 숙인 채 달려나와 케이를 맞았다. 그러나 병동 간호사는 섬광과 포탄 따위는 아랑곳하지 않는다는 듯 느긋하다 싶을 정도로 여유 있게 그 뒤를 따라 나왔다.

"랭그리시, 좀 비켜봐요." 다시 터지기 시작한 포화소리 사이로 병동 간호사가 말했다. "자, 이번에는 뭘 싣고 오셨나?"

간호사는 풍만한 가슴에 금발이었고, 날개가 뾰족하게 구부러져 올라간 모자를 썼다. 케이는 그걸 볼 때마다 어떤 오페라 가수가 썼던 바이킹 뿔이 생각났다. 간호사는 이동침대와 휠체어를 가져오라고 지시하며 환자 이송팀을 거위 몰듯 재촉했다. 그때 유리 파편에 여기저기 베인 남자가 멍하니 구급차에서 내리자 간호사는 그 남자도 마구 재촉했다. "빨리빨리 움직이세요!"

케이와 미키는 노인을 들어 조심스럽게 이동침대로 옮겼다. 미키는 환자가 언제 어디서 다쳤는지 적은 라벨을 핀으로 달았다. 노인이 겁먹은 듯 손을 내밀었고 케이가 그 손을 꼭 잡았다. "이제 걱정 마세요. 다 잘될 거예요."

그러고서 남자를 부축해 휠체어에 앉혔다. 남자는 미키의 팔을 가볍게 두드리며 말했다. "고마워요, 젊은이." 아까 처음에 미키를 힐끗 본 게 다여서 줄곧 그녀를 젊은 남자라고 생각했던 것이다.

"저 남자 참 안됐어." 미키는 케이와 함께 차로 돌아오며 말했다. 피범벅이 된 손을 열심히 닦아내는 중이었다. "엄청 불안할 거야, 그치?"

케이는 고개를 끄덕였다. 하지만 실은 남자와 노인을 안전하게 병원으로 이송하자마자 그들을 잊었다. 대신 돌핀스퀘어로 돌아가는 길에만 정신을 집중했다. 끊이지 않는 비행기와 대공포 소리도 신경을 긁었다. 다시 허리를 굽히고 하늘을 올려다보았다. 미키도 따라 쳐다보다가 잠시 후 유리창을 내리고 고개를 내밀었다.

"어때?" 케이가 물었다.

"잘 안 보여. 비행기는 한두 대밖에 없는데 바로 우리 머리 위에 있어. 뱅뱅 도는 것 같은데."

"우리 위에서 맴돈다고?"

"불행히도 그런 것 같아."

케이는 속도를 높였다. 미키의 철모가 통통 튀며 창틀에 부딪혔다. 그녀는 손을 들어 모자를 붙잡았다. "지금 서치라이트가 비행기를 잡았어." 미키가 말했다. "놓쳤네. 지금은…… 어이쿠." 그러고는 황급히 머리를 도로 넣었다. "또 쏘기 시작한다."

케이는 모퉁이를 돌고 나서 위를 쳐다보았다. 서치라이트 불빛과 그 속에서 반짝거리는 기체가 눈에 들어왔다. 포탄이 일렬로 비행기를 향해 고요히 날아가는 듯 보였다. 쿵쿵거리는 포화의 진동이 느껴지고 소리도 들렸지만, 어쩐지 그 굉음을 저 휙휙 움직이는 빛줄기나 섬광이 터진 후 피어오르는 연기와 연관짓기는 어려웠다. 어쨌든 곧이어 포탄 파편이 정신없이 떨어지기 시작했다. 파편은 탕탕거리며 보닛과 천장을 때렸다. 꼭 폭격기들이 수저통을 통째로 싣고 와서 탈탈 뒤집어 터는 것 같았다.

그때 상당히 큰 폭발음이 들렸고, 연이어 또 한번 터졌다. 앞쪽 도로에서 갑자기 하얀 섬광이 작열했다. 폭격기에서 줄줄이 떨어뜨린 소이탄 중 하나가 터진 것이었다.

"죽이는데." 미키가 말했다. "어쩌지?"

케이는 본능적으로 속도를 늦췄고 브레이크 근처에서 발을 서성였다. 구급대원들은 도중에 무슨 일이 벌어지든 무조건 가던 길을 계속 가야 한다. 새로운 사고에 휘말리면 치명적일 수도 있다. 하지만 케이는 매번 위급한 상황을 뻔히 보면서 그냥 지나치는 게 너무 힘들었다.

결정을 내린 그녀는 쉭쉭거리는 소이탄 실린더에 배짱이 허락하는 한 가까이 차를 붙여 세웠다. "이 동네에 불이 번지게 놔둘 수는 없어." 그러고는 문을 열고 뛰쳐나가며 말했다. "서장이 뭐라 그러든 상관 안 해."

주위를 둘러보니 어느 집 창문 앞에 모래주머니 한 무더기가 쌓여 있었다. 미친듯이 끓어오르는 소이탄의 마그네슘 거품으로부터 얼굴과 손을 보호하며 케이는 모래주머니 하나를 끌고 와서 던졌다. 작열하던 빛이 사라졌다. 그러나 도로 저 아래쪽에서 또다른 폭탄이 끓어오르기 시작했다. 케이는 두번째 모래주머니를 끌고 가서 던졌다. 그냥 지글거리기만 하는 소이탄은 발로 찼다. 찐득한 불꽃이 소나기처럼 튀었다. 미키가 와서 도왔고 잠시 후 어느 집에서 남자와 젊은 여자가 나와 합세했다. 다들 길 이쪽저쪽으로 축구선수처럼 미친듯이 뛰어다녔다…… 하지만 몇몇 소이탄은 지붕에 혹은 정원 안쪽에 떨어졌는데, 거기까지는 손을 쓸 수 없었다. 세놓음이라고 쓰인 나무푯말에 꽂힌 소이탄에는 이미 불이 붙기 시작했다.

"이 동네 공습경비원은 대체 어디 간 겁니까?" 케이가 남자에게 물었다.

"나도 모르죠." 남자는 숨을 몰아쉬며 대답했다. "이 동네는 두 구역의 경계에 있어서, 각자 엉덩이 붙이고 앉아 어느 쪽이 순찰할 건지 옥신각신하기만 해요. 소방대를 불러야 할까요?"

"소형 소화기 두어 개면 될 것 같은데, 사다리하고 밧줄만 있으면."

"뛰어가서 전화할까요?"

케이는 암담하게 주위를 둘러보았다. "네, 그래야 할 것 같네요."

남자가 달려갔다. 케이는 여자 쪽으로 돌아섰다. "대피소로 돌아가세요."

여자는 남자용 테디 베어 코트 차림에 끝이 뾰족한 모자를 쓰고 있었다. 그녀는 고개를 저으며 씩 웃었다. "여기 나와 있는 게 더 좋아요. 생동감 넘치는데요."

"음, 좀 있으면 생동감이 넘치다 못해 터질걸요. 거봐요, 내가 뭐랬어요?"

쾅, 거리 아래쪽 집들 중 한 군데에서 뭔가 터졌다. 뒤이어 유리가 깨져 쏟아지는 소리가 들렸다. 케이와 미키는 그쪽으로 달려갔고 여자도 뒤따라 달렸다. 가서 보니 일층 창문이 덧창까지 다 날아갔고, 부러진 커튼봉에 커튼이 축 늘어져 있었다. 검댕 때문인지 연기 때문인지 커튼이 새까맸다. 회반죽 가루가 날리며 검은 연기가 피어올랐다. 그러나 불길은 보이지 않았다.

"조심해." 케이가 말하며 미키와 함께 창가로 다가가 안을 들여다보았다. "시한폭탄이었나."

"모르지." 미키가 대답하며 손전등을 비추었다. 안은 부엌이었다. 의자와 식기는 사방으로 날아가고 벽지는 그슬리고 식탁은 벽에 부딪혀 뒤집히고, 완전히 엉망진창이었다. 식탁 너머로 이 아수라장 속에서 널브러져 누워 있는 남자가 보였다. 그는 잠옷과 가운 차림으로 허벅지를 부여잡고 있었다. "으악! 아이고!" 남자의 목소리가 들렸다. "이런, 젠장!"

미키가 케이의 팔을 잡았다. 미키는 먼지구름 사이를 빤히 들여다보고 있었다. "케이." 그러면서 쉰 목소리로 말했다. "다리가 잘린 것 같아. 깨끗이 날아갔어! 압박붕대로 지혈해야 해."

"거기 뭐요?" 남자가 소리치며 콜록콜록 기침을 내뱉었다. "누구 있소? 좀 도와주시오!"

케이는 몸을 돌려 구급차로 뛰어갔다. "보지 마세요." 그녀는 밖에서 서성거리는 여자한테 말했다. 폭격기의 소음은 희미해졌지만 마을 여기저기서 작은 불길이 일기 시작했다. 하얀 불꽃이 이제는 노랑, 주황, 빨강 불길로 바뀌었고, 그 불이 더 많은 폭격기를 불러들여 진짜 폭격이 시작될 터였다. 하지만 이젠 뾰족한 수가 없었다. 케이는 차에서 붕대 상자를 꺼내 서둘러 그 집으로 되돌아왔다. 미키는 부상당한 남자와 함께 집안에 있었다. 그녀는 잔해를 한쪽으로 밀어내고 남자의 잠옷을 찢었다.

"나 좀 일으켜줘요." 남자가 말했다.

"되도록 말하지 마세요."

"내 다리는 그냥……"

"알아요. 괜찮아요. 지혈대로 묶을 겁니다."

"뭘로요?"

"출혈을 막아야 해요."

"출혈? 나한테서 피가 납니까?"

"그럼요, 형씨." 미키는 단호히 말했다.

그녀는 잠옷의 솔기를 마저 찢어내고 손전등 불빛을 돌려 남자의 드러난 허벅지를 비췄다. 무릎 위에서 다리가 끝나 있었다. 그런데 그 절단면이 분홍색으로 매끈했고 번들거리기까지 했다……

"잠깐." 케이가 미키의 어깨에 손을 올렸다. 남자가 숨을 내뱉었다. 그는 웃음을 터뜨리다 곧이어 또 기침을 했다.

"난 또 뭐라고." 그가 말했다. "당신이 그 나머지 다리 토막을 찾으면 내 용한 마법사로 쳐주지. 지난 전쟁 때 잃은 거요."

지금 그가 잃어버린 다리는 코르크 의족이었다. 무엇보다 그를 날려버린 폭발은 폭탄이 아니라 단지 가스레인지의 결함 때문에 일어난 것이었다. 허리를 구부리고 주전자 밑에 불을 붙이려 성냥을 들이댄 순간 쾅 하며 전부 날아가버린 것이다. 남자의 의족과 함께 다른 모든 것이. 둘은 두리번거리다 액자걸이용 레일에 한쪽 죔쇠가 걸린 채 대롱거리는 의족을 발견했다.

미키가 진저리치며 남자에게 의족을 가져다주었다. "당신이 수선 피우지 않아도 지금 충분히 여기저기서 터지고 있어요."

"그냥 차 한잔 마시려던 것뿐인데." 남자는 계속 콜록거리며 말했다. "사람이 차 한잔 마실 권리도 없답니까?"

둘은 남자를 부축해 일으켜세웠고, 그가 매우 심하게 떨고 있음을 알았다. 얼굴과 손에 화상을 입었을 뿐 아니라 머리카락 일부와 눈썹과 속눈썹도 그슬려 없어졌다. 남자를 여기 놔두는 것보다 병원으로 이송하는 게 낫겠다 싶어 큰길로 데리고 나와 구급차에 태웠다.

광장 주위로 온통 불길이 타올랐다. 다만 아까 소이탄 끄는 걸 도와준 여자가 집집마다 문을 두드리며 사람들을 불러내자 하나둘 양동이와 펌프와 모래통을 들고 나타났다. 의족을 한 남자는 아는 사람을 소리쳐 불러 자기 집 유리창을 널빤지로 막아달라고 부탁했다.

"이제 출발해도 됩니다." 남자가 이리 뛰고 저리 뛰는 사람들을 바라보며 미키와 케이에게 말했다. "소화기를 우리집에 대고 뿌리지 않았으면 좋겠는데. 암튼 홍수보단 불이 낫지. 뭐하는 거요?" 케이가 문을 닫자 남자가 주절거렸다. "이 여자하고 나를 같이 구급차 뒤에 가두려는 건 아니지?" 이 여자란 미키를 말하는 것이었다.

"별일 없을 거예요." 케이가 말했다.

"그거야 당신 생각이고. 이 여자가 내 잠옷을 찢는 광경을 못 봤잖소……"

남자를 병원에 내려주고서 미키가 말했다. "그 남자 경계심이 장난 아니던데."

"웃겨?" 케이가 말했다.

"솔직히. 하지만 코르크 의족이었다니! 다른 사람들이 이 얘길 들으면……"

케이가 킥킥거렸다. "이봐! 케이!" 미키가 으르렁거리며 말했다. "난 정말 댕강 잘려나간 줄 알았다고!"

미키는 담배 두 대에 불을 붙여 하나를 케이에게 건넸다. "젠장."

"신경쓰지 마. 누구라도 그 상황에서는 그렇게 생각했을 거야."

"아마도. 근데 그 여자 갈색 눈이 예쁘지 않았어?"

"그랬나?"

"넌 검은 머리한텐 도통 관심이 없다니까."

포화소리가 멈췄고 사위가 고요해졌다. 소이탄을 떨어뜨린 폭격기는 쫓겨 달아났다. 무거운 짐을 벗은 기분이었다. 케이와 미키는 돌핀스퀘어로 돌아가는 내내 웃고 떠들었다. 그러나 차고에서 맞닥뜨린 파트리지가 그들에게 경고하는 표정을 지어 보였다. "너희 이제 큰일났다."

빈키 서장이 나타났다. 손에 메모지 한 다발을 들고 있었다.

"랭그리시, 카마이클, 대체 어디 갔다 온 거야? 못해도 한 시간 전에는 돌아왔어야 하잖아. 지휘본부에 실종신고를 내려던 참이었다고."

케이는 소이탄과 부상당한 남자에 대해 설명했다.

"거참 딱하군." 서장이 말했다. "하지만 일이 끝나면 곧바로 돌아와야지. 이 일을 하루이틀 한 것도 아니고 알 만큼 알잖아, 랭그리시."

"불이 번져 또 폭격을 맞게 내버려두고 오라는 말씀이십니까? 그럼 나중에 출동할 일이 더 많아질 겁니다."

"절차를 잘 알면서 그래. 지금 경고하는 거야. 넌 앞으로 또 그럴 확률이 높아."

전화벨이 울리는 바람에 빈키 서장은 사무실로 들어갔고, 바로 돌아와 케이와 미키를 다시 출동시켰다. 핌리코에서는 폭격기가 다 철수했지만, 캠버웰과 월워스에서 사고가 생겼다. 그 구역 구급차 중 두 대가 폭격을 맞아 못 쓰게 된 것이다. 케이와 미키를 포함한 돌핀스퀘어의 운전사 여섯 명이 강 너머 지역으로 차출됐다. 이번 현장은 좀 살벌했다. 캠버웰에서는 집이 한 채 무너져 거주자들이 기둥에 깔렸다. 케이는 어린아이의 부러진 다리에 부목을 대는 의사를 도왔다. 아이는 그들의 손이 닿을 때마다 고래고래 비명을 질러댔다. 얼마 후 다른 동네에서 두 남자가 날아온 파편에 맞았다. 너무 심하게 베여서 자기들끼리 칼로 난자한 미치광이처럼 보였다.

교대시간이 다 된 2시 15분까지 케이와 미키는 총 다섯 번 출동했다. 둘은 기진맥진해서 돌핀스퀘어로 돌아왔다. 큰길에서 차고로 들어서며 엔진을 끄자 차는 관성으로 경사로를 따라 천천히 굴러내려갔다. 케이가 브레이크를 당겼다. 둘은 머리를 의자 등받이에 기대고 눈을 감았다.

"뭐가 보여?" 케이가 물었다.

"붕대." 미키가 대답했다. "너는?"

"도로, 아직도 출렁거려."

구급차는 그 어느 때보다 더러웠다. 둘은 십오 분을 더 들여 양동이로 얼음 같은 물을 날라다 세차를 했다. 그다음엔 자기들도 씻어야 했다. 문 앞에 오염 제거: 여자라는 푯말이 붙은 난방도 안 되는 방이 그들이 씻을 곳이었다. 방에는 여물통 같은 게 하나 있고, 그 안에 차디찬 물이 채워져 있었다. 먼지 섞인 핏자국은 옷에서도 피부에서도 지독하게 안 지워졌다. 그나마 미키는 손에 아무것도 안 끼고 있지만, 케이는 새끼손가락에 심플한 금반지를 끼고 있었다. 그 반지를 절대 빼놓는 법이 없었다. 케이는 반지를 위아래로 밀어가며 밑에 낀 먼지를 닦아냈다.

둘은 손을 씻을 만큼 씻은 다음 모자를 벗었다. 끈을 매고 있던 이마와 턱밑은 깨끗한 분홍색이었지만, 나머지 피부는 벽돌 가루와 연기 탓에 검붉었다. 땀을 닦아낸 자리와 눈물이 흘렀던 자국만 조금 말갛게 보일 뿐이었다. 속눈썹에도 모래가 잔뜩 끼었다. 가끔 모래에 작은 유릿조각이 섞여 있는 경우도 있어 주의를 기울였다. 둘은 불빛 아래서 차례로 서로의 눈을 살펴봐주었다. "올려봐…… 내려보고…… 예쁘기만 하네!"

케이는 휴게실로 건너갔다. 운전사들은 대부분 이미 돌아와 있었다. 신참 오닐이 휴즈의 손에 붕대를 감고 있었다.

"이봐, 너무 그렇게 꽉 조이진 말고."

"아, 죄송."

"왜 그래?" 케이는 그들 옆에 앉으며 물었다.

"이거?" 휴즈가 말했다. "아, 아무것도 아냐. 오닐이 그냥 연습하는 거야."

케이는 하품을 했다. 공습경보 해제 사이렌을 듣기 전에 앉은 게 실수였다. 갑자기 죽도록 피곤이 몰려왔다. "오늘 두 사람 근무는 어땠어?" 케이는 졸음을 쫓으려고 물었다.

휴즈는 둘둘 말리는 붕대를 바라보며 어깨를 으쓱했다. "그리 나쁘진 않았어. 장기 파열하고 한쪽 눈 실명."

"오닐, 너는?"

"워릭스퀘어에서 네 군데 골절이요."

케이는 이맛살을 찌푸렸다. "그건 뮤직홀 노래 가사 아냐?"

"하워드 선배하고 라킨 선배는," 오닐은 계속 주절거렸다. "블룸필드테라스에서 계단을 구른 남자였어요. 폭탄 때문이 아니라 그냥 술 먹고 발을 헛디뎠다나."

"헛디뎌!" 케이는 그 말이 재미있어 웃음을 터뜨렸다. 웃음은 또 하품으로 이어졌다. "뭐, 건투를 빌어줘야겠네. 요즘 같은 때에 발을 헛디딜 만큼 퍼마실 술을 용케도 구했군, 메달감인걸."

부엌에서 미키가 차를 끓였다. 케이는 찻잔 덜그럭거리는 소리를 잠깐 듣고 있다가 억지로 몸을 일으켜 도우러 갔다. 찻주전자 바닥에 거의 영구적으로 붙어서 지저분해 보이는 까만 혼합물에 새 찻잎을 몇 개 더 보탰다. 그리고 가스가 얼마 없어 간당간당한 불꽃에 주전자를 올려놓고 물이 끓기를 기다렸다. 차를 막 따랐을 때 공습경보가 해제되었고, 나머지 운전사들도 돌아왔다. 빈키 서장은 방마다 돌아다니며 머릿수를 세었다.

서 내 분위기가 풀리면서 활기가 돌았다. 살아남았다는, 해냈다는, 또 한번의 공습을 무사히 넘겼다는 일종의 들뜸이었다. 돌무더기를 헤치고 나오느라, 몸을 구부렸다 일으켰다 하느라, 어둠 속에서 운전하느라 다들 피와 먼지로 얼룩져 죽도록 피곤했다. 하지만 그들은 자신이 목격하고 구조한 끔찍한 참상을 우스개로 넘겼다. 케이는 머그잔을 받아들며 환호를 보냈다. 파트리지는 찻숟가락을 이용해 방 여기저기로 종이공을 발사했다. 오닐은 휴즈의 손에 붕대를 다 감고서 이번에는 그의 머리에 둘둘 감기 시작했다. 그리고 휴즈의 안경을 우둘투둘한 붕대 위로 다시 씌워주었다.

전화벨이 울렸지만 다들 입을 다물기는커녕 신경도 쓰지 않았다. 지휘본부에서 공습경보 해제를 승인하는 전화일 거라고 생각했다. 그때 빈키 서장이 다시 들어왔다. 그녀는 손을 들어올리며 소음에 질세라 큰 소리로 외쳤다.

"구급차가 한 대 필요하다는군, 서덜랜드스트리트 북쪽 끝에서. 누가 제일 먼저 들어왔지?"

"즈이거," 오닐이 입에 물고 있던 안전핀을 빼며 말했다. "저희 가요. 저하고 콜 선배. 선배?"

콜은 하품하며 자리에서 일어났다. 박수갈채가 터졌다.

"훌륭해, 아가씨들." 케이가 자리에 앉으며 말했다.

"그래, 잘 가, 아가씨들!" 휴즈가 한쪽 눈에서 붕대를 들어올렸다. "나 대신 부목 좀 대주고 와."

"잠깐만." 빈키 서장이 말했다. "오닐, 콜." 그녀는 목소리를 낮췄다. "유감이지만 이건 영안실 행이야. 생존자는 없어. 시신 한 구가 나왔고, 두 구가 더 있을 거라더군. 엄마와 아이. 시신 각 부분을 보관소로 옮겨야 해. 할 수 있겠어?"

방안은 물을 끼얹은 듯 조용해졌다. "젠장." 휴즈가 붕대를 풀어버리고 옷깃을 세웠다.

오닐은 토할 것 같은 표정이었다. 그녀는 겨우 열일곱 살이었다. "저기……"

잠시 침묵이 흘렀다. "내가 가지." 케이가 말하며 일어섰다. "오닐 대신 내가 콜이랑 갈게. 콜, 괜찮지?"

"당연하지."

"저기." 좀전까지 하얗게 질렸던 오닐의 얼굴이 지금은 붉어졌다. "괜찮아요. 애 돌보듯 하지 않아도 돼요, 랭그리시 선배."

"여기 애 보는 사람은 아무도 없어." 케이가 말했다. "이 일을 하다보면 그런 건 앞으로 실컷 보게 될 거야. 굳이 지금이 아니라도. 미키, 만약 또 출동 요청이 들어오면 오닐이랑 잘할 수 있지?"

"물론." 미키가 말하며 오닐에게 고개를 끄덕여 보였다. "케이 말이 맞아, 오닐. 앉아."

"그래, 땡잡았다고 생각해." 휴즈가 말했다. "담에 내 차례가 오면 그때도 부탁해, 랭그리시!"

오닐은 여전히 얼굴이 빨간 채였다. "어, 고마워요, 랭그리시 선배."

케이는 콜을 따라 차고로 나갔다. 콜은 자기 구급차에 시동을 걸고 천천히 차고를 빠져나갔다. "서두를 필요는 없겠네…… 담배 한 대 피울래? 저기 어딘가 있을 거야."

콜은 조수석 글러브박스를 가리켰다. 케이는 박스 안을 뒤져 납작한 청동제 상자를 꺼냈다. 상자에 매니큐어로 E. M. Cole, 손대면 죽는다!라고 쓰여 있었다. 케이는 두 개비에 불을 붙여 하나를 콜에게 건넸다.

"감사." 콜은 한 모금 빨며 말했다. "휴, 살 것 같네. 어쨌거나 잘했어, 오닐한테."

케이는 눈을 비볐다. "아직 애잖아."

"그래도. 젠장, 이놈의 엔진은 왜 이렇게 노킹 소리가 심한지! 점화장치가 맛이 갔나봐."

그러고는 묵묵히 도로에 정신을 집중하고 달렸다. 목적지는 다시 휴스트리트를 거쳐 북쪽으로 올라가야 했다. "진짜 여기 맞아?" 콜이 브레이크를 걸자 케이가 물었다. 집은 멀쩡해 보였다. 차에서 내리고 나서야 모든 피해가 뒷마당에 집중되었음을 알았다. 방공호에 정통으로 맞은 것이다. 자기 집 방공호에서 방금 나온 사람들이 그 집 뒷마당 담벼락에 모여 안을 들여다보려고 열심히 고개를 뺐다. 경찰이 미리 방수포를 쳐놓았다. 경관은 방수포를 빙 둘러 케이와 콜을 현장으로 안내한 뒤 지금까지 수습된 것을 보여주었다. 여자의 시신은 옷을 입고 슬리퍼를 신은 채였지만 머리가 없었다. 성별을 알 수 없는 벌거벗은 아이의 몸통에는 가운 허리띠가 여태 둘러져 있었다. 이 둘은 담요에 덮여 있었다. 그 옆 유포에 싸인 것은 이런저런 사체 일부였다. 작은 팔다리, 턱, 그리고 무릎인지 팔꿈치인지 알 수 없는 통통한 관절부.

"처음엔 엄마와 딸과 아들이라고 생각했어요." 경관이 조용히 말했다. "그런데 실은……" 그는 입가를 훔쳤다. "그게, 형체를 알 수 없는 사지가 더 있어요. 아이가 세 명 내지 네 명 정도 있었던 것 같아요. 지금 이웃들 탐문중인데…… 처리할 수 있겠습니까?"

케이는 고개를 끄덕이고는 돌아서서 구급차로 걸어갔다. 이런 상황을 목격한 다음에는 몸을 움직이는 편이, 뭔가를 하는 편이 더 나았다. 케이와 콜은 들것을 가져왔다. 여자의 시신과 아이의 몸통을 들것에 눕히고 끈으로 라벨을 묶었다. 사체의 부분들은 유포째로 옮기고 싶었지만 경관이 여분의 유포가 없다고 했다. 그래서 궤짝을 가져와 신문지를 깔고 그 속에 팔다리를 넣었다. 가장 만지기 힘들었던 것은 조그만 유치가 달린 턱이었다. 콜이 그것을 집어서 거의 던지다시피 상자에 넣었다. 막판에는 비통함보다 그저 끔찍함에 질렸다.

"괜찮아?" 케이가 콜의 어깨를 살짝 잡으며 물었다.

"응. 괜찮아."

"저기 가서 바람 좀 쐬어. 내가 처리할게."

"괜찮다고 했잖아."

둘은 궤짝을 구급차로 옮겨 라벨을 달고 짐칸에 실었다. 케이는 궤짝을 끈으로 단단히 고정한 후 재차 확인했다. 전에 한번 영안실을 출발해 신원 불명의 사체 부위를 보관하는 빌링스게이트까지 지금과 같은 짐을 운반한 적이 있었다. 그때는 궤짝을 묶어놓지 않았는데, 목적지에 도착해 구급차 문을 열자 남자의 머리가 데굴데굴 굴러와 그녀의 발밑에 뚝 떨어졌었다.

"정말 끔찍한 일이야." 차에 오르며 콜이 중얼거렸다.

4시 15분에 서로 돌아왔다. 이미 근무조가 바뀐 시각이었다. 미키도 빈키도 휴즈도 모두 퇴근했다. 그들이 어디를 갔다 왔는지 모르는 다음 근무조가 낄낄거리며 맞았다. "뭐야, 랭그리시? 네 근무만으로는 성이 안 차서 우리 일까지 해주는 거야?" "그래, 더 있고 싶으면 나랑 바꿀래, 랭그리시? 콜, 넌 어때?"

"확실히 우리가 너희보다 일을 더 잘하긴 하지." 케이가 받아쳤다.

그녀는 세면장으로 가서 콜 옆에 섰다. 둘은 아무 말 없이 나란히 서서 서로 눈도 마주치지 않고 손을 씻었다. 그리고 코트를 걸치고 함께 나와 웨스트민스터 쪽으로 걸었다. 콜은 하늘을 올려다보았다.

"비는 안 와서 다행이지 않냐?"

둘은 세인트제임스파크에서 헤어졌다. 케이는 걸음을 재촉했다. 그녀의 집은 옥스퍼드스트리트 북쪽의 래스본플레이스에 인접해 있었다. 마구간을 개조한 집이 늘어선 동네였다. 케이는 소호의 골목을 지나는 지름길을 알고 있었다. 이 시간대면 느껴지는 그 동네의 스산함에, 폭격으로 폐허가 된 수많은 기괴한 집과 쥐죽은듯 고요한 식당과 상점이 풍기는 오싹한 분위기에 케이처럼 개의치 않는다면 제법 빠르고 쾌적한 길이었다. 이 새벽에는 인적도 드물었다. 집 근처에서 이 구역을 담당하는 공습경비원 헨리 바니와 마주쳤을 뿐이다.

"괜찮아요, 헨리?" 케이가 조용히 불렀다.

그는 손을 들어 보였다. "아무 일 없습니다, 랭그리시 양! 저기 핌리코에서 독일놈들이 부산스럽게 굴기에, 안 그래도 당신 생각이 났어요. 종일 긴장했겠어요, 그렇죠?"

"그냥 조금요. 이 근처는 별일 없죠?"

"아주 조용합니다."

"그게 바로 우리가 원하는 거잖아요? 그럼 가볼게요."

"가세요, 랭그리시 양. 혹시 모르니까 귀마개는 꼭 하십시오!"

"그럴게요!"

케이는 다시 빠른 걸음으로 래스본플레이스로 향했다. 골목 어귀에 들어서서야 발걸음이 약간 가벼워졌다. 케이는 남몰래 끈질긴 공포감에 시달렸다. 퇴근하고 돌아오면 폭격을 맞아 화염에 휩싸이거나 폐허가 된 집을 보게 될지도 모른다는. 그러나 오늘도 사방은 고요했다. 마당 끄트머리의 휑한 곳에 있는 케이의 집은 차고 위층이자 창고 바로 옆이었다. 현관까지는 나무계단을 올라가야 했다. 계단 꼭대기에서 케이는 재킷과 부츠를 벗었다. 그리고 현관 열쇠로 문을 열고 살그머니 안으로 들어갔다. 거실로 가서 탁상 램프를 켠 뒤 발뒤꿈치를 들고 침실로 가서 문을 살짝 열었다. 램프 불빛에 의지해 침대와 거기서 자고 있는 사람의 모습을 겨우 알아보았다. 활짝 벌린 양팔, 헝클어진 머리칼, 이불 밖으로 삐쭉 나온 한쪽 발바닥.

케이는 문을 약간 더 열고 침대로 가서 그 옆에 쪼그리고 앉았다. 헬렌이 뒤척이더니 눈을 떴다. 완전히 깬 건 아니었지만 팔을 들어 올려 키스를 받을 만큼의 정신은 있었다.

"안녕." 헬렌이 불분명한 발음으로 웅얼거렸다.

"안녕." 케이가 속삭였다.

"몇 시야?"

"엄청 늦었어…… 엄청 이르기도 하고, 어느 쪽일까. 내내 여기 있었어? 방공호로 안 가고?" 헬렌이 고개를 저었다. "난 당신이 대피하면 좋겠어."

"나는 싫어, 케이." 헬렌은 케이의 얼굴을 더듬으며 상처는 없나 살폈다. "괜찮아?"

"응. 말짱해. 이제 다시 자."

케이는 헬렌의 이마에서 머리칼을 부드럽게 쓸어넘기고 그녀의 눈꺼풀이 잠잠해질 때까지 기다렸다. 가슴 저 밑바닥에서 감정이 북받쳐올랐고, 그 감정의 격렬함에 잠시 두렵기까지 했다. 아까 새벽에 서덜랜드스트리트의 집 뒷마당에서 콜과 함께 그러모은 사체 부분들이 떠올랐기 때문이다. 그때는 느끼지 못했던 섬뜩함이 불현듯 엄습했다. 물컹한 인간의 살덩이, 쉽게 부서지는 뼈, 형편없이 가느다란 목과 손목과 손마디…… 그런 끔찍한 아수라장에서 이런 생기 있고 따뜻하고 아름답고 흠 하나 없는 곳으로 돌아왔다는 사실이, 케이에겐 기적이나 다름없이 느껴졌다.

그녀는 헬렌이 완전히 잠에 빠져들 때까지 좀더 지켜보다 일어나서 어깨까지 이불을 꼭꼭 덮어주고 다시 한번 가볍게 키스했다. 그리고 아까 침실 문을 열 때처럼 살그머니 문을 닫고 거실로 갔다. 넥타이를 느슨히 풀고 칼라의 단추를 끌렀다. 손가락으로 목덜미를 쓸었더니 모래가 서걱거렸다.

거실 한쪽 벽에 세워져 있는 낮은 책장의 책들 뒤에 위스키병이 숨겨져 있었다. 케이는 술잔을 가져온 뒤 술병을 꺼냈다. 그리고 담뱃불을 붙이고는 자리에 앉았다.

처음 일이 분 정도는 괜찮았다. 하지만 술잔을 입으로 가져가는데 위스키가 흔들리기 시작했고, 담뱃재가 손마디로 마구 떨어졌다. 온몸이 떨려왔다. 가끔 있는 일이었다. 이내 몸뚱이가 너무 심하게 떨려 담배를 물 수도, 술을 마실 수도 없었다. 유령열차가 몸을 관통하는 것만 같았다. 이럴 땐 무슨 짓을 해도 소용없다는 걸 케이는 알고 있었다. 그저 기차가 덜커덩거리며 지나가기를, 기관차와 차량이 다 지나가기를 기다리는 수밖에 없었다…… 위스키가 도움이 되었다. 이윽고 담배를 다시 피우고 좀더 편안히 앉을 수 있을 정도로 떨림이 잦아들었다. 유령열차가 되돌아오지 않을 거라는 확신이 들 만큼 완전히 진정된 후에 케이는 침실로 들어갔다. 한 시간 혹은 더 오래 잠을 이루지 못할 것이다. 어둠 속에서 헬렌의 고른 숨소리를 들으며 누워 있을 것이다. 헬렌의 손목에 손가락을 대고 톡톡톡 뛰는 기적 같은 맥박을 느낄 것이다.

이런 한밤중이면, 교도소가 이토록 고요할 수 있다는 사실이 참 놀라웠다. 이 안에 누워 있는 남자들의 수—덩컨이 수감된 구역에만 자그마치 삼백 명이었다—를 생각해보면, 이렇게 조용하고 소동 하나 없다는 게 신비로울 정도였다. 그럼에도 덩컨은 이 시간쯤에 늘 잠에서 깼다. 일정 수준 이상의 적막함이 이곳 대기에 다다르면 덩컨에게는 오히려 소음이나 진동처럼 작용하는 것 같았다.

지금 그는 깨어 있었다. 침상에 똑바로 누운 채 양손을 깍지 껴서 머리를 받치고, 얼굴 위로 1미터 정도 떨어진 프레이저의 침상이 드리운 어둠을 응시했다. 머리는 맑았고 마음은 평온했다. 면회일도 지났으니 그 지독히 무거운 짐에서 벗어난 셈이었다. 다투지도 토라지지도, 무너지지도 자괴하지도 않고 그럭저럭 아버지의 면회를 넘겼다. 이제 다음 면회일까지 고스란히 한 달이 남았다. 감옥에서의 한 달은 일 년이나 마찬가지다. 감옥에서의 한 달은 안개 낀 거리와 같다. 가까이 있는 것은 웬만큼 똑똑히 보이지만, 나머지는 희끄무레한 잿빛으로 내용도 깊이도 없다.

덩컨은 혼잣말로 중얼거렸다. 참 많이도 변했구나! 전에는 아버지가 면회를 왔다 가면 그후로 며칠 동안 온갖 세세한 부분까지 곱씹고 또 곱씹었다. 이렇게 누워 있으면 아버지의 얼굴이 보이고 자신과 아버지의 목소리도 들렸다. 어느 정신 나간 영사기사가 반복해 틀어주는 화면에 고문당하는 기분이었다. 때로는 아버지에게 다시는 오지 말라고 터무니없는 편지를 썼다. 한번은 이불을 집어던지고 침상을 박차고 일어나 책상에 앉아 칠흑같이 깜깜한 어둠 속에서 정말로 비브 누나에게 편지를 쓴 적도 있었다. 도서관에서 빌린 책의 뒷장을 찢어 몽당연필로 미친듯이 휘갈겼다. 그리고 다음날 아침에 보면 어느 정신병자가 썼나 싶게 글자가 마구 겹쳐 있고 똑같은 표현과 문장이 계속 등장했다. 여긴 진짜 더러워…… 말로는 도저히 표현할 수 없어…… 무서워, 누나…… 더러워…… 무서워…… 덩컨은 책을 훼손했다는 이유로 징계를 당했다.

그때 일을 기억하고 싶지 않아 옆으로 돌아누웠다.

달은 졌지만 별이 남아 있는 모양이었다. 프레이저가 암막 커튼을 젖혀놔서 창문—조그맣고 흉측하게 이어진 판유리들—을 통해 재미있는 그림자가 바닥에 비쳤다. 덩컨은 그림자를 열심히 들여다보고 있으면 조금씩 움직인다는 사실을 알아냈다. 혹은 고개가 좀 아픈 각도이지만 누운 채로 위를 쳐다보면 달과 별과 대공포의 기묘한 불꽃이 보였다. 그 불빛에 몸서리가 쳐지기는 했지만. 감방 안은 추웠다. 창문 밑 벽면의 벽돌 가운데 구멍이 나 있고 그 앞은 빅토리아풍 뇌문雷文 세공 창살로 막혀 있었다. 열기가 순환하도록 만든 것이었지만 그 구멍에서 나오는 바람은 늘 얼어붙을 듯 차가웠다. 덩컨은 속옷 위에 재소자용 잠옷을 입고 양말을 신었다. 나머지 옷, 즉 셔츠와 재킷과 바지와 망토는 조금이라도 더 따뜻할까 싶어 이불 위에 펼쳐놓았다. 이층침대 위쪽의 프레이저도 똑같이 하고 잤다.

그런데 프레이저가 잠결에 뒤척이자 망토인지 셔츠인지가 한쪽으로 스르륵 흘러내려 걸렸다. 한 팔도 옆으로 뻗어서 그의 손가락이 보였다. 어두운 데서 보니 무지막지하게 커다란 근육질 거미의 다리 같았다. 가만 보고 있자니 손가락이 경련을 일으켰다. 어디 잡을 곳을 찾아 도약하려는 것처럼…… 보지 마, 덩컨은 속으로 말했다. 이따금 그런 사소하고 별거 아닌 게 끝없이 머릿속에서 맴돌아 밤새 신경이 곤두서곤 했기 때문이다. 덩컨은 반대쪽으로 돌아누웠다. 좀 나았다. 이제 손을 뻗으면 벽이 만져졌고, 지난 세월 동안 여기 누웠던 남자들이 회반죽벽에 새겨놓은 글씨를 느낄 수 있었다. J. B. 1922년 12월, L. C. V. 1934년 9개월 10일…… 고풍스러울 정도로 오래된 날짜는 아니지만, 덩컨은 이걸 쓴 남자들과 그들이 이걸 새기면서 사용했을 조그만 도구들을 상상하는 게 좋았다. 훔친 바늘과 못, 깨진 도자기 파편. 솜씨 좋은 금고털이범 조지 K, 평화롭게 잠들다. 조지 K가 이 감방에서 죽었다는 건지, 살해당했다는 건지, 자살했다는 건지 영 아리송했다. 어떤 남자는 달력을 새겼는데, 모든 달이 30일까지라 쓸모가 없었다. 또다른 남자는 시를 썼다. 외로운 오년 감방을 거닌다. 아내가 여기 있다면 얼마나 좋을까. 그 밑에 누군가 이렇게 덧붙였다. 행여나 병신아, 네 불알친구 밑에 깔려 있을걸, 하하.

덩컨은 눈을 감았다. 이 건물 전체에서 자기 말고 또 누가 깨어 있을까 궁금했다. 아마 교도관뿐이겠지. 구식 벽시계에서 튀어나오는 인형처럼 매 정시에 교도관들이 순찰을 도는 소리가 들렸다. 교도관들은 밑창이 부드러운 구두를 신었지만 그래도 철제 바닥이 울렸다. 마치 냉혈한의 맥박처럼 규칙적이고 으스스하게 오싹한 소리였다. 낮에는 워낙에 시끌벅적해서 그런지 거의 들리지 않았다. 어둠과 고요가 낳은 듯한 그 발소리는 특별한 밤공기의 일부

같았다. 덩컨은 그 소리를 놓치지 않으려고 기다리곤 했다. 어쨌든 감옥 시간으로 육십 분이 또 흘러갔다는 의미니까. 게다가 만약 자신이 지금 깨어 있는 유일한 사람이라면, 그 육십 분은 오롯이 자기 거라는 기분도 들었다. 도자기 돼지저금통에 동전을 넣듯 스르륵 짤그랑 하고 그 시간이 내 계좌로 들어간다. 자고 있는 사람들이 안됐다! 아무것도 갖지 못하다니…… 하지만 누가 움직인다면—기침을 하거나 교도관을 부르려고 감방 문을 두드린다면, 울거나 소리를 지른다면—그 사람하고 시간을 5대 5로 삼십 분씩 나눌 것이다. 그게 공평하다.

당연하게도 사실 이건 미련한 짓이었다. 시간은 자고 있을 때 가장 빨리 지나간다. 지금 덩컨처럼 잠에서 깨어 누워 있으면 사정은 더욱 나빠지기 일쑤다. 그걸 피하려면 약간의 비결 혹은 요령이 있어야 한다. 기다림의 시간을 좀더 구체적인 무언가로, 어떤 작업 혹은 퍼즐로 바꿀 수 있어야 한다. 그것밖에는 도리가 없다. 감옥이란 원래 그런 곳이다. 돼지저금통이 아니라 시간을 갉아먹는 거대하고 느려터진 기계. 인생은 그 안에 들어가 부서지고 갈려 가루가 된다.

덩컨은 고개를 들고 반대쪽으로 몸을 돌려 자세를 바꿨다. 계단참에서 진동음이 올라왔다. 아주 경미하고 미묘한 박자로 보아, 지금 오는 사람은 분명 먼디 교도관이었다. 이 교도소의 최고참 교도관인 그는 재소자들의 신경을 건드리지 않도록 조심스럽게 걷는 법을 터득하고 있었다. 가까이 다가올수록 박자가 점점 느려졌다. 꺼져가는 심장박동처럼 느려지더니 마침내 완전히 멈췄다. 덩컨은 숨을 죽였다. 감방 문 밑으로 역겨운 파란 빛줄기가 보였다. 문에는 수직으로 한가운데쯤, 바닥에서 1.5미터가량 올라온 곳에 덮개 달린 감시용 구멍이 있었다. 지금 덩컨이 지켜보는 가운데 그 파란 빛줄기가 끊기면서 구멍이 잠깐 밝아졌다 어두워졌다. 먼디 교도관이 서서 안을 들여다보고 있었다. 왜냐하면 먼디 자신이 말했듯이 그는 가만가만 걷는 법뿐 아니라 재소자 중 누가 힘들어하며 잠 못 이루는지도 알고 있었기 때문이다……

먼디 교도관은 꼼짝 않고 그 자리에 일 분가량 서 있었다. 그리고 매우 부드럽게 물었다. "괜찮나?"

처음에 덩컨은 대답하지 않았다. 프레이저가 깰까봐 걱정이 됐다. 하지만 결국 조그맣게 말했다. "괜찮습니다!" 그리고 프레이저가 전혀 깰 기미가 없자 덧붙였다. "안녕히 주무세요!"

"잘 자라!" 먼디 교도관이 답했다.

덩컨은 눈을 감았다. 이윽고 규칙적인 진동음이 다시 들려오다가 서서히 사라졌다. 이내 눈을 떠보니 문 밑의 빛줄기는 온전한 상태로 돌아왔고, 감시용 구멍의 흐릿한 작은 원도 사라졌다. 덩컨은 반대편으로 몸을 돌리고 양손을 모아 뺨을 받쳤다. 참을성 있게 잠이 오길 기다리는 동화책 속 소년처럼.

2

"헬렌!" 차가 꽉 막혀 정신 사나운 메릴본로드에서 헬렌은 누가 자기 이름을 부르는 소리를 들었다. "헬렌! 여기요!"

헬렌은 고개를 돌렸다. 무릎께가 좀 더러운 작업복과 청재킷 차림에 먼지투성이 터번으로 머리를 틀어올린 여자가 보였다. 여자는 빙그레 웃으며 손을 흔들었다. "헬렌!" 그러고는 다시 소리쳐 부르며 웃음을 터뜨렸다.

"줄리아!" 헬렌이 마침내 입을 열고는 길을 건넜다. "못 알아볼 뻔했어요!"

"그럴 만도 하죠. 굴뚝 청소부처럼 보이죠?"

"뭐, 약간은."

줄리아가 일어섰다. 그녀는 밑부분만 남은 담장 위에서 햇볕을 쬐며 앉아 있었다. 한 손에는 글래디스 미첼의 소설을 들고, 다른 손에는 담배를 들고. 그녀는 마지막 한 모금을 급히 빨고 꽁초를 저 멀리 휙 던졌다. 그리고 헬렌에게 악수를 청하려고 작업복의 가슴 바대에 손을 문질렀다. 하지만 자기 손바닥을 힐끔 보는 품이 여전히 미심쩍은 눈치였다.

"먼지가 영구적으로 달라붙은 것 같네. 악수해도 괜찮아요?"

"당연하죠."

둘은 악수를 나눴다. 줄리아가 물었다. "어디 가는 길이에요?"

"다시 일하러 들어가는 중이에요." 헬렌은 살짝 멋쩍은 듯 대답했다. 줄리아를 대할 때면 그녀의 태도 때문인지, 똑부러지는 상류층 말씨 때문인지 늘 쑥스러웠다. "점심 먹고 나서요. 바로 저기 시청에서 일하거든요."

"시청에서요?" 줄리아가 길을 따라 시청 방향을 쳐다보았다. "그럼 오다가다 서로 모르고 지나쳤을 수도 있겠네요. 나는 아버지하고 이 근처 온 동네를 돌아다니면서 일하거든요. 브라이언스턴 스퀘어에 있는 집에 본부 비슷한 것도 차려놓았어요. 일주일째 거기서 묵고 있죠. 아버지가 공습경비원을 만나러 가셔서, 그걸 핑계로 이렇게 잠깐 쉬고 있고요."

줄리아의 아버지가 건축가라는 건 헬렌도 알고 있었다. 그는 폭격으로 파괴된 건물을 조사하는 일을 했고, 줄리아는 그런 아버지를 도왔다. 그러나 헬렌은 그들 부녀가 몇 킬로미터쯤 떨어진 곳에서, 이스트엔드 같은 데서 일하는 줄로만 알았다. "브라이언스턴스퀘어라고요? 신기하네요! 매일 거기로 지나다니는데."

"그래요?"

둘은 잠깐 서로를 바라보며 가볍게 미간을 찌푸리고 씩 웃었다. 줄리아가 쾌활하게 다시 말했다. "그나저나 어떻게 지내요?"

헬렌은 또 약간 머쓱해져 어깨를 으쓱했다. "별일 없죠, 뭐. 물론 좀 피곤하긴 하지만, 그건 다들 마찬가지고. 당신은 어떻게 지내요? 책을 쓰고 있나요?"

"네, 좀."

"공습 사이사이에 용케도 글을 쓰네요?"

"네, 공습 사이사이에. 글을 쓰고 있으면 신경이 덜 쓰이는 것 같아요. 막 이걸 읽던 참인데……" 줄리아가 책을 들어 보였다. "경쟁자를 좀 살펴볼까 해서요. 그나저나 케이는 잘 지내요?"

줄리아는 정말 아무렇지도 않게 물었다. 하지만 헬렌은 얼굴이 붉어지는 걸 느꼈다. 그러다 고개를 끄덕였다. "케이도 잘 지내요."

"아직도 구급대에서 일해요? 돌핀스퀘어에 있는?"

"네. 아직 거기 있어요."

"미키랑요? 그리고 빈키 서장도? 그 사람들 꽤나 죽이 척척 맞지 않아요?"

헬렌은 그 말에 동의하며 웃음을 터뜨렸다…… 해가 점점 밝게 내리쬐자 줄리아는 소설책을 들어 이마에 대고 그늘을 만들었다. 그러면서도 뭔가 궁리하듯 시선은 줄곧 헬렌의 얼굴에 고정되어 있었다.

그러더니 "있잖아요" 하고 말을 꺼냈다. 줄리아는 손목 안쪽으로 돌아가 있던 시계 숫자판을 앞으로 돌렸다. "아버지는 십 분쯤 더 있다 오실 텐데. 지금 차나 한잔하러 갈까 생각중이었거든요. 저기 지하철역 바로 옆에 매점이 있는데, 같이 갈래요? 아님 곧장 들어가봐야 하나?"

"에, 뭐." 헬렌은 뜻밖이었다. "지금 들어가야 하긴 하는데."

"그래요? 하지만 이렇게 생각해봐요. 차를 마시면 힘이 나서 더욱 열심히 일할 수 있을 텐데."

"음, 그런가요."

헬렌은 붉게 상기된 자신의 얼굴이 맘에 걸렸다. 줄리아가 자신을 길거리에서 케이에 관한 얘기도 못하는 사람으로 생각하지 않았으면 했다. 그 모든 게 지극히 자연스럽고 아무렇지도 않은 일인데 무슨 잘못인 양…… 그리고 케이 본인도 이렇게 두 사람이 만났다는 얘기를 들으면 기뻐할 것이다. 케이는 그런 사람이니까. 헬렌은 손목시계를 힐끗 보고 웃으며 말했다. "좋아요, 대신 좀 서두르죠. 이번 한 번만 치점 양의 분노에 맞서보기로 할게요."

"치점 양이요?"

"직장 동료예요, 앞뒤 꽉 막힌 바른생활 아가씨. 그 굳게 다문 입술엔 어딘가 소름 끼치는 면이 있어요. 솔직히 치점 양 때문에 무서워 죽겠어요."

줄리아는 깔깔 웃었다. 둘은 발걸음을 옮겼다. 부리나케 길을 따라 올라가 이동식 매점의 창 앞에 짧게 늘어선 줄 뒤에 섰다.

화창하고 바람 한 점 없는 날이었지만 추웠다. 올겨울은 굉장한 혹한이었다. 하지만 덕분에 오늘 하늘이 푸르른 거라고 헬렌은 생각했다. 다들 즐거웠던 때를 회상하는지 표정이 밝았다. 군복을 입은 한 병사는 배낭과 총을 매점 트럭에 기대어두고 한가롭게 담배를 말았다. 헬렌과 줄리아 앞에 선 젊은 여자는 선글라스를 끼고 있었다. 그 앞의 나이 지긋한 남자는 크림색 파나마모자를 썼다. 다만 그 둘 다 방독면 상자를 어깨에 메고 있었다. 사람들이 다시 방독면을 가지고 다니기 시작한 것이다. 메릴본로드를 따라 50미터쯤 떨어진 사무용 빌딩이 최근에 폭격을 맞았다. 비상 물탱크가 설치됐고, 새카맣게 타서 물에 젖은 종이쪼가리들이 길바닥 여기저기에 들러붙었고, 담벼락과 나무에 재가 내려앉았다. 길 위로 호스를 끌고 다닌 진흙 자국이 폐허가 된 건물 안팎으로 이어졌다.

그들 순서가 왔다. 줄리아는 카운터에 있는 젊은 여자에게 홍차를 주문했다. 헬렌이 지갑을 꺼내들었고 이어서 서로 돈을 내겠다며 흔한 실랑이가 벌어졌다. 결국엔 줄리아가 냈다. 애초에 자기가 마시자고 했으니까. 어쨌거나 홍차는 형편없어 보였다. 염소 처리한 물에 우렸는지 색도 희멀겋고 가루우유는 얼멍얼멍 덩어리가 졌다. 줄리아는 컵을 받아들고 약간 떨어진 곳으로 헬렌을 데려갔다. 널빤지로 막은 유리창 밑에 모래주머니가 한 무더기 쌓인 곳이었다. 모래주머니의 바짝 마른 마포에서 냄새가 났지만 햇볕을 받아서인지 그리 역하지는 않았다. 몇 개는 옆구리가 터져 허연 모래흙과 시들시들한 꽃과 풀의 잔재가 보였다.

줄리아는 꺾인 꽃줄기를 집어들었다. "전쟁에 대한 자연의 승리입니다." 라디오 아나운서 같은 말투였다. 사람들이 허구한 날 라디오에 이런 유의 사연을 써 보냈다. 폭탄이 떨어진 곳에서 새로운 종의 야생화를 발견했다느니, 신기한 종의 새를 봤다느니, 순 그런 얘기로 따분하기 짝이 없었다. 줄리아는 차를 한 모금 마시고 미간을 찌푸렸다. "우웩, 심하다." 그러고선 담뱃갑과 라이터를 꺼냈다. "길거리에서 담배 피운다고 뭐라 그러는 거 아니죠?"

"설마."

"한 대 피울래요?"

"여기 가방 속 어디에 나도 담배가……"

"에이, 그러지 말고. 자."

"그럼, 고마워요."

둘은 얼굴을 가까이 맞대고 함께 불을 붙였고 연기가 피어올라 눈에 들어갔다. 헬렌은 아무 생각 없이 줄리아의 손을 살짝 쓸었다.

"손등이 까졌네요."

줄리아가 자기 손을 들여다보았다. "그러네. 깨진 유리에 긁혔나봐요." 그러고는 손등을 입에 대고 빨았다. "오늘 아침에 채광창을 통해 어느 집에 들어가야 했거든요."

"세상에!" 헬렌이 말했다. "올리버 트위스트 같네!"

"네, 딱 그랬어요."

"불법 아녜요?"

"그렇게 생각할 수도 있겠죠. 하지만 아버지하고 나는 특별허가증을 갖고 있거든요. 집이 비었는데 열쇠가 없다면 어떤 방법으로 들어가든 상관없어요. 듣기에는 흥미진진하지만, 전혀. 그냥 지저분한 일이에요. 방은 다 부서졌지, 카펫은 망가졌지, 거울은 산산조각났지. 수도관이 있으면 물이 새서 검댕이 진창으로 변하고. 지난달에 갔던 몇몇 집은 다 얼어붙었더라고요. 소파며 식탁보며 전부다. 혹은 다 타버린 집도 있어요. 소이탄이 지붕에 떨어지면 곧바로 불이 옮겨붙어서 아주 말끔하게 한 층씩 전소시키죠. 지하실에서 하늘이 다 보인다니까요…… 그런 식으로 파괴된 집은 폭격을 맞은 집보다 어쩐지 더 서글퍼요. 꼭 암덩어리를 품은 인생 같아서."

"일할 때 안 무서워요?" 줄리아의 묘사에 완전히 빠져든 헬렌이 물었다. "나 같으면 무서울 것 같은데."

"좀 으스스하긴 하죠. 당연히 누군가와 마주칠 가능성도 늘 있고. 가령 나하고 똑같은 식으로 집안에 들어온 도둑이라든가. 장난삼아 들어오는 남자애들도 있는데, 더러는 벽에 이상한 낙서도 해놔요. 나중에 돌아올 그 집 식구들만 불쌍하죠. 가끔은 집에 사람이 살고 있는 경우도 있어요. 몇 달 전에 아버지가 어느 집에 들어가 피해 상황을 살피러 방마다 돌아다녔어요. 그런데 마지막 방에 갔더니 노란 잠옷을 입은 은발이 성성한 노파가 누더기 커튼이 달린 사주식 침대에서 자고 있는 거예요."

헬렌은 그 광경이 눈에 선했다. 그녀는 줄리아의 이야기에 몰입되어 물었다. "그래서 아버님이 어떻게 하셨대요?"

"그대로 놔두고 나왔죠. 조용히 아래층으로 내려왔대요. 그 구역 공습경비원한테 물었더니, 그 할머니한테 매일 와서 저녁도 해주고 불도 피워주는 여자가 있다고 했대요. 아흔세 살이라 공습이 시작돼도 밖으로 나올 수가 없다나. 그 할머니는 앨버트 공과 빅토리아 여왕이 마차를 타고 하이드파크를 지나는 것도 봤다더군요."

줄리아가 얘기하는 동안 해는 줄곧 구름 속을 들락날락거렸다. 해가 나올 때마다 줄리아는 손을 들어 눈을 가리거나 아까처럼 책을 들었다. 그리고 지금처럼 해가 쨍쨍하게 내리쬐면 이야기를 멈추고 한동안 눈을 감은 채 고개를 젖혔다.

줄리아는 정말 매력적이야! 노파의 얘기를 듣다 헬렌은 뜬금없이 그런 생각이 들었다. 태양이 스포트라이트처럼 줄리아를 비추었고, 파란 작업복과 청재킷 덕분에 구릿빛으로 그을린 얼굴과 새카만 속눈썹과 단아하고 시원스럽게 뻗은 눈썹이 한층 돋보였다. 터번으로 머리카락을 틀어올려서 턱과 목의 우아한 곡선이 더욱 도드라졌다. 줄리아가 입술을 약간 벌렸다. 그녀의 입술은 도톰하고 약간 큰 편이었고, 치열은 그리 고르지 않았다. 하지만 그조차도 왠지 매력적이었다. 완전무결하다기보다는 아름다운 얼굴을 더욱 묘하게 매혹적으로 만드는 유의 흠이 있었다.

놀랄 일도 아니지, 헬렌은 불안하고 복잡한 심정으로 생각했다. 질투와 감탄이 뒤섞여 가슴이 살짝 미어지는 느낌이었다. 케이가 당신을 사랑했던 것도 놀랄 일은 아니야.

헬렌과 줄리아 사이의 유일한 접점이 바로 케이였다. 둘은 친구라고 부를 만한 사이도 아니었다. 줄리아는 미키처럼 케이의 친구였다. 아니, 미키와는 달랐다. 줄리아는 미키가 그러듯 케이와 헬렌과 함께 그들 집이나 식당이나 파티에서 함께 시간을 보내지 않았다. 줄리아는 속을 터놓지도, 편하게 지내지도, 상냥하게 굴지도 않았다. 수수께끼 같은 분위기를 풍겼다. 상류층의 귀티 같은 거라고 헬렌은 생각했다.

수수께끼와 귀티는 애초부터 있었다. "줄리아를 만나봐." 케이는 헬렌이 자신의 집으로 옮겨온 후부터 말하곤 했다. "나는 두 사람이 꼭 만나봤으면 좋겠어." 그러나 항상 뭔가 일이 생겼다. 줄리아가 바쁘대. 줄리아가 집필중이래. 줄리아는 밤낮을 가리지 않고 일했고, 도통 시간을 잡을 수가 없었다. 결국 둘은 일 년 전쯤 우연히 극장에서 마주쳤다. 〈즐거운 영혼〉*—하고 많은 작품 중에 하필—이라는 연극 공연이 끝난 직후였다. 줄리아는 아름답고 매력적이면서도 무섭고 거리감이 느껴졌다. 헬렌은 딱 한 번 그녀를 쳐다보았고, 그들을 소개할 때 어색하게 쩔쩔매는 케이의 태도를 보고 둘 사이를 대충 짐작했다.

그날 저녁 헬렌은 케이에게 물었다. "두 사람 사이에 무슨 일 있었어?" 그러자 케이는 금세 또 허둥댔다.

"별일 아니야."

"별일 아니라고?"

"그냥…… 일종의 엇나간 애정이랄까, 그뿐이야. 옛일이지."

"사랑했구나." 헬렌이 대뜸 말했다.

그러자 케이는 웃음으로 얼버무렸다. "어이, 그냥 딴 얘기 하자!" 하지만 얼굴이 붉어진 케이를 보는 건 정말 드문 일이었다.

그 홍조가 헬렌과 줄리아 사이의 유일한 연결고리였다. 생각해보면 좀 웃기는 연결고리였지만.

줄리아는 빙그레 웃으며 고개를 살짝 기울였다. 둘은 메릴본역 입구에서 겨우 50미터쯤 떨어진 곳에 있었는데, 차들이 잠잠해진 사이 플랫폼에서 느닷없이 굉음이 터져나왔다. 경적소리, 뒤이어 증기를 뿜어내는 소리. 줄리아가 눈을 떴다. "난 저 소리가 좋아요."

---

* 귀신이 된 전처가 재혼한 남편의 결혼생활을 방해한다는 내용의 코미디극.

"나도요." 헬렌이 말했다. "휴가를 떠나는 신호 같지 않아요? 양동이와 삽을 들고 해변으로 가는 소리. 저 소리를 들으면 런던을 벗어나 어디론가 떠나고 싶어져요, 잠시라도." 헬렌은 컵 밑바닥에 남은 차를 빙빙 돌렸다. "그럴 기회는 없을 것 같지만."

"왜요?" 줄리아가 헬렌을 빤히 쳐다보며 물었다. "계획을 세우면 되잖아요?"

"갈 데가 어디 있겠어요? 그리고 기차도…… 하여간 케이가 전혀 말을 안 들어요. 이젠 돌핀스퀘어에서 시간 외 근무까지 도맡아 하는걸요. 전황이 이렇게 안 좋으니, 휴가 낼 생각은 절대 안 할 거예요."

줄리아는 담배를 한 모금 빨고 바닥에 던진 뒤 발로 비벼 껐다. "케이야 원래 여걸이잖아요?" 그녀가 연기를 내뿜으며 말했다. "케이야 원래 듬직한 녀석이죠."

헬렌은 그녀가 우스갯소리로 하는 말이라고 생각했다. 하지만 어조가 별로 밝지 않았고, 그 말을 하면서도 쭈뼛쭈뼛 곁눈으로 자신을 쳐다보았다. 마치 시험해보려는 듯, 의중을 떠보려는 듯.

그때 헬렌은 예전에 미키가 줄리아에 대해 했던 말이 생각났다. 줄리아는 남들이 자신을 숭배하기를 원한다. 누가 자기보다 더 사랑받는 것을 참지 못한다. 그리고 매정하다. 그래서 헬렌은 줄리아에게 살짝 반감이 들었다. 정말이네. 매정해. 그 순간 헬렌은 갑자기 위험에 노출된 듯 불안해졌다.

그런데 희한하게도 그 불안한 감각이, 심지어 반감조차도 자못 흥미진진하게 느껴졌다. 헬렌은 다시 한번 줄리아의 유려하고 아름답고 상류층다운 얼굴을 힐끗 쳐다보았다. 진주 같은 보석류가 떠올랐다. 어쨌거나 매정함은 귀티의 조건이 아니던가?

그때 줄리아가 자세를 바꾸면서 그 순간은 지나갔다. 헬렌은 다시 시계를 확인하고는 많이 늦었음을 깨달았다. "망할." 그녀는 얼른 담배를 마저 피우고 거의 다 비운 컵에 꽁초를 버렸다. 쉭 소리가 났다. "그만 들어가야겠네요."

줄리아는 고개를 끄덕이고 자기 컵을 비웠다. "같이 가죠."

둘은 서둘러 매점으로 가서 카운터에 컵을 놔두고, 헬렌의 사무실까지 200미터 정도를 걸었다.

"오래 자리를 비웠다고 그 프리즘 양이 마구 닦달하려나요?" 걸어가면서 줄리아가 물었다.

"치점 양이에요." 헬렌은 씩 웃으며 말했다. "아마 그러겠죠."

"그럼 나 때문에 늦었다고 하세요. 그러니까, 비상사태였다고. 내가…… 뭐라고 할까? 폭격으로 집이고 재산이고 홀라당 잃었다고."

"전부 다요?" 헬렌은 생각을 곱씹었다. "그럼 안됐지만 찾아가야 할 부서가 대충 여섯 개는 되겠네요. 저는 가벼운 수리를 위한 보조금 혜택만 드릴 수 있어요. 재건축과 관련해서는 피해보상위원회 사람을 만나야 해요. 하지만 그 사람들 틀림없이 도로 우리한테 넘기겠죠. 구제 가능한 물건, 커튼이나 카펫 등의 세탁비와 관련해서는 삼층에 있는 링크스 양이 도움을 드릴 겁니다. 하지만 잊지 말고 세탁소 영수증을 가져오세요. 그리고 맨 처음 사고경위서를 작성했을 때 저희가 드린 전표도 꼭 챙겨 오고요…… 네? 전표를 잃어버렸다고요? 아, 저런. 그게 꼭 있어야 하는데. 전부 처음부터 다시 해야겠네요…… 이건 꼭 뱀사다리 게임 같아요. 물론 일단 상담할 차례가 됐다는 가정하에서의 얘기지만."

줄리아가 얼굴을 찡그렸다. "일을 즐기는군요."

"답답한 것뿐이에요. 어떻게 좀 바꿔보고 싶은데. 요즘은 삼 년 전에 집을 다시 지어줬던 사람들이 와요. 또 폭격을 맞아 박살난 거죠. 우리도 전에 없이 쪼들리고. 전쟁에는 계속 돈이 들어요…… 얼마라더라? 하루에 1100만 파운드?"

"나한테 묻지 마요." 줄리아가 말했다. "신문 읽기는 옛날에 포기했으니까. 확실히 세상이 자멸하려고 작정한 모양이에요. 몇 달 전부터 그냥 팔짱 끼고 구경하기로 했어요."

"나도 그럴 수 있으면 좋겠어요. 하지만 아무것도 모르는 것보다 다 알고 있는 편이 그나마 기분이 덜 찝찝하더라고요."

시청에 다다른 둘은 계단 밑에서 잠시 발을 멈추고 작별인사를 했다. 두껍게 재를 뒤집어써 잿빛 모피를 입은 것 같은 돌사자 두 마리가 성난 얼굴로 계단 양옆에서 호위하고 있었다. 줄리아는 사자 머리를 가볍게 두드리며 웃었다.

"이 사자 등에 올라타고 싶은 마음이 굴뚝같은데. 치점 양이 보면 뭐라고 할까요?"

"심장마비를 일으킬걸요." 헬렌이 말했다. "잘 가요, 줄리아." 그녀는 손을 내밀었다. "채광창 넘어다니는 건 좀 자중하고요, 네?"

"노력해보죠. 잘 가요, 헬렌. 즐거웠어요. 이거 참 이상한 표현 같지 않아요?"

"훌륭한 표현이죠. 저도 만나서 즐거웠어요."

"그래요? 그럼 앞으로 종종 마주치길 바라야겠네. 아니면, 언제 한번 케이랑 메클런버그스퀘어에 와요. 저녁이나 같이하게."

"네." 뭐 저녁 한 끼가 대수인가? 지금 보니 그리 어려운 일도 아닐 것 같았다. "네, 그럴게요." 헤어지면서 헬렌이 말했다. "아, 차 고마워요!"

"사람들이 많이 기다려요, 지니버 양." 치점이 들어오는 헬렌을 보고 말했다.

"아, 그래요?" 헬렌은 사무실을 가로질러 직원용 통로를 통해 화장실로 내려가 코트와 모자를 벗고 거울 앞에 서서 얼굴에 파우더를 덧칠했다. 그러는 동안 줄리아의 유려하고 매혹적인 이목구비가 다시 떠올랐다. 가는 목, 검은 눈, 단아한 눈썹, 크고 삐뚜름한데도 자꾸 눈길이 가는 입.

문이 열리고 링크스 양이 들어왔다.

"아, 지니버 양, 드디어 찾았네요. 좀 안타까운 소식이 있어요. 시장市長 기금 부서의 파이퍼 씨 있잖아요, 그분 부인이 돌아가셨대요."

"오, 세상에." 헬렌은 손을 내렸다.

"네, 시한폭탄 피해였대요. 오늘 새벽에 돌아가셨다네요. 운도 지지리 없지. 조문 카드를 모아서 보내려고요. 어쨌든 이런 일이 하도 잦으니 사람들한테 일일이 부탁하지는 않으려고요. 그래도 지니버 양은 알고 싶어할 것 같아서."

"네, 고마워요."

헬렌은 콤팩트를 닫고 가방에 넣은 다음 힘없이 사무실로 돌아갔다. 그후로 줄리아 생각은 거의 하지 않았다. 전혀 하지 않았다.

"자, 오늘 메뉴는 뭐야?" 저녁식사 줄에서 덩컨 앞에 선 재소자가 말했다. 통칭 '비 이모님'이라 불리는 낫살깨나 먹은 동성애자였다. "바닷가재 테르미도르? 파테? 송아지 고기?"

"양고기예요, 이모님." 배식하는 청년이 대답했다.

비 이모는 쯧쯧 혀를 찼다. "새끼 양이라고 꾸며낼 상상력도 없니. 에그그. 가득 퍼서 담아라, 얘야. 요즘은 브룩스*에서 먹는 점심도 이보다 나을 게 없다더라."

비 이모가 눈을 홉뜨고 머리칼을 쓸며 한 이 마지막 말은 덩컨에게 하는 소리였다. 그녀의 앞머리는 과산화수소수로 탈색한 금발이었고 웨이브가 꽤 멋졌다. 매일 밤 머리를 안쪽으로 잘 말아서 끈으로 묶고 잔 덕분이었다. 뺨은 연지색으로 칠했고, 입술도 젊은 여자처럼 새빨갰다. 도서관의 진홍색 장정 책들은 죄다 얼룩덜룩 색이 조금씩 빠졌는데, 비 이모 같은 남자들이 립스틱을 칠한답시고 표지를 빨아댔기 때문이었다.

덩컨은 비 이모가 정말 싫었다. 그녀의 말에 대꾸하지 않고 묵묵히 배식을 받았다. 잠시 후 비 이모가 자리를 찾아 발걸음을 옮기는데, 덩컨의 옆을 지나며 소곤거렸다. "어머, 자기 오늘 좀 거만하다?" 덩컨이 다시 힐끗 보았을 때, 그녀는 테이블에 식판을 내려놓고 가슴께를 만지작거리고 있었다. "얘들아!" 그러고선 자기 패거

* 런던 상류층 남성 전용 사교클럽의 고급 레스토랑.

리한테 소리쳤다. "나 방금 상처받았어! 뼈에 사무치게! 누가 그랬냐고? 글쎄, 저기 있는 비련의 여주인공 피어스 양이……"

덩컨은 고개를 푹 숙인 채 식판을 들고 식당 반대편으로 갔다. 프레이저와 다른 남자 여덟 명이 차지한 입구 근처의 식탁에 앉았다. 프레이저는 먼저 와서 맞은편에 앉은 와틀링이라는 남자와 활발히 토론을 벌이고 있었다. 그도 프레이저와 마찬가지로 병역거부자였다. 와틀링은 팔짱을 끼고 앉아 있고, 프레이저는 허리를 굽히고 방수 테이블보를 덮은 식탁을 두들기며 자기주장을 설파하는 중이었다. 덩컨이 다가와 몇 자리 건너에서 의자를 빼는 것도 몰랐다. 그러나 다른 남자들은 한 번씩 그를 쳐다보며 고갯짓을 하고 제법 쾌활하게 말을 걸었다. "안녕, 피어스." "괜찮나, 자네?"

대부분 나이 지긋한 남자들이었다. 덩컨과 프레이저는 이곳 재소자 중에서 가장 어린 축에 속했다. 특히 덩컨은 인기가 좋았고, 사람들이 종종 챙겨주었다. "잘 지내?" 옆에 앉은 노인이 그에게 물었다. "요즘도 그 다정한 누나가 면회 오나?"

"토요일에 왔었어요." 덩컨은 앉으면서 대답했다.

"누나 잘 뒀네그래. 얼굴도 예쁘장하고." 노인은 한쪽 눈을 찡긋했다. "누나 잘 둬서 손해 볼 건 없지, 안 그래?"

덩컨은 살짝 웃었다. 그러나 곧 킁킁거리며 냄새를 맡고는 인상을 팍 썼다. "이게 대체 무슨 냄새예요?"

"무슨 냄새일 것 같아?" 맞은편에 앉은 남자가 말했다. "저 빌어먹을 하수구가 또 막혔어."

식탁에서 몇 미터 떨어지지 않은 곳에 이쪽 일층 감방의 재소자들이 요강을 비우는 하수구가 있었다. 하수구는 툭하면 막혔다. 덩컨은 무심코 그쪽을 힐끗 보았다가 딱딱한 갈색 똥덩어리와 오줌이 메스꺼운 스튜가 되어 흘러넘치는 장면을 목격하고 말았다.

"어휴!" 그는 의자를 돌려 앉았다. 그리고 식판에 포크질을 하기 시작했다. 하지만 음식도 메스꺼웠다. 양고기는 비계투성이였고 감자는 회색이었다. 씻지도 않고 푹 삶은 양배추에는 아직도 흙이 붙어 있었다.

맞은편에 앉은 남자가 힘겹게 음식을 삼키는 덩컨을 보고 씩 웃었다. "입맛 돌지 않냐? 어젯밤에 먹은 코코아에선 쥐똥이 나오더라."

"삼층에 있는 에반스는," 딴사람이 거들었다. "빵에서 발톱이 나왔대! C동 놈들이 일부러 그런 거야. 근데 에반스 말이, 더 미치겠는 건 배고파 죽을 것 같아서 계속 먹을 수밖에 없었다는 거야! 그냥 발톱을 발라내면서 끝까지 먹었대!"

남자들의 표정이 일그러졌다. 덩컨 옆에 앉은 노인이 말했다. "음, 우리 아버지가 하시던 말씀이 생각나는군. '배고픈 개는 더러운 푸딩도 먹는다.' 정말 여기 들어오기 전까지는 그 말을 이해하지 못했는데."

사람들은 얘기를 계속했다. 덩컨은 양배추에서 흙을 긁어내고 포크 위에 얹었다. 그렇게 식사를 하면서 다른 남자들의 말소리 너머로 띄엄띄엄 들리는 프레이저와 와틀링의 대화에 귀를 기울였다. "하지만 자네가 말하는 게, 여기하고 메이드스톤에 장교가 그렇게 많은데……" 그다음은 안 들렸다. 지금 그들이 앉아 있는 곳은 커다란 홀의 콘크리트 바닥에 놓인 열다섯 개의 식탁 중 하나였다. 식탁마다 열에서 열두 명 정도가 앉았는데, 떠들고 웃는 소리에 의자 끄는 소리, 교도관이 고함치는 소리 등이 견디기 힘들 정도였다. 게다가 이곳의 기묘한 음향 울림 때문에 어떤 소리든 킹스크로스역의 안내 방송처럼 들렸다.

가령 방금 같은 경우 느닷없는 소란에 다들 움찔했다. 가니시 교도관이 쿵쿵거리며 홀로 내려와 소리를 지르며 어떤 재소자의 얼굴에 대고 욕설을 퍼부었다. "이 등신새끼!" 그 남자가 저지른 일이라고는 감자를 흘리거나 소스를 튀긴 게 전부였다. 욕설은 성난 짐승의 무시무시한 으르렁거림 같았다. 남자들은 그쪽을 쳐다봤다가 이내 따분하다는 듯 다시 고개를 돌렸다. 프레이저는 아예 고개를 들지도 않았다. 여전히 와틀링과 논쟁하고 있었다. 그러다 짧게 깎은 머리를 움켜쥐더니 웃음을 터뜨렸다. "이건 도저히 끝이 안 나겠다!"

프레이저의 목소리가 이젠 똑똑히 들렸다. 가니시 교도관의 폭발 이후 실내가 약간 잠잠해졌기 때문이다. 와틀링의 오른편에 앉은 남자—강도죄로 들어온 해먼드라는 탈영병—가 프레이저를 싸늘하게 노려보았다. "알면 그 잘난 입 좀 다물지그래? 우리도 쉴 짬은 있어야지. 뺑, 뺑, 뺑, 네가 하는 말은 죄다 뺑이야. 여하튼 나불대는 건 네 자유지만. 이 전쟁통에서도 잘해먹는 놈들은 너 같은 족속이겠지. 평화시에도 자기들끼리 잘나갔듯."

"맞아." 프레이저가 대답했다. "우린 그래. 나 같은 족속은—네 표현을 빌리자면—바로 그런 식으로 생각하는 너 같은 족속을 필요로 하지. 평화시에 노동자들이 별 재미를 못 봤다면 굳이 전쟁을 거부할 이유도 없겠네. 그 사람들한테 남부럽지 않은 직장과 집을 주고, 자녀들을 괜찮은 학교에 보내주면 금방 평화주의가 뭔지 알아듣겠지."

"지랄한다!" 해먼드는 역겹다는 듯 내뱉었다. 하지만 자기도 모르게 논쟁에 끌려들었다. 해먼드 맞은편의 남자도 말려들었다. 다른 누군가가 일반 노동자를 착해빠진 순둥이로만 아는 것 같다고 프레이저한테 딴죽을 걸었다. "노동자가 잔뜩 있는 공장을 한번 운영해봐야 해." 그는 횡령죄로 들어온 죄수였다. "그럼 정치관이 확 바뀔걸, 아무렴." 이어서 해먼드가 말했다. "나치는 또 어떻고? 나치도 평범한 노동자들이잖아, 안 그래?"

"그야 그렇지." 프레이저가 말했다.

"일본놈들은 또 어떻고?"

"일본놈들은," 프레이저 옆에 앉은 남자—기그스라는 탈영병—가 말했다. "인간이 아냐. 다 아는 얘기잖아."

대화는 몇 분 동안 이어졌다. 덩컨은 잠자코 듣기만 하면서 더러운 음식을 먹어치웠다. 이따금 프레이저를 힐끔거리기도 했다. 그는 이 모든 얘기를 시작해서 식탁을 한바탕 휘저어놓고는 머리 뒤로 손깍지를 낀 채 허리를 쭉 펴고 의자에 기대어 즐거운 듯 구경만 했다. 덩컨은 프레이저의 수감복이, 딴사람들도 마찬가지지만, 참 후줄근하니 안 어울린다고 생각했다. 지저분한 붉은 별이 달린 회색 재킷은 그의 얼굴에서 혈색을 다 앗아갔고, 셔츠 칼라는 때가 타서 시커멨다. 그런데도 어쩐지 인물이 훤해 보였다. 예컨대 딴사람들은 다들 초췌하고 굶주려 보이는데, 그는 그저 조금 호리호리해 보일 뿐이었다. 프레이저는 웜우드스크럽스에서 삼 개월째 복역중이었고 이제 아홉 달만 더 치르면 되었다. 그전에는 브릭스턴 교도소에서 일 년을 보냈는데, 여기보다 훨씬 심한 곳으로 알려져 있었다. 그러나 브릭스턴조차 자기가 어릴 때 다니던 사립학교만큼 나쁘지는 않았다고, 전에 프레이저가 덩컨에게 말한 적이 있었다. 그래도 프레이저의 양손만은 스크럽스의 고달픈 인생살이를 진하게 겪었다. 바구니 작업장에서 일하는 그는 아직 도구를 다루는 요령이 부족해 손가락에 동전만한 물집이 잡혔다.

프레이저는 고개를 돌리다 자신을 바라보는 덩컨과 시선이 마주치자 싱긋 웃었다. "이 토론에 한마디하지 않을래, 피어스?" 그러면서 다 들리게 소리쳤다. "이 문제에 대해 넌 어떻게 생각해?"

"피어스는 아무 생각도 없어." 덩컨이 대답하기도 전에 해먼드가 받아쳤다. "만날 고개만 푹 처박고 다니지…… 안 그래, 친구?"

덩컨은 주위를 의식하며 한마디했다. "걸핏하면 그런 얘기를 하는 게 무슨 소용이 있는지 모르겠어, 네 질문이 그런 뜻이라면. 우리는 아무것도 바꿀 수 없어. 근데 뭐하러 애를 써? 이건 딴사람들의 전쟁이야, 우리의 전쟁이 아니라."

해먼드가 고개를 주억거렸다. "빌어먹을 딴놈들의 전쟁이지, 맞아!"

"그래?" 프레이저가 덩컨에게 물었다.

"그래." 덩컨은 대답했다. "우리가 이 안에 있는 한. 어차피 죄다 딴사람들 거잖아. 그러니까, 정작 중요한 건 다 타인의 소유란 거지. 나쁜 것이든 좋은 것이든……"

"제기랄." 기그스가 하품하며 말했다. "너 한 십 년은 감옥 밥 먹은 사람처럼 말한다. 빌어먹을 무기징역 사는 놈 같아!"

"그 말은 곧," 프레이저가 받았다. "지금 네가 정확히 그들이 바라는 대로 행동한다는 뜻이야. 가니시와 대니얼스가, 다시 말해 처칠과 그 밖의 모든 사람들이 원하는 대로. 넌 네 머리로 생각할 권리를 포기하는 거야! 딱히 비난하는 건 아니야, 피어스. 뭔가를 할 의욕이 전혀 나지 않는 이 안에서는 힘든 일이지. 심지어 뉴스도 못 듣게 하잖아! 이걸 보면……" 그는 식탁 위로 손을 뻗었다. 식탁에 〈데일리 익스프레스〉가 놓여 있었다. 하지만 신문을 펼치자, 아이들이 학교에서 만드는 크리스마스 눈꽃처럼 군데군데 뉴스가 잘려나가 있었다. 사실상 남은 거라곤 가족 면과 스포츠 면, 만화밖에 없었다. 그는 신문을 도로 툭 던졌다. "이게 바로 그들이 너의 정신에 가하려는 짓이야." 그가 말했다. "그들이 활개치게 뒀을 때 말이지. 그들이 활개치게 놔두지 마, 피어스."

프레이저는 맑고 푸른 눈으로 덩컨을 똑바로 쳐다보며 아주 열정적으로 말했다. 덩컨은 얼굴이 붉어지는 걸 느꼈다. "너한테는 쉬운 일이겠지." 덩컨이 입을 뗐다.

그런데 프레이저의 시선이 덩컨의 어깨 너머로 옮겨가더니 표정이 달라졌다. 식탁 사이로 걸어다니는 먼디 교도관을 본 것이다. 프레이저는 손을 들었다.

"이야, 먼디 교도관님, 교도관님!" 마치 연극을 하듯 과장스럽게 불렀다. "마침 잘 오셨어요!"

먼디 교도관은 느긋하게 걸어왔다. 그는 덩컨을 보고 고개를 까딱했다. 그러나 프레이저에게는 좀더 조심스러운 눈빛을 보내면서 나직하고 듣기 좋은 목소리로 말했다. "왜, 무엇이 문제인가?"

"문제는 없고요." 프레이저가 대답했다. "왜 교도소 시스템이 음, 뭐라 해야 하나, 재소자를 재교육시켜야 마땅한데도 오히려 멍청이로 만드는 데 그리도 열심인지 설명해주실 수 있을 것 같아서요."

먼디 교도관은 너그럽게 미소를 지었지만 말려들지는 않았다. "이것 보게나," 그러면서 다른 얘기로 넘어갔다. "마음대로 불평하시게. 어쨌든 교도소에서는 그런 걸 가지고 뭐라 하진 않으니까."

"하지만 자기 머리로 생각하게 두지는 않잖습니까!" 프레이저는 계속 밀고 나갔다. "신문도 못 읽게 하고, 라디오도 못 듣게 하고. 왜 그러는 겁니까?"

"왜 그러는지 잘 알잖나, 젊은이. 자네가 일절 속하지 않은 바깥세계에 대한 얘기를 들어봤자 좋을 거 하나도 없네. 공연히 마음만 싱숭생숭하지."

"다른 말로 하면, 자신의 생각과 의견을 갖게 된다는 거죠. 그럼 교도소측에서는 우리를 통제하기 더욱 힘들어지고."

먼디 교도관은 고개를 저었다. "불만이 있으면 가니시 교도관에게 이야기하게나. 하지만 자네가 나만큼 오래 여기서 지냈다면……"

"얼마나 오래 근무하셨는데요, 먼디 교도관님?" 해먼드가 끼어들었다. 그는 기그스하고 같이 열심히 듣고 있던 참이었다. 식탁의 다른 남자들도 마찬가지였다. 먼디 교도관은 머뭇거렸다. 해먼드가 다시 말했다. "대니얼스 교도관한테 듣기로는, 사십 년인가 그 정도 계셨다던데."

"뭐," 먼디 교도관은 걸음을 늦췄다. "여기는 이십칠 년째고, 그 전에 파크허스트에 십 년 있었지."

해먼드는 휘파람을 불었다. 기그스가 말했다. "세상에! 그건 살인범 형량보다 더 길잖아요? 근데 옛날에 이곳은 어땠습니까? 그땐 재소자들이 어땠나요, 교도관님?"

덩컨은 이들이 교실에 앉아 있는 학생 같다고 생각했다. 선생님한테 이프르*에서 싸울 때 어땠냐고 물어보며 수업시간을 때워보려는 아이들. 먼디 교도관은 사람이 워낙 좋아서 이들을 그냥 무시하고 가버리지 못했다. 어쩌면 프레이저보다 해먼드와 얘기하는 게 낫겠다고 판단했을지도 모른다. 그는 자세를 바꾸어 좀더 편하게 서서 팔짱을 끼고 한참을 생각했다.

"사람들은," 그가 마침내 입을 열었다. "결국 거기서 거기지."

"거기서 거기라고요?" 해먼드가 말했다. "그러니까 식충이 웨인라이트 같은 놈도, 와틀링이나 프레이저처럼 정치 얘기만 해대서 사람 따분하게 만드는 놈도 있었다는 겁니까? 삼십칠 년 동안? 제기랄! 정신이 나갈 뻔한 적은 없었어요, 교도관님? 머리가 돌아버릴 뻔한 적 없었냐고요!"

"고참 간수들은 어땠는데요?" 기그스가 신이 나서 물었다. "아주 잔인한 놈들이었죠, 그렇죠?"

"글쎄." 먼디 교도관은 공정하게 말했다. "어딜 가든 좋은 간수

* 1차대전 당시 가장 치열한 접전을 벌인 벨기에 서부의 도시.

도 있고 나쁜 간수도 있고, 친절한 사람도 있고 가혹한 사람도 있게 마련이지. 하지만 교도소 관습이……" 그러고는 콧잔등을 찡그렸다. "그때는 교도소 관습이 아주 엄했지. 그래, 지독히 엄격했어. 자네들도 꽤 거친 대우를 받는다고 생각하겠지만 그 시절에 비하면 꿀 빠는 거지. 사람을 보자마자 채찍질하는 간수도 있었어. 매질당하는 소년들도 봤고. 겨우 열하나, 열둘, 열세 살이었지, 가슴이 미어진다네. 그래, 몹시 잔인한 시절이었어…… 하지만 이런 것도 있어. 내가 항상 하는 말인데, 교도소에서는 사람의 가장 나쁜 면도, 가장 좋은 면도 보게 된다네. 여기서 일하며 점잖은 사람도 수두룩하게 봤어. 악인으로 들어왔다 성인으로 나간 사람도 여럿 알고, 그 반대인 사람도 알지. 나는 교수대로 가는 사람들과 함께 걸었고, 그들과 악수한 것이 자랑스러웠다네."

"그 사람들한테 퍽이나 위로가 되었겠네요, 교도관님!" 프레이저가 외쳤다.

덩컨은 먼디 교도관을 쳐다보았다. 그는 속을 들킨 사람처럼 얼굴이 붉어졌다. 해먼드가 얼른 물었다. "여기 들어왔던 사람 중에 제일 무지막지했던 놈이 누구예요? 제일 악질적인 놈이요." 그러나 먼디 교도관은 더는 휘말리지 않았다. 그는 팔짱을 풀고 허리를 폈다.

"자, 그만." 그는 걸음을 떼며 말했다. "이제 어서 식사를 끝내야지. 자자."

그는 다시 홀을 순회하기 시작했다. 허리 때문에 약간 절룩거리며 느릿느릿 걸었다.

기그스와 해먼드가 낄낄거리며 코웃음을 쳤다.

"물러빠져갖고, 멍청이!" 먼디 교도관의 귀에 들리지 않을 만큼 거리가 멀어지자 해먼드가 말했다. "저 새끼 진짜 굉장하지 않냐? 분명 머리가 돈 거야. 어떻게 교도소에서…… 몇 년이라 그랬지? 삼십칠 년? 이 염병할 곳에 삼십칠 일만 있으래도 환장해버릴 텐데. 삼십칠 분이래도. 삼십칠 초……"

"저거 봐!" 기그스가 말했다. "저 걷는 꼴 좀 보라고! 저 새낀 왜 저렇게 걸을까? 늙은 오리처럼 걷잖아. 어떤 놈이 먼디랑 같이 있을 때 담을 넘어 탈옥하려는 걸 상상해봐! 먼디가 그놈을 뒤쫓는 장면을 상상해보라고!"

"그만들 해." 덩컨이 갑자기 끼어들었다. "좀."

해먼드가 놀란 눈으로 덩컨을 쳐다보았다. "너 뭐 잘못 먹었냐? 다 웃자고 하는 소리잖아. 젠장, 여기서 웃지도 못하면……"

"그냥 내버려두라고."

기그스가 인상을 썼다. "아, 죄송하게 됐습니다. 당신하고 저분이 그렇고 그런 사이라는 걸 깜박했네요."

"그런 거 아냐." 덩컨이 말했다. "난 그냥……"

"그래, 좀 쉬자, 다들." 다른 사람이 끼어들었다. 횡령범이었다. 그는 조각난 〈데일리 익스프레스〉를 읽으려 애쓰는 중이었다. 신문을 한 번 흔들자 여기저기 떨어져나갔다. "빌어먹을 동물원에서 먹이 주는 시간도 아니고."

기그스가 의자를 뒤로 밀치고 일어났다. "야, 가자." 그는 해먼드에게 말했다. "어쨌든 이 자리는 냄새가 지랄맞아."

둘은 식판을 들고 자리를 떴다. 잠시 후 횡령범과 다른 남자도 일어났다. 덩컨이 앉은 쪽에 남은 사람들이 서로 가까이 자리를 옮겼다. 목재 자투리로 만든 조그만 도미노 세트를 가져온 사람이 있어서 그걸로 게임을 시작했다.

프레이저는 의자에 앉은 채 기지개를 켰다. "웜우드스크럽스 D동의 저녁식사 시간이 이렇게 또 지나가는구나." 그러면서 덩컨을 쳐다보았다. "네가 해먼드와 기그스한테 맞서는 걸 볼 줄은 꿈에도 몰랐어, 피어스. 그게 다 먼디 교도관을 위해서라니! 무척 감동하시겠어."

사실대로 말하자면 덩컨은 약간 떨고 있었다. 싸움도 대립도 싫었다. 원래부터 그랬다. 덩컨이 말했다. "저 사람들이 신경을 건드리잖아. 먼디 교도관은 괜찮은 사람인데. 가니시 교도관이나 다른 교도관보다는 나으니까. 누구한테 물어봐도 그렇게 말할걸."

프레이저는 입술을 삐죽거렸다. "나는 뭐라 해도 먼디보다 가니시 쪽이야. 위선자보다는 정직한 사디스트가 낫다는 말이지. 사형수와 악수를 했다니, 무슨 얼토당토않은 소리야."

"먼디 교도관은 자기 일을 하는 것뿐이야, 다들 그러듯."

"도처에 깔린 나랏밥 먹는 깡패나 살인자처럼 말이지!"

"먼디 교도관은 그런 사람 아냐." 덩컨은 고집스럽게 말했다.

"확실히," 와틀링이 덩컨을 쳐다보며 프레이저에게 말했다. "기독교에 대해서는 아주 희한한 사상을 갖고 있던데. 먼디 교도관이 그 주제에 관해 얘기하는 거 들어본 적 있어?"

"들어본 것 같은데." 프레이저가 말했다. "메리 베이커 에디의 추종자 아냐?"

"악성 종기 때문에 의무실에 있을 때 한 번 들은 적이 있어. 종기란 단지 현시顯示—그의 표현을 정확히 빌리자면—라고, 고통이 있다고 믿는 내 마음의 현시라고 하더라고. 그러면서 이러더군. '자네는 하느님을 믿지, 그렇지? 자, 그렇다면 하느님은 완벽한 존재이고, 완벽한 세상을 창조하셨어. 근데 어떻게 자네한테 종기가 생길 수 있겠나? 의사들이 종기라고 부르는 것은 사실 자네의 헛된 믿음일 뿐이야! 자네의 믿음을 진실로 이끌면 종기 따위는 사라질걸세!'"

프레이저는 한바탕 웃음을 터뜨렸다. "한 편의 시로군!" 그가 외쳤다. "다리를 댕강 잘린 사람이나 총검에 배를 푹 찔린 사람한테 무척이나 위로가 되겠어!"

덩컨은 미간을 찌푸렸다. "넌 해먼드만큼이나 나빠. 네가 거기에 동의하지 않는다는 이유만으로."

"거기 동의할 거리가 대체 뭔데?" 프레이저가 말했다. "횡설수설에는 동의하지 못하거나 안 하는 거야. 그건 누가 봐도 헛소리잖아. 섹스에 굶주린 노처녀들을 달래기 위한 망상이지." 그러면서 킬킬거렸다. "여성 자원봉사대처럼."

와틀링이 짐짓 점잔을 빼며 말했다. "글쎄, 그건 나도 모르겠는걸."

"어쨌든 먼디 교도관도 너와 다르지 않아." 덩컨이 말했다.

프레이저는 여전히 미소 짓고 있었다. "그게 무슨 뜻이야?"

"와틀링이 말했던 것처럼 둘 다 세상이 완벽해질 수 있다고 생각하잖아, 안 그래? 그래도 먼디 교도관은 최소한 완벽한 세상을 만들려고 뭔가 하고 있어, 의지의 힘으로 나쁜 것을 몰아내려 한다고.

이 안에 틀어박혀서, 음, 그냥 가만히 앉아 있는 대신에 말이야."

프레이저가 미소를 거뒀다. 그는 덩컨을 빤히 바라보다 시선을 돌렸다. 잠시 어색한 침묵이 흘렀다. 그때 와틀링이 다시 상체를 내밀었다. "이거 하나만 묻자, 프레이저." 그는 덩컨이 끼지 못한 아까 얘기를 계속하려는 눈치였다. "만약 네 재판에서 그 사람들이 너한테……"

프레이저는 팔짱을 끼고 귀를 기울였다. 점차 얼굴에 다시 미소가 피어올랐다. 겉보기엔 꽤 여유를 되찾은 모습이었다.

덩컨은 잠시 기다리다 몸을 돌렸다. 다른 편에 앉은 남자들이 게임 한 판을 막 끝낸 참이었다. 그들 중 둘이 가볍게 박수를 쳤다. "좋은 게임이었어." 한 남자가 예의바르게 말했다. 남자와 그 옆에 앉은 사람이 판돈으로 쓰는 살담배를 건넸다. 그리고 세 사람은 새 판을 위해 도미노를 뒤집고 패를 섞었다. "낄 텐가?" 혼자 멀뚱히 앉아 있는 덩컨을 보고 그들이 물었다. 덩컨은 고개를 저었다. 프레이저의 기분을 상하게 한 것 같아 마음이 쓰였다. 프레이저가 와틀링과 논쟁을 끝내고 자기 쪽을 돌아보지 않을까 해서 잠시 더 기다려보기로 했다……

그러나 프레이저는 돌아보지 않았고, 막힌 하수구에서 올라오는 악취를 더는 참을 수 없는 지경이 되었다. 덩컨은 나이프와 포크를 챙겨들고 도미노 패거리에게 인사했다. "나중에 봐요."

"그래, 나중에 보세, 피어스. 근데……"

그때 누가 큰 소리로 외치는 바람에 대화가 끊겼다. "유후! 비련의 여주인공! 유후!"

비 이모와 일당 두 명이었다. 덩컨보다 몇 살 더 많은 그 청년들은 모니카와 스텔라로 불렸다. 그들은 담배를 물고 손을 흔들어대며 식탁 사이로 홀을 가로질러 고상한 척 잰걸음으로 걸어왔다. 덩컨이 일어나려는 걸 포착한 게 틀림없었다. 그들이 다시 소리쳤다.

"유후! 왜 그래요, 비련 양? 우리가 싫어?"

덩컨은 의자를 뒤로 밀었다. 프레이저가 짜증난다는 듯 쳐다보았다. 와틀링은 또 점잖은 척 감정을 억누르는 듯한 표정을 지었다. 비 이모와 모니카와 스텔라가 종종걸음으로 가까이 다가왔다. 그들이 식탁에 거의 다 왔을 때 덩컨은 식판을 들고 자리를 떠났다.

"비련 양이 가버려, 저거 봐!" 등뒤에서 모니카의 말이 들렸다. "어딜 저렇게 서둘러 가지? 저 아가씨가 저 위에 있는 꽃밭에 남편이라도 숨겨뒀나?"

"비련 양의 꽃밭이 아냐, 얘." 비 이모가 직접 만 담배를 빼끔거리며 말했다. "아직 세상을 떠난 전남편을 애도하고 있잖니. 거 왜, 무덤가의 페이션스처럼 앉아 비통함에 활짝 웃고 있잖아!* 너 재 얘기 몰라? 우편행낭 작업반에서 본 적 없어? 저 곱디고운 하얀 손으로 끝도 없이 수를 놓더라고. 얘들아, 단언컨대 재는 밤마다 다시 작업장에 몰래 기어들어가 자기가 수놓은 걸 다 풀어버릴걸."

비 이모 일당이 떠나면서 떠드는 소리도 멀어졌다. 그러나 덩컨은 그들의 말에 무슨 죄라도 지은 양 목울대부터 정수리까지 온통

* 셰익스피어 『십이야』의 대사 중 '미소 짓다'를 '활짝 웃다'로 변형. '페이션스'는 르네상스시대의 무덤 장식용 여자 조각상.

붉어지는 걸 느꼈다. 거기에 더해, 식탁 쪽을 힐끗 봤더니 프레이저가 거북함과 분노와 혐오감이 뒤섞인 아주 불쾌한 표정을 하고 있었다. 덩컨은 속이 메스꺼워졌다.

덩컨은 식판에서 남은 음식을 긁어낸 뒤 설거지용으로 갖다둔 비눗기 없는 찬물 통에 식판과 포크와 나이프를 헹궜다. 그리고 홀을 가로질러 계단으로 가서 가능한 한 빨리 올라갔다.

금방 숨이 턱까지 찼다. 어떤 운동을 해도 재소자들은 다들 금방 숨이 찼다. 덩컨은 숨을 고르느라 삼층에서 잠시 쉬어야 했다. 자기 층에 올라와서는 감방 바로 앞 난간에 기대 허리를 숙이고 심장박동이 원래대로 돌아오기를 기다렸다. 그러고는 팔짱을 끼고 팔꿈치를 기댄 채 아래쪽 홀을 내려다보았다.

언쟁, 웃음, 고함이 뒤섞인 잡음이 이 위에서는 아련하게 들렸다. 내려다보는 조망이 지독히도 인상적이었다. 홀은 작은 도시의 거리처럼 길쭉했고, 그 위는 검게 칠한 유리 지붕으로 덮여 있었다. 이층 정도 높이에는 그물망을 쳐놓았다. 철조망과 담배 연기와 탁한 인공조명이 만들어낸 아지랑이 너머로 사람들이 보였다. 우리 안 혹은 물속에 있는 생물을 관찰하는 기분이었다. 평생 햇빛이라곤 못 본 창백하고 기묘한 생물들. 특히 이 높이에서 볼 때 가장 확연히 드러나는 점은, 모든 게 칙칙하다는 것이었다. 콘크리트 바닥, 벽에 칠한 무광 페인트, 붉은 점 하나만 눈에 띄는 볼품없는 회색 수감복, 토사물 색깔의 방수 테이블보…… 덩컨에게는 오직 프레이저만이 여전히 유일하게 밝은 점으로 두드러져 보였다. 대부분이 검정이나 윤기 없는 갈색 머리인 데 반해 프레이저의 짧게 깎은 머리만 금발이었기 때문이다. 그리고 딴사람들은 축 늘어져 있는데 프레이저는 활발하게 움직였다. 그는 웃을 때면—지금 또 웃었다—여기까지 들릴 만큼 큰 소리로 웃었다.

프레이저는 아직도 와틀링과 얘기하는 중이었다. 와틀링이 하는 얘기를 열심히 들으면서 이따금 고개를 끄덕였다. 프레이저가 와틀링을 그리 좋아하지 않는다는 걸 덩컨은 알고 있었다. 사실 그는 누구와도 몇 시간이고 얘기할 수 있었다. 그저 대화를 위한 대화일 뿐이었다. 그가 누군가를 똑바로 쳐다보며 열정적으로 말을 건다고 해서 무슨 특별한 의미가 있는 건 아니었다. 그는 무엇에든 열정적이니까.

"저 프레이저라는 젊은이는 여기 있으면 안 되는데." 언젠가 먼디 교도관이 덩컨에게 은밀히 말했다. "그런 집안 출신이, 그 모든 혜택을 받고도!" 먼디 교도관은 프레이저가 여기 있는 것을 다른 사람들에 대한 일종의 모욕으로 간주했다. 프레이저가 재미로 복역을 한다는 것이었다. 덩컨이 프레이저와 한방을 쓰는 것도 마음에 들어하지 않았다. 덩컨의 머리에 괴상한 생각만 주입시킬 거라면서. 할 수만 있다면 덩컨에게 독방을 주었을 거라고 했다.

먼디 교도관의 말이 맞을지도 몰라, 덩컨은 프레이저의 부드러운 금발을 보면서 생각했다. 어쩌면 프레이저는 그저 재미로 수감생활을 하는 걸지도 모른다. 거지와 옷을 바꿔 입은 왕자처럼. 하지만 다시 생각해보면, 이런 곳에 재미로 있는 것과 어쩔 수 없이 있는 것에 무슨 차이가 있겠는가? 재미로 고문을 받거나 재미로 살해당하는 것과 마찬가지다! 군대에 들어가 그저 재미로 군인놀이를 한다고 말하는 것과 다를 바 없다. 반대편에서 총을 쏘는 적군은 이쪽이 시늉만 하는 건지 진짜로 하는 건지 알 재간이 없다.

프레이저는 의자에 기대며 긴 다리를 뻗고 팔을 올려 또 기지개를 켰다. 덩컨한테는 뒷모습만 보였다. 덩컨은 문득 저도 모르게 프레이저가 고개를 돌려 이쪽을 쳐다보기를 바랐다. 그래서 그 뒤통수를 뚫어져라 응시하며 의지의 힘으로 그를 돌아보게 하려고 애썼다. 정신을 집중해 사념파를 보냈다. 이쪽을 봐, 프레이저! 덩컨은 속으로 말했다. 돌아보라고, 로버트 프레이저! 심지어 프레이저의 수감번호까지 불러봤다. 돌아봐, 1755번 프레이저! 1755번 로버트 프레이저, 나를 봐!

그러나 프레이저는 돌아보지 않았다. 그는 와틀링과 계속 얘기하며 웃어댔다. 마침내 덩컨은 포기했다. 그러고는 눈을 껌벅이다 손으로 비볐다. 다시 눈을 떴을 때 그와 시선이 마주친 사람은 먼디 교도관이었다. 먼디 교도관은 분명 여기 기대서 있는 덩컨을 발견하고 내내 지켜보았을 것이다. 그는 덩컨에게 고개를 끄덕여 보이고는 느린 걸음으로 식탁 사이를 순회했다. 덩컨은 몸을 돌려 감방으로 들어가 힘없이 침상에 누웠다.

"늦었어." 농수산식품부 청사의 계단을 뛰어내려와 직원용 탈의실로 가는 비브를 보고 친구 베티가 한마디했다.

"나도 알아." 비브는 숨을 헐떡이며 대꾸했다. "깁슨 과장님한테 들켰어?"

"아처 부장님이랑 같이 계셔. 지하실에서 이것들을 가져오라고 시키더라고." 베티는 서류더미를 들고 있었다. "서두르면 괜찮을 거야. 근데 어디 갔다 온 거야?"

비브는 미소를 지으며 고개를 저었다. "그냥 좀."

그녀는 달리면서 장갑과 모자를 벗었다. 탈의실에 들어서자마자 사물함을 확 열고 코트를 둘둘 말아 집어넣었다. 핸드백은 책상 옆에 놔둬도 되기 때문에 넣지 않았다. 그러나 사물함을 닫기 전에 재빨리 핸드백을 열고 안을 살피며 필요할지도 모르는 물건—생리대와 아스피린—이 제대로 들어 있나 확인했다. 생리일이 다가와서 가슴과 배가 아팠다. 지금 바로 화장실에 가서 생리대를 하고 싶었지만 시간이 없었다. 어쨌거나 다시 계단을 올라가며 아스피린을 한 알 먹었다. 물도 없이 씹어서 삼키려니 분필 같은 씁쓸한 맛이 나서 얼굴을 찌푸렸다.

점심시간에 비브는 기숙사인 존앨런관까지 다녀왔다. 우편함을 확인하기 위해서였다. 레지가 보낸 카드가 왔을 테니까. 레지는 토요일을 같이 보내고 나면 항상 그녀에게 카드를 보냈다. 그 밖에 달리 안부를 전할 방법이 없었다. 이번에 온 카드는 바보 같은 일러스트레이션이 들어간 그림엽서였다. 등화관제 때문에 어둠 속에 갇힌 병사와 예쁜 젊은 여자가 그려져 있었다. 병사는 윙크를 날리고 있고, 그 밑에 이렇게 쓰여 있었다. 불 켜지 마. 그 옆에 레지가 손글씨로 운좋은 XX놈들!!!이라고 써놓았다. 그리고 뒷면에는 이렇게 적혀 있었다. G.G.—섹시한 자기Glamour Girl란 뜻—에게. 갈색 머리를 찾았는데 금발밖에 없더라고. 내가 이 녀석이고 저 아가씨가 당신이면 좋겠어! ♡♡♡ 지금 그 카드는 비브의 가방 속 아스피린 상자 옆에 있다.

2시 십오 분 전이었고, 사무실은 팔층이었다. 엘리베이터를 탈 수도 있었지만, 느린데다 전에 한참을 기다린 적이 있었기에 계단을 택했다. 비브는 장거리달리기 선수처럼 일정한 속도로 빠르게 걸었다. 가슴 밑에 팔짱을 끼고 발꿈치를 들고서. 단단한 대리석 계단이라 안 그러면 힐 소리가 시끄럽게 울렸다. 한 남자가 그녀를 스쳐가며 웃었다. "아이고 놀래라! 뭐가 그렇게 급해요? 혼자만 아는 정보라도 있어요?" 그 말에 비브는 남자가 사라질 때까지 걸음을 약간 늦췄다. 그러다 다시 속도를 높였다. 비브는 팔층 모퉁이에 다다라서야 숨을 고르기 위해 속도를 줄였고, 손수건으로 얼굴을 두드린 뒤 머리칼을 매만졌다.

정신 사나운 소음이 들려오기 시작했다. 타닥-탁탁탁-타닥. 일제히 장난감총을 쏘아대는 것 같았다. 비브는 서둘러 복도를 걸어가 사무실 문을 열었다. 귀청이 떨어져나갈 듯 소음이 커졌다. 방안 가득 책상이 있고, 책상 앞에 앉은 여자들이 미친듯이 타자기를 두드렸다. 몇몇은 이어폰을 꼈지만 대부분은 속기록을 보며 타자를 쳤다. 용지를 한 장이 아니라 먹지를 대고 두 장, 세 장, 어떨 땐 네 장까지 끼웠기 때문에 다들 자판을 아주 힘차게 두드렸다. 널찍한 방이 꽉 차 있었다. 창문은 몇 년 전에 가스가 스며들지 않도록 처리를 했다. 판유리에는 폭발에 대비해 갈색 종이를 길게 몇 줄 붙여놓았다.

사무실 안은 냄새가 아주 강렬했다. 탤컴파우더와 파마약, 타자기 잉크, 담배 연기, 암내가 뒤섞인. 벽에는 정부에서 발행한 다양한 홍보 포스터가 붙어 있었다. 포테이토 피트*와 그 밖의 명랑한 뿌리채소들이 자기를 삶아서 먹으라고 애원했다. 거기 쓰인 표어는 옛날 선교 포스터 견본에서 발췌한 것 같았다.

지금 심으세요!
전쟁의 와중에도 늘 그렇듯 봄과 여름이 올 겁니다.

사무실 앞쪽에는 다른 책상들과 뚝 떨어져 테이블이 하나 놓여 있었다. 의자는 비어 있었다. 그러나 비브가 자리에 앉아 타자기 커버를 벗기고 일을 시작하자마자 부장실 문이 열리면서 깁슨 과장이 나왔다. 그녀는 방안을 한 번 스윽 둘러보며 여자 직원들이 모두 열심히 타이핑하는 걸 확인한 후 다시 사라졌다.

문이 닫히는 순간, 작고 가벼운 뭔가가 비브의 어깨에 맞고 바닥으로 튕겼다. 베티가 3미터쯤 떨어진 자리에서 비브에게 클립을 던진 것이었다.

"인생 참 즐겁게 산다, 너." 비브가 돌아보자 베티는 입모양으로 말했다.

비브는 혀를 날름 내밀어 보이고 다시 일로 돌아왔다.

식료품별 열량을 표시해놓은 표를 타이핑하는 중이었다. 먼저 적당한 간격을 두고 세로줄을 친 다음 종이를 빼서 다시 가로로 집

* 2차대전 당시 영국 농수산식품부에서는 감자와 당근 섭취를 장려하기 위해 '포테이토 피트'와 '미스터 캐럿'이라는 캐릭터를 만들어 캠페인을 벌였다.

어넣고 가로줄을 쳐야 하는, 품이 많이 드는 까다로운 작업이었다. 그러면서도 여러 장 끼워넣은 종이들이 어긋나지 않도록 신경써야 했다. 안 그러면 맨 앞의 종이는 괜찮아 보여도 먹지 밑의 다른 종이들은 엉망진창이 된다.

그렇게 신경을 곤두세우고 일하다보면 쉬이 피곤해질뿐더러, 소리도 시끄럽고 공기도 답답해서 차라리 비행기 정밀부품 제조공장에서 일하는 게 낫겠다는 생각이 든다. 공장에 다니면 돈을 더 많이 벌 텐데. 하지만 사람들은 정부에서 일하는 타이피스트라고 하면 멋지다고 생각한다. 그리고 여기서 일하는 젊은 여자들은 대부분 상류층 자제다. 이름도 낸시, 민티, 펄리시티, 대프니, 페이, 뭐 그런 식이다. 비브는 그들과 공통점이 별로 없었다. 껌을 짝짝 씹으며 영화에 나오는 신랄한 뉴욕 웨이트리스처럼 말하기를 좋아하는 베티마저도 교양학교*를 나온데다 실컷 쓰고도 남아돌 만큼 돈이 많았다.

그에 반해 비브는 밸럼의 전문학교에서 비서 과정을 마친 뒤 취직했다. 그 학교의 한 괜찮은 강사가 이곳에 지원해보라고 격려해주었던 것이다. "요즘 같은 시대에," 강사는 말했다. "너 같은 노동자 집안의 여자애라고 상류층 아이들보다 못할 이유가 없잖아. 자기 능력으로 일하는 건데." 딱 한 가지, 강사는 비브에게 발음 수업을 들으라고 조언했다. 그래서 석 달 동안 일주일에 삼십 분씩 케닝턴의 한 지하실에서 나이든 여자 배우 앞에 서서 빨개진 얼굴로 시

* 십대 여성을 대상으로 상류사회의 교양과 예절 등을 가르치는 예비학교.

를 암송했다. 월터 데라메어*의 시는 지금도 통째로 외울 수 있다.

> "계십니까?"
> 달빛 비치는 문을 두드리며
> 나그네가 물었다.
> 그리고 그의 말馬은 묵묵히
> 숲에 깔린 양치식물을 씹었다.

면접 당일, 농수산식품부 대기실에서 비브는 좋은 집안 출신 아가씨들을 보고 몹시 기가 죽었다. 한 여자애는 태연히 이런 말도 했다. "아, 이건 이미 끝난 게임이야, 얘들아! 그냥 머리를 물들이지는 않았는지, 아빠나 변소 같은 수준 낮은 단어를 쓰는 건 아닌지 확인하는 것뿐이라고."

아무튼 면접은 무사히 지나갔다. 오래전 일이라 그때 그 여자애가 누구였는지 기억도 안 나지만, 비브는 여기서 여태까지 한 번도 '변소'라는 말을 들어보지 못했다.

덩컨 문제가 터졌을 때도 비브는 혼자만 알고 비밀로 했다. 아무도, 베티조차도 그녀에게 남동생이 있다는 사실을 몰랐다. 전쟁 초기에는 존앨런관에 같이 사는 여자애들이 가끔 지나가는 말로 묻기도 했다. "비브, 넌 오빠나 남동생 없니? 좋겠다! 남자 형제는 아주 지긋지긋해. 우리 오빠는 도저히 참아줄 수가 없다니까." 하지

* 영국의 시인이자 소설가(1873~1956).

만 요즘은 아무도 오빠나 남동생이나 남자친구나 남편에 대해 묻지 않았다. 만일의 경우를 생각해서.

비브는 작성하고 있던 표를 다 끝내고 다음 표를 치기 시작했다. 비브 앞에 앉은 여자—이름이 밀리센트였다—가 허리를 펴고 머리를 흔들었다. 그러자 머리카락 한 올이 날아와 비브가 타자기에 끼워놓은 종이에 붙었다. 긴 갈색 머리는 파마를 너무 자주 해서 푸석푸석했고, 두피에 붙어 있던 뿌리 쪽에는 핀 대가리처럼 아주 조그맣게 기름덩어리가 꼈다. 비브는 머리카락을 후 불어 바닥으로 떨어뜨렸다. 하루 중 이맘때 바닥을 찬찬히 살펴보면 이런 머리카락이 무수히 떨어져 있겠다 싶었다. 청소부 아주머니들이 건물을 다 쓸고 나면 빗자루에 엉긴 머리카락의 양이 어마어마하겠다는 생각도 더러 했다. 환기도 안 되는 이 텁텁한 사무실 냄새에 그런 생각까지 더해져 비브는 기분이 축 처졌다. 주위에 여자만 있다는 게 얼마나 신물나는지! 이렇게 많은 여자와 바싹 붙어 있다니 메스꺼워 죽겠다! 파우더 냄새! 향수 냄새! 컵 가장자리의 립스틱 자국이며 눈썹연필 꽁다리하며! 제모한 겨드랑이와 다리는 또 어떻고! 베라몬* 병과 아스피린 상자들이라니!

그 바람에 가방에 있는 아스피린에 생각이 미쳤다. 이어서 생각은 레지의 카드로 옮겨갔다. 카드를 써서 우편으로 부치는 레지의 모습이 그려졌다. 그의 얼굴이 보이고, 목소리가 들리고, 손길이 느껴졌다. 비브는 레지가 미칠듯이 보고 싶어졌다. 둘이서 사랑을 나

* 1930~40년대 생리통에 탁월하다고 알려진 액상 진통제의 상품명.

눴던, 매번 달랐던 싸구려 호텔방의 수를 세기 시작했다. 레지가 자신과 헤어져 장모의 집으로, 자기 아내에게로 돌아가야 했던 모든 순간을 떠올렸다. "지금 집으로 돌아가서 보는 사람이 당신이라면 얼마나 좋을까." 레지는 항상 말했다. 그가 진심이라는 건 잘 안다. 그의 아내가 어떻게 생각할지는 신이나 알겠지. 비브는 궁금해하지 않기로 했다. 그의 가족에 관해 어떠한 질문도 한 적이 없으며 굳이 캐묻지 않았다. 그의 아내와 어린 아들의 사진을 보기는 했지만 그것도 아주 오래전 일이다. 그때 이후로 한 번쯤 그의 아내와 거리에서 우연히 마주쳤을지도 모른다! 어쩌면 버스나 기차에서 만나 얘기를 나눴을지도 모른다. "정말 착하고 잘생긴 아드님을 두셨네요." "그런가요? 애가 아주 제 아버지를 쏙 빼닮았어요. 사진 보실래요……"

우유, 달걀, 치즈, 햄북어, 오타를 냈다. 비브는 얼른 주위를 살피고 종이를 빼낸 다음 새로 시작했다. 자신이 이렇게 종이를 끼우고 있을 때 레지는 뭘 하고 있을까? 궁금했다. 레지도 그녀 생각을 할까? 비브는 마음속으로 그에게 닿으려 시도했다. 자기야, 그렇게 속으로 레지를 불렀다. 정작 면전에서는 한 번도 그렇게 불러본 적이 없었다. 자기야, 자기야…… 비브는 용지 고정막대를 톡 쳐서 닫고 다시 타이핑에 들어갔다. 그녀의 타자 실력은 발군이었고, 그렇게 잘 칠 수 있다는 것의 장점 혹은 단점은 손가락이 자판 위를 날아다니는 동안 생각은 제멋대로 흘러간다는 점이었다. 뭔가 딴생각이 나면서 타자기의 리듬에 맞춰 달리는 기차처럼 생각이 흘러가는 것이다…… 이제 그녀의 머릿속에선 레지에 대한 생각이 흘러간다. 양팔을 둘러 꼭 안았을 때의 느낌이 떠오른다. 허벅지를 더듬던 그의 손길이 떠오른다. 손가락과 가슴과 입술과 가랑이 사이를 누비던 그 감촉의 기억이 떠오른다…… 수많은 타자기가 탁탁-타닥 지루한 소음을 내는 가운데 상류층 아가씨들에게 둘러싸여 그런 기억을 생생히 떠올리다니 최악이다. 하지만…… 비브는 사무실 안을 한 바퀴 둘러보았다. 이 아가씨들 중에 사랑을 안 해본 사람이 있을까? 레지와 자기처럼 진짜 사랑을? 깁슨 과장도 한 번쯤은 키스를 해봤을 테지. 그녀를 원한 남자도 분명 있었을 테니. 침실 바닥에 같이 누워 그녀의 속바지를 벗기고, 그녀 속으로 들어가서 밀고 또 밀고……

느닷없이 부장실 문이 열리면서 깁슨 과장이 다시 나왔다. 비브는 얼굴이 붉어져 고개를 숙였다. 돼지고기, 베이컨, 소고기, 양고기, 닭고기, 그러고선 타자를 쳐나갔다. 청어, 정어리, 연어, 새우……

하지만 비브와 눈이 마주친 과장이 그녀를 불렀다.

"피어스 양." 과장은 등사원판을 들고 있었다. "이유는 모르겠지만 한가해 보이는군요. 이걸 등사실로 가져가 이백 장만 떠오겠어요? 되도록 빨리 부탁해요."

"네, 과장님." 비브는 원판을 들고 밖으로 나갔다.

등사실은 두 층 내려가서 대리석 복도 끝에 있었다. 비브는 등사실 담당자에게 말했다. 담당자는 안경을 쓴 못생긴 젊은 여자로, 아무도 그녀를 그리 좋아하지 않았다. 그녀는 등사기 손잡이를 돌리다 깁슨 과장이 보낸 원판을 보더니 노골적으로 경멸감을 드러내며 말했다. "이백 장? 난 지금 브라이트먼 부장님 지시로 천 장짜리 서류철을 만들고 있다고요. 도대체가 당신들은 무슨 마법처럼 휘파람 한 번 휙 불면 복사가 다 되어 나오는 줄 아는 게 문제예요. 안됐지만 당신이 직접 떠야겠네요. 이 기계들 사용해본 적 있어요? 지난번에 온 아가씨는 기계를 엉망진창으로 해놔서 며칠 동안 드럼을 쓰지도 못하게 만들어놓더니만."

비브는 등사판을 어떻게 뜨는지 배우기는 했지만 몇 달 전 일이었다. 어설프게 받침대를 더듬고 있자니 등사실 여자가 여전히 손을 놀리면서 이쪽을 보며 위압적으로 소리쳤다. "아니, 그게 아니래도!" "거기, 잘 봐요, 거기라니까!"

마침내 원판과 종이와 잉크가 제자리에 들어갔다. 이제 등사기 옆에 서서 손잡이를 이백 번만 돌리면 되었다…… 손잡이를 돌리는데 팔에 닿는 유방이 쓰라렸다. 점점 땀이 났다. 엎친 데 덮쳐 다른 부서 남자가 오더니 씩 웃으며 그녀를 구경했다.

"난 등사기 돌리는 아가씨들 구경하는 게 좋더라." 비브가 일을 마치자 남자가 말했다. "우유를 저어 버터를 만드는 아낙네 같아요."

남자는 등사할 게 몇 장 없었다. 비브가 장수를 세고 등사본을 다 말렸을 때쯤 남자도 일을 마쳤다. 그는 비브가 나갈 때 문을 붙잡아주었다. 문을 잡은 자세가 불편해 보였는데, 지팡이를 짚고 다니기 때문이었다. 그녀가 알기로 남자는 전쟁 초기에 공군 비행사였고, 모종의 추락사고로 다리를 절게 됐다. 그래도 꽤 젊고 괜찮은 편이었다. 여자들이 흔히 "눈이 매력적이네요" 혹은 "머릿결이 멋지네요"라고 하는 그런 유의 남자였다. 특별히 눈이나 머릿결이 좋아서가 아니라 달리 잘생긴 구석이 없어서, 그래도 뭔가 괜찮은 말을 해주고 싶어서 말이다. 둘은 함께 복도를 걸었다. 비브는 그의 걸음걸이에 맞춰야 할 것 같은 기분이 들었다.

“깁슨 과장님 부서에서 일하죠? 꼭대기층에 있는. 그럴 것 같았어요. 전에 그 근처에서 몇 번 봤거든요.” 남자가 말했다.

둘은 계단에 도착했다. 비브는 등사기를 돌린 탓에 팔이 저렸다. 가랑이 사이도 왠지 거북하고 축축한 느낌이었다. 아마도 땀 때문이겠지만, 그래야겠지만 더 나쁜 경우일 수도 있었다. 이 남자만 아니면 아래층으로 달려갔을 텐데. 하지만 화장실로 달려가는 모습을 보이고 싶지 않았다. 남자는 난간을 붙잡고 몸을 세워 한 계단씩 올라갔다. 어쩌면 비브와 몇 분이라도 더 같이 있고 싶어 일부러 더 힘겹게 난간에 기대며 천천히 걸음을 옮기는지도 모를 일이었다……

“저기가 당신 사무실이겠군요.” 꼭대기층에 다다르자 그가 말했다. “저 탁탁거리는 소리로 알겠어요.” 그러고는 지팡이를 오른손에서 왼손으로 옮겨쥐고 악수를 하려고 손을 내밀었다. “그럼 안녕히 가세요, 에, 성함이……”

“피어스예요.”

“안녕히 가세요, 피어스 양. 다음에 언제 또 우유 젓는 모습을 볼 수 있을까요? 아니면…… 뭐, 센 음료라도 한잔하고 싶으시다면……”

비브는 그가 다리 때문에 거절당했다고 여길까봐 생각해보겠다고 대답했다. 데이트를 하자고 해도 받아들였을 것이다. 키스를 한대도 놔뒀을 것이다. 그게 뭐 대수인가? 아무 의미도 없는데. 그냥 행위에 불과하다. 레지하고처럼 될 리가 없다.

비브는 깁슨 과장에게 등사본을 건넸다. 하지만 자꾸 화장실 생각이 나서 제자리로 돌아가기가 망설여졌다. 몇 주 전, 치마에 피를 묻힌 채 온 건물을 돌아다니던 아가씨가 생각났다. 비브는 가방을 집어들고 과장에게 가서 잠깐 자리를 비워도 되겠냐고 물었다.

과장은 벽시계를 쳐다보고 얼굴을 찡그렸다. "아, 그러세요. 하지만 여러분에게 점심시간이 있는 이유를 잊지 마세요."

계단을 뛰어가다 또 성가시게 누군가와 마주칠까봐 이번에는 엘리베이터를 탔다. 하지만 탈의실로 갈 때는 거의 뛰다시피 했다. 비브는 화장실에 들어가 치마를 걷어올리고 속바지를 내린 다음 휴지를 두어 장 뽑아서 가랑이 사이에 대고 눌렀다.

하지만 휴지를 다시 들어 보니 아무 흔적도 없었다. 오줌을 누면 피가 딸려나올 거라고 생각했다. 하지만 소변을 보고 나서도 아무런 변화가 없었다.

"젠장." 그녀는 큰 소리로 내뱉었다. 생리가 오면 그 기간 동안 괴롭긴 하지만 안 와서 기다리는 건 더 고역이었다. 비브는 생리대를 꺼내 속바지에 잘 고정시켰다. 혹시 모르니 안전하게 대비하자는 차원에서. 가방 안을 보는데 레지의 카드가 눈에 띄었다. 꺼내서 다시 한번 읽고 싶은 마음이 굴뚝같았다……

카드 바로 옆에는 조그만 수첩이 있었다. 정부에서 나눠준 얇은 파란색 수첩은 등에 연필을 꽂을 수 있게 되어 있었다. 비브는 수첩을 보고 멈칫했다. 날짜가 맘에 걸렸다. 지난번 생리일이 언제였더라? 문득 한참은 된 것 같다는 생각이 들었다.

비브는 수첩을 꺼내 펼쳤다. 안에 적힌 내용이 마치 스파이의 암호문 같았다. 덩컨의 면회일, 레지와 만나는 토요일 등이 각각 다른 기호로 표시되어 있었다. 그리고 이십팔 일이나 이십구 일 간격으로 신중하게 그린 작은 별표가 있었다. 비브는 마지막 별표에서부터 날짜를 세기 시작했다. 스물아홉이 지나서도 계속되었다. 서른, 서른하나, 서른둘, 서른셋.

믿을 수 없었다. 앞장으로 넘겨 다시 세었다. 이렇게 늦어진 건 처음이었다. 실제론 단 한 번도 제 날짜를 어긴 적이 없었다. 친구들한테 늘 농담삼아 자신은 완전히 시계라고, 달력이라고 말하곤 했다. 비브는 혼잣말로 중얼거렸다. 공습 때문이야. 틀림없이 그 때문이었다. 다들 공습 탓에 컨디션이 말이 아니니까. 그러면 이치에 닿는다. 그녀는 피곤했다. 아마 녹초가 된 상태일 것이다.

비브는 휴지를 몇 장 더 뽑아 가랑이 사이에 대고 다시 눌렀다. 역시나 휴지에는 아무런 자국도 남지 않았다. 심지어 자리에서 일어나 가볍게 몇 번 점프까지 해서 피가 비치도록 해보았다. 그러나 유방만 아파왔다. 너무 아파서 쓰라릴 지경이었고, 손으로 만져봤더니 팽팽하게 부풀어 딴딴해진 느낌이었다.

다시 수첩을 들고 세번째로 날짜를 세보았다. 지난번에 실수로 날짜를 잘못 적은 걸지도 모른다.

실수 따윈 없었다는 걸 그녀도 잘 알았다. 그럴 리가 없어. 없다고! 하지만 만에 하나…… 지난 일들이 주마등처럼 머릿속을 스쳤다. 만에 하나 그렇다면, 이번에 레지와 만났을 때가 아니라 그 전이다. 그렇다면 벌써 한 달도 전이다……

안 돼. 도저히 믿기지 않았다. 괜찮을 거야. 비브는 스스로를 다독였다. 그리고 옷매무새를 바로 했다. 손이 떨렸다. 여자라면 다들 겁내는 일이지. 하지만 난 아니야. 레지가 얼마나 신중한데. 난 괜찮을 거야. 괜찮아. 그럴 리 없어!

"이제야 왔군." 케이가 미키의 보트에 올라 선실 문을 열자 빈키가 말했다. "케이! 안 오는 줄 알았어."

보트가 앞뒤로 출렁거렸다.

"안녕하세요, 서장님. 안녕, 미키. 미안, 좀 늦었지."

"괜찮아. 딱 마시려고 할 때 맞춰서 왔네. 김렛을 만드는 중이었어."

"김렛!" 케이는 가방을 내려놓으며 말했다. 그리고 시계를 들여다보았다. 이제 겨우 5시 15분이었다.

빈키가 그녀의 표정을 알아챘다. "아, 집어치워! 네 간은 어떤지 모르겠지만, 내 간은 평화시에 맞춰져 있다고."

케이는 모자를 벗었다. 미키나 빈키와 마찬가지로 출근용 복장인 제복 차림이었다. 그러나 선실 안은 난로와 쉭쉭거리는 램프 때문에 몹시 더웠다. 케이는 빈키 맞은편에 앉아 재킷을 벗고 타이를 느슨하게 풀었다.

미키는 텀블러와 스푼과 소다수병을 꺼내느라 부산스러웠다. 그러고는 케이와 빈키 사이에 뒤집어놓은 맥주 궤짝 위에 그것들을 다 내려놓고 진을 내놓은 뒤 라임병을 열었다. 진은 이름 없는 싸구려였고 리큐어는 없었지만 진짜 라임주스가 있었다. 돌려서 여는 하얀 뚜껑으로 덮인 갈색 약품병에 들어 있었다. 빈키 말로는 식품 보조제로 약국에서 샀다고 했다.

미키는 재료를 한데 잘 섞어 유리잔에 따라서 돌리고 자기 것도 한 잔 따랐다. 셋은 잔을 들어올린 다음 맛을 보고 움찔했다.

"배터리산* 같잖아!" 케이가 말했다.

"까다롭게 굴긴, 자식." 빈키가 대꾸했다. "그냥 비타민 C라고 생각하고 먹어."

빈키는 담배를 돌렸다. 그녀는 구하기도 힘든 거친 터키산 담배를 선호했다. 예쁘장한 금색 케이스에 넣어 다녔는데, 한 갑으로 오래 버티려고 담배를 반토막씩 잘라서 넣었다. 그녀는 담배를 변색된 상아 물부리에 끼워서 피웠다. 미키와 케이는 어쩔 수 없이 엄지와 검지로 반토막 난 담배를 잡고 서로 바싹 붙어서 불을 붙였다.

"이러니 꼭 우리 아빠 같아." 미키는 의자에 등을 기대고 담배 연기를 뿜으며 말했다. 그녀의 아버지는 마권업자였다.

"갱단 같아 보여." 케이가 대꾸했다. "말이 나왔으니 말인데……" 케이는 흥분되어 가슴이 떨렸다. "오늘 내가 왜 늦었는지 모르지?"

미키가 담배를 내려놓았다. "제길, 까맣게 잊고 있었네. 그 콜의 친구들인가 뭔가 하는 건달들한테 갔다 왔지! 갔다 체포당한 건 아니겠지?"

"설마 그 무작스러운 암시장 놈들?" 빈키가 물고 있던 상아 물부리를 빼며 말했다. "케이, 너 어떻게 그럴 수가 있어?"

"저도 알아요." 케이는 양손을 들어 보이며 말했다. "알아요, 안다고요. 아주 악질들이죠. 하지만 몇 달째 그놈들한테 위스키를 공급받고 있는걸요."

---

* 물과 황산의 혼합물로 배터리에 쓰이는 전해질.

"위스키는 상관없지. 위스키야 사실 우리 같은 일을 하는 사람들한텐 약이나 다름없으니까. 하지만 다른 건……"

"그래도 서장님, 헬렌을 위해서였어요. 이번 달 말이 헬렌 생일이거든요. 요즘 상점가에 가보셨어요? 물건들이 진짜 거지같아요. 헬렌한테 뭐랄까, 좀 근사한 걸 선물하고 싶었어요. 좀 사치스러운 걸로. 이 더러운 전쟁 때문에 헬렌 같은 여자들이 약간의 사치도 못 누리잖아요. 우리야 상관없죠, 우리야 뭐 진창에서 활개치고 다니는 편을 즐기니까……"

"하지만 훔친 물건이야, 케이! 장물이라고!"

"콜이 그러는데 보험업자가 다 알아서 한대요. 어쨌든 물건은 대부분 전쟁 전에 만들어진 거예요. 창고에 쓸모없이 쌓여 있던 거죠. 실제로 장물은 아니라고요. 이래 봬도 장물에 손댄 적은 한 번도 없습니다."

"그건 다행이군! 하지만 나한테서 좋은 소리 들을 생각은 하지 마. 그리고 만약 본부에서 알게 되면……"

"저도 잘했다고 생각진 않아요." 케이가 말했다. "제가 그런 사람 아니라는 거 아시잖아요. 이건 다만……" 그녀는 멋쩍은 듯 말을 이었다. "음, 헬렌의 얼굴이 갈수록 피곤에 찌들고 핼쑥해지는데, 옆에서 보고 있기가 힘들더라고요. 내가 만약 헬렌의 남편이라면, 가서 뭐라고 대거리라도 해줄 텐데. 제가 어떻게 할 수 있는 일이 없잖아요. 말이야 바른 말로, 난 여기서……"

빈키가 한 손을 들어 말을 막았다. "그런 눈물나는 말은 조사위원회 출석 때를 위해 남겨둬. 또 모르지, 조사위원회에 회부되는 건 나일지도. 이런 일에 작당을 했다는 게 들통나면."

"아직 아무것도 작당한 건 없잖아요!" 미키가 참지 못하고 끼어들었다. "그래서 뭘 가져온 거야, 케이? 어떤 건데?"

케이는 베스널그린에 있는 어느 폐허가 된 상점의 지하실에 갔던 얘기를 들려주었다.

"굉장히 깍듯하게 굴던걸." 케이가 말했다. "형사가 아니라 콜의 친구라는 걸 알고 나서는 말이야. 그리고 와! 거기 있는 물건들을 너도 봤어야 하는데! 짝으로 쌓여 있는 담배! 비누! 면도날! 커피!"

"커피라고!"

"그리고 스타킹도. 솔직히 말해 스타킹에 혹할 뻔하긴 했어. 하지만 너도 알다시피 내가 맘에 두고 있던 건 잠옷이었잖아. 지금 헬렌이 입는 잠옷은 완전히 누더기야. 볼 때마다 마음이 아파. 하여간 그 사람들이 보유한 물건을 하나씩 보여줬어. 침실용 면직 덧옷, 플란넬 잠옷…… 그러다 이걸 봤어."

케이는 가방을 집어들더니 납작한 직사각형 상자를 꺼냈다. 분홍색 상자에 실크리본이 묶여 있었다. "이것 봐." 케이가 말하자 빈키와 미키가 상체를 내밀었다. "미국 영화에서 남자 주인공이 무대 뒤로 코러스걸을 불러낼 때 겨드랑이에 끼고 있는 그런 선물상자 같지 않아?"

그러고는 무릎 위에 상자를 내려놓고 일부러 잠깐 뜸을 들였다 조심스럽게 뚜껑을 열었다. 안에 든 것은 은색 종이로 여러 겹 싸여 있었다. 케이는 종이를 펼치고 진주색 새틴 잠옷을 보여주었다.

"와." 미키가 말했다.

"와, 그리고 어쩜, 도 해야지." 케이는 잠옷 윗도리를 들어올려 살짝 흔들었다. 두 손에 묵직하게 느껴지는 게 꼭 여자의 머리채 같았다. 상자째로 들고 이리저리 돌아다녀서 차가웠지만 손에 느껴지는 감촉은 따스했다. 왠지 이 옷의 부드러움과 광택 같은 것이 헬렌을 생각나게 했다. 케이는 다시 한번 옷을 흔들어 부드럽게 물결치는 천을 바라보며 헬렌을 떠올렸다.

"이 반짝거리는 것 좀 봐!" 케이는 자랑했다. "단추도 보라고!" 뼈로 만든 단추는 웨이퍼 과자같이 얇고 섬세했고, 손에 닿는 느낌이나 눈으로 보기에도 기막히게 만족스러웠다.

빈키는 물부리를 다른 손으로 옮겨쥐고서 잠옷의 소매 끝동을 잡고 엄지로 새틴 자락을 훑었다. "물건 죽이는데, 그건 확실히 말할 수 있겠다."

"라벨 보셨어요? 프랑스제예요, 봐요."

"프랑스제라고?" 미키가 말했다. "내 그럴 줄 알았다니까. 그럼 헬렌은 이걸 입는 것만으로 저항군 편에서 한 건 하는 거네."

"얘야, 얘야." 빈키가 말했다. "헬렌이 일단 이걸 입으면 저항은 완전히 물건너갈 거다."

셋은 웃음을 터뜨렸다. 케이는 잠옷 윗도리를 이리저리 돌려보며 한참을 감탄했다. 기어이 일어나서 윗도리와 바지를 몸에 대보기도 했다. "물론 나한테 대면 좀 우스워 보이지만, 어떨지는 대충 짐작이 가지."

"예쁘다." 미키가 등을 기대고 앉으며 말했다. "하지만 돈깨나 썼겠는데, 그렇지? 얼른 말해봐. 얼마나 들었어?"

케이는 잠옷을 개기 시작했다. 얼굴이 벌게지는 게 느껴졌다. "에이." 그러면서 고개도 들지 않고 말했다. "알면서 그러냐."

"몰라." 미키는 케이를 쳐다보았다. "진짜 모르는데."

"이런 질 좋은 물건을 싸게 구했을 리는 없잖아, 이런 전시에……"

"그래서 얼만데? 케이, 너 얼굴 빨개졌다!"

"더워서 그래. 저 망할 난로 때문이야!"

"5파운드? 6파운드?"

"뭐, 내가 랭그리시 가문의 재산을 좀 탕진하기야 했지! 하지만 요즘 같은 시절에 돈 쓸 데가 달리 어디 있겠어? 술집엔 술도 없지, 담뱃가게엔 담배도 없지."

"7파운드? 8?" 미키가 그녀를 빤히 쳐다보았다. "케이, 더 준 거야?"

케이는 부랴부랴 대답했지만 좀 우물거리는 투였다. "아냐, 대략 8파운드였어."

사실 케이는 잠옷에 10파운드를 지불했고, 원두커피 한 통과 위스키 두 병에 5파운드를 더 냈다. 하지만 그것까지 말하고 싶지는 않았다.

"8파운드!" 미키가 소리쳤다. "너 제정신이냐?"

"하지만 헬렌이 얼마나 행복해할지 생각해봐!"

"그 암시장 놈들이 두 배는 더 기뻐하겠다!"

"어휴, 그래서 뭐!" 케이는 갑자기 술기운이 올라 호전적이 됐다. "사랑과 전쟁은 모두에게 공평하다고, 안 그래? 특히나 이 전쟁에서는. 더군다나……" 케이는 목소리를 낮췄다. "더군다나 우리 같은 사랑을 할 때는. 제기랄! 난 내 본분을 다하는 거야, 안 그래? 내가 죽어도 헬렌은 유족연금조차 받을 수 없다고."

"랭그리시, 자네 문제는 말이야," 빈키가 입을 열었다. "기사도 콤플렉스가 있다는 거야."

"그래서요? 그럼 안 됩니까? 우리 같은 사람은 기사도를 갖춰야 해요. 우릴 대신해서 기사가 되어줄 사람이 아무도 없잖아요, 빌어먹을."

"글쎄 그렇게 극단적으로 받아들이지 말고. 사랑을 전하는 방법이 꼭 거창한 이벤트만 있는 건 아니잖아."

"아, 전 그냥 모를래요."

케이는 잠옷을 고이 접어 넣고 또 손목시계를 확인했다. 헬렌이 퇴근하고 한잔하러 이쪽으로 오기로 했는데, 혹시나 일찍 와서 이 깜짝선물을 들킬까봐 더럭 걱정이 됐다. 그녀는 미키에게 상자를 건네며 말했다. "이것 좀 맡아줄래? 다음달 오기 전까지만 부탁해. 집에 놔두면 헬렌이 볼 수도 있으니까."

미키는 상자를 받아들고 선실 끝으로 가서는 침대 밑에 밀어넣었다.

그리고 돌아와서 칵테일을 더 만들었다. 빈키는 새로 한 잔 가득 받아들고 잔을 빙빙 돌리며 물끄러미 쳐다보았다. 갑자기 우울해 보였다. 잠시 후에 그녀가 입을 열었다. "기사도 얘기가 나왔으니 말인데, 얘들아, 나는 되게 울적하다."

"아, 서장님!" 미키가 말했다. "그런 말씀 마세요."

"하지만 진짜로 겁나. 케이야 자신을 투사—여왕님의 친위대쯤 되려나—로 설정하고 있으니 아무 문제 없겠지. 너하고 그 귀여운 헬렌 양하고 그 실크 잠옷하고, 뭐 다 괜찮아. 하지만 너 같은 경우는 아주 드물어. 우리 대부분은…… 가령 미키나 날 봐. 우린 빈손이잖아?"

"나는 좀 빼주세요!" 미키가 기침을 하며 말했다.

"진 때문에 감상적이 되신 거예요." 케이가 말했다. "그러게 6시 이전에 칵테일은 좋은 생각이 아니라니까요."

"진 때문이 아니야. 난 지금 상당히 심각하다고. 솔직히 말해봐. 우리가 사는 이 방식 때문에 좌절한 적 없어? 젊었을 때야 괜찮지. 스무 살 때야 나름 스릴도 있고! 은밀하고 격렬하잖아, 하프를 뜯는 것처럼. 예전엔 내게 여자란 기막히게 멋진 존재였어. 별것도 아닌 일로 파르르하고, 파티장 화장실에서 손목을 긋겠다고 난리를 치고 말이야. 그에 비하면 남자는 종이인형이나 그림자나 매한가지에다 그냥 애들이지! 하지만 나이를 먹고 보니 진실에 눈을 뜨는 거야. 나이가 들면 그냥 기운이 없어. 그리고 그런 빌어먹을 게임하고는 영영 안녕이라는 걸 깨닫게 되지…… 그후론 남자도 꽤 매력적으로 보이기 시작해. 가끔은 괜찮은 남자 하나 건져서 정착할까 진지하게 고민도 하지. 과묵한 자유당원 헌병이나 뭐 그런 사람 만나서. 그럼 제법 편하게 살 수도 있을 텐데."

사실 케이도 그 비슷한 고민을 한 적이 있었다. 하지만 전쟁이 터지기 전이었고, 헬렌을 만나기 전이었다. 케이는 은근슬쩍 한마디 했다. "동성애라는 긴 의자에서 야단법석을 떤 후에 결혼이라는 침대에서 얻는 깊디깊은 평온이라."*

"정확히 그쪽이지."

"웬 말도 안 되는 소리를."

"난 진지해!" 빈키가 말했다. "너도 내 나이 돼봐." 그녀는 마흔여섯이었다. "구김 하나 안 간 광활한 빈터가 침대의 나머지 반이라고. 매일 아침 일어나서 제일 먼저 보는 게 그거야. 거기에도 한번 기사도 정신을 발휘해보지그래…… 명심해, 심지어 늙어서 우릴 돌봐줄 자식도 없다고."

"젠장!" 미키가 말했다. "그냥 지금 당장 목을 그어서 이 풍진세상 하직할까요?"

"그럴 용기가 있으면 진즉에 했지. 결국 앞으로 닿을 종착역은 거기겠지만. 전쟁이 일어나서 천만다행이다, 이게 내 본심이야! 다시 평화가 온다는 생각만 하면, 진짜로 오싹해."

"그럼," 케이가 말했다. "그 생각에 익숙해지셔야 할걸요. 어쨌든 우리 군이 이제 로마를 30킬로미터 앞에 두고 있으니까. 그저 시간문제예요."

그들은 이후 십여 분 동안 이탈리아의 전황에 관해 얘기를 나눴다. 그리고 최근 사람들 사이에 회자되는 히틀러의 비밀무기로 화제를 옮겼다.

"그거 알아, 프랑스에 엄청 거대한 대포가 설치되었다는 거? 정부에서는 쉬쉬하지만, 버클리스퀘어의 콜린스가 정부 고위층 인사

---

* 패트릭 캠벨 부인(1865~1940)의 결혼에 관한 격언 "결혼생활은 긴 의자에서 야단법석을 떤 후에 더블베드에서 얻는 깊디깊은 평온"을 변형.

를 아는데, 그 사람이 그 대포의 사정거리가 런던 북서부까지 닿는다고 했대. 분명 도시 전체가 일소되겠지."

"내가 듣기론 독일놈들이 무슨 광선 같은 걸……" 미키가 말했다.

보트가 기우뚱했다. 예선로에서 누가 보트로 건너온 것이다. 발소리에 귀를 기울이던 케이는 허리를 굽히고 잔을 내려놓으며 속삭였다. "헬렌일 거야. 잊지 마요. 잠옷이나 생일 얘기는 입도 벙긋하면 안 돼."

노크 소리가 들리더니 문이 열렸고 헬렌이 나타났다. 케이가 일어나 그녀의 손을 잡고 선실 안으로 몇 걸음 내려오는 길을 에스코트했다. 그리고 그녀의 볼에 키스했다.

"안녕, 자기야."

"안녕, 케이." 헬렌은 빙그레 웃으며 말했다. 차가운 헬렌의 뺨은 동그랗고 부드럽고 매끈한 것이 어린아이의 볼 같았다. 립스틱을 바른 입술은 메말랐고 바람 때문에 살짝 텄다. 그녀는 자욱한 담배 연기 사이로 주변을 둘러보았다. "세상에! 여긴 꼭 터키의 하렘 같네요. 제가 하렘에 가본 건 아니지만."

"얘야, 나는 가봤는데," 빈키가 받았다. "거긴 너무 과대평가됐어, 내 장담하지."

헬렌은 웃음을 터뜨렸다. "안녕하세요, 빈키 서장님. 안녕, 미키. 두 분 다 잘 지내죠?"

"잘 지내."

"팔팔하지. 넌 어때?"

헬렌은 여기저기 놓인 유리잔을 고갯짓으로 가리켰다. "저런 게 좀 들어가면 나아질 것 같네요."

"김렛을 마시는 중이었는데…… 괜찮아?"

"지금 같아선 알코올이 한 방울이라도 섞여 있다면 사금파리도 먹겠어."

헬렌은 코트와 모자를 벗고 거울을 찾느라 힐끔거렸다. "내 꼴이 말이 아니지?" 거울이 안 보이자 손으로 대충 머리를 매만지며 말했다.

"예쁘기만 한데, 뭘." 케이가 말했다. "이리 와서 앉아."

케이는 한 팔을 헬렌의 허리에 둘렀고 이내 두 사람은 자리에 앉았다. 빈키와 미키가 허리를 굽히고 새로 칵테일을 만들어서 돌렸다. 그 둘은 여태껏 비밀무기에 관해 입씨름을 하는 중이었다. "그 딴 걸 어떻게 믿냐," 빈키가 말했다. "투명광선이라니?"

"괜찮아, 자기야?" 케이가 헬렌의 뺨에 살짝 입술을 대고 속삭였다. "일은 힘들지 않았어?"

"그다지." 헬렌이 말했다. "당신 일은 어땠어? 어떻게 지냈어?"

"별거 없었어. 당신 생각 했어."

헬렌이 피식 웃었다. "만날 그 소리만 하고."

"진짜 내가 만날 하는 게 그거니까. 지금도 당신 생각 하고 있다고."

"그래? 나의 뭘 생각하는데?"

"어."

당연히 케이는 새틴 잠옷을 생각하고 있었다. 헬렌의 맨가슴 위로 잠옷 윗도리 단추를 채워주는 상상을 하던 중이었다. 진줏빛 실크에 감싸인 헬렌의 아랫도리와 허벅지의 느낌과 생김새를 생각하던 중이었다. 케이는 손을 내려 헬렌의 엉덩이를 가볍게 두드렸다. 그 아름다운 볼록한 라인과 탄력에 새삼 매료되었고, 아까 빈키가 말했던 얘기가 생각나 자신의 억세게 좋은 운을 실감했다. 지금 바로 여기, 이 아담한 나막신 모양의 괴상한 배 안에서, 따스하고 살짝 상기된 헬렌이 나긋나긋하고 생생하게 자신의 팔에 안겨 있다는 게 경이로웠다.

헬렌은 고개를 돌렸고 케이와 눈길이 마주쳤다. 그녀가 말했다. "취했구나."

"그럴 거야. 좋은 생각이 있어. 같이 취하자."

"사십오 분 동안 당신이랑 같이 취하자고? 그다음엔 나 혼자 쓸쓸히 자야 하는데?"

"그럼 우리 갈 때 같이 구급대로 가자." 케이는 말하며 눈썹을 치켜올렸다 내렸다. "내 구급차 뒤칸을 구경시켜줄게."

"이 바보." 헬렌이 말하며 깔깔거렸다. "대체 왜 그래, 오늘?"

"사랑에 빠진 것뿐이야."

"어이, 거기 너희 둘." 빈키가 헬렌에게 술잔을 건네며 목소리를 높였다. "이 자리가 그렇게 물고 빨고 하는 음란 현장으로 변질될 줄 알았다면 난 안 왔을 거야. 미키와 나를 꿔다놓은 보릿자루 취급하는 짓은 좀 그만하지, 응?"

"이건 그냥 친밀감의 표시라고요." 케이가 말했다. "이따가 난 머리가 날아갈지도 모르는걸요. 아직 입술이 붙어 있을 때 최대한 활용해야죠."

"그렇담 나도 내 입술을 최대한 활용해야겠군." 빈키가 술잔을 들며 말했다. "자, 이렇게."

6시가 되자 옆의 바지선에서 라디오를 틀었다. 그들은 문을 열고 뉴스에 귀를 기울였다. 뉴스가 끝나자 댄스음악 프로그램이 이어졌다. 너무 추워서 문을 계속 열어둘 수 없었다. 미키는 문을 닫고 대신 음악소리가 작게나마 들리도록 창문을 뒤로 젖혀 열었다. 배끼리 쿵 하고 부딪는 소리와 부릉부릉 지나가는 엔진 소음이 섞여 들렸다. 느릿한 가락의 노래가 나왔다. 케이는 헬렌의 허리에 팔을 두르고 가볍게 토닥이며 어루만졌고, 미키와 빈키는 이야기를 이어갔다. 난로의 열기와 칵테일 기운 때문에 졸음이 몰려왔다.

헬렌이 술잔을 집으려 허리를 숙였다 다시 펴고서 고개를 돌려 약간 어색하게 케이를 쳐다보았다.

"오늘 내가 누굴 만났게?"

"모르겠는데. 누구?"

"당신 친구 줄리아."

케이는 헬렌을 빤히 쳐다보았다. "줄리아? 줄리아 스탠딩?"

"응."

"그러니까, 길에서 우연히 마주쳤다고?"

"아니, 그건 아닌데." 헬렌이 말했다. "하여간 비슷해. 회사 옆 매점에서 차도 한잔 마셨어. 근처에 일이 있어 들렀다나봐. 줄리아가 자기 아버지랑 하는 일 알지?"

"응, 알지." 케이는 천천히 말했다.

케이는 줄리아의 이름이 나올 때마다 불거지는 복잡한 감정을 밀어내려 애쓰는 중이었다. 항상 그러듯 속으로 되뇌었다. 바보 같기는. 별거 아니었잖아. 아주 오래전 일인걸. 하지만 별거 아닌 게 아니라는 걸 자신도 알았다. 케이는 헬렌과 줄리아가 함께 있는 광경을 애써 그려보았다. 어린애처럼 동그란 얼굴, 헝클어진 머리와 다 튼 입술의 헬렌이 보였다. 그리고 줄리아, 차갑고 검은 보석처럼 세련되고 자신만만한 줄리아…… 케이는 물었다. "괜찮았어?"

헬렌은 멋쩍은 듯 웃었다. "응. 안 괜찮을 게 뭐가 있어?"

"글쎄."

그런데 빈키가 그 얘기를 들었다. 그녀도 줄리아를 알았지만 잘은 몰랐다. "지금 줄리아 스탠딩 얘기하는 거야?"

"네." 케이가 마지못해 대답했다. "헬렌이 오늘 줄리아를 봤대요."

"그래, 헬렌? 어땠어? 여전히 전쟁 내내 타르타르소스에 스테이크만 먹고 우유도 양껏 마시며 사는 것처럼 보였어?"

헬렌은 눈을 껌벅였다. "에, 뭐, 그런 것 같던데요."

"그 여자 상당히 미인이지? 하지만…… 글쎄, 난 줄리아처럼 생긴 여자를 보면 어쩐지 좀 오싹하더라. 미키, 넌 어떠냐?"

"괜찮은 여자죠." 미키는 케이를 힐끗 보며 짧게 대답했다. 그녀는 좀더 아는 게 많았다.

그래도 빈키의 말은 끝나지 않았다. "아직도 그 폭격 맞은 집들을 돌아다니는 일을 하는 거야?"

"그렇대요." 헬렌이 대답했다.

미키는 잔을 들면서 눈을 게슴츠레하게 뜨고 중얼거렸다. "언제 한번 줄리아도 무너진 집 아래서 사람을 꺼내봐야 해요."

케이가 껄껄 웃었다. 헬렌은 자기가 대답할 사항이 아니라는 듯 술잔을 들었다. 빈키가 미키에게 말했다. "얘야, 시신 꺼내는 얘기가 나왔으니 말인데…… 그 89번 서 대원들이 겪은 얘기 들었어? 독일놈들이 묘지를 폭격해서 무덤을 박살냈다더군. 관 절반이 날아가서 뚜껑이 활짝 열렸대."

케이는 다시 헬렌을 가까이 끌어당겼다. "사실, 난 잘 모르겠어." 그러고선 아주 작은 소리로 소곤거렸다. "왜 친구의 친구끼리도 서로 사이가 좋아야 하는지, 그저 공통의 친구를 두었다는 이유만으로. 그런데 사람들은 왠지 그래야만 한다고 생각하지."

헬렌은 고개도 들지 않고 말했다. "줄리아는 사람들 사이에서 호불호가 분명한 모양이네. 미키는 당연히 당신 편이고."

"응, 어쩌면 그럴지도."

"차 한잔 마신 것뿐이었어. 줄리아는 더할 나위 없이 친절했고."

"아, 잘됐네." 케이는 웃으며 말했다.

"또 만날 일은 없을 거야."

케이는 헬렌의 볼에 키스했다. "또 만나길 바라."

헬렌은 케이를 쳐다보았다. "진짜?"

"당연하지." 케이는 말하면서도, 내심 그들이 다시는 만나지 않기를 빌었다. 그 황당한 자리가 분명 헬렌을 불편하게 만들 테니까.

헬렌은 웃음을 터뜨리고서 케이에게 마주 키스했다. 문득 전혀 거리낄 것 없이 편안해졌다.

헬렌은 속삭였다. "자긴 정말 다정해."

3

“지니버 양.” 치점이 헬렌의 문 너머로 머리를 쏙 내밀고 말했다. “어느 숙녀분이 좀 보자는데요.”

일주일인가 지난 뒤였다. 헬렌은 서류를 모아 클립으로 고정하는 중이라 고개도 들지 않았다. “약속을 잡았다고 하던가요?”

“당신을 콕 찍어서 보자던데요.”

“그래요? 젠장.” 이름을 아무데나 흘리고 다니면 꼭 이런 일이 생긴다. “어디 있는데요?”

“안 들어오겠대요, 꼴이 너무 꾀죄죄해서.”

“저런, 여기도 못 들어올 정도로 꾀죄죄하기도 힘든데. 우린 그렇게 까다롭지 않다고 말해줘요. 하지만 분명 약속을 잡았을 텐데.”

치점은 방으로 들어와 접힌 종이쪽지를 건넸다. “이걸 전해달라고 하더군요.” 말투에서 언짢은 기미가 엿보였다. “제가 그 사람한테 개인적인 서신을 전해주는 일은 없다고 말하긴 했어요."

헬렌은 쪽지를 받았다. 낯선 글씨체로 헬렌 지니버 양에게라고 쓰여 있고 엄지손가락 지문이 지저분하게 찍혀 있었다. 헬렌은 쪽지를 펴보았다.

점심때 시간 괜찮아요? 홍차하고 토끼고기 샌드위치가 있는데, 어때요? 시간 안 되면 신경쓰지 말고요. 그래도 밖에서 십 분 정도 기다릴게요.

그리고 줄리아라고 서명이 되어 있었다.

이름부터 먼저 본 헬렌은 깜짝 놀라 심장이 팔딱이는 생선처럼 두근거렸다. 치점이 줄곧 지켜보는 게 무척이나 신경쓰였다. 헬렌은 재빨리 쪽지를 도로 접었다.

"고마워요, 치점 양." 헬렌은 엄지손톱으로 쪽지의 접힌 모서리를 따라 누르며 말했다. "제 친구예요. 어…… 여기 일이 다 끝나면 만나러 가죠."

헬렌은 다른 서류철 밑에 쪽지를 끼워넣고 펜을 들어 뭔가를 쓰는 척했다. 그러다 치점이 바깥 사무실에 있는 자기 자리로 돌아가자마자 펜을 내려놓았다. 책상 서랍을 열고 가방을 꺼내 머리를 매만지고 파우더와 립스틱을 발랐다.

그러고서 실눈을 뜨고 콤팩트 거울에 비친 자기 얼굴을 바라보았다. 여자들은 화장을 막 고친 얼굴을 귀신같이 알아본다. 헬렌은 치점이 알아채는 게 싫었다. 줄리아가 자기를 위해 화장을 고쳤다고 생각하는 건 더 싫었다. 헬렌은 손수건을 꺼내 파우더를 좀 지운 뒤 입술을 오므리고 수건을 몇 번 살짝 물어서 립스틱도 약간 닦아냈다. 머리도 살짝 엉클어뜨렸다. 이러면 무슨 드잡이를 하다 나온 줄 알겠군……

맙소사! 뭐가 그리 중한 일이라고! 그냥 줄리아잖아. 헬렌은 화장품을 치우고 코트와 모자와 스카프를 걸친 다음, 치점의 책상 앞을 휙 지나쳐 시청 복도를 지나 로비를 거쳐 거리로 나갔다.

줄리아는 회색 돌사자 앞에 서 있었다. 여전히 작업복과 청재킷 차림이었지만 이번에는 터번 대신 스카프로 머리를 동여맸다. 그녀는 어깨에 멘 가죽가방 끈을 가볍게 잡고 멍한 시선으로 체중을 왼발 오른발 옮겨실으며 건들거리고 있었다. 그러다 폭탄에도 끄떡없게 만들어진 정문이 열리는 소리가 들리자 돌아보고는 미소를 지었다. 그녀의 미소 짓는 모습에 헬렌의 심장은 불합리하게도 또 한번 덜컥 내려앉았다. 경련인지 꿈틀거림인지 모를 그것은 거의 고통에 가까웠다.

하지만 헬렌은 차분하게 말문을 열었다. "안녕하세요, 줄리아. 놀라긴 했지만 기쁘네요."

"그래요?" 줄리아가 물었다. "난 그냥, 이젠 당신이 어디서 일하는지 아니까……" 그러고는 구름이 끼어 우중충한 하늘을 올려보았다. "지난번처럼 날이 좋기를 바랐는데. 이젠 좀 쌀쌀하네요, 그렇죠? 내 생각엔…… 내 말이 황당하다면 말해줘요. 폐허 속에서 너무 오래 혼자서만 일하다보니 사회적인 배려를 다 까먹었어요. 어쨌든 내 생각엔 브라이언스턴스퀘어에 임시로 잡아놓은 우리집에 당신이 와보고 싶어하지 않을까 해서요. 내가 하는 일도 구경하고. 그 집은 몇 달간 비어 있는 상태니까 뭐라 그럴 사람은 아무도 없어요."

"가보고 싶어요." 헬렌이 말했다.

"정말로?"

"네!"

"좋아요." 줄리아가 다시 웃었다. "내 꼴이 너무 꾀죄죄해서 팔을 잡지는 않을게요. 이쪽 길이 제일 좋아요."

줄리아는 헬렌을 이끌고 메릴본로드를 따라 걷다가 이내 좀더 조용한 골목으로 접어들었다. "제 쪽지를 받은 분이," 걸으면서 줄리아가 물었다. "그 유명한 치점 양인가요? 앙다문 입술을 보니 지난번 얘기가 무슨 뜻인지 알겠더라고요. 꼭 사무실 금고를 노리는 도둑을 쳐다보듯 나를 노려보던데요!"

"치점 양은 나한테도 그래요."

줄리아는 웃음을 터뜨렸다. "그 사람이 이걸 봤어야 하는데!" 줄리아는 가방을 열고 엄청나게 큰 열쇠 뭉치를 꺼냈다. 열쇠마다 나달나달한 꼬리표가 붙어 있었다. 그녀는 교도소장처럼 열쇠를 흔들었다. "이게 뭘 거 같아요? 이 지역 공습경비원한테 받았어요. 이쪽 집들 중 절반을 들락날락하거든요. 메릴본은 이제 나한테 아무 비밀도 없어요. 여기 사람들이 사방을 쑤시고 돌아다니는 내 모습에 익숙할 것 같죠? 하지만 아녜요. 며칠 전에는 어떤 여자가 빽빽한 자물쇠랑 씨름하는 나를 보고 경찰에 신고했어요. 그 여자 말이, '분명히 외국인으로 보이는' 여자가 주택에 침입하려고 했다

나. 나를 나치로 착각했는지, 그냥 떠돌이 난민으로 생각했는지는 모르겠어요. 경찰은 상당히 점잖게 대응했죠. 내가 외국인처럼 보여요?"

줄리아는 열쇠를 한참 살피다 이렇게 물으며 고개를 들었다. 헬렌은 그녀의 얼굴을 쳐다보다 시선을 돌렸다.

"피부색이 짙어서 그랬나보네요."

"네, 그런 것 같아요. 하여간 지금은 당신이 같이 있으니 괜찮겠죠. 당신은 토종 영국산으로 보이잖아요? 누가 봐도 확실히 연합군의 일원으로 보이죠…… 다 왔어요. 우리가 가려는 곳이 바로 저기예요."

줄리아는 다 허물어져가는 높고 음산한 집의 현관으로 헬렌을 안내했고, 가지고 있던 열쇠 중 하나를 자물통에 밀어넣었다. 문을 여는데 상인방에서 흙먼지가 우수수 쏟아졌다. 헬렌은 조심조심 안으로 들어갔다. 들어가자마자 오래된 행주에서 나는 퀴퀴하고 눅눅한 냄새가 났다.

"비가 와서 그래요." 줄리아는 문을 닫고 걸쇠를 만지작거리며 말했다. "지붕이 폭격을 맞아 유리창이 대부분 박살났거든요. 어둡죠, 미안해요. 당연히 전기도 나갔어요. 저기 문턱 너머로 가면 좀 더 밝아요."

현관을 지나니 거실 입구였다. 반쯤 덧창이 내려진 창문으로 황혼녘처럼 어슴푸레한 빛이 들어왔다. 헬렌의 눈이 어둠에 익숙해지기 전까지 잠시 동안은 내부가 그럭저럭 괜찮아 보였다. 그러나 사물이 똑똑히 눈에 들어오자 헬렌은 걸음을 내디디며 한탄했다.

"아! 이건 너무 심하다! 이 아름다운 가구들이!" 바닥에 깔린 카펫을 비롯해 근사한 소파와 의자와 스툴과 테이블이 모조리 먼지를 뒤집어썼고, 날아온 유리와 떨어진 석고에 형편없이 상한데다 습기 탓에 목재에는 곰팡이가 피어서 부풀기 시작했다. "게다가 저 샹들리에는!" 헬렌은 위를 올려다보며 나직이 비명을 흘렸다.

"네, 발 조심해요." 줄리아가 다가와 헬렌의 팔을 가볍게 잡으며 말했다. "전구의 반은 떨어져 깨졌어요."

"지난번에 당신 얘기를 듣고 그냥 텅 빈 집일 줄 알았어요. 왜 여기 사는 사람들은 돌아와서 이것들을 고치거나 치울 생각을 안 하는 거죠?"

"그래봤자 소용없다고 생각하는 거겠죠, 아마도." 줄리아가 말했다. "이미 반파 상태인걸요. 여자는 시골 친척집으로 피난 갔을 테고, 남편은 어디선가 싸우고 있겠죠. 이미 전사했을지도 모르고."

"하지만 이렇게나 훌륭한 것들을!" 헬렌은 한탄을 거듭했다. 사무실에 찾아오는 사람들이 생각났다. "딴사람들이 여기 살아도 되겠죠? 완전히 빈손으로 나앉은 사람들도 수두룩한데."

줄리아는 손등으로 가볍게 벽을 쳤다. "여긴 안전하지 않아요. 가까운 데서 한 번만 더 폭탄이 터지면 붕괴할 거예요. 그럴 가능성이 높아요. 아버지하고 내가 여기 사는 이유죠. 보다시피 우린 허깨비를 기록하는 셈이에요."

헬렌은 안타까운 마음으로 망가진 물건을 하나씩 살펴보며 천천히 방안을 거닐었다. 높다란 쌍여닫이문이 있는 데로 가서 살그머니 밀어보았다. 문 안쪽의 방도 거실만큼이나 처참했다. 유리창은 다 깨지고, 벨벳 커튼은 비바람에 얼룩지고, 바닥에는 새똥이 어지럽고, 벽난로의 검댕과 재가 사방에 퍼져 있었다. 헬렌이 한 발짝 내딛자 발밑에서 뭔가 와그작 부스러졌다. 재가 된 석탄덩어리였다. 카펫 위에 시커먼 얼룩이 남았다. 헬렌은 줄리아를 돌아보며 말했다. "앞으로 가기가 겁나네요. 무슨 잘못을 저지르는 것 같아서."

"익숙해질 거예요, 걱정 말아요. 나는 몇 주 동안 계단을 쿵쿵거리며 오르내리면서도 그런 생각은 안 해봤는데."

"여기 아무도 없는 게 정말 확실해요? 지난주에 얘기했던 그 노부인 같은 분이라도? 돌아올 사람이 있지 않을까요?"

"없어요." 줄리아가 잘라 말했다. "이따 아버지가 얼굴을 내밀지도 모르지만, 그 외엔 전혀. 아버지가 올지 몰라서 문은 안 잠가뒀어요." 줄리아는 이리 오라는 듯 손을 내밀었다. "아래층으로 내려가면 아버지와 내가 하고 있는 작업을 볼 수 있어요."

줄리아가 현관 쪽으로 돌아가자 헬렌도 따라서 불 꺼진 계단을 한 층 내려가 지하실로 갔다. 가로장이 달린 깨진 창문 앞 밝은 자리에 트레슬 테이블이 놓였고, 그 위에 브라이언스턴스퀘어에 있는 집들의 다양한 설계도와 입면도가 펼쳐져 있었다. 줄리아는 피해 정도를 표시하는 방식—사용되는 기호와 측정 시스템 등—을 헬렌에게 설명해주었다.

"굉장히 전문적이네요." 헬렌은 감탄했다.

줄리아가 대답했다. "헬렌이 사무실에서 늘 하는 일과 기술적으로는 별다를 바 없을걸요. 수입과 지출을 맞추고, 서류를 작성하고, 뭐 그런 이것저것. 나는 그런 일엔 영 젬병이지만. 또 뭘 달라고

징징거리며 오가는 사람들을 상대해야 한다는 것도 싫어요. 당신이 그걸 어떻게 견뎌내는지 모르겠어요. 이 일이 나한테 맞는 건, 혼자서 조용히 하는 일이기 때문이에요."

"쓸쓸하지 않아요?"

"가끔은. 하지만 익숙해요. 작가 기질이랄까, 뭐 그런 거죠……"

줄리아는 기지개를 켰다. "우리 점심 먹을까요? 옆방으로 가죠. 춥긴 하지만 위층처럼 꿉꿉하진 않아요."

줄리아는 가방을 들고 복도로 나가 부엌으로 안내했다. 부엌 한가운데에 오래된 소나무 식탁이 놓여 있는데, 상판에 석고가루가 수북이 쌓였다. 줄리아는 식탁 위를 쓸어내기 시작했다.

"어쨌든 진짜로 토끼고기 샌드위치가 있으니까요." 그녀는 석고가루를 털어내며 말했다. "이웃에 정원사가 있는데, 그 사람이 덫을 놔서 토끼를 잡는대요. 확실히 토끼가 런던 사방을 뛰어다니긴 하잖아요. 이 토끼는 레스터스퀘어에서 잡은 거래요! 잘 믿기지는 않지만."

헬렌이 말했다. "화재감시원으로 일하는 제 친구가 어느 날 밤에 빅토리아역 플랫폼에서 토끼를 봤대요. 그러니까 아마 사실일 거예요."

"빅토리아역에 토끼라! 기차를 기다리는 중이었대요?"

"네. 얼핏 보니까 회중시계를 확인하면서 굉장히 안절부절못하는 눈치였대요."

줄리아가 웃음을 터뜨렸다. 전에 들었던 웃음소리와는 종류가 달랐다. 진심에서 우러난, 막 솟아오른 샘물 같은 자연스러운 웃음이었다. 헬렌은 자기가 그 웃음을 끌어냈다는 생각에 어린애처럼 우쭐해졌다. 맙소사! 학생회장한테 푹 빠져 황홀해하는 중학교 2학년생 같잖아! 헬렌은 자신의 감정을 숨기려고 부엌 선반 위의 먼지투성이 항아리와 푸딩틀 따위를 기웃거렸다. 그동안 줄리아는 식탁 위에 가방을 올려놓고 그 안을 뒤졌다.

부엌은 오래된 빅토리아풍으로, 기다란 목제 조리대와 돌을 파내 만든 싱크대가 있었다. 창문에는 다른 창들과 마찬가지로 가로장이 주르륵 쳐졌고 그 사이로 담쟁이덩굴이 자랐다. 틈새로 들어오는 푸릇푸릇한 햇빛이 무척 부드러웠다. 헬렌은 서성이면서 말했다.

"여기 있으면 요리사와 부엌 하녀들의 모습이 눈에 선하겠어요."

"네, 당신도 그렇지 않아요?"

"지역 경관이 순찰하다 슥 들어와 차 한 잔 달라고 하거나."

"상상은 거기까지." 줄리아가 빙긋 웃으며 말했다. "이리 와서 앉아요, 헬렌."

줄리아는 기름종이에 싼 샌드위치와 야경꾼이 갖고 다니는 홍차병을 꺼내놓았다. 그리고 의자를 끌어당기며 먼지투성이 의자와 헬렌의 말쑥한 코트를 미심쩍게 번갈아 쳐다보았다. "원한다면 종이를 깔아줄게요."

"괜찮아요." 헬렌이 말했다. "정말로."

"정말이죠? 나는 말을 곧이곧대로 받아들이는 사람이에요. 그 점에선 케이와 다를걸요."

"케이요?"

"케이라면 월터 롤리 경*처럼 망토를 벗어 자리에 깔아준다든가 그랬겠죠."

그들이 케이에 대해 구체적으로 얘기한 건 이번이 처음이었다. 헬렌은 아무 대답 없이 의자에 앉았다. 확실히 케이라면 먼지를 가지고 수선을 피웠을 것이다. 그리고 줄리아는 그런 짓에 진저리쳤을 거라는 걸 직감으로 알았다. 덕분에 헬렌은 자신이 처한 애매한 상황을 똑똑히 자각하게 되었다. 자신은 보살핌과 배려를 동반한 사랑을 받아들였고, 줄리아는 나보다 먼저 그것을 받아들일 기회가 있었으나 거부했다……

줄리아는 샌드위치 포장을 벗기고 뜨끈한 홍차병의 코르크마개를 뽑았다. 병이 식지 않도록 스웨터로 꽁꽁 싸두었다고 했다. 그리고 찬장에서 앙증맞은 자기잔 두 개를 꺼내 차를 약간 붓고 휘휘 흔들어 잔을 덥힌 다음 차를 버리고 다시 따랐다.

홍차는 달달했고 크림도 많이 들어갔다. 줄리아가 배급량을 여기에 몽땅 쏟아부은 게 틀림없었다. 헬렌은 차를 한 모금 마시고 눈을 감으며 양심의 가책을 느꼈다. 줄리아가 샌드위치를 권하자 헬렌은 말했다. "줄리아, 돈이나 뭐라도 낼게요."

줄리아가 말했다. "이런."

"배급표를 드리든가……"

"세상에! 전쟁이 우리를 이렇게 만든 건가요? 정 맘에 걸리면 나중에 한잔 사든가요."

둘은 샌드위치를 먹기 시작했다. 빵은 거칠었지만 고기는 달고

---

* 영국의 군인, 탐험가, 시인(1552~1618).

무척 연했다. 향도 독특하고 진했다. 잠시 후 헬렌은 그것이 마늘향임을 깨달았다. 레스토랑에서 마늘을 맛본 적은 있지만, 요리할 때 사용한 적은 한 번도 없었다. 줄리아가 소호의 프리스스트리트에 있는 가게에서 샀다고 말해주었다. 마카로니와 올리브오일과 말린 파마산 치즈도 어찌어찌 손에 넣었다고. 또 미국에 사는 친척이 식료품을 부쳐주기도 한다고 했다. "이탈리아보다 시카고에서 이탈리아 식재료를 구하기가 더 쉽대요." 줄리아는 입에 든 것을 삼키며 말했다. "조이스가 올리브와 샐러드용 흑식초도 보내줘요."

"운이 정말 좋군요!" 헬렌이 말했다.

"그런 것 같아요. 당신은 외국에 그런 걸 보내줄 만한 친척이 없나요?"

"전혀. 우리 집안사람들은 아직도 고향인 워싱에 살아요."

줄리아가 깜짝 놀란 표정을 지었다. "워싱이 고향이에요? 까맣게 몰랐네. 하긴, 생각해보니 당연히 고향이 있겠네요…… 애런들 근처에 우리 집안의 별장이 있어요. 가끔 워싱에서 헤엄치곤 했는데. 한번은 소라인가 새조갯가를 하도 많이 먹어서—어쩌면 사과토피 사탕이었을지도—부두에다 온통 토한 적도 있어요. 자랄 때 그곳은 어땠어요?"

"괜찮은 곳이었어요. 우리 가족은…… 음, 아주 평범해요. 몰랐어요? 우리 부모님은…… 케이네 부모님 같은 분들이 아니세요." 당신 부모님 같은 분들이 아니세요, 이것이 헬렌이 진짜로 말하고자 한 바였다. "우리 아버지는 안경점을 하세요. 오빠는 공군에 렌즈를 납품하고요. 우리 부모님 집은……" 헬렌은 주위를 돌아보았다. "이렇지 않아요. 근처에도 못 가죠."

헬렌이 민망해하는 걸 줄리아가 눈치챈 모양이었다. 그녀는 조용히 말했다. "뭐, 이제 그런 건 중요하지 않잖아요? 요즘 같은 시대에. 다들 허수아비처럼 입고, 미국인처럼 아니면 청소부처럼 말하는데. 최근에 카페에 갔는데, 거기 아가씨가 '여기 나왔습니다, 받으십셔' 하던데요. 장담하는데 그 아가씬 분명 로딘*을 나왔어요."

헬렌은 미소 지었다. "그런 말투를 쓰면 기분이 더 나은가보죠. 일종의 군복이랄까."

줄리아는 얼굴을 찌푸렸다. "그 군복에 대한 열망도 참 싫어요. 군복, 완장, 배지. 그런 군사적 충동은 지양해야 마땅하다고 생각해요. 독일이 어떻게 됐는지 보세요!" 줄리아는 차를 한 모금 마시고 하품에 가까운 한숨을 내쉬었다. "어쩌면 내가 과잉 반응을 하는 건지도 모르지만." 그러고는 찻잔 가장자리 너머로 헬렌을 보았다. "나도 당신처럼 살아야겠어요. 적응도 빨리빨리 잘하고, 뭐 그런 식으로."

헬렌은 줄리아가 자신에 대해 이미 선입견을, 더구나 그런 유의 생각을 갖고 있다는 사실에 놀라 빤히 쳐다보았다. "그렇게 보여요? 내가 생각하는 거랑은 좀 다르네요. 적응을 빨리빨리 잘하다니. 어떤 뜻으로 말한 건지 모르겠군요."

"음, 당신을 보면 늘 굉장히 속이 깊다는, 무척 신중하다는 느낌이 들거든요. 그런 뜻이에요. 말도 별로 안 하고. 그런데도 당신이

* 영국 브라이턴에 위치한 명문 사립 여학교.

하는 말은 귀기울일 가치가 있는 것 같아요. 그런 사람은 흔치 않잖아요?"

"속임수죠." 헬렌은 대수롭지 않게 말했다. "말이 없으면 사람들은 생각이 깊은가보다 하고 착각해요. 실제로는 브래지어가 너무 답답하다거나 화장실에 갈까 뭐 그런 생각을 하고 있어도."

"하지만 그게," 줄리아가 말했다. "나한테는 잘 적응하고 있다는 얘기로 들린다고요! 당신이 다른 사람들한테 끼치는 영향보다는 당신 자신에 대해 한번 생각해봐요. 게다가 그……" 줄리아는 머뭇거렸다. "흠, 그 무시무시한 'L' 비즈니스에 대해서도. 무슨 말인지 알죠…… 당신은 그걸 무척 태연하게 받아들이는 것처럼 보여요."

헬렌은 찻잔을 내려다보며 묵묵히 앉아 있었다. 줄리아는 더 작은 소리로 말했다. "나 진짜 무례하죠. 미안해요, 헬렌."

"아뇨, 괜찮아요." 헬렌은 다시 고개를 들며 얼른 말했다. "그냥 그런 얘기에 익숙지 않아서요. 일단 나는 그게 무슨 대단한 일이라고 생각해본 적이 없는 것 같아요. 그냥 어쩌다보니 그렇게 된 거죠. 솔직히 어릴 때는 생각하지도 않았어요. 아니, 생각해봤더라도 그냥 흔하고 가벼운 경우였겠죠. 독신인 여자 선생님한테 열 올리는 여자애들처럼……"

"워싱에서는 좋아했던 사람 없어요?"

"흐음, 남자는 꽤 있었죠." 헬렌은 웃었다. "이렇게 말하니까 꼭 콜걸 같지 않아요? 사실 딱 한 명 있었어요. 그 남자애 옆에 있고 싶어서 런던으로 왔죠. 하지만 잘되지 않았어요. 그리고 케이를 만난 거예요."

"아, 그렇군요." 줄리아는 다시 홍차를 홀짝였다. "그리고 당신은 케이를 만난 거군요. 끝내주게 낭만적인 상황에서."

헬렌은 줄리아의 의도를 파악하려 어투와 표정을 살폈다. 그리고 수줍게 말했다. "정말 낭만적이긴 했어요. 케이가 좀 멋있잖아요. 최소한 내 눈에는 멋지게 보였어요. 케이 같은 사람은 생전 처음 봤으니까. 그땐 런던에 올라온 지 여섯 달도 안 된 때였고. 케이가 어찌나…… 어찌나 나를 두고 야단법석을 떨던지. 케이는 원하는 바가 아주 확실해 보였어요. 그게 무척 신나더라고요. 저항하기도 어려웠어요. 그게 딱히 이상하다고 생각한 적은 한 번도 없었어요. 어차피 그렇게 될 일이었겠거니…… 그런데 그때부터 불가능하게만 보였던 많은 것들이 평범한 일이 되었어요." 헬렌은 살짝 몸서리를 치면서 케이와 만났던 그날 밤을 회상했다. "그리고 불가능한 일치고는, 케이와 함께 있는 건 꽤 쉬운 축에 속했던 것 같아요."

헬렌은 거의 사과조로 얘기하고 있었다. 자신도 그걸 알았다. 여전히 자신의 촌스러움이 신경쓰였고, 지금 줄리아한테 케이의 매력이라고 묘사하는 것들이 모두 줄리아 본인은 거절할 만하다고 여겼던 것임을 의식했다. 마음 한편으로는 케이를 옹호하고 싶었다. 그러나 또 한편으로는, 마치 전처와 후처 사이처럼 한 사람에 대한 비밀을 공유하고 싶었다. 이런 얘기는 그 누구한테도 한 적이 없었다. 케이와 함께 살기 시작하면서 옛 친구들과는 멀어졌다. 아니면 케이에 관해서는 비밀로 했다. 그리고 케이의 친구들은 다 미키 같았다. 요컨대, 다 케이 같은 사람이었다. 이젠 헬렌 쪽에서 줄리아에게 케이와 사귀었을 때 어땠냐고 묻고 싶었다. 줄리아도 종

좀 자기처럼 죄지은 듯한 느낌이 들었는지 알고 싶었다. 왜냐하면 케이가 끊임없이 호들갑을 떨었기 때문이다. 처음엔 그게 그렇게 감동적이고 신났지만 이제는 좀 부담스러웠다. 자신을 무슨 여왕님 모시듯 떠받드는 케이의 열렬함이 너무 거창해서 왠지 비현실적으로 느껴졌고, 거기에 부응하기도 힘들었다……

그러나 헬렌은 그중 어떤 질문도 입에 올리지 않았다. 그저 찻잔만 내려다보며 침묵을 지켰다. 줄리아가 말했다. “그나저나 이 전쟁은 언제 끝날까요? 언제쯤 모든 게 정상으로 돌아가려나?” 헬렌은 심각해지지 않기로 했다. 그러고선 고개를 저었다.

“그런 건 아무리 생각해봤자 답이 없잖아요? 내일이면 폭탄에 날아갈지도 모르는데.” 요즘은 어떤 질문에건 이런 식의 대답이 대세였다. “그때까지는 뭐, 광고하고 다닐 생각은 없어요. 가령 우리 어머니한테 케이 얘기를 하는 건 꿈도 못 꿀 일이죠! 그리고 내가 뭐하러 어머니한테 말하겠어요? 이건 케이와 나 사이의 일인데. 우린 둘 다 성인이고, 누구한테 해를 끼치는 것도 아니잖아요?”

줄리아는 물끄러미 헬렌을 바라보다 병에서 홍차를 따라 잔을 채웠다. 그리고 좀 빈정거리는 말투로 말했다. “적응을 잘한다니까.”

그 말에 헬렌은 다시 무안해졌다. 내가 너무 말을 많이 해서 따분했나보다. 줄리아는 아까 전의 과묵하고 생각 깊어 보였던 내 모습이 더 좋았나보다……

둘은 아무 말 없이 앉아 있었고, 이윽고 줄리아가 진저리를 치며 팔을 문질렀다. “어휴! 별로 재미없죠? 나 원, 다 무너진 집 지하실에서 고문 같은 심문이나 하고! 게슈타포랑 점심 먹는 꼴이네요!”

헬렌은 웃었고 이내 무안함이 사그라졌다. "아녜요, 근사한데요."

"진짜요? 그럼 내가…… 음, 원한다면 이 집 전체를 구경시켜줄게요."

"네, 보고 싶네요."

샌드위치와 홍차를 다 먹고 나서 줄리아는 병과 포장지를 치우고 찻잔을 헹구었다. 둘은 다시 위층으로 올라가 거실과 그 안쪽에 있는 방에 들어가보고, 어렴풋이 빛이 드는 계단을 통해 이층으로 올라갔다.

가만가만 걸으며 이따금 특정 물건이나 손상 정도에 대해 소곤거리기도 했지만 대개는 아무 말 없이 돌아다녔다. 위쪽으로 올라갈수록 방들은 더욱 음산해졌다. 침실에는 여전히 침대와 옷장이 있었으나 유리창이 다 깨져 옷장 안은 눅눅했고, 안에 걸린 고풍스러운 옷들은 나방에 좀먹었거나 곰팡이가 피었다. 천장은 일부가 내려앉았고, 책과 장식품이 망가진 채 여기저기 나뒹굴었다. 욕실 벽에 걸린 거울은 앞면이 기괴하게 비어 있었다. 거울 유리는 산산조각나 그 아래 세면기에 수백 개의 파편으로 떨어져 있었다.

다락방으로 올라가려는데 총총거리며 푸드덕거리는 소리가 들렸다. 줄리아가 돌아보았다. "비둘기나 생쥐일 거예요." 그녀는 나직이 말했다. "무서워하는 건 아니죠?"

"큰 쥐는 아닌가요?" 헬렌은 걱정스럽게 물었다.

"아, 아녜요. 적어도 내가 알기론 그런 거 없어요."

줄리아는 앞으로 가서 문을 열었다. 총총거리던 소리가 박수소리 비슷하게 변했다. 줄리아의 어깨 너머로 슬쩍 보니 새 한 마리가 날아올라 마술처럼 사라졌다. 비스듬히 경사진 천장에 구멍이 뚫렸는데, 소이탄이 떨어져 불이 붙은 자리였다. 폭탄은 깃털 매트리스 위로 떨어져 커다란 구멍을 만들었다. 다리에 생긴 궤양 같았다. 불에 타고 눅눅해진 깃털에서 아직도 매캐한 냄새가 났다.

이 방은 가정부나 하녀가 쓰던 방이었다. 침대 옆 협탁에는 어린 소녀의 사진이 든 액자가 있었다. 바닥에 떨어진 얇은 가죽장갑 한 짝은 쥐가 거의 쏠아먹었다.

헬렌은 장갑을 집어 최대한 잘 폈다. 그리고 사진 옆에 단정히 올려놓았다. 천장에 뚫린 구멍으로 해질녘처럼 희끄무레한 하늘을 잠깐 올려다보았다. 그러고는 창가에 서 있는 줄리아의 옆으로 가서 뒷마당을 내다보았다.

마당도 다른 곳들과 마찬가지로 폐허였다. 포석은 깨지고, 식물은 제멋대로 자라고, 해시계의 기둥은 기단에서 날아가 조각조각 흩어졌다.

"슬프지 않아요?" 줄리아가 조용히 말했다. "저 무화과나무 좀 봐요."

"네. 과일이 다 저렇게!" 부러진 가지들이 축 늘어졌고, 그 아래 땅에는 지난여름에 수확하지 못한 무화과가 다 썩은 채 수두룩하니 쌓여 있었다.

헬렌이 담배를 꺼내자 줄리아가 하나 얻어 피우려고 가까이 다가섰다. 둘은 어깨가 닿을락 말락 나란히 서서 담배를 피웠다. 줄리아가 담배를 든 손을 올렸다 내릴 때마다 재킷 소매가 헬렌의 코트를 스쳤다. 헬렌이 힐끔 보니 일주일 전에 긁혔다던 손마디가 여전히 까진 상태였다. 그때 자신이 손끝으로 가볍게 그 상처를 어루만졌던 일이 떠올랐다. 그때 헬렌과 줄리아는 함께 서 있었을 뿐이다. 단지 이렇게 나란히 함께. 뭔가 달라질 만한 계기는 아무것도 없었다. 하지만 이젠 줄리아의 몸 어디든 그렇게 아무렇지도 않게 만진다는 건 감히 상상할 수도 없었다.

생각만 해도 짜릿하면서 한편으론 겁이 났다. 둘은 브라이언스턴스퀘어 뒤쪽에 있는 집들에 관해 잠시 얘기를 나눴다. 줄리아는 자신이 들어가본 집을 손가락으로 가리키며 그 안에서 봤던 것을 자세히 설명했다. 그 와중에도 그녀의 소매가 계속 헬렌을 스쳤고, 헬렌은 줄리아의 말보다 제 옷을 쓸면서 달라붙는 옷감에 더 신경이 쓰였다. 기어이 헬렌은 팔뚝의 살갗이 부풀어오르는 느낌이 들기 시작했다. 마치 줄리아가 혹은 줄리아의 곁에 있다는 사실이 살갗을 잡아 끌어당기는 것처럼……

헬렌은 가볍게 몸을 떨며 물러났다. 담배도 거의 다 피운 참이라 그 핑계를 댔다. 그녀는 꽁초를 버릴 만한 곳을 찾아 주위를 두리번거렸다.

줄리아가 그 모습을 보고 말했다. "아무데나 버리고 밟아서 꺼요."

"내키지가 않네요." 헬렌이 말했다.

"그래봤자 더 나빠질 것도 없는데."

"그건 그렇지만……"

헬렌은 벽난로로 가서 담배꽁초를 쇠살대에 비벼 껐다. 줄리아가 피운 담배도 가져다 똑같이 껐다. 하지만 꽁초 두 개를 빈 쇠살대 위에 덩그러니 남겨두자니 마음에 걸렸다. 헬렌은 꽁초를 흔들어 열기를 식힌 다음 도로 담뱃갑에, 아직 피우지 않은 새 담배들 옆에 집어넣었다.

"이 집 사람들이 되돌아올까요?" 뭘 그렇게까지 하느냐는 줄리아의 시선을 의식하며 헬렌이 물었다. "모르는 사람들이 들어와 집 안을 돌아다녔다는 걸 알면 기분이 나쁠 거예요."

"빗물도 깨진 창문도 폭탄 맞은 침대도 있는데 그런 거에 손톱만큼이나 더 신경쓸 것 같아요?"

"비와 폭탄과 창문은 그냥 사물이잖아요." 헬렌이 말했다. "사람하고는 달리 무생물인걸요…… 내가 미련하다고 생각하죠?"

줄리아는 물끄러미 헬렌을 쳐다보다 고개를 가로저었다. "그 반대예요." 그러고선 조용히 말했다. 미소를 머금었지만 서글픈 말투였다. "나는…… 음, 참 됨됨이가 좋은 사람이구나 생각했어요."

둘은 잠시 서로를 마주보다가 결국 헬렌이 시선을 떨어뜨렸다. 헬렌은 담뱃갑을 집어넣고 방안을 가로질러 구멍난 매트리스가 있는 쪽으로 다시 가보았다. 문득 방이 좁게 느껴졌다. 이 방안에, 이 스산하고 고요한 집 꼭대기에 자신과 줄리아가 함께 있다는 사실이 새삼스러웠다. 이 공간이 입은 엄청난 피해와 대비되어 그들의 온기와 생기와 존재감이 두드러졌다. 헬렌은 또다시 팔에 소름이 돋는 것을 느꼈다. 고동치는 심장이 목구멍에서도, 가슴에서도, 손끝에서도 느껴졌다……

"이제," 헬렌은 등을 돌린 채 말했다. "회사로 돌아가봐야겠어요."

줄리아가 웃었다. "진짜 됨됨이가 좋다니까." 그러나 여전히 왠지 모르게 한탄조로 들렸다. "자, 내려가죠."

둘은 계단참으로 나가 한 층을 내려갔다. 아주 조용히 움직였기에 일층 어딘가에서 문이 닫히는 소리가 들렸을 때 바로 알아듣고 발을 멈췄다. 헬렌의 심장은 빨라지기는커녕 주춤거리는 것 같았다. "뭘까요?" 불안한 마음에 계단 난간을 꽉 붙들고 속삭였다.

줄리아는 미간을 찌푸렸다. "나도 모르겠어요."

그때 한 남자가 경쾌하게 계단을 오르며 소리쳤다. "줄리아? 안에 있니?" 줄리아의 표정이 밝아졌다.

"우리 아버지예요." 그녀는 상체를 내밀고서 계단통에 대고 쾌활하게 외쳤다. "위에 있어요, 아빠! 꼭대기층요! ……가서 인사해요." 그러고선 몸을 돌려 헬렌의 손을 꽉 쥐었다 놓았다.

줄리아는 부리나케 계단을 내려갔다. 헬렌은 조금 천천히 뒤를 따랐다. 현관에 이르렀을 때 줄리아는 아버지의 어깨와 머리에서 먼지를 털어주며 웃고 있었다. "아빠, 지저분하잖아요!"

"그런가?"

"그래요! 봐요, 헬렌, 우리 아버지 꼴이 말이 아니죠. 석탄창고를 훑고 다녔대요…… 아빠, 내 친구 헬렌 지니버 양이에요. 악수하지 마세요! 우리를 부랑자 가족이라고 생각하겠어요."

스탠딩 씨는 씩 웃었다. 가슴에 더러워진 메달 기장이 달린 지저분한 파란색 작업복을 입고 있었다. 그는 구겨진 모자를 벗고서 줄리아가 헝클어놓은 머리를 잘 매만졌다. "반가워요, 지니버 양. 미안하지만 악수에 대해서는 줄리아 말이 맞네요. 한 바퀴 둘러봤나요?"

"네."

"참 고약한 직업이지요? 온통 먼지투성이예요. 저쪽 전쟁하고는 다르게. 저쪽은 진창투성이니까. 다음 전쟁은 어떻게 될지 궁금하네요. 아마 재투성이가 되지 않을까…… 물론 내가 진짜로 하고 싶은 일은 이런 낡은 건물을 뒤지는 게 아니라 새 건물을 짓는 일입니다. 그래도 이렇게 일을 하니까 바쁘게 움직일 수 있죠, 줄리아도 말썽을 안 부리고." 스탠딩 씨는 한쪽 눈을 찡긋했다. 그의 눈동자는 줄리아처럼 짙은 색이었고 눈꺼풀은 다소 두툼했다. 희끗희끗한 머리칼은 석탄가루가 묻어 감은빛을 띠었다. 이마와 관자놀이도 지저분했다. 아니면 주근깨인지도 몰랐다. 잘 보이지가 않았다. 얘기를 하는 동안 그는 노련한 눈초리로 자연스럽게 헬렌의 외양을 훑었다. "어쨌든 관심을 가져줘서 기쁘군요. 머물면서 좀 도와주시겠습니까?"

줄리아가 말했다. "바보 같은 소리 말아요, 아빠. 헬렌은 이미 엄청 중요한 일을 하고 있다고요. 복구지원회에서 일해요."

"복구지원회라고? 진짜?" 그는 헬렌을 똑바로 쳐다보았다. "스탠리 경이 운영하는?"

헬렌이 말했다. "저는 그냥 지역사무소에 있습니다."

"아. 아쉽네. 스탠리와 나는 오랜 친구거든요."

스탠딩 씨는 몇 분 정도 더 그들과 가벼운 얘기를 나누다 말했다. "아무렴. 그럼 난 설계도를 확인하러 잠깐 지하실에 가봐야겠군요. 이만 실례할게요."

그는 그들을 지나쳐 지하실 계단으로 향했다. 그가 그늘에서 밝은 데로 나오자, 헬렌은 탄가루 혹은 주근깨로 착각했던 이마의 얼룩이 실은 불이나 가스에 데여 물집이 잡힌 오래된 흉터임을 알았다.

"우리 아버지 귀엽지 않아요?" 그가 가버리자 줄리아가 말했다. "사실은 아주 악질적인 도둑이에요." 줄리아는 현관문을 열었고, 둘은 함께 바깥계단으로 나왔다. 그녀는 부르르 몸을 떨었다. "비가 올 것 같네. 서둘러야겠어요! 돌아가는 길은 알죠? 바래다주고 싶지만…… 아, 잠깐만."

느닷없이 줄리아가 보도로 내려가려는 헬렌의 어깨를 잡는 바람에 깜짝 놀라 돌아섰다. 줄리아가 키스나 포옹 같은 걸 하려나보다 생각하면서. 하지만 줄리아는 헬렌의 팔에서 먼지를 털어냈을 뿐이었다.

"자," 줄리아는 미소 지으며 말했다. "이제 돌아서서 등을 보여봐요. 역시, 여기도 붙었네. 이제 반대편으로. 말도 잘 듣네! 치점 양한테 꼬투리를 잡히면 안 되죠." 그녀는 눈썹을 치켜올렸다. "케이한테도 마찬가지고…… 자. 다 됐어요. 훌륭해요."

둘은 작별인사를 했다. "담에 언제 또 와서 점심 같이해요!" 헬렌이 발걸음을 떼자 줄리아가 외쳤다. "이 주 정도 더 여기 머물 거예요. 술집에 가도 되고. 저한테 한잔 사도 돼요!"

헬렌은 그러겠다고 대답했다.

헬렌은 시청을 향해 걸었다. 그러나 줄리아가 문을 닫자마자 손목시계를 확인하고 냅다 뛰기 시작했다. 사무실에 도착하니 일이분가량 지각이었다. "첫번째 손님이 기다리고 계세요, 지니버 양." 치점이 시계를 힐끔 보며 말했다. 헬렌은 화장실에 가거나 머리를 빗을 시간조차 얻지 못했다.

그녀는 한 시간 반 동안 쉬지 않고 일했다. 요즘 같은 때는 이 일이 피곤했다. 지난 몇 주간 그녀가 상담한 사람들은 삼 년 전 대공습 때 보았던 이들하고 비슷했다. 더러는 폐허가 된 집에서 막 빠져나온 사람들로, 손은 더럽고 여기저기 다쳐서 붕대를 감았다. 어떤 여자는 폭격에 당한 것만 세번째라고 했다. 여자는 헬렌의 책상 맞은편에 앉아 울먹였다.

"집이 없어진 게 문제가 아니라," 여자가 말했다. "이리저리 이사를 다녀야 한다는 게 문제예요. 내가 무슨 불쏘시개라도 된 기분이라니까요. 이런 일을 당한 후부터는 잠도 제대로 못 잤어요. 어린 아들은 몸도 약하고, 남편은 버마에 있고, 믿을 건 그저 이 몸뚱이뿐인데."

"정말 힘드셨겠어요." 헬렌은 여자에게 용지를 내주고 참을성 있게 작성법을 알려주었다. 여자는 무슨 말인지 모르겠다는 듯 쳐다보았다.

"이걸 다 써요?"

"네, 유감스럽게도."

"하지만 그냥 일이 파운드만 주시면……"

"죄송하지만 제가 돈을 드릴 수는 없어요. 저기, 이걸 처리하는 데도 시간이 좀 걸려요. 일을 진행하려면 저희가 감정인을 보내 피해 정도를 평가해야 합니다. 저희 부서 사람이 댁의 예전 집을 방문해 상태를 본 후 보고서를 쓸 거예요. 가능한 한 빨리 피해 장소에 사람을 파견할 수 있도록 노력할게요. 하지만 워낙에 새로운 공습 피해가……"

그래도 여자는 자기 손에 든 서류 쪼가리만 멀뚱히 바라보았다. "난 불쏘시개인가봐요." 여자는 손으로 눈가를 훔쳤다. "그냥 불쏘시개 같아서."

헬렌은 잠시 여자를 지켜보다 용지를 도로 거뒀다. 여자의 신상명세를 직접 기입하고 사고 날짜를 한 달 전으로 적어넣었다. 그리고 요청일 란과 감정인 평가서의 일련번호 란에 그럴듯하게, 하지만 살짝 알아보기 어렵게 잉크로 얼룩진 숫자를 써넣었다. 일층의 스테드먼 과장에게 보낼 서류를 담는 승인이라고 표시된 서류함에 용지를 넣고 긴급이라는 쪽지를 붙였다.

그러나 다음 사람에게는, 또 그다음에 온 사람에게는 그런 일을 해주지 않았다. 헬렌은 다만, 여자가 자신을 불쏘시개 같다고 묘사한 말에 충격을 받았던 것이다. 첫 대공습 때는 사람들을 일일이 다 도와주려 애썼다. 어떨 땐 자기 주머니에서 돈을 꺼내 주기도 했다. 하지만 전쟁은 사람을 무심하게 만든다. 처음에는 약한 자들을 돕는 영웅이라도 된 양 일에 덤벼들었는데, 하고 헬렌은 씁쓸하게 생각했다. 그러나 결국엔 자신에 대한 생각밖에 남지 않는다.

그날 오후 내내 그녀의 마음 한구석에는 줄곧 줄리아가 자리하고 있었다. 흐느끼는 여자를 위로하면서도, "정말 힘드셨겠어요"라고 말하면서도 줄리아를 생각했다. 줄리아의 팔이 스칠 때 그 감촉을, 조그만 다락방에서 바로 곁에 있던 줄리아의 느낌을 떠올렸다.

전화벨이 울렸다. 3시 45분이었다.

"지니버 양?" 안내데스크의 여자가 말했다. "외부에서 온 전화예요. 헵번 양이라는데요. 연결할까요?"

헵번 양? 헬렌은 어리둥절해하다 이내 누군지 알아차렸다. 불안과 죄책감으로 뱃속이 부글거렸다. "잠시만 기다리라고 전해줄래요?" 헬렌은 수화기를 내려놓고 문으로 가서 외쳤다. "치점 양? 잠깐만 상담자 좀 들여보내지 마세요! 캠던타운 사무소에서 전화가 왔어요." 그러고는 다시 책상 앞에 앉아 마음을 가라앉혔다. "여보세요, 헵번 양." 통화가 연결되자 그녀는 나직이 말했다.

"여보세요, 자기야." 케이였다. 둘은 이런 식으로 이름을 가지고 장난을 쳤다. "전화해서 성가시지, 미안해." 케이의 목소리는 그윽하고 느긋했다. 담배를 피우는지 케이는 연기를 뿜기 위해 수화기를 바꿔 들었다…… "지원회 일은 어때?"

"정신없이 바빠, 사실." 헬렌은 문을 힐끗 보며 말했다. "오래는 통화 못해."

"그래? 전화하지 말걸 그랬다, 그치?"

"그건 아냐."

"집에서 할일 없이 빈둥대고 있어. 내가…… 잠깐만."

바람소리가 살짝 나더니 이내 감이 먹먹해졌다. 케이가 손바닥으로 수화기를 가리고 기침을 했던 것이다. 기침이 잦아들었다. 헬렌은 종종 봤던 케이의 모습을 그렸다. 허리를 반으로 접고 눈물이 그렁그렁해서 얼굴은 시뻘게진 채로 폐에 연기와 벽돌가루가 가득 차서 콜록거린다. "케이, 괜찮아?"

"아직 살아 있어." 케이가 다시 말했다. "죽을 정도는 아냐."

"담배 좀 끊어."

"피워야 살 것 같아. 당신 목소리를 들으면 살 것 같고."

헬렌은 아무 대답이 없었다. 교환수를 생각하는 중이었다. 미키의 친구 한 명은 교환수가 애인과의 사적인 통화를 엿듣는 바람에 해고됐다.

"당신이 여기, 집에 있으면 좋겠어." 케이는 말을 이었다. "회사는 당신이 없으면 안 돌아가나?"

"알면서 그런다."

"그만 전화 끊어야겠지?"

"응, 진짜로."

케이가 미소 지었다. 헬렌은 그녀의 말투만 들어도 알았다. "알았어. 뭐 따로 얘기할 건 없어? 치점 양은 여전히 당신한테 추파를 던지고? 사무소를 급습하려는 사람은 없었지?"

"없었어." 헬렌도 웃으며 대답했다. 그때 또다시 뱃속이 부글거려 헬렌은 숨을 삼켰다. "사실은……"

"잠깐만." 케이는 수화기를 멀리하고 또 콜록거리기 시작했다. 입가를 훔치는 소리가 들렸다. "이제 놔줘야겠네." 다시 돌아온 케이가 말했다.

"응." 헬렌은 무겁게 대답했다.

"나중에 봐. 집으로 곧장 올 거지? 빨리 와, 응?"

"응, 당연하지."

"맘씨도 고와…… 안녕, 지니버 양."

"끊을게, 케이."

헬렌은 수화기를 내려놓고 가만히 앉아 있었다. 케이가 일어나 담배를 마저 피우고 집안을 하염없이 서성이는 모습이 눈에 선했다. 아마 또 기침을 하겠지. 바지 주머니에 양손을 찌르고 창가에 서 있을지도 모른다. 〈데이지, 데이지〉 같은 옛날 뮤직홀 노래를 허밍이나 휘파람으로 불고 있을지도. 거실 테이블 위에 신문지를 깔고 구두를 닦을지도. 그 웃기게 생긴 조그만 선원용 반짇고리를 꺼내 양말을 깁고 있을지도. 몇 시간 전 헬렌이 곁에 있는 줄리아 때문에 꽃이 태양을 향해 꽃잎을 펼치듯 팔뚝에 소름 돋는 기분으로 창가에 서 있었다는 사실을 케이는 모른다. 조그만 다락방에서 너무 세차게 뛰는 맥박에 두려움을 느끼고 줄리아의 시선을 피해야 했다는 사실을 케이는 모른다……

헬렌은 수화기를 낚아채듯 다시 들고 교환수에게 전화번호를 말했다. 전화벨이 두 번 울리더니 케이가 받았다. "여보세요." 그녀는 헬렌의 목소리를 듣고 깜짝 놀랐다. "뭐 잊은 거 있어?"

"아니, 그냥…… 당신 목소리가 듣고 싶어서. 뭐하고 있었어?"

"욕실에 있었어. 막 머리를 자르던 참이야. 지금 머리카락이 사방에 떨어졌네. 당신이 싫어할 텐데."

"아냐, 괜찮아, 케이. 그저 당신한테…… 그러니까, 그 말을 하고 싶었어."

사랑해, 라고 말하고 싶었다는 뜻이다. 케이는 잠시 말이 없다 입을 열었다. "그 말." 목이 멘 듯 케이의 목소리가 굵어졌다. "나도 그 말이 하고 싶었어……"

난 진짜 바보 천치였어! 수화기를 다시 내려놓으며 헬렌은 생각했다. 심장이 한껏 부풀어 밀가루 반죽처럼 목구멍까지 차올랐다. 온몸이 떨릴 지경이었다. 가방을 꺼내 담배를 찾았다. 담뱃갑을 꺼내 뚜껑을 열었다.

담뱃갑 안에 꽁초 두 개가 있었다. 아까 집어넣고선 까맣게 잊었다. 립스틱 자국이 나 있는데, 하나는 자기 거고 다른 하나는 줄리아 것이었다.

헬렌은 꽁초를 책상 위 재떨이에 버렸다. 그런데 저도 모르게 자꾸만 재떨이로 눈이 갔다. 결국 재떨이를 가지고 밖으로 나가 치점의 사무실에 있는 쓰레기통에 쏟아버렸다.

6시 반, 비브는 청사의 직원용 탈의실 안쪽 화장실에서 변기에 대고 구토를 했다. 세 번 토한 다음 허리를 펴고 눈을 감자 일 분 정도는 속이 가라앉으며 한결 나아졌다. 그러나 눈을 뜨고 방금 토한 갈색 덩어리—홍차와 반쯤 소화된 건포도 쿠키—를 보는 순간 또 욕지기가 치밀었다. 화장실 칸에서 나와 입을 막 헹구는데 탈의실 문이 벌컥 열렸다. 같은 부서에서 일하는 캐럴라인 그레이엄이라는 젊은 여자였다.

"어머, 괜찮아? 깁슨 과장님이 찾아보라고 해서 왔는데. 왜 그래? 얼굴이 말이 아니네."

비브는 두루마리 휴지를 뜯어 가장자리로 조심조심 얼굴을 닦았다. "괜찮아."

"전혀 안 괜찮아 보여. 의무실에 같이 가줄까?"

"아무것도 아냐." 비브가 말했다. "그냥 좀…… 숙취 때문에."

캐럴라인은 숙취라는 말에 태도가 달라졌다. 세면대에 편하게 허리를 기대고 껌을 하나 꺼냈다. "아," 그녀는 껌을 접어 입속에 넣었다. "그거라면 내가 잘 알지. 이크, 이 시간까지 토할 정도라면 진짜 속이 안 좋았겠네! 그럴 만한 가치가 있는 남자였기를 바라. 정말 즐거운 시간을 보냈다면, 뭐 그 정도야 감내할 수 있지. 최악의 경우는, 남자가 하도 별 볼 일 없어서 혹시 취하면 좀 나아 보일까 싶어 마구 마셨을 때야. 날달걀 같은 거라도 좀 먹어야겠다."

속이 또 뒤틀리는 것 같았다. 비브는 캐럴라인의 입안에서 뒹구는 회색 껌에서 시선을 돌렸다. "먹을 수 있을 것 같지가 않아." 비브는 거울을 힐끗 보았다. "맙소사, 내 꼴 좀 봐. 혹시 파우더 있어?"

"여기." 캐럴라인은 콤팩트를 꺼내 비브에게 건넸고, 비브가 다 쓰고 돌려주자 자기도 얼굴에 파우더를 두드렸다. 그리고 거울 앞에 서서 잠시 껌 씹는 것을 멈추고 머리카락을 말았다. 립스틱을 칠한 입술 사이로 분홍색 혀끝이 보였고, 젊고 건강하고 근심 없는 얼굴은 매끈하고 포동포동했다. 비브는 그녀를 보며 비참한 생각이 들었다. 무슨 인생이 이따위로 치사하고 불공평하담! 내가 너라면 얼마나 좋을까.

캐럴라인의 시선이 그녀와 마주쳤다. "너 진짜 얼굴이 퀭해." 그녀는 다시 껌을 씹으며 말했다. "좀더 있을래? 나는 상관없어. 어차피 삼십 분만 버티면 땡인데. 과장님한테는 찾아봤는데 안 보인다고 할게. 브라이트먼 부장님한테 붙잡혔다거나 그런 식으로 둘러대지, 뭐. 부장님은 만날 여자애들한테 소다민트 사오라고 시키니까."

"고마워. 하지만 괜찮을 거야."

"진짜?"

"응."

그러나 치마의 허리밴드를 바로 잡으려 고개를 숙였다 다시 든 순간, 너무 급하게 들었는지 또다시 속이 메스꺼워졌다. 비브는 한 손으로 세면대를 붙잡고 눈을 감았다. 안으로 삼키고 삼키면서, 위 속에 메스꺼움이 고이는 걸 느끼며 그것이 역류하지 않도록 필사적으로 억눌렀다…… 그러다 불쑥 솟구쳤다. 비브는 화장실로 다시 뛰어들어 변기에 대고 마른 구역질을 해댔다. 좁은 공간에 울려 퍼지는 소리가 끔찍하게 들렸다. 구역질 소리를 덮으려고 자꾸 물을 내렸다. 세면대 있는 데로 나오자 캐럴라인이 걱정스레 쳐다보았다.

"아무래도 의무실에 가보는 게 좋겠다, 비브."

"숙취로 의무실에 갈 수는 없잖아."

"뭐라도 해봐야지. 픽 쓰러질 것 같은데."

"괜찮아질 거야, 금방."

비브는 타이핑 사무실까지 올라가는 그 짧은 여정을 그려보았다. 무자비한 계단과 복도. 반짝반짝 광을 낸 대리석 바닥에 토하는 장면을 상상했다. 타이핑 사무실 자체도 머릿속에 그려졌다. 빽빽하게 모여 있는 의자와 책상, 숨막힐 듯 답답한 암막 커튼, 그 어느 때보다 역겨운 잉크와 머리칼과 화장품 냄새.

"그냥 집에 가고 싶어." 비브는 괴로워하며 말했다.

"그래, 가는 게 낫겠다. 어차피 퇴근시간까지 이십 분밖에 안 남았잖아."

"그래도 될까? 과장님한텐 뭐라고 하지?"

"몸이 좀 안 좋다고 얘기할게. 사실이잖아, 안 그래? 근데 집에는 어떻게 갈 거야? 가다가 쓰러지거나 하면 어떡해?"

"쓰러질 것 같지는 않아." 비브는 말했다. 하지만 어지러움과 실신은 그것의 증상…… 맙소사! 비브는 뒤를 돌아보았다. 자신을 쳐다보는 캐럴라인이 진짜 문제가 뭔지 알아차릴까 덜컥 겁이 났다. 비브는 시계를 보고서 애써 밝고 침착하게 말했다. "부탁 하나만 해도 될까? 베티 로런스를 기다렸다가 같이 집에 가려고. 과장님한테 얘기한 다음에 베티한테 귀띔 좀 해줄래? 여기서 내가 기다린다고."

"그래." 캐럴라인은 일어나 나갈 준비를 하며 말했다. "아, 날달걀 잊지 말고 꼭 먹어. 배급을 허투루 낭비하는 것처럼 들리겠지만, 전에 내가 어마어마한 숙취에 시달린 적 있거든. 파티에서 어떤 남자가 뭔지 모를 지저분한 칵테일을 섞어주는 바람에. 근데 달걀이 정말 기적처럼 효과가 있더라고. 민티 브루스터가 두어 개쯤 갖고 있을 거야, 한번 물어봐."

"그럴게." 비브는 억지로 미소를 지으며 말했다. "고마워, 캐럴라인. 아, 과장님이 무슨 일이냐고 물어보면, 절대로 내가 토했다는 얘기는 하지 말아줘. 들킬지도 모르니까…… 그러니까, 숙취라는 거 말이야."

캐럴라인이 깔깔거리더니 조그만 회색 껌으로 풍선을 불어 톡 터뜨렸다. "걱정 마셔. 지독히 조신하고 과묵하게 굴게. 과장은 재수없다고 생각할 거야. 이 정도면 되겠지?"

비브도 웃으며 고개를 끄덕였다.

캐럴라인이 나가자마자 그녀의 웃음은 꺼졌다. 얼굴 살이 무겁게 축 처지는 기분이었다. 탈의실로 온수 파이프가 지나가서 공기가 건조했다. 잠수함 속에 있는 것마냥 답답했다. 창문을 열고 얼굴에 바람을 쏘이고 싶은 마음이 무엇보다 간절했다. 하지만 전등불이 들어와 이미 등화관제용 커튼이 쳐졌다. 비브는 유리창 옆으로 가서 까끌까끌하고 지저분한 커튼 천을 후드처럼 머리에 둘러쓰고 창문 틈으로 들어오는 쌀쌀한 저녁공기를 최대한 들이마셨다.

창문은 안마당으로 나 있었다. 위층에 있는 사무실에서 전화벨 소리와 타이핑 소리가 들렸다. 방금 깨달은 사실인데, 신경써서 귀 기울이면 그 소리들 너머로 위그모어스트리트와 포트먼스퀘어의 일상적인 소리도 들을 수 있었다. 자동차와 택시, 쇼핑이나 외출이나 퇴근하는 사람들. 수천수만 번을 들었어도 결코 알아차리지 못했던 소리들이었다. 마치 멀쩡할 때는 아무 생각이 없다가 아팠다 나을 때만 잠깐 건강하다는 게 어떤 건지 깊이 체감하는 것과 비슷했다. 몸이 아프면 제 고향에서도 이방인이, 외국인이 되어버린다. 딴사람들한테는 간단하고 평범한 일도 죄다 앙숙처럼 되어버린다. 스스로의 몸뚱이가 앙숙이 되어 나를 해하려고 음모와 계략을 꾸미고 덫을 놓는다……

비브는 그런 생각에 잠겨 7시가 다 될 때까지 창가에 서 있었다. 이윽고 건물 전체에서 타이핑 소리가 희미해지더니 맨바닥에 나무 의자 끌리는 소리가 난무했다. 잠시 후 첫번째 무리가 들이닥쳤다. 탈의실로 구르듯 뛰어들어와 화장실에 들르고 코트를 챙겼다. 비브는 자기 사물함으로 가서 아주 천천히 코트를 걸치고 모자를 쓰고 장갑을 끼었다. 그들 틈에서 유령처럼 움직이며, 그중 가장 못생기고 멍청하고 뚱뚱하고 안경 쓴 사람한테까지 미친듯이 질투어린 시선을 보냈다. 그들과 백만 광년 떨어져 홀로 격리된 기분이었다. 그들의 명료하고 자신감 넘치는 목소리를 들으며 생각했다. 이런 일은 나 같은 사람한테나 생기는 거라 이거지. 결국 덩컨이나 나나 마찬가지야. 어떻게 좀 잘해보려고 발버둥쳐도 삶이 우리를 그렇게 내버려두지 않는걸. 자빠지고 넘어지고……

그때 베티가 들어왔다. 얼굴을 찌푸리고 사방을 두리번거리다 비브를 발견하고는 곧장 다가왔다.

"무슨 일이야? 캐럴라인 그레이엄이 네가 계단을 오를 수 없다고 하던데. 과장님한테 통 영문 모를 소리만 하더라고, 네가 뭔가에 놀랐다나 어쨌다나. 애들이 설사난 거 아니냐며 수군거려." 베티는 비브를 빤히 쳐다보았다. "얘, 너 진짜 안 좋아 보인다."

비브는 아까 캐럴라인의 눈길을 피할 때와 마찬가지로 애써 베티의 시선을 외면했다. "그냥 속이 좀 메스꺼워."

"가엾게도. 힘을 내야지. 마침 기운 날 만한 소식을 갖고 왔어. 해운과의 진이 정보부 파티에 관한 얘기를 퍼뜨리고 다니더라. 정보부에 오늘 이혼 수속을 마친 남자가 있는데, 같이 놀아줄 여자애들을 찾는대. 이혼한다는 소리에 그쪽 사람들이 몇 주치 배급표를 비축했다니까 오늘 파티는 분명 굉장할 거야. 옷 갈아입을 시간밖에 없어. 얼른 가자."

비브는 기가 차서 베티를 쳐다보았다. "농담이지? 난 못 가. 환자같이 얼굴이 퀭하잖아!"

"뭐, 화장을 좀 두껍게 하면 되지." 베티는 어깨를 움츠려 코트를 입으며 말했다. "공무원들은 못 알아볼 거야."

베티가 비브의 팔짱을 끼고 탈의실 밖으로 부축해 로비까지 짧은 여정에 올랐다. 계단을 오르는데 바다 한가운데 있는 것처럼 속이 울렁거렸다. 그래도 자신을 꼭 붙잡은 베티의 팔이 든든했고, 도와주고 인도해주는 사람이 있다는 게 위안이 됐다. 둘은 로비 데스크에 가서 퇴근부에 사인하고 건물을 나섰다. 바깥 거리는 아직 캄캄해지기 전이라 손전등을 켤 필요까지는 없었다. 하지만 저녁바람이 매서웠다. 베티는 잠깐 걸음을 멈추고 장갑을 꺼냈다.

그러다 누군가를 발견하고 장갑 한 짝을 번쩍 치켜들어 흔들었다.

"진! 진, 여기야! 비브한테 오늘 저녁 모임에 대해 얘기 좀 해줄래? 설득 작업이 필요해."

진이라 불린 젊은 여자는 그들과 함께 걷기 시작했다. "끝내줄 거야, 비브." 진이 말했다. "내가 최대한 많이 데려가겠다고 말해놨단 말이야."

비브는 고개를 저었다. "미안, 진. 오늘밤엔 안 되겠어."

"아이, 그래도 비브!"

"얘가 말이 안 통해, 진." 베티가 말했다. "지금 제정신이 아니야."

"진짜 정신이 똑바로 박힌 사람이라면 이건 반드시 가야 해! 비브, 그쪽에서 몇 주씩 배급표를 하나도 안 쓰고 모아서……"

"그 얘기도 내가 했어."

"못 가겠어." 비브는 거듭 말했다. "솔직히 감당할 수 없을 것 같아."

"감당하고 말고 할 게 뭐 있어? 그 남자들이 쫓아다녀본 여자라고는 꽉 끼는 스웨터를 입은 투실투실한 여자들밖에 없는데. 그나마도 몇 명 안 될 테고."

"안 돼, 정말로."

"이혼남이 날이면 날마다 있는 게 아니라고."

"안 된다니까, 정말." 비브의 목소리가 갈라졌다. "못 가. 못 간다고! 난……"

비브는 걸음을 멈추고 양손에 얼굴을 묻었다. 그리고 그 자리에서, 위그모어스트리트 한복판에서 울음을 터뜨렸다.

잠시 침묵이 흘렀다. 이어 베티가 사태를 정리했다. "아, 이런. 미안해, 진. 파티는 우리 빼고 가야겠다."

"뭐, 그 남자들이 운이 없는 거지. 엄청 실망하겠다."

"네 몫이 더 많아졌다고 생각해."

진이 말했다. "것도 일리는 있다." 그녀는 비브의 팔을 살짝 어루만졌다. "힘내, 비브. 널 이렇게 만들다니, 그놈 진짜 나쁜 놈이다. 그럼 나 먼저 존앨런관으로 간다! 혹시라도 맘이 변하면 어디로 와야 하는지 알지?" 진은 뛰다시피 부리나케 가버렸다.

비브는 손수건을 꺼내 코를 풀었다. 고개를 들자 지나가는 사람들이 호기심어린 눈빛으로 쳐다보았다.

"완전히 바보가 된 기분이야."

"무슨 소리야." 베티가 부드럽게 말했다. "다들 때론 울기도 하는 거지. 자, 이리 와." 베티는 비브의 팔을 당겨 다시 팔짱을 끼고 손을 꽉 잡았다. "집에 데려다줄게. 너한테 필요한 건 아주 따끈한 물주머니하고 아스피린 두어 알과 진이야. 생각해보니 그건 나한테도 필요하겠다."

둘은 속도를 늦춰 다시 걷기 시작했다. 비브는 기진맥진해서 술에 취한 것처럼 팔다리가 쑤셨다. 저녁 이 시간에 존앨런관에 들어가다니, 완전히 아수라장일 텐데. 식당에서 의자를 이리저리 끌어대고, 불은 눈부시게 환히 켜놓고, 라디오에서는 댄스음악을 꽝꽝 틀어대고, 여자애들은 속옷 바람으로 계단을 오르락내리락 뛰어다니고, 머리에 말고 있던 컬핀을 빼고, 목청껏 서로의 이름을 불러대고…… 생각만 해도 기운이 쪽 빠졌다.

비브는 베티의 팔을 끌었다. "아직 기숙사에 못 들어가겠어. 어디 좀 조용한 곳으로 가자. 응?"

"어," 베티는 머뭇거렸다. "카페나 그런 데로 갈까?"

"카페도 좀 힘든데. 어디 잠깐만 앉았다 가면 안 될까? 딱 오 분만?" 비브의 목소리가 높아지면서 또 갈라지려고 했다.

"그래." 베티는 비브를 부축하며 걸음을 옮겼다.

조금 걸으니 주택가 광장이 나왔고 둘은 정원으로 들어갔다. 전쟁 전에는 자물쇠가 채워진 사유지였겠지만 지금은 철책도 사라져 곧장 안으로 들어갈 수 있었다. 수풀이 빽빽이 우거진 장소로부터 좀 떨어진 곳에서 벤치를 발견했다. 광장에서 가장 조용한 곳이었다. 아주 캄캄하지는 않았지만 시시각각으로 어두워지고 있었다. 베티는 주위를 둘러보며 말했다. "흠, 이러다 강간당하거나, 우릴 노는 여자로 보고 돈을 준다고 하겠다. 넌 어떨지 모르겠지만, 가격이 괜찮으면 난 덥석 받아들일지도 몰라." 베티는 여전히 비브의 팔을 꼭 붙들고 있었다. "괜찮아, 친구." 둘이 나란히 벤치에 앉아 코트를 여미며 베티가 말했다. "무슨 일인지 말해봐. 잊지 마, 내가 이것 때문에 정보부 이혼남의 손길을 받을 기회를 놓쳤다는 걸. 그러니까 멋진 이유가 아니면 혼날 줄 알아."

비브는 미소를 지었다. 그러나 그 미소는 금세 일그러졌다. 아까 욕지기가 올라왔던 것처럼 목구멍에서부터 울음이 북받쳐 터져나왔다. "아, 베티……" 목소리가 나오질 않았다. 비브는 입을 막고 고개를 저었다. 잠시 후 그녀는 속삭이듯 말했다. "말하면 울어버릴 거야."

"뭐야." 베티가 대꾸했다. "말 안 하면 내가 울어버릴 거야!" 그러더니 좀더 다정하게 덧붙였다. "알았어. 나도 바보는 아니니까. 네가 왜 이러는지 대충 짐작은 가. 그러니까 누구 때문인지 말이야…… 그 남자가 어쨌는데 그래? 자자, 남자가 여자를 울릴 만한 일이야 뻔하지. 남자란 상상력이 없거든. 바람맞히거나, 차버리거나, 때려눕히거나." 베티는 코웃음을 쳤다. "아니면 임신시키거나."

그녀는 농담처럼 말하고 웃음을 터뜨렸다. 그때 짙어지는 어둠 속에서 비브와 눈이 마주치고는 이내 웃음기가 사라졌다.

"아, 비브." 베티는 조용히 말했다.

"나도 알아." 비브가 말했다.

"아, 비브! 언제 알았어?"

"이 주 전에."

"이 주 전에? 그렇게 오래되진 않았네. 확실해? 그냥 좀…… 알잖아, 좀 늦어지는 건 아니고? 요즘 하도 공습이 심해서……"

"아냐." 비브는 얼굴을 닦았다. "처음엔 나도 그런 줄로만 알았어. 하지만 아니야. 이게 뭣 때문인지 나는 알아. 그냥 안다고. 지금 내 상태를 봐…… 아까 계속 토했어."

"내내 그랬어?" 베티는 생각에 잠겼다. "아침에?"

"아침은 아니고. 오후하고 밤에. 우리 언니가 딱 그랬거든. 언니 친구들도 다 첫 증상은 속이 메슥거리는 거였대. 언니는 석 달 동안 거의 매일 밤 그랬어."

"석 달이나!"

비브는 주위를 두리번거렸다. "쉬, 목소리 좀 낮춰."

"미안. 하지만 어휴, 너 어떡할 거야?"

"모르겠어."

"레지한테 얘기는 했어?"

비브는 시선을 피했다. "아니, 아직."

"왜? 레지 잘못이잖아, 안 그래?"

"레지 잘못은 아냐." 비브는 다시 베티를 보며 말했다. "그러니까 레지뿐 아니라 내 잘못도 있다는 거지."

"네 잘못? 그게 뭔데? 남자한테……" 베티는 목소리를 확 낮췄다. "올라탈 기회를 허락했다는 거? 거야 아무래도 상관없지만, 그래도, 그러니까 장화는 신었어야지."

비브는 고개를 저었다. "지금까진 문제없었어. 그런 거 한 번도 안 썼는걸. 레지가 싫어해서."

둘은 잠시 묵묵히 앉아 있었다. 베티가 말했다. "난 네가 레지한테 얘기해야 한다고 생각해."

"안 돼." 비브는 단호히 말했다. "난 너한테밖에 말 안 할 거야.

너도 아무한테도 말하지 마! 세상에!" 생각만 해도 끔찍했다. "깁슨 과장이 눈치챘다고 생각해봐! 펄리시티 위더스 기억나?"

펄리시티 위더스는 노동부에서 일하는 젊은 여자였는데, 작년에 프랑스 공군 용병의 아이를 임신했다. 그녀는 존앨런관 계단에서 몸을 던졌다. 그걸 두고 엄청난 소동이 벌어졌고, 결국 노동부는 그녀를 해고하고 버밍엄에 있는 부모—그녀의 아버지는 교구 목사였다—집으로 돌려보냈다.

"다들 펄리시티를 멍청한 애라고 비웃었는데. 맙소사, 지금 그애가 여기 있으면 좋을 텐데! 펄리시티가……" 비브는 주위를 돌아보고 속삭이듯 말했다. "무슨 약 같은 거 갖고 있지 않았어? 약국에서 파는?"

"모르겠는데." 베티가 말했다.

"갖고 있었어. 분명해."

"사리염을 먹어봐."

"먹어봤어. 안 되더라."

"아주 뜨거운 물에 진을 타서 목욕을 한다든가."

비브는 실소할 뻔했다. "존앨런관에서? 만날 온수가 부족해 탈인데. 게다가 누가 보거나 술냄새를 맡으면 어떡해. 아버지 집에서도 안 돼." 비브는 생각만 해도 진저리가 쳐졌다. "다른 방법 없을까? 분명히 수가 있을 거야."

베티는 열심히 머리를 굴렸다. "비눗물을 뿌려봐. 효과가 있을 것 같은데. 정확히 조준해야겠지만. 아니면 거 왜…… 뜨개바늘로……"

"맙소사!" 비브는 또 속이 메슥거렸다. "그걸 어떻게 해. 너라면 할 수 있겠어?"

"모르지. 궁지에 몰리면 할지도. 그냥 좀…… 무거운 걸 드는 건?"

"무거운 거 뭐?"

"모래주머니 같은 거? 제자리뛰기는 어때?"

지난 이 주 동안 비브는 평범한 출퇴근길만으로도 여러 모로 고역스러웠다. 열차나 버스에서 사람들에 부딪히고 청사의 계단을 오르는 것만으로도. "그런 걸로는 어림없어." 비브는 말했다. "그런 식으로는 절대 안 나와. 진짜로."

"물에 동전을 담가놨다 마셔봐."

"그냥 미신 아냐?"

"뭐, 미신에도 나름 일리는 있지 않겠어? 그러니까 옛사람들의 지혜라고 하지, 철없는……"

"뭐, 나 같은 철없는 애들 얘기가 아니라?"

"내 말은 그런 뜻이 아니잖아."

비브는 고개를 돌렸다. 날이 완전히 저물어 캄캄해졌다. 정원 너머 보도에서 가끔 손전등의 빛줄기가 늘어났다 줄어들었다 하며 휙휙 움직였고 그림자가 출렁거렸다. 하지만 광장 끝에 면한 높은 아파트들은 쥐죽은듯 고요했다. 비브는 베티가 떠는 것이 느껴졌다. 자신도 부르르 떨고 있었다. 그래도 둘은 일어서지 않았다. 베티는 옷깃을 세우고 팔짱을 꼈다. 그리고 거듭 강조했다. "레지한테 말해."

"싫어. 안 할 거야."

"왜? 애아빠가 아니라서?"

"당연히 그이 애지!"

"그냥 한번 물어본 거야."

"물어볼 게 따로 있지!"

"어쨌든 레지한테 말해야 해. 농담이 아니라 비브, 말이야 바른 말로, 음, 레지는 유부남이잖아…… 어떻게 해야 할지 분명 아는 게 있을 거야."

"레지는 아무것도 모를걸." 비브가 말했다. "그 사람 아내는…… 애라면 사족을 못 써. 그 여자가 남편한테 바라는 건 자식뿐이야. 하지만 딴 여자의 애라면 경우가 다르지."

"당연히 다르지."

"누가 아니래!"

"어쨌든 아홉 달 내로 그 여자가 마음을 돌리기를 바라는 건 무리야. 아, 여덟 달 안에."

"그러니까 나 혼자 알아서 처리해야 해." 비브가 말했다. "상상이 안 되니? 만약에 결국 들통나면……"

"근데 너 진짜로 떼고 싶어? 그냥 이대로…… 흠, 이대로 낳아서 기르거나 아니면……"

"너 미쳤니? 그랬다간 우리 아버지는…… 뒤로 넘어가실 거야!"

덩컨 때문에 그 난리를 겪었는데, 이번엔 진짜로 숨이 넘어가실 거야, 이게 비브의 속뜻이었다. 하지만 그 얘기는 베티한테 할 수 없었다. 불현듯 그 수많은 비밀을 숨기며 조심조심 산다는 게 도저히 버틸 수 없이 버겁게 느껴졌다. “아아! 이건 너무 불공평해! 왜 항상 이런 식인 걸까, 베티? 지금까지 고생한 걸로는 부족하다는 거야? 그래서 이렇게 더 죽어봐라 하는 거야? 진짜 이렇게 작은 게……”

“나도 이런 말 하기 싫지만, 친구,” 베티가 말했다. “그거 좀만 있으면 작은 게 아니게 된다.”

비브는 어둠 속에서 베티를 쳐다보았다. 그리고 아랫배 위로 팔짱을 꼈다. “내가 무서운 게 바로 그거야.” 비브는 조용히 말했다. “내 속에 있는 이게 점점 커진다는 거.” 갑자기 거머리처럼 자신을 빨아먹는 그것의 존재가 느껴지는 듯했다. “어떻게 생겼을까? 통통하고 조그만 벌레 같지 않을까?”

“통통하고 조그만 벌레지.” 베티가 대답했다. “레지의 얼굴을 한.”

“그렇게 말하지 마! 그런 생각이 들기 시작하면 더 암담해진다고! 펄리시티 위더스가 먹었다던 그 약을 먹어봐야겠어.”

“하지만 펄리시티한테는 그 약이 안 들었잖아. 그러니까 계단에서 뛰어내렸지. 게다가 그거 먹고 토했다며?”

“뭐, 어차피 계속 토하는걸. 이러나저러나 마찬가지 아냐?”

하지만 정확히 말해 지금 비브는 속이 메스꺼운 게 아니었다. 불안하고 열에 들뜬 기분이었다. 문득 지금까지 일종의 최면 상태에서 살아온 것 같았다. 도저히 믿기지 않았다. 손놓고 속절없이 흘려보낸 며칠이 떠올랐다. 비브는 허리를 똑바로 펴고 앉아 주위를 살폈다.

“약국에 가야겠어. 그런 거 파는 약국이 어디에 있을까? 베티, 얼른 생각해봐.”

"잠깐만." 베티는 가방을 열었다. "도대체 그런 문제를 난데없이 불쑥 던지면 답이 금방 나오니…… 담배 한 대만 피우자."

"담배? 어떻게 지금 담배 피울 생각을 해?"

"진정해." 베티가 비브를 달랬다.

비브는 베티를 확 밀었다. "이 마당에 진정이 되니? 너 같으면 진정이 되겠어?"

그러나 금세 제풀에 지쳤다. 비브는 도로 축 처져서 눈을 감았다. 고개를 드니 베티가 그녀를 물끄러미 바라보고 있었다. 어둠 속에서 베티의 표정은 읽기 힘들었다. 동정하는 건지, 비난하는 건지, 그냥 멍하니 보는 건지.

"무슨 생각 해?" 비브가 조용히 물었다. "내가 너무 무르다고 생각하지? 전에 펄리시티 위더스를 보고 우리가 수군거렸던 것처럼."

베티는 어깨를 으쓱했다. "그런 일은 누구한테라도 일어날 수 있어."

"넌 아니잖아."

"젠장!" 베티는 장갑을 벗고 나무벤치를 미친듯이 두드렸다*. "말이 씨가 된다, 너? 어차피 다 운이라고. 운이 좋을 수도 있고 나쁠 수도 있는 거야……" 베티는 라이터를 찾아 다시 가방 안을 뒤적였다. "어쨌든 난 네가 레지한테 말해야 한다고 봐. 이럴 때 말도 못할 거면 도대체 유부남이랑은 뭐하러 사귀니?"

"안 돼." 비브가 들릴 듯 말 듯 말했다. 둘은 다시 속삭이듯 말소

---

* 화를 피하고 액땜을 하려 나무를 만지는 미신.

리를 죽였다. "일단 약부터 시도해볼래. 그래도 효과가 없으면 그때 레지한테 말할게. 만약에 약이 들으면 레지는 몰라도 돼."

"너하곤 달리 아무것도 몰라도 되는구나, 아유 부러워라."

"역시 넌 내가 무르다고 생각하는구나."

"내 말은, 그 남자가 장화만 제대로 신었어도……"

"레지는 그거 싫어한다니까!"

"참 딱하다. 비브, 레지 같은 처지에서 그렇게 장난치면 진짜 나쁜 놈인 거야. 만약 싱글이라면 말이 다르지, 기회가 있으니까. 최악의 경우라고 해봤자 생각보다 일찍 결혼하는 거 아니겠니."

"넌 어쩜," 비브는 비참하게 말했다. "사랑을 무슨 계획에 딱딱 맞춰 짜는 것처럼 얘기하니, 침실에 들일 가구 세트를 고르는 것처럼! 레지와 내가 서로에게 어떤 감정인지 잘 알면서. 방금 네가 얘기한 것처럼 운이 없었던 거야. 레지는 그저 안 좋은 시기에 운 나쁘게 다른 여자랑 결혼한 것뿐이야. 어쩔 수 없는 일이라는 게 있어. 그렇게 된 것뿐이라고."

"그렇게 어쩔 수 없는 채로 몇 십 년이고 흘러가고." 베티가 말했다. "레지야 좋겠지, 아주 감사할 일이지. 근데 넌 뭐가 되니?"

"그런 식으로 보지 마. 아무도 그렇게 생각지 않아! 내일 죽을지 모레 죽을지 모르는데 원하는 걸 가져야지, 안 그래? 네가 정말 원하는 게 뭐야? 넌 그게 뭔지도 모르잖아. 내가 원하는 건 레지뿐이야. 만약 그가 없다면……" 비브는 목이 메었다. 손수건을 꺼내 코를 풀었다. "레지는 날 행복하게 해." 그녀는 한참 있다 말문을 열었다. "너도 알잖아. 레지는 날 웃게 만든다고."

베티는 마침내 라이터를 찾았다. "글쎄." 그러고는 라이터를 켜며 말했다. "이게 지금 웃는 거니."

비브는 확 켜진 불꽃을 바라보았다. 그리고 다시 새카만 어둠이 밀려들자 눈을 깜박거리고는 아무 대답도 하지 않았다. 비브와 베티는 묵묵히 앉아 있다 도저히 추위를 참을 수 없게 되자 서로 팔짱을 끼고 힘겹게 일어섰다.

정원을 막 벗어나려는데 사이렌이 울렸다. 베티가 말했다. "저기 있네. 네 모든 문젯거리를 일거에 해결해줄 통통하고 귀여운 폭탄."

비브는 하늘을 올려다보았다. "젠장, 그러게. 그럼 아무도 모르겠지, 너 외에는."

전에는 생각지도 못했다. 전쟁이 삼켜버린, 먼지와 어둠과 침묵 속에 묻힌 온갖 비밀들. 전에는 공습이란 단지 찢어발겨 벗기는 거라고, 모든 걸 어렵게만 만든다고 생각했다. 베티와 함께 존앨런관으로 걸어가며 비브는 계속 하늘을 힐끔거렸다. 서치라이트가 올라오는 걸 보고 싶다고 생각하면서. 폭격기가 와서 포를 쏘기 시작하고, 빌어먹을 모든 게 다 산산이 부서진다면……

그러나 런던 북쪽 어딘가에서 쿵쿵대며 포화가 시작되자 신경이 곤두섰고 걸음이 점점 빨라졌다. 아무리 비참한 심정이라 해도 폭격은, 다치는 건 무서웠다. 어쨌든 죽고 싶지는 않았다.

"이봐, 제리!*" 두 시간 후 기그스가 창밖을 향해 외쳤다. "헤이, 프

* 세계대전 당시 독일군에 대한 멸칭.

리츠! 이쪽이야! 제기랄, 이쪽이라고!"

"닥쳐, 기그스, 저 미친 새끼!" 다른 누군가가 외쳤다.

"이쪽이라고, 제리! 여기야!"

기그스는 어디서 교도소가 폭격을 맞는 바람에 남은 형기가 육 개월 미만인 사람을 모두 내보냈다는 얘기를 주워들었다. 그의 형기는 사 개월 반밖에 안 남았고, 그래서 공습이 시작될 때마다 자기 감방의 책상을 끌어다놓고 올라가 창문에 대고 독일군 비행사를 불러댔다. 공습이 극심할 때 그 소리를 들으면 덩컨은 정말로 불안해졌다. 기그스가 커다랗고 강력한 자석이 되어 총탄이며 폭탄이며 폭격기를 하늘에서 당겨오는 장면이 그려졌다. 하지만 오늘 저녁은 폭격소리가 자못 멀어서인지 그리 신경쓰는 사람이 없었다. 굉음과 불빛이 간간이 일었으나 잠잠한 수준이었다. 서치라이트가 하늘을 가르면서 짙어졌던 어둠이 살짝 옅어지는 정도였다. 다른 남자들도 각자 책상에 올라가 기그스의 고함소리를 무시하고 일상적인 얘기를 서로 외쳤다.

"울리! 울리, 너 나한테 50센트 빚졌어, 이 새끼야!"

"믹! 야, 믹! 너 뭐하냐?"

그들을 조용히 시킬 교도관은 없었다. 다들 공습이 시작되자마자 방공호로 내려갔다.

"너 나한테 빚……!"

"믹! 야, 믹!"

목청껏 악을 써대야 겨우 들렸다. 한 사람이 수감동 끝에 있는 방에서 창문에 대고 소리를 지르면, 오십 칸 떨어진 방에 있는 사람이 대답했다. 침대에 누워 그들의 고함소리를 듣고 있으면, 어둠 속에서 라디오를 돌리며 채널을 찾는 것 같았다. 덩컨은 내심 그걸 즐기는 편이었다. 적어도 신경에 거슬리는 목소리가 있으면 걸러내는 요령은 있었다. 반면 프레이저는 매번 그 고함 때문에 미치기 직전이었다. 가령 지금 같은 경우, 프레이저는 끊임없이 뒤척이며 구시렁대고 욕을 했다. 윗몸을 일으켜 매트리스 안의 말총이 뭉친 데를 팡팡 두드렸다. 추위를 막으려 담요 위에 얹어놓은 수감복을 자꾸 잡아당겼다. 감방 안이 칠흑같이 어두워 보이지는 않았지만 이층침대의 프레임을 통해 움직임을 느낄 수 있었다. 프레이저가 다시 털썩 눕자 마치 배에 탄 것처럼 침상이 좌우로 끼익 흔들리며 약간 삐거덕거렸다. 우린 선원인 건지도 몰라, 덩컨은 생각했다.

"너 나한테 50센트 빚졌다고, 이 후레자식아!"

"젠장!" 프레이저는 다시 일어나 매트리스를 사납게 두들겼다. "조용히 좀 못해? 입 다물어!" 그는 벽을 탕탕 치며 외쳤다.

"소용없어." 덩컨은 하품을 하며 말했다. "저 녀석들한테 들리지도 않을걸. 봐, 이젠 스텔라 타령이다."

누군가 고래고래 소리를 지르기 시작했다. "스테엘라! 스테에엘라!" 덩컨은 이층에 있는 페이시라는 청년일 거라고 짐작했다. "스테엘라! 너한테 할 얘기가 있어…… 나 네 보지 봤다, 목욕탕에서! 네 보지를 봤어! 내 모자처럼 까맸어!"

한 남자가 휘파람을 불며 웃어댔다. "염병할 시인 다 됐네, 페이시!"

"염병할 목 잘린 새카만 쥐새끼 같더라! 너네 늙은 영감탱이 턱수염 같더라! 너네 늙은 애인의 통통한 입술이 정중앙에 달린! 스테엘라! 왜 말이 없니?"

"말을 할 수 없지!" 다른 목소리가 받았다. "주둥이로 체이스 씨를 빨고 있거든!"

"주둥이로 체이스를 핥고 있고," 또다른 이가 받았다. "브라우닝이 뒤에서 푹 찔러 들어갔어! 정신없이 바쁘다고, 이 자식들아!"

"닥쳐, 이 음탕한 것들!" 새로운 목소리가 외쳤다. 삼층의 모니카였다.

페이시가 이번엔 모니카로 시작했다. "모니이카! 모니이카!"

"시끄러, 짐승! 이 아가씨가 아름다운 잠 좀 주무시면 안 되겠니?"

그때 멀리서 쾅! 하고 폭발음이 이어졌다. "제리!" 기그스가 또 악을 썼다. "프리츠! 아돌프! 이쪽이야!"

프레이저는 으르렁거리며 베개를 뒤집어썼다. "제기랄! 지금 우리한테 필요한 건 저 폭탄뿐이야!"

이 온갖 잡음을 누르고 누군가 노래하기 시작했다.

"푸른 옷을 입은 소녀여, 네 꿈을 꾸고 있어…… 푸른 옷을 입은 소녀여……"

밀러라는 남자였다. 나이트클럽에서 일종의 밀거래를 하다 걸려 들어왔다. 그는 항상 매우 진지하게, 밴드 앞에서 마이크를 잡고 공연하듯 노래를 불렀다. 이제 밀러의 노래가 들리자 수감동 남자들이 위아래층 할 것 없이 투덜대기 시작했다.

"그것 좀 꺼!"

"밀러, 저 개새끼!"

덩컨의 옆방에 있는 퀴글리가 뭔가—아마도 소금통—로 바닥을 내려치기 시작했다. “시끄러!” 그러면서 고함을 질러댔다. “염병할 밀러, 이 뒈질 놈아!”

“네 꿈을 꾸고 있어……”

욕을 하든 말든, 멀리서 폭탄이 터지든 말든 밀러는 개의치 않고 계속 노래를 불렀다. 가당찮게도 그 노랫가락은 참 듣기 좋았다. 남자들이 하나둘 귀를 기울이는지 입을 다물기 시작했다. 퀴글리마저 조금 후에는 소금통을 내던지고 고함을 멈췄다.

네 목소리를 듣고, 손을 뻗어 너를 붙잡고,
너의 입술이 내 입술을 스치고, 내 팔에 너를 안아.
하지만 그 순간 너는 사라져버리지. 나는 잠에서 깨어 알게 돼,
내가 꿈을 꾸고 있었다는 걸……

프레이저도 잠잠해졌다. 노래를 더 잘 들으려 고개를 들었다. “젠장, 피어스.” 그러고선 말을 걸었다. “예전에 저 노래에 맞춰 춤을 췄던 것 같아. 그래, 확실히 기억나.” 그는 도로 머리를 떨어뜨리고 누웠다. “그땐 저 망할 노래를 비웃었는데. 이젠…… 이제는 뼛속까지 와닿네, 안 그래? 빌어먹을! 밀러도 그렇고 저 노래도 그렇고, 애간장을 녹인다는 게 뭔지 아주 잘 알아.”

덩컨은 대답하지 않았다. 노래는 계속 이어졌다.

비록 떨어져 있어도 너를 잊을 수 없어.
맨 처음 너를 만났던 순간에 감사하고 있어……

느닷없이 다른 목소리가 끼어들었다. 음정도 박자도 엉망에다 능청스러운 저음이었다.

푸른 눈의 아가씨를 데려와,
안 하는 걸 좋아하지만, 하면 더 좋아하는 여자로!

누군가 환호했다. 프레이저는 기분 잡쳤다는 어조로 말했다. "젠장, 저건 또 누구야?"

덩컨은 고개를 갸우뚱하고 귀를 기울였다. "글쎄. 앳킨인가?"

앳킨은 기그스와 마찬가지로 탈영병이었다. 군인이 좋아할 법한 노래였다.

검은 눈의 아가씨를 데려와,
앞으로 하는 걸 좋아하지만, 뒤로 하는 건 더 좋아하는 여자로!

왜냐하면 너를 다시 만날 테니까, 네가……

밀러도 지지 않고 노래를 불렀다. 거의 일 분가량 두 노래가 엎치락뒤치락 이어졌다. 그러다 밀러가 항복했다. 그의 목소리가 차츰 잦아들었다. "재수없는 놈!" 그러다 소리를 질렀다. 여기저기서 환호성이 터져나왔다. 앳킨—혹은 누구든 간에—의 노랫소리는 점점 커지고 야해졌다. 분명히 손나발을 대고 고래고래 악을 쓰고 있을 것이다.

갈색 머리 아가씨를 데려와,

위에서 하는 걸 좋아하지만, 아래서 하는 건 더 좋아하는 여자로!

빨강 머리 아가씨를 데려와,

손으로 하는 걸 좋아하지만, 침대에서 하는 건 더 좋아하는 여자로!

노랑 머리……

그때 '경보 해제' 사이렌이 울렸다. 앳킨은 노래하다 말고 함성을 질렀다. 모든 층의 남자들이 주먹으로 벽과 창틀과 침대를 두들기며 함성을 질러댔다. 기그스만 혼자 좌절했다.

"돌아와! 이 새끼들아!" 그는 쉰 소리로 고함을 쳤다. "돌아오라니까, 망할 독일놈들! 너희 D동을 까먹었다고! D동을 빼먹었다니까!"

"빌어먹을 창문에서 모두 내려와!" 바깥마당에서 누군가 으르렁댔고, 교도관들이 방공호에서 나와 수감동으로 돌아오면서 빠르게 저벅저벅 잿더미를 밟는 부츠 소리가 들렸다. 그러자 순간 수감동 전체에서는 일제히 쿵쾅대며 책상 끄는 소리가 울렸다. 남자들이 창문에서 뛰어내려 자기 침대로 굴러들어갔다. 다음 순간 전등이 확 켜졌다. 브라우닝과 체이스 교도관이 쿵쾅거리며 계단을 뛰어올라와 각 층을 빠른 걸음으로 돌아다니며 문을 쾅쾅 두드리고 감시용 구멍을 확 열어젖혔다. "페이시! 라이트! 멀론, 이 자식들…… 너희 중 한 놈이라도 침대 밖에 있다 걸리면 죄다 크리스마스 때까지 바깥 구경은 다 한 줄 알아, 알아들어?"

프레이저는 불빛 때문에 베개에 얼굴을 묻으며 툴툴거렸다. 덩컨은 담요를 이마까지 끌어올렸다. 누가 감방 문을 두들기기는 했지만 바삐 움직이는 발소리는 금방 지나갔다. 발소리가 멀어지다 멈췄다, 다시 커졌다 또 멀어졌다. 덩컨은 브라우닝과 체이스가 목줄에 묶인 개처럼 좌우로 왔다갔다하며 으르렁대고, 맘대로 안 풀려 길길이 날뛰고 있다는 느낌이 들었다. "이 버러지만도 못한 놈들!" 둘 중 한 명이 들으란 듯 고함을 질렀다. "지금 경고하는데……!"

교도관들은 일이 분 남짓 통로를 따라 걸어다니다 마침내 쿵쿵거리며 계단을 내려갔다. 잠시 후 조그맣게 펑 소리가 나며 감방 안의 불이 모두 꺼졌다.

덩컨은 재빨리 담요를 내리고 머리를 베개 가장자리로 움직였다. 그는 전류가 끊기는 순간을 좋아했다. 천장의 알전구를 보는 게 좋았다. 불이 천천히 사그라질 때 삼사 초 정도 빤히 쳐다보면 유리알 속의 필라멘트가, 그 구불구불한 철사가 하얀색에서 작열하는 주황빛으로, 불타는 빨강으로, 섬세한 분홍으로 바뀐다. 그리고 감방 안이 어두워진 후에도 눈 안쪽에서 여전히 흐릿한 노란빛이 어른거린다.

한 남자가 나직이 휘파람을 불었다. 누군가 앳킨에게 소리쳤다. 노래를 계속하라는 것이다. 그는 노랑 머리 아가씨에 대해 알고 싶어했다. 그 여잔 뭘 좋아해? 그 여잔 어떤데? 두 번, 세 번 외쳤다. 그러나 앳킨은 대답하지 않았다. 십 분 전까지만 해도 그들을 사로잡았던 친밀감과 장난기는 이제 사라졌다. 적막이 깊어지면서 그들은 점점 의기소침해졌다. 적막을 깨려는 시도가 오히려 상황을 악화시켰다. 실컷 노래하고 악을 써봤자 결국 이 순간을 지연시키는 것에 불과하다고 덩컨은 생각했다. 가라앉는 배에 들어오는 물처럼, 교도소의 외로운 밤이 속에서 북받치는 이 순간은 결국, 항상, 어찌됐든 오고야 만다.

그래도 여전히 노랫말이 덩컨의 귓가에서 맴돌았다. 눈꺼풀 안쪽의 어둠을 배경으로 알전구 속 반짝이는 필라멘트가 계속 보이는 것처럼. 아가씨를 데려와, 이 소절이 머릿속에서 울렸다. 아가씨를 데려와, 그리고 너를 다시 만날 테니까가 자꾸자꾸 맴돌았다.

프레이저도 그 노랫가락이 맴도는 모양이었다. 자세를 바꿔 똑바로 누워서는 한참을 부스럭거렸다. 그러다 곧 쥐죽은듯 고요해져 그의 손이 까슬까슬한 턱수염을 스치는 소리, 심지어 손등으로 눈을 비비는 소리까지도 들렸다…… 프레이저는 한숨을 내쉬었다.

"젠장." 그러다 아주 작은 소리로 내뱉었다. "여자가 있으면 좋겠다, 피어스, 지금 당장. 그냥 평범한 여자애. 내가 전에 만나던, 똑똑한 여자애들 말고." 그가 쿡쿡 웃자 이층침대의 프레임이 살짝 떨렸다. "맙소사, 남자의 피가 얼어붙을 것 같은 문구 아니냐? '똑똑한 여자애'라니." 그러면서 여자 목소리를 흉내냈다. "'너도 내 친구가 맘에 들 거야, 끝내주게 똑똑한 애거든.' 마치 남자들이 바라는 게 똑똑한 머리인 양……" 프레이저는 또 쿡쿡 웃었다. 이번에는 키득거림에 가까워 침대 프레임이 별로 흔들리지 않았다. "맞아, 내가 지금 바라는 건 그저 평범하고 귀여운 여자애야. 예쁠 필요도 없어. 예쁜 여자애들도 가끔은 별로일 때가 있거든, 무슨 말인지 알지? 그런 애들은 자기 자신에게만 신경쓰느라 정신이 없어. 머리도 흐트러지면 안 되고, 립스틱도 번지면 안 되고. 난 그냥 평범하고 통통하고 미련한 여자애면 좋겠어. 평범하고, 통통하고, 미련하고, 고마워할 줄 아는 여자애. 내가 그런 여자애랑 하고 싶은 게 뭔지 알아, 피어스?"

사실 덩컨에게 하는 말이 아니었다. 프레이저는 어둠에 대고 혼잣말을 하는 중이었다. 어쩌면 꿈결에 중얼거리는 걸지도. 그래도 그의 목소리는 귓가에 대고 속삭이는 듯 아주 친근하게 들렸다. 덩컨은 눈을 뜨고 감방 안에 드리운 벨벳 같은 완벽한 어둠을 가만히 바라보았다. 깊이감이 전혀 없어 몹시 기묘하고 불안한 기분이 들어 손을 뻗어보았다. 자기 침대와 프레이저의 침상 사이 공간을 스스로에게 일깨우고 싶었다. 프레이저가 있어야 할 자리보다 더 가까이 있는 느낌이 들었다. 자신의 몸이 저 위에 있는 몸의 복제품 혹은 메아리로 느껴졌다…… 프레이저가 누워 있는 침상 밑면의 격자 철망에 손가락이 닿았고, 덩컨은 그대로 움직이지 않았다. 그리고 입을 열었다. "그만하고 잠이나 자."

"응, 하지만 진짜로," 프레이저는 말을 이었다. "내가 뭘 하고 싶은지 알아? 옷은 그대로 입혀놓을 거야. 실오라기 하나 벗기지 않아. 다만 드레스의 뒷단추 한두 개만 느슨히 풀고 그 상태로 브래지어를 풀지…… 그다음엔 드레스와 브래지어를 팔꿈치까지 내리고 손가락을 그녀의 가슴에 대는 거야. 그리고 한 번 꼬집어. 살짝 잡아당길지도 몰라…… 그녀는 꼼짝도 못해, 드레스 때문에. 알지? 드레스 때문에 양팔을 옴짝달싹할 수 없어…… 가슴 다음에는 치마를 걷어올릴 거야. 딱 허리춤까지. 속바지는 그대로 둘 건데, 실크같이 얇은 재질이라 더듬고 들어가는 데는 별 지장이 없어……"

말소리가 잦아들었다. 다시 입을 열었을 때는 말투가 바뀌었다. 프레이저는 허세가 말끔히 가신 솔직한 투로 말했다. "그런 여자애랑 만난 적이 있어. 잊히지가 않아. 미인은 아니었는데."

그는 잠잠해졌다. 그러더니 "젠장" 하고 나직이 내뱉었다. "젠장, 젠장." 그러면서 몸을 뒤척이는 바람에 침대 밑에서 매트리스를 지지하는 철사가 휘었다가 도로 팽팽해졌고 덩컨은 얼른 손가락을 뗐다. 프레이저가 한쪽으로 돌아누웠나보다고 덩컨은 생각했다. 가만히 누워 있는데도 긴장감이 느껴졌다. 숨을 참으면서 뭔가를 계산하는 듯한, 어쩐지 격정적이고 은밀한 기운이 감돌았다. 그가 이불을 끌어당기며 다시 뒤척이는데, 그 움직임이 어쩐지 너무 크고 어색했다. 뭔가 다른 것을, 더 은밀한 것을 숨기려고 일부러 뒤척이는 것 같았다……

덩컨은 그가 좆에 손을 댔다는 걸 알았다. 잠시 후 그는 미세하고 일정한 움직임으로 그것을 어루만졌다.

교도소에서 남자들이 시도 때도 없이 하는 게 그짓이었다. 그걸로 농담을 하고 게임을 하고 자랑을 했다. 전에 덩컨과 한방을 썼던 청년은 밤뿐만 아니라 낮에도 이불을 뒤집어쓰고 외설스럽게 그짓을 했다. 덩컨은 다른 사람들이 트림을 하고 방귀를 뀌고 요강에 오줌을 누고 똥을 쌀 때 무시하는 법을 배웠던 것처럼 이것도 무시하는 법을 배웠다. 하지만 지금은 이 칠흑같이 깜깜한 감방 안에서, 밀러와 앳킨의 노래가 불러일으킨 야릇하고 거북한 분위기에서, 어쩔 수 없이 슬그머니, 결의에 차 있으면서도 반쯤 수치스러워하는 프레이저의 손동작이 오싹할 만큼 똑똑히 느껴졌다. 한동안 덩컨은 깨어 있다는 사실을 들키고 싶지 않아 꼼짝도 하지 않았다. 그러다 꼼짝하지 않는 게 오히려 오감을 더욱 예민하게 만들었음을 깨달았다. 이제 프레이저의 숨소리가 살짝 둔탁해진 걸 알 수 있었다. 그가 흘리는 땀냄새를 맡을 수 있었다. 심지어 희미하고 질척한 소리가 일정하게—시계 초침같이—나는 것도 감지할 지경이었다. 프레이저의 좆 끝이 리드미컬하게 드러나는 소리…… 덩컨의 참을성이 한계에 달했다. 자신의 좆이 경련하며 딱딱해지는 게 느껴졌다. 가랑이 사이에서 살이 불고 딴딴해지는 동안 덩컨은 그대로 꼼짝 않고 누워 있었다. 프레이저가 좀전에 그랬던 것처럼 이윽고 덩컨도 은밀하고 어색한 몸짓으로 뒤척였다. 담요를 끌어올려 덮고서 잠옷 아랫도리 속으로 한 손을 집어넣어 좆 뿌리 부분을 감싸쥐었다.

그러나 다른 한 손은 들어올려 프레이저의 침대를 받치는 철망을 다시 더듬었다. 처음에는 살며시 손등만 갖다댔다. 팽팽한 철사는 프레이저의 손이 일정하게 슉-슉-슉 움직이는 데 맞춰 부르르 떨리며 쉼없이 덜컹거렸다. 덩컨은 손가락 하나를 내밀어 철사를 어루만졌다. 손가락 끝만 대고 온몸을 거기에 의지하다시피 하며 다른 손으로는 자신의 좆을 잡아당겼다.

일이 분 뒤 프레이저가 진저리를 치는 게 느껴졌다. 그의 매트리스 밑 철사도 조용해졌다. 하지만 덩컨은 어떻게 해도 손을 멈출 수 없었다. 잠시 후 그의 정액도 뿜어져나왔다. 뜨거운 것에 데듯 그것의 이동과 분출을 확실히 느꼈다. 그게 나올 때 자신이 소리를 낸 것 같았다. 아니면 그저 귓속에서 혈류가 고동친 걸지도…… 그 고동소리가 가라앉자 정적이 감돌았다. 밤 교도소의 무시무시하고 겸연쩍은 적막. 미쳐서 한바탕 발작을 일으킨 후에야 찾아오는 그런 종류의 적막. 덩컨은 자신이 방금 한 짓을 떠올리면서 마치 야수처럼 헐떡이며 프레이저의 침대를 잡고 마구 끌어당기는 자신의 모습을 그려보았다.

일 분 남짓 지났을까, 갑자기 프레이저가 움직였다. 이불이 버석거리는 소리에 덩컨은 그가 시트로 정액을 닦나보다 생각했다. 그러나 버석거림은 계속되더니 그 움직임이 점점 격렬해지고 포악해졌다. 마침내 프레이저는 베개를 퍽 쳤다.

"망할," 그가 베개를 두들기며 말했다. "여기는 우릴 모두 학창시절로 되돌아가게 만드는군! 피어스, 내 말 듣고 있어? 넌 그걸 즐겼을 것 같은데. 안 그래, 피어스? 이봐?"

"아니." 덩컨이 마침내 대답했다. 그러나 입안이 바짝 말라 혀가 입천장에 달라붙었다. 말소리는 웅얼거림이 되어 나왔다.

그러다 덩컨은 움찔했다. 침대 프레임이 흔들리더니 뭔가 따뜻하고 가벼운 게 얼굴을 때렸다. 손으로 얼굴을 만져보니 뺨에서 끈끈한 액체 같은 게 묻어났다. 프레이저가 침대 가장자리로 상체를 내밀고 덩컨을 향해 정액을 휙 털어낸 것이었다.

"너 그거 되게 좋아했잖아." 프레이저가 신랄하게 말했다. 순간 그의 목소리가 아주 가까이서 들렸다. 그러고서 프레이저는 다시 이불 속으로 들어갔다. "너 그거 되게 좋아했잖아, 재수없는 호모 새끼."

4

"어머." 헬렌이 눈을 뜨며 말했다. "이게 뭐야?"

"생일 축하해, 자기야." 케이는 침대 옆에 쟁반을 내려놓고 허리를 굽혀 헬렌에게 키스했다.

헬렌의 얼굴은 산뜻하고 따뜻하고 보드라워 몹시 아름다웠다. 머리칼은 잠이 덜 깬 아이처럼 살짝 곱슬곱슬하게 뻗쳤다. 헬렌은 잠시 눈을 깜박거리며 누워 있다가 이불 속에서 상체를 일으키고 베개를 세워 허리를 받쳤다. 아직도 잠이 덜 깨서 뭉그적거리며 움직였다. 그리고 하품하며 손가락으로 눈가를 만지작거려 눈곱을 떼어냈다. 눈이 약간 부어 있었다.

"깨워도 괜찮지?" 케이가 물었다. 토요일 이른 아침이었고, 케이는 어젯밤에 근무를 했다. 그런데도 한 시간 먼저 일어나 벌써 옷을 갈아입었다. 몸에 딱 맞는 슬랙스와 저지 차림이었다. "더이상 기다릴 수가 없어서. 봐, 여기."

케이는 쟁반을 가져와 헬렌의 무릎 위에 올려놓았다. 쟁반에는 종이 꽃다발이 담긴 화병, 자기포트와 커피잔, 사발을 엎어서 덮어놓은 접시가 있었다. 그리고 그 새틴 잠옷을 담아 실크리본 묶은 분홍색 상자도.

헬렌은 좀 멋쩍은 기분으로 예의상 하나하나 훑어보았다. "꽃이 참 예쁘다. 상자도 근사한걸!" 기쁘고 신나 보이려고 애써 잠을 떨쳐내려는 듯했다. 좀더 자게 내버려둘걸, 케이는 생각했다.

하지만 그때 헬렌이 자기포트의 뚜껑을 열었다. "잼, 게다가 커피까지!" 기대하던 반응이었다. "와, 케이!"

"진짜 커피야." 케이가 말했다. "그리고 이것도 봐봐."

케이가 엎어놓은 사발을 가리키자 헬렌이 들어올렸다. 그 안에는 종이 깔개 위에 오렌지가 하나 놓여 있었다. 케이는 삼십 분 동안 낑낑거리며 과일칼 끝으로 오렌지 껍질에다 'HAPPY BIRTHDAY'라고 새겼다.

헬렌은 마른 입술을 벌려 새하얗고 조그만 이를 드러내며 활짝 미소 지었다. "멋지다."

"R자에서 좀 망쳤어."

"전혀 아닌데." 헬렌이 오렌지를 들어 코에 대고 냄새를 맡았다.

"어디서 났어?"

"뭐," 케이는 모호하게 얼버무렸다. "꼬마 한 놈을 구석진 데로 끌고 가서 오렌지를 내놓으라고 겁 좀 줬어." 케이는 커피를 따랐다. "선물도 열어봐야지."

"잠깐만. 먼저 쉬하고 올게. 쟁반 좀 잡아줄래?"

헬렌은 이불을 걷어차고 욕실로 뛰어갔다. 케이는 매트리스의 온기가 식지 않도록 이불을 도로 끌어당겨 잘 덮었다. 이불을 당기는 동안 침대에서 온기가 피어올랐다. 증기나 연기처럼 손에 잡힐 듯 얼굴에 와닿았다. 케이는 앉아서 쟁반을 무릎에 얹고 화병을 매만지고 오렌지를 음미했다. 비뚤어진 R자를 보자 살짝 속이 상했다.

"내 꼴이 말도 아니더라!" 헬렌은 웃음을 터뜨리며 돌아왔다. "더벅머리 페터* 같아." 그녀는 세수를 하고 이를 닦은 뒤 들뜬 머리를 잠재우려 애썼다.

"바보 같은 소리 말고." 케이가 말했다. "이리 와." 그러면서 손을 내밀었다. 헬렌은 그 손을 잡고 케이의 품으로 끌려가 키스를 받았다. 찬물로 세수한 탓에 헬렌의 입술이 차가웠다.

헬렌은 도로 이불 속으로 들어갔고 케이가 그 옆에 앉았다. 둘은 커피를 마시고 잼을 바른 토스트를 먹었다.

"오렌지도 먹어." 케이가 말했다.

헬렌은 오렌지를 손안에서 굴렸다. "그래도 될까? 왠지 먹기 아깝다. 그냥 가지고 있을래."

"뭐하러? 어서 먹어."

헬렌은 오렌지를 갈라 껍질을 벗기고 한 알씩 나눠놓았다. 케이는 하나만 집고는 나머지는 다 헬렌이 먹어야 한다고 우겼다. 오렌지는 약간 시었고 말라서 금방 부서졌다. 그래도 혀에 감기는 과즙

* 하인리히 호프만(1809~1894)의 동명 그림책 주인공.

의 느낌은 비할 데 없이 근사했다.

"자, 이제 선물을 열어봐." 오렌지를 다 먹고 나자 케이가 재촉했다.

헬렌은 입술을 깨물었다. "어떻게 감히. 이렇게 아름다운 상자를!" 헬렌은 상자를 집어들고 또다시 멋쩍어했다. 그러면서 상자를 귀에 갖다대고 장난스럽게 흔들었다. 조심조심 포장을 풀자 케이가 타박을 주었다.

"그냥 잡아뜯어!"

"망가뜨리기 싫어."

"상관없잖아."

"상관있어." 헬렌이 대꾸했다. "너무 예쁜걸…… 와!" 그녀는 깜짝 놀란 표정이었다. 마침내 뚜껑이 열렸다. 상자가 헬렌의 무릎에서 기울며 안쪽의 포장지가 젖혀져 잠옷이 수은처럼 미끄러져 흘러나왔다. 헬렌은 멍하니 잠시 바라보다 윗도리를 들어올렸다. "우와, 케이."

"맘에 들어?"

"예쁘다. 너무 예뻐! 분명 엄청 비쌌을 텐데! 대체 어디서 난 거야?"

케이는 씩 웃을 뿐 대답하지 않았다. 그러고선 윗도리의 소매를 잡아들어 보였다. "단추 봤어?"

"응."

"뼈로 만든 거야. 이쪽 소매에도 달렸어."

헬렌은 새틴을 들어 얼굴에 대고 눈을 감았다.

"당신한테 어울리는 색이야." 케이가 말했다. 그런데 헬렌은 아무 반응이 없었다. "마음에 들어, 정말로?"

"자기야, 당연하지. 하지만…… 난 이걸 받을 자격이 없어."

"자격이 없다니? 그게 무슨 소리야?"

헬렌은 고개를 저으며 웃었다. 그리고 눈을 떴다. "아무것도 아냐. 바보가 됐나봐."

케이는 쟁반과 커피잔과 접시와 종이를 치웠다. "입어봐."

"안 돼. 목욕부터 하고."

"에이, 정말. 그냥 입어. 그걸 입은 당신 모습이 보고 싶단 말이야!"

헬렌은 느릿느릿 침대에서 나와 낡아빠진 잠옷을 벗고 새 잠옷의 윗도리와 바지를 입고 단추를 잠갔다. 바지는 리넨끈으로 묶게 되어 있었다. 윗도리에도 허리끈이 있었다. 윗도리는 블라우스처럼 낙낙했지만 새틴 옷감이 무거워 부푼 가슴과 유두 끝이 또렷이 보였다. 소매는 좀 길었다. 헬렌은 소매 끝동의 단추를 잠그고 접어 올렸지만 금방 도로 흘러내려 거의 손가락 끝까지 닿았다. 그녀는 케이더러 보라고 수줍게 서 있었다.

케이는 휘파람을 불었다. "엄청 섹시해 보여! 〈그랜드 호텔〉에 나온 그레타 가르보 같아!"

하지만 솔직히 섹시함과는 거리가 멀었다. 앳되고 왜소하고 다소 숙연해 보였다. 방안은 추웠고 새틴은 차가웠다. 헬렌은 오한을 느끼고 손을 호 불었다. 거의 짜증스럽게 다시 소매를 접어올리며 거울을 한 번 힐끗 보고는 바로 등을 돌렸다.

케이는 가슴 한구석이 아려오는 걸 느끼며 헬렌을 바라보았다.

이런 순간에는 사랑이란 것이 경이로웠다. 이렇게 사랑스럽고 새하얗고 흠 한 점 없는 헬렌이 지금 자신 앞에 있다니, 이렇게 쳐다보고 만질 수 있다니, 케이에게는 불가사의하게 느껴졌다⋯⋯ 한편으론 헬렌이 다른 장소에 다른 연인과 함께 있는 장면을 전혀 상상할 수 없었다. 세상 어느 누구도 케이 자신만큼 헬렌을 사랑할 수 없다. 지금 이 자리에 다다르기 위해 헬렌은 태어나고 자라 성인이 되고 인생의 크고 작은 일들을 거쳐온 것일지도 모른다. 새틴 잠옷을 입고 맨발로 여기에 서 있기 위해, 케이에게 이 모습을 보여주기 위해.

그때 헬렌이 거울 앞에서 걸음을 옮겼다.

"가지 마." 케이가 말했다.

"목욕하려고."

"안 돼." 케이는 말렸다. "아직은 안 돼."

케이는 침대에서 일어나 방을 가로질러 헬렌을 품에 꼭 안았다. 헬렌의 얼굴을 쓰다듬고 입술에 키스했다. 새틴 잠옷 속으로 손을 집어넣어 헬렌의 매끄럽고 따스한 등허리를 쓸었다. 그리고 헬렌의 뒤로 돌아가 그녀의 가슴을 잡고 손바닥에 느껴지는 무게를 가늠했다. 동그랗게 솟은 엉덩이와 새틴에 감싸인 포동포동한 허벅지살의 매끄러움을 음미했다. 케이는 헬렌의 귓가에 턱을 댔다.

"아름다워."

"안 그래." 헬렌이 말했다.

케이는 거울을 마주보도록 헬렌을 돌렸다. "당신 모습 안 보여? 사랑스러워. 난 당신을 처음 본 순간부터 알았어. 지금 내 손안의 당신 얼굴은 진주처럼 부드러워."

헬렌은 눈을 감았다. "알았어."

둘은 다시 입을 맞췄다. 키스는 한참 동안 이어졌다. 그러다 헬렌이 몸을 뺐다. "또 쉬하러 가야겠다. 미안해, 케이. 그리고 정말로 목욕도 해야 해."

새틴 때문에 미끄러지듯 케이의 품에서 벗어난 헬렌은 고개를 돌리며 웃었다. 사티로스를 피해 교묘히 달아나는 님프처럼 장난스럽지만 단호했다. 헬렌은 다시 욕실로 가서 문을 닫았다. 수도꼭지에서 물이 쏟아지는 소리가 들리고 온수기의 불이 켜지며 쉭 하는 소리가 났다. 일 분쯤 지나서는 에나멜 욕조에 발뒤꿈치 스치는 소리가 들렸다.

케이는 커피포트를 거실 난로로 가져가 식지 않도록 쇠살대 가까이에 놓았다. 그리고 다시 침실로 가서 쟁반을 치우고, 침대와 이불을 정돈하고, 찢어진 포장지를 정리했다. 화병은 거실 테이블로 가져가 어제 우편으로 워싱에 있는 헬렌의 가족에게서 도착한 축하카드 옆에 놓았다. 침대 옆에 두었던 의자도 제자리로 옮겼다. 의자가 있던 자리에 빵 부스러기가 떨어진 게 보였다. 케이는 부엌에서 빗자루와 쓰레받기를 가져와 부스러기를 쓸어담았다.

케이는 이 집에서 거의 칠 년을 살았다. 한때 연인이었던 여자에게서 받은 건데, 헬렌에게는 일절 함구했지만 그 여자는 이곳에서 성매매 비슷한 일을 했다. 당시 케이의 삶은 엉망진창이었다. 수중에 돈이 넘쳐났고 술도 엄청 마셔댔다. 불행한 연애를 끝내고 또다른 불행한 연애로 건너뛰는 짓을 거듭했다…… 그 여자는 결국 어느 사업가와 잘돼서 메이페어로 이사를 갔다. 그래도 이별 선물이랍시고 이 집을 케이에게 넘겨줬다.

케이는 그동안 살았던 집 가운데 여기가 가장 좋았다. L자형 구조였고 방 배치가 마음에 들었다. 집에서 내려다보이는 괴상하고 허름한 골목과 뜰도 맘에 들었다. 바로 이웃한 창고에서는 토트넘코트로드의 몇몇 가구점에 물건을 납품했다. 전쟁 전에는 창가에서 있으면 공방의 젊은 남녀 일꾼들이 오래된 예쁜 테이블과 의자에 꽃무늬와 큐피드를 그려넣는 모습을 지켜볼 수 있었다. 현재 공방은 문을 닫았다. 지금은 영국 상무부의 실용가구 창고로 쓰이고 있다. 거기에 방치된 수많은 목재와 니스와 페인트가 이 골목을 몹시 위험한 장소로 만들었다. 하지만 케이는 이사 생각만 해도 마음이 무거워졌다. 이 집은 그녀에게 다소 헬렌과 비슷한 의미를 지녔다. 비밀스럽고 특별한 자신만의 것.

케이는 포트의 커피가 식지 않았는지 확인했다. 벽난로 선반 위에 담배상자가 있었다. 주머니 속 담뱃갑이 생각나 그걸 꺼내서 담배를 채워넣었다. 헬렌이 욕조에서 나와 옷을 입기 시작하는 소리가 들렸다. 케이는 홀 너머로 헬렌에게 외쳤다. "오늘 뭐할까, 헬렌? 뭐하고 싶어?"

"글쎄." 헬렌이 대답했다.

"근사한 레스토랑에 가서 점심을 먹을까 하는데. 괜찮아?"

"안 그래도 이미 돈을 너무 많이 썼어, 케이!"

"어휴, '헛소리 집어치워!'라고 빈키 서장님이라면 말했을걸. 맛있는 점심 먹고 싶지 않아?"

대답이 없었다. 케이는 담뱃갑을 닫고 주머니에 넣었다. 그리고 헬렌의 잔에 커피를 따라서 침실로 가져갔다. 헬렌은 브래지어를 하고 페티코트를 입고 스타킹을 신었다. 그러고서 머리를 빗는 중이었다. 곱슬머리를 웨이브로 바꾸려고 조심스레 매만졌다. 잠옷은 단정하게 개어서 침대 위에 올려놓았다.

케이는 커피잔을 화장대 위에 내려놓았다. "헬렌."

"응, 자기야?"

"당신 굉장히 산만해 보여. 어디 딴 데 가고 싶은 곳 없어? 윈저성은 아니더라도 그 비슷한 데라도. 동물원은 어때?"

"동물원?" 헬렌은 웃음을 터뜨렸지만 얼굴은 찌푸린 채였다. "맙소사, 어디 나가서 하루 맘껏 놀자고 채근하는 이모를 둔 꼬마가 된 기분인걸."

"뭐, 원래 생일에는 그런 기분이 되는 거지. 그리고 지난주에 어디 갈까 했을 때 당신이 윈저성이나 동물원이 어떠냐고 했잖아."

"그건 나도 아는데," 헬렌이 대꾸했다. "미안, 케이. 하지만 윈저성은…… 가는 데만 해도 한참이잖아? 기차도 사람이 바글바글하지 않겠어?" 헬렌은 옷장으로 가서 원피스를 골랐다. "당신도 출근하려면 7시까지는 돌아와야 하고."

"7시까지는 아직 멀었어." 케이가 말했다. 그때 헬렌이 옷걸이에서 꺼낸 원피스를 보았다. "그거 입으려고?"

"맘에 안 들어?"

"당신 생일이잖아. 세드릭 앨런 걸로 입어. 난 그게 더 좋더라."

헬렌은 미심쩍은 표정이었다. "그건 너무 고급스러운데." 그렇게 말하면서도 처음 골랐던 원피스를 도로 집어넣고 옷깃이 크림색인 남색 원피스를 꺼냈다. 이 년 전에 거금 2파운드를 들여 구입한 옷이었다. 물론 케이가 샀다. 특히 그 시절에 케이는 헬렌의 물건 대부분을 사주었다. 원피스 한쪽 끝단이 해져서 깁는 바람에 살짝 울었지만 그것만 빼면 여전히 새것처럼 보였다. 헬렌은 옷을 흔들어 펴고서 한 발씩 집어넣었다.

케이가 손을 내밀었다. "이리 와. 호크 채워줄게."

헬렌은 케이에게 다가가 등을 돌리고 머리채를 들어올렸다. 케이는 원피스 어깨 부분을 매만지고 양쪽 등판을 잘 모은 다음 아래서부터 호크를 채우기 시작했다. 손놀림이 느릿느릿했다. 케이는 항상 여자의 뒤태를 사랑했다. 가령 어깨를 드러낸 이브닝드레스—그 팽팽한 느낌이라니—를 입고 견갑골을 뒤로 젖힐 때 옷이 벌어지면서 속옷이 살짝 보이는 모습, 혹은 그 밑의 분홍색 속살이 접히는 모습을 좋아했다…… 헬렌의 등은 탄탄했다. 근육질이 아니라 통통하고 탄력이 있었다. 목선은 아름다웠고, 금빛 솜털이 보송보송 나 있었다. 케이는 마지막 호크를 잠그고 고개를 숙여 뒷목에 키스했다. 그리고 헬렌의 허리에 팔을 두르고 배 위에 손을 포개어 바싹 끌어당겼다.

헬렌이 고개를 살짝 돌려 케이의 턱에 볼을 댔다. "나가고 싶어하는 줄 알았는데."

"하지만 원피스를 입은 당신 모습이 너무 매력적인걸."

"그러면 이걸 벗어야 할지도 모르겠네."

"내가 벗겨줘야 할지도 모르지."

헬렌은 몸을 뺐다. "정신 차려, 케이."

케이는 웃으며 팔을 풀었다. "알았어…… 그럼 동물원은 어때?"

헬렌은 다시 화장대 앞으로 가서 귀걸이를 끼웠다. "동물원이라." 그러면서 또 미간을 찌푸렸다. "글쎄, 아마도. 하지만 좀 웃기지 않아? 우리 나이의 여자 둘이서?"

"그게 문제가 되나?"

"아니." 헬렌은 조금 있다 덧붙였다. "아니겠지."

그녀는 앉아서 신발을 끌어왔다. 허리를 숙이자 머리카락이 흘러내려 얼굴을 가렸다. "저기," 그녀는 뒤돌아서 방을 나가려는 케이에게 가볍게 말했다. "다른 사람도 부르면 어때?"

"다른 사람?" 케이는 어리둥절해져 돌아서서 물었다. "가령 미키라든가?"

"응." 헬렌은 잠시 뜸을 들였다 대답했다. 그러더니 말을 바꿨다. "아냐, 그냥 한번 해본 소리야."

"가는 길에 미키도 부르고 싶어?"

"아냐. 괜찮아, 정말." 헬렌은 허리를 펴고 괜한 소리를 했다는 듯 웃었다. 엎드려서 신발끈을 매느라 그녀의 얼굴은 꽤나 붉게 상기됐다.

결국 동물원에는 가지 않았다. 헬렌이 철창과 우리에 갇힌 가엾은 작은 생물들을 구경한다는 발상 자체가 마음에 들지 않는다고 했다. 대신 둘은 걷다가 햄스테드행이라고 표시된 버스를 발견하고는 달려가서 잡아탔다. 그리고 하이스트리트에서 내려 아담한 카페에 들어가 점심으로 정어리와 감자튀김을 먹었다. 헌책방 두어 군데를 둘러보고, 미로처럼 얽히고설킨 멋진 빨간 벽돌길을 따라 히스까지 걸었다. 서로 팔짱을 끼고서. 헬렌은 이제 여자끼리라는 사실에 개의치 않았다. 토요일 오후의 햄스테드히스 공원인데 여자들이 어디 한둘이겠냐면서, 그곳은 못생기고 뻣뻣한 여자와 노처녀와 개 들을 위한 곳이라면서.

그러나 실제로는 산책하는 젊은 연인이 제법 많았다. 여자 중 한두 명은 케이처럼 바지를 입었다. 대부분은 군복 차림 혹은 당시 주말에 걸맞은 복장으로 여겨졌던 꾸밈없는 소박한 차림새였다. 남자들은 전투복을 입었다. 카키색과 감청색과 그 중간 모든 채도의 폴란드, 노르웨이, 캐나다, 호주, 프랑스 군복이었다.

날은 추웠지만 하늘이 눈부시게 맑았다. 히스는 재작년 여름 여성 전용 연못에 물놀이하러 왔을 때 이후로 처음이다. 초록이 무성한 아름다운 날이었다. 지금은 나무들이 완전히 벌거벗고, 가시철망으로 둘러싼 대공포대와 군장비의 측면이 여기저기 흉물스럽게 드러나 있다. 몇 달 전에 떨어진 낙엽이 수북이 나무뿌리를 덮었고 그 위를 서리가 또 한 겹 덮었다. 그 모습이 썩은 과일처럼 병들어 보였다. 대부분의 땅은 포탄 파편에 맞아 파였거나 트럭 바퀴 자국투성이였고, 서쪽은 모래주머니를 만들려고 흙을 파헤쳐 곳곳에 구덩이가 생겼다.

케이와 헬렌은 되도록 살풍경한 장소를 피해 발길 닿는 대로 걸었다. 그래도 좀더 인적이 뜸한 길을 택했다. 넓은 두 길이 만나는 곳에서 그들은 북쪽으로 꺾었다. 처음에는 그 길을 따라 올라가다 숲을 가로질러 아래로 내려가 몇 분 후에 호수에 다다랐다. 호수 가장자리는 얼어 있었다. 오리 여남은 마리가 얼기설기 얽힌 잔가지 섬 위에 피난민처럼 옹송그리고 모여 있었다.

"가엾어라." 헬렌이 케이의 팔에 매달리며 말했다. "빵 좀 가져올 걸 그랬다."

둘은 물가로 다가갔다. 살얼음이 제법 단단한지 사람들이 얼음을 깨려고 던진 나뭇가지며 돌멩이가 드문드문 흩어져 있었다. 케이는 장갑을 벗고—추위에 대비해 장갑을 끼고 코트 허리를 단단히 묶고 목도리를 하고 베레모를 썼다—돌멩이를 하나 집어던졌다. 그저 돌멩이가 경쾌하게 콩콩 굴러가는 걸 보고 싶었다. 그러고는 호숫가 끄트머리로 가서 발끝으로 살짝 얼음을 눌렀다. 아이들 두엇이 와서 그런 그녀를 지켜보았다. 케이는 아이들에게 얼음 밑에서 보글보글 올라오는 은빛 공기방울을 보여주었다. 그리고 쭈그려앉아 손으로 얼음을 비틀어 커다란 얼음장 하나를 건진 다음, 몇 조각으로 깨서 아이들한테 나눠주었다. 아이들은 얼음을 손에 들고 있거나 던지거나 그 위에 올라서서 발을 쿵쿵 굴렀다. 얼음이 깨져 하얀 가루가 되었다. 폭격 맞은 곳의 깨진 유리가루와 똑같아 보였다.

헬렌은 케이가 비운 자리에 그대로 서서 멀거니 바라보았다. 장갑 낀 손을 주머니에 찌른 채. 그녀는 코트 옷깃을 세우고 헐렁한 펠트 모자를 눈썹까지 푹 눌러썼다. 표정이 묘했다. 미소는 부드러웠지만 심란한 기색이 역력했다. 케이는 아이들을 위해 마지막 얼음조각을 건져주고는 헬렌 옆으로 돌아왔다.

"왜?" 케이가 물었다.

헬렌은 고개를 젓고 크게 미소를 지었다. "아냐. 당신 모습을 지켜보는 게 좋아서. 꼭 남자애 같아."

케이는 손바닥을 팡팡 부딪쳐 흙과 냉기를 털어냈다. "얼음만 보면 다들 남자애가 되잖아? 어렸을 때 집 근처에 있던 호수도 가끔 얼었는데. 거긴 여기보다 훨씬 컸어. 아니면 내가 어려서 커 보였을지도 모르지. 토미하고 제럴드하고 같이 거기 가서 놀곤 했어. 불쌍한 우리 어머니! 어머니는 그걸 참 싫어하셨지. 우리 셋 다 빠져 죽을 거라고 걱정하셨거든. 난 이해가 안 갔어. 하긴, 어머니가 아는 남자애들은 다들 차례로 죽었으니까…… 추워?"

헬렌이 부르르 몸을 떨었다. 그녀는 고개를 끄덕였다. "조금."

케이는 주변을 둘러보았다. "여기 어디 밀크 바*가 있을 텐데. 차 한잔할 수도 있고. 차 마실래?"

"응, 그럴까."

"생일이니까 케이크나 번도 먹어야지. 안 그래?"

헬렌은 콧잔등을 찡그렸다. "글쎄, 사실 당기진 않아. 뭘 먹든 맛은 끔찍할 텐데."

"아, 그래도 할 건 해야지."

케이는 밀크 바의 위치를 대충 알 것 같았다. 그녀는 헬렌의 팔짱을 끼고 바싹 끌어당긴 뒤 새로운 길로 들어섰다. 하지만 이십여 분을 걸어도 아무것도 나오지 않았다. 그래서 다시 얼어붙은 호수로

---

* 우유와 아이스크림 등 유제품을 파는 가게.

돌아와 다른 길로 가보았다. "저기 있다!" 케이가 외쳤다.

그러나 가까이 가보니 건물은 반쯤 타버렸고 창문에는 유리 한 장 없는데다, 커튼은 묶여 있고 벽돌은 새까맸다. 문에 표지판이 걸려 있었다. 지난주 토요일에 폭격당함. 그 밑에는 누가 처량하게 종이 유니언잭을 꽂아놓았다. 전쟁 전에 모래성에나 꽂았을 법한 국기였다.

"젠장." 케이가 내뱉었다.

헬렌이 말했다. "괜찮아. 정말 별로 먹고 싶지 않아."

"분명히 어딘가 딴 데도 있을 텐데."

"차를 마셔봤자 화장실만 급해지지."

케이가 웃음을 터뜨렸다. "자기야, 뭘 하든 어차피 화장실은 가야 해. 게다가 당신 생일이잖아. 케이크는 먹어야 한다고."

"케이크 먹을 나이는 지났는걸!" 헬렌의 말에 조바심이 묻어났다. 그녀는 손수건을 꺼내 코를 풀었다. "어휴, 춥다! 계속 걷기나 하자."

헬렌은 다시 미소를 지었다. 그러나 케이가 보기에는 정신이 딴 데 가 있는 것처럼 영 거리감이 느껴졌다. 아마도 날씨 때문일 것이다. 이렇게 추운데 어떻게 기운이 나겠나.

케이는 담배 두 대에 불을 붙였다. 둘은 호수로 돌아가 숲을 지나 올라갔다. 몸을 덥히기 위해 걸음을 빨리했다.

이쪽에서 보니 길이 어쩐지 낯익었다. 문득 예전에 여기서 오후를 보냈던 기억이 떠올랐다…… 케이는 저도 모르게 내뱉었다. "그래, 전에 여기 와봤다, 줄리아랑."

"줄리아랑?" 헬렌이 물었다. "언제?"

헬렌은 애써 태연한 척 물었지만 신경이 바짝 곤두섰다. 망할, 케이는 생각했다. 그리고 대답했다. "아, 오래전이야. 잘 모르겠어. 다리 같은 게 생각나서."

"어떤 다리?"

"그냥 다리. 연못 위를 가로지르는, 웃기게 생긴 조그만 로코코풍 다리였어."

"그게 어딨는데?"

"이쪽인 것 같은데 확실치는 않아. 샹그릴라 같은 게 아닐까, 찾으려고 하면 보이지 않고 우연히만 찾을 수 있는."

케이는 괜히 말했다 싶었다. 헬렌이 일부러 다리에 관심이 있는 척하는 것 같았다. 줄리아의 이름을 꺼내는 바람에 생긴 어색함을 떨치려고, 좀 과하다 싶게. 둘은 계속 걸었다. 케이는 건성으로 한쪽 길을 택했다가 또다른 길로 들어섰다. 이제 그만 돌아갈까 하는 참에 길이 갑자기 넓어지더니 케이가 말했던 바로 그 장소가 나왔다.

다리는 기억하고 있던 예쁘장한 모습과는 거리가 한참 멀었다. 더 형편없는데다 로코코풍이라니 어림도 없었다. 하지만 헬렌은 곧장 다리에 올라 난간에 서서 황홀한 듯 그 밑의 연못을 내려다보았다.

"여기 있는 줄리아의 모습이 그려진다." 케이가 다가서자 헬렌이 빙그레 웃으며 말했다.

"그래?"

케이는 딱히 줄리아를 생각하고 싶진 않았다. 그녀는 잠깐 멈춰서서 연못을 내려다보았다. 이 연못에도 살얼음이 얼었고, 제멋대로 흩어진 피난민 오리떼도 있었다. 케이는 헬렌 쪽으로 몸을 돌려 그녀의 옆모습을, 뺨과 목을 물끄러미 바라보았다. 드디어 진심으로 흥미와 즐거움을 느끼며 상기된 얼굴이었다. 목깃을 세운 코트 안의 크림색 옷깃과 그 아래 부드럽고 흠 없는 살결이 살짝 보였다. 케이는 아름다운 원피스의 호크를 채우며 침실에 서 있던 때가 떠올랐다. 실크 잠옷의 매끄러운 감촉과 헬렌의 뜨겁게 부푼 가슴의 무게가 떠올랐다.

케이는 욕망으로 다시 온몸이 뜨거워졌다. 그녀는 헬렌의 팔을 잡고 가까이 끌어당겼다. 헬렌이 고개를 돌려 케이의 표정을 보더니 놀라서 주위를 두리번거렸다.

"누가 오면 어쩌려고, 하지 마, 케이!"

"내가 뭘? 그냥 당신을 쳐다보고만 있는데."

"그 쳐다보는 눈길이 문제야."

케이는 어깨를 으쓱했다. "아마도…… 자." 그녀는 헬렌의 귀걸이를 잡고서 풀기 시작했다. 그러면서 좀더 나직이 말했다. "나는 당신 귀걸이를 고치는 중인 거야. 뭔가에 걸렸다고 할까? 그럼 나는 이렇게 귀걸이를 풀어야 하겠지? 누구라도 그럴 거야. 당신의 머리칼을 뒤로 넘겨야 할 테고, 이건 지극히 자연스러운 일이지. 나는 좀더 가까이 다가가……"

말하면서 케이는 헬렌의 귀에서 귀걸이를 떼어냈다. 그리고 그 차가운 귀를 손가락으로 부드럽게 문질렀다.

헬렌은 움찔했다. "누가 올 거야." 그녀가 다시 말했다.

"얼른 하면 괜찮아."

"바보 같은 소리 마, 케이."

그래도 어쨌거나 케이는 그녀에게 키스했다. 헬렌이 거칠다 싶게 케이를 밀쳤다. 진짜로 누가 온 것이다. 예쁘게 생긴 여자가 개를 산책시키고 있었다. 여자는 소리도 없이 불쑥 다리 건너편에서 나타났다.

케이는 귀걸이를 들고 자연스럽게 말했다. "아니, 잘 안 되는데. 미안하지만 직접 하는 게 낫겠어." 헬렌은 등을 돌리고는 아래쪽 풍경에서 뭔가 소소한 재미를 발견해 푹 빠진 사람처럼 꼿꼿하게 서 있었다.

여자가 지나갈 때 케이는 눈을 마주치고 미소 지었다. 여자도 마주 웃었다. 그러나 케이가 보기에는 좀 모호한 웃음이었다. 분명히 그들이 포옹하는 장면을 얼핏 봤는데 미심쩍은 것이었다. 여자는 당황한 듯 어리둥절한 표정이었다. 개가 종종걸음으로 다가와 헬렌의 발뒤꿈치를 킁킁거렸다. 개는 그렇게 한참 냄새를 맡고서야 다시 가던 길을 갔다.

"스머츠!" 여자는 갈수록 얼굴이 붉어지면서 개를 야단쳤다. "스머츠! 이 나쁜 녀석!"

"어휴!" 여자와 개가 가고 나자 헬렌이 내뱉었다. 그런 뒤 고개를 한쪽으로 기울이고 귀걸이를 다시 달았다. 양손을 턱 부근에 대고, 손가락으로 미친듯이 조그만 나사를 돌렸다.

케이는 웃어댔다. "아, 좀 어때서? 빌어먹을 19세기도 아니고."

그러나 헬렌은 웃지 않았다. 귀걸이를 달면서 거의 암울해 보일 정도로 입을 꾹 닫고 있었다. 케이가 도와주려고 다가서자 헬렌은 신경질적으로 물러섰다. 케이는 양손을 들었다. 별것도 아닌 걸 갖고 왜 저렇게 난리람…… 케이는 다시 담배를 꺼내서 헬렌에게 권했다. 헬렌은 고개를 저었다. 둘은 팔짱도 끼지 않고 묵묵히 걸었다.

아까 왔던 길로 되돌아온 그들은 별말 없이 남쪽으로 향하는 다른 길을 택했다. 나중에서야 팔러먼트힐 꼭대기로 이어지는 길임을 알았다. 언덕은 처음에는 완만하다 금세 가팔라졌다. 케이가 곁눈으로 힐끗 보니 헬렌은 숨을 헐떡이며 퉁명스럽게 걷고 있었다. 화가 나서 뭔가 볼멘소리를 늘어놓을 만한 꼬투리를, 케이를 원망할 트집거리를 찾는 것 같았다…… 그러다 둘은 정상에 도착해서 런던 풍경을 내려다보았다. 헬렌은 표정이 다시 밝아지더니 천진난만하게 즐거워했다.

도시가 한눈에 들어와 런던의 주요 지형지물이 다 보였다. 거리가 멀어서, 그리고 수많은 굴뚝에서 피어오른 연기가 물속의 그물처럼 바람 한 점 없는 차가운 대기에 그대로 걸려 있어서, 군데군데 폐허와 움푹 팬 구덩이와 지붕 뚫린 건물조차 흐릿하니 매력적으로 보였다. 방공기구 네다섯 개가 하늘에 떠 있는데, 허공에서 부유하며 선회하는 동안 부풀었다 줄었다 하는 것처럼 보였다. 케이는 그걸 보며 농장 마당의 돼지 같다고 생각했다. 덕분에 도시가 명랑하고 친근해 보였다.

몇몇 사람이 사진을 찍고 있었다. "저기가 세인트폴 대성당이야." 한 젊은 여자가 미군 애인에게 설명했다. "저기가 국회의사당이고, 저기는……"

"거 좀 조용히 합시다, 네?" 한 남자가 여자에게 큰 소리로 면박을 주었다. "근처에 스파이가 있을지도 모르잖소."

여자는 입을 다물었다.

헬렌과 케이는 다른 모든 사람들과 마찬가지로 눈부신 하늘 때문에 손차양을 만들어 이마에 대고 경치를 바라보며 서 있었다. 그때 길 저쪽에 벤치가 하나 비어 케이는 잽싸게 자리를 맡으러 달려갔다. 헬렌은 천천히 케이 옆으로 가서 벤치 끄트머리에 엉덩이를 걸치고 앉아 얼굴을 찌푸린 채 열심히 시내만 내려다보았다.

케이가 말문을 열었다. "굉장하지 않아?"

헬렌은 고개를 끄덕였다. "그러게. 그래도 시야가 좀 맑았으면 좋았을 텐데."

"그러면 별로 매력적이지 않을 거야. 이러니까 낭만적인 거지."

헬렌은 여전히 눈길을 멀리 두었다. 그러다 손가락을 들어 가리켰다. "저기가 세인트팽크러스역이지?" 아까 그 거들먹거리던 남자를 힐끔거리며 작은 소리로 말했다.

케이가 쳐다보았다. "맞아, 그럴 거야."

"그리고 저게 대학 건물이고."

"응. 뭘 찾는 거야? 래스본플레이스? 여기선 안 보일 것 같은데."

"저기가 파운들링이스테이트고." 헬렌은 케이의 말을 듣지 못한 듯 계속했다.

"거긴 코램스필즈에서 서쪽으로 더 가야지. 그리고 남쪽으로도 더." 케이가 다시 보고 지적했다. "저기가 포틀랜드플레이스겠네. 저기서 더 가깝겠다."

"응." 헬렌이 애매하게 대답했다.

"보여? 다른 방향을 보고 있잖아."

"응."

케이는 헬렌의 손목을 살짝 잡았다. "자기야, 당신……"

"어휴!" 헬렌은 홱 손을 뺐다. "꼭 그렇게 불러야겠어?"

헬렌은 화난 목소리로 낮게 말하며 좀전처럼 주변을 살폈다. 얼굴이 추위와 짜증으로 파리했다. 입술에 칠한 립스틱이 도드라져 보였다.

케이는 고개를 돌렸다. 돌연 화가 났지만 그보다는 실망이 더 크게 밀려들었다. 날씨에 실망하고, 헬렌에게 실망하고, 이런 날에 실망하고…… 빌어먹을 모든 게 실망스러웠다. "제기랄." 케이는 또 담배를 피워 물었다. 헬렌에게 권하지도 않았다. 그녀 자신의 씁쓸한 기분처럼 입안에 머금은 담배 연기도 썼다.

잠시 후에 헬렌이 나직이 사과했다. "미안해, 케이." 그녀는 무릎 위에 움켜쥔 양손을 물끄러미 내려다보았다.

"도대체 왜 그러는 건데?"

"그냥 좀 우울해서."

"나 원, 제발 그런 눈으로 쳐다보지 마, 안 그럼……" 케이는 담배꽁초를 던지고 목소리를 죽였다. "꼭 안아줘야 할 것 같잖아. 그러면 당신이 싫어할 걸 아는데."

케이의 기분이 다시 바뀌었다. 씁쓸함이 밀려왔던 만큼이나 빠르게 물러갔다. 어쨌든 실망감이란 감당하기엔 너무나 벅찬 것이었다. 대신 애정이 밀려들었다. 실제로 가슴 언저리가 시큰하게 아렸다. "나도 미안해." 케이는 다정하게 말했다. "생일이란 게 그 덕에 모인 사람들이나 즐겁지 당사자는 별로 그렇지 않은 날인가봐."

헬렌은 고개를 들고 미소 지으며 다소 서글픈 어조로 말했다. "스물아홉이 되는 게 싫은 거야. 좀 웃기는 나이잖아? 그냥 뛰어넘어서 서른이 되는 편이 훨씬 낫겠어."

"딱 좋은 나인데." 케이는 좀전처럼 기사다운 정중함을 발휘했다. "당신한테는. 당신 나이가 몇이든……"

그러나 헬렌은 움찔했다. "그러지 마, 케이." 그녀가 말했다. "하지 마…… 나한테 잘해주지 마."

"당신한테 잘해주지 말라니!"

"정말……" 헬렌은 고개를 저었다. "난 그럴 자격이 없어."

"아침에도 그 소리더니."

"그게 사실이니까. 나는……"

헬렌은 아까 물끄러미 바라보던 방향으로 다시 눈길을 돌려 런던 시내를 내려다보았고 더이상 말을 잇지 않았다. 케이는 그런 그녀를 어리둥절하게 바라보았다. 그러다 손등으로 그녀의 팔을 가볍게 문질렀다.

"있잖아." 케이는 조용히 말을 꺼냈다. "그런 건 상관없어. 나는 그냥 오늘을 특별한 날로 만들어주고 싶었을 뿐이야. 하지만 당신은 전쟁중엔 특별한 날을 바랄 수 없는 거겠지. 내년이면…… 혹시 알아? 전쟁이 끝날지. 그럼 제대로 하자. 멀리 여행을 가는 거야! 프랑스로! 어때?"

헬렌은 대답하지 않았다. 그리고 몸을 돌려 케이를 똑바로 마주보았다. 그녀의 표정이 점점 간절해졌다. 그러다 잠시 후 속삭이듯 말했다. "나한테 싫증내지 않을 거지, 케이, 내가 성질 고약한 노처녀라는 이유로?"

순간 케이는 대답할 말을 찾지 못했다. 그러다 헬렌과 똑같이 나지막이 대답했다. "당신은 내 여자야, 그렇지? 내가 당신한테 싫증내는 일은 절대로 없어, 잘 알잖아."

"싫증날지도 몰라."

"절대로 안 그래. 당신은 영원히 내 거야."

"나도 그러면 좋겠어." 헬렌이 말했다. "나도…… 나도 세상이 달랐으면 좋겠어. 왜 세상은 달라지지 않는 걸까? 이렇게 몰래 다니는 것도 신물나고……" 팔짱을 낀 남녀가 말없이 지나가는 바람에 헬렌은 잠시 말을 멈추고 기다렸다. 그리고 목소리를 더욱 낮췄다. "몰래 다니는 것도 신물나고, 구질구질하게 살금살금 다니는 것도 싫어. 우리가 결혼만 할 수 있다면, 아니 그 비슷한 거라도."

케이는 눈을 껌벅거리다 시선을 피했다. 이것이 바로 그녀 인생의 비극이었다. 그녀는 남자처럼 헬렌을 아내로 맞이하거나 아이를 안겨줄 수 없다…… 그들은 다시 전경을 바라보며 묵묵히 앉아 있었다. 그러나 이제 그 어느 것도 눈에 들어오지 않았다. 케이가 조용히 말했다. "집에 바래다줄게."

헬렌은 코트의 단추를 잡아뜯고 있었다. "일 나가려면 한두 시간 정도 남았잖아."

케이는 억지로 미소를 짜냈다. "뭐, 한두 시간쯤은 알아서 잘 보낼 수 있어."

"내 말뜻 알면서." 헬렌은 다시 고개를 들었다. 거의 울 듯한 표정이었다. "케이, 오늘밤은 나하고 같이 집에 있으면 안 돼?"

"헬렌." 케이는 어안이 벙벙했다. "왜 그래?"

"그냥…… 몰라. 그냥 케이가 옆에 있어줬으면 좋겠어."

"안 돼. 안 돼. 나가봐야 해. 당신도 잘 알잖아."

"만날 직장에만 있고."

"안 돼, 헬렌…… 젠장, 그런 눈으로 쳐다보지 말라고! 당신이 혼자 우울하게 집에 있다고 생각하면 나는……"

둘은 아주 가까이 붙어 있었다. 하지만 또 어느 남녀가 오솔길을 따라 한가롭게 걸어와 벤치를 지나쳤다. 헬렌은 얼른 떨어져 앉았다. 그러고는 손수건을 꺼내 눈가를 훔쳤다. 다른 사람들처럼 풍경을 감상하려고 잠시 발걸음을 멈춘 그 남녀를 보면서 케이는 순간 살의를 느꼈다. 헬렌을 꼭 껴안고 싶은 충동—그러나 그래서는 안 된다는 자각—때문에 경련이 일었고 병이 날 지경이었다.

커플이 자리를 뜨자 케이는 다시 헬렌을 쳐다보며 말했다. "오늘밤에 우울해하지 않을 거라고 말해줘."

"오늘밤 나는 황홀할 거야." 헬렌은 우울하게 말했다.

"외롭지 않을 거라고 말해줘. 오늘밤에…… 술집에 가서 잔뜩 취해 남자와 놀 거라고, 군인을 꼬실 거라고……"

"내가 그러면 좋겠어?"

"물론이지." 케이는 대답했다…… "아니, 싫어. 내가 싫어할 거라는 거 다 알잖아. 강에 뛰어들 거야. 난 오로지 당신만 보며 이 빌어먹을 전쟁을 견뎌내고 있어."

"케이……"

"사랑한다고 말해줘." 케이가 속삭였다.

"사랑해." 헬렌은 눈을 감았다. 그 느낌을 더욱 간절히 담기 위해, 혹은 더욱 잘 보여주기 위해. 그녀의 목소리가 한층 진지해졌다. "진심으로 사랑해, 케이."

"그래, 아들아." 덩컨의 아버지는 비브와 함께 자리에 앉으며 말했다. "잘 지내니? 사람들이 잘 대해주고?"

"네." 덩컨은 대답했다. "그런 것 같아요."

"응?"

덩컨은 목청을 가다듬었다. "네, 잘 대해준다고요."

아버지는 고개를 끄덕였고 말을 따라가느라 잔뜩 인상을 썼다. 아버지가 이런 상황을 가장 난감해한다는 걸 덩컨은 잘 알았다. 방안에는 테이블이 여섯 개 있었고, 그들은 맨 끄트머리 테이블에 앉아 있었다. 테이블마다 한쪽 끝에 재소자 두 명이, 다른 쪽 끝에 면회 온 사람들이 앉아 다들 목청을 높였다. 덩컨 옆에 앉은 남자는 레디라는 전직 우체국 직원으로, 우편환을 위조한 죄로 들어왔다. 비브 옆에는 레디의 아내가 앉아 있었다. 덩컨은 전에도 그 여자를 본 적이 있는데, 그녀는 올 때마다 레디를 마구 몰아세웠다. "그런 여자를 내 집으로 불러들여서," 여자가 닦달했다. "내가 좋아할 거라고 착각한 모양인데……" 그 옆 테이블에는 아기를 안은 여자가 있었다. 여자는 아기의 웃는 얼굴을 애아버지한테 보여주려고 열심히 아기를 흔들며 얼렀다. 하지만 아기는 울기만 했다. 입을 벌리고 사이렌처럼 울어젖히다 부들부들 떨며 크게 숨을 들이마시고는 또다시 울어댔다. 면회실은 비좁은 일반 교도소 사무실이었고, 유리창은 굳게 닫힌 일반 교도소 창문이었다. 그리고 일반 교도소에서 나는 냄새가 났다. 안 씻은 발냄새, 퀴퀴한 대걸레 냄새, 형편없는 음식 냄새, 끔찍한 구취. 흔히 풍기는 그런 냄새 외에 훨씬 거슬리는 다른 냄새도 났다. 향수와 화장품과 파마약 냄새. 또 아이들 냄새, 차와 개와 보도와 바깥공기의 냄새.

비브가 코트를 벗었다. 그녀의 라벤더색 블라우스에 달린 조그만 진주 단추가 덩컨의 시선을 사로잡았다. 덩컨은 세상에 그런 단추가 있다는 걸 까맣게 잊고 있었다. 어떤 질감인지도 기억나지 않았다. 덩컨은 지금 이 순간 테이블 너머로 손을 뻗어 아주 잠깐이라도 그 단추를 엄지와 검지로 만져보고 싶었다.

비브는 덩컨이 뚫어져라 쳐다보자 민망한 듯 꿈지럭거렸다. 그러고는 코트를 개어 무릎에 올려놓았다. "정말 잘 지내는 거야?" 옷을 잘 갈무리한 다음 그녀가 물었다. "괜찮아?"

"응, 괜찮아."

"얼굴이 완전히 핼쑥한데."

"그래? 하지만 누난 저번에도 그렇게 말했잖아."

"그랬나. 내가 늘 이렇지 뭐."

"지난 한 달간은 어땠니, 얘야?" 아버지가 큰 소리로 물었다. "놀라서 펄쩍 뛰지 않았냐? 내가 크리스티 부인한테도 얘기했는데, 독일놈들이 느닷없이 들이닥쳐서 벌떡 일어났다니까. 어젠가 그제 밤에는 진짜 굉장했지! 쾅 소리가 하도 커서 나도 자다 깼다! 그 정도면 얼마나 심했는지 너도 알겠지."

"네." 덩컨은 애써 웃음 지었다.

"윌슨 씨네는 지붕이 날아갔어."

"윌슨 씨네요?"

"어딘지 알잖니."

"어렸을 때," 곤혹스러워하는 덩컨을 보고 비브가 거들었다. "가끔 놀러갔던 집 있잖아. 윌슨 아저씨하고 그 누이분이 같이 사셨지. 우리한테 사탕도 주셨고. 기억 안 나? 새장에 조그만 새도 있었어. 네가 그 새한테 먹이도 줬잖아."

"……살만 뒤룩뒤룩 쪄가지고." 레디의 아내가 계속 투덜댔다. "버릇이 그게 뭐야! 아주 속이 뒤집어져……"

"기억 안 나." 덩컨이 말했다

아버지는 귀가 잘 안 들려서 한 박자 늦게 고개를 저었다. "아니, 폭격이 잦아들어도 도통 믿기지가 않아. 소리만 들으면 온 세상이 박살났을 것 같은데, 그러고도 그 많은 집이 여태 서 있는 걸 보면 참 용해. 대공습 시절로 되돌아간 느낌이야. 그러고 보니 소공습이라고들 하지 않더냐?" 마지막 말은 비브에게 한 것이었다. 그는 다시 덩컨을 보고 말했다. "여기서는 잘 안 느껴지지?"

덩컨은 새카만 어둠과 독일군을 부르는 기그스와 방공호로 피신하는 교도관들을 떠올렸다. 그는 자세를 바꿨다. "그야 '느껴진다'는 게 무슨 뜻인지에 따라 다르죠."

덩컨이 우물우물 말한 모양이었다. 아버지가 고개를 기울이며 또 인상을 썼다. "뭐라고?"

"그게 무슨 뜻인지에 따라…… 젠장! 예, 별로 못 느껴요."

"그래." 아버지는 부드럽게 받았다. "그래, 그렇겠지."

대니얼스 교도관이 신발을 질질 끌며 재소자들 뒤에서 왔다갔다 했다. 아기가 여전히 울어대자 비브의 아버지는 아기를 똑바로 쳐다보며 무서운 표정으로 겁을 주려 했다. 몇 테이블 건너에 프레이저가 앉아 있었다. 그의 부모가 면회를 온 것이다. 덩컨은 간신히 그들을 알아볼 수 있었다. 그의 어머니는 장례식에 온 것처럼 베일을 늘어뜨린 모자를 쓰고 검은 드레스를 입었다. 그의 아버지는 얼굴이 붉은 벽돌색이었다. 그들이 뭐라고 말하는지는 잘 들리지 않았다. 그러나 테이블에 올려놓은 프레이저의 손은 보였다. 물집 잡힌 손가락이 쉴새없이 움직였다.

비브가 말했다. "덩컨, 아버지가 워너스 공장의 다른 작업반으로 옮기셨어."

덩컨은 눈을 껌벅이며 비브에게로 시선을 돌렸고, 비브는 아버지의 팔을 가볍게 잡으며 귀에 대고 말했다. "아버지, 방금 덩컨한테 아버지가 작업반을 옮기셨다고 말해줬어요."

아버지는 고개를 끄덕였다. "응, 그랬지."

"아, 그래요?" 덩컨이 말했다. "거긴 괜찮으세요?"

"나쁘지 않아. 지금은 버니 로슨하고 같이 일한다."

"버니 로슨요?"

"그리고 기퍼드 부인의 딸내미 준도 있지." 아버지는 빙긋 웃고서 덩컨에게 소소한 일화를 들려주기 시작했다…… 덩컨은 금세 이야기의 흐름을 놓쳤다. 아버지는 전혀 알아차리지 못했다. 아버지는 그 조그만 공장에서 벌어지는 온갖 실없는 희롱과 음모를 마치 덩컨이 아직도 집에 있는 양 늘어놓았다. "스탠리 히버트하고 뮤리엘하고 필이었어. 너도 그 사람들 얼굴을 봤어야 하는데! 내가 오길비 양한테 그랬지……" 몇몇 이름은 귀에 익었지만 그 사람들은 덩컨에게 허깨비나 마찬가지였다. 그는 아버지의 입술에서 흘러나오는 단어들을 바라보며, 아버지의 표정에 따라 대충 고개를 끄덕이고 미소를 지었다. 마치 그 자신도 귀머거리가 된 것처럼.

"하여간 그 사람들이 너한테 안부 전해달라더구나." 아버지는 얘기를 마쳤다. "항시 네 안부를 물어봐. 그리고 패멀라도 사랑한다고, 면회 못 와서 미안하다고 하더라."

덩컨은 다시 고개를 주억거렸다. 순간 패멀라가 누군지 까먹었다. 그러다 문득 큰누나라는 사실을 기억해냈다…… 여기 있는 삼 년 동안 큰누나는 딱 세 번 면회를 왔다. 그는 개의치 않았으나 비브와 아버지는 늘 그 때문에 미안해했다.

비브가 변명했다. "아기들이 있으면 아무래도 힘들지."

"그래, 맞다." 이 말은 제대로 알아듣고 아버지가 맞장구쳤다. "그러면 힘들지. 여기에 애들을 끌고 오는 건 너도 원하지 않겠고. 물론 애아버지를 보게 해주려고 데려오는 건 다르지만. 그러니까……" 우는 아기를 안은 여자를 힐끗 쳐다보고 아버지는 목소리를 낮추려 노력했다. 그래도 다 들렸지만. "만약 나라면 내 아이들이 나를 보러 이런 데 오는 게 싫었을 거다. 암튼 좋은 곳이 못 되잖니. 좋은 기억도 아니고. 나는 너희가 그때 병원에서 엄마를 만나는 것도 별로였다."

"그래도 애아버지 입장에서는 좋잖아요." 비브가 말했다. "엄마는 좋아하셨어요, 제 생각엔."

"아, 그래. 그야 그렇지."

덩컨은 또 프레이저의 부모님 쪽을 힐끔거렸다. 이번에는 프레이저도 눈에 들어왔다. 그도 덩컨과 마찬가지로 테이블을 따라 시선을 옮겼다. 그러다 눈이 마주치자 입꼬리를 살짝 일그러뜨렸다. 그는 덩컨의 아버지와 비브를 흥미롭다는 듯 바라보았다…… 덩컨은 아버지의 낡고 해진 코트가 신경쓰였다. 그러다 고개를 푹 숙이고 테이블의 벗겨진 니스칠 쪼가리를 잡아뜯기 시작했다.

덩컨의 손은 깨끗했다. 아침에 정성 들여 꼼꼼히 씻고 손톱도 짧게 깎았다. 양쪽 바지통은 칼같이 줄이 섰는데, 어젯밤 매트리스 밑에 잘 펴서 넣고 잤기 때문이다. 머리는 곱게 빗어 왁스와 마가린을 섞어 발라 잘 눌러 폈다. 덩컨은 이곳에 불려오면 어떤 상황이 벌어질지 번번이 혼자 상상의 나래를 폈다. 아버지와 작은누나가 자기를 보고 어떤 식으로든 감명받기를 바랐다. 넌 우리의 자랑이야! 하고 생각하길 바랐다. 하지만 막상 면회일이 되면 늘 이렇게 기분은 곤두박질쳤다. 자신이나 아버지나 서로에게 할말이 없다는 게, 오래전부터 그랬다는 게 생각났다. 좌절감—아버지에게, 자신에게, 심지어 비브에게도—이 점점 부풀어 질식할 것만 같았다. 머리도 안 빗고 손톱도 지저분한 채로 나올걸 하고 삐딱해졌다. 진짜 그의 본심은, 자신이 돼지우리에 산다는 사실을 아버지와 누나가 알아주길 바란 것이었음을 깨달았다. 이런 환경에서 불평도 하지 않고 짐승처럼 변하지 않고 지내는 자신이 영웅이나 마찬가지라고 말해주길 바랐다. 하지만 그들은 마치 감옥이 아니라 병원 혹은 기숙학교에 면회 온 것처럼 늘 자질구레한 일상 얘기만 늘어놓았고, 그러면 덩컨의 실망감은 분노로 바뀌었다. 때로는 아버지의 얼굴을 보고 방구석으로 집어던져 마구 패고 싶은 충동을 억누르는 것만도 힘에 겨웠다.

몸이 부들부들 떨리기 시작했다. 테이블에 올려놓은 손이 제멋대로 바들거렸다. 덩컨은 손을 내려 무릎 위에 포갰다. 면회실의 시계를 힐끔거렸다. 아직 십일 분이나 남았다……

덩컨의 아버지가 또 험상궂은 표정으로 아기를 쳐다보았고 이내 아기는 조용해졌다. 이제 아버지와 비브는 심드렁하게 면회실 안을 둘러보고 있었다. 나한테 싫증이 난 거야, 덩컨은 생각했다. 그들은 레스토랑에서 할말이 다 떨어져 무료한 저녁시간을 때우려고 결국 딴 손님들이나 살피며 별난 점이나 꼬투리를 잡아내 잡담을 이어가려는 사람들처럼 보였다. 덩컨은 다시 벽시계를 보았다. 이제 십 분 남았다. 그러나 손은 여전히 떨렸다. 이제는 땀도 나는 것 같았다. 충동적으로 온갖 발악을 하면서 왕창 뒤엎고 싶었다. 아버지와 누나가 자신을 증오하게 만들고 싶었다. 그때 아버지가 덩컨 쪽으로 바로 앉으며 쾌활하게 말을 걸었다. "애야, 저기 끝에 있는 녀석은 누구냐?" 덩컨은 뭐 이런 얼빠진 질문이 다 있냐는 듯 노골적으로 경멸하며 대답했다. "패트릭 그레이슨이에요."

"고놈 참 잘생겼네, 안 그러냐? 들어온 지 얼마 안 되었나?"

"아뇨, 꽤 됐어요. 지난번에도 잘생겼다고 말씀하셨죠. 형기가 거의 끝난 사람이에요."

"그래? 아주 신났겠구나. 저 사람 아내도 아주 기쁘겠어."

덩컨은 입술을 삐죽였다. "그렇게 생각하세요? 풀려나자마자 군대로 끌려갈 텐데요, 뭐. 여기 있는 게 더 나을걸요. 최소한 여기서는 한 달에 한 번 아내를 만나니까. 당연히 머리에 총 맞을 일도 없고."

아버지는 덩컨의 말을 알아들으려 애썼다. "흐음." 그러고는 모호하게 얼버무렸다. "자기 몫을 다했으니 기쁠 게다, 내 생각엔." 그리고 다시 고개를 돌렸다. "하여간 잘생긴 녀석일세."

덩컨이 폭발했다. "저 사람이 그렇게 좋으면 나 말고 저 사람하고 같이 앉지그래요?"

"그게 뭔 말이냐?" 아버지가 돌아앉으며 말했다.

"덩컨." 비브가 말렸다.

그러나 덩컨은 마구 쏟아냈다. "나도 저 사람처럼 되길 바라시는 거죠. 나도 나가서, 군대에 가서 머리에 총을 맞는 게 낫다고 생각하시는 거죠. 군대에 가서 죽는 게 낫다고……"

"덩컨." 비브가 다시 제지했다. 그녀는 깜짝 놀란데다 피곤해 보였다. "바보 같은 소리 마."

한편 아버지도 분을 이기지 못하고 역정을 냈다. "그게 무슨 빌어먹을 헛소리냐, 머리에 총 맞으러 군대에 간다고? 네가 군대에 대해 뭘 알아? 네가 제때 군대에 들어갔으면……"

"아버지." 비브가 말했다.

아버지는 비브를 무시했다. 아니면 그녀의 말을 듣지 못했거나. "저놈한테 필요한 건," 아버지는 앉은 자리에서 펄쩍 뛰며 말을 이었다. "바로 그 망할 군대에 한동안 있어보는 거야. 고따위 말이나 하고. 창피하냐고? 당연히 창피하지! 낯부끄러워서 얼굴을 못 들고 다녀!"

비브는 아버지의 팔을 잡았다. "아버지, 덩컨은 그런 뜻으로 얘기한 게 아니에요. 그렇지, 덩컨?"

덩컨은 대답하지 않았다. 아버지는 잠시 아들을 노려보다 입을 열었다. "여기서는 수치스럽다는 게 뭔지 알 리 없지! 하지만 나와보면 알 게다. 길 가다 그 아주머니하고 아저씨와 딱 마주쳐보면……"

알렉의 부모님을 말하는 것이었다. 아버지는 절대 알렉의 이름을 입 밖에 내지 않았다. 그는 몇 마디 더 뱉으려다 힘겹게 도로 삼켰다. 얼굴이 붉게 상기됐다. "창피하냐고!" 그렇게 재차 말하며 덩컨을 쳐다보았다. "내가 너한테 뭐라고 했으면 좋겠냐, 응?"

덩컨은 어깨를 으쓱했다. 이젠 그 자신도 창피함을 느꼈다. 하지만 희한하게도 일이 이렇게 되니 차라리 더 편했다. 덩컨은 다시 니스칠 쪼가리를 잡아뜯으며 대수롭지 않게, 그러나 똑똑히 말했다. "정 그러시면 오지 마세요."

그 말에 아버지는 다시 폭발했다. "오지 말라고? 그게 무슨 말이냐, 오지 말라니? 넌 내 아들이잖아?"

"그래서요?"

아버지는 넌더리를 내며 시선을 돌렸다.

"덩컨." 비브가 나섰다.

"왜? 오기 싫으면 안 오면 되잖아."

"덩컨, 제발 좀!"

하지만 이젠 웃음이 나왔다. 기뻐서가 아니었다. 미치광이마냥 종잡을 수 없이 기분이 홱홱 바뀌었다. 폭풍 속에 띄운 연 같았다. 힘들게 줄을 잡아당기며 간신히 균형을 유지하고 있었다…… 덩컨은 손으로 입을 가리고 말했다. "죄송해요."

아버지가 고개를 들었고, 얼굴이 더욱 시뻘게졌다. "저놈이 뭘 보고 웃는 거냐?"

"덩컨은 진심으로 웃는 게 아니에요." 비브가 변명했다.

"저놈 어미만 여기 있었어도! 저러니 비브 네가 아프지."

"그만하세요, 아버지."

"네 작은누나가 몸이 안 좋다." 아버지가 덩컨에게 사납게 말했다. "여기까지 오는 데 몇 번이나 쉬었어. 네 그 얼토당토않은 헛소리는 비비언한테 아주 독이다. 어쨌거나 누나가 이렇게 와주는 데 감사할 줄 알아야지! 굳이 이런 데까지 와주는 누나가 세상에 몇이나 있다고, 암."

"도대체가 아는 게 없어요, 이 사람들은." 옆에서 다 듣고 있던 레디의 아내가 끼어들었다. "이 안에만 들어앉아가지고. 밥도 다 갖다주니 얼마나 좋아. 바깥에 있는 우리가 얼마나 힘든지는 요만큼도 생각을 안 한다니까."

비브는 손을 내저었지만 굳이 대답하지는 않았다. 표정이 좋지 않았다. 덩컨은 비브의 얼굴을 똑바로 쳐다보고 방금 전까지도 눈치채지 못했던 것을 알아챘다. 화장기 아래 맨얼굴이 파리했고 두 눈은 퀭한데다 눈가가 빨갰다. 돌연 아버지의 말이 맞다는 걸 알았다. 면회를 망치다니, 스스로가 역겨워졌다. 누나는 모든 남자들이 바라는 세상에서 제일 예쁘고 다정한 여자야! 덩컨은 비브를 물끄러미 쳐다보며 그런 생각에 흥분했다. 다른 남자들의 주의를 비브 쪽으로 끌고 싶었다. 여길 봐! 그렇게 외치고 싶었다. 예쁜 우리 누나를 보라고!

덩컨은 참담한 기분으로 모든 의지력과 젖 먹던 힘까지 총동원해서야 겨우 잠자코 앉아 있을 수 있었다. 면회시간 종료를 알리는 종이 울리길 간절히 바라며 대니얼스 교도관을 바라보았다. 그리고 마침내, 천만다행히도, 대니얼스 교도관이 벽시계와 자신의 손목시계를 번갈아 보고는 벽장을 열어 종을 꺼냈다. 그가 성의 없이 종을 몇 번 흔들자 안 그래도 왁자지껄하던 소음이 순식간에 확 커졌다. 의자들이 마구 밀쳐지고, 사람들은 얼른 일어섰다. 덩컨처럼 그들도 안도한 것이다. 아기는 제 엄마의 품에서 경기를 일으키고 다시 울어대기 시작했다.

덩컨의 아버지는 우울하게 일어나 모자를 눌러썼다. 덩컨을 쳐다보는 비브의 얼굴에 이렇게 쓰여 있었다. 잘하는 짓이다.

덩컨이 말했다. "미안해."

"당연히 그래야지." 둘은 아버지한테 들리지 않게 아주 작은 소리로 소곤거렸다. "너만 힘든 게 아냐, 잘 알겠지만. 그런 식으로 생각하려고 노력해봐."

"노력하고 있어. 난 다만……" 어떻게 설명할 길이 없었다. 덩컨은 대신 이렇게 물었다. "누나 정말 어디 아파?"

비브는 시선을 피했다. "괜찮아. 그냥 좀 피곤해서 그래."

"공습 때문에?"

"응, 그렇지, 뭐."

덩컨은 비브가 일어나 코트를 걸치는 모습을 바라보았다. 라벤더색 블라우스와 앙증맞은 진주 단추가 코트 속으로 묻혔다. 고개를 숙이자 머리칼이 앞으로 흘러내렸고, 그녀는 귀 뒤로 머리칼을 쓸어넘겼다. 분가루 아래 맨얼굴이 얼마나 창백한지 거듭 눈에 띄었다.

키스나 포옹은 허용되지 않았지만 나가기 전에 비브는 테이블 위로 팔을 뻗어 덩컨의 손을 살짝 잡았다.

"몸 건강하고. 알았지?" 그녀는 손을 거두며 웃음기 없이 말했다.

"응. 누나도 건강 잘 챙겨."

"그래."

덩컨은 아버지에게 꾸벅 목례를 했다. 눈을 맞추길 바라면서도 한편으론 눈이 마주칠까 두려웠다. "안녕히 가세요, 아버지. 바보 같은 소리 해서 죄송해요."

그러나 충분히 또박또박 말하지 않았는지, 덩컨이 아직 말하는 중인데도 아버지는 뒤돌아서 고개를 숙이고 팔짱을 끼려고 비브의 팔을 찾았다.

십 분 전에 덩컨은 아버지의 얼굴에 주먹을 날리고 싶었다. 그러나 지금은 테이블 모서리에 허벅지를 꾹 누르고 서서 방문객들 틈바구니에 끼어 나갈 곳을 찾는 아버지와 누나를 눈으로 좇고 있었다. 혹시라도 뒤돌아볼지 모르니 아버지가 완전히 밖으로 나갈 때까지 면회실을 떠나고 싶지 않았다.

그러나 돌아본 건 비브뿐이었다. 그것도 딱 한 번, 얼핏. 곧 대니얼스 교도관이 와서 덩컨을 밀었다.

"들어가서 줄서, 피어스. 레디, 너도. 됐어, 이 새끼들아, 가자."

대니얼스 교도관은 재소자들을 면회실에서 데리고 나와 작업장 통로와 만나는 곳에서 체이스 교도관에게 넘겼다. 체이스는 피곤한 듯 시계를 확인했다. 4시 40분이었다. 바구니 작업반원들은 자기들끼리 알아서 작업장으로 돌아갈 수 있다고 했다. 그들 중 한 명이 모범수 반장이었다. 나머지는…… 음, 고작 이십 분 작업하자고 우편행낭 1반과 2반을 전부 작업장으로 끌고 갔다간 욕이란 욕은 다 들어먹을 터였다. 체이스는 그들을 수감동으로 데려갔다. 재소자들은 기운이 쭉 빠져 의기소침하게 묵묵히 걸었다. 모두 덩컨처럼 얌전히 빗질한 머리에 반듯하게 주름 잡은 바지를 입었고 손도 깨끗했다. 아무도 없는 수감동은 거대해 보였다. 하도 사람이 적어—겨우 여덟이었다—터벅터벅 계단을 오를 때 층계참에서는 한밤중에 덩컨이 귀를 기울이던 차가운 진동음이 났다.

다들 한숨 놓았다는 듯 곧장 자기 방으로 들어갔다. 덩컨은 침상에 앉아 양손으로 머리를 감쌌다.

삼사 분인가 그러고 있는데, 문밖 복도에서 침착하고 가벼운 발소리가 났다. 덩컨은 얼른 눈가를 닦아냈다. 하지만 동작이 충분히 빠르지 못했다.

"저런," 먼디 교도관이 부드럽게 말을 걸었다. "무슨 일이지?"

그 말에 덩컨은 결국 울음을 터뜨리고 말았다. 양손에 얼굴을 묻고 엉엉 흐느껴 울었다. 어깨가 들썩이고 침대 프레임이 덜컹거렸다. 먼디는 울지 말라고 하지 않았다. 방에 들어와 어깨에 팔을 두른다거나 하지도 않았다. 다만 제자리에 서서 고비가 지나가기를 기다렸다. 그리고 말문을 열었다. "그래. 아버지가 면회를 오신 거지? 맞아, 명단에서 봤다. 그래서 맘이 좀 흔들린 거지, 그렇지?"

덩컨은 고개를 끄덕인 뒤 결이 거친 교도소 손수건으로 얼굴을 문질렀다. "조금요."

"가족들 얼굴을 보면 다들 항상 복잡한 심정이 되지. 뭐, 그러고도 멀쩡하기는 원래 힘든 법이야. 더 울고 싶으면 울어. 나는 상관없으니까. 자네보다 훨씬 심한 사내들도 봤거든, 거짓말이 아니네."

덩컨은 고개를 저었다. 얼굴을 일그러뜨리고 우는 바람에 안면이 쓰리고 따끔거리면서 열이 나는 느낌이었다. "이젠 괜찮아요." 그는 떨리는 목소리로 말했다.

"물론 그렇겠지."

"제가…… 제가 다 망쳤어요, 교도관님. 매번 이렇게 엉망으로 만들어요."

목소리가 다시 높아졌다. 입술을 깨물고 주먹을 꼭 쥐고 팔을 몸통에 붙이고서 또 울음이 나는 것을 참았다. 울먹임이 가라앉고서야 힘을 빼고는 그대로 녹초가 되어버렸다. 덩컨은 끙끙거리며 얼굴을 닦았다.

먼디는 그대로 서서 다시 한동안 바라보았다. 그리고 덩컨의 의자를 끌어내 침대 쪽으로 돌린 다음 약간 불편한 듯 한숨을 쉬며 엉거주춤 의자에 앉았다. "어쨌든," 의자에 앉으며 말을 꺼냈다. "담배 한 대 피우지. 보게, 여기 갖고 왔다네."

그는 플레이어스 담뱃갑을 꺼냈다. 뚜껑을 열고 비스듬히 내밀어 덩컨에게 권했다. "자, 어서." 그가 담뱃갑을 한 번 흔들며 말했다.

덩컨은 담배를 한 개비 꺼냈다. 흔히 피우는 교도소 지궐련에 비하면 이건 조그만 시가처럼 통통했다. 매끄럽고 차가운 종이 안에 살담배가 빽빽하게 들어차 있었다. 손에 잡히는 감촉이 너무 좋아서 덩컨은 그 감촉을 좀더 잘 느껴보려고 손안에서 굴렸다.

"괜찮지 않나?" 먼디가 덩컨을 바라보며 물었다.

"훌륭하네요." 덩컨이 대답했다.

"안 피울 건가?"

"모르겠어요. 갖고 있다 살담배를 털어낼래요. 그럼 네 번이나 다섯 번은 피울 수 있을 거예요."

먼디가 씩 웃었다. 그는 듣기 좋은 노인의 목소리로 노래를 불렀다. "앙증맞은 귀여운 상자에 조그만 궐련 다섯 개……" 그러고는 콧잔등을 찡그렸다. "지금 피우게."

"그래도 되나요?"

"어서. 내가 벗해주지. 같이 담배를 피우는 두 친구가 되는 거야."

덩컨은 웃음을 터뜨렸다. 그러나 웃음은 금방 눈물을 불러왔다. 가슴이 결려 바들바들 떨렸다. 먼디는 못 본 척했다. 그러면서 자기가 피울 담배를 하나 뽑아들고 성냥갑을 꺼냈다. 덩컨에게 먼저 불을 붙여주고 자기 것에도 붙였다. 둘은 삼십 초 정도 잠자코 담배를 피웠다. 그러다 덩컨이 담배를 빼들고 말했다. "눈이 따가워요. 머리가 아찔한데요! 기절할 것 같아요!"

"엄살떨기는!" 먼디가 킬킬거리며 대꾸했다.

"진짜예요!" 덩컨은 기절한 척 뒤로 뻗었다. 먼디 교도관과 있을 때면 가끔 이렇게 소년처럼 굴었다…… 그러나 금방 다시 진지해졌다. "젠장, 이런 꼴이라니! 담배 한 개비에 완전히 뻗다니!"

덩컨은 발을 바닥에 그대로 둔 채 옆으로 쓰러져 침대에 한쪽 팔꿈치를 괴었다. 아버지와 누나가 지금쯤 어디에 있을지 궁금했다. 스트레텀으로 돌아가는 아버지를 그려보려 했지만 잘되지 않았다. 이번에는 아버지의 집 구석구석을 머릿속에 떠올려보려 했다. 그때 문득 마지막으로 보았던 그날 부엌의 끔찍한 참상이 생생하게 떠올랐다. 마룻바닥과 벽이 온통 검붉은 선홍색으로 마구 물들어……

덩컨은 벌떡 일어나 앉았다. 손에 든 담배에서 재가 떨어졌다. 재를 쓸어내고 여전히 쓰라린 얼굴을 문질렀다. 잠시 후 고개도 들지 않고 나직이 물었다. "교도관님, 제가 잘 살 수 있을까요, 바깥에 나가면?"

먼디는 담배를 한 모금 더 빨았다. "당연히 잘 살 거네." 그는 아주 수월하게 대답했다. "다만 시간이 좀 걸리겠지…… 뭐, 제자리를 잡기까지."

"제자리를 잡아요?" 덩컨은 얼굴을 찌푸렸다. "그러니까 뱃사람처럼?" 그는 경사진 보도에서 휘청거리는 자기 모습을 상상했다.

"뱃사람처럼!" 먼디는 그 말이 재미있다는 듯 웃었다.

"하지만 제가 뭘 하겠어요. 취직 같은 건 어떻게 하고요?"

"자넨 괜찮을 거야."

"왜요?"

"자네처럼 똑똑한 청년에게는 항상 일거리가 있으니까. 잘 새겨들게."

그건 아버지가 늘 하는 말이었고, 그 말을 들을 때마다 덩컨은 아버지를 죽여버리고 싶었다. 하지만 지금은 손톱을 깨물며 손등 너머로 먼디 교도관을 쳐다보고 물었다. "정말 그렇게 생각하세요?"

먼디는 고개를 끄덕였다. "나는 여기서 온갖 사내들을 봐왔어. 늦든 빠르든 다들 자네 같은 생각을 하게 되지. 하지만 결국엔 전부 잘 살더군."

"하지만 교도관님이 본 사람들은," 덩컨은 오기를 부렸다. "아내와 아이들이 있는, 하여간 돌아갈 집이 있는 사람들 아닌가요? 그들 중에…… 겁먹은 사람도 있었나요?"

"겁먹어?"

"앞으로 자신에게 일어날 일들에 겁먹고, 어떻게 될지 두려워하는……"

"저런." 먼디는 한층 엄한 어조로 말했다. "이건 또 무슨 얘기지? 이런 걸 뭐라고 하는지 알지, 그렇지?"

덩컨은 시선을 피했다. "네." 그러고선 틈을 두었다 말했다. "사서 걱정한다."

"그래. 그런 식으로 생각하는 건 자네 같은 상황에 처한 청년이 할 수 있는 최악의 일이야."

"네, 저도 알아요." 덩컨이 말했다. "저는 다만…… 음, 여기서는 벽이 아주 많이 보이잖아요. 미래를 보려고 하면 그게 마치 벽처럼 느껴져요. 그 벽을 넘는 나 자신을 상상할 수 없어요. 내가 뭘 할지, 어디서 살지 생각해보려고 노력해요. 아버지 집이 있긴 하지만……" 또다시 그 선홍색 부엌이 눈앞에 아른거렸다. "그 집에서는 두 블록만 가면……" 덩컨은 목소리를 죽였다. "알렉의 집이에요. 알렉은, 아시잖아요, 그, 제 친구요…… 아버지는 그 집 앞을 지나 출근을 하셨어요. 그런데 이제 항상 1킬로미터를 돌아서 다니신대요. 누나가 그랬어요. 근데 제가 만약 그 집으로 돌아간다면 어떻게 되겠어요? 계속 머릿속에서 맴돌아요, 교도관님. 줄곧 생각해요, 만약 알렉을 아는 사람을 만난다면……"

"그 알렉이라는 아이 말이다." 먼디가 단호하게 말했다. "네가 해준 얘기로 판단하건대, 참 힘들게 살았던 아이더구나. 그 아이야말로 사서 걱정을 하며 살았어. 이제는 거기서 완전히 해방되었겠지."

덩컨은 거북한 듯 자세를 바꾸었다. "그 말씀은 전에도 하셨잖아요. 하지만 그런 기분이 들지 않아요. 만약 교도관님이 그 자리에 계셨다면……"

"그 자리엔 아무도 없었지." 먼디가 말했다. "너밖에는. 그게 이른바 너의 '부채감'이란 거겠지. 하지만 알렉이 지금의 너를 본다면 그 '부채감'을 떨쳐주려고 안달하며 말할 거다. 그만 내려놔, 짜샤! 그리고 자신의 말이 너한테 들리기를 바랄 거야. 장담하는데, 그 아이는 웃고 있을 거다. 그러면서 또 울고 있겠지. 햇볕 속에서, 자신이 지금 있는 곳이 좋아서 웃고 있을 거야. 우는 건, 네가 아직 어둠 속에 있기 때문이고."

덩컨은 먼디의 편안한 목소리가 좋아서 고개를 끄덕였다. 그가 쓰는 별난 낱말들이 좋았다. 떨쳐내다, 부채감, 사서 걱정, 짜샤. 하지만 마음 저 깊은 곳에서는 단 한 마디도 믿지 않았다. 알렉이 진짜로 먼디가 말하는 그런 곳에 있다고 생각하고 싶었다. 알렉이 햇빛을 받으며 꽃에 둘러싸여 미소 짓는 모습을 그려보려 애썼다…… 하지만 알렉은 그런 아이가 아니었다. 공원이나 정원에 앉아 노닥거리거나 해수욕을 하는 건 품위 없는 짓이라고 말하곤 했다. 그리고 이가 고르지 않은 걸 창피해했기 때문에 활짝 미소 짓는 경우도 거의 없었다.

덩컨은 고개를 들고 먼디를 똑바로 쳐다보았다. "힘들어요, 교도관님." 그는 그렇게만 말했다.

먼디는 잠시 대답이 없었다. 그러더니 천천히 일어나 덩컨의 침상으로 와서 곁에 앉았다. 그는 덩컨의 어깨에 손을 올렸다. 담배를 들고 있는 왼손이었다. 그러고는 목소리를 죽이고 비밀 얘기를 하듯 말했다. "기분이 축 처질 때는 날 생각해라. 나는 널 생각하마. 그럼 어떠냐? 어차피 너나 나나 같은 처지인데. 내년이면 나도 너처럼 여기서 나간다. 알다시피 은퇴할 때가 됐거든. 이건 너한테도 그렇겠지만, 나로서도 참 별난 생각이야. 어쩌면 너한테 더 희한하겠지, 흔히들 재소자가 감옥에서 이 년 있으면 교도관은 일 년 있는 셈이라고 하니까…… 하여간 울적하면 나를 생각해라. 나는 널 떠올릴 테니까. 흠, 아버지가 아들 생각하듯 널 떠올리겠다고는 말하지 않으마. 네 친아버지가 계시니까. 하지만 이렇게 말할 순 있겠지, 삼촌이 조카 생각하듯 하겠다고. 그럼 어떻겠냐?"

먼디는 덩컨과 눈이 마주치자 그의 어깨를 가볍게 두드렸다. 들고 있던 담배 끝에서 덩컨의 무릎으로 재가 조금 떨어지자 그는 다른 손으로 신중하게 담뱃재를 쓸어냈다. 그리고 손을 그대로 덩컨의 무릎에 올려놓았다.

“응?” 그가 물었다.

“네.” 덩컨은 시선을 내리깔고서 작게 대답했다.

먼디는 다시 토닥토닥 그를 두드렸다. “착한 아이구나. 넌 특별한 아이야…… 너도 알잖니? 넌 아주 특별해. 그리고 너같이 특별한 아이들에게는 하늘이 무너져도 솟아날 구멍이 있는 법이다. 암, 너도 곧 알게 될 거야.”

그는 덩컨의 무릎에 잠시 더 손을 올리고 있다 한 번 힘주어 꽉 누르고는 일어섰다. 수감동 끄트머리에 있는 문이 활짝 열렸다. 작업장에 있던 재소자들이 돌아온 것이다. 발소리가 어지러이 들리고, 층계와 철제 계단참이 덜컹덜컹 울렸다. 체이스 교도관의 고함소리도 들렸다. “빨리 움직여. 빨리빨리! 각자 자기 감방으로 들어간다. 기그스, 해먼드, 어슬렁거리지 마!”

먼디는 담배를 눌러 끄고 꽁초를 주머니에 넣었다. 그러고서 덩컨이 지켜보는 가운데 새로 두 개비를 꺼내 덩컨의 베개 한쪽을 들어올리고 그 밑에 슬쩍 밀어넣었다. 그는 덩컨에게 윙크를 하고서 베개를 툭툭 두드려 판판하게 만들었다. 그가 막 허리를 폈을 때 첫 번째 대열이 덩컨의 방문 앞을 빠르게 지나갔다. 크롤리, 워터먼, 기그스, 퀴글리…… 그리고 프레이저가 나타났다. 그는 양손을 호주머니에 찔러넣고 발길질하듯 걸었다. 그러나 먼디를 보자 얼굴에 화색이 돌았다.

“안녕하세요.” 프레이저가 말을 붙였다. “이거 참 영광이네요, 교도관님, 번지수를 잘못 찾으신 건 아니겠지요! 게다가 진짜 담배 냄새가 나는데요? 안녕, 피어스. 면회는 어땠어? 보아하니 나만큼 재미있었던 것 같은데. 체이스 교도관의 계략도 신묘했네요. 우리 바구니 작업반은 다시 일하러 보내고, 우편행낭반은 일찍 퇴근시키고."

덩컨은 잠자코 있었다. 어차피 프레이저는 듣지 않을 테니. 프레이저는 급히 문을 나서는 먼디를 쳐다보았다. "벌써 가시게요, 교도관님?"

"할일이 있다네." 먼디가 무뚝뚝하게 말했다. "나의 일과는 자네들처럼 5시에 끝나지 않거든."

"아, 그럼 우리에게도 제대로 된 일거리를 주시죠." 프레이저가 특유의 과장된 어투로 말했다. "진짜 기술을 가르쳐달라고요. 삯도 제대로 쳐주시고요, 지금처럼 푼돈이나 쥐여주지 말고. 그럼 다들 죽어라 일에 매달릴 겁니다! 웬걸, 우릴 괜찮은 인간으로 거듭나게 했다는 보람도 느끼실걸요. 교도소가 그런 일을 해냈다고 생각해 보세요!"

먼디는 고개를 끄덕이고는 나가면서 매우 싸늘한 어조로 말했다. "똑똑하군그래."

"우리 아버지가 저한테 항상 하시는 말씀이죠, 먼디 교도관님." 프레이저가 대꾸했다. "너무 똑똑해서 제명에 못 죽을 거라고요. 저기요?"

프레이저는 웃음을 터뜨렸다. 그리고 같이 웃자는 듯 덩컨을 쳐다보았다.

그러나 덩컨은 그의 시선을 피했다. 침대로 들어가 벽 쪽으로 돌아누웠다. “왜 그래? 피어스? 무슨 문제라도 있어?” 프레이저가 묻자 덩컨은 그를 밀어내듯 한 팔을 뒤로 거칠게 내저었다.

“좀 닥쳐줄래?” 덩컨이 쏘아붙였다. “그 망할 주둥이 좀 닥치라고.”

“책을 읽을 거야.” 케이가 나갈 때 헬렌이 말했다. “라디오도 듣고. 새로 생긴 예쁜 잠옷으로 갈아입고 잘게.” 실제로도 그럴 생각이었다. 케이가 나가고 한 시간 가까이 헬렌은 소파에 앉아 『프렌치맨스 크리크』를 읽었다. 7시 반쯤 토스트를 몇 개 더 굽고, 라디오를 켠 뒤 어느 드라마의 시작 부분을 들었다. 하지만 상당히 지루한 드라마였다. 십 분에서 십오 분가량 듣다 채널을 돌렸고, 결국 라디오를 꺼버렸다. 그러고 나니 집안이 무척이나 고요해졌다. 매일 저녁과 주말에는 항상 이렇게 유난히 고요했다. 밖은 어둡고 파머스 가구창고가 문을 닫아서였다. 이 적막과 고요가 때로는 헬렌의 신경을 건드렸다.

다시 책을 펴고 앉았지만 어쩐지 집중할 수가 없었다. 잡지를 보려고도 해봤는데, 눈길이 단어에서 단어로 건너뛸 뿐 도무지 머리에 들어오지 않았다. 슬슬 시간을 낭비하고 있다는 생각이 들었다. 오늘은 생일인데…… 그것도 전쟁중의 생일. 다음번 생일이 있으리라는 보장은 없었다! “전쟁중엔 특별한 날을 바랄 수 없는 거겠지.” 오후에 케이가 한 말이었다. 하지만 왜 바랄 수 없지? 언제까지 전쟁이 모든 걸 망치게 내버려둬야 하지? 줄곧 이렇게 참기만 했다. 어둠 속에서 살아왔다. 소금도 없이, 향수도 없이 살았다. 치즈 부스러기를 갉아먹듯 즐거움의 조각을 긁어모아 연명했다. 이제 헬렌은 일분일초가 아쉬웠다. 돌연 그 일분일초가 낙숫물처럼 다시는 돌아오지 않을 인생의, 젊음의 한 조각으로 느껴졌다.

줄리아가 보고 싶어. 누가 그녀의 어깨를 붙들고 코앞에서 다급하게 속삭이는 것 같았다. 뭘 망설이는 거야? 얼른 움직여! 헬렌은 잡지를 집어던지고 튕기듯 일어나 욕실로 가서 변기에서 일을 보고 머리를 빗고 화장을 다시 했다. 그리고 코트와 목도리를 걸치고 오늘 내내 쓰고 다닌 펠트 모자를 눌러쓴 다음 밖으로 나갔다.

골목길은 당연히 칠흑같이 어두웠고, 보도에 깔린 자갈은 서리가 끼어 미끄러웠다. 그래도 손전등 없이 길을 잘 빠져나왔다. 래스본플레이스의 가지각색 술집에서 잔 부딪는 소리, 맥주에 취해 웅얼거리는 소리, 마치 술 취한 듯한 자동피아노의 곡조가 들려왔다. 소리들이 들리니 좀 살 것 같았다. 평범한 토요일 밤이었다. 사람들은 밖에 나와 밤을 즐겼다. 나라고 즐기지 못할 이유가 어디 있는가? 아직 서른도 안 됐는데…… 헬렌은 퍼시스트리트를 따라 걸으며 암막 커튼이 쳐진 카페와 식당을 지났다. 토트넘코트로드를 건너 블룸스버리의 허름한 거리로 들어섰다.

이 동네는 조용했다. 헬렌은 종종걸음을 쳤다. 그러다 갓돌에 발부리가 걸려 넘어질 뻔했다. 그다음부터는 신경써서 걷는 속도를 조절하며 손전등 빛으로 조심스럽게 발 디딜 곳을 골랐다.

심장이 달음박질이라도 하듯 쿵쾅거렸다. 헬렌은 속으로 연신 중얼거렸다. 이건 미친 짓이야, 헬렌! 대체 줄리아가 어떻게 생각할까? 어쩌면 줄리아는 집에 없을지도 모른다. 꼭 집에 있으리란 보장이 없지 않은가? 아니면 글을 쓰는 중일지도. 손님이 와 있을지도 모르고. 친구라든가 누가 와 있어서……

그 생각에 헬렌은 다시 속도를 늦췄다. 조금 전까지만 해도 줄리아에게 연인이 있을지도 모른다는 생각을 전혀 하지 못했던 것이다. 연인이 있다는 소리는 한 번도 못 들었다. 하지만 자신처럼 그런 일을 비밀로 하는 주의일지도 몰랐다. 어쨌든 줄리아가 그런 얘기를 뭐하러 하겠는가? 우리가 대체 무슨 사이라고? 메릴본역 바깥에서 차를 한잔 마셨다. 그리고 브라이언스턴스퀘어에 있는 줄리아의 일터에서 거의 아무 말 없이 집을 한 바퀴 돌아보았다. 그 이후로 다시 만나 술집에서 한잔했다. 며칠 전 화창했던 점심시간에 리전트파크에 가서 호숫가에 앉아 있었다……

그게 전부였다. 하지만 헬렌은 그 몇 번의 만남으로 세상이 미묘하게 달라진 것 같았다. 파르르 떨리는 아주 가느다란 끈으로 줄리아와 연결된 느낌이었다. 그 끈이 교묘하게 자신의 심장으로 들어와 잡아당기는 티끌만한 지점을, 눈을 감고서도 가슴 위에서 정확히 손끝으로 콕 짚어낼 수 있었다.

헬렌은 러셀스퀘어 지하철역까지 왔다. 이곳 거리는 훨씬 더 붐볐다. 플랫폼에서 지상으로 올라와 눈이 어둠에 익숙해질 때까지 기다리며 하릴없이 서성이는 작은 무리의 인파에 헬렌도 잠깐 휩쓸렸다.

그들을 보니, 래스본플레이스의 술집에서 나는 소음을 들었을 때처럼 자신감이 생겼다. 헬렌은 파운들링이스테이트의 정원을 지나 계속 걸었다. 딱 한 번 메클런버그플레이스 입구에서 잠시 망설였지만, 이내 메클런버그스퀘어 쪽으로 과감히 걸음을 내디뎠다.

어둠에 묻힌 조지 왕조풍의 주택들은 으스스해 보였고, 본데 있게 자란 상류층 자제들의 따분하고 멍한 얼굴마냥 번드르르했다. 그러나 가까이 다가가니 유리창 안쪽으로 하늘이 보였고, 그제야 대부분이 폭격과 화재로 내부가 소실되었다는 걸 알았다. 딱 한 번 와봤지만 줄리아가 사는 집이 어딘지 알 것 같았다. 줄리아의 집은 테라스하우스의 맨 끝에 있었다. 계단이 한 층 깨져 발밑이 불안했던 게 기억났다.

헬렌은 자신이 기억하는 그 집의 계단을 올라갔다. 계단에 금이 가긴 했지만 전보다 단단했다. 수리를 한 모양이었다.

문득 이 집이 정말 맞나 싶었다. 줄리아의 집 초인종을 찾아보았다. 벨이 네 개 있었지만 표시도 없고 이름도 적혀 있지 않았다. 어느 거지? 전혀 모르겠어서 아무거나 하나를 눌렀다. 건물 저 안쪽 어딘가에서, 빈방에서 울리는 듯한 벨소리가 들렸다. 소리를 듣고 아니구나 생각하고 곧장 다른 벨을 눌렀다. 이번 것은 좀 둔탁하게 울렸다. 어디쯤에서 나는 소리인지 감도 오지 않았다. 이층인가 삼층에서 발소리가 난 것 같기도 했다. 헬렌은 속으로 중얼거렸다. 이거일 리가 없어, 다음번 벨일 거야. 두번째 것일 리는 없지, 옛날이야기나 마법에서는 항상 세번째 것이 맞으니까…… 그때 다시 인기척이 났다. 계단에서 느리고 조심스러운 발소리가 들렸다. 그리고 문이 열리더니 줄리아가 나타났다.

어둠 속에서 손전등의 흐릿한 알전구에만 의지해 헬렌을 알아보기까지는 시간이 좀 걸렸다. 그러나 누구인지 알아차리자 줄리아는 문틀을 꽉 붙잡고 물었다. "무슨 일이에요? 혹시 케이가?"

케이가 알아챈 거예요? 헬렌은 이렇게 알아들었다. 그래서 심장이 오그라들었다. 하지만 다음 순간 산뜩하게도 자신이 나쁜 소식을 가져온 건지 물은 것임을 깨달았다. 헬렌은 숨도 쉬지 않고 황급히 말했다. "아뇨, 그냥…… 보고 싶어서요, 줄리아. 당신이 보고 싶어서 온 것뿐이에요."

줄리아는 아무 말이 없었다. 손전등에 비친 그녀의 얼굴은 가면을 쓴 것처럼 무표정해 보였다. 좀전에 헬렌 자신의 얼굴도 그렇게 보였을 것이다. 줄리아의 표정을 전혀 읽어낼 수 없었다. 잠시 후 그녀는 문을 좀더 열어젖히고 안으로 물러섰다.

"들어와요."

줄리아는 어둑한 계단을 올라 삼층으로 안내했다. 조그만 복도로 들어서더니 커튼을 친 입구를 지나 헬렌을 거실로 데려갔다. 조명은 어슴푸레했지만 등화관제중인 거리에 있다 들어오니 밝게 느껴졌고, 그 빛에 벌거숭이가 된 기분이었다.

줄리아는 허리를 굽히고 아무렇게나 던져둔 신발과 바닥에 널브러진 행주와 재킷을 주웠다. 어딘가 산만하고 정신이 딴 데 가 있는 듯했다. 평소에 헬렌이 왔을 때 반기던 그런 모습이 아니었다. 머리칼이 무척 검고 묘하게 머리통에 착 달라붙어 있었다. 좀더 환한 데로 나오자, 헬렌은 줄리아가 금방 머리를 감아 젖은 상태임을 알아차리고 무안해졌다. 줄리아의 얼굴은 파리했고 화장기도 거의 없었다. 다리지 않은 짙은 플란넬 바지에 목깃이 넓은 셔츠를 입고 소매 없는 스웨터를 걸친 모습이었다. 거기에 낚시꾼이 신을 법한 양말과 빨간 모로코 실내화를 신고 있었다.

“이것들 좀 치울 동안 여기서 기다려요.” 줄리아가 재킷과 신발을 들고 커튼 밖으로 나가며 말했다.

헬렌은 긴장한 채 초조하게 서서 주변을 둘러보았다.

방은 크고 따뜻하고 어수선했다. 케이의 깔끔한 독신자 주택과는 딴판이었고, 기대했던 바와도 달랐다. 맨벽면이 그대로 드러난 채 군데군데 붉은 수성도료가 칠해져 있었다. 바닥엔 터키산 카펫과 싸구려 러그를 아무렇게나 마구 겹쳐 깔아놓았다. 가구는 무척 평범했다. 제각각인 쿠션이 널린 커다란 소파베드, 다 해져 안쪽의 스프링과 삼베 올이 훤히 드러나 지저분한 분홍색 벨벳의자. 벽난로 선반은 대리석처럼 보이게 페인트를 칠했다. 그 위에 꽁초로 넘쳐나는 재떨이가 놓여 있었는데, 꽁초 하나에서 아직도 연기가 났다. 줄리아가 돌아오더니 그 꽁초를 집어들어 껐다.

헬렌이 물었다. “혹시 제가 와서 폐를 끼친 건 아닌가요?”

“아뇨, 전혀.”

“그냥 걷다 정신을 차려보니 여기더라고요. 문득 줄리아의 집이 생각나서.”

“그래요?”

“네. 오래전에 한 번 왔었잖아요. 케이하고 같이. 기억해요? 케이가 당신한테 줄 게 있어서, 티켓인가 책인가 그랬는데. 집안이 너무 지저분하다고 해서 들어오지는 않았어요. 아래층 현관에 서 있었죠…… 기억나요?”

줄리아는 얼굴을 찌푸렸다. “네.” 그러면서 천천히 대답했다. “기억나는 것 같네요.”

둘은 서로 눈이 마주치자 민망한 듯 혹은 당혹스러운 듯 곧바로 시선을 돌렸다. 헬렌은 케이와 함께 아무렇지도 않게 줄리아를 방문했던 그때가 상상이 되지 않았다. 문간에서 케이 옆에 붙어 서서 깍듯이 대화를 나누며, 줄리아와 케이 사이에 낀 이 상황이 영 어색하다고 생각했던 그때를 떠올리는 게 불가능했다. 그러면서 돌이켜 생각해보았다. 그때 이후로 무슨 일이 있었던 걸까. 사실 아무 일도 없었다.

하지만 아무 일도 없었다면, 헬렌은 스스로에게 반문했다. 그 아무것도 아닌 일을 왜 케이한테 숨긴 걸까? 나는 대체 왜 여기에 온 거지?

헬렌은 자신이 여기 온 이유를 알고 있었다. 점점 겁이 났다.

"아니, 이만 가는 게 낫겠어요."

"지금 막 왔잖아요!"

"머리를 감고 있었잖아요."

줄리아는 짜증스럽다는 듯 얼굴을 찡그렸다. "젖은 머리 처음 봐요? 바보같이 굴지 말아요. 자, 앉아요, 마실 걸 갖다줄게요. 와인도 있어요! 몇 주 전에 생겼는데 딸 기회가 없었네요. 알제리산이긴 하지만, 뭐 어쨌든."

줄리아는 허리를 숙이고 찬장을 열어 안에 있는 물건들을 헤집으며 뒤지기 시작했다. 헬렌은 그녀를 잠깐 바라보다 한 걸음 내딛고는 다시 불안하게 주변을 두리번거렸다. 그러다 서가로 가서 책 제목들을 훑어보았다. 대체로 책등이 조잡한 추리소설이었다. 그중에 줄리아가 펴낸 소설도 두 권 있었다. 『서서히 찾아온 죽음』 『스무 번의 치명적 살인』.

헬렌은 벽에 걸린 그림과 페인트칠된 벽난로 선반 위의 장식품들로 시선을 옮겼다. 어색하기도 하고 초조하기도 했지만 자잘한 것 하나라도 놓치고 싶지 않았다. 그 자잘한 것들이 줄리아에 대해 뭔가 말해줄지도 모르니까.

"집이 참 예쁘네요." 헬렌은 예의삼아 말했다.

"그래요?" 줄리아는 찬장 문을 닫고 허리를 폈다. 그녀의 손에 병과 코르크 따개와 잔이 들려 있었다. "대부분 사촌동생 올가의 물건이에요. 내 것이 아니라."

"사촌동생?"

"우리 이모 집이거든요. 나라에서 징발할까봐 제가 여기서 사는 거죠. 중상류층 집안의 특기인 고상한 불법 회피인 셈이에요. 이 방하고 부엌밖에 없어요. 부엌은 욕실을 겸하고. 화장실은 아래층 복도에 있어요. 정말 엉망진창이에요. 창문에는 유리창이 하나도 없어요. 하도 자주 깨져서 올가도 두 손 든 거죠. 지난여름에 내가 무명천 몇 장을 대놓았어요. 텐트 치고 사는 것마냥 나름 근사했는데, 이젠 그걸로는 너무 추워서 운모판을 대놓았고요. 밤에는 커튼을 치니까 괜찮아요. 하지만 낮에 보면 아주 우울하다니까요. 매춘부 비슷한 여자가 된 기분이 들어서."

줄리아는 얘기를 하면서 코르크 따개를 마개에 꽂은 뒤 살짝 힘을 주어 마개를 뽑았다. 와인을 따르면서 헬렌을 힐끗 보고 빙긋 웃었다. "그렇게 꽁꽁 싸매고 있을 건 아니죠?"

헬렌은 주저하며 목도리를 풀고 모자를 벗고 코트 단추를 풀기 시작했다. 오전에 입었던 원피스를 입고 있었다. 케이가 경탄해 마지않았던, 크림색 옷깃이 달린 세드릭 앨런 원피스. 이제야 깨달았지만, 헬렌은 줄리아에게 보여줄 요량으로 그 옷을 계속 입고 있었던 것이다. 하지만 줄리아의 방금 감은 머리와 구겨진 바지, 양말과 실내화와 화장기 없는 입술—더군다나 그 모든 것이 풍기는 편안하고 매력적인 분위기—을 보자 내심 혼란스러웠다. 헬렌은 생전 처음 코트를 벗는 사람처럼 어색하게 팔을 빼냈다. 줄리아가 다시 헬렌을 힐끔 보고 말했다. "이야, 아주 멋쟁이네요! 오늘 무슨 날이에요?"

헬렌은 머뭇거리다 대답했다. "내 생일이에요."

줄리아는 농담인 줄 알았는지 웃음을 터뜨렸다. 그러나 헬렌의 진지한 얼굴을 보고는 표정을 누그러뜨렸다. "헬렌! 진작 말하지 그랬어요? 만약 알았더라면……"

"별거 아닌걸요." 헬렌이 말했다. "정말로. 바보 같죠, 사람을 어린애 취급하고 유치하게. 다 같이 공모해서는. 케이가 오렌지를 주더라고요." 헬렌은 비참하게 덧붙였다. "생일 축하해라고 껍질에 새겨서."

줄리아는 레드 와인이 담긴 잔을 헬렌에게 건넸다. "케이가 그랬다니 멋진데요." 그러면서 말했다. "당신이 어린애가 된 기분이었다니, 그것도 멋지고."

"나는 케이가 그러지 말았으면 좋겠어요." 헬렌이 말했다. "오늘은 아주 형편없는 하루였어요. 난 어린애만도 못했죠. 나는……" 헬렌은 말꼬리를 흐렸다. 오늘 자신이 했던 행동을 기억에서 지워버리려는 듯 손을 내저었다.

“신경쓰지 마요.” 줄리아가 부드럽게 말했다. 그녀는 잔을 들어올렸다. “짠. 건배. 살아서 보자. 사람들이 바보같이 던지는 이런 말들을 죄다 주워들으면, 난 항상 마지막 비행에 나서는 파일럿이 된 기분이에요. 위아래로 한 번씩 부딪쳐요, 행운을 위해.” 그들은 잔을 두 번 부딪치고 들이켰다. 와인은 떫었고, 그들은 얼굴을 찡그렸다.

둘은 서로 떨어져 앉았다. 헬렌은 소파베드 위의 쿠션을 좀 치우고 앉을 자리를 마련했다. 줄리아는 분홍색 벨벳의자 팔걸이에 다리를 쭉 뻗고 걸터앉았다. 플란넬 바지를 입은 그녀의 다리는 말도 안 되게 길고 날씬해 보였고, 허리는 금방이라도 부러질 듯 연약해 보였다. 양손으로 잡고 한 번 꾹 누르면 뚝 부러질 것만 같다고 헬렌은 생각했다. 줄리아는 재떨이를 가져온 다음 담배와 성냥을 집으려고 벽난로 선반 쪽으로 팔을 뻗었다. 그 바람에 스웨터가 말려 올라갔고, 속에 입은 셔츠의 아래쪽 단추를 잠그지 않아 벌어진 옷자락 틈으로 탄탄하고 누르스름한 복부와 오목한 배꼽이 드러났다. 헬렌은 그걸 보고는 얼른 고개를 돌렸다.

소파베드에서 쿠션이 하나 바닥으로 떨어졌다. 헬렌은 허리를 굽혀 그것을 다시 집어올렸다. 그리고 그것이 쿠션이 아니라 베개라는 사실을 깨달았다. 방 하나에 부엌 겸 욕실밖에 없는 집에서 이 소파베드는 줄리아의 침대 노릇을 하는 게 분명했다. 매일 밤 줄리아는 여기 서서 요와 이불을 깔고 옷을 벗는 것이다…… 그런 상상이 에로틱하게 느껴지지만은 않았다. 요즘은 아무데서나 침대며 베개며 잠옷을 보니까. 이제는 더이상 그런 것에서 사적인 친밀감이나 성행위가 연상되지 않았다. 대신 가슴이 저리면서 살짝 민망해졌다. 헬렌은 줄리아의 아름답고 가냘픈 모습을 거듭 쳐다보며 생각했다. 줄리아는 어떻게 된 걸까? 왜 항상 혼자 있지?

둘은 묵묵히 앉아 있었다. 헬렌은 할말이 없었다. 애꿎은 와인만 벌컥벌컥 들이켰다. 그때 위층에서 무슨 소리가 들렸다. 고르지 못한 발소리, 삐걱대는 널빤지. 헬렌은 고개를 젖히고 천장을 올려다보았다.

줄리아도 덩달아 위를 쳐다보았다. "윗집에 폴란드 남자가 살거든요." 그녀는 낮게 소곤거렸다. "뭔가 요행수로 런던에 있게 된 거죠. 몇 시간이고 저렇게 서성거려요. 바르샤바에서 오는 소식은 매번 나빠지기만 한다나."

"저런." 헬렌이 말했다. "이 지긋지긋한 전쟁. 사람들이 하는 말이 진짜라고 생각해요? 다들 전쟁이 곧 끝날 거라던데?"

"누가 알겠어요? 제2전선이 구축되면 또 모르죠. 하지만 적어도 한 해는 더 끌 거라고 봐요."

"한 해라. 그럼 나는 서른이 되겠네요."

"난 서른둘이 되고."

"제일 난감한 나이예요, 그렇잖아요? 스물이라면 감당할 수 있죠, 아직 젊으니까. 사십이라면 어차피 적잖은 나이니까 더 먹는다고 그리 대수롭지도 않겠고. 하지만 서른은…… 청년에서 중년으로 넘어가는 느낌이에요. 앞으로 뭘 기대해야 할까요? '삶의 변화' 뭐 그런 거겠죠. 자식 없는 여자는 더 문제라던데. 웃지 말아요! 최소한 줄리아는 뭔가를 이루었잖아요. 당신이 낳은 책들이 있으니까."

줄리아는 정색하듯 턱을 당겼지만 여전히 웃는 얼굴이었다. "책

말이죠! 그건 십자말풀이 같은 거예요. 처음 것은 그냥 재미삼아 쓴 거였어요. 근데 내가 그 방면에 재주가 좀 있더라고요. 나한테서 뭐가 튀어나올지 나도 모르겠어요. 케이는 항상 괴상한 일이라고 했는데…… 이런 때, 우리 주변에서 그렇게 많은 사람이 죽어나가는데 살인에 관한 책을 쓴다고."

그들이 케이의 이름을 언급한 건 이번이 두번째인가 세번째였다. 그러나 지금은 두 사람 모두에게 전과는 다른 식으로 다가오는 듯했다. 다시 침묵이 흘렀다. 줄리아는 잔을 빙빙 돌리면서 마치 점쟁이처럼 뚫어져라 잔을 응시했다. 그리고 고개도 들지 않고 사뭇 달라진 어조로 입을 열었다. "내가 물어봤던가요. 요전에 우리가 처음 우연히 마주쳤을 때 케이의 반응이 어땠는지."

"기뻐하던걸요." 헬렌은 잠깐 틈을 두고 대답했다.

"우리가 계속 만나는 것에도 신경쓰지 않고요? 오늘밤에 당신이 여기 온 것도 상관없대고?"

헬렌은 대답 없이 와인만 한 모금 마셨다. 줄리아가 고개를 들어 시선을 마주쳤을 때, 헬렌이 얼굴을 붉혔거나 죄책감을 드러낸 게 분명했다. 줄리아는 미간을 찌푸렸다. "말 안 했군요?"

헬렌은 고개를 끄덕였다.

"왜?"

"나도 모르겠어요."

"말할 가치도 없다는 거군요? 뭐, 그럴 만도 하지만."

"아녜요, 줄리아. 그런 게 아니에요. 이상한 소리 말아요."

줄리아는 웃음을 터뜨렸다. "그럼 뭔데요? 이렇게 물어봐서 난

처해요? 난 궁금한데. 하지만 입 다물라고 하면 다물죠. 혹시 당신과 케이 사이에 뭔가……"

"그런 거 아니래도요." 헬렌은 얼른 말을 막았다. "말했다시피 케이는 우리가 만났다는 얘기를 듣고 기뻐했어요. 아마 우리가 계속 만나고 있다고 해도 기뻐할 거예요."

"진짜로?"

"당연하죠! 케이는 당신을 아주 좋아하는걸요. 그러니까 나도 당신을 좋아하길 바라는 거죠. 늘 그랬어요."

"너그럽기도 해라. 나를 좋아하나요, 헬렌?"

"뭐, 자연스럽게도 그러네요."

"그런 게 어떻게 자연스럽게 돼요."

"그럼 부자연스럽게." 헬렌은 짐짓 인상을 썼다.

"그래도 케이한테는 말 안 하겠다?"

헬렌은 거북한 듯 자세를 바꾸었다. "말해야겠죠, 나도 알아요. 말했으면 좋았을걸. 그냥, 어떨 땐 케이랑 같이 있으면……" 헬렌은 말을 멈췄다. "유치하고 무례하게 들리겠지만, 그냥 케이가 나랑 있을 때 신경을 너무 많이 써줘서 부담스러워요. 그래서 때론 흔하고 사소한 일이라도 숨길 때가 있어요. 그래야 그게 오롯이 나만의 것이 될 수 있으니까."

말을 하는데 심장이 두방망이질했다. 줄리아가 자신의 목소리에서 두근거림을 눈치챌까봐 두려웠다. 이렇게 다 털어놓으면서도, 실은 그게 진실이 아님을 스스로도 인지하고 있었다. 헬렌은 남 말하듯 자신의 감정을 감추려 애썼다. 흔하다느니, 유치하다느니 하는 표현을 써가며 억지로 편하했다. 줄리아의 움직임 하나하나, 숨소리 하나하나에 반응하며 파르르 떨리는 가늘고 투명한 끈이 아예 존재하지 않는다는 듯 연기를 했다……

그게 통한 모양이었다. 줄리아는 생각에 잠긴 듯 한동안 말없이 담배를 피웠다. 그러더니 재떨이에 재를 떨고 일어났다. "케이가 원하는 건 아내죠." 줄리아는 빙긋 웃었다. "꼭 애들 소꿉장난 같지 않아요? 케이는 아내를 원해요. 늘 그랬어요. 케이와 함께 있는 사람은 아내거나 아무것도 아니거나 둘 중 하나죠."

그런 생각이 따분하다는 듯 줄리아는 하품을 했다. 그러고는 창가로 가서 커튼을 젖혔다. 잿빛 운모판 사이로 가느다란 틈이 나 있었다. 줄리아는 그 틈새에 눈을 갖다대고 밖을 내다보았다. "이런 밤은 참 싫지 않아요? 공습경보가 울릴지도 모르고, 그 밖에 여러 가지로. 있을지 없을지 모르는 사형 집행을 기다리는 기분."

"제가 이만 가는 게 나을까요?" 헬렌이 물었다.

"어휴, 아녜요! 와줘서 기쁜걸요. 이런 때 혼자 있으면 훨씬 힘들어요, 안 그래요?"

"네, 훨씬 힘들죠. 하지만 대피소에 있는 것도 별로예요. 케이는 항상 저보고 래스본플레이스의 대피소에 가 있으라고 하지만, 거기 있으면 덫에 걸린 기분이 들어서 못 견디겠어요. 모르는 사람들이 겁에 질린 나를 구경하는 것보다는 혼자 앉아서 벌벌 떠는 편이 낫더라고요."

"나도 그래요." 줄리아가 말했다. "가끔은 밖에 나가기도 해요. 탁 트인 곳에 있는 게 더 좋아서."

"등화관제 때 나가서 어슬렁거린다고요?" 헬렌이 물었다. "위험하지 않아요?"

줄리아는 어깨를 으쓱했다. "위험하겠죠. 하지만 따지고 보면 지금은 어디든 다 위험하잖아요." 그녀는 커튼을 내리고 돌아와 와인잔을 들었다.

헬렌은 다시 심장이 벌렁거리기 시작했다. 줄리아와 이 은은하고 친밀하고 적나라한 불빛 아래 있는 것보다 바깥의 어둠 속에 있는 편이 낫겠다는 생각이 들었다. "지금 나가보지 않을래요, 줄리아?"

줄리아가 그녀를 쳐다보았다. "지금? 그러니까 산책 가자는 거예요? 그러고 싶어요?"

"네." 헬렌은 별안간 술기운이 올라와 웃음을 터뜨렸다.

줄리아도 웃었다. 그녀의 검은 눈동자가 흥분과 심술로 반짝거렸다. 줄리아는 서둘러 움직이기 시작했다. 고개를 젖혀 단숨에 술을 들이켜고 술잔을 아무렇게나 벽난로 선반 위에 올려놓았다. 유리잔이 대리석무늬 선반에 부딪혀 쨍강 울렸다. 그리고 난롯불을 보더니 그 앞에 쪼그려앉아 삽으로 재를 퍼서 석탄을 덮었다. 입술 끝에 담배를 문 채 무시무시한 집중력과 불쾌감을 드러내며 삽질을 했다. 두 눈을 찡그린 채 풀썩풀썩 올라오는 잿빛 먼지를 피하려 우아한 얼굴을 어색한 각도로 틀고 있는 모습이, 꼭 하녀가 하룻밤 휴가를 가서 할 수 없이 직접 일하는 귀족 아가씨 같다고 헬렌은 생각했다. 줄리아는 일어나서 무릎을 털고 코트와 신발을 가지러 커튼을 친 입구로 도로 나갔다. 그러고는 잠시 후 해군복 외투처럼 윤이 나는 황동 단추가 두 줄로 달린 검은색 더블브레스트 재킷을 입고 돌아왔다. 그리고 거울 앞에 서서 립스틱을 바르고 얼굴에 파우더를 두드리고 목깃을 세웠다. 젖은 머리칼을 손으로 대충 넘기더니, 장갑과 목도리가 한 무더기 쌓여 있는 데서 매끈한 검정색 코듀로이 모자를 꺼냈다. 그녀는 모자를 눌러쓰고 머리칼을 안으로 집어넣었다.

"나중에 분명 후회하겠죠. 머리가 마르면 이상하게 뻗칠 테니까." 그녀는 헬렌과 시선을 마주쳤다. "미키처럼 보이지 않아요?"

헬렌은 양심의 가책을 느끼며 웃었다. "전혀."

"무대 위의 남장 여자 같지 않아요?"

"스파이 영화의 여배우에 더 가까워요."

줄리아는 모자의 각도를 매만졌다. "뭐, 스파이 혐의로 체포되지 않는다면야…… 아, 저기 남은 와인도 가져가죠." 병에 술이 반쯤 남아 있었다. "내일이면 손도 대기 싫을 테고, 우린 별로 마시지도 않았으니까."

"그러면 정말로 체포될지도 모르겠는데요."

"걱정 말아요. 다 생각이 있으니까."

줄리아는 찬장으로 가서 물건을 이리저리 뒤지더니, 전에 브라이언스턴스퀘어에 홍차를 담아 왔던 야경꾼의 병을 꺼냈다. 코르크 마개를 열고 안의 냄새를 맡은 다음 조심스럽게 와인을 부었다. 안성맞춤이었다. 줄리아는 도로 마개를 끼우고 병을 재킷 주머니에 넣었다. 다른 쪽 주머니에는 손전등을 넣었다.

"이젠 빈집털이범으로 보이는데요." 헬렌도 코트를 입고 단추를 채우며 한마디했다.

"잊었어요?" 줄리아가 대꾸했다. "나 진짜로 빈집을 털잖아요, 낮에는. 자, 이제 하나만 더 챙기면 돼요." 그녀는 서랍을 열고 종이 뭉치를 꺼냈다. 얇고 잘 찢어지는 종이로, 헬렌이 직장에서 쓰는 것과 같은 종류였다. 온통 빽빽하게 검은색 잉크로 손글씨가 쓰여 있었다.

"그거 소설 원고 아니에요?" 헬렌이 감탄하며 물었다.

줄리아는 고개를 끄덕였다. "귀찮지만, 그래도 폭탄에 날아갈까 겁나서요." 그녀는 미소 지었다. "결국 이 망할 것이 나한텐 십자말풀이보다 좀더 의미 있는가봐요. 어딜 가든 꼭 품에 넣고 다니게 되더라고요." 그녀는 종이를 돌돌 말아 코트 안주머니에 쑤셔넣은 뒤 볼록해진 주머니를 툭툭 쳤다. "이제 든든하네."

"하지만 만약에 당신이 폭격을 맞으면요?"

"그땐 이러나저러나 신경쓸 것 없지 않겠어요." 줄리아는 장갑을 꼈다. "준비됐나요?"

줄리아가 먼저 아래층으로 내려갔다. 그녀는 문을 열면서 말했다. "난 이때가 참 싫어요. 매뉴얼대로 눈을 감고 숫자를 세죠……" 둘은 인상을 쓰고 계단에 서서 숫자를 셌다. "하나, 둘, 셋……"

"몇까지 세는데요?" 헬렌이 물었다.

"……열둘, 열셋, 열넷, 열다섯…… 됐어요!"

둘은 눈을 뜨고 껌벅거렸다.

"이럼 뭐가 달라지나요?"

"별로. 여전히 지옥같이 캄캄하네요."

손전등을 켜고 계단을 내려갔다. 올려세운 목깃과 모자에 가린 줄리아의 얼굴이 파리하고 낯설었다. 줄리아가 물었다. "어느 쪽으로 갈까요?"

"글쎄요. 이 방면엔 당신이 베테랑이잖아요. 당신이 정해요."

"좋아요." 줄리아가 마음을 정한 듯 대답하고 대뜸 헬렌의 팔짱을 꼈다. "이쪽으로 가죠."

그들은 왼쪽으로 꺾어 다우티스트리트로 들어섰다. 그리고 다시 왼쪽으로 돌아 그레이스인로드로 갔다. 그다음엔 오른쪽으로 돌아 홀번으로 향했다. 헬렌이 줄리아의 집에 있던 그 짧은 시간 동안 거리가 한산해졌다. 가끔 택시나 대형 트럭만 지나갈 뿐이었다. 어둠 속의 차들은 부서지기 쉬운 껍데기 같은 어슴푸레한 차체와 루버를 댄 지옥불 같은 두 눈이 꼭 살금살금 기어가는 까만 벌레들 같았다. 보도에도 인적이 거의 없었다. 줄리아는 한기를 떨치려는 듯 종종걸음을 쳤다. 헬렌은 이 어둠 속에서 예민한 감각이 새로 생겨난 듯 줄리아의 팔과 손의 무게와 압력을, 바싹 붙은 줄리아의 얼굴과 어깨와 허리와 허벅지를, 줄리아가 걸을 때의 흔들림과 리듬을 모조리 느낄 수 있었다.

클러컨웰로드의 교차로로 보이는 곳에서 그들은 왼쪽으로 꺾었다. 잠시 후에 줄리아가 다시 한번 방향을 바꾸었다. 이번에는 오른쪽이었다. 헬렌은 갑자기 방향감각을 잃고 주위를 두리번거렸다.

"여기가 어디죠?"

"해턴가든일 거예요. 네, 맞네요."

거리가 휑한 탓에 둘은 목소리를 낮췄다.

"확실히 아는 거죠? 길을 잃은 건 아니죠?"

"어떻게 길을 잃을 수가 있어요?" 줄리아가 되물었다. "우린 목적지도 없는데. 하여간 런던에서는 길을 잃으려야 잃을 수가 없어요. 아무리 등화관제를 하고 길거리 표지판을 죄다 치웠다고 해도. 만약 길을 잃는다면 런던에 살 자격이 없는 거예요. 이런 건 시험을 치게 해야 한다고."

"떨어지면 추방당하고?"

"바로 그거죠." 줄리아는 웃었다. "그런 사람들은 분명 브라이턴에 가서 살 거예요." 둘은 왼쪽으로 돌아 짧은 언덕길을 내려갔다. "봐요, 패링던로드잖아요."

여기는 택시와 사람들이 좀 돌아다녀서 사람 사는 느낌이 났다. 하지만 길가에 늘어선 건물의 반이 파손되어 판자로 막아놓아 을씨년스러운 기운도 없지 않았다. 줄리아는 헬렌을 남쪽으로, 강 쪽으로 이끌었다. 홀번 고가도로 아래 공습경비원 초소에서 한 남자가 그들의 목소리를 듣고 호루라기를 불었다.

"거기 아가씨 두 분! 꼭 하얀 목도리를 두르거나 종이를 달아주세요!"

"알겠습니다." 헬렌은 순순히 대답했다.

하지만 줄리아는 이렇게 중얼거렸다. "우리가 투명인간이 되고 싶어하는 줄 아나?"

둘은 러드게이트서커스를 가로질러 다리 초입으로 걸어갔다. 가방과 이불과 베개를 짊어지고 지하철역으로 내려가던 사람들이 걸음을 멈추고 그들을 쳐다보았다.

"이런 때에 산책하는 사람이 있다는 게," 헬렌이 속삭였다. "놀라운가봐요? 몇 군데 지하철역에선 사람들이 4시인가 5시부터 줄을 선다던데. 나는 도저히 그렇게는 못하겠어요. 당신은요?"

"나도 못해요."

"하지만 저들은 달리 갈 데가 없는 사람들이에요. 봐요, 전부 할머니, 할아버지하고 애들이잖아요."

"끔찍한 일이죠. 사람이 두더지처럼 살게 되다니. 중세 암흑기도 아니고. 아니, 그보다 심해요. 선사시대라니까."

무거운 짐을 지고 조명이 흐릿한 지하철역 입구로 머뭇거리며 들어가는 사람들의 모습에는, 아닌 게 아니라 뭔가 원시적인 느낌이 있었다. 그들은 중세시대 어느 전쟁에서 피난 온 탁발 수도사나 행상꾼일지도 몰랐다. 혹은 H. G. 웰스나 그 비슷한 공상소설가들이 묘사한 미래의 어느 전쟁 난민일지도…… 그때 사람들의 말소리가 언뜻언뜻 들렸다. "아주 홀딱 빠졌다니까! 어찌나 웃었던지!" "양파 1파운드하고 돼지고기 등심." "그 사람이 '빗살이 아주 짱짱합니다'라는 거야. 그래서 내가 그랬지. '그 가격이면 내 이빨보다 더 짱짱해야 되겠네……'"

헬렌은 줄리아의 팔을 잡아끌었다. "가요."

"어디로?"

"강으로."

둘은 다리 한가운데로 걸어가 손전등을 끄고 서쪽을 바라보았다. 별도 없는 하늘 아래 빛도 없는 강이 흘렀다. 너무 새까매서 타르나 당밀이라고 해도 믿을 것 같았다. 아니, 아예 강이 아니라 터널일지도, 지구의 갈라진 틈일지도 몰랐다. 도무지 가늠할 수 없었다…… 거의 보이지도 않는 다리에 의지해 이런 높이에 붕 떠 있는 느낌이 여간 불안한 게 아니었다. 헬렌과 줄리아는 팔짱을 풀고 난간에 기대어 강을 응시하다 다시 서로 바싹 붙어섰다.

자신의 어깨에 부딪는 줄리아의 어깨가 느껴지자 헬렌은 몇 시간 전 햄스테드히스의 예스러운 조그만 다리에서 케이와 함께 서 있던 기억이 아주 생생하게 떠올랐다. 그녀는 조용히 내뱉었다.

"젠장."

"뭐가 잘못됐어요?" 줄리아가 물었다. 마치 뭐가 잘못됐는지 아는 사람처럼 그녀 역시 나직이 말했다. 헬렌이 대답이 없자 줄리아는 다시 물었다. "돌아가고 싶어요?"

"아뇨." 잠시 망설이다 헬렌이 말했다. "당신은요?"

"나도 아녜요."

둘은 잠시 더 그대로 서 있다가 다시 발걸음을 옮겼다. 일단은 왔던 길을 따라 러드게이트힐 아래까지 돌아갔다. 거기서 군말 없이 길을 꺾어 세인트폴 대성당 쪽으로 올라갔다.

거리는 더욱 적막해졌고, 철교 밑을 지나자 동네 분위기가 확 바뀌었다. 파헤쳐진 땅바닥과 부자연스러운 공간이 느껴졌다. 보인다기보다 느껴진다는 편이 옳았다. 보도 가장자리에 임시 울타리와 판자가 쳐져 있었지만, 헬렌의 머릿속에는 자꾸 이 엉성한 판자 너머의 깨지고 불타고 무너진 잔해와 앙상하게 드러난 대들보와 아가리를 떡 벌린 지하실과 박살난 벽돌더미가 그려졌다. 헬렌과 줄리아는 이곳의 기괴함에 압도되어 말없이 걸었다. 그러다 성당 계단 앞에서 걸음을 멈췄고, 헬렌은 검은 하늘을 등진 거대한 건

축물의 들쑥날쑥한 실루엣을 눈으로 더듬었다.

"오늘 낮에 이 성당을 봤어요, 팔러먼트힐에서." 메클런버그스퀘어도 열심히 찾아보았다는 말은 하지 않았다. 스스로도 잠깐 잊고 있었다. "런던 위로 불쑥 솟은 것 같았어요! 엄청나게 큰 두꺼비처럼."

"그러게요." 줄리아가 말했다. 그녀는 으슬으슬 떠는 것 같았다. "난 여기를 딱히 좋아하진 않아요. 다들 세인트폴 대성당이 무사해서 다행이라고 하지만…… 글쎄요, 그건 좀 광적인 것 같아요."

헬렌은 줄리아를 쳐다보았다. "여기에 폭탄이 떨어지길 바라는 건 아니겠죠?"

"당연히 크로이던이나 베스널그린의 주택가보다 여기가 폭격당하는 게 더 낫다고 생각해요. 이 성당은 두꺼비가 아니라 무슨 거대한 유니언잭처럼, '영국은 견뎌낼 것이다' 뭐 그런 말을 지껄이는 처칠처럼, 전쟁이 계속되어도 아무 문제 없다는 듯 버티고 서 있잖아요."

"하지만 정말로 문제없게 느껴지지 않나요?" 헬렌이 곧장 반문했다. "그러니까, 세인트폴 대성당이 이렇게 서 있는 한은 말이에요. 처칠이나 깃발에 관한 얘기가 아니에요. 우리한테 대성당과 그것이 상징하는 가치가 살아 있는 한, 요컨대 우아함, 이성, 지고의 아름다움 같은 것이 있는 한 이 전쟁은 그래도 싸울 만한 게 아닌가요?"

"이게 그런 것들에 대한 싸움인가요?" 줄리아가 물었다.

"그럼 뭐라고 생각하는데요?"

"나는 이 전쟁이 아름다움보다는 야만성에 대한 애호에서 비롯됐다고 생각해요. 세인트폴 대성당으로 대변되는 그 정신은 희미해졌어요. 이젠 금박처럼 다 들떠서 벗어져나간 거죠. 지난번 전쟁에서 세인트폴이 우릴 지켜주지 못했다면, 그리고 이번 전쟁—히틀러와 나치즘과 유대인 혐오와 도시와 마을에서 여자와 아이들이 당하는 폭격—에서도 우릴 지켜주지 못한다면, 이게 다 무슨 소용이에요? 우리가 성당을 지키기 위해 죽어라 싸워야 한다면—늙은이들을 써서 성당 지붕을 감시하고 조그만 솔을 들고 소이탄을 쓸어내야 한다면!—이게 얼마만큼의 가치를 가져야 하는 거죠? 인간의 마음 한가운데 얼마나 크게 자리해야 하는 건데요?"

불현듯 헬렌은 줄리아의 말에 함축된 통렬한 슬픔에 얼얼해졌다. 그녀 안에 자리한 어둠을, 도저히 이해할 수 없는 지독한 어둠을 언뜻 감지하고 몸서리쳤다. 헬렌은 줄리아의 팔을 잡았다.

"줄리아, 만약 내가 그 비슷한 생각을 한다면," 헬렌은 부드럽게 말했다. "죽고 싶을 거예요."

줄리아는 한동안 가만히 서 있다 한 발짝 내디디며 발을 바닥에 스쳐 돌멩이를 찼다. "아마도," 줄리아가 한층 밝아진 음색으로 말했다. "난 이 성당이 진짜 맘에 안 드나봐요. 아니면 나도 죽고 싶든가. 사람이 어떻게 그런 생각을 하고 살아요, 안 그래요? 차리리……" 그녀는 아까 보았던, 베개를 들고 지하철역으로 들어가던 남녀 무리를 떠올린 게 분명했다. "빗값이나 돼지고기와 양파값에 더 골몰하고 말지. 담뱃값이나. 말 나온 김에 한 대 피울래요?"

둘은 웃음을 터뜨렸고, 어둠은 물러갔다. 헬렌은 줄리아를 잡았던 손을 거두었다. 줄리아가 호주머니에서 담뱃갑을 꺼냈다. 장갑 때문에 손이 살짝 굼떴다. 성냥을 켜자 줄리아의 얼굴이 놀랄 만큼 싱싱하게 노랗고 까만 빛으로 되살아났다. 헬렌은 고개를 숙여 담배에 불을 붙인 다음 허리를 펴고 한 발짝 물러났다. 불꽃에 그녀는 다시 잠깐 눈앞이 캄캄해졌다. 줄리아가 그녀의 팔을 잡고 어디론가 이끌자 헬렌은 그대로 끌려갔다.

다음 순간 헬렌은 줄리아가 어디로 향하는지 알았다. 동쪽으로, 성당 뒤쪽의 빈 땅으로 가고 있었다. "이쪽으로 가도 돼요?" 헬렌이 깜짝 놀라 물었다.

"뭐 어때요?" 줄리아가 대답했다. "헬렌한테 보여주고 싶은 곳이 생각났어요. 이 길을 쭉 따라가면 괜찮을 거예요."

둘은 성당 뒤편으로 나와 한때 캐넌스트리트라고 불렸던, 그러나 지금은 탁 트인 시골 풍경에 가로놓인 길의 흔적 혹은 기억이라고 봐야 좋을 돌무더기와 깨진 아스팔트 선을 따라 걷기 시작했다. 일이 분인가 지나 머리 위의 하늘이 넓어지면서 시야가 밝아진 듯한 착각이 들었다. 그러나 좀전과 마찬가지로 주변에 펼쳐진 대대적인 파괴의 현장은 보인다기보다 느껴지는 쪽에 가까웠다. 대지를 덮은 칠흑 같은 어둠을 노려보아도 시선에 닿는 것은 없었다. 헬렌은 거미줄이나 베일을 걷어내려는 듯 두어 번 눈앞에 대고 손을 휘저었다. 이곳의 밤은 극도로 농축되어 탁한 물속을 걷는 듯 굉장히 묘한 기분이 들었고, 그 폭력성과 상실감에 겁이 날 정도였다.

줄곧 손전등 빛을 아주 낮게 비추며 하얀 갓돌을 따라 걸었다. 차나 대형 트럭이 지나갈 때마다 걸음을 늦추고 건물 잔해와 보도를 분리하기 위해 세워놓은 엉성한 울타리에 바싹 붙어섰다. 발밑에서 흙과 검은딸기나무와 부서진 돌이 느껴졌다. 얘기를 할 때는 속삭이듯 목소리를 죽였다.

줄리아가 말했다. "1941년 새해 첫날에 여기 왔던 기억이 나요. 그때 이 길은 걸어다니는 것조차 거의 불가능한 상태였죠. 이 부근 교회들의 피해 상황을 살피기 위해 왔는데, 지금은 그때보다 더 많이 없어졌겠죠. 저 뒤가……" 그녀는 왼쪽 어깨 너머로 고갯짓을 했다. "세인트오거스틴 교회의 잔해일 거예요. 그때 봤을 때도 상태가 무척 안 좋았는데. 다시 폭격을 당하지 않았나요, 지난 대공습 막바지에?"

"모르겠어요."

"그랬을 거예요. 그리고 저 앞쪽에…… 보여요?" 줄리아가 손짓으로 가리켰다. "그냥 어림짐작만 할 수 있을 거예요. 세인트밀드러드 교회하고 브레드스트리트의 흔적이죠. 저쪽도 굉장히 참담했는데……"

줄리아는 걸어가면서 교회 이름을 몇 개 더 얘기했다. 세인트메리르보, 세인트메리올더메리, 세인트제임스, 세인트마이클. 그녀는 박살난 종탑과 흔적만 남은 첨탑의 모양을 확실히 감별할 줄 아는 것 같았다. 반면 헬렌은 어디가 어딘지조차 알 수 없어 허둥댔다. 가끔 줄리아는 손전등 불빛으로 폐허를 이리저리 가리키며 헬렌의 시선을 이끌었다. 불빛은 깨진 유릿조각과 여기저기 낀 서리를 비추며 다양한 색깔을 찾아냈다. 쐐기풀과 고사리와 엉겅퀴의 초록색과 고동색과 은색. 그때 불빛이 어떤 생명체의 눈에 반사되어 번쩍거렸다.

"저기 봐요!"

"고양이인가?"

"여우다! 저 빨간 꼬리 봐요!"

여우는 흐르는 물처럼 유연하고 재빠르게 달아났다. 둘은 달아나는 여우를 전등 빛으로 쫓으려 했다. 그러다 전등을 끄고 귀를 기울이자 나뭇잎 흔들리는 소리와 흙을 밟는 소리가 들렸다. 금세 불안해졌다. 들쥐나 살무사 혹은 부랑자라도 있으면 어쩌나 싶었다. 걸음을 재촉해 공터에서 빠져나와 캐넌스트리트역 뒤쪽 거리에 있는 대피소로 향했다.

이곳 건물들에는 사무실과 은행이 들어와 있었다. 더러는 1940년 대공습 때 무너진 이후 그대로 방치되었고, 더러는 아직도 사용되고 있었다. 하지만 토요일 밤의 이런 시각에는 건물들의 상태가 정확히 어떤지 알 도리가 없었다. 죄다 똑같이 귀신 들린 집 같았다. 이건 이것대로 완전히 제 모습을 잃고 폐허가 된 동네의 황무지 같은 느낌보다 한층 더 으스스했다.

러드게이트서커스 주변의 거리가 적막했다면 이곳은 아예 황량한 느낌이었다. 부서진 보도 아래 저 깊은 밑바닥에서 지하철 굉음만이 이따금 들릴 뿐이었다. 불만에 가득찬 생명체들이 도시의 하수관을 내달리는 것 같았다. 어찌 보면 우리도 마찬가지라고, 헬렌은 생각했다.

헬렌은 줄리아의 팔을 더욱 단단히 잡았다. 등화관제 때 가장 익숙한 동네를 벗어나면 항상 조마조마했다. 공포와 패닉이 뒤섞인 특이한 기운이 슬금슬금 등줄기를 타고 올라오기 시작했다. 등에 표적지를 붙이고 라이플총의 사정거리 안을 걸어다니는 느낌이었다…… "줄리아, 이건 미친 짓이에요." 헬렌은 속삭였다. "이런 데서 어정거리다니!"

"헬렌이 먼저 나가자고 했잖아요."

"그야 그렇지만……"

"무서워요?"

"네! 캄캄한 데서 누가 불쑥 튀어나오기라도 하면 어떡해요."

"우리가 남들을 못 보면 남들도 우리를 못 봐요. 보더라도 아마 우릴 연인으로 알 거예요. 지난주에 이 코트에 모자를 쓰고 나갔더니 어느 집 문간에서 매춘부가 나를 사내로 착각하고 가슴을 보여주던걸요. 손전등으로 조명까지 비춰가면서. 피커딜리에서 말이죠."

"맙소사."

"누가 아니래요. 이렇게 캄캄한 밤에 가슴 한쪽만 불빛에 보이는데, 그게 얼마나 이상한지 말도 못해요."

줄리아는 걸음을 늦추고 손전등을 휘휘 저었다. "여기가 세인트클레멘트 교회예요. 자장가*에 나오는 그 교회 있잖아요. 사람들은 아마 요 아래 템스 강가까지 오렌지와 레몬을 가져오곤 했을 거예요."

헬렌은 오늘 아침에 케이가 선물로 준 오렌지가 생각났다. 그러나 이런 곳에 있으니 케이와 아침나절의 일이 까마득히 멀게 느껴졌다. 이 터무니없는 기막힌 풍경의 반대편에서 일어난 일이었다.

---

* 영국의 구전 자장가 〈오렌지와 레몬〉.

둘은 길을 건넜다. "이제 여긴 어디죠?"

"이스트칩일 거예요. 거의 다 왔어요."

"어디에 다 왔다는 거예요?"

"그냥 또 교회예요. 실망한 건 아니죠?"

"집으로 돌아가려면 얼마나 걸어야 할지 생각했어요. 이러다 명이 줄겠네요."

"안달복달하기는!" 줄리아는 헬렌의 걸음을 재촉하며 두 건물 사이의 비좁은 골목길로 이끌었다. "이 길이 아이돌레인Idol Lane이에요." 줄리아가 속삭였다. 혹은 '아이들레인Idle Lane'이라고 말한 걸지도 모른다. "바로 요 아래 있어요."

헬렌은 망설였다. "너무 캄캄하잖아요!"

"하지만 바로 요 아래인걸요." 줄리아가 대꾸했다.

줄리아의 손이 헬렌의 팔꿈치에서 미끄러져 손에 닿았다. 그녀는 헬렌의 손가락을 꽉 잡고서 비탈진 골목길 아래쪽으로 인도했다. 둘은 조금 내려가다 금방 멈춰 섰다. 줄리아가 손전등 불빛을 넓게 휘젓자 헬렌은 길게 뻗은 길 안쪽에 서 있는 종탑을 겨우 알아보았다. 가늘고 뾰족한 첨탑을 아치 혹은 부벽이 지탱하고 있는 높고 우아한 탑이었다. 아니, 어쩌면 단순히 기단부가 폭격에 날아간 것일지도 몰랐다. 그 아래 교회 본당은 지붕도 없이 함몰되어 상당히 망가진 상태였다.

"세인트던스턴-인디이스트." 줄리아가 올려다보며 나직이 읊조렸다. "1666년 런던 대화재 이후 재건축된 수많은 교회와 마찬가지로 이것도 크리스토퍼 렌의 작품이죠. 렌은 이 교회를 디자인할 때 딸 제인의 도움을 많이 받았다고 해요. 겁에 질린 석공이 마지막 돌을 놓지 못하자 그녀가 직접 꼭대기까지 올라갔대요. 그리고 사람들이 비계를 치우자 거기 드러누워 탑이 무너지지 않는다는 걸 몸소 증명했다고…… 나는 여기 오는 게 좋아요. 벽돌과 흙손을 짊어지고 탑의 계단을 오르는 제인을 곧잘 상상하죠. 제인은 절대 연약한 여자가 아니었을 텐데, 초상화를 보면 창백하고 여리여리하게 묘사해놓았어요. 여기 잠깐 머물까요? 너무 추워요?"

"아뇨, 괜찮아요. 하지만 교회 안으로 들어가는 건 사양할래요."

"여기에만 있을 거예요. 계속 어둠 속에 있으면 노상강도나 살인마가 지나가더라도 우리가 여기 있는 줄 모를걸요."

둘은 손을 맞잡고 고르지 못한 땅바닥을 잘 골라 디디며 부서진 난간을 길잡이삼아 조심스럽게 탑 주위를 걸었다. 서너 층으로 이루어진 낮은 돌계단이 탑의 문마다 놓여 있었다. 그중 하나를 골라 문 앞까지 걸어올라가 앉았다. 돌은 얼음처럼 차가웠다. 주위의 문과 벽은 새카맸고, 불빛 한 점 비치지 않았다. 헬렌은 짙은 색 코트와 모자 차림인 줄리아의 모습을 눈으로 더듬었지만 잘 보이지 않았다.

그러나 줄리아가 팔을 움직이는 건 느껴졌다. 줄리아는 주머니에 손을 넣어 야경꾼의 병을 꺼내고 있었다. 이어서 조그맣고 축축하게 퐁 소리가 났다. 병목에서 마개가 뽑히는 소리였다. 헬렌은 줄리아가 건네는 병을 받아 입으로 가져갔다. 싸구려 레드 와인이 입술에 닿자마자 불꽃이 되어 그녀의 혀를 태우는 것 같았다. 일단 한 모금 넘기자 순식간에 기분이 편안해졌다.

헬렌은 술병을 도로 넘겨주며 소곤거렸다. "어쩌면 우리가 이 도시에서 살아남은 유일한 사람일지도 몰라요. 여길 배회하는 유령이 있을까요, 줄리아?"

줄리아는 와인을 마시고 입가를 훔쳤다. "새뮤얼 피프스*의 유령은 나올지도 모르겠네요. 이 교회에 자주 다녔다니까. 여기서 강도를 맞기도 했다던데."

"굳이 알고 싶지 않은 얘기네요. 술에 취한 상태만 아니라면." 헬렌이 말했다.

"생각보다 빨리 취하네요."

"아까도 취해 있었어요, 굳이 말하지 않은 것뿐이지. 어쨌든 오늘은 내 생일이니까 좀 취해도 되겠죠."

"그럼 나도 취해야죠. 혼자 취하면 재미없으니."

둘은 술을 좀더 들이켜고는 묵묵히 앉아 있었다. 이윽고 헬렌이 아주 차분한 목소리로 노래하기 시작했다.

오렌지와 레몬, 세인트클레멘트의 종이 말한다.
팬케이크와 프리터**, 세인트피터의 종이 말한다.

"정말 말도 안 되는 소리 아니에요?" 헬렌은 노래하다 말고 혼자 중얼거렸다. "내가 이 가사를 기억하고 있을 줄은 몰랐는데."

---

* 영국의 해군 행정관이자 정치인(1633~1703).

** 과일, 고기, 야채 등을 다져서 반죽을 묻혀 튀긴 요리.

과녁의 중심과 표적, 세인트마거릿의 종이 말한다.
부지깽이와 부젓가락, 세인트존의 종이 말한다.

줄리아가 말했다. "노래 잘하네요. 그 자장가 가사에 세인트헬렌은 없겠죠?"

"없을걸요. 거기 종은 뭐라고 말할까요?"

"글쎄. 딸기와 멜론?"

"고문자와 흉악범…… 그럼 세인트줄리아는?"

"세인트줄리아 같은 게 있을 리 없잖아요. 어쨌든 줄리아와 각운이 맞는 말은 없다고요. 피큘리아* 빼고는."

"당신은 내가 본 사람 중 가장 안 이상한 축에 속하는데요, 줄리아."

둘은 고개를 젖혀 종탑의 검은 문에 머리를 기대고 서로 얼굴을 마주보며 나직이 말했다. 줄리아가 웃음을 터뜨리자 헬렌은 자신의 입가에 닿는 줄리아의 숨결을 느낄 수 있었다. 따스하면서 와인향과 담배 냄새로 살짝 시큼했다.

"등화관제 와중에 폐허가 된 교회로 당신을 데려온 사람이 이상하지 않다고요?" 줄리아가 말했다.

"굉장하다고 생각해요." 헬렌은 가볍게 대꾸했다.

줄리아가 여전히 웃으며 말했다. "와인이나 더 마셔요."

헬렌은 고개를 저었다. 심장이 목구멍으로 튀어나올 것 같았다.

* peculiar. '이상하고 독특한'이라는 뜻의 형용사.

너무 크고 벅차서 도저히 도로 삼킬 수 없었다. "그만 마셔야겠어요." 헬렌은 부드럽게 거절했다. "사실대로 말하자면, 당신과 같이 있는 동안 취할까봐 겁나요, 줄리아."

자기가 한 말의 뜻이 잘못 전달될 리 없다고 헬렌은 생각했다. 그녀의 말은, 얇지만 탄력 있는 막을 찢고 이제 고삐가 풀려 제멋대로 날뛰기 시작한 격정의 무더기를 향해 돌진했다…… 그러나 줄리아는 연방 웃으면서 고개를 돌렸다. 더이상 그녀의 숨결이 헬렌의 입술에 닿지 않았다. 다시 말문을 열었을 때 줄리아의 어조는 생각에 잠긴 듯 냉담했다. "하지만 참 놀랍지 않아요, 우리가 서로에 대해 아는 게 거의 없다는 게? 삼 주 전에 우리는 메릴본역 근처에서 차를 한잔 같이 마셨죠. 기억나요? 그때는 우리가 여기에 이렇게 앉아 있을 거라곤 상상도 못했어요……"

"그날 왜 나를 불렀어요, 줄리아?" 잠시 후 헬렌이 물었다. "왜 같이 차를 마시자고 했어요?"

"왜 그랬냐고요?" 줄리아는 반문했다. "그걸 꼭 말해야 해요? 좀 겁나는데. 아마 날 싫어하게 될걸요. 내가 말을 건 이유는…… 음, 호기심에서였어요. 그쯤은 예상했을 줄 알았는데."

"호기심?"

"나는 당신을…… 뭐랄까, 재보고 싶었어요." 줄리아는 거북한 듯 짧게 웃었다. "당신도 알 거라고 생각했는데."

헬렌은 대답하지 않았다. 둘이서 케이에 대해 얘기할 때 줄리아가 자신을 힐끔거리던 그 야릇하고 음흉한 시선이 떠올랐다. 줄리아가 자신을 떠보고 재볼 때 자신이 느꼈던 감정을 떠올렸다. 마침내 헬렌은 천천히 입을 뗐다. "짐작은 했던 것 같아요. 당신은 케이가 나한테서 뭘 찾아냈는지 알고 싶었던 거군요."

줄리아는 자세를 바꾸었다. "한심한 짓이었죠. 지금이라도 사과할게요."

"상관없어요." 헬렌은 말했다. "정말로. 괜찮아요. 결국……" 기분이 약간 의기소침하게 가라앉았다. 그러나 와인 탓인지 어둠 탓인지 다시 들떠올랐다. "결국 우리는 좀 이상한 상황이 됐네요, 당신하고 나 말예요."

"우리가요?"

"그러니까 당신과 케이 사이에 있었던 일 때문에……"

순간, 칠흑 같은 어둠 속에서도 헬렌은 자신이 말실수를 했다는 걸 알았다. 줄리아의 몸이 굳었다. 그녀는 날카롭게 물었다. "케이가 당신한테 그 얘기를 했어요?"

"네." 헬렌은 점점 조심하며 천천히 말했다. "최소한 그쯤은 짐작했어요."

"그리고 그 일에 대해 케이하고 얘기했다고요?"

"네."

"케이가 뭐라던가요?"

"그냥 두 사람 사이에……"

"사이에 뭐요?"

헬렌은 머뭇거리다 결국 털어놓았다. "애정이 엇나갔다고요. 그렇게 말했어요."

"엇나간 애정?" 줄리아는 웃어버렸다. "제기랄!" 그리고 고개를 돌렸다.

헬렌은 줄리아의 팔을 잡으려 손을 뻗었다. 하지만 코트 소매만 잡혔다. "그게 뭐 어때서요? 그게 뭐 대수라고? 상관없잖아요? 나한텐 아무 문제도 안 됐어요. 그게 걱정돼서 그래요? 아니면 내가 상관할 바 아니라는 건가요? 나도 나름대로 관련이 있다고요. 게다가 케이가 그 일에 관해 다 터놓고 솔직하게 말했으니까……" 헬렌은 지레 겁을 먹고 실제로 케이가 그 건에 관해 전혀 털어놓지 않았다는 사실을 까맣게 잊어버렸다. "케이가 그 일에 관해 다 터놓고 솔직하게 말했으니까, 당신과 나도 다 그렇게 솔직해져도 되잖아요? 나한테 전혀 문제가 되지 않았는데, 이제 와서 우리한테 문제될 이유는 없잖아요?"

"참 당당하게도 말하네요." 줄리아가 말했다.

하도 싸늘하게 말하는 바람에 헬렌은 겁이 났다. "이게 당당하고 말고 할 문제인가요? 아니길 바랄게요. 내가 말하려는 건, 그 때문에 우리 사이가 냉랭해진다든가 그늘이 진다든가 하면 아주 곤혹스러울 거라는 거예요. 케이도 그런 건 절대로……"

"아, 케이 말이죠." 줄리아가 말을 끊었다. "케이는 엄청난 감상주의자예요. 안 그래요? 감정을 잘 드러내지 않는 척하지만, 전에 한번 아스테어와 로저스가 나오는 영화를 보러 같이 갔는데 보는 내내 울더라고요. 끝나고 나와서 '왜 운 거야?'라고 물었더니 '춤 때문에'라고 하더군요."

줄리아의 태도가 백팔십도 달라졌다. 지금 그녀는 거의 억울해하는 분위기였다. "전혀 놀랍지 않았어요." 그녀가 말을 이었다.

"케이가 당신을 만났을 때. 내 말은, 케이가 당신을 만난 그 방식에 놀라지 않았다는 뜻이에요. 그 자체로 영화 속의 한 장면 같았겠죠, 안 그래요?"

"글쎄요." 헬렌은 어리둥절해져 대답했다. "어쩌면 그럴지도. 그 당시엔 몰랐는데."

"몰랐다고요? 케이는 나한테 주절주절 다 말했어요. 당신을 어떻게 발견했고, 어쩌고저쩌고. 알겠지만 그렇게 표현했어요. 자기가 당신을 발견했다고. 당신을 놓친 줄로만 알았을 때 얼마나 겁이 났는지 모른다면서. 당신의 얼굴을 만졌을 때 어땠는지 일일이 묘사하면서……"

"나는 거의 기억나지 않아요." 헬렌은 비참한 심정으로 말했다. "바보 같은 일이네요."

"케이는 똑똑히 기억하고 있어요. 하긴, 아까 말했듯 케이는 감상주의자니까. 운명의 손길이 닿았다느니 숙명적인 만남이라느니 하면서 잘만 기억하더군요."

"운명의 손길이 있기는 있었죠!" 헬렌이 말했다. "하지만 이 모든 게 뒤죽박죽으로 얽히고설켰다는 걸 모르겠어요? 내가 케이를 만나지 못했다면 당신도 만나지 못했겠죠, 줄리아. 하지만 케이가 나를 전혀 사랑하지 않고, 만약 당신이 케이의 사랑을 받아들였다면……"

"네?" 줄리아가 반문했다.

"전에 나는 당신에게 감사했어요." 계속 말하는 헬렌의 목소리가 높아지며 갈라지기 시작했다. "당신이 케이를 원하지 않았기 때문에, 당신이 케이를 내게 준 거나 마찬가지라고 생각했어요. 그리고 이제 나는 케이와 똑같은 짓을 저질러버렸어요."

"뭐라고요?" 줄리아가 또 반문했다.

"몰랐어요?" 헬렌이 말했다. "줄리아, 나는, 난 당신을 사랑해요!"

헬렌도 마지막 순간까지 자신이 그 말을 뱉을 줄은 꿈에도 몰랐다. 하지만 입 밖에 나오는 순간, 그 말은 진실이 되었다.

줄리아는 아무 말이 없었다. 그녀가 다시 헬렌 쪽으로 고개를 돌리자 그 떨리는 숨결이 아까처럼 따스하고 쌉싸래하게 헬렌의 축축하고 차가운 입술에 부딪혔다. 줄리아는 가만히 앉아 있다 손을 내밀어 헬렌의 손가락을 잡았다. 그리고 고통이나 비탄으로 신음하는 사람이 무턱대고 아무 손에나 매달리듯 혹은 지푸라기를 잡아채듯 그악스레 헬렌의 손을 꽉 쥐었다. 줄리아가 말했다. "케이는……"

"나도 알아요!" 헬렌이 끼어들었다. "하지만 내 맘대로 되지가 않아요, 줄리아! 나도 이런 나 자신이 혐오스러워요. 하지만 어쩔 수가 없다고요! 당신이 오늘 나를 봤다면. 케이는 너무나 다정했어요. 그런데 나는 당신 생각뿐이었어요. 케이가 당신이었으면 하고 바랐다고요! 나는……" 헬렌은 말을 끊었다. "아, 젠장!"

공습경보가 울리기 직전에 감지되는 미묘한 전율 혹은 진동이 똑똑히 느껴졌기 때문이다. 그리고 헬렌의 목소리가 채 잦아들기도 전에 사이렌이 울리기 시작했다. 경보음은 적막을 향해 매번 곤두박질치면서도 경련하듯 다시 음계를 높이며 쉬지 않고 이어졌다. 그렇게 여러 해가 지났어도 경보음에 놀라지 않고 침착하게 앉아 있기란, 가슴속 밑바닥의 공황에서 비롯된 희미한 할큄과 다급한 초조함을 느끼지 않기란 도무지 불가능했다.

주위가 온통 깜깜하니 그 효과는 증폭됐다. 헬렌은 양손으로 귀를 틀어막고 외쳤다. "아, 이건 정말 싫어! 참을 수가 없다고! 꼭 구슬픈 통곡 같아! 마치…… 마치 런던의 모든 종이 한꺼번에 울리는 것 같아요! 저것들은 말도 걸어요! 피해! 어서 달려가 숨어! 저기 네 머리를 베러 망나니가 달려와!"

"그만." 줄리아가 헬렌의 팔을 잡으며 말했다. 그리고 잠시 후 공습경보가 그쳤다. 그후의 적막은 훨씬 더 불안하게 신경을 자극했다. 둘은 폭격기 소리에 귀를 쫑긋 세우고 잔뜩 긴장한 채 앉아 있었다. 이윽고 엔진이 그릉거리는 소리가 희미하게 들려오기 시작했다. 저 괴상한 철통에 들어앉아 우리를 죽이려고 오는 젊은이들을 생각하니, 두 시간 전만 해도 산책을 하고 빵을 먹고 커피를 마시고 담배를 피우고 재킷을 어깨에 걸치고 얼어붙은 땅을 밟았을 젊은이들을 생각하니, 이건 정말 미친 짓이었다…… 곧 4, 5킬로미터쯤 떨어진 곳에서 쾅쾅쾅 하고 대공포가 불을 뿜기 시작했다.

헬렌은 고개를 들어 하늘을 올려다보았다. 서치라이트가 켜지면서 어둠의 질이 달라졌다. 이제 하늘이 아니라 자신이 기대고 앉은 탑의 높다랗게 솟은 벽이 보였다. 머리칼을 통해 두피에 문의 단단함이 느껴졌다. 위쪽에서 돌이, 거대한 벽돌과 모르타르 더미가 인정사정없이 굴러떨어지는 상상을 했다. 이렇게 올려다보는 와중에도 벽이 흔들리며 휘청거리는 듯한 느낌이 들었다.

헬렌은 문득 생각했다. 내가 여기서 뭘 하고 있는 거지? 그리고 이런 생각도 났다. 케이는 어디 있지?

헬렌은 재빨리 일어났다.

"왜요?" 줄리아가 물었다.

"무서워요. 여기 있고 싶지 않아요. 미안해요, 줄리아……"

줄리아는 다리를 모았다. "괜찮아요. 나도 무서우니까. 나 좀 일으켜줘요."

줄리아는 헬렌의 손을 잡고 중심을 잡으며 일어났다. 둘은 손전등을 켜고 걷기 시작했다. 빠른 걸음으로 아이돌레인인지 아이들레인인지를 거슬러올라가 이스트칩까지 돌아왔다. 거기서는 어느 길이 가장 안전할지 몰라 일단 걸음을 멈췄다. 줄리아가 오른쪽으로 가려 하자 헬렌이 그녀의 등덜미를 잡아끌었다.

"잠깐만." 헬렌은 숨을 헐떡이며 말했다. 서치라이트 불빛이 오른쪽 방향의 하늘을 갈랐다. "그쪽이 동쪽이죠? 부두로 가는 길, 맞죠? 그쪽으로는 가지 말아요. 왔던 길로 돌아가요."

"시내를 관통해서요? 그럼 모뉴먼트역으로 피할 수 있을 거예요."

"네, 어디든 상관없어요. 다만 멀거니 앉아서 폭탄이 떨어지길 기다리는 것만은 질색이에요……"

"내 손 다시 잡아요." 줄리아가 말했다. "당신 말이 맞아요." 그녀의 목소리는 침착했고 움켜쥔 손은 든든했다. 아까처럼 그악스럽지 않았다. "당신까지 데리고 나오다니 내가 미련했어요, 헬렌. 진작에 생각했어야……"

"난 괜찮아요." 헬렌이 말했다. "아무렇지도 않아요."

다시 서둘러 걸음을 뗐다. "세인트클레멘트 교회를 방금 지났을 거예요." 줄리아가 걸으며 말했다. "교회가 바로 여기 있어야 하는데." 그녀는 손전등으로 주위를 비추며 망설이듯 헬렌을 멈춰 세웠다가 다시 이끌었다. 그들은 깨진 포석에 발이 걸리기도 하고 부서져나간 연석을 발로 더듬어가며 계속 걸었다. 서치라이트가 휙휙 지나면서 그림자가 갑자기 나타났다 사라졌다 하는 바람에 방향이 헛갈렸다. 마침내 어느 교회의 하얀 계단을 찾아냈다.

하지만 세인트클레멘트 교회가 아니었다. 표지판에 왕이자 순교자 세인트에드먼드라고 쓰여 있었다.

줄리아는 그 앞에 서서 어안이 벙벙해졌다. "왠지 모르겠지만 롬바드스트리트로 나왔네요." 그녀는 모자를 벗고 머리칼을 뒤로 넘겼다. "도대체 어쩌다 여기까지 온 거지?"

"지하철역은 어느 방향이죠?" 헬렌이 물었다.

"잘 모르겠어요."

다음 순간, 둘 다 깜짝 놀라 펄쩍 뛰었다. 차 한 대가 나타나 전속력으로 모퉁이를 돌더니 좌우로 휘청대며 돌진해 그들 바로 옆을 스쳐 어둠 속으로 사라졌기 때문이다. 둘은 계속 걸었고, 잠시 후에 남자들 목소리가 들렸다. 대공습 때 배회하던 유령의 목소리처럼 그 소리는 둥둥 떠다니며 기묘하게 울려퍼졌다. 알고 보니 지붕 위에서 화재감시원 두 명이 도로를 사이에 두고 서로를 향해 외치는 소리였다. 한 사람이 자기가 본 상황을 전달하고 있었다. 울위치와 보 쪽에 소이탄이 떨어진 모양이었다. "또 한 바가지 쏟아진다!" 화재감시원이 소리쳤다.

줄리아와 헬렌은 거기서 손을 맞잡은 채 귀를 기울이고 서 있다가 어둠 속에서 불쑥 튀어나온 감시원과 부딪힐 뻔했다.

"아니 도대체," 감시원이 숨을 헐떡이며 말했다. "당신들 어디서 튀어나온 거야? 그 손전등 끄고 어서 대피해요, 알아들었어요?"

줄리아는 감시원이 나타난 순간 헬렌과 잡은 손을 빼고 한 발짝 물러섰다. 그러고는 짜증을 내듯 말했다. "우리가 지금 뭘 하려는 것처럼 보이나요? 가장 가까운 대피소는 어디죠?"

그녀의 말투를 듣고—헬렌 생각에는 줄리아의 상류층 억양을 알아챈 듯했다—감시원의 태도가 약간 바뀌었다. "지하철 뱅크역입니다, 아가씨." 그가 대답했다. "저쪽으로 50미터쯤 가시면 됩니다." 그는 엄지손가락으로 자기 어깨 너머를 휙 가리키고는 달려가 버렸다.

그들의 대화가 비교적 일상적인 내용이었던 탓인지 아니면 자기보다 더 동요하는 사람을 목격한 탓인지 헬렌의 불안감은 돌연 마술처럼, 바늘에 찔린 풍선처럼 푸슈슈 가라앉았다. 헬렌은 줄리아와 팔짱을 끼고 이제는 바로 눈에 보이는, 주위에 모래주머니를 쌓아놓고 골이 진 철판을 얹은 아치를 향해 제법 느긋하게 걸음을 옮겼다. 거기가 지하철역 입구였다. 거의 다 왔을 때 어느 남녀가 급히 그 안으로 뛰어들어갔다. 한 뚱뚱한 중년 여자는 다리가 시큰거리는지 무릎이 안 굽혀지는지 자기 딴에는 최대한 빠른 걸음으로 뒤뚱거리며 계단을 내려갔다. 잔뜩 흥분한 남학생 하나는 하늘을 올려다보며 껑충껑충 뛰어다녔다.

줄리아는 걸음을 늦췄다. "자, 다 왔네요." 그녀가 맥없이 말했다.

사람들 틈바구니로 돌아왔어요, 헬렌은 줄리아의 말을 이렇게 받아들였다. 수다와 부산스러움과 빛이 있는 곳으로…… 그녀는 줄리아의 팔을 잡았다. "잠깐만요." 우리가 지금 뭘 하는 거지? 난 당신을 사랑해요! 불과 십오 분 전에 헬렌은 어둠 속에서 외쳤다. 자신의 입술에 부딪던 줄리아의 떨리는 숨결을 기억했다. 줄리아의 손이 격렬하게 자신의 손을 움켜쥐던 그 느낌을 기억했다. "내려가고 싶지 않아요." 헬렌이 조용히 말했다. "난…… 나는 다른 사람들과 줄리아 당신을 공유하고 싶지 않아요. 당신을 잃고 싶지 않아요."

줄리아가 대답하려고 입을 벌린 것 같았지만 헬렌은 확신할 수 없었다. 다음 순간 섬광이 번쩍하고 그들을 비췄기 때문이다. 번개와 같은 섬광은 한순간이었지만 부자연스럽게 밝았다. 수백 가지 자잘한 모양—줄리아 목깃의 바느질 자국, 코트 단추에 그려진 닻—이 줄리아의 몸에서 공중으로 튕겨나와 그녀의 눈 속으로 뛰어들었다. 헬렌은 눈앞이 캄캄했다. 이 초 후에 폭탄이 터졌다. 엄청나게 소리가 컸지만 오싹하게 가까운 곳은 아니었다. 아마도 꽤 멀리 떨어진 리버풀스트리트나 무어게이트쯤이었다. 그러나 충격이 전해질 만큼은 가까운 거리였고, 진공으로 인한 돌풍이 미친듯이 그들을 때렸다. 역 계단 근처에서 신나게 뛰놀던 남학생은 환희의 함성을 내질렀다. 어른 한 명이 홱 튀어나와 그 남학생을 낚아채 안으로 데리고 들어갔다. 헬렌이 손을 내밀자 줄리아가 그 손을 잡았다. 그리고 달리기 시작했다. 지하철역 입구 쪽이 아니라 반대 방향으로, 롬바드스트리트 쪽으로. 그들은 바보처럼 웃어댔다. 또 폭발이 일어나자—이번에는 더 멀었다—더욱 미친듯이 웃어젖히며 걸음을 재촉했다.

그러다 "여기 이 안으로!"라며 줄리아가 헬렌의 손을 잡아끌었다. 두번째 섬광이 비쳤을 때, 사무실 혹은 은행 입구에 설치된 차단벽 같은 것이 보였다. 그 안쪽 공간은 깊고 칠흑같이 캄캄했다. 마대자루 냄새도 났다. 줄리아는 먹의 장막을 가르듯 안으로 들어갔고 헬렌도 그녀의 손을 잡고 따라 들어갔다.

둘은 숨을 고르며 아무 말 없이 서 있었다. 그렇게 막힌 공간에 있으니 아수라장 같은 길거리 소음보다 자신들의 숨소리가 더 크게 들렸다. 근처에서 발소리가 나자 한번 슬쩍 내다보았다. 좀전에 부딪힐 뻔했던 그 감시원이 여태 돌아다니면서 이번에는 아까와 반대 방향으로 뛰어갔다. 곧장 지나가는 바람에 그들을 보지 못했다.

"자, 우린 또 투명인간이 됐네요." 줄리아가 소곤거렸다.

둘은 서로 바싹 붙어 밖을 내다보았다. 아까와 마찬가지로 줄리아의 들숨과 날숨이 헬렌의 뺨과 귀에 와닿는 게 느껴졌다. 헬렌은 머리를 움직이기만 하면 된다는 걸 알고 있었다. 그저 고개만 돌리면, 살짝 기울이기만 하면, 어둠 속에서 자신의 입술이 줄리아의 입술을 찾을 터였다…… 하지만 헬렌은 어느 것도 할 수 없어 그냥 가만히 서 있었다. 결국 키스를 시도한 것은 줄리아였다. 줄리아는 손을 들어 헬렌의 얼굴을 어루만지며 보이지 않는 두 입술을 하나로 포갰다. 입맞춤은 불길을 댕기듯 타올랐고, 줄리아는 헬렌의 뒤통수를 어루만지며 더욱 힘껏 입술을 맞대었다.

잠시 후 줄리아가 뒤로 몸을 뺐다. 그러고는 헬렌의 목도리 매듭을 풀고 코트 단추를 천천히 끄르기 시작했다. 다 풀고 나자 이번엔 자신의 재킷 단추를 끌렀다. 재킷 옷자락이 열리고 줄리아가 다시 앞으로 다가와 열린 두 벌의 외투가 합쳐지자, 원래의 차단벽보다 더욱 캄캄한 두번째 차단벽이 생긴 것 같았다. 그 안에 있는 헬렌 자신과 줄리아의 몸은 민감하고 탄탄하고 기막히게 따스했다. 둘은 다시 한번 키스하며 서로의 몸을 맞추었다. 줄리아의 허벅지가 헬렌의 다리 사이로 편안하게 들어왔다. 헬렌의 허벅지도 줄리아의 다리 사이로 미끄러지듯 들어가 단단하게 자리잡았다. 둘은 그렇게 선 채로 거의 움직이지 않고 허리만 살짝살짝 밀었다.

이윽고 헬렌이 고개를 틀고 속삭였다. "이게 바로 케이가 원했던 거죠, 맞죠? 케이가 왜 그랬는지 이제야 알겠어요, 줄리아! 세상에! 마치 이건…… 이건 마치 내가 케이가 된 것 같은 느낌이에요! 줄리아, 당신을 느끼고 싶어요. 케이가 원했던 것처럼 나도 당신을 느끼고 싶어요……"

줄리아가 몸을 뺐다. 그녀는 헬렌의 손을 잡고 장갑을 벗겨 그대로 땅에 떨어뜨렸다. 그리고 헬렌의 손을 자신의 바지춤에 갖다대고 단추를 푼 다음 난폭하다 싶게 안으로 밀어넣었다.

그리고 말했다. "해요, 그럼."

존앨런관에서 경보가 울리자 한 젊은 여자가 계단을 오르내리며 복도를 따라 방문이란 방문은 죄다 두드려댔다. "공습이다! 공습이라고, 얘들아!" 그러면 각 방의 기숙생들은 모두 차분하고 질서 있게 지하실로 대피해야 했다. 지하실은 여타 대피소와 다를 바 없었다. 더럽게 춥고, 더럽게 답답하고, 더럽게 어두웠다. 그리고 혈기왕성한 여자애들—비브와 공통점이라고는 눈 씻고 찾아봐도 없고,

이곳 생활이 그저 학교 기숙사 시절의 연장이라고 여기는 아가씨들—은 거기서 게임을 하거나 신나게 돌아가며 노래를 불러댔다. 최근 들어 비브는 지하실의 온갖 냄새 때문에 토할까봐 겁이 났다.

그래서 지난 몇 주간 사이렌이 울려도 비브는 같은 방의 앤과 베티와 함께 그냥 방에 있었다. 베티와 앤은 누가 업어 가도 모르게 잤다. 앤은 신경안정제를 복용했고, 베티는 안대를 하고 분홍색 밀랍 귀마개를 꽂았다. 오직 비브만 대공포화와 폭격소리에 움찔하고 조바심치며 누워서 레지와 덩컨과 아버지와 언니를 생각했다. 양손으로 복부를 누르고 그 안에서 자라고 있는, 반드시 꺼내야 하는 이것을 대체 어떻게 해야 할까 고민했다.

비브는 펄리시티 위더스가 먹었다는 그 알약을 시도해봤다. 그걸 먹고 거의 한 주 내내 위경련과 끔찍한 설사에 시달렸지만 그 외엔 아무런 효과가 없었다. 그후로는 하루하루 애만 끓이며 넋을 놓고 지냈고 회사에서도 실수 연발이었다. 담배도 피울 수 없고, 뭘 제대로 먹을 수도 없고, 뱃속에서 시커먼 조수처럼 밀려올라와 몇 시간씩 스멀거리는 격렬한 구역질을 눌러 삼키느라 도무지 정신을 집중할 수도 없었다. 게다가 오늘 아침에는 치마를 입는데 끔찍하게도 허리가 잠기지 않았다. 그래서 할 수 없이 옷핀으로 여몄다.

"어쩌지?" 비브는 베티에게 하소연했다. 베티는 전부터 계속 주장하던 대로 으름장을 놓았다. "레지한테 편지를 써서 털어놔. 제발, 비브, 네가 안 하면 내가 직접 편지를 보낼 거야!"

하지만 검열 때문에 편지를 쓰기는 싫었다. 레지가 다시 휴가를 나오려면 이 주는 더 있어야 했다. 비브는 그렇게 오래 기다릴 자신이 없었다. 나날이 배가 불러오고 입덧이 심해지는 통에 겁이 났다. 레지한테 알려야 한다는 건 알고 있었다. 그 유일한 방법이 전화라는 사실도. 비브는 이불 속에 꼼짝 않고 누워 얼른 아래층으로 내려가 전화를 걸라고 스스로를 다그쳤다.

비브는 공습이 끝나기를 빌었다. 하지만 공습은 오히려 더욱 거세졌다. 오 분쯤 지나 앤이 꿈결에 중얼거리는 소리를 듣고 비브는 이불을 걷어찼다. 폭격이 더 가까워지면 앤이 깰지도 몰랐다. 그러면 전화하러 가기가 더 곤란해질 터였다. 지금 하든가 아니면 아예 안 하든가……

비브는 일어나 가운을 걸치고 실내화를 신은 뒤 손전등을 들었다.

복도로 나가 손으로 난간을 더듬으며 조심스럽게 한 층 아래로 내려갔다. 계단에 푸른색 전구 하나만 달랑 켜져 있어 몹시 어두웠다. 그리고 너무 조용히 움직인 모양이었다. 한 손에 쟁반을 들고 올라오던 동료 하나가 계단참을 돌다 그녀와 마주치고는 기겁했다. "비브!" 동료는 쇳소리를 질렀다. "깜짝이야! 처녀귀신이 나온 줄 알았잖아."

"미안, 밀리."

"어디 가? 지하실? 그래, 나보단 네가 낫겠다. 지금 가면 남자·여자·꽃·동물 이름 대기 두번째 판에 딱 낄 수 있을 거야. 아니면 휴게실에 굴러다니던 크림크래커에 눈독들였던 거야? 미안, 내가 재클린 나이트랑 캐럴라인 그레이엄하고 같이 먹으려고 다 챙겼거든, 여기."

비브는 고개를 저었다. "가져가. 난 그냥 물 한 잔 마시려고."

"쥐 나올지 모르니까 조심해." 밀리는 다시 계단을 오르며 말했다. "그리고 누가 이 크림크래커 못 봤냐고 물으면 너는 모르는 일이다, 알았지? 나중에 나도 똑같이 보답할 날이 있을 거야."

밀리의 목소리가 멀어졌다. 비브는 밀리가 계단을 다 올라갈 때까지 기다렸다가 아래로 내려갔다. 계단 폭은 아래로 갈수록 넓어졌다. 존앨런관은 제법 웅장한 규모의 오래된 저택이었다. 천장마다 화려한 석고 장미가 피어 있고, 샹들리에가 매달려 있던 고리도 있었다. 계단 난간은 유려한 곡선으로 흐르다 우아하게 마무리되었다. 하지만 복도에 깔린 멋진 진홍색 카펫은 캔버스 천으로 전부 덮어놓았고, 캔버스 천은 하이힐에 짓밟혀 대부분 손상됐다. 벽면은 우중충한 유광 페인트를 써서 초록색과 크림색과 회색으로 칠해놓았다. 흐릿한 푸른 조명 아래서 보면 그 색은 더욱 흉측했다.

로비는 여자들의 코트와 모자와 우산으로 엉망진창이었다. 테이블은 찾아가지 않은 우편물과 종이로 잔뜩 어질러져 있었다. 채광창은 당연히 널빤지로 막아놓았지만, 강화유리로 된 지하실 입구의 문은 부풀어오른 것처럼 어슴푸레하게 빛났다. 그 너머에서 한 여자의 목소리가 들렸고 이어서 또다른 목소리가 들렸다. "프림로즈…… 팬지…… 앵초……"

비브는 손전등을 켰다. 전화기는 좀더 가야 있었다. 휴게실 밖 벽감 속에 있었는데, 너무 공개된 장소라 요 몇 년 동안 여자애들은 벽의 고정핀을 헐겁게 풀어놓고 몰래 전화하고 싶을 때는 전화기를 뜯어내 복도 건너편 벽장으로 갖고 들어갔다. 그리고 어둠 속에서 가스계량기 위에 앉아 빗자루와 양동이와 대걸레 사이에서 사적인 통화를 했다. 바로 지금 비브처럼. 그녀는 벽장문을 잡아당겨 닫고서 선반 위에 손전등을 올려놓았다. 그리고 거미나 생쥐가 나올까 틈새와 구석을 겁먹은 눈길로 살폈다. 전화기에는 용건만 간단히라는 스티커가 붙어 있었다.

비브는 가운 주머니에 레지가 있는 부대의 전화번호가 적힌 낡은 종이쪽지를 넣어 왔다. 긴급 상황에 대비해 오래전에 레지가 준 것인데, 지금까지 한 번도 걸지 않았다. 하지만 지금이 긴급 상황이 아니면 뭐란 말인가? 비브는 쪽지를 꺼냈다. 수화기를 들고 교환 0번을 돌렸다. 다이얼이 천천히 제자리로 돌아갔다. 그녀는 수화기를 손수건으로 최대한 잘 싸서 찰칵거리는 소리가 새어나가지 않도록 조심했다.

교환원의 목소리는 유리구슬처럼 또랑또랑했다. 교환원은 연결되기까지 몇 분쯤 걸릴 거라고 했다. "고맙습니다." 비브는 말했다. 그렇게 무릎 위에 전화기를 올려놓고 벨이 울리길 초조하게 기다렸다. 그 와중에 손전등 불빛이 약해졌다. 비브는 건전지가 닳을까봐 아예 전등을 꺼버렸다. 대신 문을 아주 조금 열자 복도의 흐릿한 푸른색 조명이 문틈으로 비쳐들었다. 그 빛을 빼면 벽장 안은 칠흑같이 어두웠다. 지하실에서 웃음소리와 볼멘소리가 희미하게 들려왔다. 폭탄이 떨어질 때마다 벽면이 쿵 하고 울리며 부르르 떨렸고 먼지가 쏟아졌다.

마침내 전화기가 다시 울렸을 때 비브는 시끄러운 벨소리와 무릎 위에서 갑자기 흔들리는 전화기 때문에 혼이 빠지게 놀랐다. 떨리는 손으로 수화기를 집어들다 떨어뜨릴 뻔했다. 유리구슬 같은 목소리가 말했다. “잠시만 기다리세요.” 그리고 또 한참 동안 통화를 연결하는 짤각짤각 소리가 났다.

반대편에서 남자 목소리가 들렸다. 레지의 부대 전화교환원이었다. 비브는 레지의 이름을 말했다.

“어느 막사인지는 모릅니까?” 그가 물었다. 모른다고 하자 중앙으로 연결했다. 신호음이 계속 울렸다…… “전화를 안 받습니다.” 그가 말했다.

“부탁합니다.” 비브는 사정했다. “일 분만 더 기다려주세요. 아주 급한 일이에요.”

“여보세요?” 마침내 다른 목소리가 말했다. “이거 사우샘프턴으로 걸려온 내 전화 맞나요? 여보세요?”

“죄송하지만 이건 내선으로 들어온 전화입니다.” 교환원이 냉랭하게 말했다.

“엿 먹어라.”

“별말씀을.”

그다음에 또다른 사람이 전화를 받았다. 그 사람은 그래도 레지의 막사 번호를 알려주었다. 이번에는 신호음 두 번 만에 전화가 연결됐고, 귀청이 떨어져나갈 듯한 소음이 들렸다. 고함소리, 웃음소리, 라디오인가 축음기에서 들리는 음악소리.

한 남자가 전화기에 대고 고함을 질렀다. “여보세요?”

“여보세요?” 비브는 나직이 말했다.

“여보세요? 누구십니까?”

그녀는 레지를 찾는다고 말했다.

"레지요? 네?" 그가 소리쳤다.

"누구야?" 다른 남자 목소리가 물었다.

"웬 여자인데, 이름이 레지래."

"자기 이름이 레지라는 게 아냐, 이 멍청아. 레지랑 통화하고 싶다는 거지." 딴사람한테 수화기가 넘어갔다. "아가씨, 제가 정중하게 사과드립니다…… 아니면 사모님인가요?"

"부탁드립니다." 비브는 빠끔 열린 문틈으로 초조하게 복도를 힐끔거리며 말했다. 목소리가 새어나가지 않도록 손으로 수화기를 가렸다. "레지 거기 있나요?"

"레지가 여기 있냐고요? 그거야 내가 레지를 안다는 전제하에, 상황에 따라 여기 있을 수도 없을 수도 있죠. 그가 당신한테 돈을 빌렸나요?"

"그 여자가 찾는 사람이 정말 레지야?" 처음에 전화를 받았던 목소리가 말했다.

"제 친구가," 두번째 목소리가 말했다. "당신이 찾는 사람이 정말 레지인지, 혹시 자기는 아닌지 알고 싶어하는군요. 지금 손으로 그려 보여주는 게, 분명히 당신의 아름다운 눈 색깔과 당신의 고혹적인 머릿결과 탱탱하게 부푼 당신의…… 목소리 같은데요."

"제발," 비브는 다시 사정했다. "시간이 별로 없어요."

"제가 듣기로 제 친구는 개의치 않을 거라는데요."

"레지가 거기 있어요, 없어요?"

"누구라고 전해드릴까요?"

"아…… 아내라고 전해주세요."

"아내시라고요? 그런 경우라면, 제가 절대……"

소리가 웅얼거림으로 바뀌더니 괴상한 고함소리가 들렸다. 이어서 환호성이 들리고 손에서 손으로 전화기가 넘겨지며 실랑이하는 듯한 소리가 났다. 마침내 반대편에서 레지의 목소리가 말했다. 그는 숨을 헐떡였다.

"메릴린?"

"그 사람이 아니라 나야." 비브가 급하게 말했다. "내 이름은 말하지 마, 교환원이 듣고 있을지도 모르니까."

어쨌거나 레지는 그녀의 이름을 불렀다. "비브." 그는 깜짝 놀란 것 같았다. "녀석들 얘기로는……"

"나도 알아. 그 사람들이 장난을 치는 바람에 달리 뭐라고 말해야 할지 모르겠더라고."

"나 원." 까칠한 턱과 뺨을 쓸어내리는 소리가 들렸다. "지금 어딘데? 어떻게 날 찾았어?" 레지가 수화기에서 입을 뗐다. "미친, 이 자식들 한 번만 더 그딴 짓을 했다간……"

"그냥 교환원한테 전화를 걸었어." 비브가 말했다.

"뭐라고?"

"교환으로 전화했다고."

"당신 괜찮아?"

"응. 아니."

"잘 안 들려. 잠깐만." 레지가 수화기를 내려놓고 나갔다. 환호성과 폭소가 더 크게 터졌다. 그는 숨을 헐떡이며 돌아왔다. "저 빌어먹을 놈들." 장소를 옮기거나 문을 닫은 것 같았다. "어디야? 무슨 통 속이나 우물 밑바닥에 있는 것처럼 들리는데?"

"벽장 안에 있어." 비브는 소곤거렸다. "집에서. 아니, 그러니까 존앨런관에서."

"벽장?"

"여자애들이 전화하는 데야. 하여간 그게 문제가 아니라…… 일이 생겼어, 레지."

"왜? 그 망할 남동생이 사고 쳤어?"

"덩컨을 그런 식으로 부르지 마. 아냐, 그건 아냐. 전혀 그런 게 아냐."

"그럼 뭔데?"

"내가…… 저기……" 비브는 다시 한번 복도 쪽을 내다보았다. 그리고 고개를 돌린 뒤 목소리를 팍 죽이고 얘기했다. "내 친구가 안 왔어."

"뭐? 당신 친구?" 레지는 알아듣지 못했다. "어느 친구?"

"내 친구 말이야."

잠시 침묵이 흘렀다. "제기랄." 그가 나직이 내뱉었다. "제기랄, 비브."

"내 이름 말하지 말라니까!"

"알았어, 알았어. 얼마나 많이? 아니, 그러니까 얼마나 오래?"

"팔 주쯤 된 것 같아."

"팔 주?" 레지는 속으로 계산해보았다. "그러니까 우리가 마지막으로 만났을 때 당신은 이미……"

"응. 그랬을 거야. 잘은 모르겠지만."

"근데 그거 틀림없는 거야? 그냥 좀…… 건너뛰는 건 아니고?"
"아닐 거야. 전엔 한 번도 이런 적 없었어."
"하지만 우린 신중에 신중을 기했잖아. 안 그래? 매번 할 때마다 내가 얼마나 조심했다고. 조심해도 이런 일이 생긴다면 대체 어쩌라는 거야?"
"나도 모르겠어. 운이 없었나봐."
"운이 없었다고? 제기랄."
레지는 넌더리를 냈다. 수화기가 또 움직였다. 머리를 쥐어뜯는 그의 모습이 그려졌다. "너무 그러지 마. 나도 지옥 같았다고. 걱정돼서 죽을 것만 같았어. 할 수 있는 일은 다 해봤다고. 나…… 약도 먹었어."
레지는 그녀의 말을 듣지 못했다. "뭐라고?"
비브는 다시 수화기를 가리고 애써 명료하게 말했다. "약을 먹었다고. 알잖아…… 하지만 효과가 없었어. 속만 아팠지."
"제대로 된 약이었어?"
"나도 몰라. 다른 게 또 있어? 약국에서 샀어. 약사는 효과가 있을 거라고 했는데, 아니었어. 진짜 끔찍했단 말이야."
"다시 먹어보면 안 될까?"
"싫어, 레지."
"그래도 한 번만 더 해보면 혹시 모르잖아."
"그걸 먹으면 속이 완전히 뒤집어져."
"그래도 생각 좀 해보면 안 돼……?"
"먹으면 또 아플 거야. 안 돼, 레지, 못하겠어! 어떡해야 할지 모르겠어!"

비브의 목소리는 내내 떨렸다. 그러다 이내 울컥하면서 목이 메었다. 패닉에 빠지기 일보 직전인 상태로 거의 울먹였다.

레지가 말했다. "그래. 알았어. 내 말 들어. 괜찮아, 자기야. 내 말 들어. 너무 충격을 받아서 그래. 그래서 그런 것뿐이야. 나도 좀 생각할 시간이 필요해. 여기 있는 놈들 중에 여자친구가…… 하여간 시간이 좀 필요해."

비브는 수화기를 고쳐 들고 코를 풀었다. "당신한테 말 안 하려고 했어." 그녀는 비참하게 말했다. "나 혼자 어떻게 해보려고 했다고. 근데…… 너무 끔찍했어. 만약에 아버지가 알면……"

"괜찮아, 자기야."

"아버지는 억장이 무너질 거야. 그러면……"

삐삐삐. 전화선에서 소리가 났다. "일 분 남았습니다." 교환원이 알렸다.

처음에 비브의 통화를 연결해준 그 아가씨였다. 아니면 똑같이 유리구슬 같은 목소리를 가진 다른 아가씨거나. 비브와 레지는 입을 다물었다.

"교환원이 들었을까?" 기어이 레지가 소곤거렸다.

"나도 몰라."

"보통은 안 듣지?"

"모른다니까."

"그렇게 전화가 많이 오는데 어떻게 듣겠어?"

"그래. 안 들었을 거야."

다시 침묵…… "제기랄" 하고 레지가 힘없이 뇌까렸다. "무슨 운이 이래. 무슨 운이 이따위로 형편없냐고. 내가 얼마나 조심했는데!"

"나도 알아." 비브가 말했다.

"내가 그놈한테 여자친구에 관해 물어볼게. 그때 어떻게 했는지. 알았지?"

비브는 고개를 끄덕였다.

"알았지?"

"응."

"이제 걱정하지 마."

"응. 안 할게."

"약속하지?"

"응."

"다 괜찮을 거야. 알았지? 착한 우리 자기."

둘은 교환원이 다시 나와 통화 연장 여부를 물을 때까지 잠자코 수화기를 든 채 기다렸다. 비브는 연장하지 않겠다고 말했고, 전화는 끊어졌다.

"안녕." 한두 시간쯤 뒤 케이가 아주 부드러운 목소리로 말했다. 그녀는 헬렌의 머리칼을 쓰다듬었다.

"안녕." 헬렌은 눈을 뜨며 말했다.

"나 때문에 깼어?"

"글쎄…… 지금 몇 시야?"

케이가 헬렌 옆으로 들어왔다. "안타깝게도 당신 생일이 막 지났어. 겨우 2시야."

"괜찮아?"

"긁힌 상처 하나 없어. 우린 안 나갔거든. 베스널그린과 쇼어디치에서 다 알아서 했지."

헬렌은 케이의 손을 잡고 지그시 눌렀다. "다행이다."

케이는 하품을 했다. "나는 출동하는 편이 더 좋아. 밤새 미키랑 휴즈하고 게임만 했어." 그녀는 헬렌의 빰에 키스하고 옆에 꼭 붙었다. "비누 냄새 난다."

헬렌은 흠칫 굳었다. "그래?"

"응. 어린애 냄새 같아. 또 샤워했어? 백옥같이 깨끗해졌겠는걸. 외로웠어?"

"아니, 그다지."

"몰래 빠져나와서 집에 올까 했는데."

"그랬어?"

케이는 빙그레 미소 지었다. "음, 실은 그다지. 그냥 당신이 집에 있는데 서에서 빈둥거리는 게 너무 한심한 시간 낭비 같았거든."

"그러게." 여전히 케이의 손을 잡고 있던 헬렌은 그녀의 팔을 끌어 자기 몸에 둘렀다. 온기 혹은 위로를 바라듯 단단히. 케이의 다리에 그녀의 맨다리가 닿았다. 코튼 원피스 잠옷이 거의 엉덩이까지 말려올라갔던 것이다. 케이의 팔 밑에서 그녀의 가슴이 따스하고 부드럽게 느껴졌다.

케이는 헬렌의 머리에 키스하고 다시 머리칼을 쓰다듬었다. 그러고선 속삭이듯 말했다. "무척 졸린가보네, 자기?"

"응, 좀."

"졸려서 키스도 못할 정도로?"

헬렌은 대답하지 않았다. 케이는 팔을 내렸다. 그리고 헬렌의 잠옷 옷깃을 잡고 살며시 아래로 내렸다. 헬렌의 목 안쪽에 입술을 대고 뜨겁고 부드러운 살결에 키스했다. 그러다 손에 낡은 천의 해진 실오라기가 걸렸다. 케이는 놀라서 베개에서 고개를 들고 물었다.

"새 잠옷 안 입은 거야?"

"으음?" 헬렌은 비몽사몽인 듯 웅얼거렸다.

"새 잠옷 말이야." 케이가 부드럽게 속삭였다.

"아." 헬렌은 다시 손을 내밀어 케이의 손을 잡았다. 그리고 케이의 팔을 자기에게 두르고 가까이 끌어당겼다. "잊어버렸네."

5

그날 밤은 만월이라 몹시 밝아서 손전등도 필요 없었다. 어둠 속에서 사물의 표면이 새하얗게 떠올랐다. 집들은 무대 배경처럼 판판해 보였고 나무들은 반짝이는 은색 페인트를 덧칠한 종이모형 같았다. 모든 것에 깊이감이 없어 보였다. 보름달을 달가워하는 사람은 없었다. 환한 달빛 때문에 위험에 무방비로 노출된 기분이 들었다. 사람들은 지하철에서 내려 코트 목깃을 세우고 고개를 푹 숙인 채 얼른 어두운 곳으로 피했다. 크리클우드역에서 100미터쯤 떨어진 이 동네는 적막했다. 길을 잘 모르는 레지와 비브만이 느린 걸음으로 걷고 있었다. 레지가 방향이 맞는지 약도를 꺼내 확인하자 비브는 겁먹은 눈길로 하늘을 올려다보았다. 레지가 들고 있는 종이쪽지가 야광처럼 빛났다.

마침내 찾아낸 집은 평범한 주택이었으나 문틀의 초인종 바로 밑에 명패가 붙어 있었다. 명패는 믿음직스럽고 프로페셔널해 보였다. 그게 안심이 되면서도 한편으론 두려웠다. 레지와 내내 팔짱을 끼고 있던 비브는 그를 살짝 뒤로 잡아당겼다. 레지가 그녀의 손을 힘주어 잡았다. 비브는 자신의 손가락에서 위화감이 느껴졌다. 레지가 준 금색 반지를 왼손 약지에 끼었는데, 약간 커서 자꾸 손가락에서 빠졌기 때문이다.

"괜찮아?" 그가 비브에게 물었다. 목소리에 힘이 없었다. 그는 병원이니 의사니 하는 것들을 싫어했다. 그래서 비브가 베티든 언니든 여하튼 자기 아닌 다른 사람하고 같이 가기를 바랐다. 비브도 그의 마음을 잘 알았다.

그러므로 초인종을 누른 사람은 비브였다. 임리라는 남자 선생이 거의 곧바로 나왔다.

"아, 네." 선생은 큰 소리로 대답하며 그들 뒤쪽의 거리를 내다보았다. "들어오세요, 어서." 선생이 문을 닫고 서리 낀 유리창에 암막 커튼을 다시 치는 동안, 둘은 현관의 폭을 가늠할 수 없어 어둠 속에 꼭 붙어서 있었다. 이어서 선생이 불이 환히 켜진 대기실로 안내했고, 그들은 눈이 부셔 잠시 두 눈을 껌벅거렸다. 방안에서는 좋은 냄새가 났다. 광택제, 고무, 가스 냄새였다. 벽에는 치아와 분홍빛 잇몸 사진이 붙어 있었다. 그리고 한쪽 면을 절단해 법랑질과 치수와 붉은 신경이 보이도록 제작한 거대한 어금니 석고 견본이 투명한 상자에 들어 있었다. 조명 탓에 색깔이 검푸르게 보였다. 그것들을 하나하나 둘러보고 있으려니 비브는 이가 아파오는 것 같았다.

임리 선생은 원래 치과의사인데, 부업으로 다른 일도 했다.

"앉으세요."

선생은 용지 한 장을 꺼내 클립보드에 끼웠다. 그는 두꺼운 뿔테 안경을 쓰고 있었고, 앞에 놓인 종이를 읽으려고 안경을 밀어올리자 안경테가 고글처럼 이마에 끼었다. 선생이 비브의 이름을 물었다. 비브는 반지가 보이게끔 장갑을 벗은 채 괜스레 민망해 얼굴을 살짝 붉히며 레지와 미리 말을 맞춰둔 이름을 말했다. 마거릿 해리슨 부인. 선생은 이름을 받아쓰며 큰 소리로 읊었다. 그리고 문진할 때마다 첫머리에 그 이름을 불렀다. "자, 해리슨 부인." "그럼, 해리슨 부인." 하도 그래서 비브는 너무 꾸며낸 티가 나는 이름이라고, 영화의 등장인물이나 여배우의 이름 같다고 생각했다.

처음에는 단순한 질문들이었다. 그러나 갈수록 깊이 들어가게 되자 선생은 레지에게 복도에 나가 기다리는 게 어떠냐고 권했다. 레지는 살았다는 듯 얼른 나갔다. 어쨌든 비브에게는 그렇게 보였다. 레지가 복도에서 왔다갔다하는지 신발이 리놀륨 바닥에 스치는 소리가 들렸다.

선생도 그 소리를 들었는지 목소리를 낮췄다. "마지막 생리일이 언제였지요?"

비브는 날짜를 말했다. 선생은 날짜를 받아적고 미간을 찌푸리는 것 같았다.

"아이가 있습니까?" 선생이 계속 물었다. "유산 경험은요? 유산이 뭔지는 알겠지요⋯⋯ 그럼 제가 하려는 이⋯⋯ 음, 그러니까 시술을 전에도 받은 적이 있습니까?"

비브는 그 모든 질문에 '아니요'라고 답했다. 하지만 잠시 망설인 끝에, 혹시 문제가 될까 싶어 전에 먹은 약에 관해 털어놓았다.

그녀가 설명하는 동안 선생은 경멸하듯 고개를 절레절레 저었다. "제가 한마디 조언을 해드리자면, 그딴 것은 숫제 거들떠보지도 마세요. 아마 복통을 일으켰겠지요? 네, 그럴 줄 알았습니다." 선생이 안경을 벗자 이마에 불그스름한 자국 한 쌍이 둥그렇게 남았다.

선생이 기구가 든 상자를 꺼내자 비브는 더 겁이 나서 움츠러들었다. 하지만 그저 혈압을 재고 청진기로 가슴을 진찰했을 뿐이었다. 그리고 비브에게 일어나 치마허리를 풀게 하고 복부를 확인했다. 손가락과 손바닥으로 세게 압박하며 복부를 여기저기 눌러댔다.

이윽고 선생은 허리를 펴고 손을 훔쳤다. "흐음," 그러고선 정색하며 말했다. "예상보다 좀더 지난 것 같군요." 선생은 당연히 비브의 마지막 생리일에서부터 날짜를 따진 것이었다. "임부에게 이 시술은 보통 십 주까지 권해드리는데, 부인의 경우는 그보다 시일이 꽤 지났습니다."

시일 초과는 확실히 문제가 됐다. 선생은 문을 열고 레지를 부른 뒤, 위험 요소가 늘어났으니 기본요금에 가산금이 붙는다고 두 사람 모두에게 설명했다 "10파운드 더 내셔야겠습니다."

"10파운드라고?" 레지가 질겁하며 외쳤다.

임리 선생은 양손을 펼쳐 보였다. "법이 그러니 이해하시겠지요. 제가 무릅써야 하는 위험은 매우 중대합니다."

"친구가 75파운드라기에 그것밖에 안 가져왔어요."

"한 달 전이라면 75파운드에 해드렸겠지요. 지금도 딴 데를 알아보시겠다면 그 금액으로 되는 곳도 있을 겁니다. 하지만 저는 다릅니다. 저는 부인의 건강을 고려하지요. 마치 제 아내를 염려하듯 말입니다. 양해 바랍니다."

레지는 고개를 저었다. "거 계산법 한번 희한하네." 그는 억울하다는 듯 말했다. "듣기 싫은 소리일지도 모르겠지만, 한 달 전에는 이 가격이었는데 다음 달에는 저 가격이라니. 대체 이 주나 삼 주쯤 더……" 그는 비브의 복부를 고갯짓으로 가리켰다. "저 안에 있었다고 무슨 차이가 있습니까?"

선생은 무한한 인내심을 발휘하듯 미소를 지었다. "안타깝게도 매우 큰 차이가 있습니다."

"뭐, 선생님이야 그렇게 말씀하시겠죠. 잇몸 속으로 파고드는 이를 치료하러 온 사람한테도 똑같이 얘기하실 테고요?"

"당연히 그렇습니다."

"그러면, 그게……"

실랑이는 계속됐다. 비브는 아무 말 없이 한쪽에 서서 이 모든 사태를 증오하며, 레지를 증오하며 뚫어져라 바닥만 응시했다. 마침내 선생은 가산금 10파운드 대신 의류 배급표를 받는다는 조건에 동의했다. 레지는 등을 돌리고 비자금조로 숨겨둔 배급표를 꺼내 미리 준비해온 돈봉투에 욱여넣고 선생에게 건넸다. 콧방귀를 뀌면서.

"감사합니다." 선생은 과장되게 깍듯한 태도로 돈을 받고서 봉투를 주머니에 잘 집어넣었다. "자, 이곳에서 편히 이십 분 정도만 기다리시면 됩니다. 저는 옆방으로 부인을 모시겠습니다."

"내 코트하고 모자 좀 받아줘." 비브는 레지에게 냉랭하게 말했다. 그는 옷가지를 받아들고 팔을 뻗어 그녀의 손을 잡았다.

"괜찮을 거야." 그는 그녀와 눈을 맞추려 했다. "다 잘될 거야."

비브는 손을 빼냈다. 벽시계가 8시 5분을 가리키고 있었다. 선생은 복도 건너편의 진료실로 그녀를 데려갔다.

처음에 비브는 진료실 안쪽에 내실이 있을 거라고 생각했다. 다른 장소를 마련해놓았을 거라고. 그러나 선생은 진료실 문을 닫더니 도구 테이블 쪽으로 가서 바쁘게 움직였다. 의사가 그녀를 치과 진료용 의자에 앉힌 채 수술하려는 줄 알고 순간 비브는 가슴이 철렁했다. 하지만 진료용 의자 뒤에 있는 침상이 눈에 띄었다. 가대로 받쳐놓은 침대는 파라핀지를 씌워놓았고 바로 옆에 조그만 양동이가 있었다. 침대 위 커다란 철제 조명은 환한 빛을 내뿜었으며, 의료기구가 담긴 트레이가 사방에 놓여 있었다. 괴상하게 생긴 기계며 드릴, 가스통이 무시무시해 보였다. 비브는 설움이 북받쳐 가슴과 목이 꽉 메면서 처음으로 마음이 약해졌다. 못하겠어!

"자, 그럼 해리슨 부인." 그녀의 망설임을 알아챘는지 선생이 말했다. "치마와 신발과 속옷을 벗고 침대에 올라가시면 바로 시작하겠습니다. 괜찮으시죠? 아무 걱정하지 않아도 됩니다. 이건 정말로 매우 간단한 수술입니다."

선생은 돌아서서 재킷을 벗고 손을 씻은 다음 소매를 말아올리기 시작했다. 비브는 전기히터 앞으로 가서 옷을 벗었다. 옷가지를 의자 위에 개어놓고 의사가 돌아보기 전에 얼른 사각거리는 파라

펀지 위로 올라갔다. 아랫도리만 벗고 있으니 왠지 다 벗었을 때보다 더 창피했다. 매춘부나 하는 짓 같았다. 한편으론 딱딱하고 판판한 침대 위에 누워 있으니 바보가 된 기분이었다. 생선장수가 좌판에 내놓은 아가미와 입을 벌린 생선처럼.

"베개를 드리지요." 선생이 다가와 그녀의 벌거벗은 엉덩이를 조심스레 외면하며 말했다. "자, 이제 몸을 약간 들어주겠습니까?" 선생은 그녀의 엉덩이 밑에 접은 수건을 깔았다. 그러고는 그녀의 블라우스를 좀더 허리 위로 올리며 말했다. "윗도리가 더러워지면 안 되겠지요?"

선생이 피가 묻지 않도록 블라우스를 올리는 것임을 깨닫고 비브는 다시 무서워졌다. 피가 얼마나 나올지 전혀 아는 바가 없었다. 사실 의사가 자신에게 하려는 처치가 어떤 건지도 어렴풋이 짐작만 할 뿐이었다. 아무런 설명도 해주지 않았고, 지금 물어보자니 이미 너무 늦었다. 이렇게 아랫도리를 훤히 드러낸 채로는 아무 말도 하고 싶지 않았다. 너무 수치스러웠다. 비브는 눈을 감았다.

선생이 그녀의 무릎을 세운 다음 벌리려고 하자 비브는 창피해서 죽을 것 같았다. "가능하면 좀더 힘을 빼고 누우세요, 해리슨 부인." 선생은 다시 말했다. "해리슨 부인? 좀더 힘을 빼세요." 다리를 벌리자 잠시 후 따뜻하고 건조한 무언가가 가랑이 사이로 들어오더니 안을 헤집기 시작했다. 선생의 손가락이었다. 다른 손으로는 그녀의 복부를 세게 누르며 단호하게 손가락을 밀어넣었다. 비브는 짧게 숨을 들이켰다. 선생은 계속 배를 누르면서 손가락을 밀어넣었고, 견딜 수 없어진 비브는 엉덩이를 뒤로 뺐다. 선생이 물러나서 수건으로 손을 닦았다.

"어느 정도의 불편함은," 그는 자명한 이치라는 듯 온화하게 말했다. "당연히 예상하셔야 합니다. 그 부분은 저도 어쩔 수가 없어요."

그러고는 몸을 돌려 코를 찌르는 냄새가 나는 액체를 스펀지인지 천 조각인지에 묻히더니 그것으로 그녀의 외음부를 가볍게 문질렀다. 비브는 고개를 들고 보려고 했지만 선생의 얼굴밖에 보이지 않았다. 그가 다시 안경을 썼는데, 이번에도 용접공이나 석공이 쓰는 고글처럼 보였다. 그의 머리와 가까운 선반에 인형이 하나 있었다. 꽃무늬 드레스를 입고 모자를 쓴 곰인형 혹은 토끼인형이었다. 비브는 선생이 그 인형을 흔들며 겁먹은 꼬마들을 어르는 광경을 상상했다. 그 뒤쪽 벽에는 안내문이 붙어 있었다. 충전 치료와 발치에 대한 간략 안내.

선생이 마스크를 썼다. 그게 너무나도 평범한 방독면처럼 보여—사실 일반적인 방독면과 마찬가지로 다소 우스꽝스러워 보였다—비브는 적잖이 마음이 놓였다. 그런데 다음 순간 미끄러지는 느낌이 들어서 떨어지지 않도록 침대 가장자리를 붙잡고 버텼다……어쨌거나 결국 떨어졌고, 영문은 모르겠지만 두 발로 제대로 착지했다. 뜬금없이 비브는 어둠 속에서 인파에 부대끼며 서 있었다. 길바닥인지 공공장소인지 모르겠고 어딘지도 가늠이 되지 않았다. 사이렌이 울렸지만 소리가 이상했다. 무슨 경보인지 알 수가 없었다. 비브는 누군지도 모르는 옆 사람의 팔을 붙잡고 물었다. "저게 뭐예요? 무슨 소리죠? 뭐라는 거예요?" "저것도 몰라요? 황소 경보잖아요." "황소요?" "독일 황소요." 비브는 곧바로 황소가 가공할 신무기의 이름임을 알아챘다. 그녀는 벌벌 떨며 뒤돌아섰다. 그러나 맞는 길이 아니라 잘못된 방향이었다. "온다!" 겁에 질린 외침이 들렸다. 다시 돌아서려 했지만 무언가가 복부를 강타했고, 어둠 속에서도 자신이 가공할 독일 황소의 뿔에 받혔음을 알았다. 손을 뻗자 황소 뿔의 뿌리 부분이 만져졌다. 매끄럽고 단단하고 차가웠다. 심지어 배에 박힌 부분까지 느껴졌다. 등을 더듬으면 자신을 관통해 등뒤로 삐져나온 뿔의 끝부분도 만질 수 있으리란 걸 알았다……

그때 비브는 정신이 돌아왔고 선생이 보였다. 그러나 뿔에 찔린 감각은 그대로였다. 뿔에 꿰여 침대에 못박힌 것 같았다. 헛소리를 해대는 그녀 자신의 목소리가 들리는 와중에 선생이 싱긋 웃었다.

"황소요? 저런. 크리클우드에는 그런 거 없어요."

선생이 그녀의 얼굴 앞에 그릇을 갖다대자 비브는 토했다.

그는 입가를 닦으라고 손수건을 건넨 뒤 똑바로 앉을 수 있도록 비브를 부축해 일으켰다. 엉덩이 밑에 깔려 있던 수건은 사라졌다. 선생의 소매는 다시 내려와 있었고 커프스단추도 단정히 채웠다. 이마는 붉은데다 땀이 나서 약간 번들거렸다. 모든 것이, 방안의 냄새와 사물의 위치 등이 미묘하게 달라진 것 같았다. '할머니 발자국 놀이'*를 하고 있었던 것처럼, 잠시 등을 돌리고 있던 사이에 시간 감각이 엉클어졌다. 바닥에 1실링짜리 동전만한 선홍색 자국이 있었지만 그것 외에 흐트러진 건 전혀 눈에 띄지 않았다. 양동이는 뭔가로 덮어 저만치 치워놓았다.

* '무궁화꽃이 피었습니다'와 비슷한 놀이.

다리를 침대 옆으로 내리는 순간, 복부와 등에서 느껴지던 통증이 속에서 쥐어짜는 아픔으로 바뀌었다. 거기에 더해 또다른 소소한 거북함도 느껴졌다. 가랑이 사이가 쓰라렸고 복부를 걷어차인 듯 물컹한 느낌이 들었다. 피를 흡수하려고 속에 거즈 뭉치를 넣어놨다고 선생이 말했다. 그리고 침대 위에는 흔히 쓰는 생리대와 고정벨트가 놓여 있었다. 그것을 보고 비브는 또 부끄럽기 짝이 없어 서둘러 벨트를 두르고 고리를 죄려고 애썼다. 선생은 쩔쩔매는 그녀를 보고 아직 마취가 덜 풀렸나 싶어 옆에 와서 도왔다.

비브는 옷을 입을 때에야 온몸에 기운이 하나도 없음을 깨달았다. 게다가 엉덩이 사이로 피가 고여 끈적끈적한 느낌이 들었다. 그 때문에 불안해졌다. 화장실에 가도 되는지 묻자 선생이 그녀를 복도로 데리고 나와 화장실의 위치를 가르쳐주었다. 비브는 변기에 앉아 더듬더듬 거즈 뭉치의 끝자락을 찾았다. 그게 속으로 들어가버릴까 걱정됐다. 오줌을 누는데 따가웠다. 자궁과 근육에서 느껴지는 통증은 상상을 초월했다. 그러나 휴지에는 피가 조금밖에 묻어나지 않았고, 엉덩이 사이가 축축했던 건 그냥 물기 때문이었다. 선생이 스펀지나 천으로 닦아낸 게 분명했다. 비브는 상상도 하기 싫었다. 여전히 시간 축에서 떨어져나온 듯한 희미한 공포감에 시달렸다. 훌쩍 지나간 시간을 자기만 미처 따라잡지 못한 기분이었다.

"자," 비브가 진료실로 돌아오자 선생이 말했다. "하루나 이틀쯤은 피가 좀 비칠 겁니다. 걱정하지 마세요, 그게 정상입니다. 저라면 침대에 누워 지내겠습니다. 남편한테 응석을 조금 부리세요……"

선생은 흑맥주를 좀 마시라고 조언하고, 여분의 생리대 두어 장과 진통제로 아스피린을 한 통 주었다. 그러고서 그녀를 다시 레지에게 데려다주었다.

"세상에!" 레지는 깜짝 놀라 담배를 끄고 벌떡 일어났다. "얼굴이 왜 이래!"

비브는 울음을 터뜨렸다.

"이런, 자자." 임리 선생이 뒤따라와 비브 뒤에 섰다. "해리슨 부인에게 스물네 시간 정도는 기운이 좀 없을 거라고 말씀드렸습니다. 만일 걱정되는 점이 있다면 전화하세요. 하지만 메시지는 남기지 마시길 부탁드립니다…… 물론 졸도나 심각한 출혈, 구토, 발작 같은 증상이 있으면 댁의 주치의를 찾아가야 합니다. 다만 그럴 가능성은 매우 적지요. 정말로 거의 없습니다. 그리고 두말할 나위도 없겠지만, 주치의가 연루될 경우 이 건에 관해 따로 언급할 필요는……" 선생은 손바닥을 펼쳐 보였다. "뭐, 이 정도면 충분히 이해하셨겠지요."

레지는 그를 무섭게 노려보았지만 대꾸는 하지 않았다. "괜찮아?" 그러고는 비브에게 물었다.

"괜찮은 것 같아." 비브는 여전히 흐느끼며 대답했다.

"제기랄." 레지가 선생에게 말했다. "원래 이렇게 상태가 안 좋아 보이는 겁니까?"

"말씀드렸다시피 기운이 좀 없을 겁니다. 임신이 제법 진행된 상태여서 일이 약간 더 복잡하게 된 것뿐입니다. 다만 구토와 발작은 염두에 두세요……"

레지는 마른침을 꿀꺽 삼켰다. 그는 코트를 걸치고서 비브가 코트 입는 것을 도왔다. 비브는 레지의 팔에 몸을 기댔다. 8시 50분이었다. 그들이 복도로 나오자 선생은 대기실 문을 닫고 재빨리 진료실로 건너가 그쪽 문도 닫았다. 그러고선 불을 끄고 현관문의 빗장을 푼 뒤 조금만 열고는 그 틈새로 거리를 엿보았다.

"이런, 달이 아직도 꽤 밝군요. 혹시……" 선생은 비브 쪽으로 몸을 돌렸다. "해리슨 부인, 괜찮으시면 손수건을 이렇게 들어주시겠습니까?" 그는 손으로 입을 막는 시늉을 했다. "네, 그렇게. 그러면 사람들이 충치 치료를 하러 왔구나 생각할 겁니다. 어쨌든 치과는 치과니까요…… 이웃들 눈치가 보여서요. 전쟁 때문에 다들 의심이 많아져서. 네, 대단히 감사합니다."

선생은 문을 활짝 열었고 둘은 거리로 나왔다. 비브는 일이 분 정도 손수건을 입에 대고 있다가 내렸다. 달빛이 손수건에 반사되어 아까 레지가 보던 약도처럼 야광으로 빛나는 것 같았다. 비브는 구름 한 점 없는 하늘을 쳐다보았다. 맥이 풀리고 아프기도 하고 비참하기도 해서 겁먹을 기운조차 없었다. 대신 뼛골이 시리도록 추웠다. 속에 든 거즈 뭉치가 삐져나온 듯한 느낌이 들면서 생리대 가장자리가 허벅지에 쓸렸다. 그녀는 레지의 팔에 매달리다시피 기댔다. 그러나 말은 하기 싫었다. "괜찮아?" 레지가 자꾸 물었다. "괜찮지? 우리 착한 아가씨." 그러더니 100미터쯤 걷고 나자 구시렁거리기 시작했다. "저 사기꾼 놈! 제기랄, 아주 작정을 하고 덤벼들더군! 10파운드나 더 내라니, 그게 말이 돼? 우리한테 선택의 여지가 없다는 걸 간파한 거야. 빌어먹을, 망할 유대인 놈! 내가 거기서 더 배짱을 부렸어야 했는데. 하다못해 단돈 2파운드라도……"
"그만해!" 비브는 도저히 참을 수 없어 쏘아붙였다.
"아니, 하지만 솔직히 비브, 저거 완전 사기꾼이라고."
레지는 계속 투덜거렸다. 크리클우드브로드웨이에서 둘은 십 분인가 십오 분을 기다려 택시를 탔다. 시내 중심가에 레지가 잡아놓은 어느 집으로 가는 중이었다. 그는 다른 쪽지에 주소를 적어왔다. 택시운전사가 아는 주소라고 하면서 그리로 곧장 가는 도로가 폐쇄되어 돌아가야 한다고 말했다. 레지는 그 말을 듣고 콧방귀를 뀌었다. 비브는 그가 무슨 생각을 하는지 알 것 같았다. 또 우릴 호구로 아는군. 택시는 천천히 움직였고, 비브는 가는 내내 긴장한 상태로 비참하게 앉아 있었다. 운전사가 보지 않는다는 걸 확인하고 아스피린통을 열어 세 알을 입에 넣었다. 그리고 씹어서 침으로 여러 번에 걸쳐 삼켰다. 이따금 엉덩이 밑에 손을 넣어 거즈와 생리대에서 피가 새지 않는지도 확인했다.
목적지에 도착한 뒤 비브는 집을 제대로 쳐다보지도 않았다. 여기가 어딘지도 정확히 몰랐다. 나중에서야 하이드파크를 지났다는 게 기억났고, 벨그레이비어 어디쯤이 맞는 듯싶었다. 기둥이 세워진 포치가 있었다. 레지가 지하실에 사는 노파한테 집 열쇠를 받으러 갔다 왔기 때문에 그것은 기억했다. 그가 계단을 뛰어내려가 지하실 문을 두드리는 동안, 비브는 눈을 감고 기둥에 기댄 채 조금이라도 온기를 모으려고 배 위에 양손을 얹고 있었다. 그녀의 요구와 바람은 오그라들어 응축됐다. 혼자서 조용히 몸을 덥힐 수 있는 장소만 있다면 다른 건 아무래도 좋았다. 레지의 목소리가 들렸다. 그는 노파와 어색한 농담을 주고받았다. "맞습니다…… 그렇다고 봐야겠네요…… 그렇죠?" 제발 좀, 비브는 생각했다. 숨을 헐떡이며 돌아온 레지는 욕설을 내뱉었다. 그렇게 둘은 안으로 들어갔다.

레지가 빌린 집은 꼭대기층에 있었다. 창문이 가려져 있지 않아 손전등에만 의지해 계단을 올라가야 했다. 비브는 허벅지 위쪽이 축축한 느낌이 들어 피가 새나보다고 생각했다. 걸음을 옮길 때마다 뜨겁고 연한 피가 조금씩 더 새어나오는 것 같았다. 이윽고 피가 다리를 타고 흘러내려 스타킹을 적시고 신발에 고이는 중이라고 확신했다…… 레지가 손에 익지 않은 열쇠를 가지고 자물쇠와 씨름하는 동안 비브는 꼼짝 않고 서 있었다. 레지가 거치적거리는 가구들을 발로 차고 정강이를 부딪히고 도자기를 쩔그렁 건드리면서 창문을 일일이 가리는 동안에도 내내 가만히 서 있었다.

"제발." 비브는 힘없이 중얼거렸다. 뭔가 바닥에 떨어지는 바람에 레지가 욕설을 내뱉으며 허리를 숙이고 주울 때였다. "방은 신경쓰지 마. 화장실 좀 먼저 어떻게 해줘."

"그럴 거야." 그는 짜증을 내며 말했다. "화장실이 어딨는지만 알면."

"안 보여?"

"몰라. 안 보여. 당신은 보여?"

"불 좀 켜봐. 잠깐만."

"허버드 할머니가 지하실에서 뛰어올라올걸. 공습경비원도 달려올 테고. 그럼 좋겠어?"

그는 이 년 전에 등화관제를 어겼다는 이유로 벌금 1파운드를 물었고, 그 사실을 절대 잊는 법이 없었다. 손전등 불빛이 미친듯이 이곳저곳을 휘저었다. 비브는 그가 움직이다 문틀에 머리를 호되게 부딪는 걸 보았다.

"제기랄!"

"괜찮아?"

"괜찮을 리 없잖아! 빌어먹을! 아파 죽겠네!"

레지는 이마를 문지르며 조심조심 움직였다. 그가 다시 입을 열었을 때는 목소리가 뭔가에 막힌 듯 먹먹하게 들렸다. "여긴 침실이네. 그렇다면 화장실이 바로 옆에 있을 텐데, 잠깐만……" 쿵 하고 또 머리를 부딪는 소리가 났다. 이어 커튼고리가 흔들리는 소리가 들리더니 틱, 그리고 또 한번 틱 하는 소리가 났다. "이런, 염병할!" 그가 소리쳤다. 전기가 나간 것이었다. 동전이 필요했다. 그는 비브 쪽으로 돌아와 잔돈을 세어보더니 그녀의 지갑에서도 잔돈을 꺼냈다. 그리고 더듬더듬 돌아다니며 미터기를 찾았다.

동전을 집어넣자 마침내 불이 들어왔다. 비브는 몸을 잔뜩 웅크리고 화장실로 갔다. 레지는 기다시피 걷는 그녀를 보고 부축하려고 다가왔다. 비브는 그를 밀쳐냈다.

"저리 가, 가라고!"

우려했던 것만큼 피가 나지는 않았다. 생리대에 아주 약간 묻었을 뿐이었다. 하지만 아까 하얬던 거즈 끝자락이 이젠 적갈색으로 물들었다. 비브는 손가락으로 거즈 끝을 살짝 만져봤다. 처음보다 좀 느슨해진 느낌이었다. 이게 안에서 돌아다니다 쑥 들어가버릴까 다시 걱정됐다. 그녀는 손에 묻은 피를 마구 문지르다 일어나서 물에 씻어냈다. 그리고 욕조를 쳐다보면서 거기에 뜨거운 물을 채우고 그 안에 푹 잠겨 허리 통증을 가라앉히는 상상을 했다. 이 화장실은 묘하게 사치스러웠다. 바닥에 두터운 우윳빛 카펫이 깔렸고 타일은 진주층으로 만든 것처럼 보였다. 비브는 자신이 지저분하게 느껴졌다. 흔적이나 얼룩을 남기지 않으려면 어떻게 움직여야 하나 고민했다. 갑자기 기운이 쭉 빠져 부르르 진저리를 쳤다. 변기 뚜껑을 내리고 그 위에 앉아 무릎에 팔꿈치를 괴고 손에 얼굴을 묻었다. 코트도 모자도 벗지 않은 채였다.

너무 오래 앉아 있었는지 레지가 문을 두드리며 괜찮은지 물었다. 비브가 들어오라고 하자 그는 휘둥그레진 눈으로 초조하게 두리번거렸다.

레지는 비브를 부축해 침실로 나왔다. 좀전에 침실을 지나오긴 했지만 그때는 주변이 거의 눈에 들어오지 않았다. 지금 보니 화장실과 마찬가지로 장식이 요란했다. 카펫 위에 호랑이 가죽이 깔려 있고 침대에는 실크 쿠션이 놓였다. 인기 영화배우의 침실을 흉내 낸 것 같았다. 아니면 매춘부나 바람둥이의 집 같았다. 집안 전체가 그런 식이었다. 거실엔 전기 벽난로를 설치하고 크롬 도금한 철판으로 주변을 둘러쳤다. 전화기는 진주 같은 하얀색이었다. 가볍게 한잔할 수 있도록 술병과 유리잔을 갖춘 바도 있고, 벽에는 파리의 풍경 사진들이 걸려 있었다. 개선문, 에펠탑, 길가의 카페에서 와인병을 앞에 놓고 즐겁게 앉아 있는 남녀들.

그러나 온통 먼지투성이에 손을 대면 차가웠다. 여기저기 부옇게 쌓여 있는 것은 공습 때 떨어진 페인트와 석고 가루였다. 방에서는 축축한 냄새가 나고 사람 사는 흔적이 없었다. 비브는 여전히 오한으로 덜덜 떨며 난로에서 가장 가까운 안락의자에 앉았다.

"여긴 누구네 집이야?" 비브가 물었다.

"누구의 집도 아냐." 레지는 그녀 옆에 앉아 난로 스위치를 만지작거렸다. "모델하우스거든. 이거 안에서 뭐가 고장난 것 같은데."

"뭐라고?"

"그냥 모델하우스라고. 집을 사려는 사람한테 어떤 곳인지 보여주기 위한 견본 같은 거야. 전쟁이 터지기 전에 만들어놓은 거지. 이젠 아무도 관심이 없고."

"여긴 아무도 안 살아?"

"가끔 사람들이 머물렀다 가는 것 외엔."

"어떤 사람들이?"

레지는 스위치를 올렸다 내렸다 했다. "마이크의 친구들. 전에 얘기했잖아. 걔가 부동산 중개인이라 아직도 열쇠를 갖고 있어. 아래층 노파한테 맡겨놓는 거지. 휴가를 받았는데 갈 데가 없으면 오는 거야."

비브는 그제야 이해했다. "당신 친구들이 여자를 데려오는 곳이군."

레지는 비브를 힐끗 올려다보며 웃음을 터뜨렸다. "그렇게 쳐다보지 말아줘! 난 거기에 대해선 전혀 아는 바가 없다고. 그래도 호텔보단 낫잖아, 안 그래?"

"그래?" 비브는 웃지 않았다. "다 아는 것 같은데. 당신도 만날 여자를 이리로 데려오지 않아?"

그는 다시 껄껄 웃었다. "그래봤으면 좋겠네! 나도 여긴 처음 와봐."

"그거야 당신 얘기고."

"바보 같은 소리 마. 당신도 내가 쩔쩔매는 거 봤잖아?" 그는 머리를 문질렀다.

비브는 시선을 돌렸다. 자기 꼴이 너무 한심해 눈물이 날 지경이었다. "만날 이 모양이지." 그녀는 음울하게 말했다. "언제나 꼴은 형편없지. 지금도 그래."

레지는 여전히 난로 스위치를 만지작대는 중이었다. "뭐가 어떻게? 왜?"

"바로 이렇게." 비브는 목이 메었다. 억울함을 털어놓자 자기연민이 밀려들어 더이상 참지 못하고 울음을 터뜨렸다. 레지는 난로를 놔두고 일어났다. 비브 쪽으로 다가와 엉거주춤 그 옆에 앉았다. 그러고선 그녀의 모자를 벗기고 머리칼을 어루만지며 키스했다.

"울지 마, 비브."

"엉망진창이 된 것 같아."

"그래, 나도 알아."

"아냐, 당신은 몰라. 차라리 죽는 게 나아."

"그런 말 하지 마. 당신이 죽으면 내 기분이 어떨지 생각해봐. 계속 아파?"

"응."

레지는 목소리를 낮췄다. "무서웠어?"

비브는 고개를 끄덕였다. 레지가 팔을 뻗어 비브의 배에 손을 갖다댔다. 처음에는 움찔했지만 그 손바닥의 온기와 무게감과 손가락이 위로가 됐다. 비브는 그의 손 위에 자신의 손을 포개어 꼭 잡았다. 그리고 황소에 대한 꿈이 떠올라 그에게 얘기했다.

"황소?" 그가 말했다.

"독일 황소. 뿔로 나를 찔렀어. 나는 그게 내내 임리 선생이라고 생각했는데……"

레지가 웃음을 터뜨렸다. "첫눈에 비열한 늙은이라는 걸 딱 알아챘다니까. 내 여자를 아프게 하다니, 재수없는 놈!"

"하지만 의사 잘못이 아니야." 비브는 손수건을 꺼내 코를 풀었다. "그건 당신 뿔이잖아."

"내 뿔이라고! 그거 맘에 드네!" 그는 다시 비브에게 키스했다. "그거야 당신이 사람을 아주 미치게 만드니까……" 그러고선 그녀의 머리에 대고 뺨을 문질렀다. 아랫배에 닿는 그의 손길이 뭔가 좀 이상했다. 그가 손가락을 꿈지럭댔다. "오, 비브."

비브는 레지를 밀어냈다. "저리 가!" 자기도 모르게 웃음이 터졌다. "당신은 괜찮을지 몰라도……"

"나도 죽겠다고."

"생각만 해도…… 어휴!" 비브는 진저리를 쳤다.

그도 웃어버렸다. "말이 나왔으니 말인데, 일이 주만 지나면 생각이 달라질걸."

"일이 주? 미쳤구나. 일이 년이겠지."

"이 년? 나 진짜 미칠 거야. 최소한 희망은 좀 줘야지. 탈영을 해도 그보다는 형기가 짧겠다."

비브는 또 웃음이 터졌다. 그러다 숨이 턱 막혀 고개를 흔들었다. 갑자기 말이 나오지 않았다. 둘은 잠시 조용히 앉아 있었다. 레지가 뺨과 턱으로 그녀의 머리를 쓸었고 이따금 이마에 입을 맞췄다. 방이 점점 따뜻해졌다. 등과 배의 통증은 점점 가라앉아서, 매달 찾아올 때마다 욕이 절로 나오는 뱃속 깊숙한 아픔과 비슷한 정도까지 줄었다. 그러나 온몸에 기력이 하나도 없었다.

이윽고 레지가 일어나서 기지개를 켰다. 그는 바를 쳐다보더니 술이 미치도록 고프다며 다가가 술병을 집었다. 그러나 마개를 열어 냄새를 맡아보고는 얼굴을 찡그렸다. "색소 탄 물이잖아!" 그는 다른 병도 열어보았다. "다 그러네. 그리고 이거 봐!" 상자 속에 담배가 들어 있었다. 판지로 만든 모조품이었다. "더러운 수작이나 부리고. 그냥 이걸로 때워야겠다."

레지는 갖고 온 조그만 브랜디병을 꺼내 마개를 뽑고 비브에게 내밀었다.

비브는 고개를 저었다. "임리 선생이 흑맥주를 마셔야 한댔어."

"먹고 싶으면 나중에 흑맥주도 좀 갖다줄게. 우선은 이거라도 좀 마셔."

비브는 마취 때문에 하루종일 아무것도 먹지 못했다. 브랜디를 한 모금 마시자 불길처럼 뜨거운 액체가 목구멍을 지나 빈속으로 흘러들어가는 게 느껴졌다. 레지도 몇 모금 들이켜고서 담배에 불을 붙였다. 지금 비브에게 담배는 무리였지만 적어도 냄새가 역하지는 않았다. 확실히 나아졌어, 그녀는 생각했다. 그 순간 처음으로 몸이 나아졌다는 걸 깨달았다. 분명 괜찮을 거야. 안도감이 브랜디처럼 온몸에 퍼졌다. 비브는 눈을 감았다. 이제는 통증만 있을 뿐이다. 그동안 죽을 고생을 했던 것에 비하면 이건 약과였다.

레지는 담배를 다 피우고 일어섰다. 화장실에 다녀와서는 침실에서 서성이며 커튼을 젖히고 바깥 거리를 내다보았다. 거리는 고요했다. 집들도 다 조용했다. 거리 양편의 집들 모두 이곳처럼 비어 있는 게 틀림없었다.

레지가 다시 비브 옆으로 왔을 때 그녀는 졸고 있었다. 그는 그 옆에 쭈그려앉아 그녀의 얼굴을 어루만졌다.

"춥지 않아, 비브? 얼굴이 무척 찬데."

"그래? 난 괜찮은데."

"침대에 눕지 않을래? 안아다줄까?"

비브는 말을 할 수가 없어 고개를 저었다. 눈을 살짝 떠봤지만 눈꺼풀이 납덩이처럼 무거워 금방 도로 감겼다. 레지는 그녀의 이마를 짚어보더니 코트 깃을 더욱 바짝 여며주었다. 그러고는 신발을 벗고 마룻바닥에 앉아 비브의 무릎에 머리를 기댔다. "뭐 필요한 거 있으면 말해."

둘은 그렇게 한 시간 남짓 앉아 있었다. 결혼한 지 오래된 노부부 같았다. 사랑을 나누지 않고 이렇게 오래 같이 있는 건 처음이었다.

10시 반쯤인가 비브가 크게 움찔했다. 레지는 깜짝 놀랐다.

"왜 그래?" 그가 비브를 쳐다보며 물었다.

"뭐가?" 비브는 어리둥절해져 반문했다.

"어디 안 좋아?"

"왜?"

레지는 일어섰다. "얼굴이 백지 같아. 토하려는 건 아니지?"

그러고 보니 진짜 몸이 좀 이상했다. "모르겠어. 화장실에 가야 하려나." 비브는 일어서려 했다.

"내가 부축해줄게."

레지가 그녀를 부축해 화장실로 데려갔다. 비브는 아까보다 더 천천히 걸었다. 머리와 몸이 따로 노는 것 같았다. 땅딸막하고 멍청하고 꼴사나운 몸뚱이에 실오라기 몇 가닥으로 머리를 꿰매놓은 느낌이었다. 하지만 걸으면 걸을수록 복부 통증이 심해져 정신이 번쩍 들었다. 화장실 변기에 앉자마자 쥐어짜는 듯한 통증 때문에 몸을 거의 반으로 접었다. 묘한 통증이었다. 생리통과 비슷하면서도 한편으론 장이 꼬인 것 같았다. 설사인가보다 생각하고 오줌을 눌 때처럼 힘을 주었다. 가랑이 사이에서 뭔가가 주르륵 미끄러지는 느낌이 들더니 퐁당 하고 물에 빠졌다. 변기 안을 들여다보니 피에 흠뻑 젖어 모양이 일그러진 거즈 뭉치가 보였다. 그런데 피가 계속 나왔다. 타르를 칠한 밧줄처럼 진하고 멍울진 검붉은 피였다.

비브는 레지를 소리쳐 불렀다. 레지는 그 목소리에 놀라 한달음에 달려왔다.

"제기랄!" 그가 변기 속의 피를 보고 내뱉었다. 비브만큼이나 얼굴이 창백해져 뒤로 물러섰다. "아까도 이랬어?"

"아니." 비브는 휴지 몇 장을 뜯어 피를 멈춰보려고 애썼다. 휴지에서 새어나온 피로 손은 온통 피투성이였다. 비브는 온몸을 부들부들 떨었다. 심장이 미친듯이 쿵쾅거렸다. "피가 멎질 않아."

"그걸 대봐." 생리대를 말하는 것이었다.

"피가 계속 나와, 멈추질 않아. 아, 레지, 도무지 멈출 수가 없어!"

비브가 겁을 먹을수록 피가 더 빠르게 쏟아지는 것 같았다. 처음에는 지방과 혈전으로 끈적끈적한 피가 나오다 이내 평범한 피로 바뀌었는데 정말 놀랍도록 새빨갰다. 싱크대에 물을 틀어놓은 것처럼 변기 속의 휴지 위로 피가 줄줄 떨어졌다. 변기 시트와 그녀의 다리와 손가락이 온통 피투성이였다.

"이럴 리가 없는데, 그렇잖아?" 레지는 숨을 헐떡이며 말했다.

"나도 몰라."

"임리 선생이 뭐랬어? 원래 이런 게 맞대?"

"출혈이 약간 있을 거라고 했어."

"약간? 얼마나 약간? 이게 약간이야? 이게 약간일 리 없잖아, 몇 톤은 되겠어."

"그래?"

"안 그래?"

"모르겠어."

"왜 몰라? 평소에 생리할 때는 어땠는데?"

"이렇지는 않지. 사방에 피가 묻었잖아!"

레지는 손으로 입을 막았다. "출혈을 멎게 하는 방법이 분명 있을 거야. 아스피린을 더 먹어봐."

"아스피린이 도움이 될까?"

"아무것도 안 하는 것보단 낫잖아."

어차피 수중에 있는 약이라고 해봐야 아스피린뿐이었다. 그는 비브의 코트 주머니를 뒤져 약통을 가져왔다. 손에 묻은 피 때문에 비브는 아무것도 만질 수가 없었다. 그녀는 레지의 손에서 아스피린 세 알을 받아 아까와 마찬가지로 그냥 씹어 삼켰다. 레지는 그녀에게 브랜디를 한 모금 더 먹이고 나머지는 자기 입에 털어넣었다. 그들은 변기 손잡이를 잡아당기고 물이 내려가는 것을 지켜보았다. 잘 만든 칵테일처럼 위쪽에 약간의 분홍기와 바닥에 검붉은 시럽 같은 게 남았을 뿐 깨끗하게 내려갔다. 그러나 곧장 또 피가 흘러나와 물속에서 빙글빙글 돌며 퍼졌다.

"그냥 저걸 밑에다 대면 혹시 괜찮을지……" 레지는 또 고갯짓으로 생리대를 가리키며 말했다.

비브는 그저 고개만 흔들었다. 공포에 질려 말도 나오지 않았다. 휴지를 계속 뽑아 어떻게든 막아보려고 애써보니, 일이 분 정도는 버티는 것 같아 비브는 조금 진정이 됐다. 그러다 휴지가 아까 그 거즈처럼 툭 떨어졌다. 레지가 휴지를 더 많이 뽑아서 다시 막아보려 했다. 그는 휴지를 넣을 자리를 찾아 그녀의 손 위로 더듬었다. 그러나 휴지는 또 떨어졌고 피는 더욱 빠르게 흘렀다.

결국 둘 다 어쩔 줄 몰라 임리 선생에게 전화해 조언을 구하기로 했다. 레지는 거실로 달려갔다. 비브는 진주처럼 새하얀 전화기의 다이얼이 작게 팅 울리는 소리를 들었다. 하지만 레지가 절망과 좌절이 뒤섞인 괴성을 질렀다. 그러고서 휘청거리며 돌아오더니 신발을 신었다. 전화기는 작동하지 않았다. 전화선이 1미터쯤 가다 끊겨 있었다. 색소 탄 술병이나 판지 담배와 마찬가지로 그저 보여주기 위한 전화였다.

"공중전화를 찾아야겠어." 레지가 말했다. "여기 오면서 본 기억 있어?"

그가 나간다는 생각에 비브는 겁에 질렸다. "가지 마!"

"아직도 피가 나?" 그는 비브의 가랑이 사이를 보더니 욕설을 내뱉었다. 그러고는 비브의 어깨에 손을 올렸다. "잘 들어. 내가 내려가서 아래층 할머니한테 얘기할게. 그 할머니는 전화가 어디 있는지 알 거야."

"할머니한테 뭐라고 말하게?"

"그냥 전화할 데가 있다고만 할 거야."

"저기……" 비브는 레지의 팔을 움켜쥐었다. "레지, 내가 유산하려고 한다고 말해."

그는 움찔했다. "진짜? 그럼 할머니가 올라오려고 할 텐데. 의사를 데려오려고 할 거야."

"의사가 있어야 할지도 모르잖아? 임리 선생이 그랬는데……"

"의사? 제기랄, 비브, 난 그런 거에 전혀 대비가 되어 있지 않다고."

그는 비브에게서 손을 떼고 머리를 쥐어뜯었다. 그의 표정으로 보건대 분명 돈 생각을 하거나 소란을 걱정하고 있었다. 비브는 다시 울음을 터뜨렸다. "울지 마!" 그녀가 우는 모습을 보고 레지가 말했다. 순간 그도 울어버릴 것 같은 얼굴이었다. "의사는 알아챌 거야, 안 그래? 의사가 와서 보고 알아차리면 어떡해?"

"상관없어." 그녀가 말했다.

"비브, 의사가 경찰을 데려올 수도 있어. 의사는 이름을 물어볼 거야. 우리에 관한 걸 모조리 물어볼 거라고." 목소리에 긴장한 기색이 역력했다. 레지는 갈팡질팡하며 서 있었다. 다른 방법이 없는지 열심히 머리를 굴렸다. 그때 다시 새로운 통증이 덮치면서 비브가 헉 하고 배를 움켜잡았다. "알았어." 그가 서둘러 말했다. "알았다고."

그는 뒤돌아서 나갔다. 현관문이 쾅 닫혔고 그후로는 아무 소리도 들리지 않았다. 비브의 이마와 윗입술이 땀으로 푹 젖었다. 그녀는 소매로 땀을 닦았다. 변기 물을 다시 한번 내리고서 손을 씻으려고 세면대로 몸을 돌렸다. 금색 반지가 너무 헐거워 그냥 빼버렸다. 세면대는 선홍색 페인트를 쏟아부은 것처럼 보였다. 비브는 휴지를 더 끊어서 세면대를 닦고, 자기가 앉아 있는 변기 시트도 닦고, 시트 밑의 변기 가장자리도 닦았다. 그때 카펫 위에 떨어진 핏자국 한 방울이 보였다. 그것도 닦으려고 허리를 굽히는 순간 현기증이 났다. 욕실 바닥이 기우뚱하는 느낌이 들어 벽을 붙잡았다. 진주층 같은 뽀얀 타일에 분홍색 얼룩이 졌다. 비브는 조심조심 자세를 바로잡고 손으로 머리를 감싼 채 가만히 앉았다. 꼼짝 않고 앉아 있으면 피가 좀 덜 나오는 것 같았다…… 눕고 싶었다. 침대에 가만히 누워 있으라던 임리 선생의 말이 떠올랐다. 하지만 지금은 우윳빛 카펫을 더럽힐까 무서워 일어나지도 못했다. 비브는 눈을 감고 속으로 숫자를 세기 시작했다. 하나, 둘, 셋, 넷. 그렇게 넷까지 반복해서 계속 읊었다. 하나, 둘, 셋, 넷. 하나, 둘, 셋, 넷……

나는 죽을 거야, 비브는 생각했다. 갑자기 아버지가 보고 싶었다. 아빠만 여기 계셨어도! 아버지가 여기 들어와 이 피투성이 광경을 목격하는 장면을 상상했다…… 비브는 다시 울먹이기 시작했다. 변기에 앉은 채 머리를 벽에 기대고 훌쩍훌쩍 울었다. 하지만 울음소리는 아주 작아서 막힌 코로 숨을 몰아쉬는 것처럼 들릴 뿐이었다.

레지가 돌아올 때까지 비브는 계속 그렇게 훌쩍이며 앉아 있었다. 레지는 지하실 노파와 함께 들어왔다. 노파는 잠옷에 가운 차림이었지만 코트와 모자를 걸치고 방수용 덧신까지 신은 상태였다. 공습경보가 울릴 때를 대비한 복장인 듯했다. 꼭대기까지 올라오느라 숨을 몰아쉬는데 이가 하나도 없었다. 노파는 얼굴을 닦으려고 손수건을 꺼냈으나 비브의 상태를 보고는 그대로 떨어뜨렸다. 그러고선 곧장 비브에게 다가와 이마를 짚어보고 허벅지를 잡아 벌리더니 그 속의 엉망진창이 된 꼴을 살펴보았다.

노파는 레지를 향해 돌아섰다. "아이구머이나 세상에!" 이가 없어서 발음이 샜다. "자네 무슨 생각으로, 의사를 부른다고? 지금 이 사람한테 필요한 건 구급차야!"

"구급차요?" 레지가 겁에 질려 반문했다. "진짜로요?" 노파가 욕실 안에 있어서 그는 문밖에서 서성이고 있었다.

"내 말 들었잖아." 노파가 말했다. "이 사람 낯빛을 보라고! 몸속의 피를 절반은 쏟았어. 의사가 피를 다시 넣어줄 수 있을 것 같아? 응?" 노파는 다시 비브의 이마를 짚었다. "하느님 맙소사…… 얼른 가! 뭘 꾸물거리고 섰어? 공습경보가 울리기 전에 전화를 걸어야 구급차가 바로 올 거 아니야. 빨리 오라고 해. 사람 목숨이 간당간당하다고!"

레지가 뒤돌아서 뛰어나갔다.

"자자." 노파는 어깨를 움츠려 코트를 벗으며 말했다. "아가, 꼭 그렇게 피가 줄줄 나오게 거기 앉아 있어야 쓰겠냐?" 노파는 비브의 어깨에 손을 얹었다. 손이 덜덜 떨렸다. "여기 좀 눕는 게 낫지 않겠어?"

비브는 고개를 저었다. "그냥 이렇게 있을래요."

"그래, 그러렴. 하지만 살짝만 이렇게 몸을 들어봐…… 옳지, 착하지."

화장실에는 수건이 하나밖에 없었다. 카펫과 똑같은 우윳빛 수건이었다. 비브는 그 수건에 손을 대고 싶지 않았다. 하지만 노파는 곧장 수건걸이에서 수건을 홱 낚아채 반으로 접었다. 그러고선 비브를 일으킨 다음 변기 뚜껑을 내리고 수건을 그 위에 깔았다. "이 위에 앉아라, 아가." 그렇게 비브를 부축해 다시 앉혔다. "옳지. 그리고 이 속바지는 벗자, 응?" 노파는 웅크리고 앉아 비브의 무릎을 더듬거리며 발을 들어올렸다. "이러니 좀 낫네. 속바지를 발목에 걸고 있는 모습을 바깥양반한테 보이는 건 별로 안 좋잖아, 그렇지? 정말 보기 흉하지. 이제 됐다. 내가 네 나이 땐 속바지 같은 건 신경도 안 쓰고 살았어. 치마만 입으면 그럴듯해 보이잖니. 요즘 애들은 상상도 못할 정도로 길고 멋진 치마였지. 자, 걱정하지 마라. 금방 다 해결돼서 넌 다시 여왕처럼 보일 테니까. 아이고야, 무슨 머리가 이렇게 곱냐, 아주……"

노파는 새는 발음으로 말도 안 되는 얘기를 쉬지 않고 해댔다. 비브를 제 몸에 기대게 하고서 거칠고 뭉툭한 손가락으로 비브의 머리를 가볍게 토닥이며 쓰다듬었다. 그러나 비브는 노파 또한 겁에 질렸다는 걸 알 수 있었다.

"아직도 나오지, 그렇지?" 노파는 가끔 비브의 다리 사이로 수건을 쳐다보며 중얼거렸다. "뭐, 너같이 젊은 애들은 피 좀 흘려도 괜찮아, 여력이 있으니까. 사람들이 그러지 않던?"

비브는 눈을 감았다. 노파가 중얼거리는 소리를 다 알아들으면서도 꿋꿋이 거기를 조였다. 몸에서 빠져나가는 피에 온 신경을 집중했다. 출혈을 늦추려고 막으려고 도로 밀어넣으려고 안간힘을 썼다. 두려움이 거대하고 시커먼 파도처럼 출렁거리며 치솟았다 가라앉곤 했다. 잠시나마 피가 멎은 것처럼 느껴지면 좀 진정이 됐다가도, 가랑이 사이에서 또 쏟아지면 다시 패닉에 빠졌다. 그러면 미친듯이 쿵쾅거리는 심장 때문에 더 무서워졌다. 심장이 빨리 뛰면 피도 더 빨리 쏟아질 테니까.

레지가 돌아오는 소리가 들렸다.

"불렀어?" 노파가 큰 소리로 물었다.

"네." 레지는 가쁜 숨을 몰아쉬며 대답했다. "네, 오고 있어요."

그는 백지처럼 하얗게 질린 채 손톱을 물어뜯으며 화장실 문가에 서 있었다. 노파 때문에 기가 죽어 안으로 들어오지 못했다. 들어와서 손을 잡아주면 좋을 텐데, 비브는 생각했다. 어깨라도 안아주면…… 그러나 레지는 그녀와 시선이 마주치자 어쩔 수 없다는 몸짓만 해 보였다. 양손을 펼치고 고개를 저으며. '미안해'라고 입모양으로 말했다. '미안해.' 그리고 밖으로 나갔다. 비브는 그가 담뱃불 붙이는 소리를 들었다. 커튼고리가 짤랑거렸기에 그가 침실 창가에서 밖을 내다보고 있음을 알았다.

그때 피가 다시 새어나오면서 칼날에 베이듯 날카로운 통증이 뱃속을 강타했다. 비브는 눈을 감고 다시 패닉에 빠졌다. 통증과 패닉은 그야말로 끝없는 암흑 같았다. 임리 선생의 병원에서 가스 마취를 받았을 때처럼, 세상이 앞으로 휙휙 나아가는 동안 혼자 미끄러져 낙오된 기분이었다…… 작은 원을 그리며 어깨와 등을 살살 문지르는 노파의 손길이 느껴졌다. 레지가 "왔어요!"라고 외치는 소리가 들렸다. 그때는 그가 무슨 말을 하는지도 몰랐다. 레지가 커튼을 열어둔 바람에 무슨 문제가 생긴 거라고 생각했다. 잠시 후 눈을 뜬 비브는 바지와 재킷을 입고 철모를 쓴 구급대원들을 보았다. 비브는 공습경비원 아저씨와 청년이 등화관제를 어겼다고 한소리 하러 온 줄 알았다.

그런데 청년이 웃고 있었다. 목이 쉰 듯 그르렁거렸지만 톤이 높아서 꼭 여자 웃음소리 같았다. 청년이 말했다. "저 호랑이 가죽 맘에 드는데. 하지만 한밤중에 보고 흠칫 놀란 적 없어요? 옆을 지나는데 저게 내 발목에 달려들면 진짜 간 떨어지겠다." 비브가 깔고 앉은 수건을 찬찬히 살핀 청년은 이내 웃음기가 사라졌다. 그래도 표정은 여전히 상냥했다. 수건은 새빨갛게 흠뻑 젖어 있었다. 청년이 비브의 이마를 짚은 뒤 같이 온 남자에게 나직이 말했다. "피부가 축축해."

"멈추질 않아요." 비브는 중얼거렸다.

그녀 앞에 쭈그려앉아 있던 남자는 비브의 소매를 걷어올리고 팔에 밴드를 둘렀다. 그리고 밴드에 연결된 고무공을 푹푹 누르더니 계기판을 확인하고 얼굴을 찌푸렸다. 남자는 그녀의 허벅지를 가볍게 잡고 아까 청년이 그랬듯 엉덩이 밑에 깔린 수건을 살펴보았다. 이젠 창피할 여력도 없었다. 남자가 물었다. "이렇게 피가 나온 지 얼마나 됐습니까?"

"모르겠어요." 비브는 힘없이 대답했다. 레지는 어디 있지? 그녀는 생각했다. 레지라면 알 터였다. "한 시간쯤 된 것 같아요."

남자는 고개를 끄덕였다. "상태를 보니 출혈량이 엄청납니다. 최대한 빨리 병원으로 이송해야 합니다, 괜찮죠?" 남자의 침착한 목소리가 위안이 되었다. 비브는 그의 품에 주저앉고 싶었다. 남자는 그녀 앞에 쭈그려앉은 채로 밴드와 고무공을 가방에 갈무리했다. 일처리가 무척 신속했다. 그런데 남자가 일어나기 전에 비브의 얼굴을 다시 뚫어져라 쳐다보더니 정중하게 물었다. "성함이 어떻게 됩니까?"

"피어스예요." 비브는 아무 생각 없이 대답했다 "비비언 피어스."

"그러면 피어스 부인, 아기는 몇 달째였습니까?"

그제야 비브는 자기가 무슨 짓을 저질렀는지 깨달았다. 마거릿 해리슨이라고 말했어야 하는데 본명을 말해버린 것이다. 다시 레지를 찾아 두리번거렸다. 남자는 비브의 무릎을 살짝 잡았다.

"유감입니다." 그가 말했다. "운이 지독히 나빴어요. 하지만 금세 회복하도록 저희가 조치를 취할 겁니다. 여기 카마이클 양과 제가 아래층으로 모시겠습니다."

비브는 레지를 찾느라 그의 말에 집중하지 못했다. 그래서 '카마이클 양'이라고 했을 때 노파를 가리키는 줄 알았다. 그때 남자와 청년이 서로를 '케이'와 '미키'라고 부르며 다른 얘기를 주고받는데, 비브는 아연해짐과 동시에 깨달았다. 그들은 남자가 아니라 그저 머리를 짧게 깎은 여자들이었다…… 그들에게 가졌던 신뢰감과 안도감과 의지하는 마음이 순식간에 사라져버렸다. 비브는 부들부들 떨기 시작했다. 오한을 느낀다고 생각했는지 그들이 담요를 덮어주었다. 접이식 캔버스 의자를 가져와 그녀를 앉히고 끈으로 묶었다. 그리고 의자째 그녀를 들고 요령 있게 화장실 밖으로 빠져나와 호랑이 가죽을 밟고 거실을 가로질러 파리 사진과 바를 지나 불 꺼진 계단을 내려갔다. 비브는 모퉁이를 돌 때마다 쓰러질 것만 같았다. "죄송해요." 그러면서 힘없이 계속 중얼거렸다. "죄송해요."

그들은 자꾸 사과하는 비브를 장난스럽게 나무랐다.

"우리가 힘들게 실어날랐던 무겁고 덩치 큰 작자들을 보셨어야 하는데!" 청년 같은 사람—미키—이 웃으며 말했다. "나중에 피아노 운반 사업이나 하려고요."

노파가 앞장서서 발 딛기 애매한 계단을 미리 가르쳐주었다. 그러고선 그들이 지나가도록 현관문을 열고 붙잡아주었고 얼른 뛰어가 정원문도 열어주었다. 구급차는 바로 문 앞에 주차되어 있었다. 칙칙한 회색으로 칠한 희멀건 차체에 달빛이 반사되어 칠흑같이 어두운 거리 위에 차가 동동 떠 있는 것처럼 보였다. 케이와 미키는 비브를 내려놓고 차문을 열었다.

"이제 당신을 똑바로 눕힐 거예요." 미키가 말했다. "그러면 출혈이 덜할 겁니다. 자, 갑니다."

그들은 비브를 의자에서 침상으로 옮겨 눕혔다. 여전히 사시나무 떨듯 떨었고 하혈도 계속됐다. 이제 그녀는 마라톤을 뛰고 난 사람처럼 고통스럽게 숨을 헐떡였다. 케이가 자신이 뒤칸에 탈 테니 미키한테 운전을 하라고 얘기하는 소리가 들렸다. 이어 케이가 올라타자 침상이 약간 기우뚱했다. 비브는 고개를 들어 레지를 찾았다. 레지가 곁에 앉아 자신의 손을 잡아주도록 케이가 허락해주길 바라면서. 구급차의 한쪽 문이 닫혔고, 노파가 열린 다른 쪽 문 앞에 서서 새는 발음으로 이제 걱정할 거 없다고, 의사들이 금방 고쳐줄 거라고 소리쳤다…… 노파가 뒤로 물러섰다. 미키가 나머지 문을 닫았다.

비브는 몸부림치며 일어나 앉았다. "잠깐만요. 레지는 어딨죠?"

"레지라뇨?" 케이가 반문했다.

"남편이구먼!" 노파가 말했다. "아이고, 내가 깜박했네. 그 사람이 말도 없이 나가는 걸 봤는데……"

"레지!" 비브는 미친듯이 외쳤다. 허리께가 고정끈으로 침상에 묶여 있었다. 비브는 그것을 잡아뜯기 시작했다. "레지!"

"거기 남자가 있었어?" 케이가 물었다.

"없었는데." 미키가 대답했다. "가서 한번 찾아볼까?"

비브는 계속 끈을 풀려고 버둥거렸다.

"그래." 케이가 말했다. "서둘러!"

미키가 달려갔다. 잠시 후에 돌아온 그녀는 숨을 헐떡였다. 그러면서 철모 챙을 올리고 차 안으로 몸을 기울였다.

"다 돌아봤는데 아무도 없어."

케이가 고개를 끄덕였다. "알았어, 가자. 나중에 병원으로 찾아오겠지."

"거기 있었어요." 비브는 힘겹게 숨을 쉬며 말했다. "잘못 본 게 틀림없어요…… 어두워서……"

"아무도 없어요." 미키가 다시 말했다. "유감이지만."

"원, 사람이 어떻게 그럴 수가 있나그래?" 노파가 격분했다.

비브는 털썩 누웠다. 기운이 다 빠져 뭐라고 대꾸조차 할 수 없었다. "의사는 알아챌 거야, 안 그래? 이름을 물어볼 거야. 우리에 관한 걸 모조리 물어볼 거라고." 눈에 눈물이 그렁한 채 이렇게 말하던 레지가, 화장실 문가에 서서 고개를 흔들며 입모양으로 '미안해……'라고 말하던 레지가 떠올랐다.

비브는 눈을 감았다. 문이 쾅 닫히고 잠시 후 구급차가 출발했다. 엔진 소리가 너무 커서 꼭 머리를 엔진 옆에 대고 있는 것 같았다. 선박의 화물칸에 갇힌 기분이었다. 얼굴 바로 위에서 케이의 목소리가 들렸다. "괜찮습니다, 피어스 부인." 그러면서 뭔가를 하고 있었다. 라벨을 적어 비브의 옷깃에 매다는 중이었다. "힘내세요, 피어스 부인."

비브는 허탈하게 말했다. "부인이라고 부르지 말아요. 그 사람은 제 남편이 아니에요, 할머니가 잘못 아신 거죠. 부부 행세를 한 거예요, 임리 선생한테……"

"괜찮아요, 신경쓰지 마세요." 케이가 말했다.

"우리는 해리슨이라는 이름을 댔어요. 레지 어머니의 처녀 때 성이죠. 병원에 가면 해리슨이라고 불러주세요. 네? 해리슨 부인이라고 해주세요. 의사들이 보고 알아차리더라도, 결혼한 여자라면 그리 문제될 거 없잖아요, 네?"

"걱정하지 말아요." 케이는 비브의 손목을 잡고 맥박을 확인했다.

"의사가 경찰을 부르지는 않겠지요? 결혼한 여자라면?"

"좀 혼란스러운 모양이군요. 경찰을 불러요? 의사가 왜요?"

"불법이잖아요?" 비브가 말했다.

케이가 빙그레 웃었다. "아픈 게요? 아직은 아니에요."

"낙태 말이에요."

시원찮은 도로를 달리느라 차가 몇 번 덜컹거렸다. 케이가 물었다. "뭐라고요?"

비브는 대답하지 않았다. 차가 덜컹거릴 때마다 피가 철철 흘러나오는 느낌이었다. 다시 눈을 감았다.

"비비언." 케이가 물었다. "무슨 일을 한 겁니까?"

"의사한테 갔어요." 비브는 마침내 입을 열었다. 숨을 헐떡였다. "치과의사요."

"그 사람이 당신한테 무슨 짓을 했는데요?"

"마취를 했어요. 처음엔 괜찮았어요. 그런데 안에 넣어뒀던 거즈 뭉치가 빠지더니 그때부터 피가 나기 시작했어요. 그전까진 괜찮았어요."

케이는 앞으로 가서 운전석 칸막이를 쾅쾅 두들겼다. "미키!" 차가 속도를 줄이더니 섰다. 브레이크 걸리는 소리가 났다. 비브의 머리 위쪽에 있는 미닫이 유리창으로 미키의 얼굴이 나타났다.

"환자가 안 좋아?"

"우리가 생각했던 증세가 아냐. 이분이 어떤 망할 치과의사한테 갔었대. 그 자식이 낙태 시술을 했어."

"이런, 맙소사." 미키가 말했다.

"아직도 하혈이 심해. 그 자식이 아무래도…… 잘은 모르겠지만 자궁벽에 구멍을 낸 것 같아."

"알았어." 미키가 몸을 돌렸다. "최대한 빨리 달릴게."

"잠깐, 잠깐만!" 미키가 다시 돌아보았다. "이분이 경찰이 올까 봐 걱정해."

비브는 그들의 얼굴을 쳐다보았다. 그리고 다시 몸을 일으켰다. "경찰은 안 돼요!" 비브는 말했다. "경찰도, 신문기자도 안 돼요. 우리 아버지가 아시면 안 돼요!"

"당신이 얼마나 아픈지 알면 아버님도 개의치 않으실 거예요……" 미키가 다독였다.

"결혼을 안 했대." 케이가 말했다.

비브는 다시 울음을 터뜨렸다. "말하지 말아요, 제발 말하지 말아요!"

미키는 케이를 쳐다보았다. "하지만 천공이면…… 젠장, 패혈증이 올 수도 있잖아?"

"글쎄. 그럴지도."

"제발, 병원에는 그냥 제가 유산했다고만 해주세요."

미키는 고개를 저었다. "그건 너무 위험해요."

"제발. 그럼 아무 말도 하지 마세요. 그냥 길거리에서 구했다고만 하세요."

"그래도 어차피 다 알게 될 텐데요." 미키가 말했다.

그러나 케이는 한참 생각하는 것 같았다. "아닐지도 모르지."

"안 돼." 미키가 잘랐다. "그런 모험을 할 순 없어. 제발, 케이! 환자가……" 미키는 비브를 쳐다보고 말했다. "당신 죽을 수도 있어요."

"상관없어요!"

"케이." 미키가 재촉해도 케이는 아무 대답이 없었다. 미키는 몸을 돌렸다. 덜커덩하며 엔진이 걸리더니 아까보다 더 속도를 높여 달리기 시작했다.

비브는 다시 누웠다. 이젠 덜컹거림이 별로 느껴지지 않았다. 몸이 붕 뜬 기분이었다. 피를 너무 많이 흘려 몸이 둥둥 뜨나보다 생각했다. 어렴풋이 케이가 자신의 옷깃에 붙인 라벨에 뭔가 덧붙여 적고는 코트 주머니를 더듬는 게 느껴졌다. 그러더니 무언가가 비브의 손을 꽉 잡았다. 케이의 손이었다. 손바닥이 끈끈했다. 비브는 몸이 둥둥 떠오를까봐 케이의 손을 더욱 힘주어 잡았다. 눈을 뜨고 케이의 얼굴을 빤히 들여다보았다. 생전 처음 사람의 얼굴을 보는 것처럼. 또 이렇게 쳐다보고 있으면 몸이 떠오르는 걸 막을 수 있을 것처럼.

"비비언, 조금만 더 참아요." 케이는 연신 비브를 다독였다. "힘내요. 잘하고 있어요. 거의 다 왔어요."

다음 순간 차가 커브를 돌더니 멈췄다. 뒷문의 빗장이 풀리고 문이 활짝 열렸다. 미키가 차 안으로 들어왔고 그 뒤로 다른 사람이 나타났다. 하얀 캡을 쓴 간호사였다. 캡이 달빛을 반사해 모양이 어그러져 보였다.

"랭그리시, 또 왔네!" 간호사가 말했다. "자, 오늘밤엔 뭘 실어왔나?"

케이는 비브의 손을 꽉 잡은 채 미키를 쳐다보았다. 미키가 대답하려고 입을 여는 찰나에 케이가 끼어들어 말했다.

"유산이에요." 케이는 딱 잘라 말했다. "유산과 그에 따른 복합 증상. 환자분이, 해리슨 부인이 호되게 넘어진 것 같아요. 출혈량이 엄청나고 정신이 오락가락해요."

간호사는 고개를 까딱했다. "알았어요." 그녀는 걸음을 옮기며 환자 이동 담당자를 불렀다. "거기 당신! 그래, 당신 말이야! 이동 침대를 가져와, 꾸물거리지 말고 빨리!"

미키는 고개를 숙이고 잠자코 있었다. 그러다 인상을 쓰며 침상에 비브를 묶은 끈을 풀었다. "자, 비비언." 미키가 끈을 다 풀자 케이가 말했다. "이제 됐어요."

비브는 여전히 케이의 손을 잡고 있었다. "됐다고요? 정말로?"

"네." 케이가 대답했다. "당신을 병원으로 옮길 거예요. 그런데 잠깐만 내 말 들어봐요." 케이는 뭔가에 쫓기듯 급히 속삭였다. 어깨 너머를 힐끔 쳐다보고 비브의 얼굴을 어루만졌다. "내 말 들려요? 여길 봐요…… 당신의 신분증과 배급표 말인데요, 비비언. 제가 당신 코트의 솔기를 살짝 찢어놨어요. 넘어질 때 잃어버렸다고 하세요, 네? 내 말 알아들어요, 비비언?"

비브는 알아들었다. 그런데 더 중요한 뭔가가 있었던 것 같아 정신이 자꾸 딴 데로 샜다. 케이가 자신의 손을 놓는 게 느껴졌다. 너무 세게 잡고 있어서 손가락이 저렸다. 끈적끈적하면서 차갑고 아무것도 안 낀……

"반지요." 이제는 입술까지 저려오는 것 같았다. "반지를 잃어버렸어요. 잃어버렸……" 하지만 잃어버린 게 아님을 깨달았다. 손에 묻은 피를 씻으려고 직접 손가락에서 뺐다. 그 호화로운 화장실의 세면대 위, 수도꼭지 옆에 놓고 온 것이다.

비브는 넋이 나간 듯 케이를 쳐다보았다. 케이가 말했다. "비비언, 그건 상관없어요. 다른 게 더 중요해요."

"이송용 침대가 온다." 미키가 초조하게 말했다.

비브는 일어나려고 발버둥쳤다. "반지가 있어야 해요." 턱까지 숨이 차서 말했다. "레지가 준 반지예요. 그게 있어야 임리 선생이 우리를 부부로……"

"쉿, 비비언!" 케이가 다급하게 말했다. "비비언, 쉿! 반지는 중요하지 않아요."

"가서 반지를 가져와야 해요."

"그럴 수는 없어요." 미키가 잘랐다. "빌어먹을, 케이!"

"왜요, 무슨 문제라도 있어요?" 간호사가 외쳤다.

"돌아가야 해요!" 비브는 몸부림치기 시작했다. "이거 놔요, 가서 반지를 가져와야 해요! 그게 없으면 아무 소용도……"

"당신 반지 여기 있어요!" 케이가 서둘러 말했다. "여기 있네요, 봐요."

케이는 잠깐 뒤로 물러났다. 그리고 양손을 모아 비트는가 싶더니 금세 조그만 금반지를 내밀었다. 동작이 무척 재빠르고 미묘해서 마치 마술을 하는 것 같았다.

"뭐야, 갖고 왔잖아요?" 비브는 놀라는 동시에 안도하며 말했다.

케이는 고개를 끄덕였다. "네." 케이는 비브의 손을 들어올려 손가락에 반지를 끼워주었다.

"느낌이 좀 다르네."

"당신이 많이 약해져서 그런 거예요."

"그런가요?"

"당연하죠. 자, 아까 내가 해준 얘기 명심해요. 가슴 앞으로 팔을 모으세요. 꼭 잡아요. 잘했어요."

비브는 누가 자신을 들어올리는 것을 느꼈다. 곧이어 차가운 공기를 맞으며 들것에 실려나갔다…… 케이가 마지막으로 그녀의 손을 잡았을 때, 비브는 손아귀에 힘이 들어가지 않아 마주잡을 수 없었다. 입술을 옴짝할 힘도 없어 감사인사나 작별의 말조차 전하지 못했다. 비브는 눈을 감았다. 사람들이 그녀를 병원 로비로 옮기는 순간 공습경보가 울렸다.

헬렌은 메클런버그스퀘어에 있는 줄리아의 집에서 공습경보를 들었다. 곧이어 타다다다 쾅쾅 하고 각종 포탄소리가 울렸다. 헬렌은 케이가 걱정되어 고개를 들었다.

"저건 어딜까?"

줄리아는 어깨를 으쓱했다. 그러고선 담배를 가지러 일어났다. 담뱃갑을 뒤적이며 그녀가 말했다. "킬번? 잘 모르겠네. 지난주에 엄청 큰 폭탄이 떨어지는 소리를 듣고 분명 유스턴로드일 거라고 생각했는데 알고 보니 켄티시타운이더라고." 줄리아는 창가로 가서 커튼을 올리고 회색 운모판 사이의 좁은 틈에 눈을 갖다댔다. "달 좀 봐. 오늘은 유난히 밝네."

그러나 헬렌은 여전히 폭탄소리에만 귀를 기울였다. "또 떨어졌다." 그러면서 움찔했다. "창문에서 좀 떨어져, 응?"

"어차피 유리도 없는데 뭘."

"그건 나도 알지만, 그래도……" 헬렌은 팔을 뻗었다. "어쨌든 이리 와."

줄리아는 커튼을 놓았다. "잠깐만." 그녀는 난롯가로 가서 쇠살대 위의 발갛게 단 석탄에 종이 불쏘시개를 댔다 꺼내 담배에 불을 붙였다. 그러고서 허리를 펴고 길게 한 모금 들이마셨다. 고개를 뒤로 젖히고 연초의 맛을 음미했다. 그녀는 거의 나체나 다름없었고, 한쪽 엉덩이를 가볍게 치켜든 자세로 난로 앞에 서 있었다. 물가에 선 고대 그리스 여인을 그린 관능적인 빅토리아풍 그림처럼 자못 편안하고 나른해 보였다.

헬렌은 가만히 누워 줄리아를 지켜보다 부드럽게 말했다. "이름하고 똑같다."

"이름?"

"줄리아, 스탠딩. 성하고 이름 사이에 꼭 한번 쉼표를 넣어보고 싶었어. 딴사람한테 이런 얘기 들은 적 없어? 당신은 꼭 당신 자신의 초상화 같아…… 이리 와. 감기 걸리겠다."

방은 외풍이 전혀 들지 않아 사실 별로 춥지 않았다. 줄리아는 헝클어진 머리를 이마 위로 쓸어넘기고 천천히 침대로 돌아와 이불 속으로 파고들었다. 아랫도리만 이불로 덮고 양손을 머리 뒤에 깍지 낀 채 헬렌과 담배를 나눠 피웠다. 헬렌은 줄리아의 입에 담배를 물려준 뒤 그녀가 한 모금 빨아들이고 나면 빼주었다. 담배를 다 피우고 줄리아는 눈을 감았다. 헬렌은 줄리아가 숨을 쉴 때마다 오르락내리락하는 가슴과 배를 지켜보았다. 목 아래쪽에서 맥박이 뛰는 모양도 감상했다.

멀리서 공허한 폭발음과 대공포화 소리, 비행기 엔진음인 듯한 소음이 들려왔다. 줄리아의 집 바로 위층에 사는 폴란드 남자가 쉴 새없이 방안을 걸어다녔다. 헬렌은 널빤지가 삐걱대는 소리로 오락가락하는 남자의 동선을 짐작할 수 있었다. 아래층에서는 누가 라디오를 틀어놓았다. 난로 속 골탄을 뒤적거리는 소리도 들렸다. 줄리아의 이불과 베개, 그리고 통일성 없는 가구의 모습과 느낌에 익숙해졌듯 이 모든 소음도 이제 낯설지 않았다. 헬렌은 지난 삼 주 동안 예닐곱 번은 이렇게 여기 와서 잤다. 그때마다 속으로 중얼거렸다. 저 사람들은 줄리아와 내가 여기 함께 있다는 걸, 벌거벗은 채 서로를 꼭 껴안고 있다는 걸 모르겠지…… 실로 믿기지가 않았다. 속을 다 드러낸 기분이었다. 사용하지 않던 신경을 덮고 있는 살을 모조리 발라낸 듯 상쾌했다.

앞으로는 바닥을 디딜 때마다, 라디오를 켤 때마다, 벽난로를 쑤석일 때마다, 하여간 무슨 행동을 하든지 옆집에서 껴안고 있을 연인들을 떠올리게 될 것만 같았다.

그녀는 줄리아의 쇄골에 손을 뻗었다. 살에 닿지 않게 3센티미터쯤 띄운 채 손을 멈췄다.

"뭐하는 거야?" 줄리아는 눈도 뜨지 않고 물었다.

"느끼는 거야." 헬렌이 말했다. "당신한테서 피어오르는 열기가 느껴져. 생명력이 느껴져. 당신 피부의 어디가 창백하고 어디가 누르께한지 다 알 수 있어. 어디가 깨끗한지 어디에 주근깨가 있는지도 알 수 있고."

줄리아는 헬렌의 손가락을 잡았다. "불안하구나."

"불안하지." 헬렌이 대꾸했다. "사랑 때문에."

"꼭 엘리너 글린이나 에셀 M. 델*의 소설에 나오는 말 같다."

"우리 좀 정상이 아닌 것 같지 않아, 줄리아?"

줄리아는 잠깐 생각해보더니 말했다. "화살에 맞은 것 같아."

"겨우 화살에? 나는 작살에 맞은 것 같은데. 아니면…… 아니다, 작살은 좀 심하다. 누가 조그만 갈고리 같은 걸 내 가슴속에 던진 기분이야."

"어떤 갈고리?"

"코바늘, 아니면 더 가는 거."

"버튼훅**?"

"맞아, 버튼훅." 헬렌은 웃음을 터뜨렸다. 줄리아의 말에 선명한 이미지가 떠올랐기 때문이다. 아마 어렸을 때 본 듯한데, 이가 살짝 나간 진주층 손잡이가 달린 변색된 은제 버튼훅이 기억났다. 헬렌은 자신의 심장이 있으리라 여겨지는 부분에 손을 올리고 말했다. "정확히 말하자면, 버튼훅이 내 가슴속에 들어와 심장의 근섬유를 한 점 한 점 잡아당기는 느낌이야."

"무슨 그런 소름 끼치는 소리를. 당신 아주 무시무시한 여자구나." 줄리아는 헬렌의 손가락을 입으로 가져가 키스하고 손끝을 살폈다. "손톱 참 작다." 줄리아는 아리송하게 말했다. "손톱도 작고,

---

* 여성 독자 대상의 로맨스소설 시장을 주도한 영국 소설가들.

** 구두나 장갑의 단추를 잠글 때 쓰는 도구.

이도 작고."

방안이 어둑했음에도 헬렌은 무안해져서 말했다. "보지 마." 그러면서 손을 도로 뺐다.

"왜?"

"나는…… 나는 그럴 가치가 없으니까."

줄리아는 피식 웃었다. "뭐야, 바보처럼."

둘은 눈을 감았다. 헬렌은 깜박 선잠이 들었던 모양이다. 줄리아가 일어나 가운을 입고 아래층 복도에 있는 화장실에 가는 걸 얼핏 본 것 같았다. 하지만 한창 터무니없는 꿈을 꾸는 중이었고, 줄리아가 돌아와 문을 닫을 때에야 비로소 정신을 차렸다.

"몇 시야?" 헬렌은 줄리아의 알람시계를 집어들었다. "맙소사, 12시 45분이네! 가야겠다." 그러고선 마른세수를 하고 도로 누웠다.

"1시까지 있어." 줄리아가 말했다.

"겨우 십오 분 더 있어서 뭐하려고."

"그럼 같이 가자. 집까지 바래다줄게."

헬렌은 고개를 저었다.

"같이 가자." 줄리아가 말했다. "여기 혼자 있느니 걷는 게 나아, 알잖아."

줄리아는 옷을 입기 시작했다. 옷은 바닥에 널브러져 있었다. 그녀는 웅크리고 앉아 브래지어와 속바지를 집었다. 두 발을 차례로 넣어 바지를 입고 블라우스도 입은 다음 턱을 당기고 인상을 쓴 채 블라우스 단추를 잠갔다. 그리고 거울 앞에 서서 얼굴을 매만졌다.

헬렌은 아까처럼 침대에 누워 줄리아를 바라보았다. 그 아름다운 모습을 이렇게 감상할 수 있다니 도저히 믿기지 않았다. 그저 놀랍기만 했다. 한 시간 전에 줄리아가 그녀의 품에서 그녀의 입술과 혀와 손가락에 입을 열고 다리를 벌렸다는 사실이 꿈만 같아 겁이 날 지경이었다. 지금 일어나 줄리아에게 다가간다면 입술을 허락받는 게 불가능하리라고 여겨졌다……

그녀의 시선을 눈치챈 줄리아가 일부러 과장된 미소를 지었다.

"날 쳐다보는 게 질리지도 않아?"

헬렌은 시선을 떨어뜨렸다. "내가 뭘 본다고 그래."

"만약 당신이 남자였다면, 내가 옷 갈아입는 동안 방에서 나가라고 했을 거야. 상대에게 알 수 없는 존재로 남고 싶을 테니까."

"나는 당신을 알 수 없는 존재로 두고 싶지 않아." 헬렌이 대꾸했다. "당신의 머리끝에서 발끝까지 모조리 알고 싶어." 그렇게 말하는데 살짝 샘이 났다. "근데 그런 말은 왜 해, 줄리아? 남자를 더 좋아하는 건 아니지?"

줄리아는 고개를 저었다. 그녀는 거울을 가까이 들여다보며 입술을 내밀고 립스틱을 발랐다. "남자는 별 느낌이 없어." 그렇게 건성으로 말하곤 입술을 몇 번 맞부딪혔다. "남자랑 하는 건 안 맞아."

"그럼 여자하고만?" 헬렌이 물었다.

헬렌은 당신하고만이라고 말해주기를 바랐다. 그러나 줄리아는 대답이 없었다. 그녀는 이제 머리를 빗으며 자기 얼굴을 꼼꼼히 살폈다. 헬렌은 시선을 돌렸다. 대체 내가 왜 이러지? 헬렌은 거울에 비친 줄리아의 모습을 질투하고 있었다. 줄리아의 옷이 부러웠다. 줄리아가 얼굴에 두드리는 파우더가 부러웠다!

그때 다른 생각이 퍼뜩 끼어들었다. 케이가 나를 볼 때 이런 느낌인 걸까?

생각이 그대로 표정에 드러난 모양이었다. 다시 줄리아를 보자 그녀는 거울을 통해 헬렌을 바라보고 있었다. 그녀는 머리를 빗다 말고 물었다. "괜찮아?"

헬렌은 고개를 끄덕였다. 그러고는 다시 고개를 저었다. 줄리아는 빗을 내려놓고 헬렌에게 와서 어깨를 감싸안았다.

헬렌은 눈을 감고 나직이 말했다. "이건 아주 나쁜 짓이야, 그렇지?"

줄리아는 잠시 뜸을 들인 후 대답했다. "요즘은 모든 게 아주 나쁘게 돌아가고 있지."

"하지만 이건 더 나빠, 왜냐하면 우리는 바로잡을 수도 있으니까."

"우리가?"

"우리가…… 그만두면. 다시…… 예전으로 돌아간다면."

"당신은 그만둘 수 있어?"

"어쩌면." 헬렌은 힘들게 운을 뗐다. "케이를 위해서라면."

"하지만," 줄리아가 반박했다. "나쁜 짓은 이미 저질러졌어. 엎질러진 물이라고. 우리가 뭘 어쩌기도 전에 이미 그렇게 되어버린 거야. 이건…… 언제부터 이렇게 됐지?"

헬렌은 고개를 들었다. "당신이 나를 브라이언스턴스퀘어의 집으로 데려간 날부터. 아니면 그보다 먼저 당신이 나한테 홍차를 샀을 때부터. 우린 햇빛 아래 서 있었고, 당신은 눈을 감았어. 그리고 내가 당신의 얼굴을 봤지…… 나는 그때부터였어, 줄리아."

둘은 고요히 서로의 눈을 응시했다. 이윽고 서로에게 다가가 입을 맞췄다. 헬렌은 아직도 줄리아의 키스가 낯설었다. 케이와 달랐다. 상대적으로 묘했다. 줄리아의 입은 더 부드럽고, 립스틱이 건조하게 달라붙고, 혀가 머뭇거리듯 움직였다. 하지만 그 낯섦 때문에 흥분됐다. 키스가 정확히 들어맞지 않아 오히려 더 빨리 축축해졌다. 줄리아의 손가락이 헬렌의 맨가슴에 닿았다. 살짝 만졌다 떼고, 다시 만졌다 뗐다. 줄리아의 손을 애써 따라가려는 듯 헬렌의 유두가 솟을 때까지 계속.

둘은 한데 뭉친 이불 위로 엉거주춤 쓰러졌다. 줄리아는 헬렌의 가랑이 사이로 손을 가져가더니 나직이 말했다. "맙소사! 온통 젖었네. 어디가 어딘지…… 느낌이 안 와."

"손가락을 넣어줘!" 헬렌이 속삭였다. "내 안에 넣어줘, 줄리아!"

줄리아가 들어왔다. 헬렌은 허리를 띄우고 그 리듬에 맞춰 움직였다. 숨이 턱 막혔다. "이젠 느껴져?"

"응, 이젠 느껴져." 줄리아가 말했다. "꽉 조이는 게 느껴져. 굉장해……"

그녀는 손가락 네 개를 손마디까지 헬렌 속에 넣었다. 그리고 넣지 않은 엄지손가락으로 헬렌의 부푼 살을 문질렀다. 헬렌은 허리를 들썩이며 계속 압박했다. 맨등에 닿는 담요는 까끌까끌했고, 가랑이 사이로 축축해진 맨허벅지에 닿는 줄리아의 버석거리는 바지도 못지않게 거칠거칠했다. 헬렌은 거치적거리는 것들을 하나하나 짚어낼 수 있었다. 살갗에 쓸리는 줄리아의 허리띠 버클, 블라우스 단추, 손목시계의 줄…… 헬렌은 항복하듯 머리 위로 팔을 뻗었다. 줄리아가 자신을 구속하고 묶어주기를 바랐다. 자신을 내어주고 싶었다. 줄리아가 자신의 몸에 온통 상처와 멍을 내주길 바랐다. 줄리아는 아플 정도로 밀고 들어왔고, 헬렌은 그것을 즐겼다. 정말 밧줄에 매여 끌려가듯 점점 몸이 굳었다.

헬렌은 고개를 들고 줄리아에게 다시 입을 맞췄다. 그리고 줄리아의 입과 입술과 뺨에 대고 신음을 토해내기 시작했다.

"쉬잇!" 줄리아가 여전히 격렬하게 안으로 밀어넣으며 주의를 줬다. 이웃에 사는 사람들이 신경쓰였던 것이다. "쉬잇, 헬렌! 조용!"

"미안." 헬렌은 헐떡이며 사과했다. 그리고 또 신음을 내질렀다.

원래 그들의 성관계는 이렇지 않았다. 보통은 여유롭게 즐기는 편이었다. 섹스가 끝난 뒤 헬렌은 한바탕 다투고 난 사람처럼 머릿속이 뒤죽박죽이 되어 누워 있었다. 창피하고 두려우면서도 한편으론 심신이 정화된 기분이었다. 침대에서 일어나려는데 온몸이 부들부들 떨렸다. 헬렌은 거울 앞으로 갔다. 입가에 온통 줄리아의 립스틱이 묻은데다 한 대 얻어맞은 양 입술이 부었다. 난로 앞으로 가서 보니 허벅지와 가슴이 땀띠라도 난 것처럼 벌갰다. 줄리아의 옷에 쓸린 탓이었다. 줄리아가 밀고 들어올 때 그녀 자신이 원했던 것이었다. 그러나 이제 와서 부조리하게도 그 벌건 자국들 때문에 속상했다. 헬렌은 무작정 방안을 돌아다니며 이것저것 물건을 집었다 놓았다 했다. 속에서 히스테리 비슷한 감정이 배가되는 기분이었다.

손과 입을 씻으러 부엌에 갔던 줄리아가 돌아오자 헬렌은 그 앞에 서서 떨리는 목소리로 불평했다. "지금 내 꼴 좀 봐, 줄리아! 도대체 이걸 케이한테 어떻게 숨겨?"

줄리아는 눈살을 찌푸렸다. "왜 이래? 목소리 좀 낮출 수 없어?"

그 말에 헬렌은 한 대 얻어맞은 기분이었다. 그러고는 주저앉아 양손에 얼굴을 묻었다.

"줄리아, 내가 왜 이렇게 됐지?" 이윽고 헬렌은 입을 열었다. 여전히 목소리가 떨렸다. "내가 왜 이렇게 됐을까? 나도 나 자신을 모르겠어. 난 지금의 우리처럼 이런 짓을 하는 사람들을 혐오해왔어. 그런 사람들은 분명 잔인하거나 무신경하거나 비겁할 거라고 생각했어. 하지만 난 케이한테 잔인하고 싶지 않아. 내가 이러는 이유는, 너무 많이 신경쓰고 있기 때문인 것 같아. 그러니까, 케이와 당신에 대해. 이게 말이 돼, 줄리아?"

줄리아는 대답하지 않았다. 헬렌은 고개를 들었다 다시 떨어뜨렸다. 그리고 손바닥 끝으로 눈가를 꾹 눌렀다. 울면 안 된다는 것을, 울면 흔적만 더 늘 뿐이라는 것을 의식했다. "그리고 최악은," 그러면서 말을 이었다. "그중에 최악이 뭔지 알아? 케이와 있을 때 나는 비참하다는 거야, 왜냐하면 케이는 당신이 아니니까. 케이는 내가 비참해하는 건 알지만 그 이유는 몰라. 그러면서도 나를 위로해! 케이가 나를 위로하고, 나는 그냥 내버려둬! 당신을 원하는 나를 위로하는 케이를 내버려둔다고!"

헬렌은 웃었다. 웃음소리가 끔찍했다. 그리고 손을 내렸다. "계속 이럴 수는 없어." 좀더 차분해진 목소리로 말했다. "케이한테 얘기해야겠어, 줄리아. 하지만 무서워. 케이가 어떻게 나올지 무서워. 줄리아, 당신이니까! 당신이었다고! 전에 케이가 사랑한 사람은 당신이었는데, 이제는……" 헬렌은 말을 잇지 못하고 고개를 저었다.

헬렌은 치마 주머니에서 손수건을 꺼내 코를 풀었다. 진이 다 빠져 인형처럼 흐느적거리는 느낌이었다. 줄리아는 난로 앞에 웅크려앉아 삽을 들고서 쇠살대의 골탄을 재로 덮고 있었다. 그러나 어느 순간엔가 일어나 벽난로 선반 앞에 서 있었다. 몸도 돌리지 않았다. 아까처럼 헬렌 곁으로 오지도 않았다. 난로 안에서 꺼져가는 석탄을 쳐다보는 듯 서 있을 뿐이었다. 이윽고 줄리아가 말문을 열었다. 그 목소리가 냉담했다.

"그런 게 아니었어."

헬렌은 다시 코를 푸느라 제대로 듣지 못했다. "뭐가 아니라고?" 무슨 소린지 몰라 되물었다.

"케이하고 나 말이야." 줄리아는 여전히 고개도 돌리지 않고 말했다. "당신이 생각한 것처럼 그렇지 않았다고. 케이가 그렇게 상상하라고 놔둔 거겠지. 정말 끔찍이도 케이다워."

"그게 무슨 소리야?"

줄리아는 잠시 머뭇거리다 입을 뗐다. "케이는 나를 사랑한 적 없어." 그녀는 바짓가랑이에 묻은 재를 손으로 가볍게 털어내며 대수롭지 않은 듯 얘기했다. "사랑한 건 내 쪽이었어. 나는 몇 년 동안 케이를 짝사랑했어. 케이도 내 사랑에 응해보려 했지만…… 잘 되지 않았어. 나는 케이의 취향이 아닌가봐. 우린 너무 비슷하니까. 그게 전부야." 줄리아는 허리를 펴고 벽난로 선반의 페인트칠을 벗겨내기 시작했다. "케이는 아내를 원해. 전에도 한번 얘기하지 않았나? 케이는 아내를 원하지. 그러니까 착한 사람을. 상냥하고 때묻지 않은 사람. 자기를 위해 정리정돈을 해주고, 물건을 제자리에 잘 놓아줄 사람. 나는 그런 건 절대로 못해. 케이를 놀려대곤 했지, 푸른 눈의 참한 아가씨를 발견할 때까진, 살려달라고 소리 지르며 소동을 피우는 그런 아가씨를 만날 때까진 절대 행복해지지 못할 거라고……" 줄리아는 마침내 고개를 돌려 헬렌과 시선을 맞추었다. 그리고 그지없이 서글픈 음성으로 말했다. "스스로에 대한 한심한 농담이었지."

헬렌은 그녀를 물끄러미 쳐다보다 결국 눈을 깜박이며 시선을 피했다. 줄리아는 다시 선반을 잡아뜯었다. "하여간 어느 쪽이든 무슨 상관이겠어?" 여전히 낮은 목소리로 대수롭지 않게 말했다.

헬렌에게는 지독히 상관있는 문제였다. 줄리아의 말을 듣고 그녀의 내부에서 뭔가가 떨어져나갔다. 혹은 쪼그라들었다. 속은 기분이 들었다. 바보가 된 것 같았다.

그러나 줄리아는 헬렌을 속이지 않았으므로 그건 말이 되지 않았다. 줄리아는 거짓말을 하지 않았다, 그 어떤 속임수도 쓰지 않았다. 그런데도 헬렌은 배신당한 기분이었다. 문득 자신이 벌거벗고 있다는 데 생각이 미쳤다. 더이상 줄리아가 보는 앞에서 나체로 있고 싶지 않았다! 헬렌은 서둘러 치마와 블라우스를 입었다. 그러면서 말했다. "왜 나한테 말하지 않았어?"

"나도 모르겠어."

"내가 어떻게 생각하는지 알았잖아."

"응."

"알았으면서, 삼 주 전부터!"

"당신이 그 얘기를 해서 나도 무척 놀랐어." 줄리아가 말했다. "케이를 생각해보면…… 케이가 어떤지 잘 알잖아. 기사도 정신이 얼마나 투철한지. 케이는 내가 아는 그 어떤 진짜 남자보다도 신사적이었어. 내 얘기를 하지 말아달라고 케이한테 부탁했지. 그래서 난 꿈에도……" 줄리아는 눈을 비볐다. 그리고 피로한 목소리로 말을 이었다. "그때 나는 오만했어. 그게 다야. 난 오만했어. 그리고 외로웠어. 빌어먹을 외로워 죽을 것 같았다고, 이제 시원해?"

줄리아는 한숨을 쉬듯 거칠게 숨을 토해냈다. 그리고 어깨 너머로 헬렌을 다시 돌아보았다. "내가 사실대로 말했다면 뭐가 달랐을까? 나한테는 아무런 차이도 없어. 하지만 당신이 다 그만두고 되돌리고 싶다면……"

"아니." 헬렌은 부정했다. 그런 걸 바란 게 아니었다. 오히려 줄리아가 아주 대수롭지 않게 이별의 가능성을 언급했다는 사실이 더 두려웠다. 한순간 헬렌은 완전히 외톨이가 된 자신의 모습이, 줄리아에게 버림받고 케이한테서도 버림받은 자신의 모습이 떠올라 가슴이 저몄다.

헬렌은 말없이 나머지 옷을 챙겨 입었다. 줄리아는 난롯가에 그대로 서 있었다. 결국 헬렌이 줄리아에게 다가가 그녀를 감싸안았다. 줄리아는 안도감 비슷한 것을 느끼며 헬렌의 품에 안겼다. 그렇게 둘은 어정쩡하게 서로를 끌어안았다. 줄리아가 말문을 열었다. "결국 뭐가 변했나? 변한 건 아무것도 없잖아?" 헬렌은 고개를 끄덕이고 대답했다. 그래, 아무것도 변하지 않았다…… "사랑해, 줄리아."

그러나 속에서는 여전히 뭔가가 떨어져나간 혹은 쭈그러든 채였다. 줄리아를 갈망하며 한껏 부풀어올랐던 심장이 이제 근육이 수축하면서 판막을 닫아버린 느낌이었다.

헬렌은 옷을 다 입었다. 줄리아는 방을 돌아다니며 물건을 정리했다. 이따금 둘은 눈이 마주치면 빙그레 미소를 지었다. 가까이 다가오면 저도 모르게 손을 뻗어 가볍게 어루만지거나 건조하게 키스했다.

바깥에서는 여전히 온 런던에 폭탄이 쏟아졌다. 헬렌은 그걸 까맣게 잊고 있었다. 커튼이 쳐진 입구 밖으로 줄리아가 잠시 나가 혼자 남겨지자 헬렌은 살그머니 창가로 가서 운모판 틈으로 광장을 내다보았다. 집들이 달빛을 받아 은색으로 빛났고, 잇따른 현란한 불꽃과 화염으로 하늘이 환했다. 잠시 후 쾅 하는 폭발음이 났다. 이마를 대고 있던 판때기가 살짝 흔들리는 게 느껴졌다.

폭발음이 울릴 때마다 헬렌은 흠칫했다. 자신감이 싹 사라지는 것 같았다. 온몸이 떨리기 시작했다. 전쟁시의 습관과 요령을 다 잊어버린 것처럼. 전쟁의 위협을, 확실한 위험과 분명한 피해를 불현듯 깨달은 것처럼.

"젠장!" 프레이저가 말했다. "방금 건 지척이었지, 그렇지?"

폭탄과 대공포화가 그들을 몽땅 두들겨 깨웠다. 몇 명은 창가에 붙어서서 소리를 지르며 영국 파일럿과 대공포를 응원했다. 기그스는 평소처럼 독일군을 불러댔다. "이쪽이야, 프리츠!" 문자 그대로 혼란의 도가니였다. 프레이저는 십오 분 동안 뻣뻣하게 누운 채 시끄러운 소리들에 욕설을 퍼부었다. 그러다 더는 참지 못하고 결국 침대를 박차고 나왔다. 그는 테이블을 끌고 와서 양말 바람으로 그 위에 올라가 창밖을 내다보았다. 폭탄이 터질 때마다 움찔하며 유리창에서 물러났고 가끔은 머리를 감싸기도 했다. 그래도 매번 다시 창가로 다가갔다. 아무것도 안 하고 있는 쪽보다는 낫다는 것이었다.

덩컨은 침대에 얌전히 누워 있었다. 비교적 느긋하게 등을 대고 누워 양손으로 머리를 받쳤다. "실제보다 더 가깝게 들리는 거야."

"넌 신경쓰이지도 않아?" 프레이저가 못 믿겠다는 듯 물었다.

"익숙해지게 마련이야."

"넌 걱정도 안 되냐, 머리를 숙일 새도 없이 저 어마어마한 폭탄이 곧장 너를 향해 날아올지도 모르는데?"

묘하게 밝은 달빛 때문에 방안이 훤했다. 프레이저의 얼굴은 또렷하게 잘 보였지만, 소년 같은 푸른 눈이나 금발, 어깨에 두른 갈색 담요는 색을 잃었다. 전부 흑백사진처럼 은회색의 명암으로 보였다.

"사람들 말처럼 폭탄에 네 이름이 적혀 있다면, 네가 어디 있든 널 잡으러 날아오겠지." 덩컨이 말했다.

프레이저는 코웃음을 쳤다. "기그스 같은 놈한테서나 들을 법한 말인데. 다만 그놈이 말했다면, 정말로 그놈은 그런 장면을 상상했겠지. 베를린 근교 어느 군수공장에서 포탄 껍데기에 영국 웜우드스크럽스, R. 기그스라는 도장을 찍는."

"내 말은, 어차피 폭탄에 맞을 거라면 여기 있을 때 맞는 편이 낫다는 거야."

프레이저는 다시 유리창에 얼굴을 들이밀었다. "나는 나가서 더 나은 기회를 잡고 싶…… 앗, 망할!" 그러면서 뒤로 펄쩍 뛰었다. 폭발음이 유리창을 뒤흔들었고, 벽의 온풍구 뒤쪽 배관에서 벽돌인지 모르타르인지가 떨어졌다. 다른 감방에서 울부짖음—함성과 환호—이 터져나왔다. 찢어지는 목소리로 악을 써대는 사람도 있었다. "꺼져, 이 개새끼들아!" 그후로 잠깐 정적이 흘렀다.

곧 다시 대공포화가 시작되면서 더 많은 폭탄이 떨어졌다.

덩컨은 고개를 들었다. "그러다 머리부터 날아가겠다. 뭐가 보이기는 해?"

"서치라이트가 보여." 프레이저가 말했다. "원래 그렇지만 더럽게 못 잡는군. 포화의 화염도 보여. 저기가 어딘지는 하느님만 아시겠지. 우리가 아는 건 이 망할 도시 전체가 불바다가 되리라는 것뿐이니." 그는 손톱을 물어뜯기 시작했다. "우리 큰형은 아일링턴의 공습경비원인데."

"침대로 돌아가." 잠시 후 덩컨이 말했다. "네가 할 수 있는 일은 아무것도 없잖아."

"그래서 미치고 팔짝 뛰겠다고! 더군다나 자기들끼리만 방공호로 내려간 저 망할 교도관들을 생각하면…… 교도관들이 지금 뭘 하고 있을 것 같아? 장담하는데, 분명 카드를 치거나 위스키를 마시거나 아주 고소해하며 양손을 비비고 있을 거야."

"먼디 교도관은 그런 짓 안 해." 덩컨이 충직하게 말했다.

프레이저는 웃었다. "그렇겠네. 그 사람은 크리스천사이언스 소책자를 끼고 구석에 앉아서 폭탄이 사라지는 상상을 하고 있겠지. 나도 그 사람한테 조언을 구해야겠다. 어때? 먼디 교도관이 갖은 요설로 너를 구워삶았겠지, 그렇지? 그래서 그렇게 침착한 거지?" 프레이저는 숨을 들이마시고 눈을 감았다. 다시 말문을 열었을 때 그의 음성은 부자연스럽게 차분했다. "폭탄은 없다. 폭탄은 실제가 아니다. 전쟁은 없다. 포츠머스, 피사, 쾰른의 폭격…… 그것은 대중의 환각에 다름 아니다. 그 사람들은 죽지 않았다, 그저 죽었다는 사소한 착각을 한 것뿐이며, 누구라도 그럴 수 있다. 전쟁은 없다……"

프레이저는 눈을 떴다. 갑자기 사방이 조용해졌다. 그가 소곤거렸다. "이 속임수가 통한 걸까?" 그때 또 굉음이 터지는 바람에 그는 한 뼘쯤 튀어올랐다. "제길! 아니잖아. 더 열심히 하라고, 프레이저. 네가 충분히 노력하지 않아서 그래, 망할!" 그는 관자놀이를 누르고 더욱 나직이 읊조리기 시작했다. "폭탄은 없다. 총격은 없다. 폭탄은 없다. 총격은 없다……"

마침내 프레이저는 어깨에 덮은 담요를 더 단단히 두르고 테이블에서 내려와 계속 중얼거리며 방안을 걸어다니기 시작했다. 폭탄이 터질 때마다 매번 욕설을 퍼부었고 걸음은 더욱 빨라졌다. 결국 덩컨은 베개에서 고개를 들고 짜증스럽게 말했다. "그만 좀 왔다갔다해라."

"죄송합니다." 프레이저가 정중히 사과하는 척 말했다. "저 때문에 주무시는 데 방해가 됐나요?" 그는 다시 테이블로 올라갔다. "저 빌어먹을 달이 폭격기를 불러들인 거야." 그러고선 혼잣말하듯 중얼거렸다. "구름 좀 끼면 어디가 덧나나?" 그는 입김에 흐려진 유리창을 문질렀다. 잠시 말이 없었다. 그러다 또 시작했다. "폭탄은 없다. 총격은 없다. 가난과 불평등은 없다. 내 감방에는 요강이 없다……"

"집어치워." 덩컨이 쏘아붙였다. "그런 걸로 농담하지 마. 그건…… 그건 먼디 교도관에게 야비한 짓이야."

프레이저는 그 말을 노골적으로 비웃었다. "먼디 교도관." 그러면서 덩컨의 말을 따라 했다. "먼디 교도관에게 야비한 짓이야. 내가 늙은 먼디를 좀 놀렸기로서니, 네가 왜 끼어드는데?" 그는 여전히 혼잣말하듯 중얼거렸다. 그러다 무슨 생각이 났는지 고개를 돌려 덩컨에게 진지하게 물었다. "근데 너하고 먼디는 무슨 꿍꿍이를 벌이는 거야?"

덩컨은 대답하지 않았다. 프레이저는 잠시 기다리다 다시 물었다. "내 말이 무슨 뜻인지 알잖아. 내가 눈치 못 챘을 것 같아? 먼디가 너한테 담배를 줬지? 코코아에 타 먹으라고 설탕 같은 것도 주고."

"먼디 교도관은 친절해." 덩컨이 말했다. "여기서 유일하게 친절한 간수야, 딴사람들한테 물어봐."

"난 너한테 묻는 거야." 프레이저는 물고 늘어졌다. "나한테는 담배고 설탕이고 아무것도 없던데."

"너는 별로 안 불쌍한가보지."

"그럼 너는 불쌍히 여기고? 그래서 그런 거라고?"

덩컨은 고개를 들었다. 해진 담요 가장자리에서 실오라기를 잡아뜯는 중이었다. "그럴 거야." 그가 말했다. "사람들이 다 그래. 나한테 잘해줘. 전에도 늘 그랬어. 그러니까 여기 오기 전부터."

"그냥 얼굴이 예쁘장해서인가." 프레이저가 말했다.
"그럴지도."
"속눈썹에 홀렸다거나 뭐 그런 거냐."
덩컨은 담요를 내치고 바보처럼 소리쳤다. "내 속눈썹은 나도 어쩔 수 없잖아!"
프레이저는 껄껄 웃더니 갑자기 태도를 바꿨다. "그건 정말 네가 어쩔 수 있는 게 아니지, 피어스." 그러고는 테이블에서 내려와 의자에 앉았다가 다리를 쭉 펴고 고개를 뒤로 기댈 수 있게 의자를 벽 쪽으로 끌고 갔다. "예전에 알던 여자애의 속눈썹이 꼭 너 같았는데……"
"네가 아는 여자애가 어디 한둘이겠냐?"
"뭐, 자랑하는 건 아니지만."
"하지 마, 그럼."
"야, 그 얘길 꺼낸 건 너잖아! 나는 너하고 먼디 교도관에 대해 물었다고…… 먼디가 너한테 그렇게 달달한 시간을 주는 게 정말로 단지 네 예쁘장한 속눈썹 때문일까 궁금하군."
덩컨도 일어나 앉았다. 자신의 무릎에 닿았던 먼디 교도관의 손길을 떠올리고 얼굴이 붉어졌다. 덩컨은 열을 내며 말했다. "보답으로 내가 뭘 해준 건 없어, 네가 궁금해하는 게 그거라면!"
"흠, 내가 궁금했던 게 그거긴 하지."
"너는 여자를 그런 식으로 사귀냐?"
"아우, 알았다고. 난 그냥……"
"그냥 뭐?"

프레이저는 머뭇거렸다. "아무것도 아냐. 그냥 좀 호기심이 동했을 뿐이야. 그런 일은 어떻게 돌아가는 건지."

"일이 어떻게 돌아가냐니?"

"너 같은 애한테."

"나 같은 애?" 덩컨은 되물었다. "그게 무슨 말이야?"

프레이저는 몸을 돌리고 딴청을 피웠다. "무슨 말인지 잘 알잖아."

"모르는데."

"최소한 이 안에서 사람들이 널 보고 뭐라고 수군거리는지는 알겠지."

덩컨은 얼굴이 확 달아오르는 걸 느꼈다. "이 안에서는 누구한테든 다 그런 식으로 수군거리잖아. 무슨…… 무슨 취미가 있는 사람을 보면, 가령 책이나 음악을 좋아하면 말이야. 다른 말로 하자면, 짐승 같지 않은 사람들. 하지만 사실 짐승 같은 놈들이 그런 건 제일 악질적으로 밝힌다고……"

"그건 나도 알아." 프레이저는 조용히 말했다. "하지만 그게 다는 아니지."

"그건 또 무슨 소리야?"

"아냐. 내가 좀 들은 게 있어서, 네가 여기 있는 이유에 대해."

"무슨 얘기를 들었는데?"

"네가 여기 들어온 게…… 어휴, 관두자. 내 알 바 아니지."

"말해." 덩컨이 재촉했다. "뭐라고 들었는지 얘기해봐."

프레이저는 머리를 뒤로 쓸었다. "네가 여기 있는 이유는," 그가 단도직입적으로 말했다. "사귀던 남자애가 죽어서 자살하려고 했기 때문이라고."

덩컨은 아무 대답도 할 수 없어 그저 가만히 있었다.

"미안하다." 프레이저가 말했다. "역시 내가 참견할 일이 아니었어. 난 네가 왜 여기 들어왔는지, 네가 전에 누구를 사귀었는지 손톱만큼도 관심 없어. 하지만 자살에 관한 법률은 형편없다고 생각한다고 말해둘게."

"누가 그랬어?" 덩컨이 목멘 소리로 물었다.

"무슨 상관이야. 잊어버려."

"웨인라이트? 아니면 빈스?"

"아니."

"그럼 누구야?"

프레이저는 시선을 피했다. "호모 스텔라가 그랬지, 당연히."

"그 여자가!" 덩컨이 말했다. "그 여자를 보면 속이 메슥거려. 그런 사람들 다 토 나올 것 같아. 여자랑 자는 건 싫어하는 주제에 자기들은 여자처럼 굴잖아. 여자보다 더 기분 나쁘다고! 의사가 필요한 인간들이야. 혐오스러워."

"알아, 알아." 프레이저가 달래듯 말했다. "나도 그래."

"넌 나도 그 사람들하고 같은 부류라고 생각하잖아!"

"내가 언제 그랬어."

"내가 전에는 그랬을 거라고 생각하잖아. 아니면 알렉이……"

덩컨은 말을 끊었다. 이곳에서 알렉의 이름을 입 밖에 낸 건 처음이었다. 먼디 교도관한테만 빼고. 그런데 지금 그 이름을 저주하듯 내뱉었다.

프레이저가 어둠 속에서 덩컨을 물끄러미 쳐다보았다. "알렉." 그러면서 조심스레 입을 열었다. "그게…… 네 애인 이름이야?"

"애인이 아니라니까!" 덩컨이 말했다. 왜 사람들은 다 그런 식으로 생각하는 걸까. "알렉은 내 유일한 친구였어. 너도 친구가 있잖아? 다들 있잖아?"

"당연하지. 미안해."

"내 유일한 친구였다고. 만약 네가 내 고향에서 나처럼 자랐다면 그게 무슨 뜻인지 알 거야."

"응, 그렇겠지."

소나기처럼 퍼붓던 폭격이 한동안 잠잠해진 듯했다. 프레이저는 냉기를 쫓으려 손에 입김을 불며 손가락을 꼼지락거렸다. 그러더니 일어나 베개 밑에서 담배를 꺼냈다. 그는 거의 수줍어하며 덩컨에게 하나를 권했다. 덩컨은 고개를 저었다.

그래도 프레이저는 계속 권했다. "피워라, 좀." 그러면서 조용히 말했다. "받아. 부탁이다."

"네 몫이 줄잖아."

"괜찮아. 근데 불은 내가 다 붙이는 게 낫겠다."

그는 담배 두 개를 한꺼번에 물고서 방에 두는 소금통과 바늘을 꺼냈다. 돌에 금속을 부딪치면 불꽃이 일었다. 시간이 좀 걸렸지만 마침내 불이 붙어 살담배가 껌벅거리며 타들어가기 시작했다. 프레이저가 건네준 담배는 입에 물고 있었던 탓에 끝이 축축했다. 물고 빤 지푸라기마냥 맥없이 짜부라졌다. 살담배 한두 가닥이 삐져나와 덩컨의 혀에 붙었다.

둘은 말없이 담배를 피웠다. 담배는 일 분밖에 버티지 못했다. 프레이저는 다 피운 담배를 풀어 한번 더 쓸 수 있는 살담배를 건졌다. 그러면서 나직이 말했다. "그런 친구가 있다니 부럽다, 피어스. 진심이야. 난 남자를—그런 점에선 여자도 마찬가지고—네가 그 친구를 좋아한 것처럼 좋아해본 적이 없는 것 같다. 정말 네가 부럽다."

"그런 사람은 네가 처음이야." 덩컨은 우울하게 말했다. "우리 아버지는 나를 부끄러워하셨지."

"뭐, 그렇게 보면 우리 아버지도 날 창피해하셔. 나 같은 족속은 독일놈들한테 넘겨버려야 한다나. 나치를 돕고 싶어 안달이라는 거지. 남자라면 자고로 아버지한테 수치의 근원이 되어야 하는 거 아니겠냐? 만약 나한테 아들이 있다면, 걔가 내 인생을 아주 지옥으로 만들어줬으면 좋겠어. 안 그러면 어떻게 진보라는 게 존재하겠어?"

그러나 덩컨은 웃지 않았다. "농담하는 줄 아나본데." 그러면서 말했다. "너 같은 사람들, 네가 사는 세상의 사람들과는 달라."

"환경이 그렇게 나빴어?"

"밖에서 보는 사람한테는 그리 나쁘지 않았겠지. 우리 아버지는 절대로…… 절대로 나한테 손찌검하는 법이 없으셨으니까. 그건 단지……" 덩컨은 적당한 말이 생각나지 않아 어깨를 으쓱했다. "모르겠다. 좋아해서는 안 되는 것을 좋아하고, 느껴서는 안 되는 기분을 느끼는 것 같은 거야. 사람들이 기대하는 대로 말할 수가 없었어. 알렉도 나와 같은 처지였지. 걔는 전쟁을 혐오했어. 그

애 형이 전쟁 초기에 죽었는데, 걔 아버지는 알렉한테 나가서 싸우라고 했어. 대공습 때였지. 대공습 거의 말기, 그때는 몰랐지만. 그때는…… 이 빌어먹을 세상의 종말이 온 줄 알았어! 모든 게 최악인 시절이었지. 알렉과 나는 전쟁이 싫었어. 그애는 사람들의 의식을 변화시키고 싶어했어. 하지만 결국…… 음……"

"가엾은 녀석." 덩컨이 더이상 말을 잇지 못하자 프레이저가 진지하게 말했다. "그 친구가 옳았던 것 같다. 한번 만나봤으면 좋았을 텐데."

"그애는 옳았어." 덩컨이 대꾸했다. "걔는 영리했어. 나하고 다르게. 사람들은 항상 날 보고 영리하다고 하지만, 그건 내가 똑똑한 척 말하는 법을 알기 때문일 뿐이야. 알렉은 재치가 있었어. 한시도 가만있질 못했지. 항상 새로운 뭔가를 연구했어. 그러고 보니 너하고 비슷한 면도 좀 있네. 걔가 돈이 있어서 좋은 학교에 진학했다면 아마 너처럼 됐을 거야. 알렉이 말하면 뭐든 흥미진진해져. 알렉이 말하면…… 뭐랄까, 실제보다 더 나은 것처럼 들려. 나중에 다시 곰곰 생각해보면, 그 가운데 어떤 건 말이 안 된다는 걸 알아채지. 하지만 그 말을 듣고 있는 그 순간에는 그애가 하자는 대로 따르고 싶어져. 그냥…… 걔 말에 휩쓸려버리게 돼."

"유감이네." 프레이저가 조용히 말했다. "네가 왜…… 흠, 왜 그 친구를 그렇게 좋아했는지 알겠다. 그 친구는 몇 살이었어?"

"겨우 열아홉이었어." 덩컨은 조용히 말했다. "나보다 한 살 많았지. 그래서 먼저 징집 영장을 받았고."

"겨우 열아홉에. 심하다, 피어스. 처음엔 그의 형이, 그다음엔 그 친구가.” 프레이저는 망설이다 목소리를 낮췄다. “그다음엔?”

“그다음이라니?” 덩컨이 반문했다.

“그 친구가 죽은 다음에는? 그리고 너는……”

덩컨은 집안의 그 시뻘건 끔찍한 부엌이 언뜻 눈앞에 떠올랐다. 달빛에 비친 프레이저를 쳐다보며 자신의 심장이 마구 날뛰는 것을 느꼈다. 그때 일어난 일을 말하고 싶었다. 다 말해버리고 싶었다! 그러나 결국 한마디도 꺼내지 못했다. 덩컨은 시선을 떨어뜨리고 담담하게 말했다. “알렉이 죽은 다음에, 나는 안 죽었어. 말 그대로, 안 죽었다고. 그뿐이야. 이제 됐어?”

프레이저는 덩컨의 어조가 달라진 것을 눈치채지 못한 듯 계속 말꼬리를 이었다. “그래서 여기 들어온 거였구나! 영국의 정의가 너한테는 이런 식으로 적용되는군! 한 생명으로도 모자라 두 사람의 삶을 망치다니. 너한테 필요한 건, 내 생각에는……”

“그 얘긴 그만하자.” 덩컨이 말을 잘랐다.

“싫으면 그만해야지. 당연히 그래야지. 그냥 역겨워서. 만약 누가, 가령 너희 아버지가…… 제길!” 그가 의자에서 펄쩍 뛰었다. “저건 도대체 뭐야?”

폭탄이 이렇게 가까이 떨어진 건 처음이었다. 그 여파는 무척이나 강력했다. 창유리가 날아가거나 창틀에서 쏟아졌고, 총격 같은 소리가 나면서 금이 간 곳도 있었다. 덩컨은 고개를 들었다. 프레이저는 거의 문 앞까지 홱 물러나 감방 문을 열려고 했다. 어깨에 둘렀던 담요가 바닥에 떨어졌다. “젠장! 젠장! 그거 기름소이탄이었지? 그 폭탄은 끽끽거리는 소리를 내잖아, 응?”

"몰라." 덩컨이 말했다.

프레이저는 고개를 주억거렸다. "예전에 그 소리를 들은 적이 있어. 기름소이탄일 거야, 맞아…… 으악!" 또하나가 떨어졌다. 프레이저는 다시 문을 열려고 했다가 주변을 둘러보았다. 그의 목소리가 높아졌다. "우리 수감동이 기름소이탄에 맞은 것 같아. 우린 어떻게 될까? 침대에서 통구이 신세가 될 거야! 여기 지붕에 화재감시원이 있던가? 화재감시원에 대한 얘기는 한 번도 못 들어봤잖아? 다들 방공호로 내려갔을까? 교도관들이 얼마나 빨리 모든 층의 감방 문을 다 열 수 있을까? 그놈들이 굳이 방공호에서 나오려고 할까? 빌어먹을! 적어도 경보가 울릴 때 우릴 일층으로 내려보낼 순 있었잖아. 휴게실에서 매트리스를 깔고 자게 해줄 수도 있었을 텐데!"

그의 목소리가 변성기 전의 소년처럼 째졌다. 덩컨은 불현듯 그가 진짜로 동요하고 있음을, 공포를 경시하며 극복하려고 지금까지 부단히 노력해왔음을 깨달았다. 프레이저의 얼굴은 하얗게 질린 채 일그러졌고 온통 땀투성이였다. 짧게 깎은 머리는 꼿꼿이 섰다. 그는 연신 양손으로 머리칼을 쓸어넘겼다.

그때 프레이저의 눈이 덩컨과 마주쳤다. 당황한 덩컨이 시선을 거두자 프레이저는 점차 차분해졌다. "내가 겁에 질려 벌벌 떤다고 생각하는 거지?"

"아냐." 덩컨이 말했다. "그런 생각 안 했어."

"뭐, 사실이니까." 그는 손을 들어 보였다. 부들부들 떨렸다. "이 꼴 좀 보라고!"

"그게 뭐 어때서?"

"이게 뭐 어떠냐고? 젠장! 넌 아무것도 몰라! 나는…… 제길!"

남자들이 밖에다 대고 소리를 지르기 시작했다. 프레이저처럼 겁에 질린 목소리였다. 누가 가니시 교도관을 소리쳐 불렀다. 감방 문을 뭔가로 쾅쾅 두드리는 사람도 있었다. 전에 없이 가까이서 또 폭탄이 떨어졌고, 창유리가 또 한번 크게 흔들렸다…… 그 폭격 이후 폭탄이 소나기처럼 쏟아졌다. 양철 쓰레기통에 갇혔는데 밖에서 누가 야구방망이로 통을 마구 두들기는 것 같았다.

"기그스, 이 미친놈아!" 누군가 악을 썼다. "이게 다 네놈 때문이야! 너 나한테 죽었어, 기그스! 아주 작살을 내버리겠어!"

그러나 기그스는 입을 다문 지 오래였다. 잠시 후 악을 쓰던 남자도 입을 다물었다. 폭탄이 터지는 와중에 소리를 질러대는 건 어쩐지 공포스러웠다. 덩컨은 재소자들 대부분이 침대 속에 들어가 꼿꼿이 누운 채 숨을 죽이고 폭발을 기다리며 초를 세고 있다는 기분이 들었다.

프레이저는 여전히 문 앞에서 움찔거리며 서 있었다. 덩컨이 말했다. "끝날 때까지 침대에 들어가 있어."

"이게 끝날 거라고 생각해? 우리가 끝장나야 끝나지 않을까?"

"아직 몇 킬로미터는 떨어져 있어." 덩컨이 말했다. "운동장 때문이야." 그는 말을 꾸며냈다. "운동장 때문에 더 가깝게 들리는 거야. 실제보다 더 크게 들리기도 하고."

"그럴까?"

"응. 사람들이 창문에 대고 소릴 지르면 그게 얼마나 울리는지 못 들어봤어?"

프레이저는 골똘히 생각해보더니 고개를 끄덕거렸다. "맞아. 그랬지. 그래, 네 말이 맞아." 그래도 그는 여전히 덜덜 떨었다. 그러다 잠시 후 팔을 문질렀다. 그는 잠옷 바람이었고 감방 안은 얼어죽을 듯 추웠다.

"침대로 들어가." 덩컨이 다시 말했다. 그래도 프레이저가 반응이 없자 덩컨은 일어나서 의자를 밟고 올라가 커튼을 닫았다. 그러면서 힐끗 창밖을 내다봤는데, 운동장 맞은편 교도소 건물이 달빛에 환히 빛났다. 서치라이트는 쉬지 않고 미친듯이 하늘을 헤집었고, 동쪽 어딘가—메이다베일 혹은 저멀리 유스턴일지도—에서 불규칙적으로 어렴풋이 화염이 일었다. 유리창에 간 금이 눈에 들어왔다. 완벽한 부채꼴 모양의 아주 반듯한 금이었다. 전혀 물리적인 힘이나 폭력으로 생긴 것처럼 보이지 않았다. 하지만 손가락을 살짝 대보니 조금만 세게 누르면 산산이 부서지겠다 싶었다.

덩컨은 암막 커튼을 잡아당겨 창틀에 꾹꾹 눌러 끼웠다. 그후로는 바깥에서 무슨 일이 벌어지든 상관없었다. 감방—칠흑 같은 어둠으로 빠져들었다—은 완전히 다른 장소처럼 느껴졌다. 어디라도 될 수 있겠지만, 어디라고도 말할 수 없었다. 달빛이 바깥에서 커튼을 마구 때렸지만 소용없는 짓이었다. 다만 여기저기 천이 성긴 부분으로 달빛이 새어들어와 무대 위 마술사의 망토에 달린 스팽글처럼 조그맣게 반짝이는 별과 점과 초승달을 연출했다.

덩컨은 도로 침대로 들어갔다. 프레이저가 한두 걸음 내딛고는 자신의 담요를 집어드는 소리가 들렸다. 하지만 아직도 무서운지 가만히 서서 머뭇거렸다…… 이윽고 그가 아주 작은 소리로 물었다.

"피어스, 너랑 같이 있어도 돼? 그러니까, 네 침대에 같이 들어가도 되냐고." 덩컨이 대답하지 않자 그는 간략히 덧붙였다. "망할 전쟁 때문이야. 혼자 누워 있지 못하겠어."

덩컨이 이불을 젖히고 벽 쪽으로 바싹 붙자 프레이저가 옆으로 들어와 가만히 누웠다. 둘은 아무 말이 없었다. 그러나 폭탄이 떨어질 때마다 혹은 대공포화가 불을 뿜을 때마다 프레이저는 움찔거리며 긴장했다. 아픈 사람처럼 후들거리며 깜짝깜짝 놀랐다. 얼마 안 있어 덩컨은 자신도 프레이저처럼 긴장했음을 깨달았다. 무서워서가 아니라 그에게 공감해서였다.

그 때문에 프레이저는 웃음을 터뜨렸다. "젠장!" 그의 이가 딱딱 맞부딪쳤다. "미안하다, 피어스."

"미안할 것 없어."

"이젠 온몸이 막 떨려. 멈추질 않아."

"원래 그래."

"나 때문에 너까지 떨잖아."

"상관없어. 너도 곧 따뜻해지면 괜찮을 거야."

프레이저는 고개를 저었다. "추워서 그런 게 아냐, 피어스."

"상관없어."

"아까부터 그 말만 하네. 하지만 이건 지독히 상관있는 문제야. 모르겠어?"

"뭘?" 덩컨은 되물었다.

"내가 한 번도…… 한 번도 두려움에 의문을 가진 적이 없었을 것 같아? 세상에서 제일 지독하고 가장 끔찍한 일이지. 법정에 서는 건 얼마든지 할 수 있었어. 길 가던 여자들이 나를 보고 밸도 없는 놈이라고 욕해도 받아넘겼어! 그런데 조용히 혼자서 생각해보면, 재판소도 그 여자들도 다 옳을지 몰라. 그런 의심이 자꾸자꾸 신경을 갉아먹고 파고들어. 나는 진심으로 내 신념을 믿는 걸까. 아니면 그냥…… 단지 한심한 겁쟁이일까?" 프레이저는 얼굴을 훔쳤다. 덩컨은 그의 뺨이 땀과 눈물투성이라는 걸 알았다. "나 같은 사람이 그런 걸 인정하는 경우를 보긴 쉽지 않을걸." 그는 약간 떨리는 목소리로 말을 이었다. "하지만 병역거부자들도 알아, 피어스, 우리도 두려움을 느껴…… 한편에는 씩씩하게 싸우러 나가는 제일 흔한 타입의 남자들—그레이슨이나 라이트 같은—이 있지. 그들이 바보라서 덜 용감한 건 아니잖아? 전쟁이 끝나면 어떤 기분이 들지 내가 생각해보지 않았을 것 같아? 그런 사내들 덕분에 내가 여전히 살아 있을 거라는 걸 알면서? 그런데도 나는 여기 있지. 와틀링도 윌리스도 스핑크스도, 그리고 영국 전역의 감옥에 병역거부자들이 있어. 만약……" 머리 위로 폭격기 한 대가 시끄럽게 지나갔다. 프레이저는 비행기가 지나는 동안 다시 움츠러들었다. "만약 기름소이탄이 떨어져 우리가 전부 죽으면, 우린 용감한 사람이 되는 건가?"

"나는 네가 한 일이 용감한 일이었다고 생각해. 다들 그렇게 생각할 거야."

프레이저는 코를 훔쳤다. "아무것도 안 하는, 참 쉬운 용기지. 너는 나보다 더 용감한 남자야, 피어스."

"내가!"
"넌 뭐라도 했잖아, 안 그래?"
"그게 무슨 말이야?"
"네가 아까 얘기했던 그 일을 행동에 옮겼잖아, 여기 오게 된 그 이유 말이야."
덩컨은 진저리를 치고 몸을 돌렸다.
"그것도 나름 용기가 필요한 일이었잖아, 안 그래?" 프레이저가 우겼다. "모르긴 몰라도, 나보다 훨씬 더 큰 용기가 필요했을 거야."
덩컨은 또 뒤척거렸다. 그리고 손을 들었다. 어둠 속에서도 프레이저의 시선을 밀어내려는 듯. "넌 아무것도 몰라." 덩컨은 거칠게 내뱉었다. "넌 그게…… 어휴!" 역겨웠다. 지금에 와서도, 프레이저가 바로 옆에서 떨고 있는데도, 덩컨은 단순한 사실조차 입 밖에 꺼낼 수 없었다. "그만하자." 그는 대신 이렇게 말했다. "입 다물라고."
"알았어. 미안하다."
그들은 입을 다물었다. 폭격기가 여전히 머리 위에서 시끄럽게 웅웅거렸고 대공포화도 계속 무시무시하게 쿵쿵거렸다. 그러나 다음번 폭발은 멀리서 들렸고 다음 것은 더 멀어졌다. 공습기들이 이동한 것이었다……
프레이저는 차분해졌다. 잠시 후 경보 해제 사이렌이 울렸다. 프레이저는 마지막으로 한 번 부르르 떨고 소매로 얼굴을 닦더니 그 다음부터는 꼼짝 않고 누워 있었다. 창가에서 휘파람을 불거나 환호하는 사람은 아무도 없었다. 프레이저처럼 뻣뻣하게 혹은 둥글게 몸을 말고 누워 있던 사람들이 비로소 고개를 들고 사지를 뻗으며 밤의 적막을 시험해보았다. 그리고 다시 녹초가 되어 뻗었다.

웅성대는 건 오직 교도관들뿐이었다. 그들은 바위 밑에 숨어 있던 딱정벌레처럼 밖으로 나왔다. 덩컨은 재를 뿌린 운동장을 걷는 그들의 발소리를 들었다. 느리고 자꾸 멈칫거렸다. 방공호에서 나와 여전히 멀쩡한 교도소 건물을 보고 놀라기라도 한 것처럼.

덩컨은 다음으로 무슨 소리가 날지 알았다. 먼디 교도관이 순찰을 돌면서 철제 복도가 진동하는 소리였다. 그 소리가 시작되고 잠시 후 덩컨은 고개를 들어 더 열심히 귀를 기울였다. 방이 너무 어두워 문 밑의 파란 빛줄기가 더욱 파리해 보였다. 그는 먼디가 다가와 감시용 구멍의 덮개를 밀어 여는 것을 보았다. 프레이저도 보았다는 걸 덩컨은 알고 있었다. 그러나 프레이저가 입을 열려는 순간, 덩컨은 손을 들어 그의 입을 막았다. 밤이라 먼디는 속삭이듯 물었다. "괜찮은가?" 하지만 덩컨은 대답하지 않았다. 먼디는 두세 번 더 부르다 포기하고 마지못해 가버렸다.

덩컨은 여전히 프레이저의 입을 손으로 막고 있었다. 손가락에 닿는 프레이저의 입김이 느껴졌다. 천천히 손을 뗐다. 그들은 아무 말도 하지 않았다. 그러나 이제 덩컨은 아까와는 사뭇 다르게 프레이저의 몸이 의식됐다. 그의 몸에서 나는 열기와 자신의 몸에 닿는 각 부위—발, 허벅지, 팔과 어깨—가 느껴졌다. 침대는 좁았다. 덩컨은 거의 삼 년 동안 매일 밤 여기에 혼자 누워 있었다. 여기 들어온 사람들이 다들 그렇듯, 가끔은 떠밀리기도 하고 가끔은 얻어맞기도 했다. 면회실에서 테이블 너머로 비브 누나의 손을 잡기도 했다. 목사와 악수한 적도 있었다. 그래도 다른 사람과 이렇게 가까이 몸을 맞대고 있는 상황은 낯설어야 마땅했다. 그런데 낯설지가 않았다. 덩컨은 고개를 돌려 소곤소곤 말했다. "괜찮아?" 프레이저가 대답했다. "응." "위층 침대로 돌아가고 싶어?" 프레이저는 고개를 저었다. "아니, 아직……" 그것도 전혀 이상하지 않았다. 둘은 거리를 두는 대신 더 바싹 붙었다. 덩컨이 팔을 올리자 프레이저는 고개를 들어 덩컨의 팔을 베었다. 그러고선 서로를 꼭 껴안았다. 아무렇지도 않게, 편안하게. 세상에서 가장 자연스러운 일인 듯. 폭탄이 터지고 총격이 난무하는 도시의 교도소에 갇힌 두 청년이 아닌 듯.

"왜 그 아가씨한테 네 반지를 줬어?" 미키가 케이에게 물었다.

케이는 부드럽게 기어를 바꿨다. "모르겠어. 좀 가엾더라고. 고작 반지잖아. 이런 시절에 반지는 뒀다 뭐하겠어?"

케이는 가볍게 대꾸했다. 하지만 실은 벌써 반지를 줘버린 걸 후회하고 있었다. 핸들을 잡은 손이 벌거벗은 듯 이상하고 불길해 보였다.

"내일 다시 병원에 가보지 뭐. 잘 회복하고 있는지."

"글쎄, 거기 계속 있을까." 미키가 의미심장하게 말했다.

케이는 미키를 쳐다보지 않았다. "그녀는 운에 맡길 생각이었어. 그건 그녀가 결정할 일이야, 우리가 아니라."

"자기가 무슨 말을 하는지도 몰랐을걸."

"아니, 잘 알고 있었어. 내가 잡고 싶은 놈은 그녀를 엉망으로 만든 그 빌어먹을 의사새끼야. 그놈하고 그 애인이란 자식." 케이는 교차로에 다다랐다. "어느 쪽으로 갈까?"

"이쪽은 아냐." 미키가 거리를 내다보며 말했다. "이쪽은 폐쇄됐을 거야. 다음 길로 가자."

이날은 지난 몇 주 사이에 가장 힘든 밤이었다. 만월 때문이었다. 둘은 비브를 병원에 내려주고 돌핀스퀘어로 돌아갔다가 곧장 다시 출동했다. 담당 구역의 철로가 폭격을 맞았다. 지난번 폭격으로 훼손된 철로 구간에서 복구 작업을 하던 인부 중 세 명이 즉사하고 여섯 명 이상이 부상당했다. 그들은 환자를 네 명씩 나눠 후송했다. 그다음엔 집의 앞부분이 무너져 일가족이 깔린 테라스하우스로 출동했다. 여자 둘과 여아 한 명은 무사히 구조했지만, 다른 여아 한 명과 남아 한 명은 이미 죽은 상태였다. 케이와 미키는 시신을 옮겼다.

그리고 지금 또 출동하는 중이었다. 슬론스퀘어 동쪽에 면한 동네로 향했다. 케이는 모퉁이를 돌면서 타이어가 드륵거리는 느낌을 받았다. 도로에 모래와 흙과 깨진 유리가 깔려 있었다. 속도를 늦춰 엉금엉금 기듯이 가다 차를 세웠고, 공습경비원이 다가오자 창문을 내렸다.

경비원은 느긋하게 걸어왔다. "이미 늦었습니까?" 케이가 물었다.

경비원은 고개를 끄덕였다. 그는 그들을 데리고 가서 시신을 보여주었다.

"맙소사." 미키가 중얼거렸다.

시신은 두 구였다. 남자와 여자. 파티가 끝나고 돌아가는 길에 사망했다. 경비원은 겨우 50미터만 더 가면 그들의 집이었다고 했다.

초승달 모양으로 휘어진 거리 한가운데 조그만 정원이 있는데, 그 정원이 직격으로 당했다. 키가 10미터쯤 되는 플라타너스가 폭격으로 거의 산산조각났고, 근처 집들의 유리창과 현관문과 지붕의 슬레이트가 깨졌다. 그 외에는 비교적 멀쩡했다. 하지만 두 남녀는 공중으로 날아갔다. 남자는 어느 집 지하실 창문 앞의 비좁은 판석 위로 떨어졌다. 여자는 좀더 위쪽 보도의 철책에 떨어졌다. 철제 막대의 뭉툭한 끝부분에 가슴부터 떨어진 것이다. 여자는 여전히 그 자리에 고꾸라져 있었다. 경비원이 어디서 커튼 한 폭을 가져와 시신을 덮어놓은 게 전부였다. 그는 케이와 미키에게 시신을 보여주려고 커튼을 젖혔다. 케이는 딱 한 번 보고는 고개를 돌렸다.

여자의 코트와 모자는 어디론가 사라졌고 머리칼이 얼굴을 덮고 있었다. 덜렁거리는 손에는 여전히 부드럽고 깨끗한 파티용 장갑이 끼워져 있었다. 달빛에 은색으로 반짝이는 실크 드레스가 보도 위에 퍼져서 마치 무릎을 살짝 구부려 인사하는 것처럼 보였다. 그러나 드러난 맨등은 철책 끝부분에 눌린 부분이 툭 불거져나왔다.

"이 동네에 마지막으로 남은 철책이었는데." 경비원이 케이와 미키를 건물 아래로 안내하며 말했다. "운도 지지리 없지, 안 그렇소? 아마 녹이 슬어 그대로 놔둔 것 같은데. 솔직히 저 여자한테 손 대고 싶지 않았소. 딱 봐도 숨이 멎었다는 걸 알 수 있었으니. 부디 폭탄이 터졌을 때 죽었기를 바랄 뿐이지. 남편 쪽은, 안 믿을지 모르겠지만 이십 분 전까지만 해도 앉아서 나랑 얘기를 했소. 그래서 당신네 구급대를 부른 거지. 하지만 저 사람 상태를 보시오."

경비원이 쓰레기 같은 것을 옆으로 치우자 남자의 시신이 보였다. 그는 무릎을 세우고 벽에 등을 기댄 채 앉아 있었다. 여자와 마찬가지로 그도 연미복 차림이었고 목깃에 여전히 나비넥타이가 단정히 매여 있었다. 그러나 목깃과 셔츠 앞부분은 온통 시뻘겋게 물들었다. 포마드를 바른 머리엔 먼지가 모자처럼 내려앉았고, 손전등으로 머리 주위를 비춰보니 두개골에 금이 가 진득한 피가 잼처럼 흘러내려 번들거렸다.

경비원은 혀를 차며 말했다. "이 집 사람들이 방공호에서 고개를 내밀면 아주 끝내주는 광경이 아니겠소?" 그는 케이와 미키를 힐끗 보며 말했다. "이거 여자 두 분이 하기엔 좀 뭣한 일이네. 뭐 덮을 거라도 가져오셨소?"

"담요밖에 없는데요."

"난감하네." 다시 계단을 올라가며 경비원이 구시렁거렸다. "담요에 다 묻을 텐데." 그는 발부리에 걸리는 것을 걷어차며 걸어가다 길쭉한 뭔가를 발견했다. "이거 봐라, 뭐지? 저 여자 망토네, 등에 걸쳤던 게 여까지 날아왔나보군. 이걸로…… 아이고 깜짝이야!"

경비원과 케이는 본능적으로 몸을 숙였다. 그러나 폭발은 이삼 킬로미터 떨어진 북쪽 어딘가에서 일어났다. 약하게 쿵 하면서 그리 크지 않은 폭발음이었다. 뒤이어 더 가까운 어딘가에서 잇달아 무너지는 소리가 들렸다. 목재가 쓰러지는 소리, 슬레이트가 미끄러지는 소리, 유리가 산산이 깨지는 거의 음악 같은 소리. 개 두어 마리가 짖어대기 시작했다.

"저건 뭐지?" 미키가 소리쳤다. 구급차에서 들것을 가지고 오는 중이었다. "뭔가 폭발한 건가?"

"그런 것 같은데." 케이가 말했다.

"메인 가스관?"

"공장일 거요, 분명." 경비원이 턱을 쓸며 말했다.

그들은 하늘을 올려다보았다. 서치라이트가 마구 돌아다녔지만 달빛 때문에 희미해져 폭발 지점을 알아보기 힘들었다. 불빛이 아래를 향했을 때 경비원이 손가락으로 가리켰다. "저기요." 구름 아랫면에 반사된 엄청난 화염이 처음으로 보였다. 연기가 소용돌이치며 뒤엉켜 피어올라 어둡고 탁한 분홍빛을 발했다.

"독일놈들한텐 장관이겠군." 경비원이 말했다.

"저기가 어디쯤이죠?" 미키가 물었다. "킹스크로스?"

"그럴지도." 그는 미심쩍은 듯 대답했다. "그보다 훨씬 더 남쪽일 수도 있고. 블룸스버리나."

"블룸스버리요?" 케이가 반문했다.

"아는 동네요?"

"네." 케이는 실눈을 뜨고 스카이라인을 쭉 훑다가 더럭 겁이 났다. 그녀는 눈에 띄는 지형지물을 찾았다. 첨탑이나 굴뚝 등 그녀가 아는 것들을. 그러나 아무것도 보이지 않았다. 순간 자신이 어느 쪽을 보는지도 까먹었다, 북동쪽인지 북서쪽인지. 길이 초승달 모양으로 꺾여 있어 헷갈렸다. 다시 서치라이트가 비추자 하늘은 그림자와 갖가지 명암으로 얼룩졌다. 케이는 뒤로 돌아 여자의 시신이 있는 곳으로 갔다. "서두르자." 그러면서 미키에게 말했다.

목소리가 좀 이상했는지 미키가 케이를 쳐다보았다. "왜 그래?"

"모르겠어. 그냥 오싹하네. 젠장, 끔찍하군! 좀 도와줄래? 철망에 걸려 있어서 그냥 들어올리긴 어렵겠어. 아주 꽉 끼었나봐."

둘은 여자의 몸을 앞뒤로 흔들어 겨우 빼냈다. 갈비뼈가 철책에 갈리는 소리와 등가죽 속에서 끝이 뾰족한 철책의 흔들림은, 듣기에도 느끼기에도 소름 끼쳤다. 여자는 피로 흥건해져서 빠져나왔다. 그들은 시신을 바로 누이지도 눈을 감겨주지도 않았다. 서둘러 들것에 싣고 여자를 덮었던 찢어진 커튼으로 둘둘 말았다. 여자의 금발은 자고 일어난 것처럼 헝클어졌다. 헬렌이 잠에서 깼을 때, 혹은 사랑을 나눈 뒤 침대에서 일어났을 때와 비슷하다고 케이는 생각했다.

"젠장." 케이는 소맷부리로 입가를 훔치며 다시 중얼거렸다. "망할!" 그러고는 조금 떨어져서 담배를 물었다.

그러나 담배를 피우는 동안에도 불안감은 점점 커졌다. 하늘을 쳐다보았다. 좀전과 마찬가지로 명암이 정신없이 바뀌었고, 그 밑에서 바람이라도 부는지 불길이 미친듯이 날뛰어 빛이 강렬해졌다 흐려졌다를 반복했다. 케이는 또다시 왠지 모를 두려움에 휩싸였다. 두세 모금만 피우고 담배를 던져버렸다. 경비원이 그걸 보고 질색했다. "그 아까운 걸!" 그러더니 자기가 주워 빠끔거렸다.

케이는 여자의 시신 옆에서 들것을 하나 더 꺼내 지하실 출입구 계단을 내려갔다. 들것과 같이 가지고 간 붕대로 죽은 남자의 머리를 싸맸다. 미키가 다가와 그녀를 도왔다. 케이가 머리 주위에 붕대를 감는 동안 미키는 남자의 머리가 흔들리지 않도록 조심조심 붙들었다. 그러고서 들것을 평평하게 놓고 시신을 들어 옮기려 했다. 하지만 공간이 협소한데다 정원에서 날아온 흙과 나뭇가지와 깨진 슬레이트로 바닥이 어수선했다. 그들은 쓰레기를 옆으로 걷어차며 치웠다. 숨이 차오르기 시작했고, 툴툴거리며 욕설을 내뱉었다. 그런 와중에도 위쪽 거리에서 누군가 자기 이름을 불렀을 때 케이는 곧장 그 소리를 알아들었다. 다급한 목소리긴 했지만 소리 높여 외친 것도 아니었다. 케이는 허리를 펴고 긴장감을 억누르며 잠시 서 있다가 남자의 시체를 넘어 계단을 급히 올라갔다.

누가 경비원과 얘기하고 있었다. 어둠 속에서도 안경과 핼쑥한 얼굴 윤곽으로 누군지 알아보았다. 같은 서의 휴즈였다. 뛰어온 모양이었다. 서둘러 오느라 철모를 벗어 옆구리에 끼고 있었다. 휴즈가 케이를 보더니 말했다. "케이……" 전에는 한 번도 케이라고 부른 적이 없었는데, 보통은 랭그리시라고 부르는데, 이건 나쁜 징조였다. "케이……"

"뭐야? 말해!"

그는 한숨을 내쉬었다. "콜하고 오닐하고 같이 세 블록 떨어진 곳에 있었어. 공습경비원이 58번 서에서 전화를 받았는데…… 케이, 정말 유감이다. 그들 말로는 세 발이 한꺼번에 방송국을 노렸는데 동쪽으로 비껴갔대. 하나는 폭발하기 전에 잡았지만 나머지 두 개는 터져서……"

"헬렌." 케이는 중얼거렸다.

휴즈가 케이의 팔을 잡았다. "너한테 알려주려고 왔어. 하지만 그들도 정확히 어딘지는 모른대. 케이, 아닐 수도 있으니까……"

"헬렌." 케이는 다시 중얼거렸다.

전쟁 동안 하루도 거르지 않고 두려워한 사태가 바로 이것이었다. 그렇게 두려움에 떨면서도, 마침내 그 일이 일어났을 때는 침착할 수 있을 거라고 스스로를 달랬었다. 케이는 이제 그 두려움이 일종의 협정이었음을 깨달았다. 자신의 두려움이 충분히 고통스럽고 견고하다면, 그것이 헬렌의 안전을 보장해줄 거라고 생각했었다. 하지만 터무니없는 생각이었다. 그녀는 두려워했다…… 그리고 그 끔찍한 일은 어쨌든 일어나고야 말았다. 어떻게 침착할 수 있겠는가? 케이는 휴즈의 손을 떨치고 얼굴을 가렸다. 온몸이 부들부들 떨렸다. 주저앉아 울부짖고 싶었다. 자신의 맹렬한 나약함에 기가 질렸다. 그러다 생각했다. 이런 게 헬렌한테 무슨 도움이 되지? 케이는 손을 내렸다. 미키가 다가와 좀전의 휴즈처럼 자신에게 손을 뻗는 것을 보았다. 그녀는 어깨를 움츠리고 움직이기 시작했다.

"그리로 가야겠어." 케이가 말했다.

"케이, 안 돼." 휴즈가 말했다. "네가 딴사람한테서 이 소식을 들을까봐 내가 달려온 거야. 가봤자 네가 할 수 있는 일은 아무것도 없어. 거긴 58번 서 담당이야. 그들에게 맡겨둬."

"그놈들은 겁먹고 내뺄 거야. 다 망칠 거라고! 내가 직접 가야 해."

"너무 멀어! 네가 할 수 있는 일은 없을 거라고."

"헬렌이 거기 있단 말이다! 이해 못하겠어?"

"당연히 이해해. 그러니까 내가 온 거잖아. 하지만……"

"케이." 미키가 그녀의 팔을 다시 잡고 말했다. "휴즈 말이 맞아. 거긴 너무 멀어."

"상관없어." 케이가 난폭하게 말했다. "뛰어갈 거야. 뛰어서라도……" 그때 구급차가 눈에 들어왔다. 그녀는 좀더 침착하게 말을 이었다. "구급차를 몰고 가겠어."

"케이, 안 돼!"

"케이……"

"이봐요." 내내 옆에서 지켜보기만 하던 경비원이 끼어들었다. "저 시체들은 어쩌고?"

"어쩌든지 알 게 뭐야." 케이가 대꾸했다.

케이는 달리기 시작했다. 미키와 휴즈가 그녀를 말리려고 뒤를 바짝 쫓았다.

"랭그리시." 휴즈가 화를 내며 외쳤다. "바보같이 굴지 마."

"비켜."

케이는 일단 구급차 뒤로 가서 문을 닫았다. 그리고 앞으로 가서 운전석에 올랐다. 휴즈가 문에 매달려 애원했다. "랭그리시, 제발, 지금 네가 무슨 짓을 하는 건지 잘 생각해봐!"

케이는 차 열쇠를 찾아 더듬었다. 그때 휴즈의 어깨 너머로 미키와 눈이 마주쳤다.

"미키." 그녀는 나직이 말했다. "차 열쇠 줘."

휴즈가 돌아보았다. "카마이클, 주지 마."

"열쇠 이리 줘, 미키."

"카마이클……"

미키는 케이와 휴즈를 번갈아 쳐다보며 망설였다. 열쇠를 꺼내 들고 또 주저하다 결국 케이에게 던졌다. 그녀의 조준은 남자처럼 정확했다. 휴즈가 손을 뻗었지만 그전에 케이가 낚아챘다. 케이는 열쇠를 꽂고 시동을 걸었다.

"망할!" 휴즈는 철제 문틀을 두드리며 외쳤다. "너희 둘 다 끝장이야! 이걸로 넌 구급대에서 쫓겨날 거야! 너 정말……"

케이는 휴즈에게 주먹을 날렸다. 무작정 휘두른 주먹이 휴즈의 뺨과 안경 가장자리를 쳤다. 그가 뒤로 자빠지자마자 케이는 핸드브레이크를 풀고 출발했다. 그 와중에 차문이 활짝 열려 케이는 손잡이를 잡아 쾅 닫았다. 철모가 앞으로 흘러내리자 끈을 잡아당겨 아예 벗어버렸다. 그러고 나니 기분이 한결 나았다. 케이는 백미러를 힐끗 보았다. 휴즈가 얼굴을 감싸쥐고 길 한복판에 앉아 있었고, 미키는 멀어져가는 차를 멍하니 쳐다보며 양손을 늘어뜨리고 서 있었다…… 케이는 흙과 유리가 사방에 깔린 도로를 최대한 조심하며 달리다가 매끄러운 도로가 나오자 곧장 속도를 올렸다.

케이는 달려가면서 헬렌을 떠올렸다. 몇 시간 전에 마지막으로 보았던 그녀를 그려보았다. 흠 하나 없는, 상처 하나 없는 모습의 헬렌을. 너무도 또렷이 보여서 헬렌이 죽기는커녕 다쳤을 리조차 없다고 생각했다. 래스본플레이스일 리 없어. 분명 다른 동네일 거야. 그럴 거야! 만약 래스본이라면, 그렇다면 헬렌은 공습경보를 듣고 대피소로 피했을 거야. 이번 한 번만은 나를 위해서 대피소로 갔을 거야……

케이는 버킹엄팰리스로드를 달리면서 어느새 빅토리아역을 지났다. 속도를 줄이지도 않고 공원 쪽으로 꺾자 타이어가 지면에 끌려 끽끽거렸고 차 뒤에서 무언가가 튕겨나와 여기저기 부딪히며 굴렀다. 그러나 케이의 눈에는 저 앞에서 꺼져가는 생명처럼 번득이며 불규칙적으로 펄떡이는 것만 보였다. 공포가 등골을 타고 스멀스멀 올라왔다. 그녀는 기어를 바꾸고 더 빨리 달렸다. 계속되는 공습으로 거리는 텅 비었다. 채링크로스에서만 사람들이 움직이는 모습이 보였다. 다른 사고를 처리하던 공습경비원과 경찰관이 케이의 차가 오는 소리를 듣고는 구급대에서 파견한 줄 알고 그녀를 향해 손을 흔들었다. 그들은 스트랜드를 따라 동쪽을 가리키며 소리쳤다. "그쪽으로 쭉 가세요." 케이는 고개를 끄덕였다. 그러나 차를 세우거나 그들을 도울 생각은 전혀 없었다. 잠시 후 한 남자가 그녀의 차 전면에 그려진 구급대 문장을 보고 휘청거리며 보도를 벗어나 다가왔다. 피투성이가 된 검붉은 얼굴을 감싸쥔 남자를 피해 케이는 핸들을 크게 한 번 틀었다. 그리고 계속 달렸다.

채링크로스로드는 사흘 전에 메인 상수도관이 폭격을 맞아 폐쇄됐다. 케이는 서쪽의 헤이마켓으로 달렸다. 섀프츠베리애비뉴로 가서 워더스트리트에 들어섰다. 거기로 해서 래스본플레이스로 갈 생각이었다. 그러나 옥스퍼드스트리트 입구는 가대와 밧줄로 막힌 채 경찰관 몇 명이 지키고 있었다. 그녀는 미친듯이 브레이크를 밟으며 방향을 꺾었다. 경찰관 한 명이 달려와 창문에 대고 말했다.

"어디로 가십니까?" 케이는 자신이 사는 거리 이름을 댔다. 경찰관이 즉시 대답했다. "거긴 이미 구급대가 와 있을 겁니다. 이쪽으로는 접근할 수 없습니다."

케이는 물었다. "상황이 나쁩니까?"

경찰은 그녀의 말투가 심상찮음을 눈치채고 눈을 깜박였다. "제가 알기론 창고 두 곳이 날아갔습니다. 지휘본부에서 자세한 사항을 듣지 못했나요?"

"가구창고요?" 케이는 그의 질문을 무시하고 물었다. "파머스

창고?"

"자세히는 모릅니다."

"제길, 거기일 거야! 제기랄!"

케이는 차창을 내리고 경찰관과 얘기하다가 문득 공기 중의 탄내를 맡고 곧바로 기어를 넣었다. 경찰은 얼른 뒤로 물러났다. 후진을 하자 엔진이 털털거렸다. 평소처럼 클러치를 두 번 밟으며 다시 기어를 바꾸는데 타이밍이 맞지 않아 톱니가 엇갈리며 부딪혔다. 케이는 욕설을 내뱉으며 엉터리 기계장치에 성질을 부렸다. 울음이 나올 뻔했다. 울지 마, 이 멍청아! 그렇게 속으로 되뇌었다. 자신의 허벅지를 주먹으로 세게 내리쳤다. 차가 휘청거렸다. 울지 마, 울지 말라고……

이번에는 차를 남쪽으로 몰았고, 왼편에 폐쇄되지 않은 길을 발견하곤 급히 그쪽으로 틀었다. 골목길을 따라가다 다시 왼쪽으로 돌아 딘스트리트로 들어갔다. 거기서 처음으로 하늘로 솟구치는 화염의 꼭대기를 목격했다. 차 앞유리에 검댕—공중에 하늘하늘 떠다니는 검은 거미줄 같은 재—이 날아들기 시작했다. 케이는 가속페달을 힘껏 밟아 속도를 높였다. 그러나 100미터도 채 못 가서 또 길이 막혔다. 케이는 고개를 내밀고 거기 있는 경찰관에게 외쳤다. "지나가게 해주세요!" 그들은 안 된다는 손짓을 했다. "못 가요, 돌아가세요." 절박한 심정으로 차를 돌려 다시 동쪽으로, 소호스퀘어로 향했다. 또 길이 막혔다. 하지만 지키는 경찰이 몇 명 없었다. 그녀는 차를 세우고 핸드브레이크를 걸었다. 그리고 차에서 내려 달렸다. 길을 막아놓은 가대를 짚고 그냥 뛰어넘었다.

"이봐요!" 누군가 뒤에서 소리쳤다. "당신, 모자도 안 쓰고! 미쳤어요?"

케이는 어깨에 달린 견장을 두드렸다. "구급대원입니다!" 그녀는 헐떡이며 소리쳤다. "구급대원!"

"이봐요! 돌아와요!"

그러나 외침은 금방 희미해졌다. 바람의 방향이 바뀌면서 갑작스러운 연기에 숨이 막혔다. 케이는 손수건을 꺼내 코와 입을 막고 계속 달렸다. 연기가 돌풍이 되어 밀어닥쳤고, 그녀는 아무것도 안 보이는 어둠 속을 혹은 따가운 불빛 속을 번갈아가며 300미터 정도 전진했다. 한번은 불꽃이 소나기처럼 쏟아져 머리카락이 그을리고 얼굴을 뎄다. 좀더 가다가 넘어졌는데 다시 일어서면서 방향감각을 잃었다. 한두 걸음 앞으로 달리다 벽에 맞닥뜨렸고, 방향을 바꿔 다시 가려는데 또 벽이 나왔다…… 그러다 뭔가가 머리 쪽으로 날아왔다. 불붙은 종이 뭉치인 것 같아 얼른 피했다. 알고 보니 날개에 불이 붙은 비둘기였다. 그녀는 손을 마구 내저으며 쫓았다. 깜짝 놀라 발을 헛디디면서 손수건도 떨어뜨렸다. 숨을 들이쉬는데 또 연기가 얼굴로 밀어닥쳐 숨이 막혔다. 그녀는 비틀거리며 앞으로 나아갔다. 그러다 문득 자신이 열기와 혼란의 도가니 한복판에 있음을 알았다. 양손으로 허벅지를 짚고 기침을 하며 침을 뱉었다. 그리고 고개를 들었다.

화염의 심장부 가까이에 와 있었다. 하지만 아무것도 알아볼 수 없었다. 분명 눈에 익은 주변 건물이 보여야 했다. 달리는 소방관, 땅바닥에 흥건한 물웅덩이, 뱀처럼 꿈틀거리는 소방호스…… 그 모든 것이 번쩍거리며 부자연스럽게 밝거나, 아니면 퍼덕이는 검은 그림자에 가려져 있었다. 케이는 소방관을 부르려 했지만 으르렁거리는 화염과 쿨렁거리는 펌프 소리에 묻혀 그녀의 목소리는 들리지 않았다. 다른 사람한테 다가가 어깨를 잡고서 얼굴에 대고 고함을 질렀다. "여기가 어딥니까? 여기가 대체 어디예요? 핌스야드는 어디쯤이죠?"

"핌스야드?" 남자는 그녀의 손을 떨치고 이미 저만치 달려가며 대답했다. "여기가 핌스야드요!"

케이는 고개를 숙여 부츠 밑의 자갈바닥을 보았다. 주변을 다시 살펴보니 낯익은 요소가 눈에 들어오기 시작했다. 그리고 마침내 자신이 화염 한가운데가 아니라 파머스 창고 바로 앞에 있다는 사실을 깨달았다. 자신의 집을 알아보지 못한 건 창고의 지붕과 벽 한쪽이 무너져 내려앉았기 때문이었다.

맥이 탁 풀렸다. 도저히 움직일 수가 없어 그저 가만히 서 있었다. 불길만 멍하니 쳐다보았다. 소방관이 그녀의 팔을 잡고 밀었다. "길 좀 비키쇼, 엉?" 케이는 서너 걸음 떠밀리다 다시 제자리에 맥없이 섰다. 이윽고 누군가 그녀의 이름을 불렀다. 구지스트리트 공습경비원 헨리 바니였다. 연기에 그을려 그의 얼굴과 손이 온통 시커멨다. 손으로 비빈 눈두덩만 하얬다. 쇼를 위해 흑인 분장이라도 한 것 같았다.

그가 케이의 어깨를 잡았다. "랭그리시 양!" 그는 제 눈을 믿지 못하겠다는 듯 외쳤다. "언제 왔어요?"

케이는 대답이 나오지 않았다. 헨리는 그녀를 데리고 화염 바깥으로 걸음을 옮겼다. 철모를 벗어 그녀의 머리에 씌워주려고 했다. 철모는 오븐에서 꺼낸 것처럼 뜨거웠다. "불길에서 떨어지세요." 그가 말했다. "불에 뎄잖아요, 이런…… 랭그리시 양, 불에서 물러나요!"

"헬렌을 구하러 왔어요." 케이가 그에게 말했다.

그는 다시 소리쳤다. "뒤로 물러나요!" 그때 케이와 눈이 마주친 그는 시선을 피했다. "유감입니다. 창고는…… 저긴 완전히 불쏘시개가 됐어요. 대피소도 당했습니다."

"대피소도?"

그는 고개를 끄덕였다. "그 안에 몇 명이나 있었는지 모르겠습니다."

그는 유리가 다 날아간 창문턱에 케이를 데려가 앉혔다. 그리고 자기도 그 옆에 쭈그려앉아 그녀의 손을 잡았다. 케이는 앉자마자 물었다. "헨리, 그 대피소 얘기 확실해요?"

"확실합니다. 정말 유감이에요."

"생존자는 전혀 없어요?"

"한 명도."

소방관이 다가왔다. "당신들 구급대는," 케이한테 성을 냈다. "사십 분 전에 다 철수했어야지! 당신네가 할 일은 없다고, 못 들었어?"

헨리가 일어나 그에게 몇 마디 건네자 소방관은 고개를 수그리고 다른 데로 갔다. "젠장." 소방관이 중얼거리는 소리가 들렸다……

헨리가 다시 그녀의 손을 잡았다. "랭그리시 양, 저는 그만 가봐야겠습니다. 저도 그러긴 싫지만 할일이 있어서요. 응급실로 가보시겠습니까? 아니면 친구든 누구든 제가 연락해 불러드릴까요?"

케이는 화염 속을 고갯짓으로 가리켰다. "제 친구는 저기 있었어요, 헨리."

그는 케이의 손을 한 번 힘주어 꽉 쥐고는 일어섰다. 그리고 사람들을 향해 소리치며 달려갔다. 화재는 케이가 도착하기 전에 이미 정점을 지났다. 불길은 더이상 하늘로 솟구치지 않았다. 화염의 포효도 잦아들었다. 열기만 전보다 더 거세졌다. 창고 벽이 활활 타면서 우그러들었고, 얼마 안 있어 마지막 불꽃을 쏟아내며 부르르 떨더니 무너져내렸다. 소방관들이 여기저기서 부산스럽게 움직였다. 물줄기가 포석 위로 지저분하게 흘렀고, 진한 염산처럼 수증기가 피어올랐다. 땅이 몇 번 우르릉 쿵쿵 흔들렸다. 근처에 폭탄이 떨어진 모양이었다. 하지만 눈앞의 화염 때문에 마치 거대한 부지깽이로 내리치는 것 같았다. 불길은 십여 분 남짓 활활 타오르다 점차 수그러들었다. 펌프차 한 대가 시동을 끄고 호스를 되감았다. 찌르는 듯한 섬광도 펌프의 소음과 함께 사라졌다. 그새 달이 졌는지 구름에 가렸는지, 사물의 날카로운 윤곽과 초현실적인 모습도 자취를 감췄다. 수많은 나방이 날개를 접은 것처럼 자잘한 모습들은 어둠 속에 묻혔다.

그동안 케이에게 다가온 사람은 아무도 없었다. 케이 자신도 서서히 어둠 속으로 빨려들어가는 느낌이었다. 허벅지에 손을 얹고 앉아서 여전히 뜨겁게 타오르는 건물의 한가운데를 물끄러미 쳐다보았다. 화염의 색깔이 점점 바뀌었다. 눈부신 흰색에서 노랑으로, 주황으로, 그리고 빨강으로. 두번째 펌프차가 스위치를 내리고 가버렸다. 공습경보가 해제됐다고, 도로가 다시 열렸다고 외치는 소리가 들렸다.

케이는 도로를, 돌아갈 길을 생각했지만 머리가 잘 돌아가지 않았다. 손을 들어 머리를 만지는데 머리칼의 촉감이 이상했다. 불꽃에 그슬려 거칠었다. 얼굴을 눌렀더니 피부가 쓰라렸다. 아까 누가 얼굴을 뎄다고 말했던 게 얼핏 생각났다.

그때 헨리 바니가 다시 나타나 그녀의 어깨를 톡톡 두드렸다. 케이는 그를 보려고, 눈을 깜박이려고 했지만 잘 되지 않았다. 불길의 열기 때문에 눈이 익어버려 빡빡하니 건조했다.

"랭그리시 양." 헨리가 아까처럼 말을 걸었다. 이번에는 어조가 부드러우면서 목이 멘 듯 기묘한 목소리였다. 케이는 그의 얼굴을 쳐다보았다. 두 줄기 눈물이 그의 뺨에서 흘러내리며 검댕 위에 구불구불한 하얀 길을 냈다. "보이세요?" 그가 말했다. "보시겠습니까?" 그러면서 손을 들었다. 그가 어딘가를 가리키고 있음을 마침내 케이는 이해했다.

고개를 돌리자 두 사람의 형체가 보였다. 약간 떨어진 곳에 서 있던 그들은 케이 자신처럼 말을 잃고 그 자리에 얼어붙은 듯했다. 사그라지는 불길이 그들을 비춰 어둠 속에서 끄집어냈다. 케이가 맨 처음 알아본 것은, 이토록 지저분한 곳에서 부자연스럽게 새하얀 그들의 얼굴과 손이었다. 두 형체 중 하나가 한 발짝 앞으로 나왔을 때, 케이는 헬렌을 알아보았다.

케이는 두 눈을 가렸다. 일어서지 않았다. 헬렌이 케이에게 다가와 그녀가 일어나도록 도왔다. 그러고서도 케이는 얼굴에서 손을 뗄 수 없었다. 헬렌이 어색하게 그녀를 안았고, 케이는 헬렌의 어깨에 이마를 대고 어린애처럼 흐느꼈다. 기쁨도 안도감도 느껴지지 않았다. 오직 뚜렷하기 그지없는 고통과 공포의 감각만이 남았고, 그 때문에 죽을지도 모르겠다는 생각이 들었다. 케이는 헬렌의 품에서 연신 몸을 떨었다. 그리고 마침내 고개를 들었다.

눈물 때문에 쓰라린 눈에 줄리아가 들어왔다. 가까이 오기가 두려운 듯 혹은 무언가를 기다리는 듯 저만치 떨어져 서 있었다. 케이는 줄리아와 눈이 마주치자 고개를 저으며 다시 흐느끼기 시작했다. "줄리아." 케이는 당혹스러웠다. 그 순간에는 아무것도 알아채지 못했다. 오직 헬렌을 빼앗겼다 이제 되찾았다는 사실 외에는. "줄리아. 아, 줄리아! 하느님, 감사합니다! 나는 헬렌을 잃은 줄로만 알았어."

1941

비브는 기차를 타고 스윈던과 런던 사이 어디쯤을 지나고 있었다. 기차가 역인지 아닌지 모를 곳에 자꾸만 정차하는 바람에 정확히 어딘지 알 수 없었다. 또한 모든 창문에 블라인드가 내려져 있어 바깥을 내다볼 수도 없었다. 어차피 역 표지판도 다 치웠거나 까맣게 덧칠해놓았지만. 여섯 명이 앉도록 되어 있는 이등석 칸에 여덟 명이 끼여앉아 온 지 네 시간째였다. 객실 분위기는 끔찍했다. 군인 두 명이 불붙은 성냥을 가지고 서로의 머리에 불침을 놓겠다고 한참을 키득거리며 실랑이했다. 진지하기 이를 데 없는 WAAF 장교는 그들에게 그만하라고 계속 잔소리를 했다. 한 나이든 여자는 뜨개질을 하고 있었는데, 뜨개바늘이 양쪽에 앉은 사람의 허벅지를 쿡쿡 찔렀다. 옆 사람 중 한 명—바지를 입은 젊은 여자—이 말했다. "좀 주의해주실래요? 이 바지 비싼 거라고요. 그 바늘 때문에 구멍나겠어요."

뜨개질을 하던 여자가 턱을 끌어당기고 노려보며 반문했다. "구멍? 지금 그보다 훨씬 중요한 걱정거리가 많다고 생각지 않아?"

"네, 그렇지 않는데요."

"허어, 나치가 쳐들어오면 아가씨가 어떤 바지를 사 입을 수 있을지 궁금하구먼."

"나치가 쳐들어오면 이거든 저거든 상관하지 않겠죠. 하지만 그때까지는……"

"나치 놈들은 아가씨 같은 여자만 보면 바로 결혼하자고 할걸. 남편감으로 나치 친위대가 맘에 들려나?"

말다툼은 그런 식으로 계속됐다. 비브는 그들을 외면했다. 왼편에는 어린 소녀가 앉았는데, 열세 살쯤 되어 보이는 그 부잣집 여자아이는 촐랑댔지만 나름 진지했다. 아이는 말 사진이 잔뜩 있는 화보집을 들어 맞은편에 앉은 자기 아버지한테 자꾸 보여주었다. 아이 아버지는 소매에 장식용 수술이 달린 제복을 입은 해군이었다. "이 말은 신시아 거랑 똑같아요, 아빠." 아이는 아버지한테 사진을 내밀며 말했다. "이건 메이벨 거하고 비슷하고. 이 말 진짜 귀엽지 않아요? 화이트보이하고 머리가 똑같아요. 화이트보이의 옆구리가 좀더 뚱뚱하다뿐이지……"

아이의 아버지는 사진을 힐끗 쳐다보고 건성으로 대답했다. 그는 신문에 난 십자말풀이의 빈칸을 채우면서 펜 끝으로 신문지를 톡톡 두드렸다. 그러나 먼저 두 시간 동안은 어떻게든 비브의 시선을 끌어보려고 안간힘을 썼다. 비브가 그쪽으로 고개를 돌릴 때마다 윙크를 날렸고, 그녀가 다리를 꼬면 종아리를 아래위로 훑어보았다. 한번은 담뱃갑을 꺼내 허리를 굽히고 대각선 맞은편에 앉은 비브에게 한 대 권했지만, 진지하기 이를 데 없는 공군 여성 장교가 그를 제지하며 말했다. "죄송하지만 제가 천식이 있어서요, 담배는 복도에 나가서 피워주시면 감사하겠습니다." 그러자 그는 허리를 다시 펴고 그 장교가 자기네 둘을 무슨 공범 취급이라도 했다는 듯 비브를 향해 능글맞은 웃음을 흘렸다.

"이 근사한 말 좀 보세요, 아빠. 저번에 웹스터 대령님 집에서 본 애랑 닮았어요. 아빠! 어디 보는 거예요!"

"어맨다, 제발 좀." 그는 짜증을 내며 말했다. "아빠들이 분간할 수 있는 망아지는 몇 마리 안 된단다."

"그렇다면 아버지들이란 머리가 몹시 나쁘다고 말할 수밖에 없겠네요. 그리고 얘네는 망아지가 아니라 말이에요."

"뭐가 됐든지 나는 지겨워 죽겠구나. 그리고 저기 봐라……" 비브는 화장실에 가려고 일어났다. "저 숙녀분도 지겨워 죽을 지경이라 나가시잖니. 저분이 망아지가 너무 지겨워 열린 창문을 찾아 열차 밖으로 뛰어내린다 해도 아빠는 전혀 놀랍지 않을 것 같아. 아빠도 차라리 저분하고 같이 나가련다…… 혹시 저기," 그는 일어나서 비브의 팔을 가볍게 잡으며 물었다. "도와드릴까요?"

"아뇨, 괜찮습니다." 비브는 남자의 손을 뿌리치며 말했다.

"아빠." 남자의 딸이 외쳤다. "아빠 나빠!"

"그건 킨더, 키르헤*겠지." 뜨개질하는 여자가 바지 입은 여자에게 말했다. "그런 바지를 입고 돌아다니는 건 더이상 꿈도 못 꾸지,

아무렴……"

비브는 비틀거리며 걸어가 객실 문을 열었다. 그리고 북적북적한 복도를 보고 잠시 망설였다. 스윈던에서 캐나다 공군 한 무리가 승차한 것이다. 그들은 유리창에 기대서서 혹은 바닥에 주저앉아 카드게임을 하거나 담배를 피웠다. 기차의 푸른색 조명 아래 그들의 파란 군복은 더욱 선명해 보였고, 담배 연기가 물결치는 실크처럼 그들을 에워쌌다. 순간이나마 그들은 정말 이 세상 것이 아닌 듯 아름다워 보였다.

그러나 좁은 복도를 따라 걸어나오는 비브를 보고 군인들의 얼굴에 생기가 돌았다. 그들은 뒤로 물러서면서도 비브가 지나갈 때 교묘하게 은근슬쩍 발을 걸었다. 그들의 재빠른 움직임에 실크가 크게 굽이쳤다 찢어지며 흐트러졌다. 휘파람과 아우성이 터져나왔다. "이런!" "발밑을 조심하세요!" "얘들아, 숙녀분 지나가시는데 길을 비켜야지!"

"안에 뭐가 꽉꽉 차 있나요, 성모님?" 한 군인이 비브의 가슴께를 턱짓으로 가리키며 농을 던졌다. 기차가 흔들리는 바람에 비브가 휘청거리자 다른 군인이 팔을 들어 그녀를 잡아주면서 물었다. "한 곡 추시겠습니까?"

"코에 파우더 바르시게요?" 복도 끝에 다다라서 주변을 둘러보는 그녀에게 한 군인이 물었다. "이쪽에 괜찮은 자리가 있는데. 제

---

* 히틀러가 여성의 역할로 강조한 Kinder(아이), Küche(부엌), Kirche(교회)의 3K를 일컫는 말.

친구가 아가씨를 위해 따뜻하게 덥혀놓았어요."

비브는 고개를 젓고 다음 칸으로 넘어가려 했다. 문 앞에 남자들이 너무 많아 과연 화장실에 갈 수 있을까 싶었다. 군인들이 자꾸 그녀의 손을 잡고 뒤로 끌어당겼다. "우릴 버리지 마, 수지!" "내 가슴이 찢어져!" 군인들은 그녀에게 맥주와 위스키를 권했다. 비브는 미소를 지으며 거절했다. 그러자 초콜릿을 권했다.

"몸매에 신경쓰는 중이라서요." 비브는 기어이 몸을 빼내며 말했다. 그들은 그녀의 뒤에 대고 외쳤다. "우리도 신경써요! 지금도 아름다우신걸요!"

다음 칸은 비교적 조용했고, 그다음 칸은 더 조용했다. 조명 몇 개가 나가서 통로가 어둑어둑했다. 여기도 군인이 몇 명 있었지만 아까 그 사람들보다 훨씬 먼저 이동을 시작한 모양이었다. 농담을 걸려고도 하지 않았고, 코트도 허리띠를 채워 입었다. 그들은 무릎을 세우고 고개를 숙인 채 잠을 청하고 있었다. 비브는 그들을 피해 어정쩡하게 발을 디뎠고, 기차가 덜컹거릴 때마다 손을 뻗어 벽과 창문을 잡았다.

이쪽 통로 끄트머리에도 화장실이 두 칸 있었다. 다행히 하나가 비었음 표시로 되어 있었다. 하지만 손잡이를 잡고 밀자 아주 조금밖에 열리지 않더니 곧이어 안에서 누가 급히 문을 쾅 닫았다. 안에 사람이 있었다. 카키색 군복을 입은 군인이었다. 비브는 화장실 세면대 위의 거울에 비친 군인의 얼굴을 얼핏 보았다. 고개를 돌린 군인은 안절부절못하는 표정이었다. 볼일을 보다 문이 열려 당황했나보다 생각하며 비브는 뒤로 물러나 객차 통로에서 기다렸다.

화장실 문은 일 분 가까이 열리지 않았다. 그러다 손잡이가 천천히 돌아가더니 안으로 조심스럽게 열렸다. 군인은 참호에서 고개를 내밀듯 조금씩 머리를 내밀었다. 비브와 눈이 마주치자 허리를 똑바로 펴고 얼른 나왔다.

"죄송합니다."

"괜찮아요." 비브는 살짝 민망해하며 대답했다. "잠금장치가 고장난 건 아니죠?"

"잠금장치요?" 군인은 얼빠진 표정으로 되물었다. 그러고는 좌우를 힐끔힐끔 살피더니 손톱을 물어뜯기 시작했다. 원숭이처럼 손가락에 짧고 빳빳한 털이 시커멓게 나 있었다. 양볼은 거뭇거뭇했다. 면도를 해야 할 것 같았다. 두 눈 가장자리는 새빨갰다. 비브가 옆으로 지나가자 그는 그녀 쪽으로 상체를 기울이며 물었다. "이 근처에서 차장 보셨나요?"

비브는 고개를 저었다.

"그놈들은 재수없는 상어떼 같아요."

그러면서 그는 물어뜯던 손을 내리고 엄지를 세워 상어 지느러미를 만들더니 물고기가 헤엄치는 시늉을 해 보이고는 주둥이처럼 손을 벌렸다 탁 닫았다. 덥석. 여전히 좌우를 힐끔거리는 걸 보니 재미있으라고 한 짓은 아닌 듯했다. 그는 다시 손톱을 물어뜯으며 미간을 찡그리고 자리를 떴다. 비브는 화장실로 들어가 문을 잠갔고, 그 남자는 그냥 잊어버렸다.

비브는 볼일을 보았다. 목제 좌변기가 지저분해 그 위에 앉지 않고 엉거주춤 쭈그렸다. 기차가 다시 덜컹거리며 좌우로 흔들리자 종아리와 허벅지 근육이 당겼다. 비브는 손을 씻고 얼룩진 거울 앞에서 얼굴을 구석구석 살펴보았다. 볼 때마다 느끼지만, 콧대가 너무 가늘고 입술도 지나치게 얇았다. 나이 스물에 늙어가는구나, 피곤해 보인다, 비브는 생각했다…… 그러고는 화장을 고치고 머리를 다시 빗었다. 빗살에 낀 머리칼과 보풀을 빼내 둥글게 뭉쳐 세면대 아래 쓰레기통에 깔끔하게 버렸다.

빗을 가방에 넣는데 누가 화장실 문을 두드렸다. 비브는 마지막으로 거울을 한 번 보고는 외쳤다. “나가요!”

노크 소리가 더 커졌다.

“알았어요! 잠깐만요!”

그런데 밖에서 손잡이를 억지로 돌렸다. 애써 소리를 죽인 남자의 목소리가 들렸다. “아가씨! 이것 좀 열어주실래요?”

“어휴!” 비브는 투덜거렸다. 아까 그 캐나다 군인이 장난치는 줄로만 알았다. 혹 재수가 없으면 말에 환장한 여자애의 아버지일지도. 비브가 걸쇠를 풀고 문을 열자 손 하나가 들어와 문짝을 잡고 다시 닫히는 걸 막았다. 그때 비브는 손가락에 난 짧고 까만 털을 알아보았다. 이어서 카키색 소매와 어깨와 면도하지 않은 뺨과 충혈된 눈이 보였다.

“아가씨.” 그가 모자를 벗고 말했다. “저기, 좀 도와주시겠습니까? 차장이 오고 있어서요. 제가 기차표를 잃어버려서 차장한테 들키면 난리가……”

“나가려는 중이었어요, 그쪽에서 비켜주시면.”

군인은 고개를 저었다. 이제 그는 문이 닫히는 걸 막음과 동시에 비브가 문을 열려는 것도 막았다. "그 차장이란 놈을 봤는데, 진짜 인정사정없더라고요. 아까 증명서를 잘못 갖고 탄 어느 불쌍한 녀석이 아주 호되게 당했어요. 만약 차장이 화장실 문을 두드렸는데 내가 대답한다면 막무가내로 표를 보여달라고 할 겁니다."

"그래서, 날 보고 뭘 어쩌라는 거예요?"

"차장이 지나갈 때까지 저랑 같이 안에 좀 있어주시면 안 될까요?"

비브는 어이가 없어 그를 빤히 쳐다보았다. "여기서 같이요?"

"차장이 지나갈 때까지만요. 그리고 노크 소리가 나면 문틈으로 차표를 보여주세요. 제발 부탁합니다, 아가씨. 보통 여자라면 군인을 위해 이 정도는 해주잖아요."

"그야 그렇죠. 하지만 저는 보통 여자가 아니라서요."

"저기, 이렇게 빌게요. 제가 지금 발끝 하나 디딜 데도 없는 처지예요. 고작 마흔여덟 시간 특별휴가를 받아 나왔는데 벌써 하루가 지났지, 스윈던역은 조…… 어, 징그럽게 춥지. 차장한테 쫓겨나면 완전히 끝장이에요. 너그럽게 좀 봐주세요. 내 잘못이 아니라고요. 차표를 손에 쥐고 있다 잠깐 내려놓았을 뿐인데. 내 생각엔 해군 녀석 하나가 그걸 보고……"

"좀전에는 잃어버렸다면서요."

그는 머리칼을 쥐어뜯었다. "잃어버린 거나 소매치기당한 거나 그게 그거죠. 지금까지 계속 열차 통로에서 꽁지에 불붙은 뭐마냥 이리 뛰었다 저리 숨었다 하면서 화장실을 들락날락거렸어요. 내가 바라는 건 그저 마음 착한 누군가 덕분에 잠깐 숨 좀 돌리자는 것뿐이에요. 크게 폐가 되는 일도 아니잖아요, 네? 믿어주세요, 하느님께 맹세코, 나는 절대……" 그는 말을 멈추고 고개를 뒤로 뺐다. 그리고 다시 얼굴이 나타나더니 쉿—"저기 와요!"—하며 비브가 미처 뭘 어쩌기도 전에 허둥지둥 화장실 안으로 밀고 들어왔다. 그 바람에 비브는 안쪽으로 거칠게 밀렸다. 그는 걸쇠를 잠그고 아랫입술을 꽉 깨물며 문짝 틈새에 귀를 댔다.

비브가 말했다. "당신 정말 이렇게……!"

그는 손가락을 입술 앞에 세우고 조용히 하라는 신호를 보냈다. "쉬잇!" 여전히 문틀에 귀를 댄 채 이제는 고개를 위아래로 움직이기까지 했다. 죽어가는 남자의 가슴에 귀를 대고 필사적으로 심장 박동 소리를 찾으려는 의사처럼.

그때 문에서 똑똑똑! 하고 단정하고 권위적인 노크 소리가 나자 그는 총 맞은 사람처럼 펄쩍 뛰었다.

"차표 검사하겠습니다!"

그는 비브를 바라보며 울상을 지었다. 그러고는 주머니에서 차표를 꺼내 허리를 굽히고 문짝 밑으로 내미는 시늉을 하며 격렬한 무언극을 펼쳤다.

"차표 검사요!" 차장이 다시 외쳤다.

"안에 사람 있어요!" 마침내 비브는 소리쳤다. 당황해서 말투가 어눌했다.

"안에 있는 거 압니다." 통로에서 대답이 돌아왔다. "차표를 보여주십시오, 아가씨."

"나중에 보시면 안 돼요?"

"죄송하지만, 지금 확인해야겠습니다."

"저기…… 잠시만요."

어쩌겠는가? 비브는 문을 열 수도 없었다. 그랬다간 차장이 군인과 함께 있는 자신을 보고 최악의 상상을 할 것이다. 그녀는 차표를 꺼낸 뒤 화가 나서 손을 홱 내저으며 "비켜요" 하고 소곤거렸다. 군인이 문에서 한 발짝 떨어지자 비브는 몸을 숙여 차표를 문틈으로 내밀었다. 안이 비좁아서 다리를 구부리는 데 신경이 쓰였다. 그렇게 웅크리고 있으니 안 그래도 좁아터진 공간이 더 비좁아졌다. 비브의 허벅지가 그의 무릎을 스쳤고, 모직치마가 잠깐 그의 군복 바지에 달라붙었다 떨어졌다.

비브의 차표는 문 그림자 속에 잠시 누워 있다가 스스로 괴력을 발휘하듯 한 번 부르르 떨더니 밖으로 슥 사라졌다. 순간 긴장감이 감돌았다. 비브는 엉거주춤 구부린 채 그대로 눈도 들지 않았다. 마침내 "됐습니다, 아가씨!" 하는 소리가 들렸다. 표는 조그만 구멍 두 개가 단정히 뚫린 채로 돌아왔고 차장은 떠났다.

비브는 일어나서 한 걸음 물러나 차표를 다시 가방에 넣고 탁 소리가 나게 닫았다.

"이제 됐어요?"

군인은 소매로 이마를 닦았다. "아가씨, 당신은 천사예요! 하느님께 맹세코, 당신은 한 남자에게 삶에 대한 믿음을 되찾아줬어요. 훗날 사람들은 노래를 지어 은덕을 찬양할 겁니다."

"뭐, 지금이라도 하나 지어보시죠." 비브는 앞쪽으로 움직이며 말했다. "그리고 혼자 부르세요."

"어라?" 군인이 팔을 들어 문을 막았다. "아직 가면 안 돼요. 검표하는 양반이 돌아오면 어떡합니까? 최소한 일 분만 더 기다려주세요. 저기……" 그는 재킷 주머니에 손을 넣어 구겨진 우드바인 한 갑을 꺼냈다. "담배 한 대 피울 동안만 옆에 있어주세요, 딴 건 안 바랍니다. 차장이 일등칸으로 갈 때까지만. 하느님께 맹세코 내가 여기까지 어떻게 왔는지 안다면, 어떤 고난과 역경을 헤쳐야 했는지……"

"그게 당신들 군인의 임무죠."

그의 얼굴에 미소가 피기 시작했다. "영국군의 전력에 도움이 될 거라고, 좋게 좋게 생각하세요."

"그 전력을 위해 얼마나 많은 여자를 이용했어요?"

"당신이 처음이에요, 맹세코!"

"오늘은 내가 처음이란 뜻이겠죠."

이제 그는 히죽히죽 웃었다. 입이 벌어지자 이가 보였다. 고르게 쭉 뻗은 새하얀 이가 제법 인상적이었다. 거뭇거뭇하게 자란 턱수염에 대비되어 더욱 하얗게 보였다. 덕분에 갑자기 남자의 얼굴이 잘생겨 보였다. 비브는 그의 눈동자가 담갈색이라는 것과 속눈썹이 진하고 숱이 많다는 사실을 알아차렸다. 검은 머리는 심지어 그녀의 머리보다 더 새까맸다. 포마드를 발라 열심히 폈지만 몇 올씩 제멋대로 일어나 도로 곱슬거렸다.

하지만 군복은 입고 자기라도 했는지 후줄근했다. 윗도리는 더러웠고 매무새도 엉망이었다. 바짓가랑이는 쭉 늘린 아코디언마냥 가로로 마구 주름이 갔다. 그런 꼴로 애원하듯 우드바인 담뱃갑을 내밀었다. 비브는 붐비는 객실 안의 좁아터진 자기 좌석이 떠올랐다. 자꾸 치근덕대는 해군, 천식이 있는 여자 장교, 말에 환장한 여자애.

"알았어요." 결국 비브는 이렇게 대꾸했다. "한 대 주세요, 하지만 일 분만이에요. 말귀를 제대로 알아들었으면 좋겠군요!"

군인은 안심했다는 듯 활짝 웃었다. 이렇게 한꺼번에 이를 다 드러내니 하얗고 고른 치열이 더욱 눈에 띄었다. 그는 성냥을 그어 내밀었고, 비브는 고개를 앞으로 숙여 담배에 불을 붙였다. 그러고는 다시 뒤로 몸을 빼고 경계하듯 똑바로 섰다. 한 팔을 가슴 위로 접어 손목으로 다른 쪽 팔꿈치를 받치고, 기차가 흔들릴 때를 대비해 한쪽 발뒤꿈치를 벽에 단단히 붙였다. 그래도 변기의 존재는 무시하기 힘들었다. 어쨌든 방금 전 그 위에서 엉덩이를 까고 쭈그려앉아 있었으니까. 하지만 요즘은 다들 그렇듯 그녀도 희한한 공간에서 다른 사람들과 함께 있는 상황에 익숙해져야 했다. 두 달 전에는 기차를 타고 가다 공습이 시작되어 전 승객이 바닥에 납작 엎드렸다. 어느 남자의 무릎에 얼굴을 묻다시피 하고 사십 분 동안 엎드려 있어야 했다. 남자는 몹시 난처해했다……

적어도 이 남자는 제집 안방처럼 편해 보였다. 그는 세면대에 기대어 하품을 했다. 하품은 나지막한 요들송처럼 흘러나왔고, 하품을 하고서는 입술에 담배를 물고 마른세수를 했다. 남의 눈치 보지 않는 남자들이 그러듯 활기차게 얼굴을 마구 비벼댔다. 여자들은 절대 그러지 않는다.

열차가 다시 느려졌다. 비브는 걱정스럽게 유리창을 쳐다보았다. "패딩턴은 아니겠죠?"

"패딩턴이라니! 어휴, 그럼 오죽 좋을까!" 그는 창문 쪽으로 기대어 블라인드를 약간 젖히고 밖을 내다보려고 했다. 하지만 아무것도 볼 수 없었다. "여기가 어딘지는 하느님만 아실 거예요. 디드코트를 막 지났을까. 아, 출발하네요." 그는 휘청하며 쓰러질 뻔했다. "이것들이 공짜로 놀이기구를 태워주네요."

기차는 잠시 빠르게 달리다 갑자기 속도를 줄이더니 연신 거칠게 덜컹거리면서 달렸다. 비브와 그는 팝콘처럼 튀어올랐다. 비브는 잡을 곳을 찾아 손을 뻗었다. 웃지 않을 수 없었다. 그도 기가 차다는 듯 고개를 절레절레 저었다. "이거 원래 이랬습니까? 당신은 어디서 탔어요?"

비브는 잠시 망설이다 마지못해 톤턴이라고 얘기했다. 언니와 조카를 보고 오는 길이었다. 언니네 식구들은 폭격을 피해 그곳으로 내려갔다. 그는 고개를 주억거리며 들었다.

"톤턴이라. 전에 한번 가본 적 있어요. 괜찮은 술집 두어 군데가 생각나네. 하나는 링이란 덴데, 거기서 마셔본 적 있어요? 거기 주인아저씨가……" 그는 주먹을 쥐어 보였다. "전에 권투를 했대요. 땅딸막하고 코가 완전히 주저앉은 양반인데, 권투장갑 한 켤레를 떡하니 유리상자에 담아 카운터에 놔뒀어요. 에휴!" 그러면서 한숨을 내쉬었고, 기차가 좀더 부드럽게 달리자 그는 팔짱을 끼었다. "지금 거기 갈 수만 있다면 오장육부라도 내줄 텐데! 팔꿈치 옆엔 블랙 앤드 화이트 한 잔이 딱 놓여 있고 난로에서는 불이 이글이글 타오르고…… 혹시 위스키 가진 거 있어요?"

"위스키라니! 아뇨, 없어요."

"알았으니까 그런 눈으로 좀 보지 말아요! 아가씨들이 술을 얼마나 많이 가방에 넣어가지고 다니는지 알면 까무러칠걸요. 나도 다 겪어봤어요. 폭격에 대비해 마시려는 거겠죠. 물론 아가씨 같은 담력이라면 그런 건 필요 없겠지만."

"내 담력이 어떤데요?"

"아까 차표 내밀 때 손을 보니까 바위처럼 흔들림이 없던데요. 아주 훌륭한 스파이가 되겠어요." 그는 눈을 게슴츠레하게 뜨고 비브를 훑어보았다. "그러고 보니 스파이일 수도 있겠네. 마타하리 같은 여자 스파이."

"그렇다면 뒤통수를 조심하는 게 좋을걸요." 비브가 받아쳤다.

"하지만 혹시 모르잖아요." 그도 지지 않았다. "나도 스파이일지. 스파이는 아니더라도, 스파이한테 쫓기는 사람일지도. 그런 사람들 만날 나오잖아요? 실수로 부츠를 바꿔 신었다든가 우산을 잘못 집었다든가 해서 기밀을 얻게 되는 얼간이 말예요. 그럼 그 녀석하고 여자는 결국 의자에 묶이는데, 그 끈은 멍청한 보이스카우트 녀석이 매놓은 것처럼 허접하고."

그는 자기 생각이 마음에 들었는지 혼자서 웃음을 터뜨렸다. 혹은 자기 목소리가 마음에 들었나보지, 비브는 뻔한 남자들 속을 짐작했다. 사실이야 어떻든 제법 근사한 목소리긴 했다. 그녀 또한 그 목소리가 꽤 마음에 들었다. 그가 말을 이었다. "나하고 같이 의자에 묶이면 기분이 어떨 것 같아요? 그냥 궁금해서 묻는 거예요. 지금 당신한테 작업을 건다거나, 뭐 그런 건 아니고."

"아니었어요?"

"에이, 아녜요. 나는 일단 상대에 대해 좀더 알고 난 다음에 진도를 나가자는 주의예요."

비브는 담배를 한 모금 빨았다. "여자가 자신에 대해 알려주지 않으려는 것 같은데요?"

"아, 자고로 사내란 그냥 쳐다보는 것만으로도 여자에 대해 수백 가지는 알아낼 수 있죠. 당신을 예로 들자면," 그는 턱짓으로 비브의 손을 가리켰다. "당신은 미혼이에요. 즉 똑똑하다는 얘깁니다. 나는 똑똑한 여자가 좋아요. 손톱은 긴 편이니 농장이나 공장에서 일하진 않겠고." 그는 시선을 내렸다 천천히 훑으며 다시 올라왔다. "바지를 입기에는 각선미가 너무 훌륭하군요. 골방에 숨어서 일하기에는 외모가 아깝고. 어느 주요 인사의 비서가 아닐까 싶네요. 함대 사령관이나 뭐 그런 사람의. 비슷해요?"

비브는 고개를 저었다. "근처에도 못 갔네요. 난 그냥 평범한 타이피스트예요."

"타이피스트라. 아…… 네, 그럼 대충 맞혔군요. 어디서 당신을 고용했을까? 정부나 공사 그런 데?"

"그냥 런던 어딘가."

"그냥 런던 어딘가라, 알겠어요. 그럼 당신 이름은? 그것도 극비인가요?"

비브는 주저했지만 아주 잠깐이었다. 뭐 큰일이야 나겠어? 결국 이름을 말해주었다. 그는 비브의 얼굴을 똑바로 쳐다보며 생각에 잠긴 듯 고개를 주억거렸다. "비비언." 그러고는 마침내 입을 열었다. "네, 당신한테 어울리는 이름이에요."

"그래요?"

"섹시한 아가씨가 연상되는 이름이잖아요? 레이디 비비언인가 하는 사람이 있지 않았나? 아서왕 시절에? 어렸을 땐 그런 얘기를 줄줄이 꿨는데. 이젠 다 까먹었네요. 하여간," 그는 허리를 숙여 악수를 청했다. "저는 레지라고 합니다. 레지 니그리…… 네, 알아요, 저도 안다고요. 웃기는 이름이죠. 그래도 평생 그 이름을 달고 살았어요. 학교 다닐 땐 별명이 '니거'*였죠. 우리 부대 놈들은 '무소'**라고 부르고. 왜 그렇게 불렀는지 맞혀봐요. 우리 할아버지가 나폴리에서 이민 오셨거든요. 그 사진을 봐야 하는데! 콧수염을 여기까지 기르고, 조끼를 입고, 목에는 손수건을 두르고. 원숭이 한 마리만 있으면 아주 딱이었죠. 할아버지는 거리에서 수레를 끌고 다니며 아이스크림을 파셨어요. 하여간 나는 육촌 형제를 두 번 잃은 셈이죠, 이젠 이탈리아에서 저쪽 편이 되어 싸우고 있으니. 그들도 나만큼이나 이 빌어먹을 전쟁에 신경을 곤두세우고 있을 겁니다…… 남자형제 있어요, 비비언? 비비언이라고 불러도 되겠죠? 피어스 양이라고 부를 수도 있겠지만 요즘 같은 시대에 좀 고리타분해 보여서. 형제 있어요?"

비브는 고개를 끄덕였다. "한 명."

"오빠, 동생?"

"동생. 열일곱 살이에요."

---

* 흑색인종을 비하하는 말.

** 무솔리니의 줄임말.

"열일곱 살! 그렇다면 이 모든 것에 아주 신이 났겠어요, 그렇죠? 얼른 입대하고 싶어 안달이죠?"

비브는 덩컨을 떠올렸다. "글쎄요……"

"나도 그 나이 땐 그랬어요. 하지만…… 이젠 서른이 다 됐으니, 내 꼴을 좀 봐요. 이 년 전엔 메이다베일에서 자동차를 팔았는데, 꽤 잘나갔어요. 그런데 전쟁이 터져서, 빙고, 끝장난 거죠. 한동안은 친구 녀석하고 액세서리 장사를 좀 했어요. 그것도 나쁘지 않았죠. 근데 지금은 웨일스의 저 빌어먹을 사관 후보생 훈련대에 처박혀 소총의 어느 쪽 끝에서 총알이 나가는지 배우고 있으니. 사 개월을 거기 있었는데 하느님께 맹세코 정말 하루도 안 빠지고 비가 오더라니까요. 교관들이야 상관없죠, 호텔에 머무니까. 나는 양철지붕 오두막에서 지내거든요."

그는 이런 식으로 계속 이야기를 늘어놓았다. 부대에서 자신이 맡은 임무, 숙소를 같이 쓰는 거지같은 신병들, 거지같은 술집과 호텔 바, 거지같은 날씨…… 덕분에 비브는 실컷 웃었다. 그녀가 만나온 또래 청년들은 머릿속에 온통 전쟁뿐이었다. 전투기와 전투함의 종류 이외에는 관심이 없고, 육군이 강하네 해군이 세네 하며 언쟁을 벌였다. 이 남자는 그런 시기를 다 뛰어넘었다. 자기과시의 시기를. 그가 또 하품을 하며 눈을 비볐다. 그 모습이 너무 피곤해 보여 비브는 어쩐지 마음이 짠했다. 그녀는 어른이 좋았고, 그가 '내가 어렸을 땐'이라고 무심히 말하는 게 좋았다. 그녀의 이름을 부르는 방식도, 곰곰 생각해보더니 이름이 어울린다고 말해준 것도 좋았다. 그가 아서왕을 안다는 것도 좋았다. 군복이 어울리지 않는다는 사실도 어쨌든 좋았다. 비브는 평범한 재킷과 셔츠와 속옷을 입고 넥타이를 맨 그의 모습을 그려보았다. 원숭이 같은 그 손을 다시 쳐다보고 나머지 몸뚱이를 상상해보았다. 까무잡잡하고 다부진 몸매에 곱슬곱슬한 털이 난 가슴, 어깨, 엉덩이, 다리……

밖에서 갑자기 손잡이가 덜거덕거리자 그는 입을 다물었다. 노크 소리와 함께 누가 소리쳤다. "이봐! 뭐하느라 이렇게 오래 걸려?"

캐나다 공군 중 하나였다. 레지는 잠시 아무 대답도 하지 못했다. 그러다 또 노크 소리가 들리자 외쳤다. "좀 걸리네, 친구! 딴 데 써!"

"삼십 분도 넘었다고!"

"아, 사람이 좀 느긋할 수도 있지, 뭘 그래?"

공군은 딴 데로 가면서 문을 발로 찼다. "염병할!"

레지의 얼굴이 벌게졌다. "꺼져!"

화가 났다기보다 무안한 것 같았다. 비브와 눈이 마주치자 시선을 돌렸다. "징한 놈일세."

비브는 어깨를 으쓱했다. "뭐 어때요. 나는 타이피스트 중에서 그보다 더 심한 말을 하는 여자애도 봤는데."

비브는 담배를 다 피우고서 꽁초를 떨어뜨리고 발끝으로 밟았다. 고개를 들었더니 그가 빤히 쳐다보고 있었다. 홍조가 가신 얼굴의 표정이 살짝 변했다. 웃는 얼굴이었지만 뭔가 난감한 듯 미간을 찌푸렸다.

"저기," 그는 뜸을 들였다 말을 꺼냈다. "당신 진짜 끝내주게 예쁘네요. 나는 또 운이 억수로 좋고요. 가령 시내의 어느 기관에서 봤다면 정중하게 '앉으시죠'라고 감히 말도 못 붙일 만큼 아름다운 아가씨와 이렇게 갇혀 있게 되다니."

그 말에 비브는 또 웃음이 터졌다. 그는 비브의 얼굴을 쳐다보며 덩달아 웃었다. "뭐, 이 정도면 완전히 기운 빠진 사내치곤 꽤 괜찮지 않아요? 내가 잠만 좀 제대로 자고 나면 아주 죽이게 웃기는 사람인데. 빈말 아니고 진짜로." 그러면서 입술을 깨물었고 방금 전의 살짝 난감한 표정이 다시 얼굴에 스쳤다. "당신 혹시 환각이나 신기루 같은 거 아니죠?"

비브는 고개를 저었다. "내가 아는 한 아닌데요."

"뭐, 그거야 당신 얘기고. 환각이라는 게 이렇게 영리하다니까. 혹시 또 모르죠, 나는 아직도 스윈던역의 벤치에서 곯아떨어져 있는 걸지도. 뭔가 충격요법이 필요하겠어. 옷 속에 얼음덩이라도 집어넣어볼까, 아니면…… 아, 이러면 되겠다." 그는 뒤돌아서 세면대에 담배를 비벼 끄고 소매를 걷어올리더니 팔을 내밀었다. "나 좀 꼬집어봐요."

"꼬집어요?"

"이게 꿈인지 아닌지 확인해보게."

비브는 그가 내민 손목을 바라보았다. 엄지손가락 뿌리 부분부터 부드러운 하얀 살을 뒤덮은 북슬북슬한 털이 시작되는 지점이 보였다. 비브는 또 자기도 모르게, 그러나 불쾌하지 않은 기분으로 곱슬곱슬한 털이 잔뜩 난 그의 팔과 다리를 떠올렸다…… 비브는 손을 뻗어 한 번 꼬집었다. 손톱이 박히자 그가 얼른 팔을 뺐다.

"아얏! 이건 많이 해본 솜씬데! 당신 스파이 맞죠!" 그는 꼬집힌 자리를 문지르며 호 하고 불었다. "이것 좀 봐요." 그러면서 꼬집힌 자국을 내보였다. "집에 가면 식구들이 내가 누구랑 싸운 줄 알겠어요. 그럼 이렇게 말해야지. '군인이 아니라, 기차 화장실 안에서 같이 얘기하던 아가씨였어.' 그럼 그 상황에선 아주 좋아라들 할걸요."

"무슨 상황요?" 비브는 깔깔거리며 물었다.

그는 아직도 손목을 호 불고 있었다. "내가 얘기 안 했나? 특별휴가를 받았다고." 그러고는 손목을 입에 대고 빨기 시작했다. "아내가," 그는 엄지손가락 두덩에 입을 대고 말했다. "아이를 낳았거든요."

비브는 그가 농담하는 줄 알고 계속 미소를 지었다. 하지만 그 말이 사실임을 깨닫고는 미소가 점차 굳어지며 목부터 정수리까지 새빨개졌다.

"아," 비브는 팔짱을 끼었다. 그의 나이나 태도로 봤을 때 충분히 유부남이라고 예상할 수도 있었다. 그런데 한 번도 그 생각을 못했다. "아, 아들이에요, 딸이에요?"

그는 손을 내렸다. "딸이에요. 아들은 이미 하나 있어요. 그러니 이젠 세트를 얻었다고 할 수 있죠."

비브는 예의바르게 덕담을 건넸다. "축하드려요."

그는 어깨를 으쓱하는 것처럼 보였다. "아내한테야 축하할 일이죠. 덕분에 아주 행복해하니까. 덕분에 쪼들리게 생겼고. 그래도 이거 한번 봐요. 얘가 첫째예요."

그는 주머니에 손을 넣어 지갑을 꺼냈다. 안쪽의 종이를 뒤적이더니 사진을 한 장 꺼내 비브에게 건넸다. 좀 지저분하고 모서리가 찢어진 사진이었다. 정원으로 보이는 곳에 여자와 어린 남자아이가 함께 앉아 있었다. 어느 맑은 여름날, 짧게 깎은 잔디밭에 체크무늬 러그를 깔고. 여자는 손차양으로 눈을 가려 얼굴이 반쯤 안 보였고 금발은 풀어서 늘어뜨렸다. 남자애는 머리를 갸우뚱하고 햇빛 때문에 눈을 찡그렸다. 집에서 만든 장난감 자동차인지 기차인지를 한 손에 들고 있고, 또다른 장난감이 아이의 발치에 놓여 있었다. 사진의 오른쪽 아랫부분에 사람 그림자가 살짝 보였다. 짐작건대 사진을 찍는 레지 본인일 것이다.

비브는 사진을 돌려주었다. "잘생긴 꼬마네요. 당신처럼 까무잡잡한데요."

"착한 아이죠. 딸아이는 피부가 하얗다던데." 그는 사진을 지긋이 바라보다 도로 넣었다. "하지만 아이가 태어난 세상이 이 지경인데요, 뭐. 아내도 당신 언니처럼 런던을 떠나 있었으면 좋겠어요. 이 딱한 것들이 크는 동안 만날 식탁 밑으로 기어들어가 자면서 그게 정상이라고 생각할까봐 걱정이에요."

그는 주머니의 단추를 잠갔고, 둘은 한동안 말없이 서 있었다. 런던, 전쟁, 뭐 그런 것들을 돌이키면서. 비브는 다시 변기가 신경쓰이기 시작했다. 레지가 얘기하거나 투덜거리거나 그녀를 웃길 때는 괜찮았는데, 변기 옆에 이렇게 잠자코 서 있으니 분위기가 참 묘했다. 레지는 다시 손톱 거스러미를 물어뜯었다. 그러다 금세 또 손을 내리고 팔짱을 끼고서 울적하게 바닥을 노려보았다. 점점 빛이 어두워지는 전등 같다고 비브는 생각했다. 그러면서 새삼스레 기차의 덜컹거림과 소음이 의식되었고, 꼿꼿하게 서 있느라 다리와 발허리가 아팠다.

비브가 자세를 바꾸며 움직이자 그가 고개를 들었다.

"나가려는 건 아니죠?"

"나가긴 해야 할 거 아니에요? 안 나가면 또 누가 와서 문을 두드릴 텐데. 아직도 차장이 신경쓰여요? 진짜 차표를 잊어버린 거 맞아요?"

그는 시선을 피했다. "당신한테 거짓말은 안 할게요. 여행증명서를 가지고 있었던 건 사실이에요. 그런데 카드게임 판에서 어떤 놈한테 털렸어요…… 아니 뭐, 차장이 푯값을 못 받아내 목을 매든 말든 내 알 바는 아니고. 사실은…… 흠, 나가서 저 공군 애들하고 얼굴을 맞대고 있기가 싫어요. 무슨 뒷방 늙은이 보듯 쳐다보잖아요. 저 새파란 것들에 비하면 내가 늙은 건 맞지만!"

그는 비브를 마주보고 다시 땅이 꺼져라 한숨을 내쉬었다. 그러고는 지친 목소리로 솔직하게 얘기했다. "비브, 나는 늙는 게 싫어요. 이 빌어먹을 전쟁도 싫고. 수요일 아침에 부대에서 나와 여태 집에 가는 길인데, 이제 도착하면 아내를 만나겠죠. 그리고 다시 부대에 복귀할 때까지 그 얼마 안 되는 시간 동안 내내 부부싸움만 할 거예요. 처제가 아내하고 같이 있을 텐데, 나를 죽도록 싫어하거든요. 장모님도 나를 안 좋아하시고. 우리 아들내미는 나더러 삼촌이래요. 나보다 공습경비원을 더 자주 봐요. 아내마저 그렇다 해도 뭐 놀랄 일도 아니고…… 최소한 개는 내가 집에 가면 반겨요, 개가 아직도 집에 있다면 말이지만. 지난번에 안락사시켜야겠다고 말하는 걸 들었거든요. 말고기를 얻으려고 줄서는 것도 힘들다면서."

그는 충혈된 눈을 거듭 비비고 손으로 턱을 쓸었다. "목욕도 해야 하고 면도도 해야 하는데. 저 캐나다 녀석들 옆에 있으면 나는 찰리 채플린처럼 보이겠죠. 그래도 어떻게……" 그는 머뭇거리다 이내 씩 웃었다. "어떻게 이런 매력적인 아가씨하고 한곳에 갇혔으니까. 지금까지 본 여자 가운데 가장 예쁘고 매력적인 아가씨랑. 다만 몇 분이라도 더 만끽하게 해주세요. 제발 문을 열라고 하지 마세요. 이렇게 빌게요. 이렇게……"

그는 다시 명랑하고 가벼운 남자가 되었다. 그러고는 앞으로 다가와 신사답게 비브의 손을 잡고 손마디에 가볍게 입을 맞췄다. 진부한 제스처였지만 자못 진지한 구석이 없지 않았다. 비브는 웃었다. 그녀의 손을 감싼 레지의 손이 너무 의식되어 멋쩍은 나머지 터져나온 웃음이었다. 그 손의 남자다움, 기분좋은 감촉, 넓은 손바닥, 촘촘하게 털이 난 손가락, 짧고 단단한 손톱. 손등에 닿은 그의 턱은 사포처럼 까끌까끌했지만 입술은 부드러웠다.

그는 아까처럼 비브가 웃는 모습을 가만히 지켜보다가 기분좋게 미소 지었다. 새하얗고 고른 이가 다시 눈에 들어왔다. 나중에 비브는 혼잣말을 하곤 했다. 나는 그이의 치열에 제일 먼저 반했어.

비브는 그의 아내와 아들과 아기와 집을 생각하려 애썼다. 하지만 이미 기차는 그를 향해 속력을 냈고, 비브 자신도 어쩔 수 없었다. 비브에게 그의 가족은 한낱 백일몽이나 허깨비로 느껴졌다. 그녀는 너무 어렸다.

똑똑똑. 덩컨이 자고 있는 방 창문 바깥에서 소리가 났다. 똑똑똑. 희한하게 공습경보나 대공포나 폭탄소리는 아무렇지 않으면서, 새가 쪼는 듯한 이 미세한 소리에는 소스라치게 놀라 잠이 깼다. 똑똑똑…… 덩컨은 침대 협탁으로 손을 뻗어 손전등을 켰다. 후들후들 떨리는 손으로 창문을 비추는데, 커튼 주름이 뒤에서 누가 미는 것처럼 툭 불거져 보였다. 똑똑똑…… 이제는 새가 부리로 쪼는 소리라기보다 앞발이나 손톱으로 긁는 소리에 더 가까웠다. 똑똑똑…… 덩컨은 순간 아버지한테 달려갈까 생각했다.

그때 누가 쉰 목소리로 그의 이름을 불렀다. "덩컨! 덩컨! 일어나!"

덩컨은 그 목소리를 알아들었다. 상황이 완전히 달라졌다. 이불을 확 걷어차고 재빨리 침대 건너편으로 달려가 커튼을 젖혔다. 알렉이 거기에, 한 칸 옆의 거실 창문 앞에 서 있었다. 덩컨은 원래 주말이면 거실에서 잤다. 알렉은 아직도 거실 유리창을 두드리며 덩컨을 깨우려고 이름을 불러댔다. 그러다 덩컨의 손전등 불빛을 보았다. 이쪽으로 몸을 돌린 알렉은 불빛이 얼굴에 닿자 움찔하며 뒤로 물러나 눈을 찡그리고 손을 들어 가렸다. 그렇게 불빛을 받으니 얼굴이 노리끼리해 보였다. 머리는 뒤로 빗어넘겨 기름을 발라 납작하게 붙였고, 윤곽이 뚜렷하고 섬세한 이마와 뺨은 퀭한 그림자를 드리웠다. 민담에 나오는 시체 먹는 귀신처럼 보이기도 했다. 알렉은 덩컨이 손전등을 내릴 때까지 기다렸다 덩컨이 있는 방 창문 앞으로 와서 빗장을 마구 손가락질했다. "이것 좀 열어!"

덩컨은 내리닫이 창을 밀어올렸다. 아직도 손이 부들부들 떨렸고, 창문이 올라가다 자꾸 걸려 유리가 덜컹거렸다. 덩컨은 소리가 날까 무서워 천천히 밀어올렸다.

"무슨 일이야?" 창을 다 올리고서 덩컨이 소리 죽여 물었다.

알렉의 시선은 덩컨을 지나 방 안쪽을 훑었다. "여기서 뭐해? 엉뚱한 창문을 두드렸잖아."

"이번 주에는 비브 누나가 안 와서 이 방에서 잤어. 여기 얼마나 서 있었던 거야? 너 때문에 깼잖아. 무서워서 죽을 뻔했다고! 무슨 일인데 그래?"

"그 망할 것이 왔어, 덩컨. 그래서 온 거야." 알렉의 목소리가 높아졌다. "그 망할 게 왔다고!"

알렉의 뒤편 하늘에서 화염이 솟으며 연이어 타다다다 하는 소리가 들렸다. 덩컨은 슬금슬금 겁이 나서 하늘을 쳐다보았다. 알렉의 가족한테, 알렉의 집에 무슨 큰일이 났나보다고 생각했다. "왜 그래? 무슨 일이야?"

"그 염병할 것을 받았다고!" 알렉이 거듭 소리쳤다.

"알아듣게 좀 말해! 그게 무슨 소리야? 무슨 일이 생겼는데?"

알렉은 억지로 흥분을 가라앉히려는 듯 몸을 비틀었다. "징집영장이 나왔어." 마침내 그가 말했다.

덩컨은 이번엔 다른 의미로 겁이 났다. "설마!"

"설마는 무슨, 진짜 왔다니까! 덩컨, 난 안 갈 거야. 놈들 마음대로는 안 될걸. 진짜야. 진짜라고, 아무도 안 믿지만……"

알렉은 입을 실룩거렸다. 또다시 섬광과 함께 폭탄이 터졌고 몇 번 더 폭발이 일어났다. 덩컨은 다시 하늘을 쳐다보았다. "공습은 언제 시작된 거야?" 공습경보가 내려진 줄도 모르고 내내 잤던 것이다. "공습인데 여기까지 온 거야?"

"젠장, 공습이고 나발이고 알 게 뭐야!" 알렉이 말했다. "차라리 공습이 반갑더라. 폭탄에 맞으면 좋겠어! 미첨레인 한가운데로 걸어서 왔어." 알렉이 창문턱에 기대어 덩컨의 팔을 잡았다. 그의 손은 얼어붙을 듯 차가웠다. "나랑 같이 나가자."

"바보 같은 소리 마!" 덩컨은 뒤로 물러났다. 방문을 힐끔 보았다. 공습이 시작되면 아버지를 깨우기로 되어 있었다. 길 아래 공공대피소로 피신해야 했다. "가서 아버지를 깨워야 해."

알렉은 덩컨의 팔을 잡아당겼다. "나중에. 우선은 나랑 같이 나가자. 너한테 할말이 있어."

"뭔데? 지금 말해."

"나와."

"너무 늦었잖아. 또 너무 춥고."

알렉은 덩컨을 놓고 손을 자기 입으로 가져가 손톱을 물어뜯기 시작했다. "그럼 나 좀 들어가자." 그러면서 잠시 생각해보더니 말했다. "안에서 얘기하자."

덩컨이 창문에서 물러나자 알렉은 창문턱을 잡고 몸을 끌어올려 무릎을 얹고 발을 디딘 다음 방으로 뛰어내렸다. 뭘 하든 늘 그랬지만, 이번에도 영 꼴이 사나웠다. 쿵 하고 무겁게 떨어지는 바람에 나무바닥이 들썩였고, 비브의 화장대 위에 있던 병이며 통 따위가 달가닥거렸다.

덩컨은 창문을 내리고 커튼을 쳤다. 불을 켜자 그와 알렉은 눈을 껌벅거렸다. 불빛 때문에 주변이 선득하게 보였다. 실제보다 훨씬 더 늦은 시각처럼 느껴졌다. 집안에 우환이라도 든 것 같았다…… 덩컨은 문득 어머니가 아프셨을 때의 기억이 생생하게 떠올랐다. 아버지는 이모를 부르러 사람을 보냈고 그다음엔 의사를 불렀다. 사람들이 한밤중에 우왕좌왕하며 수군거렸다. 그 술렁거림은 결국 재앙으로 바뀌었다……

덩컨은 오한을 느끼며 몸서리를 쳤다. 실내화를 신고 가운을 걸쳤다. 가운 허리띠를 매면서 알렉의 차림새를 보았다. 집업 재킷과 짙은 색 플란넬 바지, 지저분한 캔버스화. 그리고 하얀 복사뼈가 보였다. "너 양말도 안 신었잖아!"

알렉은 아직도 눈이 부신지 눈을 껌벅거렸다. "엄청 빨리 갈아입어야 했거든." 그는 침대 가장자리에 걸터앉으며 말했다. "너한테 얘기하고 싶어서 죽는 줄 알았어! 오늘 오후에 너 찾으러 프랭클린 공장에 갔는데 없더라고. 어디 있었냐?"

"공장에?" 덩컨은 얼굴을 찌푸렸다. "몇 시에 왔는데?"

"몰라. 한 4시쯤?"

"매닝 주임님의 소포를 받으러 나갔다 왔어. 네가 왔단 소린 아무도 안 하던데."

"사람들한테 물어보지는 않고 그냥 슬쩍 보기만 했어. 안에 들어가서 둘러봤지. 뭐라 그러는 사람도 없더라고."

"저녁 먹은 다음에 오지 그랬어?"

알렉은 억울하다는 표정을 지었다. "왜 못 왔을 것 같아? 빌어먹을 아버지한테 혼났어. 아버지가……" 그의 목소리가 또 커졌다.

"망할 아버지가 막 때렸어, 덩컨! 이거 봐! 보여?" 그는 얼굴을 돌려 덩컨에게 상처를 보여주었다. 광대뼈 위에 희미하게 붉은 자국이 있었다. 하지만 알렉의 눈이 훨씬 더 빨갰다. 운 모양이었다. 알렉은 덩컨이 빤히 쳐다보는 것을 알고 다시 고개를 돌렸다. "아버진 망할 짐승이야." 그는 창피한 듯 나직이 내뱉었다.

"네가 뭘 어쨌는데?"

"안 갈 거라고, 무슨 일이 있어도 안 갈 거라고 했거든. 우체부가 영장을 갖다주면서 그 난리를 피우지만 않았어도 영장에 대해 입도 벙긋 안 했을 거야. 엄마가 먼저 받았어. 그래서 내가 그랬지. '내 앞으로 온 거니까 내 맘대로 할 거야……'"

"어떻게 생겼는데? 뭐라고 쓰여 있었어?"

"여기 가져왔어. 봐."

알렉은 재킷 지퍼를 내리고 누런 봉투를 꺼냈다. 덩컨도 침대에 나란히 걸터앉아 같이 보았다. 서류에는 A. J. C. 플레이너 귀하라고 적혀 있었다. 병역법에 의거하여 국민방위군으로 소집되었으며, 이 주 안에 슈베리니스의 포병훈련대에 입영해야 한다는 내용이었다. 입영 장소까지 어떻게 가야 하는지, 뭘 타고 가야 하는지 상세히 안내되어 있었고, 선불 급료 4실링이 우편환으로 들어 있었다. 날짜와 번호 스탬프가 온갖 군데에 찍혀 있었고, 무지막지하게 구겨진 걸 보니 알렉이 있는 대로 구겼다 다시 편 것 같았다.

덩컨은 기가 질린 채 구겨진 종이를 쳐다보았다. "어쩌다 이렇게 구겨졌어?"

"그딴 게 뭐가 중요해?"

"글쎄. 구겨진 걸 가지고…… 뭐라 그럴지도 모르잖아."

"뭐라 그런다고? 꼭 우리 엄마 같은 소리 하네! 내가 갈 거라고 생각하는 건 아니겠지? 말했잖아……" 알렉은 영장을 집어들고 역겹다는 듯 마구 구겨 바닥에 휙 던졌다. 그러고는 스프링처럼 벌떡 일어나 다시 집어서 잘 편 다음 반으로 쫙 찢었다. 우편환도 같이. "자!" 그는 상기된 얼굴로 부르르 떨었다.

"우와." 덩컨의 기막힘은 감탄으로 바뀌었다. "진짜 찢었어, 와!"

"내가 뭐라던?"

"너 진짜 미쳤구나!"

"차라리 미치고 말지." 알렉은 고개를 홱 치켜들며 말했다. "놈들이 시키는 대로 순순히 따르느니. 미친 건 그놈들이라고. 놈들이 사람들을 죄다 미친놈으로 만들고 있는데, 다들 가만히 있잖아. 다들 그게 정상인 것처럼 군다고. 그게 정상이라니, 너를 군인으로 만들고 너한테 총을 쥐여주는데." 그는 침대에서 일어나 기름을 발라 잘 눌러붙인 머리를 초조하게 쓸어넘겼다. "더는 못 참아. 난 벗어날 거야, 덩컨."

덩컨은 물끄러미 그를 쳐다보았다. "병역거부자로 등록하려는 건 아니지?"

알렉은 코웃음을 쳤다. "내 말은 그게 아니야. 병역거부도 다를 바 없어. 법정에 서서, 알지도 못하는 사람들 앞에서 내 얘기를 하라고? 내가 왜 그래야 하는데? 내가 싸우든 말든 딴사람들이 무슨 상관이야? 그리고 어찌됐든," 그가 덧붙였다. "망할 우리 아버지가 날 죽이려 들 거야."

"그럼 어떻게 할 건데?"

알렉은 또 손을 입으로 가져가 손톱을 물어뜯기 시작했다. 그러다 덩컨과 눈이 마주쳤다. "모르겠어?"

알렉은 그 말을 하면서 흥분을 억누르는 것 같았다. 무엇보다 터져나오는 웃음을 애써 참는 것 같았다. 덩컨은 심장이 쪼그라드는 기분이었다. "너, 너 도망치려는 건 아니지?"

알렉은 대답하지 않았다.

"도망치면 안 돼! 치사하게! 그건 안 돼. 게다가 지금 네 수중엔 아무것도 없잖아. 돈도 없고 배급표도 없고. 음식도 사야 할 텐데. 어디로 갈 건데? 너…… 아일랜드로 가려는 건 아니지?" 전에 둘은 아일랜드에 가는 것에 대해 얘기한 적이 있었다. 하지만 그건 함께 가기로 한 거였다. "아무리 아일랜드에 가서 숨어도 놈들은 찾아낼 거야."

"빌어먹을 아일랜드 따위," 알렉이 갑자기 화를 냈다. "알 게 뭐야! 이제 뭔 일이 생기든 내 알 바 아니야. 난 안 갈 거야, 그뿐이야. 놈들이 무슨 짓을 하는지 알아?" 그러면서 양쪽 입꼬리를 일그러뜨렸다. "아주 더러운 짓을 해! 뚫어져라 쳐다보면서 온몸을 막 만져. 엉덩이를 들어올리고 가랑이 사이까지 훑는다고. 한 줄로 서서, 마이클 워런이 그러더라, 늙은이들이 한 줄로 서서 유심히 살핀다고. 역겨워. 늙은이들이라니! 그 인간들이야 좋겠지. 우리 아버지도, 너네 아버지도 상관없겠지. 살 만큼 살았으니까. 그래놓고 우리의 삶을 빼앗으려는 거야. 한번 전쟁을 겪었으면서, 이번에 또 일으켰어. 우리가 젊다는 사실에 배가 아픈 거야. 우리도 자기네처럼 늙기를 바라는 거지. 이건 우리가 일으킨 싸움도 아닌데, 놈들은 그런 거에 눈곱만치도 개의치 않아……"

알렉의 목소리가 커졌다. "목소리 좀 낮춰!" 덩컨이 말렸다.

"놈들은 날 죽이고 싶어한다고!"

"입 좀 다물어!"

덩컨은 위층 사람들과 아버지가 신경쓰였다. 아버지는 귀머거리나 다름없었지만 알렉과 관련된 일이라면 신기하게 귀가 밝았다. 알렉은 입을 다물었다. 그러고는 손톱을 물어뜯으며 방안을 맴돌기 시작했다. 밖에서는 폭격이 점점 심해졌다. 알렉의 발소리와 폭격의 진동이 합쳐져 낮고 깊은 고동이 되어 울렸다. 유리창이 살며시 떨리기 시작했다.

"난 벗어날 거야." 알렉이 왔다갔다하면서 재차 말했다. "난 벗어날 거야. 진짜로."

"도망치면 안 돼." 덩컨은 단호히 말했다. "그건 치사한 짓이야."

"지금 이 와중에 치사하고 말고가 어딨냐."

"안 돼. 나 혼자 스트레텀에 남겨두고, 저 망할 에디 패리, 로드니 밀스 같은 애들하고 같이 놔두고 너 혼자 갈 순 없어……"

"난 벗어날 거야. 넌더리가 나."

"너 말이야…… 알렉!" 덩컨이 갑자기 흥분했다. "여기 있어라! 내가 숨겨줄게! 내가 너한테 먹을 걸 갖다주면 되잖아."

"여기?" 알렉은 얼굴을 찌푸리며 주위를 둘러보았다. "여기 어디 숨을 데가 있다고?"

"벽장 같은 데 숨으면 되지. 우리 아버지가 들어올 때만 숨어 있으면 돼. 그리고 비브 누나가 없을 때는 그냥 방에 있어. 잠은 나랑 같이 자면 돼. 비브 누나가 있을 때도 상관없겠다. 누나는 신경 안 쓸 거야. 우릴 도와줄 거야. 이거 꼭…… 몬테크리스토 백작 같다!" 덩컨은 진지하게 생각했다. 몰래 음식을 뒤로 챙기고, 자기 배급 몫에서 고기와 홍차와 설탕을 빼돌리면 된다. 매일 밤 몰래 알렉과 한 침대에서 자고……

하지만 알렉은 못 미더운 표정이었다. "글쎄. 몇 달이 걸릴지도 모르는데? 전쟁이 끝날 때까지 그러고 있어야 할걸. 그리고 내년이면 너도 징집영장을 받을 거야. 놈들이 징집연령을 낮추면 더 빨리 받을 수도 있고. 올 7월에 받을지도 몰라! 그러면 어쩔 건데?"

"7월이 되려면 아직 멀었잖아." 덩컨이 대꾸했다. "지금부터 7월 사이에 무슨 일이 생길지도 모르고. 7월쯤에는 우리 전부 폭탄에 날아갔을지도 몰라!"

알렉은 또 고개를 저었다. "아닐걸." 그는 씁쓸하게 말했다. "아닐 거야. 나도 그랬으면 좋겠어! 하지만 죽는 사람은 애들하고 할머니들, 아기들, 멍청한 사람들뿐이야. 전쟁 따위 아랑곳 않는 멍청한 사람들. 남자애들은 멍청하기 짝이 없어서 군인이 되는 것도 개의치 않고, 또 너무 바보 같아서 이게 자기네 전쟁이 아니라 정부 윗대가리 놈들의 전쟁이라는 것도 몰라. 이건 우리 전쟁도 아냐. 그런데도 그 고통을 우리가 고스란히 견뎌야 하지. 우리는 정부에서 시키는 대로 해야 해. 정부에선 심지어 진실을 말해주지도 않는데! 버밍엄에 대해서도 하나도 알려주지 않았잖아. 버밍엄이 완전히 초토화됐다는 건 다들 아는 사실인데. 얼마나 많은 도시가 그렇게 됐겠어? 정부는 히틀러가 갖고 있다는 무기에 대해서도, 로켓이나 가스에 대해서도 일절 언급하지 않아. 그 끔찍한 가스는 사람을 죽이는 게 아니라 피부를 벗겨지게 만드는 거야. 어떤 가스는 뇌에 작용해서 사람을 로봇으로 만들어. 그래서 히틀러가 부리는 노예가 되는 거지. 너 그거 모르지? 히틀러는 우릴 모두 수용소에 집어넣을 거야. 그리고 광산이나 공장에서 일을 시키는 거지. 남자는 다 땅을 파고 기계를 돌리고, 여자는 다 아기를 갖고. 우리를 한 명씩 여자하고 재워서 임신시키는 거야. 늙은이는 여자고 남자고 싹 다 죽여. 폴란드에서 그랬어. 아마 벨기에랑 네덜란드에서도 그랬을걸. 정부는 그런 일에 대해 전혀 얘기해주지 않잖아. 그야말로 불공평한 거지! 우리가 언제 전쟁에 나가고 싶댔어? 우리 같은 사람이 머물 장소가 있어야 해. 멍청한 사람들은 자기네들끼리 싸우라고 하고, 그 밖의 다른 사람들—예술이나 뭐 그런 중요한 일에 관심을 갖는 사람들 모두—은 어디에서든 그들만 따로 살 수 있게 해줘야 한다고, 정부 놈들은 히틀러하고 같이 뒈지라 그래."

알렉은 덩컨의 신발을 걷어찼다. 그러더니 또 방안을 오락가락하면서 손톱을 물어뜯었다. 하나를 다 물어뜯고 다음 손가락으로 넘어가고, 또 다음 손가락으로 넘어가면서 사납게 물어뜯었다. 시선은 한 군데 붙박였지만 실상 아무것도 보고 있지 않았다. 얼굴이 다시 창백해졌고, 붉어진 두 눈은 미친 사람처럼 불타올랐다.

덩컨은 다시 아버지가 맘에 걸렸다. 알렉이 여기 이렇게 있는 걸 보면 또 뭐라고 할지 걱정됐다. 그 녀석은 입만 살았어. 아버지는 여러 번 말했다. 철 좀 들어야 해. 순 시간 낭비만 하고. 네 망할 머릿속에

헛바람을 집어넣을 테지, 그 녀석 나중에는……
“손톱 좀 그만 물어뜯어, 응?” 덩컨이 불안해하며 말했다. “정신 나간 사람 같잖아.”
“정신 나간 사람?” 알렉이 쉿소리를 냈다. “내 망할 머리에 총을 쏜대도 놀랍지 않아! 오늘 저녁엔 하도 흥분해서 토하는 줄 알았어. 식구들이 다 자러 갈 때까지 기다려야 했는데, 집안에 누가 있는 것 같았어. 웬 남자들이 왔다갔다하는 소릴 들은 거야. 발소리하고 수군대는 소리를. 아버지가 경찰을 데려온 것 같더라.”
덩컨은 간담이 서늘해졌다. “설마 그럴 리가. 아니겠지?”
“충분히 그러고도 남아. 울 아버지가 나를 얼마나 미워하는데.”
“이 한밤중에?”
“당연하지!” 알렉은 성을 내며 말했다. “바로 이럴 때 들이닥치는 거야! 것도 모르냐? 가장 예상치 못할 때 오는 거라고.”
그들의 대화가 뚝 끊겼다. 덩컨은 방문을 쳐다보았다. 다시 어머니가 아프셨을 때가 생각났다. 이번에도 선득한 기분이 들었다. 현관에서 사람들이 숨죽여 소곤대는 소리가 들리는 것만 같았다…… 하지만 실제로는 비행기가 꾸준히 웅웅거리는 소리, 폭탄이 쾅쾅 단조롭게 터지는 소리, 벽난로 위쪽에서 검댕이 스르르 떨어지는 소리만 들릴 뿐이었다.
덩컨은 다시 알렉을 쳐다보았다. 그리고 그 어느 때보다 불안해졌다. 마침내 알렉이 손을 내리고는 돌연 부자연스럽게 침착해졌다. 그는 덩컨의 시선을 마주보더니 약간 연극적인 몸짓을 취했다. 그 좁은 어깨를 으쓱 올리고 고개를 돌려 섬세하고 잘생긴 옆얼굴을 보여주었다.

"이러는 건 시간 낭비야." 알렉은 대수롭지 않다는 듯 내뱉었다.

"왜?" 더럭 겁이 난 덩컨이 물었다. "그게 무슨 말이야?"

"내가 말했잖아? 놈들이 시키는 대로 하느니 차라리 죽겠다고. 놈들이 내 손에 쥐여준 총으로 나랑 똑같은 심정의 독일 병사를 쏘느니 그냥 죽는 게 나아. 난 벗어날 거야. 놈들이 나한테 하기 전에 내가 먼저 할 거야."

"아니, 뭘 한다고?" 덩컨은 미련하게 물었다.

알렉은 그 연극적인 몸짓을 다시 해 보였다. 이거든 저거든 자기한텐 다를 바 없다는 듯. "자살할 거야." 그가 말했다.

덩컨이 그를 노려보았다. "안 돼!"

"왜?"

"그냥 안 돼. 그건 야비한 짓이야. 네…… 네 어머니가 어떻게 생각하시겠어?"

알렉은 얼굴을 붉혔다. "거야 어머니가 지지리 운이 없는 거지, 어쩌겠어? 애초에 아버지 같은 멍청이와 결혼한 게 잘못이야. 어쨌든 아버지는 좋아하시겠지. 내가 죽는 꼴을 그렇게 보고 싶어했으니."

덩컨은 듣지 않았다. 앞질러 상상하고는 눈물이 그렁그렁해졌다. "하지만 나는 어떡해?" 목이 메었다. "세상 누구보다 내가 제일 견디기 힘들 텐데, 너도 알면서! 넌 내 가장 친한 친구잖아. 날 여기 남겨두고 자살할 순 없어."

"그럼 너도 해." 알렉이 말했다.

그는 이 말을 조용히 내뱉었다. 덩컨은 소매로 코를 훔치느라 제대로 듣지 못했다. "뭐라고?"

"너도 하라고." 알렉이 다시 말했다.

그들은 서로를 바라보았다. 알렉의 얼굴이 더없이 붉게 상기됐다. 그러고는 순간 방심했는지 입술을 벌리며 신경질적인 미소를 지었다. 삐뚤빼뚤한 이가 보였다. 알렉은 덩컨에게 바싹 다가와 그의 어깨를 붙잡고 정면으로 얼굴을 마주보았다. 둘의 간격은 팔뚝 길이 정도밖에 되지 않았다. 알렉은 덩컨을 꽉 붙잡고 흔들었다. 그러면서 덩컨의 눈을 똑바로 들여다보며 흥분된 어조로 말했다. "놈들한테 확실히 보여주자, 응? 어떻게 보일지 생각해보라고! 우리가 왜 이런 일을 했는지 유서를 남기자! 우리는 스스로 목숨을 포기한 두 젊은이가 되는 거야. 신문에 날 거야. 사방에 다 알려지는 거지! 그러면 전쟁을 막을 수 있을지도 몰라!"

"진짜로 그럴까?" 덩컨도 갑자기 덩달아 흥분했다. 감명을 받았고 우쭐해지기도 했다. 알렉의 말을 믿고 싶으면서도 한편으론 여전히 무서웠다.

"당연히 그렇지!"

"글쎄. 젊은이는 매일 죽어나가잖아. 그래도 아무것도 바뀌지 않았고. 우리가 그런다고 뭐가 달라질까?"

"이 바보야." 알렉은 경멸하듯 입술을 샐쭉거리며 손을 놓고 떨어져 앉았다. "네가 모른다고, 네 일이 아니라고, 아무 말이나……"

"그런 말이 아니잖아."

"……됐어, 나 혼자 할 거야."

"너 혼자서는 안 돼!" 덩컨이 말했다. "내가 말했지, 나만 두고 가면 안 된다고."

알렉이 도로 다가왔다. "그럼 유서 쓰는 거 도와줘." 그는 다시 달아올랐다. "이렇게 쓰자…… 여기다." 알렉은 허리를 굽혀 아까 찢어버린 징집영장의 반쪽을 집었다. "이 뒤에 쓰는 거야. 상징적으로 보이겠지. 펜 좀 주라."

덩컨의 가죽필통은 침대 옆 바닥에 있었다. 덩컨은 아무 생각 없이 필통을 집으려 한 발짝 내디디다 멈칫했다. 그러고는 짐짓 자연스럽게 벽난로 선반으로 가서 연필을 집어 건넸다. 하지만 알렉은 받지 않았다. "그거 말고. 연필로 쓰면 어린애라고 생각할 거 아냐! 만년필 줘봐."

덩컨은 눈을 껌벅거리며 시선을 돌렸다. "그건 이 방에 없는데."

"거짓말, 있잖아!"

"좋은 펜은 남한테 빌려주는 거 아니랬어."

"넌 만날 그 소리냐! 이 마당에 그게 대수야?"

"그래도 난 싫어. 그냥 연필로 써. 누나가 사준 펜이란 말이야."

"그렇다면 누나도 너를 자랑스러워할 거야." 알렉이 대꾸했다. "우리가 발견되면, 사람들은 그 펜을 유리상자 같은 데 넣어 보관할걸! 그런 식으로 좀 생각해봐. 빨리 내놔, 덩컨."

덩컨은 여전히 내키지 않았지만 마지못해 필통을 열고 펜을 꺼내주었다. 알렉은 늘상 덩컨한테 그 만년필 좀 써보자고 졸라댔던 터라, 지금 덩컨이 펜을 건네주자 아주 대놓고 신나했다. 의식이라도 치르듯 뚜껑을 돌려 열고, 펜촉을 유심히 살피고, 묵직한 펜의 무게를 음미했다. 알렉은 필통도 챙겨서 침대 가장자리에 앉은 후,

필통을 무릎에 올려놓고 거기에 종이를 대고서 구겨진 곳을 눌러 가며 최대한 판판하게 편 다음 글씨를 쓰기 시작했다.

"관계자 여러분께……" 그는 덩컨을 쳐다보았다. "그렇게 쓸까? 아니면 윈스턴 처칠 귀하라고 쓸까?"

덩컨은 잠시 생각해보더니 말했다. "관계자 여러분께가 더 나은 것 같다. 그러면 히틀러와 괴링, 무솔리니도 포함시킬 수 있잖아."

"맞아." 알렉은 덩컨의 생각이 마음에 들어 중얼거렸다. 그러고는 입술을 빨고 펜으로 입가를 두드리며 잠시 생각에 잠겼다. 그리고 쓰기 시작했다. 그는 거침없이 우아하게 술술 써나갔다. 키츠나 모차르트 같다고 덩컨은 생각했다. 알렉은 미간을 찡그리고 잠시 자기가 쓴 문장을 살펴보다 이내 다시 우아하게 휘갈기기 시작했다……

다 쓰고 나서 알렉은 덩컨에게 유서를 건넸고, 덩컨이 그것을 읽는 동안 손등마디를 물어뜯었다.

관계자 여러분께. 만약 당신이 이것을 읽는다면, 그건 우리, 즉 영국 런던 스트레텀에 사는 알렉 J. C. 플레이너와 덩컨 W. 피어스가 목표를 성취하여 더는 이 세상에 존재하지 않는다는 뜻입니다. 우리는 이 거사를 경솔하게 계획하지 않았습니다. 우리가 바야흐로 들어가려는 영역이 '어떤 여행자도 되돌아온 적 없는 어두운 미지의 장소'라는 것을 잘 압니다. 그러나 우리는 영국의 젊은이들을 위하여, 자유와 정직과 진실의 이름으로 이 일을 감행하려 합니다. 우리의 목숨을 전쟁 상인들에게 빼앗기느니, 스스로의 자유의지로 앗을 것입니다. 우리는 단한 줄의 묘비명을 요구합니다. 저 위대한 T. E. 로런스처럼, '인간의 운명을 우리 손에 거머쥐고, 우리의 의지를 별이 총총한 하늘에 아로새겼노라'.

덩컨은 감탄스럽다는 듯 알렉을 바라보았다. "이거 기똥찬데! 죽인다!"

알렉의 얼굴이 붉어졌다. 그러면서 부끄러운 듯 말했다. "진짜? 그게, 여기 오는 길에 구상 좀 해봤거든."

"넌 정말 천재야!"

알렉은 웃음을 터뜨렸다. 여자애처럼 킥킥거렸다. "제법 괜찮지 않아? 어쨌든 그 정도면 알아듣겠지!" 그는 손을 내밀었다. "도로 줘봐, 서명하게. 그다음에 너도 서명해."

둘은 각자 이름을 써넣고 날짜를 적었다. 알렉은 종이를 들고 고개를 기울인 채 다시 한번 쭉 훑어보았다. "이 날짜는 우리가 역사 시간에 배웠던 그런 날이 될 거야. 재미있지 않냐? 백 년쯤 후에 아이들이 이 날짜를 기억하게 될 거라는 게 신기하지 않아?"

"그러게." 덩컨은 건성으로 대답했다. 딴생각을 하느라 알렉의 말을 한 귀로 듣고 흘렸다. 그리고 종이를 다시 열심히 펴는 알렉을 보고 조심스럽게 물었다. "거기다 가족한테 남기는 메시지를 좀 적으면 안 될까?"

알렉은 입술을 샐쭉거렸다. "가족 좋아하네! 당연히 안 되지, 바보 같은 소리 하지 마."

"비브 누나 때문에 그래. 엄청 속상해할 텐데."

"내가 말했지." 알렉이 대꾸했다. "누나는 너를 자랑스러워할 거라고. 다들 그럴걸. 심지어 우리 아버지마저도. 아버진 툭하면 나보고 빌어먹을 겁쟁이라고 했어. 이게 신문에 났을 때 그 면상을 보고 싶은데! 우리는, 우리는 순교자가 되는 거야!" 그의 표정이 심각해졌다. "자, 그럼 이제 남은 건 어떻게 감행하느냐인데. 내 생각엔 가스를 마시면 될 것 같아."

"가스라고!" 덩컨은 겁에 질려 말했다. "그건 너무 오래 걸리지 않을까? 한참은 걸릴걸. 게다가 가스는 새잖아. 우리 아버지까지 가스를 마시게 될지도 몰라. 아버지가 늙다리 잔소리꾼이긴 하지만 그래도 그건 불공평하잖아."

"정정당당하지 못하지." 알렉이 말했다.

"이건 크리켓이 아니야, 인마."

둘은 폭소를 터뜨렸다. 손으로 입을 틀어막고 미친듯이 웃어댔다. 알렉은 침대에 벌렁 자빠져 덩컨의 베개에 얼굴을 묻었다. 그러고는 여전히 웃으며 말했다. "음독자살도 가능해. 비소를 먹으면 돼. 그 늙은 창부, 보바리 부인처럼."

"놀라운 계획이오, 홈스 씨." 덩컨이 어색하게 성대모사를 했다. "다만 한 가지 중대한 결점이 있소. 우리 아버지는 집에 비소를 놔두지 않는다는 거요."

"비소도 없어? 그러고도 모든 설비를 갖춘 현대식 집이라고 할 수 있어? 그럼 바라옵건대 쥐약은?"

"쥐약도 없어. 근데…… 음독은 더럽게 아프진 않겠지?"

"우리가 무슨 방법을 택하든 당연히 더럽게 아프겠지, 이 바보야. 아프지 않으면 그냥 흉내만 내는 거게?"

"아무리 그래도……"

알렉의 웃음은 진즉에 사라졌다. 그는 잠시 생각에 잠겨 누워 있다 벌떡 일어나 앉았다. 그러고선 진지하게 말했다. "익사는 어때? 그동안의 삶이 주마등처럼 눈앞을 스칠 거야. 내 삶이야 비루하기 그지없었으니 다시 보고 싶진 않지만……"

덩컨이 말했다. "나는 어머니를 다시 보고 싶어."

"그렇지. 사내라면 죽기 전에 어머니를 봐야지. 어머니한테 대체 왜 너네 아버지하고 결혼했냐고 물어봐."

둘은 다시 웃음을 터뜨렸다. "하지만 어떻게 물에 빠지지?" 덩컨이 마침내 물었다. "수로나 그런 데를 찾아야 하잖아."

"아냐, 굳이 그럴 필요 없어. 10센티미터 깊이에도 빠져 죽을 수 있어. 상식이잖아. 엄연한 과학적 사실이라고. 너네 집도 화재에 대비해 욕조에 항상 물을 채워놓지?"

덩컨은 알렉을 쳐다보았다. "젠장, 맞아!"

"가자, 덩컨 피어스!"

둘은 벌떡 일어섰다. "유서를 가져와." 덩컨이 말했다. "압정도…… 잠깐만, 머리 좀 빗고."

"이런 때에도," 알렉이 빈정거렸다. "남자란 머리를 빗고 싶어하는군."

"시끄러!"

"서두르시죠, 레슬리 하워드* 씨."

덩컨은 화장대 거울 앞에 서서 얼른 몸단장을 했다. 둘은 최대한 조용히 방을 빠져나가 복도로 내려가서 거실을 지나 부엌으로 들어갔다. 폭격에 대비해 문은 다 열려 있었다. 덩컨은 아주 살며시 문을 닫았다. 아버지가 평소와 다름없이 천장을 무너뜨릴 기세로 코를 고는 소리가 들렸다. 알렉이 속삭였다. "너네 아버지 꼭 메서슈미트** 같다!" 그 말에 둘은 또다시 배가 아플 정도로 웃어댔다.

부엌 불을 켰다. 갓 없는 알전구에서 흘러나오는 빛에 사방이 생기 없고 칙칙하게 보였다. 때가 탄 흰색 싱크대, 회색과 노란색 체크무늬 리놀륨 바닥, 그레이비소스 같은 갈색 목조부. 욕조는 식탁 바로 옆 벽에 붙어 있었다. 덩컨의 아버지가 몇 년 전에 더 짙은 갈색 목재를 욕조에 덧대고 덮개도 만들어놓았다. 덮개는 식기건조대로 쓰였다. 지금도 그릇 몇 개가 그 위에 놓였고, 소다를 풀어 덩컨과 아버지의 속옷을 담가놓은 커다란 양동이도 있었다. 덩컨은 그걸 보고 얼굴이 붉어져 얼른 딴 데로 치웠다. 알렉은 그릇을 하나씩 식탁으로 옮겼다.

그러고서 둘은 욕조 덮개 양끝을 붙잡고 들어올렸다.

안에 든 물은 며칠 전 덩컨의 아버지가 목욕하고 내버려둔 채였다. 색이 탁했고 짧은 털들이 둥둥 떠다녔다. 굵고 구불구불한 털들이 속옷보다 더 창피해 덩컨은 한번 보고는 고개를 돌려버렸다. 그리고 주먹을 불끈 쥐었다. 아버지가 앞에 있었다면 한 방 먹였을 것이다. "저 기분 나쁜 인간!"

* 영국의 영화감독 겸 배우(1893~1943).

** 2차대전 당시 독일군의 주력 전투기.

"뭐, 어쨌든 저 정도면 충분은 하겠네." 알렉은 미심쩍은 듯 말했다. "하지만 어떻게 할까? 둘이 같이 저 안에 누울 수는 없잖아. 서로 머리를 붙잡고 같이 집어넣을까?"

아버지의 발과 은밀한 부분과 엉덩이에 닿아 찰랑거렸을 저 더러운 물에 머리를 집어넣다니, 덩컨은 생각만 해도 토할 것 같았다. "난 싫어." 덩컨이 말했다.

"뭐, 나도 별로 내키진 않아." 알렉도 동의했다. "하지만 야, 우리가 지금 이것저것 가릴 처지가 아니잖아."

"가스로 하자. 어쨌든 운은 하늘에 맡기고."

"그럴까?"

"응."

"좋아. 아니면…… 에잇, 이렇게 하자!" 알렉은 딱 소리를 내며 손가락을 튕겼다. "목을 매달자!"

그 말에 덩컨은 안도감마저 느꼈다. 아버지가 쓴 목욕물만 아니라면 이제 뭐든 상관없다는 생각이 들었다. 둘은 욕조 덮개를 다시 덮고서 고리나 밧줄을 맬 만한 데를 찾아 벽과 천장을 둘러보았다. 결국 빨랫줄 도르래로 결정했다. 한 사람의 무게는 버틸 거라고 판단했다. 나머지 한 사람은 부엌 문짝 뒤의 코트걸이에 목을 매면 될 것 같았다.

"밧줄 있어?" 다음 과제로 알렉이 물었다.

"아, 이건 있다." 덩컨의 머리에 퍼뜩 떠오른 것이 있었다. 입고 있는 가운의 허리띠였다. 허리띠를 풀어 둥글게 매듭을 짓고는 손으로 힘껏 잡아당겨 가늠해보았다. "나 정도는 버틸 것 같은데."

"그럼 넌 그걸로 해. 난 뭘로 하지? 딴 건 또 없어?"

"벨트 같은 건 잔뜩 있는데. 넥타이도 많고."

"넥타이면 되겠다."

"가서 하나 갖고 올까? 어떤 게 좋아?"

알렉은 얼굴을 찡그렸다. "까만 게 좋을 것 같아. 아냐! 파란 바탕에 금색 줄무늬로 가져와. 그게 대학생들이 하는 넥타이 같잖아."

"그럼 뭐 달라져?"

"사진이 찍힐 거 아냐. 그럼 더 인상적일 거야."

"알았어." 덩컨은 마지못해 대답했다. 사실 그 넥타이에도 만년필과 비슷한 애착을 가지고 있었다. 상당히 고급 넥타이였고, 자신의 것이었다. 아무걸로나 해도 상관없는데 굳이 꼭 그걸 써야 하나? 하지만 지금 그런 걸로 왈가왈부하고 싶진 않았다. 덩컨은 서둘러 거실과 복도를 지나 방으로 돌아가서 알렉이 말한 넥타이를 꺼냈다. 아버지가 여전히 코를 고는 와중에 덩컨은 잠시 넥타이를 손에 든 채 어둠 속에 서 있었다. 안방으로 들어가 아버지를 발로 차고 면전에 고래고래 소리를 질러대고 싶은 마음이 없지 않았다. 이 바보 영감탱이! 나는 자살할 거야! 이제 부엌으로 가서 진짜로 죽을 거라고! 좀 일어나란 말이야!

아버지는 계속 코를 골았다. 덩컨은 살금살금 알렉이 있는 곳으로 돌아왔다. "저 영감탱이는 지금도 허리케인처럼 시끄러워!" 부엌문을 닫으며 그렇게 말했다.

하지만 알렉은 대답이 없었다. 가운 허리띠를 내려놓고 반쯤 등을 돌린 채 싱크대 앞에 서 있었다. 그러다 수도꼭지 옆에서 무언가를 집어들었다.

"덩컨." 알렉은 묘하게 낮은 목소리로 말했다. "이거 봐."

그의 손에는 덩컨의 아버지가 쓰는 구식 면도기가 들려 있었다. 알렉은 면도날을 펴서 넋이 나간 듯 들여다보고 있었다. 덩컨을 보기 위해 억지로 눈길을 잡아떼야 할 정도로. "난 이걸 쓰겠어. 이걸로 하겠어. 넌 목매달고 싶으면 그렇게 해. 하지만 난 이걸 쓸 거야. 이게 밧줄보다 나아. 더 빠르고 깔끔하거든. 목을 그을 거야."

"목을 그어?" 덩컨은 가냘프고 하얀 알렉의 목을 쳐다보았다. 그 안의 힘줄과 울대뼈는 단단해 보여서 단번에 잘라낼 수 있을 정도로 만만해 보이지 않았다……

"이거 제법 날카롭지 않냐?" 알렉은 면도날에 제 손가락을 갖다댔다. 그러더니 손가락을 홱 움츠리고는 입에 넣고 빨았다. "젠장!" 그러고는 웃었다. "더럽게 잘 드네. 단숨에 그어버리면 하나도 안 아프겠다."

"진짜?"

"당연하지. 가축을 죽일 때 그렇게 하잖아, 안 그래? 나는 지금 당장 하겠어. 너는 나 다음에 해. 괜찮지? 근데 좀 난장판이 될지도 모르겠다. 너무 자세히 안 보는 게 최선이겠지. 이게 두 개만 있었어도! 그럼 너랑 나랑 동시에 할 수 있을 텐데…… 자." 알렉은 면도기로 아까 자신이 유서를 쓴 종이쪼가리를 가리켰다. "그럼 유서를 벽에다 압정으로 붙여줄래? 눈에 잘 띌 만한 곳에."

덩컨은 유서와 압정을 집어들었다. 그리고 불안한 듯 면도기를 힐끔 쳐다보았다. "내가 뒤돌아 있을 때 하지 마, 알았지?" 덩컨은 시선을 떼기가 두려웠다…… 얼른 부엌을 한 바퀴 둘러본 다음 찬장 문에 종이를 꽂았다. "이 정도면 돼?"

알렉은 고개를 끄덕였다. "응, 좋아."

그러고는 숨을 가쁘게 내쉬었다. 그저 단순히 감탄에 겨워 쳐다보는 것처럼 날을 편 면도기를 들고 있었다. 그리고 이제, 덩컨이 지켜보는 가운데 양손으로 면도기 손잡이를 꽉 잡고 자기 목에 날을 바싹 갖다댔다. 오른쪽 턱 바로 밑의 쑥 들어간 곳, 맥박이 뛰어 살갗이 두근두근 고동치는 곳에.

덩컨은 저도 모르게 알렉에게 한 발짝 다가갔다. 그리고 초조하게 말했다. "지금 바로 하려는 건 아니지?"

알렉의 눈꺼풀이 파르르 떨렸다. "일 분 내로 할 거야."

"기분이 어때?"

"괜찮아."

"안 무서워?"

"조금." 알렉이 말했다. "너는? 얼굴이 백지처럼 하얘! 네 차례가 되기 전에 기절하지 마." 그러고는 면도기를 고쳐 잡았다. 눈을 감고 꼼짝도 하지 않았다…… 이윽고 눈을 더 꽉 감더니 아까와는 사뭇 다른 어조로 물었다. "넌 뭐가 제일 그리울 것 같아, 덩컨?"

덩컨은 입술을 깨물었다. "글쎄. 아무것도! 아니다, 비브 누나가 보고 싶을 거야…… 너는?"

"나는 책이 그리울 거야. 음악과 미술과 아름다운 건축물도." 그 말에 덩컨은 자기도 누나 말고 그런 걸 댈걸 싶었다. "하지만 그런 것들은 어차피 다 사라져. 일 년만 지나면 사람들은 그게 있었다는 것조차 까먹을 거야."

알렉은 눈을 뜨고 침을 삼키고는 다시 날을 고쳐 잡았다. 그의 손에서 땀이 나는 것이 보였다. 면도기의 귀갑무늬 손잡이에 손가락 자국이 났다. 이제 덩컨은 알렉이 그만두기를 빌었다. 모든 일이 너무 빠르게 진행되어버렸다. 아버지가 일어나 나와서 자기들을 말려주면 좋겠다는 생각까지 들었다. 이런 일이 집안에서 일어나게 놔둔다면, 아버지가 있다는 게 무슨 소용인가? 알렉한테 계속 말을 시키려고, 조금이라도 더 시간을 끌려고 덩컨은 주절거렸다. "우리가 죽은 다음에 말이야, 알렉, 우린 어떻게 될까?"

알렉은 여전히 목에 면도날을 들이댄 채 생각에 잠겼다. 그리고 조용히 입을 열었다. "어떤 일도 일어나지 않아. 우린 그냥 꺼지는 거야, 전등이 나가는 것처럼. 달리 별일이 있을 리 없지. 하느님이 있을 리도 없고. 전쟁도 막지 않는 신이라니! 천국이나 지옥 따위도 있을 리 없어. 우리가 사는 이곳이 바로 지옥이지. 만에 하나 그런 게 있다면, 어쨌든 우린 같이 갈 거잖아." 알렉은 이글이글 타는 듯한 벌게진 눈으로 덩컨을 마주보았다. "최악은 그거지, 안 그래?" 그러면서 툭 내뱉었다. "거기에 나 홀로 가는 거."

덩컨은 고개를 끄덕였다. "맞아. 응. 그럼 큰일이지."

알렉은 숨을 들이켰다. 그의 목에서 맥박이 더욱 빠르게 뛰면서 거의 면도날 쪽으로 튀어나올 듯 보였다. 그러나 알렉은 별거 아니라는 듯 가볍게 말문을 뗐고, 그래서 덩컨은 그가 농담하는 줄 알고 웃을 뻔했다. "그럼 이따 보자, 덩컨." 알렉은 손을 단단히 움켜쥐고 야구방망이를 휘두르는 것처럼 팔꿈치를 들었다. 그리고 그었다.

"이쪽입니다." 공습경비원이 말했다. 케이와 미키는 돌무더기 위를 골라 디디며 그를 따라갔다.

돌무더기는 아주 최근까지만 해도 핌리코의 오층짜리 테라스하우스였다. 어두컴컴한 하늘 아래에서 이 집은 아주 깔끔하게 제자리에서 뽑혀나온 듯 보였다. 폭발 때 여자 한 명이 그 자리에서 즉사했다. 여자의 시신은 이미 다른 구급대원이 치웠다. 그러나 다른 여자 한 명은 아직 무너진 건물 잔해에 다리가 깔린 채였다. 폭탄처리구조반은 호이스트*를 설치해 여자를 덮친 기둥을 들어올릴 계획이었다. 그러나 지하실에 갇힌 것으로 추정되는 또 한 명의 여자와 소년을 구조할 때까지는 이쪽을 건드릴 수 없었다.

"조명을 가져오라고 했습니다." 경비원이 설명했다. "사람들이 삼십 분째 파고 있는 중입니다. 그러다 구조반 한 명이 아주 심한 열상을 입었어요."

"지하실에 접근하려면 얼마나 걸릴까요?" 케이가 물었다.

"한 시간쯤. 두 시간일지도 모르고."

"기둥에 깔린 쪽은요?"

"네, 그쪽 아가씨 좀 살펴봐주겠습니까? 괜찮아 보이기는 하는데, 충격을 받았을지도 모릅니다. 저쪽에 있어요. 한 사람이 옆에 붙어서 정신을 붙잡아주고는 있는데."

경비원이 케이에게 방향을 알려주었다. 케이는 열상 입은 남자

* 가벼운 물건을 들어 옮기는 기중기의 일종.

를 살피는 미키를 남겨두고 집터 뒤쪽으로 걸음을 옮겼다. 발밑에서 유리가 부서졌다. 한번은 발을 디딘 널빤지가 부러지는 바람에 석고와 나무 더미 속으로 허벅지까지 쑥 빠졌다. 널빤지가 우지끈 부러지는 소리에 여자가 비명을 질렀다.

"괜찮아요." 누군가가 부드럽게 달랬다. 케이가 손전등을 들었을 때 6미터쯤 떨어진 돌무더기 위에 웅크려앉아 있는 남자의 모습을 알아보았다. 양팔을 무릎에 얹고 공습경비원 헬멧을 소탈하게 뒤로 밀어 쓴 채였다. 남자는 다가오는 케이를 보고 손을 들었다. "구급대원입니까? 여기예요. 아, 거기 그거 조심해요." 그가 케이의 앞쪽에 있는 물건을 가리켰다. 하얗고 반짝거리면서 이상하게 생긴 물체였다. 조금 후에야 변기라는 걸 알았다. "받침대에서 깨끗이 잘려 날아왔나봐요." 남자가 일어서며 말했다. "뚜껑은 없어졌지만."

남자는 손을 뻗어 이 아수라장에서 마지막 몇 걸음을 어떻게 디뎌야 하는지 알려주었다. 남자 쪽으로 거의 다 와서야 케이는 그의 발치에 뭔가 있다는 것을 알아차렸다. 처음엔 커튼이나 담요 같은 게 한 무더기 쌓여 있는 줄 알았다. 그런데 이제 보니 담요 밑에 뭔가가 부푼 듯 툭 불거져 있었고 한쪽 팔과 하얀 얼굴이 보였다. 엉뚱한 곳에 떨어진 변기만큼이나 새하얗고 창백한 얼굴이었다. 기둥에 깔린 젊은 여자였다. 석고가루가 여자의 몸뚱이에 뽀얗게 쌓였고, 허리까지는 기둥과 벽돌더미에 깔려 있었다. 여자는 케이를 보려고 팔을 받치고 상체를 들었다. 케이는 그녀 옆으로 가서 아까 남자가 그랬던 것처럼 웅크려앉았다.

"이런, 움직이지 마세요." 케이가 고개를 까딱해 보이자 남자는 다른 사람들을 도우러 갔다. 여자는 케이의 발목을 잡았다. "제발, 말씀 좀 해주세요." 입안에서 모래가 버석거리며 두려움으로 새된 목소리가 나왔다. 여자는 기침을 했다. "저를 꺼내주러 사람들이 오긴 오는 건가요?"

"올 거예요." 케이가 대답했다. "최대한 서둘러 올 겁니다. 일단 지금은 괜찮으신지 제가 좀 보겠습니다. 맥박을 짚어볼게요." 케이는 여자의 먼지투성이 팔을 잡았다. 맥은 빠르게 뛰었지만 약하지는 않았다. "됐습니다. 이제 손전등으로 잠시만 눈을 비춰도 될까요? 잠깐이면 됩니다."

케이는 여자의 턱을 잡고 얼굴을 고정시켰다. 여자는 불안한 듯 두 눈을 깜박거렸다. 눈 가장자리가 하얀 석고가루에 대비되어 토끼처럼 빨개 보였다. 빛을 정면으로 비추고 살피니 동공이 작아졌다. 여자는 젊어 보였지만 케이가 처음에 생각했던 것만큼 어리진 않았다. 짐작건대 스물넷이나 다섯쯤. 여자는 손전등 불빛을 낮추기도 전에 고개를 돌려 무너진 집터 건너편을 실눈으로 살폈다.

"저 사람들은 뭐하는 거예요?" 그녀는 남자들을 보고 물었다.

"저쪽에 갇힌 사람들이 있어서요." 케이가 대답했다. "지하실에 여자 한 명과 소년 한 명이 갇힌 모양입니다."

"매들린하고 토니가요?"

"그 사람들 이름인가요? 당신 친구입니까?"

"매들린은 핀치 부인의 딸이에요."

"핀치 부인요?"

"우리 집주인이에요. 부인은……"

여자는 말을 잇지 못했다. 케이는 즉사한 여자가 핀치 부인일 거라고 추측했다. 케이는 여자의 팔과 어깨를 더듬으며 말했다. "통증이 느껴지는 데가 있으면 말해줄래요?"

여자는 침을 삼키고 다시 콜록거렸다. "모르겠어요."

"다리를 움직일 수 있어요?"

"좀전에는 움직이는 것 같았는데. 다시 해보고 싶진 않아요, 혹시 뭔가 잘못 건드려 무너질까봐."

"다리에 감각은 있어요?"

"모르겠어요. 차가워요. 그냥 날이 추워서겠죠? 다른 이유가 있을까요? 더 나쁜 이유가 있는 건 아니겠죠?"

여자가 부들부들 떨기 시작했다. 잠옷에 가운 차림인 듯했는데, 아까 그 공습경비원이 춥지 말라고 여자의 어깨에 담요를 덮어줬다. 케이는 담요를 더욱 단단히 여며주고 또 뭐가 없을지 주위를 둘러보았다. 목욕 타월 같은 걸 발견했지만 흠뻑 젖은데다 검댕으로 새까맸다. 케이는 타월을 던져버렸다. 쿠션이 눈에 띄었다. 속을 채운 말총이 벨벳커버 틈새로 잔뜩 삐져나와 있었다. 케이는 여자의 옆구리 쪽으로 잔해의 날카로운 가장자리에 베이거나 눌릴 것 같은 부위에 쿠션을 받쳤다.

여자는 전혀 눈치채지 못한 채 또다시 집터 저편을 쳐다보고 있었다. 그녀가 불안한 듯 물었다. "저건 뭐죠? 불을 켠 건가요? 그러면 안 된다고 말해요!"

조명과 소형 발전기를 실은 대형 트럭이 도착해서 폭탄처리구조반 대원들이 조명탑을 세우고 불을 켠 것이었다. 조명 위에 방수포를 펼쳐서 빛을 차단하긴 했지만 그럼에도 새어나온 빛이 집터 위를 비추었다. 주변의 모양과 느낌이 사뭇 달라졌다. 주위를 힐끗 둘러보니 좀전에는 짐작도 안 가던 사물들이 비교적 똑똑히 눈에 들어왔다. 다리가 부러진 다림판, 양동이, 소라껍데기를 붙여놓은 조그만 상자…… 변기는 조금 전까지의 진줏빛 광택을 잃어버리고 더럽고 지저분한 꼴이 됐다. 돌무더기 양쪽에 우뚝 서 있던, 집의 벽체인 줄 알았던 것은 벽면이 아니라 안이 다 드러난 방이었다. 침대와 의자와 테이블과 벽난로가 죄다 말짱히 놓여 있었다.

"저 사람들한테 불을 끄라고 해요!" 여자는 자꾸 채근했다. 그러면서 케이처럼 주위를 둘러보았다. 처음으로 자신이 갇힌 아수라장의 본질을 이해한 모양이었다. 아마도 그녀 자신의 옛 생활의 편린들을 그 속에서 보고 있을 것이다. 그때 "윽!" 하고 여자가 신음을 흘렸다. 사람들이 망치질을 시작한 것이다. 망치가 쿵쿵 울릴 때마다 그녀는 진저리를 쳤다. "저 사람들이 뭘 하는 거예요?"

"서둘러야 하거든요." 케이가 대답했다. "지하실에 가스나 물이 찰지도 모르니까요."

"가스나 물?" 여자는 무슨 말인지 모르겠다는 듯 반문했다. 그때 또 쿵 하는 울림과 함께 여자는 움찔했다. 돌무더기를 통해 망치질의 진동이 고스란히 전달되는 모양이었다. 그녀는 울음을 터뜨렸다. 얼굴을 훔치자 석고가 눈물과 섞여 찐득해졌다. 케이는 그녀의 어깨를 어루만졌다.

"아프세요?"

여자는 고개를 저었다. "모르겠어요. 아프진 않은 것 같아요. 다만…… 무서워서 죽을 것 같아요."

여자는 양손으로 눈을 가리더니 이윽고 조용해지면서 꼼짝하지 않았다. 마침내 손을 떼고 다시 입을 열었을 때는 말투가 달라졌다. 더 차분하고 성숙한 목소리였다. "무척 겁쟁이 같죠." 그녀가 말했다.

케이는 부드럽게 말했다. "전혀 아닙니다."

여자는 눈물을 닦고 담요 끝자락에 코를 풀었다. 혀에 느껴지는 모래알갱이의 감촉과 맛에 얼굴을 찌푸렸다. "담배 한 대 주실 수는 없겠죠, 아무래도?"

"죄송하지만 안 됩니다. 가스가 샜을지도 몰라서요."

"네, 역시. 윽!" 다시 망치질이 시작됐다. 여자는 꼿꼿하게 몸을 다잡았다.

그런 그녀에게 이입이 되어 케이도 몸에 힘이 들어갔다. "아프실 텐데." 잠시 후 케이가 말문을 뗐다. "곧 의사가 올 겁니다. 조금만 더 힘을 내요."

둘은 같이 고개를 들었다. 미키가 그들을 향해 다가왔고, 아까 케이가 올 때처럼 그녀의 부츠 밑에서도 널빤지가 부서졌다.

"맙소사!" 미키는 변기를 보고 중얼거렸다. 그리고 여자의 형체를 알아보았다. "또 맙소사! 이건 진짜로 곤란하게 됐네."

"우리가 이대로 앉은 채 맞이하더라도 이해해줄 거지?" 케이가 미키에게 말하고 여자 쪽으로 돌아앉았다. "이쪽은 제 절친한 친구 아이리스 카마이클 양입니다. 이렇게 아이리스가 어울리지 않는 사람도 처음 봤죠? 잘하면 미키라고 부르게 해줄지도 몰라요."

여자는 눈을 깜박이며 쳐다보았다. 미키는 쭈그려앉아 여자의 손을 힘주어 꽉 잡았다. "부러진 데는 없다고요? 듣던 중 다행이네요. 반가워요."

"지금이 그리 반가울 상황은 아니지." 미키가 대답을 얻지 못하자 케이가 대신 말했다. "하지만 금방 나아지겠지. 아차, 이런 몰상식한 소개인을 봤나!" 케이는 여자 쪽으로 몸을 돌렸다. "여태 당신 이름도 안 물어봤네요."

여자는 침을 꿀꺽 삼키고 어색하게 말했다. "지니버예요."

"제니퍼?"

여자는 고개를 저었다. "지니버요. 헬렌 지니버."

"헬렌 지니버." 케이는 시험삼아 말해보듯 그녀의 이름을 반복했다. "결혼했나요, 아니면 미혼?"

미키가 웃음을 터뜨리고 부드럽게 말했다. "아가씨한테 쉴 틈을 좀 주라고."

그러나 헬렌은 미키의 말을 알아듣지 못하고 곧이곧대로 대답했다. "미혼이에요."

케이도 미키를 따라 헬렌과 악수하고 자기소개를 했다. 헬렌은 케이의 얼굴을 들여다보다가 다시 미키를 쳐다보았다. "남자인 줄 알았어요." 헬렌은 다시 콜록거렸다.

"다들 착각해요." 미키가 대답했다. "이젠 익숙하죠. 여기, 물 좀 드세요."

미키는 물병을 가지고 왔다. 헬렌이 물을 마시는 동안 케이는 재킷 주머니에서 부상자 라벨을 꺼내 각종 세부사항을 적고 헬렌의 목깃에 달았다. "자, 꼭 무슨 소포 같죠, 보여요?" 그리고 케이와 미키는 잠시 일어서서 구조반 사람들이 일하는 모습을 지켜보았다.

사람들은 속 터지게 느릿느릿 움직였다. 미키 말로는 집이 무너진 상태가 좀 괴상해서 작업이 생각보다 더 까다롭다고 했다. 그래도 마침내 망치질이 끝났고, 벽체의 멀쩡한 부분에 밧줄을 고정한 후 잡아당기기 시작했다. 벽체가 들리면서 잠시 무시무시한 모양새로 똑바로 서 있다가 밧줄을 뒤로 잡아당기자 벌렁 넘어지며 부서졌다. 새로운 먼지구름이 뭉게뭉게 피어올랐다.

새로 드러난 지면에도 돌무더기와 구부러진 파이프만 어지럽게 널려 있었다. 한 남자가 재빨리 파이프로 가서 벽돌을 들고 몇 번 두드렸다. 그러고는 손을 들었다. 다른 남자가 다들 조용히 하라고 외쳤다. 소형 발전기가 꺼지면서 사위는 다시 어둠에 잠기며 고요해졌다. 폭격기가 웅웅거리는 소리와 하이드파크를 비롯한 여러 곳에서 대공포가 쿵쿵거리는 소리는 여전했지만, 그야 지난 육 개월 동안 끊임없이 들려온 소리였다. 제 귓속에서 들리는 혈류의 고동을 가릴 수 있듯 저 소음들도 이제 가려들을 수 있었다.

벽돌을 든 남자가 뭐라고 말했지만 소리가 너무 작아 케이한테는 들리지 않았다. 그가 파이프를 몇 번 더 두들겼다…… 그러자 아주 약하게, 마치 고양이 울음소리처럼 돌무더기 밑에서 외침이 들렸다.

케이는 그런 소리를 전에도 들은 적이 있었다. 엉망이 된 시신과 폭격에 날아간 팔다리를 볼 때보다 훨씬 더 오싹하고 불안했다. 케이는 진저리를 치고 크게 심호흡을 했다. 저쪽은 방전됐다 막 충전된 건전지마냥 다시금 부산스럽고 활기차게 움직이기 시작했다. 발전기가 돌아갔고 조명이 다시 켜졌다. 사람들은 새로운 목적을 가지고 작업에 임했다.

부서진 도로를 따라 차 한 대가 덜컹거리며 들어왔다. 보닛에서 하얀 십자가가 빛났다. 미키가 그쪽으로 마중을 나갔다. 케이는 머뭇거리다 다시 헬렌 옆에 쭈그려앉았다.

헬렌은 돌무더기를 짚고 어정쩡하게 윗몸을 일으키고 있었다. 그러면서 긴장한 채로 귀를 쫑긋 세웠다. "저 소리, 매들린과 토니 맞죠? 둘 다 무사한 거죠?"

"우리도 그러길 바랍니다."

"무사할 거예요, 그렇죠? 하지만 어떻게? 핀치 부인은……" 헬렌은 고개를 저었다. "당신이 오기 전에 사람들이 핀치 부인을 실어가는 걸 봤어요. 우리는 부엌에서 나왔어요. 부인이 안경을 찾았거든요, 그게 다였어요. 그래서 제가 올라가서 안경을 갖다드리겠다고 했어요. 부인의 침대 옆 협탁에 있었으니까. 저는 안경을 집어들고 바로 여기서……" 헬렌은 손을 들고 손바닥을 쳐다보다 갑자기 혼란스러운 듯 주위를 두리번거렸다. "부인은 저를 말렸어요. 토니보고 가져오라고, 토니한테 시키려고 했어요."

헬렌의 목소리가 떨렸다. 그러면서 눈이 휘둥그레져 케이를 쳐다보았다. 그리고 "저기요" 하더니 뜬금없이 말했다. "저기, 손을 좀 잡아도 될까요?"

"되냐고요?" 케이는 그 소박한 간청에 울컥했다. "맙소사! 진즉에 잡아드릴걸. 그게, 너무 주제넘게 보일까봐 못했거든요."

케이는 헬렌의 손을 꼭 쥐고 손가락을 비벼서 따뜻하게 덥혀주었다. 그러고는 손을 들어 입김을 호 불었다. 손등과 손바닥에 골고루 찬찬하고 꾸준하게 입김을 불어주었다.

헬렌은 그런 케이의 얼굴을 휘둥그레진 눈으로 물끄러미 쳐다보았다. "무척 용감한 분이네요. 당신도, 당신 친구도. 난 절대 그렇게 용기를 내지 못할 거예요."

"무슨 얼토당토않은 소릴." 케이는 여전히 손가락을 비비며 말했다. "이제 좀 나아요? 나는 그냥 집에 들어앉아 소란을 듣는 것보다 이렇게 그 소란통에 나와 있는 게 더 편할 뿐이에요."

헬렌의 손가락은 차갑고 흙먼지가 버석거렸지만 손바닥과 손끝의 도톰한 살은 보드랍고 말랑말랑했다. 케이는 더 힘주어 손을 꼭 잡은 다음 놓았다. "저기 의사가 오네요." 널빤지가 삐걱거리는 소리를 듣고 케이가 말했다. 그리고 나직이 덧붙였다. "그나저나 제가 밖에 나와 있는 게 더 편하다는 건 비밀이에요."

의사는 마흔다섯쯤 되어 보이는 활달하고 잘생긴 여자였다. 가슴바대가 달린 작업복을 입고 머리에는 터번을 둘렀다. "안녕하세요." 의사가 헬렌을 보며 인사했다. "여기엔 뭐가 있나?"

의사가 헬렌 옆에 쭈그려앉는 동안 케이는 옆으로 비켜났다. 의사가 중얼거리는 소리와 헬렌의 대답이 들렸다. "아니요…… 모르겠어요…… 조금…… 고맙습니다……"

"부상 정도는 뭐라 말할 수가 없어." 의사는 손에 묻은 흙을 닦아내며 케이에게 돌아와 말했다. "깔린 다리를 빼낼 때까지는 몰라.

출혈은 없는 듯한데 통증 때문에 열이 좀 올랐네. 주변 상황에 신경 안 쓰게끔 모르핀을 한 대 놔줬어." 의사는 기지개를 켜며 인상을 썼다.

케이가 물었다. "오늘밤은 많이 심한가요?"

"아무래도. 빅토리아스트리트에서 포탄에 맞아 아홉 명이 사망했고, 첼시에서 네 명이 숨졌어. 여기서도 아마 한 명 죽었지? 여기 갇힌 여자와 아이를 꺼내면 봐달라더군. 지금 꾸물거릴 시간이 없는데. 듣자하니 벅스홀에 양팔이 날아간 사람이 있다는데."

의사가 말하는 도중에 폭탄처리반 남자가 더는 가스 누출의 위험이 없다고 외쳤다. 그러자 의사의 손이 자동으로 주머니로 들어가 담뱃갑을 꺼냈다. 그녀는 뚜껑을 열어 케이에게 내밀었다.

"두 개비 얻어도 될까요?" 케이가 물었다.

"뻔뻔스러운 것."

케이는 웃음을 터뜨렸다. "하나는 내 거고, 하나는 약용이에요." 케이는 의사가 내민 라이터로 두 대에 다 불을 붙이고 헬렌에게 다가갔다. "이봐요." 그러고서 조용히 말을 걸었다. "내가 뭘 갖고 왔게요."

케이는 헬렌의 입술 사이에 담배를 물려주고 아무 생각 없이 아까처럼 그녀의 손을 잡았다. 연기를 피하려 게슴츠레하게 뜬 헬렌의 눈이 처연해졌고 어조가 또 바뀌었다.

"정말 친절한 분이네요."

"별말씀을."

"술에 취한 기분이에요. 왜 이러죠?"

"모르핀 때문일 거예요."

"의사 선생님 참 멋지시던데!"

"네, 그렇죠?"

"의사가 되고 싶어요?"

"별로요." 케이가 대답했다. "당신은?"

"의사가 되려고 했던 남자는 알아요."

"그래요?"

"사랑했던 남자예요."

"아."

"딴 여자가 좋다고 날 찼어요."

"멍청한 놈."

"지금은 군에 입대했어요. 사귀는 사람 있어요?"

"아뇨. 공교롭게도 날 좋아하는 사람은 있지만. 멋진 사람이죠…… 하지만 이것도 비밀이에요. 당신은 모르핀을 맞았으니까, 뭐. 지금 이 얘긴 기억 못할 거라고 믿고 말하는 거예요."

"그게 왜 비밀이에요?"

"그냥 그 사람이 비밀로 해달라고 해서요."

"그런데 당신은 그 남자를 사랑하지 않고요?"

케이는 싱긋 웃었다. "나도 당연히 그 사람을 사랑해야 한다는 건가요? 근데 참 웃겨요…… 사랑해야 마땅한 사람인데 마음이 움직이질 않으니, 나도 그 이유를 모르겠어요……"

"내 손 놓지 마요, 네?"

"안 놓을게요."

"잡고 있어요? 느낌이 안 와요."

"자요! 이제 느껴져요?"

"네, 느껴져요. 그렇게 계속 잡고 있어줄래요? 딱 그렇게만."

그들은 말없이 담배를 피웠다. 헬렌은 이제 꾸벅꾸벅 조는 것 같았다. 그녀의 손가락 사이에서 담배가 타들어가자 케이는 살며시 꽁초를 빼내 자기가 마저 피웠다. 구조 작업은 계속되었다. 때때로 폭격기가 웅웅거리는 소리와 폭탄이 쿵쿵거리는 소리가 커졌다. 하늘에서는 초록과 빨강 불꽃이 장관을 연출했고 화염이 곤두박질쳤다. 이따금 미키가 와서 케이 옆에 앉아 하품을 했다. 헬렌은 두세 번 몸을 뒤척이며 웅얼거렸고 더러는 명료하게 말하기도 했다. "아직 있어요?" "안 보여요." "어디 있어요?"

"여기 있어요." 케이는 그럴 때마다 헬렌의 손을 좀더 힘주어 잡으며 대답했다.

"이 사람은 평생 당신 거예요." 미키가 옆에서 거들었다.

마침내 구조반이 무너진 계단까지 파헤쳤다. 윈치로 계단을 들어올리자 그 밑에 거의 생채기 하나 없이 무사한 여자와 그녀의 아들이 있었다. 아이가 먼저 나왔다. 어머니 자궁에서 나오듯 머리부터. 그러나 아이의 머리칼은 늙은이처럼 빳빳하고 푸석거리고 흙먼지로 지저분했다. 아이와 여자는 돌처럼 굳은 채 서 있었다. "어머니는 어디 계세요?" 케이는 여자가 묻는 소리를 들었다. 미키가 담요를 가지고 그들에게 다가갔고 케이는 일어섰다.

케이가 움직이는 걸 느낀 헬렌이 잠에서 깨어 손을 뻗었다. "무슨 일이에요?"

"매들린과 토니를 구했어요."

"둘 다 무사해요?"

"그런 것 같아요. 보여요? 이제 사람들이 와서 당신을 빼낼 거예요."

헬렌은 고개를 저었다. "가지 마요, 제발 부탁이에요!"

"가야 해요."

"제발 가지 마요."

"내가 비켜야지 사람들이 당신을 꺼낼 수 있어요."

"무서워요!"

"나는 저 여자분과 소년을 병원으로 데려가야 해요."

"당신 친구가 해도 되잖아요, 네?"

케이는 웃음을 터뜨렸다. "이봐요, 내가 서에서 잘리면 좋겠어요?"

케이는 헬렌의 이마 위로 흘러내린 먼지투성이 머리칼을 뒤로 넘겨주었다. 아무 생각 없이 그러고 나서 헬렌의 겁먹은 표정—석고가루로 뽀얀 볼과 커다랗고 처연한 눈—을 보니 망설여졌다.

"잠시만요." 케이가 말했다. "구조반 남자들이 오니까 예쁘게 보여야죠."

케이는 미키에게 달려가 물병을 받아들고 돌아왔다. 손수건을 꺼내 물을 적셔 헬렌의 얼굴에 묻은 먼지를 조심스레 살살 닦아냈다. 이마부터 시작해 아래쪽으로. "잠깐 눈 감아요." 케이가 소곤거렸다. 그녀는 헬렌의 속눈썹 위를 쓸어낸 뒤 양쪽 콧방울과 인중과 입술 가장자리와 볼과 턱을 차례로 부드럽게 훔쳤다.

"케이!" 미키가 소리쳤다.

"알았어! 갈게!"

먼지가 거의 다 씻겼다. 그 밑에 드러난 피부는 분홍빛으로 포동포동하면서도 기막히게 매끄러웠다. 케이는 좀더 먼지를 닦아낸 뒤 손으로 헬렌의 턱선을 쓰다듬으며 내려와 손바닥으로 턱을 받쳤다. 그녀 옆을 떠나고 싶은 마음은 추호도 들지 않았다. 케이는 어떤 경이로움을 느끼며 헬렌을 물끄러미 들여다보았다. 이런 끔찍한 아수라장에 이처럼 생생하고 이토록 티 없이 깨끗한 존재가 숨겨져 있었다니, 좀처럼 믿기지 않았다.

감사의 말

레니 구딩스와 리틀브라운 북그룹 UK의 직원 여러분, 줄리 그라우와 펭귄 그룹의 직원 여러분, 주디스 머리와 그린& 히턴 주식회사의 모든 분들께 감사를 전한다. 그리고 한량없는 샐리 O-J에게도.

히라니 히모나, 세라 플레셔, 앨리슨 오람, 리즈 우드크래프트, 에이미 루빈, 피델리스 모건, 밸 본드, 베티 손더스, 로빈 빈턴, 브리짓 이브스, 론 워터스, 메리 워터스, 캐럴라인 할리데이, 메리 가너, 트루디 새커, 비키 훠턴, 베티 본, 제니퍼 본, 패멀라 피어스, 로저 하워스, 레슬리 홀에게 감사한다. 런던 앰뷸런스 서비스 뮤지엄의 테리 스퍼, 프라이스캔들스 주식회사의 크리스틴 구드와 체이니 존스, 얀 핌블릿과 런던 메트로폴리탄 아카이브의 직원 여러분, 임피리얼 워 뮤지엄 아카이브의 직원 여러분, 시티 오브 웨스트민스터 아카이브 센터의 직원 여러분, 캠던 지역연구회와 아카이브

센터의 직원 여러분께 감사드린다. 또한 지난 4년 동안 나와 함께 1940년대에 대해 얘기를 나눴던 다양한 분들, 특히 여성용 속옷, 전기조명 부품, 실크 파자마에 관한 아이디어와 조언을 주신 분들께 감사한다.

이모탤러티 옥션에서 열린 본 작품의 등장인물명 경매에서, 고문피해자 지원 의료재단을 대표해 아낌없이 입찰가를 제시해준 마르티나 콜에게 감사를 전한다. 더불어 축약형 이름을 사용할 수 있도록 너그러이 허락해준 점에 대해서도.

1940년대 소설과 영화, 사진, 지도, 일기, 편지, 2차대전과 그 전후 현대인의 전기를 포함해 수많은 자료에서 『나이트 워치』에 대한 아이디어와 영감을 얻었다. 가장 유용했던 논픽션 작품들은 다음과 같다. 베릴리 앤더슨 『스팸 투머로우』(런던, 1956), 피터 베이커 『생 외의 시간』(런던, 1961), 조지 비어드모어 『전시의 민간인들: 1938-1946 일지』(런던, 1984), 바버라 벨 『드레스를 벗어: 어느 레즈비언의 삶』(브라이턴, 1999), A. S. G. 버틀러 『폐허의 기록』(런던, 1942), 제럴드 팬코트 클레이턴 『담장은 굳건하다: 어느 교도관의 일생』(런던, 1958), 루퍼트 크로프트 쿡 『당신들의 평결』(런던, 1955), 다이애나 쿠퍼 『비탈에 핀 수선화』(런던, 1960), 미셸 드 라노이 『덴턴 웰치: 작가의 탄생』(해먼즈워스, 1984), 메리 베이커 에디 『성서와 함께하는 과학과 건강』(보스턴, 1906), 질 가드너 『다락방에서 스크린까지: 1945~85 게이트웨이스 클럽의 여인들』(런던, 2003), 피트 그래프턴 『당신, 당신 그리고 당신!: 2차대전에 응하지 않은 사람들』(런던, 1981), 제니 하틀리(편저) 『무적의 심장:

2차대전 당시 여성의 글쓰기』(런던, 1994), 제니 하틀리(편저) 『우리와 같은 수백만의 사람들: 2차대전 당시 영국 여성의 소설』(런던, 1997), 앤서니 헥스톨스미스 『18개월』(런던, 1954), 베어 호지슨 『달걀은 거의 없고 오렌지는 구경도 못한다: 1940~1945 전쟁 동안 런던과 버밍엄의 별 볼 일 없는 사람들이 어떻게 살았는지 보여주는 일기』(1999, 런던), 엘리자베스 제인 하워드 『후류: 어느 회고록』(런던, 2002), 오드리 존슨 『여성들이여, 보조 맞춰 앞으로: 영국 여성 해군부대 이야기』(샌드퍼드, 노스서머싯, 1997), 에드워드 앤슬 킴벌 『크리스천사이언스에 대한 강연과 기사』(체스터턴, 인디애나, 1921), 헨리에타 프랜시스 로드 『크리스천사이언스 치료법』(런던, 1888), 레인스 민스 『폭격기와 으깬 감자: 1939년부터 1945년까지의 살림살이』(런던, 1980), 바버라 닉슨 『상공의 침략자』(런던, 1943), 프랭크 노먼 『확증: 교도소 생활에 관한 이야기』(런던, 1958), 패트릭 오해러 『나는 남자형제가 없다』(런던, 1967), 프랜시스 파트리지 『반전주의자의 전쟁』(런던, 1978), 필리스 피어솔 『전시의 여성』(올더샷, 1990), 콜린 페리 『대공습기의 소년』(런던, 1972), 필립 프리스틀리 『교도소 여행: 1918년 이후 영국 교도소 경험』(런던, 1989), 헤이즐 홀트와 힐러리 핌(편저) 『매우 개인적인 시각: 바버라 핌의 일기와 편지와 메모』(런던, 1984), 앤절라 레이비 『잊힌 부대: 구급 지원부서 39, 웨이머스 뮤즈』(런던, 1999), 줄리언 매클래런 로스 『사십 년대의 기억』(런던, 1965), 도로시 셰리든(편저) 『전시의 여자들: 여론조사 선집 1937~45』(런던, 2000), 네리나 슈트 『우리는 마실 것을 섞었다: 한 세대의 이야기』(런던, 1945), 클리퍼드 시먼스(편저) 『병역거부자』(런던, 1965), 모린 월러 『런던 1945: 전쟁의 폐허 속 삶』(런던, 2004), 미셸 드라노이(편저) 『덴턴 웰치의 일기』(런던, 1984), 모린 웰스 『에릭 웃기기: 1941~44 집에서 보낸 편지』(런던, 1988), 피터 와일드블러드 『법률 위반』(런던, 1955), 조앤 윈덤 『연애 수업: 전시 일기』(런던, 1985), 조앤 윈덤 『러브 이즈 블루: 전시 일기』(런던, 1986).

세라 워터스

옮긴이의 말

세라 워터스는 '빅토리아시대 3부작'을 완성한 후 4년의 공백을 깨고 『나이트 워치』를 시작으로 세계대전 당시와 그 직후를 다룬 작품을 연이어 발표했다. 『나이트 워치』는 『리틀 스트레인저』와 『게스트』로 이어지는 3부작의 첫머리이며, 이로써 국내에서 세라 워터스의 전 작품을 만날 수 있게 되었다.

세라 워터스는 이 책을 쓰면서 처음으로 자신의 안방—레즈비언 역사 스릴러—을 벗어나 새로운 영토를 개척했다. 작가 본인에게 도전이자 모험이었으며, 실제로 이전의 글쓰기 과정과도 매우 달랐다. 『핑거스미스』의 경우, 밑그림을 그린 후 색을 입히듯 미리 복잡한 플롯을 구상해놓고 순서대로 챕터를 조립했다. 즉 사건이 먼저였고 그 상황에 맞춰 캐릭터의 감정을 파악해나가는 식이었다.

그러나 『나이트 워치』는 등장인물들이 상황을 주도하는 가운데, 챕터가 진행되면서 이야기가 어디로 어떻게 튈지 작가도 알지 못했다. 물론 세 부분으로 이루어지는 전반적인 구성과 캐릭터별 사건은 정해져 있었지만 여전히 수많은 장면을 썼다 지우고 다시 쓰기를 반복했다. 노동 강도가 높은 작업이면서 초반에는 진도도 느려 작가 본인도 상당히 침울한 시기를 겪어야 했다. 그러나 2년 정도 지나자 이야기가 자리를 잡아갔고, 그에 맞춰 문체가 점차 바뀌는 과정을 흥미롭게 지켜보았다고도 한다.

19세기가 호화롭고 유혹적이고 멜로드라마틱했다면, 이 작품의 배경인 1940년대는 훨씬 절제되고 정적이며 서늘했다고 작가는 말한다. 2차대전 중 런던을 무대로 여섯 젊은이들의 일상을 교차해 보여주는 작품은 시간을 역순으로 배치해 피폐한 현재에서 풋풋한 과거로 거슬러올라간다. 그리하여 마지막 책장을 덮을 때 더욱 먹먹하고 아득하다.

『나이트 워치』는 절망과 상실에 관한 이야기인 동시에 욕망에 관한 묘사다. 또한 세라 워터스 최초의 3인칭 소설이다. 한 인터뷰에서 워터스는 레즈비언 섹스 장면을 3인칭으로 쓰는 건 악몽이었다고 투덜거렸다. 그녀가 팔을 내리자 그녀는 이렇게 했고 그녀는 저렇게 했다…… 어휴, 누가 누구인지. 역자도 헷갈리는 부분은 저자에게 문의해 확인했다. 다행히 우리말은 주어 생략이 자유로워 일일이 밝히지 않아도 이해가 용이하다. 그래도 헷갈린다면 역자의 미숙함이니 양해를 구한다.

그리고 원문에 cripple, homo 등 현 시대를 기준으로 보면 올바르지 못한 어휘가 더러 사용되었다. 저자도 그것이 멸칭임을 모를 리 없고, 당시의 시대적 한계와 사람들의 의식 수준, 캐릭터 개개인의 성격을 반영한 저자의 의도를 감안해 바람직하지 않음을 알면서도 원어의 어감을 살려 옮겼음을 밝힌다.

엄일녀

옮긴이 **엄일녀**
서울대학교 언론정보학과를 졸업하고 출판 기획과 잡지 편집을 겸하다 전업 번역가로 활동하고 있다. 옮긴 책으로 『비바, 제인』 『섬에 있는 서점』 『여자는 총을 들고 기다린다』 『고저스』 『거짓말 규칙』 『비극 숙제』 『샬럿 스트리트』 『너를 다시 만나면』 『미스터 세바스찬과 검둥이 마술사』 『함정』 등이 있다. 세라 워터스의 『리틀 스트레인저』로 제10회 유영 번역상을 수상했다.

문학동네 세계문학
나이트 워치

초판 인쇄 2019년 4월 29일 | 초판 발행 2019년 5월 13일

지은이 세라 워터스 | 옮긴이 엄일녀 | 펴낸이 염현숙

책임편집 고선향 | 편집 류현영 신채경 김정희 이현정
디자인 고은이 이원경 | 저작권 한문숙 김지영
마케팅 정민호 정진아 함유지 김혜연 박지영 김수현 | 홍보 김희숙 김상만 이천희
제작 강신은 김동욱 임현식 | 제작처 영신사

펴낸곳 (주)문학동네
출판등록 1993년 10월 22일 제406-2003-000045호
주소 10881 경기도 파주시 회동길 210
전자우편 editor@munhak.com | 대표전화 031) 955-8888 | 팩스 031) 955-8855
문의전화 031) 955-8862(마케팅) 031) 955-1917(편집)
문학동네카페 http://cafe.naver.com/mhdn | 트위터 @munhakdongne
북클럽문학동네 http://bookclubmunhak.com

ISBN 978-89-546-5621-4 03840

www.munhak.com